ZETA

Título original: *The Vampire Lestat*
Traducción: Hernán Sabaté
1.ª edición: febrero 2009
1.ª reimpresión: marzo 2009
2.ª reimpresión: mayo 2009
3.ª reimpresión: enero 2010
4.ª reimpresión: marzo 2011

© 1985 by Anne O'Brien Rice
© Ediciones B, S.A., 2009
    para el sello Zeta Bolsillo
    Consell de Cent, 425-427 - 08009 Barcelona (España)
    www.edicionesb.com

Printed in Spain
ISBN: 978-84-9872-182-9
Depósito legal: B. 14.518-2011

Impreso por LIBERDÚPLEX, S.L.U.
Ctra. BV 2249 Km 7,4 Polígono Torrentfondo
08791 - Sant Llorenç d'Hortons (Barcelona)

CRÓNICAS VAMPÍRICAS II
Lestat el vampiro

ANNE RICE

ZETA

*Este libro está dedicado con cariño
a Stan Rice, Karen O'Brien
y Allen Daviau.*

SÁBADO NOCHE EN LA CIUDAD

1984

Soy el vampiro Lestat. Soy inmortal. Más o menos. La luz del sol, el calor prolongado de un fuego intenso... tales cosas podrían acabar conmigo. Pero también podrían no hacerlo.

Mido un metro ochenta, una estatura que resultaba bastante impresionante hacia 1780, cuando yo era un joven mortal. Ahora no está mal. Tengo el cabello rubio y tupido, largo hasta casi los hombros y bastante rizado, que parece blanco bajo una luz fluorescente. Mis ojos son grises pero absorben con facilidad los tonos azules o violáceos de la piel que los rodea. También tengo una nariz fina y bastante corta, y una boca bien formada, aunque resulta demasiado grande para el resto del rostro. Una boca que puede parecer muy mezquina, o extremadamente generosa, pero siempre sensual. Mis emociones y estados de ánimo se reflejan siempre en mi expresión. Mi rostro está continuamente animado.

Mi condición de vampiro se pone de relieve en la piel, extremadamente blanca y que refleja excesivamente la luz: ello me obliga a maquillarme para aparecer ante cualquier tipo de cámara.

Cuando estoy sediento de sangre, mi aspecto produce verdadero horror: la piel contraída, las venas como sogas sobre los contornos de mis huesos... Pero ya no permito que tal cosa suceda, y el único indicio firme de que no soy humano son las uñas de mis dedos. A todos los vampiros nos sucede lo mismo: nuestras uñas parecen de cristal. Y hay gente que se fija sólo en eso aunque no advierta nada más.

Ahora soy lo que en Norteamérica llaman una superestrella del rock. He vendido cuatro millones de copias de mi primer álbum y voy camino de San Francisco para dar el primer concierto de una gira nacional que me llevará de costa a costa con mi grupo. MTV, el canal por cable de música rock, lleva dos semanas pasando mis videoclips día y noche. También los pasan en el Top of the Pops inglés y en el continente, así como en algunas partes de Asia además de en Japón. Las cintas que recogen la serie completa de videoclips se están vendiendo por todo el mundo.

También soy autor de una autobiografía que se publicó la semana pasada.

Respecto a mi inglés, idioma que utilizo en la autobiografía, lo empecé a aprender de boca de los marineros que conducían las barcazas por el Mississippi hasta Nueva Orleans, doscientos años atrás. Después, aumenté mis conocimientos con las obras de los escritores anglosajones, desde Shakespeare a Mark Twain y Rider Haggard, a quienes leí con el transcurso de las décadas. El último aporte lo recibí de los relatos policiacos de la revista *Black Mask*, a principios del siglo XX.

Eso fue en Nueva Orleans, en 1929.

Cuando escribo, tiendo a emplear un vocabulario que me habría resultado natural en el siglo XVIII, a utilizar frases en el estilo de los autores que he leído. Cuando hablo, en cambio, a pesar de mi acento francés, parezco una mezcla entre marinero fluvial y el detective Sam Spade. Por lo tanto, espero que no me lo tengáis en cuenta si a veces mi estilo resulta contradictorio. Si, de vez en cuando, hago añicos la atmósfera de alguna escena dieciochesca.

Desperté en el siglo XX el año pasado.

Dos cosas fueron las que me hicieron volver a la actividad.

En primer lugar, la información que me estaba llegando a través de las voces amplificadas que habían empezado a llenar el aire con sus cacofonías por la misma época en que me había retirado a dormir.

Me refiero, por supuesto, a las voces de las radios y de los fonógrafos y, más adelante, de los aparatos de televisión. Oía las radios de los coches que pasaban por las calles del viejo Garden District, cerca de donde yo yacía, y me llegaba el sonido de los fonógrafos y televisores de las casas que rodeaban mi morada.

Veréis: cuando un vampiro deja de beber sangre y se limita a reposar en la tierra —es decir, en nuestra jerga, cuando «se entierra»—, pronto queda demasiado débil para resucitarse a sí mismo, y entra en un estado de sopor.

En ese estado, fui absorbiendo las voces lentamente, envueltas en mis propias imágenes mentales, como les sucede a los mortales cuando sueñan. Sin embargo, en algún momento de los últimos cincuenta y cinco años empecé a «recordar» lo que estaba oyendo, a seguir los programas de esparcimiento, a escuchar los boletines de noticias, las letras y los ritmos de las canciones populares.

Y, muy lentamente, empecé a entender el calibre de los cambios que había experimentado el mundo. Comencé a prestar atención a ciertos tipos concretos de información sobre guerras o nuevos intentos, a ciertos nuevos modos de hablar.

A continuación, fui despertándome a un estado de vigilia. Me di cuenta de que ya no estaba soñando. Estaba pensando en lo que oía. Estaba perfectamente despierto. Me hallaba sepultado bajo tierra y me sentía sediento de sangre viva. Medité sobre que tal vez estaban ya curadas todas las viejas heridas que yo había recibido. Quizá me habían vuelto las fuerzas. Quizás incluso habían aumentado, como sin duda habría sucedido, con el paso del tiempo, de no haber sido herido. Deseé averiguarlo.

Comencé a obsesionarme con la idea de beber sangre humana.

La segunda cosa que me hizo volver a la actividad —el motivo decisivo, en realidad— fue la repentina presencia, cerca de mi lugar de reposo, de un grupo de jóvenes cantantes de rock que se hacían llamar La Noche Libre de Satán.

Los jóvenes se instalaron en una casa de Sixth Street —a menos de una manzana de donde yo dormitaba bajo mi casa de Prytania, cerca del cementerio Lafayette— y empezaron a ensayar sus piezas de rock en el desván en algún momento de 1984.

Yo escuchaba el fragor de sus guitarras eléctricas, el frenesí de sus voces. Eran canciones tan buenas como las que oía por las emisoras de radio o los equipos estéreos, y más melodiosas que la mayoría. Pese a la contundencia de la batería, su música tenía algo de romántica. El piano eléctrico sonaba como un clavicordio.

Capté imágenes de los pensamientos de los músicos y así supe qué aspecto tenían, qué veían cuando se miraban entre ellos o ante un espejo. Eran unos jóvenes mortales esbeltos, nervudos y, en conjunto, encantadores; dos chicos y una chica, seductoramente andróginos y hasta un poco salvajes en sus movimientos y en su indumentaria.

Cuando se ponían a tocar, su música sofocaba todas las demás voces amplificadas a mi alrededor. Sin embargo, eso, para mí, no resultaba ningún problema.

Tuve ganas de levantarme y de unirme a aquel grupo de rock llamado La Noche Libre de Satán. Sentí deseos de cantar y de bailar.

Pero no puedo decir que, en un primer momento, esos deseos tuvieran mucho de pensamiento elaborado. Me guiaba, más bien, un impulso irrefrenable, lo bastante poderoso como para hacerme salir de las entrañas de la tierra.

Me sentía fascinado por el mundo de la música rock, por cómo sus cantantes podían gritar sobre el bien y el mal, proclamarse ángeles o demonios, entre las ovaciones y el entusiasmo de los mortales. A veces, parecían la personificación de la locura. Y, sin embargo, la complejidad de sus actuaciones resultaba tecnológicamente deslumbrante. Era un espectáculo bárbaro y cerebral como no creo que el mundo haya visto nunca en el pasado.

Por supuesto, todo aquel delirio era metafórico. Ninguno de aquellos cantantes creía en ángeles o demonios, por muy bien que interpretaran sus papeles. Y también los actores de la antigua *Commedia* italiana habían parecido igual de osados, de inventivos, de escandalosos.

Sin embargo, había en ellos algo totalmente nuevo: los extremos a que llevaban la actuación, la brutalidad y el desafío que expresaban... y el modo en que eran aceptados por el mundo, desde el más rico al más pobre.

También había algo de vampirismo en la música rock. Debía de sonarle sobrenatural incluso a quienes no creían en lo sobrenatural. Me refiero a cómo la electricidad podía sostener indefinidamente una nota, a cómo se podía superponer una armonía tras otra hasta que uno se sentía disolver en el sonido. ¡Qué profunda sensación de temor reverencial despertaba aquella música! El mundo no la había experimentado nunca de la misma forma hasta entonces.

Sí, quise acercarme más a ella. Quise *hacerla*. Tal vez llevar a la fama a aquel grupito desconocido. La Noche Libre de Satán. Estaba dispuesto a volver a la vida.

Me llevó alrededor de una semana hacerlo. Me alimenté con la sangre fresca de los animalillos que viven bajo tierra, cuando podía capturarlos. Después, empecé a excavar con las manos hacia la superficie, donde pude recurrir a las ratas. Después, no me costó mucho cazar algunos felinos, hasta llegar, finalmente, a la inevitable primera víctima humana, aunque tuve que esperar mucho para encontrar el tipo concreto de individuo que buscaba: un hombre que hubiera matado a otros mortales y no sintiera remordimientos de ello.

Por fin, caminando muy pegado a la verja, se acercó alguien así, un joven de barba entrecana que había matado a otro en cierto lugar muy lejano, al otro lado del mundo. Un auténtico homicida, sin la menor duda. ¡Y, ah, ese primer sabor a lucha humana y a sangre humana!

Robar ropas de las casas próximas y recuperar parte del oro y las joyas que había escondido en el cementerio Lafayette no me representó ningún problema.

Naturalmente, de vez en cuando tenía un sobresalto. El hedor de gasolina y a productos químicos me ponía enfermo. El zumbido de los aparatos de aire acondicionado y el ruido de los aviones al pasar sobre mi cabeza me producían dolor de oídos.

Con todo, a la tercera noche de haber reaparecido, ya circulaba rugiendo por Nueva Orleans en una gran motocicleta Harley-Davidson de color negro, haciendo un ruido ensordecedor. Buscaba más homicidas de los que alimentarme. Llevaba unas espléndidas ropas de cuero negro que había quitado a mis víctimas y, en el bolsillo, un pequeño *walkman* Sony estéreo cuyos minúsculos auriculares hacían sonar dentro de mi cabeza el *Arte de la Fuga*, de Bach, mientras daba gas por las avenidas.

Volvía a ser el vampiro Lestat. Estaba de nuevo en acción. Nueva Orleans volvía a ser mi territorio de caza.

En cuanto a mis fuerzas, se habían triplicado respecto a lo que eran antes. De un salto, podía alcanzar el tejado de una casa de cuatro pisos desde la calle. Podía arrancar rejas de las ventanas y doblar por la mitad una moneda. Si quería, podía escuchar las voces y los pensamientos humanos a manzanas de distancia.

Al final de la primera semana, contraté en un rascacielos de acero y cristal del centro de la ciudad a una bella abogada que me ayudó a conseguir un certificado legal de nacimiento, una cartilla de la Seguridad Social y un permiso de conducir. Buena parte de mis viejas riquezas estaban ya camino de Nueva Orleans desde unas cuentas numeradas del inmortal Banco de Inglaterra y de la Banca Rothschild.

Pero lo más importante de todo era que yo me encontraba muy concentrado en hacer comprobaciones. Y constaté que cuanto me habían contado las voces amplificadas acerca del siglo XX era verdad.

He aquí lo que descubrí mientras deambulaba por las calles de Nueva Orleans en 1984:

El sombrío y aterrador mundo industrial, del que hacía tanto tiempo me había retirado a mi largo sueño, se había consumido por fin, y la vieja conformidad y pacata pudibundez burguesa habían perdido su dominio de la mentalidad norteamericana.

La gente volvía a ser atrevida y erótica como en los viejos tiempos, antes de las grandes revoluciones de la clase media de fines del siglo XVIII. Incluso su *aspecto* recordaba al de esos tiempos.

Los hombres ya no lucían el uniforme a lo Sam Spade —traje y sombreros grises, camisa y corbata—, sino que, si lo deseaban, podían vestirse con sedas y terciopelos y colores chillones. Tampoco tenían ya que cortarse el cabello como legionarios romanos; cada uno lo llevaba a la medida que quería.

Y las mujeres... ¡ah!, daba gloria ver a las mujeres, desnudas bajo el calor primaveral como si estuvieran en tiempo de los faraones egipcios, con reducidísimas faldas cortas o vestidos como túnicas, o luciendo pantalones de hombre y camisetas ajustadas sobre sus cuerpos curvilíneos, a su elección. Se maquillaban y lucían aderezos de oro o de plata aunque fuera para ir a la tienda de la esquina, o bien aparecían sin adornos y con el rostro absolutamente limpio de cosméticos: no importaba. Se rizaban el cabello como María Antonieta, o lo llevaban corto, o se dejaban melena y la llevaban suelta.

Quizá por primera vez en la historia, resultaban tan fuertes e interesantes como los hombres.

Y todo esto sucedía no sólo entre los ricos, que siempre han poseído un cierto carácter andrógino y una cierta alegría de vivir que los revolucionarios de las clases medias llamaron, en el pasado, decadencia, sino entre la gente normal del país.

La antigua sensualidad aristocrática pertenecía ahora a todo el mundo. Estaba vinculada a las promesas de la revolución de las clases medias y todos los individuos tenían derecho al amor, al lujo y a las cosas elegantes.

Los grandes almacenes se habían convertido en palacios de embrujo casi oriental con sus mercaderías expuestas entre moquetas de tonos suaves, música espectral y luz ámbar. En las droguerías, abiertas las veinticuatro horas, las botellas de champú verdes y violetas brillaban como piedras preciosas en las refulgentes estanterías de cristal. Las camareras acudían al trabajo en automóviles de finas líneas tapizados de cuero. Los trabajadores portuarios se daban un baño en la piscina climatizada del jardín de su casa cuando volvían del trabajo. Las mujeres de la limpieza y los fontaneros, al final de la jornada, vestían ropas de buena calidad y corte exquisito.

De hecho, la pobreza y la suciedad, habituales en las grandes ciudades de la Tierra desde tiempos inmemoriales, habían desaparecido casi por completo.

No encontraba uno inmigrantes cayendo muertos de inanición en cualquier calleja. No había barrios pobres superpoblados donde durmieran ocho o diez personas en una habitación. Nadie arrojaba los desperdicios a las alcantarillas.

El número de mendigos, tullidos, huérfanos y enfermos incurables se había reducido hasta el punto de no apreciarse en absoluto su presencia por las calles inmaculadas de la ciudad.

Hasta los borrachos y lunáticos que dormían en los bancos de los parques y en las estaciones de autobuses comían carne con regularidad e incluso tenían radios que escuchar y llevaban ropas que habían sido lavadas.

Pero esto era sólo en la superficie. Me quedé asombrado al comprobar otros cambios más profundos provocados por aquel pasmoso sistema de vida.

Por ejemplo, algo completamente mágico había sucedido con las épocas.

Lo viejo ya no era sustituido rutinariamente por lo nuevo. Al contrario, el inglés que oía a mi alrededor era el mismo que conocía del siglo XIX. Incluso la antigua jerga «no hay moros en la costa» o «mala suerte» o «ahí está el asunto» seguía «funcionando». Al propio tiempo, otras frases novedosas y fascinantes como «te han lavado el cerebro» o «es muy freudiano» estaban en labios de todos.

En el mundo artístico y del espectáculo, todos los siglos anteriores estaban siendo «reciclados». Los músicos interpretaban por igual a Mozart que una música de jazz o de rock.

La gente iba a ver Shakespeare una noche, y una película francesa al día siguiente.

Uno podía comprar cintas de madrigales medievales en una enorme tienda iluminada con fluorescentes y escucharlas en el equipo estéreo del coche mientras corría por la autopista a ciento cincuenta por hora. En las librerías, la poesía del Renacimiento estaba a la venta junto a las novelas de Dickens o de Ernest Hemingway. Los manuales de educación sexual coexistían en la misma estantería con el *Libro de los Muertos* egipcio. A veces, la riqueza y la pulcritud que me rodeaban se convertían en una especie de alucinación, y yo me sentía como a punto de desmayarme.

En los escaparates de las tiendas, contemplaba estupefacto ordenadores y teléfonos de formas y colores tan puros como las conchas de moluscos más exóticas de la naturaleza. Limusinas plateadas de enormes proporciones navegaban por las estrechas callejas del barrio francés como indestructibles monstruos marinos. Deslumbrantes torres de oficinas desgarraban el cielo nocturno como obeliscos egipcios al lado de los desvencijados edificios de ladrillo de la vieja Canal Street. Incontables programas de televisión vertían su incesante flujo de imágenes en el aire acondicionado de las habitaciones de hotel.

Pero, en verdad, yo no estaba sufriendo una serie de alucinaciones. El siglo XX había heredado la tierra en todos los sentidos de la expresión.

Y una parte no pequeña de este imprevisto milagro era la *inocente curiosidad* de las gentes en medio de su libertad y de su prosperidad. El Dios cristiano estaba tan muerto como en el siglo XVIII, y *ninguna nueva religión mitológica había ocupado el lugar de la anterior.*

Como contrapartida, hasta la gente más sencilla de esta época era impulsada por una vigorosa moralidad secular, más fuerte que cualquier moral religiosa que yo hubiera conocido. Los intelectuales marcaban la pauta, pero, por todo el país, personas muy corrientes y normales se preocupaban apasionadamente de «la paz», «los hombres» y «el planeta», como impulsadas por un celo místico.

En este siglo se proponían eliminar el hambre. Y acabar a toda costa con la enfermedad. Discutían con ardor sobre la ejecución de criminales condenados, sobre el aborto. Y combatían las amenazas de la «contaminación ambiental» y del «holocausto nuclear» con la misma ferocidad con que siglos atrás la había empleado el hombre contra la brujería y las herejías.

En cuanto a la sexualidad, ya no era un asunto envuelto en supersticiones y temores. El tema se había despojado de sus últimas connotaciones religiosas. Por eso la gente se paseaba medio desnuda. Por eso se besaban y se abrazaban por las calles. Ahora se hablaba de ética y de responsabilidad y de la belleza del cuerpo. Había barreras muy efectivas para librarse de un embarazo o del contagio de eventuales enfermedades venéreas. ¡Ah, el siglo XX! ¡Ah, las vueltas que da el mundo! El futuro había sobrepasado mis sueños más descabellados. Había dejado como estúpidos a los agoreros del pasado.

Medité mucho sobre esta moralidad secular libre de pecados, sobre este optimismo, sobre este mundo brillantemente iluminado donde el valor de la vida humana era mayor de lo que había sido nunca.

En la amarillenta penumbra de luz eléctrica de una espaciosa habitación de hotel, me senté ante la pantalla del televisor para ver una película de guerra, asombrosamente bien hecha, titulada *Apocalypse Now*. Era una gran sinfonía de sonido y color que cantaba a la centenaria batalla del mundo occidental contra el mal. «Debe hacerse amigo del horror y del terror moral», dice el comandante loco en la salvaje jungla camboyana, a lo que el hombre occidental contesta lo que siempre ha respondido: «No.» No. El horror y el terror moral no pueden tener disculpa jamás. No tienen valor real. El mal en estado puro no tiene cabida real.

Y eso significa que *yo* no tengo cabida, ¿verdad?

Excepto, quizás, en el arte que repudia el mal —los cómics de vampiros, las novelas de horror, los viejos relatos fantásticos del Romanticismo— o en los cantos rugientes de los astros del rock que representan en el escenario las batallas contra el mal que cada mortal libra en su interior.

Aquella desconcertante irrelevancia para el desarrollo general de las cosas era suficiente para que un monstruo surgido del pasado volviera al seno de la tierra, para hacerle enterrarse y llorar. O para hacerle convertirse en un cantante de rock. Bien pensado...

Me pregunté dónde estarían los demás monstruos del pasado. ¿Cómo existirían otros vampiros en un mundo donde cada muerte quedaba registrada en gigantescos ordenadores electrónicos, y donde los cuerpos eran conducidos a criptas refrigeradas? Probablemente, se esconderían en las sombras como repugnantes insectos, como siempre habían hecho, por mucho que filosofaran y celebraran reuniones.

Muy bien: si yo alzara la voz junto a mi grupito de rock, La Noche Libre de Satán, tardaría muy poco en hacerles salir a todos a la superficie.

Continué mi educación en el mundo moderno. Conversé con mortales en estaciones de autobús y gasolineras y en elegantes locales de copas. Leí libros. Me atavié con brillantes ropas de ensueño en las tiendas elegantes. Llevaba camisas blancas de cuello de cisne y chaquetas de safari de color caqui tostado, o lujosas americanas de terciopelo gris con bufanda de cachemira. Me oscurecía el rostro con maquillaje para poder pasar bajo las luces de los supermercados abiertos noche y día, los locales de hamburguesas, las callejas carnavaleras donde se sucedían los clubs nocturnos.

Estaba aprendiendo. Estaba entusiasmado.

Y el único problema que tenía era que escaseaban los asesinos de quienes alimentarse. En este mundo reluciente de inocencia y abundancia, de gentileza y jovialidad y estómagos llenos, los ladrones rebanapescuezos del pasado y sus peligrosos escondrijos portuarios habían casi desaparecido. Así pues, tuve que esforzarme para conseguir una vida. Sin embargo, siempre he sido un cazador y me gustaban los tenebrosos salones de billar, llenos de humo y con una única luz bañando el tapete verde rodeado de ex presidiarios tatuados, tanto como los brillantes clubs nocturnos forrados de satén de los grandes hoteles de cemento. Y cada vez aprendía más cosas de mis presas: los traficantes de drogas, los proxenetas, los asesinos que se juntaban a las pandillas de motoristas. Y estaba más resuelto que nunca a no beber sangre inocente.

Por fin, llegó el momento de visitar a mis vecinos, el grupo de rock La Noche Libre de Satán.

A las seis y media de una tarde de sábado cálida y húmeda, llamé al timbre del cuarto de ensayo del desván. Los hermosos jóvenes estaban echados en el suelo con sus camisas de seda irisadas y sus pantalones de lona ajustados, fumando un poco de marihuana y quejándose de su cochina mala suerte para conseguir «bolos» en el sur.

Parecían unos ángeles bíblicos, con su cabello largo, limpio y desgreñado, y sus movimientos felinos; sus aderezos eran egipcios. Y se maquillaban la cara y los ojos incluso para ensayar.

Me sentí abrumado de excitación y de amor con sólo mirar a aquel trío, Alex y Larry y la apetitosa Dama Dura.

Y en un espeluznante momento en que el mundo pareció quedarse quieto bajo mis pies, les revelé quién era. La palabra «vampiro» no les resultó nada nuevo. En la galaxia donde aquellos jóvenes brillaban, un millar de cantantes habían lucido ya el disfraz teatral de la capa negra y los colmillos.

Pese a todo, revelar aquella verdad prohibida a los mortales me hizo sentir muy extraño. En doscientos años, jamás se la había revelado a nadie que no estuviera ya marcado para convertirse en uno de nosotros. Ni siquiera se lo había confiado nunca a mis víctimas antes de que cerrasen los ojos.

Y ahora, en cambio, se lo dije clara y abiertamente a aquellas hermosas criaturas. Les dije que quería cantar con ellos y que, si confiaban en mí, terminarían ricos y famosos. Que yo les sacaría de aquel desván y les conduciría al gran mundo montados en una ola de ambición sobrenatural y despiadada.

Sus ojos se empañaron mientras me miraban, y la pequeña estancia del siglo XX, de estuco y tablero, se llenó de risas y de entusiasmo.

Me armé de paciencia con ellos. ¿Por qué no iba a hacerlo? Yo sabía que era un demonio y que podía imitar casi todos los sonidos y movimientos humanos, pero, ¿cómo podía hacérselo entender? Me coloqué ante el piano eléctrico y empecé a tocar y a cantar.

Al principio imité las canciones rock, y luego fui evocando viejas letras y melodías, canciones francesas enterradas en lo más profundo de mi alma pero nunca abandonadas del todo, y las fundí con unos ritmos brutales imaginando ante mí un pequeño teatro parisiense, abarrotado allí lejos en un tiempo de hacía cientos de años. Un peligroso apasionamiento henchía mi ser, casi amenazando mi equilibrio. Era peligroso que aquel sentimiento surgiera tan pronto. Pese a ello, continué cantando y golpeando las bruñidas teclas blancas del piano eléctrico, y algo se me rasgó en el alma. No importaba que aquellas tiernas criaturas mortales que me rodeaban no lo supieran nunca.

Me bastaba con que estuvieran exultantes, que les encantara aquella música espectral e inconexa, que estuvieran gritando, que vieran un futuro de prosperidad; me bastaba con ver en ellos nacer y crecer el ímpetu del que habían carecido hasta entonces. Conectaron las grabadoras y empezamos a tocar y a cantar juntos, haciendo lo que llamaban una *jam session*. El desván se llenó del aroma de su sangre y de nuestras atronadoras canciones. A continuación, sin embargo, recibí una sorpresa como nunca había imaginado ni en mis sueños más extraños, algo tan extraordinario como la propia revelación que hacía un rato había yo hecho a aquellas criaturas. De hecho, resultó tan abrumadora que me habría podido impulsar a retirarme de su mundo y volver a enterrarme.

No quiero decir con ello que habría vuelto a caer en el estado de sopor profundo, pero seguramente me habría apartado de La Noche Libre de Satán y me habría pasado unos cuantos años vagando, aturdido y tratando de recuperarme del golpe.

Lo que sucedió fue que los dos chicos —Alex, el delgado y nervudo batería de aspecto delicado, y su rubio hermano, Larry, el más alto— reconocieron mi nombre cuando les revelé que era Lestat.

No sólo lo reconocieron, sino que lo relacionaron con toda una serie de informaciones acerca de mí que habían leído en un libro.

De hecho, les pareció magnífico que no pretendiera ser un vampiro cualquiera. Ni, por supuesto, el conde Drácula. Todo el mundo estaba harto del conde Drácula. Los jóvenes consideraron maravilloso que me hiciera pasar por el vampiro Lestat.

—¿Cómo que «hacerme pasar»? —protesté, pero ellos se burlaron de mi exagerada teatralidad, de mi acento francés.

Les contemplé durante unos instantes y probé a sondear sus pensamientos. Por supuesto, no había esperado que me creyeran un vampiro de verdad; pero que hubieran leído algo sobre un vampiro de ficción con un nombre tan insólito como el mío... ¿qué explicación tenía?

Noté que empezaba a perder la confianza en mí mismo. Y cuando pierdo la confianza, mis poderes se resienten. El pequeño estudio de ensayo pareció empequeñecer, y los instrumentos, los cables y las antenas tenían algo de insectos amenazadores.

—Enseñadme ese libro —dije entonces. Los chicos trajeron de la otra habitación una pequeña novela en edición barata que se caía en pedazos. La encuadernación había desaparecido, la cubierta estaba rota y el libro se mantenía junto gracias a una goma elástica.

Tuve una especie de escalofrío sobrenatural al contemplar la cubierta. *Entrevista con el vampiro*. Trataba de un muchacho mortal que conseguía de uno de los no muertos que le contara su historia.

Con permiso de los jóvenes, pasé a la otra habitación, me eché en la cama y empecé a leer. Cuando llevaba leída más de la mitad, cerré el libro y dejé la casa de los músicos. Me detuve de pie con el libro bajo una farola de la calle, y allí permanecí hasta que lo hube terminado. Luego lo guardé con cuidado en el bolsillo interior de la chaqueta. No volví a presentarme ante el grupo hasta siete noches después.

Durante gran parte de ese tiempo continué deambulando, surcando la noche en mi moto Harley-Davidson con las *Variaciones Goldberg*, de Bach, sonando a todo volumen. Y continué preguntándome: «¿Qué quieres hacer ahora, Lestat?»

El resto del tiempo lo dediqué a estudiar con renovado interés. Leía los gruesos volúmenes de historias y enciclopedias de la música rock, las crónicas de sus principales artistas. Escuchaba discos y estudiaba en silencio cintas de vídeo de conciertos. Y, cuando la noche quedaba vacía y en calma, oía las voces de *Entrevista con el vampiro* cantándome como si lo hicieran desde la tumba. Leí el libro una y otra vez; y por fin, en un momento de furia y desdén, lo rompí en pedazos.

Finalmente, tomé una decisión.

Me reuní con mi joven abogada, Christine, en el despacho a oscuras del rascacielos de oficinas, sin más luces que las del centro urbano para vernos. La muchacha tenía un aspecto encantador, recortada contra la pared acristalada; tras ésta, los edificios en penumbra formaban un paisaje áspero en el que ardía un millar de antorchas.

—Ya no basta con que mi pequeño grupo de rock tenga éxito —le dije—. Debemos crearnos una fama que lleve mi voz y mi nombre a los más remotos rincones del mundo.

Con palabras inteligentes y pausadas, como suelen hacer los abogados, Christine me aconsejó que no arriesgara mi fortuna. Sin embargo, cuando insistí con obsesiva confianza, aprecié cómo la iba seduciendo, cómo se disolvía lentamente su sentido común.

—Para las filmaciones y vídeos, quiero los mejores directores franceses —le indiqué—. Debes traerlos aquí de Nueva York y de Los Ángeles. Hay dinero de sobra para eso. Y, sin duda, aquí podrás encontrar los estudios donde preparar nuestra obra. Sobre esos jóvenes productores de grabación que hacen las mezclas de sonido, también debes traer los mejores. No importa cuánto invirtamos en esta empresa. Lo importante es que esté bien organizada y que hagamos el trabajo en secreto hasta el momento de la presentación, cuando nuestros álbumes y filmaciones aparezcan al mismo tiempo que el libro que me propongo escribir.

Finalmente, la cabeza de la abogada se llenó de sueños de riqueza y poder. Su estilográfica se deslizaba rauda mientras tomaba notas.

¿Y cuáles eran mis sueños mientras seguía hablándole? Soñaba con una rebelión sin precedentes, con un magno y aterrador desafío a los de mi especie en todo el mundo.

—Respecto a los vídeos —dije—, debes encontrar directores que lleven a cabo mis visiones. Los filmes serán consecutivos y contarán la misma historia que el libro que quiero escribir. En cuanto a las canciones, muchas de las cuales he compuesto ya, debes ocuparte de encontrar los mejores instrumentos; sintetizadores, guitarras eléctricas, violines, sistemas de sonido de primera categoría. Más tarde nos ocuparemos de otros detalles: el diseño de las indumentarias de vampiros, el modo de presentación ante las emisoras de televisión de música rock, la organización de nuestro primer concierto con público en San Francisco... Todo eso lo estudiaremos a su debido tiempo. Lo importante ahora es que hagas las llamadas telefónicas precisas, que consigas la información que necesitas para empezar.

No volví a ver a los chicos de La Noche Libre de Satán hasta haber cerrado los acuerdos previos y haber estampado las primeras firmas. Una vez fijadas las fechas y alquilados los estudios, formalizamos los contratos definitivos.

A continuación, Christine me acompañó a adquirir una enorme limusina para mis queridos jóvenes músicos, Larry y Alex y la Dama Dura. Teníamos una enorme cantidad de dinero y una serie de papelotes que firmar.

Bajo los robles amodorrados de aquella tranquila calle de Garden District, llené de champán sus brillantes copas de cristal.

—¡Por El Vampiro Lestat! —brindamos todos a la luz de la luna. Aquél iba a ser el nuevo nombre del grupo; y también iba a ser el título del libro que me proponía escribir. La Dama Dura me echó al cuello sus bracitos apetitosos y nos besamos con ternura entre las risas generales y los vapores del vino. ¡Ah, el olor a sangre inocente!

Y cuando los músicos se hubieron marchado en el imponente vehículo tapizado en terciopelo, di un paseo en solitario hacia St. Charles Avenue bajo la noche refrescante, pensando en el peligro que iban a correr mis pequeños amigos mortales.

El peligro no provendría de mí, por supuesto. Pero cuando el largo período de secreto terminara, los tres muchachos se encontrarían, sin comerlo ni beberlo, en el centro de la atención internacional, tras la siniestra y osada figura de su líder y cantante. «Muy bien —pensé—: yo les rodearía de guardaespaldas y moscones en todo momento y lugar. Les protegería de otros inmortales como mejor pudiera. Y si los inmortales seguían comportándose como en los viejos tiempos, nunca se arriesgarían a un vulgar enfrentamiento con un grupo de humanos mortales como aquél.»

Mientras recorría la bulliciosa avenida, oculté mis ojos tras unas gafas de sol reflectantes. Monté en el desvencijado tranvía de St. Charles para llegar hasta el centro de la ciudad. Luego, abriéndome paso entre los transeúntes de aquellas primeras horas de la noche, entré casualmente en una elegante librería de dos plantas llamada De Ville Books y me detuve ante el pequeño ejemplar de bolsillo de *Entrevista con el vampiro* que descubrí en una estantería.

Me pregunté cuántos de mi especie se habrían fijado en el libro. De momento, no importaban los mortales, que lo consideraban una obra de ficción. ¿Cómo reaccionarían los otros vampiros? Porque, si existe una ley que todos los vampiros consideran sagrada es *no hablar nunca de nosotros a los mortales*. Uno no revela nunca sus «secretos» a un humano, a menos que pretenda transmitir a éste el Don Oscuro de nuestros poderes. Un inmortal no revela el nombre de sus congéneres, ni dónde puedan tener su guarida.

Mi amado Louis, el narrador de *Entrevista con el vampiro*, se había saltado todas estas normas. Había ido mucho más allá que yo con mi reducida revelación a los muchachos del conjunto: él se lo había contado a miles de lectores. Sólo le había faltado trazar un plano y marcar con un aspa el lugar exacto de Nueva Orleans donde yo reposaba, aunque no quedaba claro hasta qué punto lo conocía de verdad, ni cuáles eran sus intenciones.

Fuera como fuese, lo cierto era que otros vampiros lo perseguirían hasta atraparle por lo que había hecho. Y había formas muy sencillas de destruir a un vampiro, sobre todo en estos tiempos. Si aún seguía existiendo, Louis era ahora un proscrito y viviría bajo la permanente amenaza de nuestra propia especie, más terrible de la que podría suponer jamás ningún mortal.

Aquél era un motivo más para mis deseos de que el libro y el grupo El Vampiro Lestat alcanzaran la fama lo antes posible. Tenía que encontrar a Louis. Era preciso que hablara con él. En realidad, después de leer su relato de cómo habían sucedido las cosas, ansiaba verle, anhelaba sus ilusiones románticas e incluso su falta de honradez. Anhelaba incluso su caballerosa malicia y su presencia física, el sonido engañosamente suave de su voz.

Por supuesto, algo tiraba de mí pidiéndome odiarle por las mentiras que decía de mí, pero el amor que sentía por él era mucho más fuerte que la inclinación hacia ese odio. Louis había compartido conmigo los años oscuros y románticos del siglo XIX, era mi compañero como no lo había sido ningún otro inmortal.

Y ansiaba escribir mi libro por él, no como respuesta a su maliciosa *Entrevista con el vampiro*, sino para narrar todo lo que yo había visto y aprendido antes de entrar en contacto con él, la historia que no había tenido ocasión de contarle en el pasado.

Ahora, a mí tampoco me importaban ya las viejas normas. Quería saltármelas todas. Y quería usar el conjunto musical y el libro para hacer aparecer no sólo a Louis, sino también a todos los otros demonios que había conocido y amado a lo largo del tiempo. Quería encontrar a los perdidos, despertar a quienes dormían como yo lo había hecho.

Antiguos y recién llegados, hermosos y perversos y locos y despiadados... todos vendrían a por mí cuando contemplaran los vídeos y escucharan los discos, cuando toparan con el libro en los escaparates de las tiendas y supieran exactamente dónde encontrarme. Yo sería Lestat, la superestrella del rock. Sí, que vinieran a San Francisco para mi primera actuación en público. Allí estaría.

Pero había otra razón para mi aventura... una razón todavía más peligrosa, más desquiciada y placentera. Quería que los mortales *supieran* de nuestra existencia. Quería proclamarla al mundo igual que la había revelado a Alex, Larry y la Dama Dura, y a mi dulce abogada, Christine.

Y no importaba que ellos no me creyeran. No importaba que pensaran que todo era un montaje. La realidad era que, después de dos siglos de clandestinidad, yo aparecía abiertamente entre los mortales. Pronunciaba mi nombre en voz alta, declaraba sin temor mi condición... ¡Existía!

También en esto, sin embargo, iba mucho más allá que Louis. Su historia, pese a sus peculiaridades, había pasado por mera ficción. En el mundo mortal, su libro era tan inocuo como los decorados del viejo Teatro de los Vampiros en el París donde los locos habían simulado ser actores interpretando papeles de locos en un escenario remoto e iluminado a gas.

Yo saldría ante las cámaras bajo los focos como soles. Extendería las manos y tocaría con mis dedos helados un millar de manos cálidas y deseosas de asirlos. Primero les aterrorizaría, si era posible, y luego, si podía, les hechizaría y les convencería de la verdad.

Y suponed —suponedlo sólo— que cuando los cadáveres empezaran a aparecer en cantidades cada vez mayores, que cuando los más próximos a mí empezaran a prestar atención a sus inevitables sospechas... ¡imaginad que el montaje dejara de serlo y se hiciera real!

¿Qué sucedería si mi público se convencía, si comprendía realmente que este mundo todavía albergaba al vampiro, aquel ser demoníaco surgido del pasado...? ¡Ah, qué grande y gloriosa guerra libraríamos entonces!

Los vampiros seríamos conocidos; ¡y perseguidos y combatidos por el hombre en aquella brillante selva urbana como ningún otro monstruo mítico lo había sido jamás!

¿Cómo podía no encantarme esa idea? ¿Cómo no iba a merecer la pena correr el mayor peligro, sufrir la más total y atroz derrota? Incluso en el momento de la destrucción, me sentiría más vivo que nunca.

Pero, a decir verdad, no creía que llegáramos nunca a eso, a que los mortales creyeran en nosotros. Los mortales nunca me han dado miedo.

La guerra que iba a desencadenarse era la otra, ésa en la

que todos mis compañeros se me unirían... o vendrían juntos a combatirme.

Ésa era la auténtica razón de que existiera el conjunto El Vampiro Lestat. Ése era el juego por el que había apostado.

Pero esa otra posibilidad deliciosa de que se produjeran realmente la revelación y el desastre... ¡En fin, eso le añadiría mucho interés al asunto!

Dejé atrás el deprimente erial de Canal Street y subí de nuevo la escalera hasta mis aposentos en el anticuado hotel del barrio francés. Era un lugar tranquilo y adecuado para mí, con las estrechas callejas de casitas de estilo español del *Vieux Carré*, que tan bien conocía, extendiéndose bajo las ventanas.

Puse en el aparato gigante de televisión la cinta de *Muerte en Venecia*, la hermosa película de Visconti. En cierta escena, un actor decía que el mal era una necesidad. Que era alimento para el espíritu.

No lo creí, pero deseé que fuera cierto. Así podría ser simplemente Lestat, el monstruo, ¿no es cierto? ¡Y yo tenía siempre un gran talento para monstruo! ¡Ah, en fin...!

Puse un nuevo disquete en el ordenador portátil y empecé a escribir la historia de mi vida.

LA EDUCACIÓN JUVENIL
Y LAS AVENTURAS DEL VAMPIRO
LESTAT

PRIMERA PARTE

LA APARICIÓN DE LELIO

1

El invierno en que cumplí veintiún años, salí a caballo en solitario para acabar con una manada de lobos.

Esto sucedía en las tierras de mi padre, en la región francesa de Auvernia, durante las últimas décadas que precedieron a la Revolución Francesa.

Era el peor invierno que yo recordaba, y los lobos se dedicaban a robar las ovejas de nuestros campesinos e incluso merodeaban de noche por las calles del pueblo.

Aquéllos eran años amargos para mí. Mi padre era el marqués; y yo, su séptimo hijo y el menor de los tres que habían sobrevivido hasta la edad adulta, no tenía derechos al título ni a las tierras y carecía de perspectivas. Así habrían sido las cosas para un hijo menor aunque la mía hubiera sido una familia acaudalada, pero todas nuestras riquezas se habían consumido mucho tiempo atrás. Augustin, mi hermano mayor y heredero legítimo de cuanto poseíamos, había gastado la pequeña dote de su esposa no bien se había casado.

El castillo de mi padre, sus posesiones y el pueblo cercano constituían todo mi universo. Y yo era inquieto de nacimiento: era el soñador, el irritado, el protestón. No soportaba quedarme junto al fuego charlando de viejas guerras y de los tiempos del Rey Sol. La historia no significaba nada para mí.

Pero, en ese mundo sombrío y anticuado, me había convertido en el cazador y pescador. Yo traía el faisán, el venado y la trucha de los torrentes de montaña —todo lo que necesitábamos y se dejaba cazar—, para alimentar a la familia. A esas alturas de mi existencia, la caza y la pesca se habían convertido en mi vida y, al mismo tiempo, en unas actividades que yo no compartía con nadie más. Y era una suerte que me dedicara a ellas, pues había años en que, sin las piezas que cobraba, nos habríamos muerto literalmente de inanición.

Por supuesto, cazar y pescar en las tierras y ríos de los antepasados de uno eran ocupaciones de nobles, y únicamente nosotros teníamos derecho a hacerlo. Ni el más rico de los burgueses podía alzar su arma en mis bosques o probar suerte en sus arroyos. Pero, en contrapartida, el burgués no necesitaba ni empuñar un arma. Él tenía el dinero.

Dos veces en mi vida había intentado escapar de aquella existencia, y sólo había conseguido que me devolvieran a ella con las alas rotas. Pero de eso ya hablaré más adelante.

Ahora recuerdo la nieve que cubría todas aquellas montañas, y los lobos que asustaban a los campesinos y nos robaban las ovejas. Y pienso en el viejo dicho que corría por Francia aquellos días, según el cual si uno vivía en Auvernia, no podía llegar nunca más allá de París.

Entended que, como yo era el amo y el único en la familia capaz todavía de montar a caballo y disparar un arma, era lógico que los aldeanos acudieran a mí para quejarse de los lobos y pedirme que los matara. Y era mi deber hacerlo.

Tampoco sentía el menor temor a los lobos. En toda mi vida no había visto ni tenido noticia de que un lobo atacara a un hombre y, por mí, los habría exterminado con veneno, pero la carne, sencillamente, escaseaba demasiado, y la de los lobos me servía como cebo.

Así pues, a primera hora de una mañana muy fría de enero, tomé las armas para matar a los lobos uno por uno. Disponía de tres pistolas de chispa y de un excelente fusil del mismo tipo, y me llevé las cuatro piezas junto con mis mosquetes y la espada de mi padre. Cuando ya me disponía a dejar el castillo, añadí a este pequeño arsenal un par de armas antiguas a las que no había prestado atención hasta aquel momento.

Nuestro castillo estaba lleno de viejas armaduras. Mis antepasados habían combatido en incontables guerras feudales desde los tiempos de las Cruzadas, con san Luis, y, colgada en las paredes sobre los chirriantes trajes de metal, había una gran cantidad de lanzas, hachas de guerra y mazas.

Esa mañana tomé conmigo dos de estas últimas, una especie de garrote con puntas metálicas y una maza de estrella de buen tamaño, consistente en una bola de hierro unida a una cadena y a un mango, que podía descargarse con inmensa fuerza contra un atacante.

Recordad que estamos en el siglo XVIII, la época en que los parisienses de peluca blanca caminaban de puntillas con zapatillas de satén de tacón alto, tomaban rapé y se daban toquecitos en la nariz con pañuelos de encaje.

Y, mientras, yo salía de caza con botas de cuero sin curtir y abrigo de piel de ante, con aquellas armas antiguas atadas a la silla y mis dos mejores mastines a mi lado, con sus collares de puntas metálicas.

Ésa era mi vida. Idéntica a la que podría haber llevado en la Edad Media. Y yo sabía suficientes cosas de los viajeros ricamente ataviados que pasaban por el camino de postas; ellos me permitían apreciar nuestras profundas diferencias. Los nobles de la capital llamaban «cazaconejos» a los caballeros de provincias como nosotros. Naturalmente, nosotros nos burlábamos de ellos llamándolos lacayos del rey y de la reina. Nuestro castillo había resistido mil años, y ni siquiera el gran cardenal Richelieu, en su guerra contra nuestra clase, había conseguido derribar sus viejas torres. De todos modos, como ya he dicho antes, yo no le prestaba mucha atención a la historia.

Mientras cabalgaba montaña arriba, me sentía desgraciado y furioso.

Deseé librar una buena batalla con los lobos. Según los aldeanos, había cinco animales en la manada, y yo tenía mis armas y dos perros de mandíbulas poderosas, capaces de partirle en un instante el espinazo a una alimaña.

Avancé más de una hora por las laderas a lomos de mi

yegua, hasta llegar a un pequeño valle que conocía lo suficiente como para no dejarme confundir por la nieve caída. Y cuando empecé a cruzar la amplia y yerma hondonada en dirección a los árboles desnudos del bosque, escuché el primer aullido.

Segundos después, llegó otro y, a continuación, un tercero; el coro cantaba con tal armonía que no pude precisar el número de animales de la manada. Sólo tuve la certeza de que me habían visto y de que se hacían señales para reunirse; que era precisamente lo que yo había esperado que hicieran.

Creo que en ese instante no tenía miedo alguno, pero, de todos modos, sentí algo que me erizó el vello de los brazos. El campo, en toda su inmensidad, parecía vacío. Preparé las armas y ordené a los perros que dejaran de gruñir y me siguieran, mientras una vaga sensación me urgía a darme prisa en salir del campo abierto y ponerme al abrigo de los árboles.

Los perros dieron la alarma con sus roncos ladridos. Volví la cabeza y vi a los lobos a cientos de metros, avanzando raudos hacia mí, por el valle nevado. Eran tres enormes lobos grises los que me seguían, en fila india.

Aceleré el paso de la yegua hacia el bosque.

Parecía que no me costaría llegar a éste antes de que los tres lobos me dieran alcance, pero estos animales son tremendamente listos y, mientras galopaba hacia los árboles, vi aparecer delante de mí, hacia la izquierda, al resto de la manada: cinco ejemplares adultos. Había caído en una emboscada y no conseguiría llegar a tiempo a la protección de los troncos. Y la manada la componían ocho lobos, no cinco, como me habían asegurado los aldeanos.

Ni siquiera entonces tuve el suficiente buen juicio para sentir miedo. No tuve en cuenta el hecho evidente de que aquellos animales debían de estar muy hambrientos o no se habrían acercado tanto al pueblo. Su natural reserva hacia el hombre había desaparecido por completo.

Me apresté a la batalla. Colgué la maza al cinto y apunté con el fusil. Abatí a un gran macho a unos metros de distancia y tuve tiempo de volver a cargar mientras mis perros y la manada se atacaban.

Las alimañas no podían hacer presa en el cuello de los perros debido a los collares de afiladas puntas metálicas y, en la primera escaramuza, mis animales no tardaron en dar cuenta de uno de los lobos con sus poderosas mandíbulas. Volví a disparar y abatí otro.

Pero la manada había rodeado a los perros. Mientras yo seguía disparando, cargando lo más deprisa que podía y tratando de apuntar bien para no darles a los perros, vi que el menor de éstos caía con las patas traseras rotas. La sangre formaba regueros en la nieve, el segundo perro se mantuvo aparte de la manada mientras ésta trataba de devorar a su agonizante compañero, pero, apenas un par de minutos más tarde, los lobos también le habían abierto el vientre y yacía muerto.

Mis mastines, como ya he dicho, eran animales muy fuertes que yo mismo había alimentado y entrenado, y cada uno pesaba más de noventa kilos. Siempre me los llevaba a cazar y, aunque ahora hablo de ellos como simples perros, entonces sólo los trataba por el nombre y, al verlos morir, comprendí por primera vez a qué me enfrentaba y qué podía suceder.

Pero todo esto había ocurrido en cuestión de minutos.

Cuatro lobos yacían muertos y otro estaba malherido sin remedio. Pero aún quedaban tres más, uno de los cuales había detenido su salvaje festín con las entrañas de los perros para fijar en mí sus ojos rasgados.

Disparé el fusil, fallé, disparé el mosquete, y la yegua se encabritó mientras el lobo se lanzaba hacia mí. Como movidos por cuerdas, los otros lobos se volvieron, abandonando también sus presas recién muertas. Sacudí bruscamente las riendas y dejé que mi montura corriera a su aire, en línea recta hacia la protección del bosque.

No volví la cabeza ni siquiera cuando escuché los gruñidos y los chasquidos de las mandíbulas casi a mi altura. Pero entonces noté la dentellada de los colmillos en el tobillo.

Tomé el otro mosquete, me volví a la izquierda y disparé. Me pareció que el lobo se erguía sobre las patas traseras, pero quedó fuera de mi visión demasiado pronto para asegurarlo, al tiempo que la yegua se encabritaba otra vez. Estuve a punto de caer y noté que sus ancas cedían bajo mi cuerpo.

Casi habíamos alcanzado el lindero del bosque y desmonté antes de que la yegua terminara de caer. Me quedaba una pistola cargada. Me volví, sostuve el arma con ambas manos, apunté de lleno al lobo que se lanzaba sobre mí y le volé el cráneo.

Quedaban ahora dos alimañas. La yegua emitía unos estentóreos relinchos que se convirtieron en un agudo alarido de agonía, el sonido más terrible que he oído nunca a criatura alguna. Los dos lobos habían caído sobre ella.

Di unos rápidos pasos sobre la nieve, notando la solidez de la tierra rocosa bajo mis pies, y llegué a los árboles. Si lograba encaramarme a uno, podría cargar de nuevo las armas y disparar a los lobos desde arriba. Sin embargo, no vi un solo tronco con las ramas lo bastante bajas para trepar por ellas.

Probé a subir por un tronco, pero mis pies resbalaron en la corteza helada y caí de nuevo al suelo mientras los lobos se acercaban. No me daba tiempo a cargar la única pistola que me quedaba. Tendría que valerme sólo de la maza de estrella y la espada, pues el garrote se me había caído hacía un buen trecho.

Creo que, mientras me ponía a duras penas en pie, me di cuenta de que probablemente iba a morir. Sin embargo, en ningún momento me pasó por la cabeza rendirme. Estaba enloquecido, lleno de furia. Casi gruñendo, hice frente a las alimañas y miré directamente a los ojos al más próximo de los dos lobos.

Abrí las piernas para afirmarme sobre el terreno. Con la maza en la mano izquierda, desenvainé la espada con la diestra. Los lobos se detuvieron. El primero, después de sostenerme la mirada, agachó la cabeza y trotó unos pasos hacia un lado. El otro esperó, como si estuviera pendiente de alguna invisible señal. El primero volvió a mirarme un momento con aquel aire extrañamente tranquilo, y luego se lanzó hacia delante.

Empecé a voltear la maza de modo que la bola con puntas formara círculos a mi alrededor. Capté mis propios jadeos, casi gruñidos, y me di cuenta de que tenía las rodillas dobladas como para saltar adelante. Dirigí el arma hacia el costado de la mandíbula del animal, impulsándola con todas mis fuerzas, pero no conseguí más que rozarle.

El lobo se apresuró a alejarse y su compañero se puso a correr en círculos a mi alrededor, avanzando de vez en cuando hacia mí y retirándose inmediatamente.

No sé cuánto rato se prolongó esto, pero entendí claramente su estrategia. Los lobos se proponían fatigarme y tenían la fuerza y la astucia necesarias para conseguirlo. Para ellos, la caza se había convertido en un juego.

Yo daba vueltas, lanzaba golpes, me defendía hasta casi caer de rodillas en la nieve. Probablemente, el lance no duró más de media hora, pero no hay modo de medir el tiempo en una situación así.

Y, cuando las piernas empezaron a fallarme, intenté una jugada desesperada. Me quedé inmóvil, con los brazos caídos y las armas a los costados. Y los lobos se acercaron para acabar conmigo de una vez, como yo esperaba que hicieran.

En el último instante, volteé la maza, noté cómo la bola golpeaba el hueso, vi la cabeza del lobo levantada a mi derecha y, con el filo de la espada, le abrí la garganta de un tajo.

El otro lobo ya estaba a mi lado y noté cómo sus dientes desgarraban mis pantalones. El animal podía desencajarme la pierna en cuestión de segundos, pero descargué la espada contra el costado de su hocico, reventándole el ojo. La bola de la maza cayó a continuación sobre el lobo y éste soltó la presa. Con un salto hacia atrás, encontré el espacio suficiente para mover la espada otra vez y la hundí hasta la empuñadura en el tórax del animal antes de retirarla de nuevo.

Todo había terminado.

La manada estaba exterminada y yo seguía vivo.

Y los únicos sonidos en el valle solitario cubierto de nieve eran mi propia respiración y los quejumbrosos relinchos de mi yegua moribunda, que yacía a unos metros de mí.

No estoy seguro de que me hallara en mis cabales, en ese instante. No estoy seguro de que las cosas que me pasaran por la mente fueran pensamientos. Tenía ganas de dejarme caer en la nieve y, sin embargo, me encontré alejándome de los lobos en dirección a mi agonizante montura.

Cuando estuve más cerca de ella, la yegua alzó el cuello, luchó por incorporarse sobre sus patas delanteras y volvió a emitir uno de aquellos agudísimos alaridos de súplica. El eco repitió el sonido en las montañas. Y pareció llevarlo hasta el cielo. Me quedé mirándola, contemplando su cuerpo roto y oscuro contra la blancura de la nieve, sus cuartos traseros inútiles y el forcejeo de sus patas delanteras, su hocico alzado hacia el cielo, las orejas echadas atrás y los ojos enormes casi en blanco al emitir sus gimientes relinchos. Parecía un insecto con la mitad posterior aplastada contra el suelo, pero no se trataba de ningún insecto. Era mi yegua, mi agonizante yegua. Vi que trataba de incorporarse otra vez.

Tomé el fusil de la silla, lo cargué y, mientras ella seguía agitando la cabeza y trataba en vano, una vez más, de ponerse en pie con su lastimero alarido, le descerrajé un tiro en el corazón.

Ahora, la yegua parecía en paz. Yacía inmóvil y sin vida, la sangre manaba de ella y el valle había quedado en silencio. Yo estaba temblando. Escuché un desagradable sonido sofocado que salía de mi garganta y vi caer los vómitos en la nieve antes de darme cuenta de que eran míos. Me sentía envuelto por el olor de los lobos, y por el de la sangre. Cuando intenté caminar, estuve a punto de caer rodando.

Sin embargo, sin detenerme ni siquiera un instante, volví entre los lobos muertos y llegué junto al que casi había acabado conmigo, el último en morir. Me lo eché a los hombros y, cargado así, emprendí el trayecto de vuelta al castillo.

Probablemente tardé un par de horas. Como antes, no sé

cuánto tiempo transcurrió. Pero lo que había aprendido o sentido mientras combatía a aquellos lobos, fuera lo que fuese, continuó calando en mi mente incluso mientras caminaba. Cada vez que tropezaba o caía, algo en mi interior se endurecía, se volvía peor.

Cuando llegué a las puertas del castillo, creo que ya no era Lestat. Era alguien completamente distinto cuando entré tambaleándome en el gran salón portando sobre los hombros aquel lobo. El calor del cadáver ya había disminuido mucho, y el repentino fulgor de las llamas me irritó los ojos. Me sentía completamente extenuado.

Y aunque empecé a hablar cuando vi a mis hermanos levantarse de la mesa y a mi madre dándole unas palmaditas en las manos a mi padre, que ya estaba ciego y quería saber qué sucedía, no recuerdo qué dije. Sé que tenía una voz muy apagada y la sensación de estar describiendo en términos muy simples lo sucedido. «Y entonces esto... y entonces lo otro...» En este mísero estilo.

Pero, de pronto, mi hermano Augustin me devolvió a la realidad. Se acercó a mí, con la luz del fuego a su espalda, e interrumpió claramente el murmullo monótono de mis palabras con su voz:

—¡Cerdo embustero! —masculló fríamente—. ¡Tú no has matado ocho lobos!

En su rostro se reflejaba una torva expresión de desprecio, pero lo más notable fue otra cosa: casi en el mismo instante de pronunciar esas palabras, mi hermano se dio cuenta, por alguna razón, de que con sus palabras acababa de cometer un grave error.

Tal vez fue mi expresión. Tal vez fue el murmullo indignado de mi madre o el silencio elocuente de mi otro hermano. Probablemente fue mi mirada. Fuera lo que fuese, la reacción fue casi instantánea y en el rostro de Augustin se reflejó la más curiosa mueca de turbación.

Empezó a balbucir lo increíble que resultaba, y que debía haber estado al borde de la muerte y que haría preparar de inmediato un buen caldo para mí y todas esas cosas, pero no sirvió de nada. Lo que había sucedido en aquel breve instante era irreparable.

Debí de perder el conocimiento. Y, cuando lo recuperé, estaba tendido sobre la cama, a solas. Los perros no estaban en la cama conmigo, como siempre en invierno, porque los dos estaban muertos; aunque el fuego del hogar no estaba encendido, me metí bajo las mantas, sucio y ensangrentado, y caí en un profundo sueño.

Permanecí en la habitación durante días.

Supe que los aldeanos habían subido a la montaña, encontrado los lobos y traído sus restos al castillo; Augustin vino a verme para contármelo, pero no le contesté.

Pasó tal vez una semana. Cuando pude tolerar de nuevo la cercanía de otros canes, bajé a la perrera y escogí dos cachorros ya un poco crecidos para que me hicieran compañía. Por la noche dormía entre ellos.

Los criados entraban y salían, pero nadie me molestó.

Y por fin, en silencio y casi sigilosamente, entró en la alcoba mi madre.

2

Ya había anochecido. Yo estaba sentado en la cama con uno de los perros tendido a mi lado y el otro tumbado bajo mis rodillas. El fuego crepitaba.

Y entonces hizo aparición por fin mi madre, como debería haber esperado que sucedería.

La reconocí por su especial modo de moverse en las sombras; y, mientras que de haber sido otra persona quien se acercaba la habría echado a gritos, a ella no le dije nada. Yo sentía por mi madre un amor profundo e inconmovible. No creo que nadie más lo sintiera. Y una cosa que siempre me hacía quererla era que jamás decía nada vulgar. Expresiones como «cierra la puerta», «toma la sopa», «quédate quieto en la silla» no salían jamás de sus labios. Se pasaba el día leyendo y, de hecho, era el único miembro de la familia que tenía cierta educación. Así pues, cuando mi madre hablaba era realmente para decir algo. Por eso no me molestó su presencia en aquellos momentos.

Al contrario, despertó mi curiosidad. ¿Qué me diría? ¿Y serviría de algo que lo hiciera? Yo no había querido que acudiera, ni siquiera había pensado en ella, y no aparté los ojos del fuego para así poder mirarla.

Con todo, había entre nosotros un profundo entendimiento. Cuando me habían traído de vuelta al castillo tras mi intento de huida, había sido ella quien me mostró el camino para recuperarme del dolor que el asunto me causó. Había obrado milagros conmigo, aunque nadie a nuestro alrededor llegó a darse cuenta nunca.

Su primera intervención se había producido cuando yo tenía doce años, y el viejo párroco, que me había enseñado unos poemas de memoria y a leer un par de himnos en latín, quiso enviarme a la escuela en un monasterio cercano.

Mi padre se negó y dijo que podía aprender en mi propia casa todo lo que debía saber. Fue mi madre la que levantó la vista de sus libros para iniciar una batalla dialéctica con él, a base de gritar y vociferar. Yo iría a esa escuela, afirmó, si lo deseaba. Tras esto, vendió una de sus joyas para pagarme libros y ropa. Todas las joyas las había heredado de una abuela italiana, y cada una tenía su historia; seguro que fue una decisión dura para ella, pero la tomó al instante.

Mi padre se enfadó y le recordó que, de haber sucedido aquello antes de perder la vista, su voluntad se habría impuesto sin la menor discusión. Mis hermanos le aseguraron que su hijo menor no iba a estar mucho tiempo fuera. Volvería corriendo, decían, tan pronto como me obligaran a hacer algo que no quisiera.

Pues bien, no volví corriendo a casa. La escuela del monasterio me encantó.

Me encantaron la capilla y los himnos, la biblioteca con

sus miles de viejos volúmenes, las campanadas que dividían la jornada y los ritos siempre repetidos. Me gustaba la limpieza del lugar, el hecho aleccionador de que todas las cosas allí se cuidaban y reparaban, que el trabajo nunca cesaba a lo largo y ancho del gran edificio y de los jardines.

Cuando alguien me corregía, lo cual no sucedía a menudo, me producía una profunda felicidad saber que, por primera vez en mi vida, alguien trataba de convertirme en una buena persona, alguien era consciente de que yo podía aprender cosas.

Al cabo de un mes, declaré mi vocación. Aspiraba a entrar en la orden. Deseaba pasar la vida en aquellos claustros inmaculados, en la biblioteca, escribiendo sobre pergamino y aprendiendo a leer los libros antiguos. Quería enclaustrarme para siempre con una gente que creía que yo podía ser bueno si quería.

Allí me apreciaban, y tal cosa me resultaba de lo más inusual. En aquel lugar, nadie se molestaba ni se irritaba conmigo.

El padre superior escribió de inmediato a mi casa pidiendo permiso para mi ingreso y, francamente, pensé que a mi padre le alegraría librarse de mí.

Pero, tres días después, llegaron mis hermanos para llevarme a casa con ellos. Lloré y supliqué que no me llevaran, pero el padre superior no podía hacer nada en mi favor.

No bien estuvimos de vuelta en el castillo, mis hermanos me quitaron los libros y me encerraron. Yo no lograba entender por qué estaban tan enfadados, aunque capté la insinuación de que, de algún modo, me había portado como un estúpido. Yo no podía dejar de llorar y no hacía más que dar vueltas y vueltas en la estancia, descargaba mis puños sobre los objetos que contenía y lanzaba puntapiés sobre la puerta.

Después, mi hermano Augustin empezó a entrar de vez en cuando para hablar conmigo. Al principio, Augustin dio muchos rodeos, pero, finalmente, quedó de manifiesto que un miembro de una gran familia francesa no iba a terminar como un pobre hermano lego. ¿Cómo podía haber malinterpretado yo la situación hasta aquel punto? Si me habían enviado al monasterio, era sólo para que aprendiese a leer y a escribir. ¿Por qué siempre tenía que tomarme yo las cosas tan a la tremenda? ¿Por qué me comportaba habitualmente como un animal salvaje?

En cuanto a profesar las órdenes con auténticas perspectivas de futuro dentro de la Iglesia... bien, yo era el hijo menor de la familia, ¿verdad? Pues entonces debía pensar en mis obligaciones para con mis sobrinos.

Traducido en pocas palabras, todo esto venía a decir: no tenemos dinero para proporcionarte una auténtica carrera eclesiástica, para hacerte obispo o cardenal como corresponde a nuestro rango, de modo que tendrás que desarrollar tu vida aquí, pobre y analfabeto. Ahora, baja al salón a jugar una partida de ajedrez con tu padre.

Cuando entendí la situación, sentado a la mesa para cenar con el resto de la familia, me eché a llorar y murmuré unas palabras que nadie comprendió, diciendo que aquella casa nuestra era «un caos». Como castigo por hacerlo, me mandaron de nuevo a mi habitación.

Entonces subió a verme mi madre.

—Si no sabes qué es el caos, ¿por qué utilizas esa palabra? —me preguntó.

—Sí que lo sé —repliqué, y empecé a hablarle de la suciedad y el deterioro que reinaban en el castillo y a describirle la limpieza y el orden que había encontrado en el monasterio, un lugar donde uno podía perfeccionarse, si se lo proponía.

Ella no discutió mis palabras y, pese a mi juventud, advertí que apreciaba con agrado la inusual profundidad de lo que yo estaba diciendo.

A la mañana siguiente, mi madre me llevó de viaje.

Cabalgamos juntos durante media jornada hasta alcanzar el impresionante castillo de un noble vecino y, una vez allí, el caballero y mi madre me condujeron a la perrera, donde ella me indicó que escogiera una pareja entre una camada de cachorros de mastín.

Jamás había visto nada tan tierno y cautivador como aquellos cachorros. Y los perros adultos nos miraban como leones soñolientos. Sencillamente, magníficos.

Estaba tan emocionado que casi no pude decidirme por ninguno, y volví con el macho y la hembra que el noble caballero me recomendó escoger. Hice todo el camino de vuelta llevando a los perrillos en el regazo, dentro de una cesta.

Y, al cabo de un mes, mi madre me compró también mi primer fusil de chispa y mi primer caballo de montar. No me explicó por qué hacía todo aquello, pero yo, a mi manera, comprendí qué era lo que ponía en mis manos. Me ocupé de los perros, los entrené y establecí un gran criadero a partir de ellos.

Con aquellos mastines, me convertí en un verdadero cazador, y, a los dieciséis años, mi vida se desarrollaba en el campo abierto.

En cambio, en el castillo, resultaba más latoso que nunca. En realidad, nadie quería oírme hablar de recuperar los viñedos, de volver a plantar los campos abandonados o de impedir que los arrendatarios de las tierras siguieran robándonos.

Era impotente para cambiar nada. El silencioso flujo y reflujo de la vida sin cambios me resultaba devastador.

Todos los días de fiesta acudía a la iglesia sólo para romper la monotonía de mi vida y, cuando se presentaban en el pueblo los feriantes, siempre iba a verles, ávido de aquellos pequeños espectáculos que no podía contemplar en ninguna otra ocasión, de cualquier cosa que me sacara de la rutina.

No importaba que fueran los mismos prestidigitadores, mimos y acróbatas de años anteriores. Siempre eran algo más que el lento transcurso de las estaciones y que los ociosos e inútiles comentarios sobre glorias pasadas.

Pero ese año, el año que cumplí dieciséis, llegó una *troupe* de cómicos italianos con un carromato pintado en cuya parte posterior montaron el escenario más elaborado que yo había visto nunca. Representaron la vieja comedia italiana de Pantaleón y Polichinela y los jóvenes amantes, Lelio e Isabella, y el viejo doctor y todas las escenas habituales.

Me sentí extasiado con su actuación. Nunca había visto nada semejante, tan lleno de ingenio, de vitalidad, de agilidad. Me entusiasmó la representación, aunque a veces los actores hablaban tan deprisa que no podía seguirles.

Cuando la compañía terminó la obra y hubo pasado el platillo entre los espectadores, me mezclé entre los actores en la taberna y les invité a unos vinos, que en realidad no podía pagar, sin más propósito que poder hablar con ellos.

Sentía un amor imposible de expresar por aquellos hombres y mujeres. Ellos me explicaron que cada actor tenía un papel para toda la vida y que no utilizaban textos aprendidos de memoria, sino que lo improvisaban todo en el escenario. Cada actor conocía su nombre, su personaje, y entendía a éste y le hacía hablar y actuar como consideraba adecuado. En eso consistía la grandeza del género.

Un género que era denominado *Commedia dell'arte*.

Me sentía hechizado. Y me enamoré de la muchacha que hacía el papel de Isabella. Subí al carromato con los actores y examiné todo su vestuario y los decorados pintados y, cuando volvimos a estar ante unas jarras de vino en la taberna, me dejaron representar a Lelio, el joven amante de Isabella, y aplaudieron asegurando que tenía don escénico. Era capaz de interpretar un papel como ellos lo hacían.

Al principio, creí que los elogios no eran más que lisonjas, pero, en realidad, de algún modo no me importó si lo eran o no.

A la mañana siguiente, cuando el carromato abandonó el pueblo, yo iba en su interior, oculto en la parte de atrás con unas cuantas monedas que había conseguido ahorrar y todas mis ropas en un hatillo. Me disponía a ser actor.

Veréis, en la vieja comedia italiana, al personaje de Lelio se le atribuye una gran donosura; como ya he explicado, es el amante y no lleva máscara. Si el actor le aporta buenos modales, dignidad y porte aristocrático, tanto mejor, pues todo ello forma parte del papel.

Pues bien, la *troupe* consideró que yo poseía todas aquellas características y me preparó inmediatamente para la siguiente representación que tenían previsto ofrecer. Y, el día antes de la actuación, recorrí la ciudad —un lugar mucho mayor y, sin duda, más interesante que nuestra aldea— anunciando la obra junto a los demás actores.

Me sentía en el paraíso, pero ni el viaje ni los preparativos ni la camaradería de mis colegas actores fueron comparables al éxtasis que experimenté cuando por fin hice mi aparición en el pequeño escenario de madera.

Me entregué alocadamente a enamorar a Isabella. Descubrí una facilidad para los versos y para las frases ingeniosas que jamás había sospechado. Escuché el eco de mi voz en los muros de piedra del recinto. Oí las risas que llegaban hasta mí en oleadas desde el público. Casi tuvieron que sacarme a rastras del escenario para detenerme, pero todo el mundo se dio cuenta de que había sido un gran éxito.

Por la noche, la actriz que hacía el papel de mi enamorada me hizo objeto de sus especiales e íntimas muestras de elogio. Me dormí entre sus brazos y lo último que le oí decir fue que, cuando llegáramos a París, actuaríamos en la feria de St. Germain y luego dejaríamos a la *troupe* para quedarnos en la ciudad; trabajaríamos en el Boulevard du Temple, hasta ingresar en la propia Comédie Française y actuar para María Antonieta y el rey Luis.

Cuando desperté a la mañana siguiente, mi Isabella había desaparecido con todos los demás actores, y en su lugar encontré a mis hermanos.

Nunca supe si habían comprado a mis amigos para que me entregaran, o si sólo los habían asustado. Muy probablemente, lo segundo. Fuera como fuese, fui devuelto a casa otra vez.

Por supuesto, mi familia estaba absolutamente horrorizada ante lo que había hecho. Querer hacerse monje a los doce años era comprensible, pero el teatro era cosa del diablo. Incluso al gran Molière le habían negado un entierro cristiano. ¡Y yo me había escapado con unos harapientos vagabundos italianos, me había pintado la cara de blanco y había actuado con ellos en una plaza pública por unas monedas!

Me molieron a palos y, cuando lancé maldiciones contra todo el mundo, siguieron golpeándome.

Sin embargo, el peor castigo fue ver la expresión de mi madre. Ni siquiera a ella le había dicho que me iba. Y eso le había dolido, cosa que jamás hasta entonces le había sucedido.

De todos modos, en ningún momento me hizo el menor comentario al respecto. Cuando acudió a verme, escuchó mi llanto y vi lágrimas en sus ojos. Y me puso una mano en el hombro, gesto un poco sorprendente en ella.

No quise contarle cómo habían sido los breves días de mi fuga, pero creo que ella lo supo. Algo mágico se había perdido por completo. Y, una vez más, desafió a mi padre y puso fin a las recriminaciones, a los golpes y a las limitaciones de movimientos.

Me hizo sentar a su lado a la mesa, me dedicó una especial atención, incluso trabó conmigo una conversación que resultaba absolutamente forzada para ella, hasta que hubo apaciguado y disuelto el rencor de la familia.

Por último, como hiciera ya una vez, tomó otra de sus joyas y me compró el espléndido fusil de caza que llevé conmigo cuando maté a los lobos.

Se trataba de un arma cara y excelente, y, a pesar de lo desdichado que me sentía, no vi el momento de probarla. Y mi madre añadió al fusil otro regalo, una espléndida yegua zaina con una potencia y una velocidad como jamás había visto en ningún animal. Pero estas cosas eran nimiedades en comparación con el consuelo general que me proporcionó su presencia.

Con todo, la amargura que sentía dentro de mí no remitió.

Nunca olvidé lo que había sentido cuando representaba

a Lelio. Me hice un poco más cruel por lo que había sucedido y nunca jamás volví a la feria del pueblo. Me hice a la idea de que no debía escapar de allí nunca más; y, cosa extraña, cuanto más profunda se hizo mi desesperanza, más aumentó mi contribución a la buena marcha de la casa.

A los dieciocho años, sin la ayuda de nadie, yo me encargaba de poner el temor de Dios entre los criados y los arrendatarios. Sin la ayuda de nadie, yo proveía la comida para nuestra mesa. Y, por alguna extraña razón, esto me producía satisfacción. Ignoro por qué, pero me gustaba sentarme a la mesa y pensar que todos se estaban dando cuenta de lo que yo había proporcionado.

Así pues, esos momentos me habían unido a mi madre. Esos momentos habían despertado entre nosotros un afecto mutuo que pasaba inadvertido y que, probablemente, no tenía igual en las vidas de quienes nos rodeaban.

Y ahora había acudido a mí en aquel extraño momento en que, por razones que ni yo mismo entendía, la presencia de cualquier otra persona me resultaba insoportable.

Con los ojos fijos en el fuego, apenas la vi subir al colchón de paja y dejarse caer sentada a mi lado.

Silencio. Sólo se oía el chisporroteo del fuego y la respiración profunda de los perros que dormían junto a mí.

Entonces la miré y me sentí vagamente alarmado.

Había pasado todo el invierno con una tos persistente y ahora parecía realmente enferma; por primera vez, su belleza, que siempre había sido muy importante para mí, parecía vulnerable.

Su rostro era anguloso y sus pómulos resultaban perfectos, altos y muy separados, pero delicados. Tenía la mandíbula fuerte, pero exquisitamente femenina, y unos ojos diáfanos de color azul cobalto, orlados por unas tupidas pestañas cenicientas.

Si algún defecto tenía era, tal vez, que sus rasgos eran demasiado pequeños, demasiado gatunos, y le daban el aspecto de una chiquilla. Los ojos se le hacían aún más pequeños cuando estaba enfadada y, aunque dulces, sus labios solían mostrar un aire de dureza. No expresaban tristeza ni se descomponían, sino que formaban una especie de pequeña rosa roja en su rostro. Las mejillas, en cambio, eran muy finas, y la forma del rostro muy estrecha; cuando se ponía muy seria, sus labios parecían mezquinos aunque no cambiaran en absoluto de expresión.

En aquella ocasión se la veía ligeramente abatida, pero a mí seguía pareciéndome hermosa. Seguía siendo hermosa. Me gustaba mirarla. Tenía un cabello rubio y abundante, y yo había heredado ese rasgo de ella.

De hecho, me parezco a mi madre, al menos en un primer vistazo, aunque mis facciones son más grandes y bastas, y mi boca es más móvil y puede volverse muy mezquina. Y en mi expresión puede apreciarse mi sentido del humor, la capacidad para la picardía y para la risa casi histérica que siempre he conservado, por desgraciado que me sintiera. Ella no solía reírse y podía lanzar una mirada profundamente helada. Aun así, siempre conservaba una dulzura casi infantil.

Pues bien, la miré allí sentada en mi cama —incluso le sostuve la mirada, supongo— y ella empezó a hablarme de inmediato.

—Ya sé qué te sucede —me dijo—. Los odias a todos. Los odias por lo que has tenido que sufrir y ellos ignoran. Ninguno de ellos tiene la imaginación suficiente para entender lo que te sucedió ahí arriba, en la montaña.

Experimenté un frío placer al escuchar estas palabras y respondí con un mudo asentimiento que ella entendió perfectamente.

—Lo mismo me sucedió a mí la primera vez que tuve un hijo —siguió entonces—. Padecí terribles sufrimientos durante doce horas y me sentí atrapada en el dolor, sabiendo que la única liberación era el parto o mi muerte. Cuando todo hubo pasado, sostuve en los brazos a tu hermano Augustin, pero no quise a nadie más cerca de mí. Y no era porque los culpara a ellos. Era sólo que había sufrido tanto, hora tras hora, que había entrado en el círculo infernal y había vuelto a salir de él. Ellos no habían estado en aquel círculo infernal. Y yo me sentía completamente sosegada. En aquel hecho tan corriente, en el acto vulgar de dar a luz, entendí lo que significa la soledad absoluta.

—Sí, eso es —respondí.

Me sentía un poco emocionado.

Ella no añadió nada. Me habría sorprendido que lo hiciera. Una vez dicho lo que había venido a decir, no íbamos a mantener, en realidad, ninguna conversación. Con todo, me puso la mano en la frente —un gesto muy poco usual en ella— y, cuando observó que todavía llevaba las mismas ropas de caza ensangrentadas con las que había vuelto a casa, yo me di cuenta también y advertí lo sucio y maloliente que estaba.

Mi madre guardó silencio unos minutos.

Mientras estaba allí sentado, con la vista fija en el fuego detrás de su silueta, deseé decirle muchas cosas; sobre todo, cuánto la quería.

Sin embargo, fui cauto. Ella tenía un modo muy seco de cortarme cuando le hablaba y, mezclado con mi amor, había un profundo resentimiento hacia ella.

Toda mi vida la había visto leer sus libros italianos y escribir cartas a gente de Nápoles, donde había crecido, pero jamás había tenido paciencia ni para enseñarnos a mí o a mis hermanos el abecedario. Y nada de esto había cambiado tras mi regreso del monasterio. Yo había cumplido los veinte y seguía sin poder leer o escribir más que mi nombre y un puñado de oraciones. Me repugnaba ver los libros de mi madre y odiaba verla absorta en ellos.

Y, de una manera vaga, me disgustaba el hecho de que sólo un sufrimiento extremo por mi parte consiguiera arrancar de ella alguna muestra de calor o de interés.

Con todo, ella había sido mi salvadora. Y no había nadie más que ella. Y tal vez yo estaba todo lo cansado de mi soledad que puede estarlo un joven. En aquel momento la tenía allí, fuera de los confines de su biblioteca, y me prestaba atención. Por fin, me convencí de que no se levantaría para marcharse y me encontré hablando con ella.

—Madre —dije en voz baja—, hay algo más. Antes de que sucediera eso, había veces que sentía cosas horribles. —No hubo ningún cambio en su expresión—. A veces he soñado que los mataba a todos —continué—. En el sueño, mato a mis hermanos y a mi padre. Voy de habitación en habitación acabando con ellos como he hecho con los lobos. Siento dentro de mí el deseo de matar...

—Yo también, hijo mío —intervino ella—. Yo también.

Su rostro se iluminó con una enigmática sonrisa al mirarme. Me incliné hacia delante y la contemplé más detenidamente. Bajé el tono de voz.

—Me veo gritando cuando sucede —añadí—. Veo mi rostro desfigurado en muecas y escucho unos gritos atronadores que surgen de mí. Mi boca es una O perfecta y de mi garganta surgen gritos y alaridos.

Mi madre asintió con la misma mirada comprensiva, como si tras sus ojos destellara una luz.

—Y en la montaña, madre, cuando luchaba con los lobos... Fue un poco lo mismo.

—¿Sólo un poco? —preguntó ella.

Asentí con la cabeza.

—Mientras mataba a los lobos, me sentía alguien distinto de mí. Ahora no sé quién está aquí contigo, si tu hijo Lestat o ese otro hombre, el que disfruta matando.

Ella permaneció en silencio un largo rato.

—No —dijo por último—. Fuiste tú quien mató a los lobos. Tú eres el cazador, el guerrero. Tú eres el más fuerte de todos aquí, y ésa es tu tragedia.

Sacudí la cabeza. Mi madre tenía razón, pero no importaba. Aquello no compensaba la infelicidad que sentía.

Sin embargo, ¿de qué servía pregonarlo?

Ella apartó un momento la mirada; luego la concentró de nuevo en mí y añadió:

—Pero tú eres muchas cosas, no sólo una. Eres el matador y el hombre. No cedas ante el matador que llevas dentro, sólo porque los odies. No tienes que cargar sobre ti el peso del asesinato o de la locura para liberarte de este lugar. Sin duda habrá otros modos.

Las dos últimas frases fueron dos mazazos. El comentario había ido directo al meollo del asunto. Y me desconcertó lo que eso significaba.

Siempre había considerado que no podía ser una buena persona y enfrentarme a ellos. Ser bueno significaba someterme a ellos. Salvo, naturalmente, que encontrara una idea más interesante de la bondad.

Permanecimos sentados en silencio unos instantes. Y pareció surgir una atmósfera de intimidad inhabitual incluso para nosotros. Ella tenía la vista fija en el fuego y se rascaba su espesa cabellera, que llevaba recogida en un moño en la parte posterior de la cabeza.

—¿Sabes qué imagino? —me preguntó, mirándome otra vez—. No tanto en su muerte como en un abandono que prescinda completamente de ellos. Me imagino bebiendo vino hasta estar tan ebria que me quito la ropa y me baño desnuda en los arroyos de la montaña.

Casi me eché a reír, pero era una sublime diversión. La contemplé, dudando por un instante de si la había entendido bien. Pero aquéllas eran las palabras que había pronunciado y no había terminado.

—Y luego imagino que voy al pueblo —dijo— y entro en la posada y me llevo a la cama a todos los hombres que acuden allí: hombres bastos, hombres grandes, ancianos y muchachos. Me imagino allí tendida, tomándoles uno tras otro y dejándome llevar por una sensación de triunfo, por un total abandono sin la menor preocupación por lo que pueda sucederles a tu padre o a tus hermanos, si están vivos o muertos. En ese momento, me siento puramente yo misma. Yo no pertenezco a nadie.

Me sentí demasiado escandalizado y asombrado para responder, pero, de nuevo, aquello me resultó terriblemente divertido. Pensé en mi padre y en mis hermanos y en los pomposos tenderos del pueblo e imaginé cómo reaccionarían ante tal conducta, y me pareció una situación casi hilarante.

Si no me reí a carcajadas fue, probablemente, por una especie de respeto hacia la imagen de mi madre desnuda. Sin embargo, no pude quedarme callado del todo. Solté una ligera risilla y ella asintió con una sonrisa mientras enarcaba las cejas, como si dijera: «Nosotros nos entendemos.»

Finalmente, estallé en carcajadas, descargué el puño sobre mi rodilla y golpeé con la coronilla la cabecera de la cama. Entonces, mi madre casi se echó a reír. Tal vez lo estaba haciendo para sus adentros, con su estilo discreto y callado.

Curioso instante. Tuve una visión casi brutal de mi madre como un ser humano completamente aparte de todo lo que la rodeaba. Nosotros dos nos entendíamos, en efecto, y el resentimiento que sentía hacia ella no tenía importancia ahora.

Mi madre se quitó el alfiler del cabello y dejó que éste le cayera libremente sobre los hombros.

Tras esto, permanecimos sentados en silencio durante tal vez una hora. No hubo más risas ni más palabras, sólo el resplandor del fuego y la presencia de ella junto a mí.

Ella había vuelto el rostro para contemplar el fuego. Su perfil, con la delicadeza de la nariz y los labios, era una visión muy hermosa. Entonces, movió la cabeza para mirarme de nuevo, y, con la misma voz uniforme y sobria, desprovista de toda emoción desmedida, me reveló:

—Ya nunca me iré de aquí. Me estoy muriendo.

Me quedé anonadado. El asombro y el desconcierto que había sentido antes no fueron nada comparados con lo que sentí en aquel instante.

—Todavía viviré esta primavera —continuó— y es posible que el verano también, pero no resistiré otro invierno, lo sé. El dolor de los pulmones es demasiado insoportable.

Lancé un pequeño gemido de angustia. Creo que me incliné hacia delante y exclamé: «¡Madre!»

—No digas nada más —replicó ella.

Creo que le desagradaba oírse llamar madre, pero yo no había podido evitar la palabra.

—Sólo deseaba decírselo a otra alma —continuó—. Oírlo en voz alta. Estoy absolutamente horrorizada con esa idea. Me da miedo.

Quise cogerle las manos entre las mías, pero sabía que ella no lo permitiría. No le gustaba que la tocaran. Nunca pasaba sus brazos en torno a nadie. Así pues, fueron nuestras miradas las que se abrazaron. Y los ojos se me llenaron de lágrimas al mirarla.

Ella me dio unas palmaditas en la mano.

—No le des muchas vueltas a eso —me dijo—. Yo no lo hago. Sólo de vez en cuando. Pero debes prepararte para seguir viviendo sin mí cuando llegue la hora. Tal vez te resulte más difícil de lo que piensas.

Quise decir algo, pero no me salieron las palabras.

Mi madre salió de la alcoba como había entrado, en completo silencio.

Y, aunque en ningún momento había dicho nada de mis ropas ni de mi barba, ni del aspecto horrible que yo presentaba, mi madre me envió a los criados con ropas limpias, la navaja de afeitar y agua caliente. Sin decir palabra, dejé que se ocuparan de mí.

3

Empecé a sentirme un poco más fuerte. Dejé de pensar en lo sucedido con los lobos y concentré los pensamientos en mi madre.

Recordé sus palabras, «absolutamente horrorizada», y no supe qué pensar de ellas, salvo que parecían reflejar la verdad exacta. Así me sentiría yo si estuviera muriéndome lentamente. Antes preferiría haber acabado mi vida en la montaña, con los lobos.

Pero en su confidencia había mucho más. Tras su permanente silencio, mi madre siempre se había sentido desgraciada. Le disgustaban tanto como a mí la inercia y la falta de perspectivas de nuestras vidas. Y ahora, después de tener ocho hijos, tres vivos y cinco fallecidos, estaba cerca de la muerte. Aquél era su final.

Decidí abandonar la cama y la habitación si eso la hacía sentirse mejor, pero, cuando lo intenté, no pude. La idea de que estuviera muriéndose me resultaba insoportable. Recorrí paso a paso la estancia una y otra vez, comí todo lo que me trajeron, pero seguí sin acudir a su encuentro.

Sin embargo, cuando casi se cumplía un mes de los hechos, acudieron al castillo unos visitantes que reclamaban mi presencia.

Mi madre acudió a verme y dijo que debía recibir a los comerciantes del pueblo, que querían honrarme por haber matado los lobos.

—¡Bah, al diablo con eso! —respondí.

—No —insistió ella—. Tienes que bajar. Te traen regalos. Ve a cumplir con tu deber.

Todo aquello me fastidiaba.

Cuando entré en el salón, encontré esperándome a los ricos tenderos, todos ellos hombres a quienes conocía bien. Todos venían engalanados para la ocasión, pero entre ellos destacaba un joven a quien no reconocí en un primer momento.

Tenía aproximadamente mi edad, y era muy alto. Cuando nuestras miradas se cruzaron, recordé quién era. Nicolas de Lenfent, el hijo mayor del pañero, a quien su padre había enviado a estudiar a París.

Ahora, el muchacho era como una aparición.

Vestido con una espléndida casaca de brocado en colores rosa y oro, calzaba chinelas de tacones dorados y llevaba una llamativa pechera de encaje italiano. Únicamente su cabello seguía siendo el de antes, oscuro y muy rizado, y le daba un aspecto un tanto infantil pese a llevarlo atado a la nuca con una delicada cinta de seda.

Todo aquello era moda parisiense, de la que yo veía pasar por la casa de postas.

Y ahora tenía que ir a su encuentro con mis raídas ropas de lana y mis gastadas botas de cuero y unos encajes amarillentos, mil veces zurcidos.

Nos saludamos con sendas reverencias, pues él era, al parecer, el portavoz de los reunidos. A continuación, el joven Nicolas extrajo de su humilde envoltorio de estameña negra una magnífica capa de terciopelo rojo forrada de piel. Un objeto magnífico, hermosísimo. A mi interlocutor le brillaban intensamente los ojos cuando me miró. Se hubiera dicho que estaba admirando a un soberano.

—Os ruego que aceptéis esta capa, monseñor —dijo con voz sincera—. Hemos utilizado la piel más fina de los lobos para forrarla y hemos pensado que os será de utilidad en invierno, cuando salgáis de cacería a caballo.

—Y esto también, monseñor —añadió su padre, presentándome un par de botas de gamuza negras, forradas de piel y finamente cosidas—. Para la cacería, monseñor.

Me sentí un poco abrumado. Aquellos hombres, que tenían la clase de riqueza con la que yo sólo podía soñar, expresaban en sus gestos la mayor deferencia hacia mí y me rendían respeto como aristócrata.

Acepté la capa y las botas y les di las gracias con la misma efusividad con que siempre agradecía las cosas a cualquiera.

Y, a mi espalda, escuché a mi hermano Augustin comentar:

—¡Ahora sí que se pondrá realmente imposible!

Noté que me ruborizaba. Era ultrajante que hubiera hecho tal comentario en presencia de aquellos hombres, pero cuando miré a Nicolas de Lenfent vi en su rostro la expresión más afectuosa.

—Yo también soy imposible, monseñor —me susurró mientras le daba el beso de despedida—. ¿Me permitiréis algún día venir a hablar con vos para que me contéis cómo acabasteis con todos? Sólo el imposible puede hacer lo imposible.

Ninguno de los tres comerciantes me había hablado jamás de aquel modo. Por un instante, Nicolas y yo volvimos a ser dos chiquillos. Y solté una carcajada. Su padre pareció desconcertado. Mis hermanos dejaron de cuchichear. Pero Nicolas de Lenfent continuó sonriendo con parisiense serenidad.

Cuando la delegación se hubo marchado llevé la capa de terciopelo rojo y las botas de gamuza a la habitación de mi madre.

Estaba leyendo, como siempre, mientras se cepillaba el cabello con gesto indolente. Bajo la débil luz que entraba por la ventana, le vi por primera vez canas en el pelo. Le comenté lo que había dicho Nicolas de Lenfent.

—¿Por qué dice que es imposible? —quise saber—. Dijo esa frase con intención, como si se refiriera a algo concreto.

Ella se echó a reír.

—Se refiere a algo, desde luego —respondió después—. Está castigado. —Apartó los ojos del libro y me miró—. Ya sabes que toda la vida le han educado para ser una pequeña imitación de aristócrata. Pues bien, durante su primer año como estudiante de Leyes en París, fue a enamorarse locamente del violín. Al parecer, escuchó a un virtuoso italiano, uno de esos genios de Padua, tan excepcional que la gente murmura sobre si habría vendido su alma al diablo. Tras oírle, Nicolas lo abandonó todo inmediatamente para acudir a tomar lecciones de Wolfgang Mozart. Incluso vendió sus libros. No hizo otra cosa que tocar y tocar el instrumento, hasta suspender los exámenes en Leyes. Insiste en que quiere ser músico, ¿te imaginas?

—Y su padre está fuera de sí, ¿no es eso?

—Exacto. Incluso le rompió el violín, y ya sabes lo que representa una mercadería cara para un buen pañero.

Sonreí.

—¿Y, así, Nicolas se ha quedado sin violín?

—No, ya tiene otro instrumento. No tardó en escapar a Clermont y allí vendió su reloj para comprar el nuevo violín. Tiene razón cuando dice que es imposible, y lo peor es que toca bastante bien.

—¿Le has oído?

Mi madre apreciaba la buena música, pues había crecido escuchándola en Nápoles. Yo, en cambio, sólo conocía el coro de la iglesia y la música popular de las ferias.

—Sí, el domingo pasado, cuando iba a misa —respondió—. Nicolas estaba tocando en el dormitorio del piso superior, encima de la tienda. Todo el mundo podía oírle y su padre le estaba amenazando con romperle las manos.

Solté un leve jadeo ante tal crueldad. Me sentía profundamente fascinado. Creo que empecé a quererle en ese mismo instante, por lanzarse de aquel modo a hacer lo que deseaba.

—Naturalmente, el muchacho nunca llegará a nada —siguió comentando mi madre.

—¿Por qué no?

—Es demasiado mayor. No se puede empezar a aprender violín a los veinte años. De todos modos, ¿qué sé yo? A su modo, tiene una forma mágica de tocar. Y tal vez le venda su alma al diablo.

Me eché a reír, un poco inquieto. Aquello sonaba a magia.

—¿Por qué no bajas al pueblo y te haces amigo suyo? —me sugirió.

—¿Por qué diablos tendría que hacerlo? —le repliqué.

—Vamos, Lestat. A tus hermanos no les hará mucha gracia. Y el viejo comerciante no cabrá en sí de gozo. Su hijo y el hijo del marqués...

—No son razones suficientes.

—Nicolas ha estado en París —añadió ella.

Me miró durante un instante. Luego se concentró de nuevo en su libro y volvió a pasarse de vez en cuando el cepillo por el cabello con el mismo gesto indolente.

La contemplé mientras leía, furioso. Quería preguntarle cómo se encontraba, si tenía mucha tos aquel día, pero no fui capaz de hacerle el menor comentario.

—Baja al pueblo y habla con él, Lestat —insistió ella, sin volver a mirarme.

4

Tardé una semana en decidirme a ir en busca de Nicolas de Lenfent.

Me puse la capa de terciopelo rojo forrada de piel y las botas de gamuza forradas, y descendí por la serpenteante calle principal del pueblo, en dirección a la posada.

La tienda del padre de Nicolas estaba frente por frente con la posada, pero no vi a Nicolas ni escuché su violín.

Yo no tenía dinero más que para un vaso de vino, y no supe muy bien qué decir cuando el posadero se me acercó y, con una reverencia, dejó delante de mí una botella de su mejor vino.

Naturalmente, aquella gente siempre me había tratado como el hijo del amo, pero aprecié que las cosas habían cambiado mucho tras la cacería de los lobos y, cosa extraña, ello me hizo sentir aún más solo de lo habitual.

Pero apenas me había servido el primer vaso cuando apareció Nicolas, un gran torbellino de color en la puerta abierta del local.

Por fortuna, no iba vestido con la elegancia de la otra vez, pero, aun así, todo cuanto llevaba —seda, terciopelo y cuero nuevo— rezumaba riqueza.

En cambio, venía sonrojado como si hubiera estado corriendo; llevaba el cabello revuelto y enredado y tenía un brillo de excitación en los ojos. Me hizo una reverencia, esperó a que le invitara a sentarse y luego me preguntó:

—¿Cómo hicisteis, monseñor, para matar esos lobos?

Cruzó los brazos sobre la mesa y me miró fijamente.

—¿Por qué no me contáis vos cómo es París, monseñor? —repliqué, y advertí de inmediato que mis palabras habían sonado burlonas y bruscas—. Lo siento —añadí al instante—. Me gustaría saberlo, de veras. ¿Habéis estudiado en la Universidad? ¿De veras os ha dado Mozart clases? ¿Qué hace la gente en París? ¿De qué conversan? ¿Qué piensan?

Nicolas se rió por lo bajo ante la andanada de preguntas. No pude evitar reírme también. Pedí otro vaso y le acerqué la botella.

—Decidme, ¿estuvisteis en los teatros de París? ¿Visteis la Comédie Française?

—Muchas veces —respondió él, sin mucho entusiasmo—. Pero escuchad, la diligencia va a llegar en cualquier momento y se armará aquí mucho alboroto. Permitidme el honor de invitaros a cenar en una estancia privada del piso de arriba. Me encantaría que aceptarais...

Y, sin darme tiempo a formular una protesta de cortesía, dio las órdenes pertinentes y fuimos conducidos a una pequeña habitación, tosca pero acogedora.

Yo no había entrado casi nunca en una estancia pequeña de madera, y ésta me encantó desde el primer momento. La mesa estaba ya puesta para la comida que traerían más tarde, el fuego caldeaba de verdad el lugar, al contrario que las llamas directas y rugientes de las chimeneas del castillo, y el grueso cristal de la ventana estaba lo bastante limpio para poder divisar el azul invernal sobre las montañas cubiertas de nieve.

—Ahora os contaré todo lo que queráis saber sobre París —aceptó mi interlocutor, mientras esperaba gentilmente a que yo me sentara primero—. Sí, estuve en la Universidad —dijo, una vez que nos hubimos acomodado, y lanzó una risilla despectiva como si no mereciera la pena extenderse en ello—. Y estudié con Mozart, quien, de no haber andado escaso de alumnos, me habría dicho que yo era un caso perdido para la música. En fin, ¿por dónde queréis que empiece?

¿Por el hedor de la ciudad, o por su ruido infernal? ¿Por las multitudes hambrientas que le atosigan a uno en todas partes? ¿Por los ladrones dispuestos a rebanaros el gaznate detrás de cualquier esquina?

Deseché todo aquello con un ademán. La sonrisa de Nicolas era muy distinta a su tono de voz; sus gestos eran abiertos y atrayentes.

—Uno de esos grandes teatros parisienses... —dije—. Describídmelo... ¿cómo es?

Creo que estuvimos en la pequeña habitación cuatro horas completas, sin hacer otra cosa que beber y conversar.

Nicolas trazó planos de los teatros sobre la mesa; utilizaba para ello un dedo mojado. Me habló de las obras que había visto, de los actores famosos, de las casitas de los bulevares. Pronto me estaba describiendo todas las cosas de París, olvidado ya su cinismo. Mi curiosidad le daba alas para hablar de la Île de la Cité, y del Barrio Latino, de la Sorbona, del Louvre.

Nos adentramos en asuntos más abstractos, en cómo se presentaban los sucesos en los periódicos, en las tertulias de los estudiantes en los cafés. Me contó que el pueblo estaba inquieto y que era desafecto a la monarquía. Que aspiraba a un cambio en el gobierno y que no tardaría mucho en rebelarse. Me habló de los filósofos, Diderot, Voltaire, Rousseau.

No entendí todo lo que me contaba, pero, con su hablar rápido, sarcástico a veces, me proporcionó una imagen maravillosamente completa de lo que estaba sucediendo en París.

Por supuesto, no me sorprendió saber que la gente instruida no creía en Dios, sino que estaba infinitamente más interesada en la ciencia; que la aristocracia era objeto de grandes antipatías; y que lo mismo sucedía con la Iglesia. Ésta era una época guiada por la razón, no por la superstición, y cuantas más cosas decía Nicolas, mejor lo entendía yo. Pronto se puso a describirme la Enciclopedia, la gran recopilación de conocimientos supervisada por Diderot. Luego me habló de los salones a los que había asistido, las juergas, las veladas con las actrices. Me describió los bailes públicos en el Palais Royal, donde solía aparecer María Antonieta entre la gente del pueblo.

—He de confesar —dijo finalmente— que todo esto suena mucho mejor en esta habitación de lo que es en realidad.

—No os creo —repliqué yo con suavidad.

No quería que dejase de hablar. Quería que siguiera contando cosas eternamente.

—Estamos en tiempo de incredulidad, monseñor —comentó Nicolas mientras llenaba los vasos de ambos con una nueva botella de vino—. Muy peligrosos.

—¿Peligrosos? ¿Por qué? —dije—. ¿Por poner fin a la superstición? ¿Qué otra cosa podría haber mejor?

—Habláis como un auténtico hombre del siglo XVIII, monseñor —respondió él con una sonrisa de ligera melancolía—. Pero ya nadie da valor a nada. No hay más que moda. Incluso el ateísmo es una moda.

Yo siempre había tenido una mentalidad escéptica en religión, aunque por ninguna razón filosófica. En mi familia, nadie creía mucho en Dios, ni entonces ni en el pasado. Por supuesto, ellos decían que sí a la costumbre, y todos asistíamos a misa. Sin embargo, todo eso eran obligaciones sociales. Hacía mucho tiempo que la religión había muerto en nuestra familia, igual quizá que en miles de familias de aristócratas. Por mi parte, ni siquiera en el monasterio había creído en Dios. Había creído en los monjes que me rodeaban.

Traté de explicárselo a Nicolas en palabras sencillas sin que se ofendiera, porque para su familia las cosas eran de otra manera. Incluso su miserable y ambicioso padre (a quien yo admiraba en secreto) era fervientemente religioso.

—Sin embargo, ¿pueden los hombres vivir sin esas creencias? —preguntó él casi con tristeza—. ¿Pueden los hijos afrontar el mundo sin ellas?

Empecé a comprender la razón de su sarcasmo y cinismo. Todavía estaba muy reciente su pérdida de fe, y hablar de ello era un trago amargo para él.

Con todo, por acerbo que fuera su sarcasmo, emanaba de mi interlocutor una gran energía, una pasión irreprimible. Y eso me atrajo de él. Creo que sentí amor por él. Un par de vinos más y quizá terminaría confesándole algo absolutamente ridículo por el estilo.

—Yo he vivido siempre sin creencias —afirmé.

—Sí, ya lo sé —respondió él—. ¿Recordáis la historia de las brujas, esa vez que llorasteis en el lugar de las brujas?

—¿Que lloré por las brujas?

Le miré unos instantes sin saber a qué se refería, pero pronto se agitó dentro de mí un doloroso sentimiento de humillación. Demasiados de mis recuerdos tenían aquel mismo regusto. Y en aquel momento tenía que recordar haber llorado por unas brujas.

—No recuerdo —contesté.

—Éramos pequeños y el sacerdote nos estaba enseñando las oraciones. Un día el sacerdote nos llevó a ver el lugar donde habían quemado a las brujas muchos años antes, y encontramos las viejas estacas y el suelo ennegrecido.

—¡Ah, ese lugar! —Me recorrió un escalofrío—. ¡Qué sitio tan horrible!

—Os pusisteis a gritar y a llorar. Incluso mandaron llamar al propio marqués, porque vuestra niñera no conseguía calmaros.

—Era un niño terrible —murmuré, tratando de quitarle importancia al asunto.

Por supuesto que lo recordaba todo ahora: los gritos, el traslado a casa, las pesadillas con las hogueras. Alguien que me humedecía la frente y decía: «Lestat, despierta.» Pero no había revivido la escena desde hacía años. Cuando pasaba por las cercanías de aquel lugar, lo único que evocaba era el emplazamiento en sí: el bosquecillo de estacas ennegrecidas, las imágenes de hombres, mujeres y niños quemados vivos.

Nicolas me estudiaba.

—Cuando vuestra madre acudió a buscaros, dijo que todo aquello era obra de la ignorancia y la crueldad. Estaba furiosa con el sacerdote por contaros esas viejas historias.

Asentí. El horror último había sido oír que toda aquella gente de nuestro propio pueblo, olvidada desde hacía tanto tiempo, había muerto por nada; que eran inocentes. «Víctimas de la superstición», había declarado ella. «No había brujas de verdad.» No era extraño que yo no dejara de gritar y gritar.

—Mi madre, en cambio —dijo Nicolas—, me contó una historia diferente: que las brujas estaban en alianza con el diablo y que habían arruinado las cosechas y que, convertidas en lobos, mataban ovejas y niños...

—¿Acaso no sería mejor el mundo si nunca más se quemara a nadie en el nombre de Dios? —pregunté—. ¿Si no se continuara creyendo que Dios puede ordenar al hombre hacer tal cosa a su semejante? ¿Cuál es el peligro de un mundo racional donde horrores como éste no se produzcan?

Él se inclinó hacia delante y frunció el entrecejo con aire malicioso.

—Los lobos no os hirieron en la montaña, ¿verdad? —inquirió en tono festivo—. ¿No os habréis convertido en hombre lobo, monseñor, sin que nadie lo haya advertido? —Acarició el forro de la capa de terciopelo que aún cubría mis hombros y continuó—: Recordad lo que dijo el buen cura: que en esa época habían quemado a un buen número de hombres lobo. Entonces constituían una amenaza habitual.

Me eché a reír.

—Si me volviera lobo —respondí—, una cosa os puedo asegurar. No me quedaría por aquí a matar niños. Me alejaría de este pueblo repugnante y miserable donde todavía asustan a los niños con cuentos de quemas de brujas. Huiría camino de París y no me detendría hasta ver sus murallas.

—Y entonces descubriríais que París es otro agujero repugnante y miserable —replicó él—, donde a los ladrones les rompen los huesos en la rueda a la vista del populacho en la Place de Grève.

—No —insistí—. Vería una ciudad espléndida donde nacen grandes ideas en las mentes de ese populacho, ideas que habrán de iluminar hasta el rincón más oscuro de este mundo.

—¡Ah, sois un soñador! —exclamó Nicolas, pero estaba encantado.

Cuando sonreía, su belleza destacaba todavía más.

—Y conoceré gente como vos —proseguí—, gente que tiene ideas en la cabeza y verbo fácil para expresarlas, y nos sentaremos en los cafés y beberemos juntos y nos enfrentaremos apasionadamente con palabras y seguiremos conversando el resto de nuestras vidas en un divino frenesí.

Él alargó el brazo, me lo pasó en torno al cuello y me besó. Casi volcamos la mesa de lo felices y borrachos que estábamos.

—Mi señor, el matador de lobos —me susurró.

Con la tercera botella de vino, empecé a contar mi vida como nunca lo había hecho: expliqué lo que sentía cada día al adentrarme a caballo por las montañas, al alejarme hasta perder de vista las torres del castillo de mi padre, al cabalgar por los campos arados hasta el lugar donde el bosque parecía casi encantado.

Las palabras comenzaron a fluir de mis labios como antes lo habían hecho de los suyos, y pronto nos encontramos hablando de mil cosas que habíamos sentido en nuestros corazones, confidencias de secretas soledades, y las palabras parecían fundamentales, como lo habían sido en aquellas raras ocasiones con mi madre. Y mientras describíamos nuestras mutuas añoranzas e insatisfacciones, nos expresábamos con gran vivacidad, con cosas como «¡sí, sí!» y «¡exactamente!», y «entiendo perfectamente a qué os referís», y «sí, claro, uno siente que no puede soportarlo», etcétera.

Otra botella y un nuevo fuego. Le pedí a Nicolas que tocara el violín para mí y corrió a buscarlo inmediatamente a su casa.

Caía ya la tarde. El sol entraba al sesgo por la ventana y el fuego del hogar estaba muy vivo. Y... estábamos muy borrachos. No habíamos llegado a pedir la cena y yo me sentía más feliz que nunca en mi vida. Me acosté en el apelmazado colchón de paja del camastro con las manos detrás de la cabeza, observándole mientras sacaba el instrumento.

Se llevó el violín al hombro y empezó a puntear las cuerdas mientras las afinaba ajustando las clavijas.

Después levantó el arco y lo dejó caer con fuerza sobre las cuerdas para hacer sonar la primera nota.

Me incorporé hasta quedar sentado y apoyado con la espalda contra la pared de madera; le miré fijamente, pues no podía creer en el sonido que empecé a escuchar.

Entró en la melodía desgarrándola, arrancando las notas del violín. Y cada una de ellas era translúcida y vibrante. Nicolas tenía los ojos cerrados, la boca un poco distorsionada, el labio inferior ligeramente ladeado; y lo que me encogió el corazón casi tanto como la propia tonada fue ver cómo todo su cuerpo se fundía en la música, cómo su alma se apretaba al instrumento como si fuera un sensible oído más.

Jamás había escuchado música como aquélla, tales vigor e intensidad, los rápidos y brillantes torrentes de notas que surgían de las cuerdas. Estaba interpretando una pieza de Mozart y tenía toda la alegría, la ligereza y el intenso encanto de cuanto Mozart escribió.

Cuando terminó, yo estaba mirándole, y me di cuenta de que yo tenía mi cabeza apretada entre ambas manos.

—¿Qué os sucede, monseñor? —exclamó él, casi con impotencia.

Me puse en pie y le estreché entre mis brazos y le besé en ambas mejillas y besé el violín.

—Deja de llamarme monseñor —le dije—. Llámame por mi nombre.

Me tendí de nuevo en la cama y hundí el rostro en el brazo y rompí a llorar y, una vez hube empezado, no pude parar. Él se sentó a mi lado, me abrazó y me preguntó por qué lloraba, y, aunque no pude explicárselo, advertí que estaba abrumado por el efecto que me había producido su música. En ese instante, no había en Nicolas el menor sarcasmo, la más mínima amargura.

Creo que, esa noche, él me llevó al castillo de mi familia.

Y, a la mañana siguiente, yo estaba en la zigzagueante calle empedrada, delante de la tienda de su padre, arrojando piedrecitas a su ventana.

Y, cuando al fin asomó la cabeza, le pregunté:

—¿Quieres bajar a continuar nuestra conversación?

5

A partir de entonces, cuando no andaba de caza, mi vida estaba con Nicolas y evocando «nuestra conversación».

Se acercaba la primavera, las montañas estaban salpicadas de verde y el huerto de manzanos empezaba a revivir. Y Nicolas y yo estábamos siempre juntos.

Dimos largos paseos por las laderas rocosas, tomamos pan y vino al sol, sobre la hierba, y recorrimos las ruinas de un viejo monasterio al sur del pueblo. A veces nos quedábamos en mis habitaciones o subíamos a las almenas. Y luego, cuando estábamos demasiado bebidos y armábamos demasiado alboroto como para que los demás nos soportaran, volvíamos a nuestra habitación de la posada.

Con el paso de las semanas, fuimos abriéndonos cada vez más el uno al otro. Nicolas me habló de su infancia en la escuela, de las pequeñas decepciones de sus primeros años, de la gente que él había conocido y querido.

Y yo empecé a contarle mis aflicciones... hasta terminar con la vieja vergüenza de mi escapada con los actores italianos.

Me vino a los labios una noche, durante una nueva visita a la posada, mientras estábamos ebrios como de costumbre. De hecho, estábamos en ese momento de la borrachera que los dos habíamos dado en llamar el Instante de Oro, en el que todo tenía sentido. Siempre tratábamos de prolongar ese momento, hasta que, inevitablemente, uno de nosotros confesaba: «No puedo seguir más; creo que el Instante de Oro ha pasado.»

Esa noche, mientras contemplaba la Luna sobre las montañas, afirmé que, en ese Instante de Oro, no era tan terrible que no estuviéramos en París, que no nos halláramos en la Opéra o en la Comédie, esperando a que se levantara el telón.

—Tú y tus teatros de París —replicó él—. Hablemos de lo que hablemos, siempre vuelves al tema de los teatros y los actores...

Sus ojos pardos eran enormes y confiados. E, incluso borracho como estaba, conservaba la elegancia con su levita de terciopelo rojo parisiense.

—Los actores y actrices hacen magia —afirmé—. Hacen que se produzcan cosas en el escenario, inventan, crean...

—Espera a ver cómo les corre el sudor por los rostros pintarrajeados bajo el resplandor de las luces.

—¡Ah, ya estamos con ésas otra vez! ¡Precisamente tú, el que lo ha abandonado todo para tocar el violín!

De repente, Nicolas adoptó un aspecto terriblemente serio, abatido, como si estuviera cansado de sus propias luchas.

—Sí, eso hice —confesó.

Para entonces, el pueblo entero sabía ya de la batalla entre él y su padre. Nicolas no volvería a estudiar en París.

—Cuando actúas, creas vida —insistí—. Haces surgir algo de la nada. Haces que suceda algo bueno. Y, para mí, eso es una bendición.

—Yo hago música, y eso me hace feliz —respondió—. ¿Qué tiene de bueno o de bendito?

Hice caso omiso de su comentario, como siempre hacía ahora con sus muestras de cinismo.

—Yo he vivido todos estos años entre gente que no crea nada ni cambia nada —declaré—. Los actores y los músicos... para mí son santos.

—¿Santos? —repitió él—. ¿Bondad? ¿Bendición? ¡Lestat, tu léxico me asombra!

Sonreí y sacudí la cabeza.

—No entiendes. Estoy hablando de la naturaleza de los seres humanos, no de las creencias. Hablo de los que no aceptarían una mentira inútil por el solo hecho de haber nacido para ello. Me refiero a los que serían algo mejor. Se esfuerzan, se sacrifican, hacen cosas...

Le vi conmovido por mis palabras y me sorprendió un poco haberlas pronunciado. Sin embargo, sentí que, de alguna manera, le había herido.

—Hay beatitud en ello. Hay santidad. Y, con Dios o sin Él, hay bondad. Lo sé como sé que ahí fuera están las montañas, como sé que las estrellas brillan.

Me dirigió una mirada triste. Aún parecía dolido. Pero, en aquel momento, yo no pensaba en él.

Pensaba en la conversación que había tenido con mi madre y en mi creencia de que no podía ser bueno si desafiaba a mi familia. Pero si realmente creía en lo que estaba diciendo...

Como si leyera los pensamientos, Nicolas me preguntó:

—¿Pero de verdad estás convencido de esas cosas?

—Quizá sí, quizá no —respondí.

No podía soportar verle tan triste.

Y creo que, más por ello que por cualquier otra causa, le conté toda la historia de cómo había escapado yo con los actores. Le conté lo que no había explicado nunca a nadie, ni siquiera a mi madre, sobre aquellos pocos días y la felicidad que me habían proporcionado.

—Y bien —le pregunté a continuación—, ¿cómo podría no ser bueno dar y recibir tal felicidad? Dimos vida a esa ciudad cuando representamos nuestra obra. Es magia, te lo digo. Podría curar a los enfermos, seguro que sí.

Él movió la cabeza y me di cuenta de que, por respeto a mí, callaba algunas cosas que deseaba decir.

—No entiendes, ¿verdad? —insistí.

—Lestat, el pecado siempre sienta bien —afirmó él con voz grave—. ¿No lo ves? ¿Por qué crees que la Iglesia ha condenado constantemente a los actores? El teatro procede de Dioniso, el dios del vino. Lo puedes leer en Aristóteles. Y Dioniso fue un dios que conducía a los hombres al desenfreno. Te sentó bien salir a ese escenario porque era un acto de abandono y lujuria y libertinaje, el ancestral culto al dios de la uva, y te lo pasaste en grande por el hecho de desafiar a tu padre...

—No, Nicolas. No y mil veces no.

—Lestat, somos compañeros de pecado —dijo él, sonriendo por fin—. Siempre lo hemos sido. Los dos nos hemos portado mal y los dos estamos totalmente desacreditados. Eso es lo que nos une.

Ahora había llegado mi turno de mostrarme triste y dolido. Y el Instante de Oro era ya imposible de recuperar... a menos que sucediera algo nuevo.

—Vamos —dije de pronto—. Coge el violín y vámonos a algún rincón del bosque donde no despertemos a nadie con la música. Ya veremos si no hay bondad en ella.

—¡Eres un loco! —exclamó él, pero agarró por el cuello la botella sin abrir y se encaminó hacia la puerta inmediatamente.

Yo fui tras él.

Cuando salió de su casa con el violín, me propuso:

—¡Vamos al lugar de las brujas! Mira, hay media luna y tendremos suficiente luz. Bailaremos la danza del diablo y tocaremos para los espíritus de las brujas.

Me eché a reír. Tenía que estar borracho para continuar con aquello.

—Volveremos a consagrar el sitio —insistí— mediante una música buena y pura.

Llevaba años y años sin pisar el lugar de las brujas.

El claro de luna que lo bañaba permitía ver, como Nicolas había descrito, las estacas chamuscadas formando el círculo siniestro y la zona de terreno donde seguía sin crecer nunca nada, transcurridos cien años de la quema. Los arbolillos jóvenes del bosque se mantenían a distancia, y ello hacía que el viento azotara el claro. Arriba, aferrado a la rocosa ladera, el pueblo se cernía en sombras.

Me recorrió un leve escalofrío, pero no fue más que la mera sombra de la angustia que había sentido de niño al escuchar las terribles palabras «asados vivos», cuando había imaginado el sufrimiento.

El encaje blanco de Nicolas destacaba bajo la pálida luz; empezó de inmediato a tocar una canción gitana y a bailar dando vueltas en círculo al mismo tiempo.

Me senté en un gran tocón quemado y eché un trago de la botella. Y me embargó aquel sentimiento desgarrador que me invadía cada vez que Nicolas interpretaba la música. ¿Qué otro pecado había allí, pensé, salvo el de desperdiciar mi existencia en aquel horrible lugar? Muy pronto me encontré llorando en silencio y a hurtadillas.

Aunque me parecía que la música no había cesado, vi a Nicolas consolándome. Nos sentamos uno al lado del otro y me dijo que el mundo está lleno de injusticia, y que los dos, tanto él como yo, éramos prisioneros de aquel horrible rincón de Francia, y que algún día escaparíamos de allí. Yo pensé en mi madre, allá en el castillo en lo alto de la montaña, y la tristeza me embargó hasta que me resultó insoportable, y Nicolas empezó a tocar de nuevo, instándome a bailar y a olvidarlo todo.

Sí, quise decir, eso era lo que podría impulsar a uno a obrar. ¿Era eso pecado? ¿Cómo podría ser malo? Fui tras Nicolas, que se puso a bailar en un círculo. Las notas parecían surgir y elevarse del violín como si fueran de oro. Casi podía verlas destellar. Di vueltas y vueltas en torno a Nicolas y él se sumergió en una música más frenética y profunda. Desplegué las alas de mi capa forrada de piel y eché la cabeza hacia atrás para contemplar la Luna. La música se alzó a mi alrededor como si fuera humo, y el lugar de las brujas dejó de existir. Encima de mí, sólo estaba el cielo, formando un gran arco que bajaba hasta las montañas.

Debido a todo esto, Nicolas y yo nos sentimos más unidos en los días que siguieron.

Pero, unas noches después, sucedió algo extraordinario.

Era tarde. Volvíamos a encontrarnos en la habitación de la posada, y Nicolas, que no dejaba de deambular por la estancia y de gesticular teatralmente, puso al fin en palabras lo que había estado rondando nuestras mentes desde hacía tiempo.

Dijo que debíamos huir a París aunque no tuviéramos un céntimo. Que era mejor eso que quedarse allí. ¡Aunque tuviéramos que vivir como mendigos en la capital! Tenía que ser mejor.

Como es lógico, los dos habíamos llegado gradualmente a aquella conclusión.

—Bien —asentí—. Aunque tengamos que ser mendigos callejeros, Nicolas. Porque antes prefiero condenarme al infierno que interpretar el papel de primo del pueblo que llega sin un céntimo a suplicar a la puerta de las grandes mansiones.

—¿Crees que quiero verte hacer tal cosa? —replicó él—. Te estoy hablando de huir lejos de ellos, Lestat. De vengarnos de todos ellos.

Me pregunté si realmente quería seguir adelante con aquello. Sin duda, nuestros padres nos maldecirían. Pero, al fin y al cabo, nuestra vida en el pueblo era completamente vacía.

Por supuesto, los dos sabíamos que, esta vez, nuestra huida juntos sería mil veces más seria que nada de cuanto habíamos hecho hasta entonces. Ya no éramos adolescentes, sino hombres hechos y derechos. Nuestros padres nos maldecirían, sin duda, y eso era algo que ninguno de los dos podíamos tomarnos a risa.

Y también teníamos edad suficiente para conocer el significado de la pobreza.

—¿Qué voy a hacer en París cuando tengamos hambre? —pregunté—. ¿Cazar ratas para cenar?

—Si es preciso, yo tocaré el violín por unas monedas en el Boulevard du Temple. Y tú puedes ir a los teatros. —Nicolas me estaba retando de verdad. Me estaba diciendo:

«¿Qué era todo eso, Lestat: sólo palabras?»—. Con tu apariencia, seguro que subirás a algún escenario del Boulevard du Temple en un abrir y cerrar de ojos.

Me alegré de este cambio en «nuestra conversación». Me encantó ver que Nicolas estaba convencido de que podíamos hacerlo. Se había desvanecido todo su cinismo, aunque seguía empleando la palabra «resentimiento» cada par de frases, más o menos.

Y la idea de que nuestra vida en el pueblo carecía de sentido empezó a inflamarnos.

Insistí en el argumento de que la música y el teatro eran buenos porque hacían retroceder el caos. El caos era el vacío sin sentido de la vida cotidiana y, si moríamos en aquel momento, nuestras existencias no habrían sido más que un vacío sin sentido. De hecho, me puse a pensar que la proximidad de la muerte de mi madre carecía de sentido y le confié a Nicolas lo que ella me había dicho: «Estoy absolutamente horrorizada. Tengo miedo.»

El Instante de Oro, si en algún momento se había producido, había desaparecido de la estancia y empezaba a dar paso a otra cosa distinta.

Debería denominarla el Instante Tenebroso, aunque seguía siendo una situación exaltada y llena de una luz espectral. Nicolas y yo hablábamos con animación, maldecíamos aquella existencia sin sentido, y, cuando mi interlocutor se sentó por fin y apoyó la cabeza entre las manos, yo tomé unos rápidos y copiosos tragos de vino y me puse a gesticular y a deambular por la estancia como él había hecho antes.

Mientras lo decía en voz alta, en mitad de la frase comprendí que ni siquiera al morir encontraríamos respuesta, probablemente, al porqué de nuestra existencia. Incluso el ateo declarado piensa que en la muerte hallará una respuesta: o bien encontrará allí a Dios, o no habrá nada en absoluto.

—Pero lo que sucede —dije— es que en ese último trance no hacemos ningún descubrimiento. ¡Sencillamente, dejamos de existir! Pasamos a la no existencia sin averiguar absolutamente nada.

Vi el universo, una imagen del Sol, los planetas, las estrellas y una noche negra que se prolongaba eternamente. Y me puse a reír.

—¿Te das cuenta? ¡Nunca, ni siquiera cuando todo haya terminado, sabremos por qué diablos han sucedido las cosas como lo han hecho! —le grité a Nicolas, quien, recostado en el lecho, asentía mientras daba tientos a un botellón de vino—. Moriremos sin saber nada. Jamás conoceremos nada, y este vacío se prolongará indefinidamente. Y nosotros dejaremos de ser testigos de él; ni siquiera tendremos esa mínima capacidad para darle sentido en nuestras mentes. Estaremos muertos, muertos, muertos... ¡sin alcanzar jamás a *saber*!

Mientras decía estas palabras, dejé de reírme. De pie en la estancia, inmóvil, comprendí en toda su magnitud lo que mis labios estaban diciendo.

No había día del juicio, no había una explicación final, no había ningún momento luminoso en el cual todos los terribles errores cometidos fueran corregidos y todos los horrores fueran compensados.

Las brujas quemadas en la hoguera no serían vengadas jamás.

¡Nadie iba a decirnos nunca nada!

En aquel instante, no sólo lo comprendí así. ¡Lo *vi*! Lancé una exclamación: «¡Oh!»; la repetí: «¡Oh!», y continué emitiéndola, gritando cada vez más, al tiempo que dejaba caer al suelo la botella de vino. Me llevé las manos a la cabeza y proseguí las exclamaciones y pude ver que tenía la boca abierta en aquel círculo perfecto del que había hablado a mi madre, y continué gritando: «¡Oh, oh, oh!»

Era como un intenso ataque de hipo que era incapaz de detener. Y Nicolas me sujetó y empezó a sacudirme, mientras me chillaba:

—¡Lestat, basta!

Pero yo no podía parar. Corrí a la ventana, corrí el pestillo y abrí el pesado cristal para contemplar las estrellas. Su visión me resultó insoportable. No podía tolerar su inmenso vacío, su silencio, la ausencia absoluta de cualquier respuesta, y empecé a soltar alaridos mientras Nicolas me apartaba del alféizar y cerraba el cristal.

—Te pondrás bien —repitió una y otra vez.

Alguien llamaba a la puerta. Era el posadero, exigiendo que acabáramos con aquel alboroto.

—Por la mañana te encontrarás mejor —insistió Nicolas—. Ahora tienes que dormir.

Habíamos despertado a todo el mundo. Incapaz de contenerme, continué repitiendo aquel sonido. Por fin, salí corriendo de la posada con Nicolas pisándome los talones, y crucé el pueblo y subí la cuesta hacia el castillo mientras Nicolas trataba de darme alcance. Dejé atrás las puertas del castillo y subí a mi habitación.

—Lo que necesitas es dormir —continuó diciéndome Nicolas con voz desesperada.

Yo estaba apoyado en la pared, tapándome los oídos con las manos, y el sonido incontenible seguía surgiendo de mi boca.

—¡Oh, oh, oh!

—Por la mañana te encontrarás mejor —me aseguró.

Pues bien, por la mañana no me encontré mejor.

Y tampoco mejoraron las cosas al caer la noche; de hecho, con la llegada de la oscuridad empeoraron aún más.

Me pasé el día caminando, hablando y moviéndome como si estuviera normal, pero me sentía abrumado. Los dientes me castañeteaban sin que pudiera evitarlo. Observaba con horror cuanto me rodeaba. La oscuridad me aterraba. La visión de las viejas armaduras del corredor me daba miedo. Contemplé el garrote y la maza de estrella que había llevado en la cacería de los lobos. Contemplé el rostro de mis hermanos. Lo contemplé todo, y, tras cada composición de colores, luces y sombras, vi siempre lo mismo: la muerte. Sólo que no era la muerte como la había concebido hasta entonces, sino la muerte como la veía ahora. Una muerte real, total, inevitable, irreversible y que no daba respuesta a nada.

Y, en aquel insoportable estado de agitación, empecé a hacer algo que no había hecho hasta entonces. Me volví a quienes me rodeaban y me puse a interrogarles implacablemente.

—¿Pero tú crees en Dios? —le pregunté a mi hermano Augustin—. ¿Cómo puedes vivir si no? —Y luego pregunté a mi padre ciego—: ¿Pero tú crees de verdad en algo? Si supieras que ibas a morir en este mismo instante, ¿esperarías ver a Dios o encontrar tinieblas? ¡Dímelo!

—¡Estás loco! ¡Siempre lo has estado! —me gritó él—. ¡Fuera de esta casa! ¡Vas a volvernos locos a todos!

Pese a que le resultaba difícil por estar ciego e impedido, se incorporó y trató de acertarme con un tazón, aunque, como es lógico, no me alcanzó.

Me sentí incapaz de mirar a mi madre. No pude acercarme a ella. No quería hacerla sufrir con mis preguntas. Bajé a la posada. La evocación del lugar de las brujas me resultaba insoportable. ¡No me habría acercado a aquel rincón del pueblo por nada del mundo! Me cubrí los oídos con las manos y cerré los ojos, tratando de expulsar de mi cabeza la imagen de aquellos desgraciados que habían tenido una muerte tan horrible, sin alcanzar, por un solo instante, a comprender nada.

En el segundo día, las cosas no mejoraron.

Y tampoco estaban mejor al cabo de una semana.

Yo comía, bebía y dormía, pero cada instante de vigilia era puro pánico y puro dolor. Acudí al cura del pueblo a preguntarle si de verdad creía que el Cuerpo de Cristo estaba presente en el altar en la Consagración. Después de escuchar sus respuestas balbucientes, y de ver el miedo en sus ojos, me despedí de él más desesperado que antes.

—¿Pero cómo vive uno, cómo sigue respirando y moviéndose y haciendo cosas cuando sabe que no existe ninguna explicación?

Finalmente, estaba desvariando. Y, entonces, Nicolas

comentó que tal vez la música me hiciera sentir mejor y que tocaría el violín para mí.

Tuve miedo de la intensidad de su música, pero salimos a los huertos y, bajo la luz del sol, Nicolas interpretó todas las tonadas que sabía. Me senté allí con los brazos cruzados, las rodillas encogidas y los dientes castañeteándome pese a estar a pleno sol. El pulido instrumento reflejaba los rayos dorados, y contemplé cómo Nicolas se sumergía en la música delante de mí. Las notas, puras y sin elaborar, se expandían mágicamente hasta llenar el huerto y el valle, aunque no se trataba de magia alguna, y Nicolas, por último, me pasó los brazos alrededor y nos quedamos allí sentados en silencio hasta que él dijo en voz muy baja:

—Créeme, Lestat, esto se te pasará.

—Toca otra vez —le pedí—. La música es inocente.

Nicolas sonrió y asintió. Le seguía la corriente al loco.

Y me di cuenta de que no se me pasaría, y de que nada podría, por el momento, hacer que lo olvidara. Sin embargo, al propio tiempo, sentí una gratitud inexpresable por la música, por el hecho de que en aquel horror pudiera haber algo de tal belleza.

Uno no podía entender nada ni cambiar nada, pero podía hacer una música como aquélla. Y sentí la misma gratitud cuando vi a los niños del pueblo bailando, cuando vi sus brazos levantados y sus rodillas dobladas y sus cuerpos moviéndose al ritmo de las canciones que entonaban. Al observarles, rompí a llorar.

Penetré en la iglesia y, arrodillado, me apoyé contra la pared y contemplé las viejas estatuas y sentí la misma gratitud al contemplar los dedos delicadamente esculpidos y las narices y las orejas y las expresiones de los rostros y los marcados pliegues de las indumentarias y no pude evitar que me saltaran de nuevo las lágrimas.

«Al menos, nos quedaba toda aquella belleza —me dije—. Toda aquella bondad.»

¡Pero ahora no me parecía bello nada de cuanto me mostraba la naturaleza! La mera visión de un gran árbol alzándose en solitario en mitad de un campo me hacía temblar y gritar, llenar de gritos el huerto.

Y dejad que os cuente un pequeño secreto: *en realidad nunca se me pasó.*

6

¿Cuál fue la causa? ¿Fue tanto beber y charlar de madrugada, o tuvo que ver con la revelación de mi madre sobre la proximidad de su muerte? ¿Guardaba alguna relación con los lobos? ¿O acaso era el lugar de las brujas lo que había hechizado mi mente?

Lo ignoro. La sensación me había asaltado como impuesta sobre mí desde fuera. En un momento dado, era una simple idea, y al instante siguiente era algo *real*. Me da la impresión de que uno puede invitar a que surja una cosa así, pero no puede hacer que se produzca.

Por supuesto, su fuerza iba a decrecer con el tiempo, pero el cielo nunca volvió a tener el mismo tono de azul. Quiero decir que el mundo siempre me pareció distinto desde entonces, e, incluso en momentos de exquisita felicidad, me acechaba la oscuridad, la conciencia de nuestra fragilidad y de nuestra ausencia de esperanzas.

Tal vez fue un presentimiento, pero no lo creo. Fue más importante que eso y, para ser sincero, no creo en los presentimientos.

Volviendo al relato, sin embargo, diré que durante ese período de aflicción me mantuve a distancia de mi madre, decidido a evitar en su presencia aquellos monstruosos comentarios sobre la muerte y el caos.

Pero a pesar de mi actitud, ella oyó comentar a todo el

mundo que yo había perdido la razón, y, finalmente, en la noche del primer domingo de Cuaresma, acudió a verme. Me encontraba a solas en mi habitación y toda la familia había bajado al pueblo al caer la tarde, para participar en la gran hoguera que era costumbre encender cada año en esa fecha.

A mí siempre me había repugnado la celebración. Tenía un aire espantoso y terrible: las llamas rugientes, los bailes y cantos, los campesinos alejándose luego entre los huertos de frutales con las antorchas, entonando sus extraños cánticos.

Durante un tiempo, tuvimos en el pueblo un párroco que tachaba de pagana la costumbre. Pero los vecinos se libraron pronto de él. Los campesinos de nuestras montañas mantenían sus viejos ritos. Era para hacer florecer los árboles y crecer los cereales y demás lindezas. Y en esta ocasión, más que nunca, creí ver en ellos una multitud de hombres y mujeres capaz de quemar brujas.

En el estado mental en que me hallaba, me quedé paralizado de terror. Tomé asiento junto a la chimenea de mi habitación, tratando de resistir el impulso de acudir a la ventana y contemplar la gran hoguera que me atraía tanto como me asustaba.

Mi madre entró, cerró la puerta tras ella y me dijo que debía hablar conmigo. Todos sus gestos rezumaban ternura.

—El estado en que te encuentras, ¿es a causa de mi próxima muerte? —me preguntó—. Si lo es, dímelo. Y pon tus manos en las mías.

Incluso me besó. Se la veía frágil con su camisón descolorido, y llevaba el cabello suelto. No soporté ver sus vetas canosas. Tenía un aspecto famélico.

Pero le dije la verdad, que no lo sabía, y luego le expliqué parte de lo sucedido en la posada. Intenté no transmitir el horror, la extraña lógica del asunto. Intenté no hacerlo todo tan absoluto.

Ella me escuchó y luego dijo.

—Eres un luchador, hijo mío. Nunca *aceptas* nada. Ni siquiera si se trata del destino de toda la humanidad.

—¡No puedo! —repliqué, abrumado.

—Y yo te quiero por ser así —continuó—. Es muy propio de ti que te dieras cuenta de eso en una pequeña estancia de una posada, de madrugada y entre trago y trago de vino. Y también es muy propio de ti enfurecerte contra ello igual que liberas tu cólera contra todo lo demás.

Me puse a llorar otra vez, aunque sabía que ella no me estaba censurando. Luego sacó un pañuelo, en cuyo interior aparecieron varias monedas de oro.

—Te recuperarás de esto —me dijo—. De momento, la muerte está estropeándote la vida, eso es todo. Pero la vida es más importante que la muerte. Te darás cuenta muy pronto. Ahora, escucha lo que tengo que decirte. He hecho venir al médico y a esa vieja del pueblo, que sabe aún más que él de curaciones. Los dos están de acuerdo en que no viviré mucho más.

—Basta, madre —la interrumpí, consciente de mi actitud egoísta pero incapaz de contenerme—. Y esta vez no habrá regalos. Guarda ese dinero.

—Siéntate —me ordenó. Señaló el banco junto al hogar y, a regañadientes, la obedecí. Ella se sentó a mi lado—. Sé que tú y Nicolas habláis de escaparos.

—No pienso irme, madre...

—¿Qué? ¿Hasta que yo haya muerto?

No respondí. No puedo describir el estado mental en que me encontraba. Aún seguía hipersensible, presa de escalofríos, y ahora teníamos que hablar del hecho de que aquella mujer, viva y palpitante, iba a dejar de vivir y de respirar para empezar a descomponerse y pudrirse, que su alma caería dando vueltas en un abismo y que todo cuanto había sufrido en vida, incluido el final de ésta, quedaría en la nada. Su pequeño rostro parecía pintado en un velo.

Y desde el pueblo lejano llegaba el leve sonido de los cánticos.

—Quiero que vayas a París, Lestat —me dijo—. Quiero que cojas este dinero, que es lo único que me queda de mi familia. Quiero saber que estás en París cuando me llegue la hora, Lestat. Quiero morir sabiendo que estás allí.

Me quedé desconcertado. Recordé su expresión afligida

de años atrás, cuando me habían traído de regreso tras la aventura con la *troupe* italiana. La contemplé durante un largo instante. Su voz persuasiva sonaba casi enfadada.

—Me aterra morir —continuó ella. Su voz se volvió casi áspera—. Y te juro que me volveré loca si no sé que estás libre y en París cuando el momento llegue por fin.

La interrogué con la mirada. Le estaba preguntando con mis ojos: «¿Lo dices de veras?»

—Te he retenido aquí tanto como tu padre —afirmó—. No lo he hecho por orgullo, sino por egoísmo. Y ahora voy a compensarte por ello. Te veré marchar. No me importa lo que hagas cuando llegues a París, si te dedicas a cantar mientras Nicolas toca el violín o a dar saltos mortales en el escenario de la feria de St. Germain, pero márchate y haz lo que sea como mejor sepas.

Intenté estrecharla en mis brazos. Al principio se resistió, pero luego noté cómo cedía y se fundía conmigo y se entregaba a mí tan completamente que, en aquel momento, creí entender por qué siempre se había mostrado tan distante. Rompió a llorar, cosa que yo nunca le había visto hacer. Y yo gocé de aquel instante pese a todo el dolor que contenía. Me dio vergüenza sentir aquello, pero no la solté. La mantuve abrazada con fuerza y tal vez la besé por todas las veces que no me había permitido hacerlo. Por un instante, parecíamos dos partes de una misma cosa.

Después, ella fue sosegándose. Pareció recobrar el dominio de sí misma y, poco a poco pero con firmeza, se desasió de mí y me apartó.

Se pasó mucho rato hablando. Dijo cosas que no entendí entonces, respecto a que sentía un maravilloso placer al verme salir de cacería a lomos de mi yegua y a que sentía el mismo placer cuando ponía furioso a todo el mundo y tronaba contra mi padre y mis hermanos preguntándoles por qué teníamos que vivir como lo hacíamos. Me habló también, con palabras casi escalofriantes, de que yo era una parte secreta de su anatomía, de que era para ella el órgano de que carecen las mujeres.

—Tú eres el hombre que hay en mí —declaró—. Por eso te he mantenido aquí, temerosa de vivir sin ti. Tal vez ahora, al enviarte lejos, sólo estoy cumpliendo con lo que ya debería haber hecho antes.

Me desconcertó un poco. Jamás había pensado que una mujer pudiera sentir ni expresar en palabras algo de esa naturaleza.

—El padre de Nicolas conoce vuestros planes. El posadero os oyó comentarlos y se lo contó. Es importante que os vayáis enseguida. Tomad la diligencia al amanecer y escríbeme cuando llegues a París. En el cementerio de les Innocents cerca del mercado de St. Germain, encontrarás amanuenses. Busca uno que escriba en italiano, así nadie más que yo podrá leer la carta.

Cuando mi madre salió de la habitación, apenas pude creer lo que acababa de suceder. Permanecí un instante con la mirada perdida al frente. Luego contemplé la cama y su colchón de paja, los dos abrigos y la capa roja, el par de botas de cuero junto al fuego. Por la estrecha hendidura de la ventana vi la mole negra de las montañas que conocía desde la cuna. La oscuridad, las sombras, se apartaron de mí durante un momento precioso.

Y me encontré corriendo escaleras y montaña abajo hasta el pueblo en busca de Nicolas, para decirle que nos marchábamos a París. Que íbamos a hacerlo. ¡Nada podría detenernos esta vez!

Le encontré con su familia, en torno a la hoguera. Cuando me vio, me pasó el brazo en torno al cuello y yo le pasé el brazo por la cintura y le arrastré lejos de la multitud y de las llamas, hacia un rincón del prado.

El aire tenía un aroma verde y fragante como sólo se da en primavera. Incluso los cantos de los campesinos parecían menos horribles. Empecé a bailar en círculos.

—¡Ve por el violín! —le dije—. Toca una canción que hable de ir a París. ¡En marcha! ¡Nos vamos por la mañana temprano!

—¿Y de qué vamos a comer en París? —entonó Nicolas

mientras, con las manos vacías, tocaba un violín invisible—.
¿Piensas cazar ratas para la cena?

—¡No preguntes qué haremos cuando estemos allí!
—respondí—. Lo único que importa es llegar.

7

No habían transcurrido quince días cuando ya me encontraba en medio del gentío que deambulaba a mediodía por el extenso cementerio público de les Innocents, con sus viejas criptas y sus hediondas fosas comunes —el mercado más fantástico que había visto jamás— y allí, entre el hedor y el bullicio y encorvado ante un memorialista italiano, procedía a dictarle la primera carta a mi madre.

Sí, habíamos llegado sin incidencias tras viajar día y noche, y teníamos alojamiento en la Île de la Cité, y éramos indeciblemente felices, y París era más cálida y hermosa y espléndida de lo que se podía imaginar. Deseé poder coger la pluma y escribir la carta yo mismo.

Quise contarle qué sentía al ver aquellas enormes mansiones, las antiguas callejas serpenteantes, el bullicio de mendigos, buhoneros y nobles, las casas de cuatro y cinco pisos a ambos lados de los concurridos bulevares.

Quise explicarle cómo iba la gente, los caballeros con las medias bordadas y los bastones de paseo incrustados de plata chapoteando en el barro con sus chinelas de tonos pastel, las damas con sus pelucas tachonadas de perlas meciendo a un lado y a otro las cestitas de seda y muselina, mi primer lejano encuentro con la propia reina María Antonieta que paseaba con desenfado por los jardines de las Tullerías.

Por supuesto, mi madre lo había visto todo muchos años antes de que yo naciera. Había vivido en Nápoles, en Londres y en Roma con su padre. Aun así, quise contarle lo que me había proporcionado, qué sentía al escuchar el coro de Notre Dame, al abrirme paso en los abarrotados cafés con Nicolas, al hablar con sus viejos compañeros de estudios ante una taza de café inglés, al ponerme las finas ropas de Nicolas —él me obligó a hacerlo— y a esperar tras las candilejas de la Comédie Française, contemplando con adoración a los actores que ocupaban los escenarios.

Sin embargo, lo único que escribí en la carta fue tal vez lo mejor de todo ello, la dirección de la buhardilla que llamábamos nuestro hogar, en la Île de la Cité, y las novedades:

«Me han contratado en un teatro de verdad para hacer de meritorio, con buenas perspectivas de que me den pronto un papel.»

No le conté, en cambio, que teníamos que subir seis pisos para llegar a nuestra buhardilla, que hombres y mujeres reñían y se gritaban en las callejas debajo de nuestras ventanas, que ya nos habíamos quedado sin dinero debido a mi insistencia de llevar a Nicolas a todas las óperas, ballets y obras de teatro de la ciudad. Ni que el establecimiento donde trabajaba era un mísero teatrillo de bulevar, un estrado elevado sobre una plataforma en la feria, y que mi trabajo consistía en ayudar a vestirse a los actores, vender entradas, pasar la escoba y expulsar a los alborotadores.

Pese a todo, me volvía a sentir en el paraíso. Lo mismo le sucedía a Nicolas, aunque ninguna orquesta decente de la ciudad le contratara y tuviera que tocar sólo con el reducido grupito de músicos del teatro donde yo trabajaba; cuando estábamos realmente apurados, Nicolas hacía sonar su violín en pleno bulevar, mientras yo, a su lado, pasaba el sombrero. ¡No teníamos la menor vergüenza!

Cada noche, corríamos peldaños arriba con una botella de vino barato y una hogaza del fino y dulce pan parisiense, pura ambrosía después de lo que habíamos comido en Auvernia. Y, bajo la luz de la vela de sebo, la buhardilla era la vivienda más espléndida de cuantas había conocido nunca.

Como ya he explicado anteriormente, rara vez había estado en una habitación de madera, salvo en la posada del pueblo. Pues bien, la nuestra tenía paredes y techo de escayola. ¡Aquello sí que era París! También tenía un suelo de madera pulida e incluso un pequeño hogar con una chimenea nueva que, en realidad, creaba una corriente de aire.

Así pues, qué importaba si teníamos que dormir en jergones de paja apelmazada o si los vecinos nos despertaban con sus peleas. Porque abríamos los ojos en París y podíamos salir a vagar codo con codo por las calles y callejas durante horas, a revolver en las tiendas llenas de joyas y objetos de plata, de tapices y estatuas, de riquezas como no había visto jamás. Incluso los hediondos mercados de carne me deleitaban. El estruendo reinante en la ciudad, la incansable actividad de sus miles y miles de menestrales, artesanos y dependientes, las idas y venidas de una muchedumbre inacabable.

De día, casi olvidaba la visión de la posada y la oscuridad que sentía. Salvo, claro está, cuando pasaba junto a un cadáver tirado en algún sucio callejón, cosa bastante habitual, o cuando topaba con una ejecución pública en la Place de Grève.

Y *siempre* topaba con tales ejecuciones públicas en la Place de Grève.

Entonces me alejaba de la plaza entre escalofríos, a punto de gemir. Si no distraía mi mente, podía obsesionarme con aquello. Nicolas, por fortuna, era inflexible conmigo.

—¡Lestat, deja de hablar de lo eterno, de lo inmutable, de lo inescrutable! —exclamaba, y amenazaba con golpearme o sacudirme si me oía quejarme.

Y cuando llegaba el crepúsculo —el momento del día que menos me gustaba—, no importaba si había presenciado o no una ejecución, si el día había sido provechoso o irritante, a esa hora, me entraban los temblores. Y sólo una cosa me salvaba de ellos: el calor, la excitación que me producían las brillantes luces del teatro. Siempre me aseguraba de estar a salvo en el interior del local antes de la puesta de sol.

En el París de esa época, los teatros de los bulevares no eran ni siquiera locales reconocidos. Los únicos teatros con apoyo oficial eran la Comédie Française y el Théâtre des Italiens, y en ellos se representaban todas las obras serias, tanto tragedias como comedias, de autores como Racine, Corneille y el brillante Voltaire.

Pero la vieja comedia italiana que yo adoraba —Pantaleón, Arlequín, Scaramouche y el resto— continuaba donde siempre, entre funámbulos, acróbatas, prestidigitadores y titiriteros, en los espectáculos de barraca de las ferias de St. Germain y St. Laurent.

Y los teatros de bulevar habían crecido a partir de estas ferias. En mi época, a finales del siglo XVIII, formaban una serie de establecimientos permanentes a lo largo del Boulevard du Temple, y, aunque actuaban para los bolsillos pobres que no podían permitirse los precios de los grandes teatros, también acogían a buen número de gente pudiente. Numerosos aristócratas y ricos burgueses ocupaban los palcos para contemplar las actuaciones, pues éstas rezumaban talento y vitalidad y no eran tan rígidas como las obras del gran Racine o el gran Voltaire.

Hicimos la comedia italiana tal como yo la había aprendido, llena de improvisaciones, de modo que cada noche resultara nueva y distinta aunque siempre fuera la misma. Y también cantamos e hicimos toda clase de tonterías, no ya porque le gustaran a la gente, sino porque estábamos obligados a ello. Así no podían acusarnos de romper el monopolio de los teatros del Estado sobre las obras de reconocida categoría.

El local era una desvencijada ratonera de madera con un aforo de apenas trescientos espectadores, pero su pequeño escenario y los decorados eran elegantes, tenía un espléndido telón de terciopelo azul, y sus palcos privados tenían tabiques de separación. Y los actores y actrices eran experimentados y poseían auténtico talento, al menos, así me lo parecía a mí.

Aunque no me hubiese atenazado aquel recién adquirido temor a la oscuridad, aquella «dolencia de mortalidad», como insistía en llamarla Nicolas, no me habría resultado más emocionante cruzar aquella puerta de artistas.

Cada noche, durante cinco o seis horas, vivía y respiraba en un reducido universo de gritos, risas y peleas, de hombres y mujeres enzarzados en discusiones a favor o en contra de alguien, todos ellos camaradas de bambalinas aunque no fueran amigos. Tal vez se parecía un poco a estar en un bote de remos en mitad del océano, todos condenados a estar juntos e incapacitados para escapar unos de otros. Era divino.

Nicolas era algo menos entusiasta, pero eso era de esperar. Y se volvió aún más irónico cuando sus ricos compañeros de estudios nos visitaron para charlar con él. Le consideraban un lunático por vivir como lo hacía. En cuanto a mí, un noble que ayudaba a las actrices a embutirse en sus trajes y se ocupaba de vaciar los orinales, no tenían palabras para catalogarme. Naturalmente, lo que realmente deseaban todos aquellos jóvenes burgueses era ser aristócratas. Compraban títulos y se unían por matrimonio a familias aristocráticas siempre que podían. Y una de las ironías de la historia es que pronto se verían involucrados en la Revolución y contribuirían a abolir la clase social a la que, en realidad, deseaban incorporarse.

No me importaba si no volvíamos a ver a los amigos de Nicolas. Los actores no sabían nada de mi familia y cambié mi apellido verdadero, De Lioncourt, por el alias más común de Lestat de Valois, que no significaba nada en realidad.

Fui aprendiendo cuanto pude sobre el arte teatral. Memorizaba escenas, imitaba gestos, hacía constantes preguntas y sólo me concedía un alto en mi aprendizaje cada noche, en el momento en que Nicolas ejecutaba su solo de violín. Se levantaba de su silla en el foso de la reducida orquesta, el foco le destacaba de los demás músicos e iniciaba una pequeña sonata, muy dulce y lo bastante breve para tirar abajo el teatro con los aplausos.

Y en todo instante yo soñaba en que llegara mi momento, cuando los viejos actores, a los que estudiaba y odiaba e imitaba y servía de lacayo, dijeran por fin: «Está bien, Lestat, esta noche necesitamos que hagas el papel de Lelio. Ya debes saber qué tienes que hacer.»

La ocasión llegó a finales de agosto.

Eran los días de más calor en París y las noches resultaban casi un bálsamo. El local estaba lleno de un público inquieto que se abanicaba con pañuelos y programas de mano. Mientras me lo ponía, el grueso maquillaje blanco se me corría en el rostro.

Llevaba una espada de cartón con el mejor jubón de terciopelo de Nicolas y, momentos antes de pisar el escenario, me puse a temblar pensando que aquello era como esperar a la ejecución o algo parecido.

Pero en el mismo instante de hacer mi aparición, me volví y miré de frente la concurrida sala y sucedió algo muy extraño. Se me pasó el miedo.

Lancé una radiante mirada a los espectadores y realicé una lenta reverencia. Luego contemplé a la encantadora Flaminia como si la estuviera viendo por primera vez. Tenía que conquistarla. El juego empezó.

Me adueñé del escenario como había sucedido tantos años atrás en aquella perdida población rural de mi escapada juvenil. Y mientras los actores hacíamos locas cabriolas sobre las tablas —discutiendo, abrazándonos, haciendo payasadas—, las risas llenaban el local.

Noté la atención del público como si fuera un abrazo. Cada gesto, cada frase, provocaba un rugido entre los espectadores. Casi resultaba demasiado fácil y podríamos haber seguido la representación media hora más si los demás actores, impacientes por pasar al siguiente número, no nos hubieran llevado a la fuerza hacia los laterales.

La gente se puso en pie para aplaudirnos. Y no era un público de campesinos a cielo raso. Eran *parisienses* reclamando a gritos que volvieran a salir Lelio y Flaminia.

A la sombra de los bastidores, la cabeza me daba vueltas. Estuve a punto de derrumbarme, de caer al suelo. En aquel instante, mis ojos no veían más que la imagen del público contemplándome desde el otro lado de la batería de luces. Deseé volver inmediatamente al escenario. Abracé a Flaminia y la besé, y me di cuenta de que ella me devolvía el beso con pasión.

A continuación, el viejo gerente, Renaud, la apartó de mi lado.

—Está bien, Lestat —dijo luego, como si estuviera molesto por algo—. Está bien, lo has hecho pasablemente. A partir de ahora, voy a dejarte interpretar con regularidad el papel.

Pero antes de que pudiera empezar a dar saltos de alegría, la mitad de la *troupe* se materializó a nuestro alrededor, y Luchina, una de las actrices, tomó la palabra de inmediato.

—¡Ah, no! ¡Nada de que le *dejarás* actuar con regularidad! Lestat es el actor más guapo del Boulevard du Temple y le vas a contratar de acuerdo con ello, y le pagarás lo correspondiente, y no volverá a tocar otra escoba.

Yo estaba aterrado. Mi carrera acababa apenas de empezar y ya parecía perdida, pero, para mi sorpresa, Renaud accedió a todas aquellas condiciones.

Por supuesto, me sentí muy halagado de que me llamaran guapo, y, como años atrás, comprendí que a Lelio, el amante, se le suponía una personalidad considerable. Un aristócrata con cierta prestancia era perfecto para el personaje. Pero si quería que los públicos parisienses me conocieran de verdad, si quería que hablasen de mí en la Comédie Française, tenía que ser algo más que un ángel de cabello amarillo, caído de una familia de marqueses sobre las tablas de un escenario. Tenía que convertirme en un gran actor, y eso era exactamente lo que estaba dispuesto a ser.

Esa noche, Nicolas y yo lo celebramos con una colosal borrachera. Llevamos a nuestros aposentos a toda la *troupe* y me encaramé por los tejados resbaladizos y abrí los brazos sobre París y Nicolas tocó el violín en la ventana hasta que despertamos a todo el vecindario.

La música era arrebatadora, pero la gente protestaba y gritaba en las callejas, y hacía sonar cazuelas y cubiertos. No prestamos atención a las quejas. Bailamos y cantamos como habíamos hecho en el lugar de las brujas. Estuve a punto de caer del alféizar.

Al día siguiente, botella en mano, bajo el sol y envuelto en el hedor de Les Innocents le dicté toda la historia al amanuense italiano y me ocupé de que la carta llegara enseguida a mi madre. Deseé abrazar a todos cuantos encontraba en la calle. ¡Era Lelio! ¡Era actor!

En septiembre, mi nombre figuraba ya en los programas de mano, de los cuales también envié uno a mi madre.

Y no ofrecíamos la vieja comedia italiana, sino una farsa de un escritor famoso que, debido a una huelga general de autores, no podía representarse en la Comédie Française.

No podíamos citar su nombre, por supuesto, pero todo el mundo sabía que la obra era suya, y media Corte abarrotaba cada noche la Casa de Tespis que regía Renaud.

Mi papel no era el del protagonista, sino el del galán joven; en realidad, una especie de nuevo Lelio: era un papel casi mejor que el de primer actor y le robaba a éste casi todas las escenas en que aparecíamos juntos. Nicolas me había enseñado el papel, regañándome constantemente por no haber escrito algunas líneas extra para mí.

Nicolas tenía su momento en el intermedio, durante el cual su interpretación de una frívola sonata de Mozart mantenía al público pegado a los asientos. Hasta sus compañeros de estudios reaparecieron. Recibíamos invitaciones a bailes privados. Yo seguí escapándome a Les Innocents cada pocos días para escribir a mi madre y, finalmente, incluí en una de las cartas un recorte de un periódico inglés, el *Spectator*, en el que se elogiaba nuestra obrita y, en particular, al joven rubio que les robaba el corazón a todas las damas en el tercer y el cuarto actos. Por supuesto, yo no podía leer el escrito, pero el caballero que me lo trajo me aseguró que la crítica era favorable, y Nicolas me juró que decía la verdad.

Cuando llegaron las primeras noches frías, salí al escenario envuelto en la capa roja forrada de piel. Se me distinguía desde la última fila del gallinero aunque uno estuviera casi ciego. Ahora ya tenía más práctica con el maquillaje blanco, un toque aquí y otro allá para resaltar el perfil del rostro y, aunque llevaba pintado en negro el contorno de los ojos y un poco de carmín en los labios, mi aspecto era a un tiempo desconcertante y humano. Recibí notas de amor de las mujeres del público.

Nicolas estudiaba música por las mañanas con un maestro italiano y teníamos suficiente dinero para comer bien y pagar la leña y el carbón. Recibía carta de mi madre dos veces por semana y en ellas me decía que su salud parecía haber mejorado. En cambio, nuestros padres nos habían desheredado y no querían ni oír mencionar nuestros nombres.

Nosotros éramos demasiado felices como para que tal cosa nos importara. Pero la oscura amenaza, la «dolencia de mortalidad», me acompañó en muchos momentos cuando llegó el frío.

El frío parecía peor en París. No era limpio como en las montañas de Auvernia. Los pobres se acurrucaban en los umbrales de las puertas, hambrientos y tiritando, mientras las retorcidas callejas sin pavimentar se llenaban de nieve sucia y pisada. Vi niños descalzos y enfermos ante mis ojos, y más cadáveres tirados por los rincones que nunca. Jamás me alegré tanto de tener la capa forrada de piel. Envolvía con ella a Nicolas y le mantenía apretado contra mí cuando salíamos juntos a la calle, y avanzábamos en un estrecho abrazo bajo la lluvia y la nieve.

Con frío o sin él, no exagero al expresar la felicidad que sentía en esa época. Mi vida era exactamente como pensaba que podría ser. Y estaba seguro de que no duraría mucho en el teatro de Renaud. Todo el mundo lo afirmaba. Me vi en grandes escenarios, de gira por Londres e Italia e incluso por América, con una gran compañía de actores. Sin embargo, no había motivo para apresurarse. Mi copa estaba a rebosar.

8

Pero en el mes de octubre, cuando París ya empezaba a helarse, empecé a advertir la habitual presencia entre el público de un rostro extraño que, invariablemente, me distraía. A veces, aquel rostro me hacía casi olvidar lo que estaba haciendo. Y luego desaparecía como si fuese producto de mi imaginación. Debía de llevar quince días viéndole aparecer y desaparecer cuando al fin mencioné el asunto a Nicolas.

Me sentí un estúpido y me costó encontrar las palabras adecuadas:

—Ahí fuera hay alguien que me observa —dije.

—Todo el mundo lo hace —respondió Nicolas—. Es lo que querías, ¿no?

Esa noche, Nicolas se sentía un poco triste y en su respuesta había cierta acritud.

Un rato antes, mientras preparaba el fuego, me había comentado que nunca haría gran cosa con el violín. Pese a su buen oído y a su dominio del instrumento, era demasiado lo que ignoraba. En cambio, estaba seguro de que yo sería un gran actor. Le dije que todo eso eran tonterías, pero sus palabras fueron como una sombra que cubriera mi alma, pues recordé a mi madre diciéndome que ya era demasiado tarde para Nicolas.

—Yo quiero ser un gran violinista, pero me temo que nunca lo conseguiré. Mientras estábamos en el pueblo, al menos podía imaginar que lo iba a ser.

—¡No puedes darte por vencido! —exclamé.

—Lestat, déjame ser franco contigo —replicó él—. Para ti, las cosas son fáciles. Cuando te marcas un objetivo, siempre lo consigues. Sé lo que piensas de esos años que pasaste en tu casa, sintiéndote tan mal. Pero aun entonces, si te proponías algo, lo alcanzabas. Y partimos hacia París el día preciso que tú decidiste.

—No te arrepentirás de haber venido, ¿verdad? —inquirí.

—Claro que no. Sólo quiero decir que tú crees posibles cosas que no lo son... Al menos, para el resto de nosotros. Como matar lobos...

Un escalofrío me recorrió cuando pronunció aquellas palabras. Y, por alguna razón, pensé de nuevo en aquel rostro misterioso del público, aquel que me observaba. Tenía algo que ver con los lobos. Algo que ver con los sentimientos que Nicolas estaba expresando. No tenía sentido. Traté de quitármelo de la cabeza.

—Si hubieses decidido tocar el violín, probablemente ya estarías tocando en la Corte —añadió.

—Nicolas, hablar así sólo te perjudica —dije en un susurro—. No se puede hacer otra cosa que intentar conseguir lo que uno quiere. Ya sabías que tenías los números en contra cuando te lanzaste. No hay nada más... excepto...

—Ya sé —me interrumpió con una sonrisa—. Excepto el vacío. La muerte.

—Sí. Lo único que puede hacer uno es darle sentido a su vida, hacerla buena...

—¡Oh, no me vengas otra vez con la bondad! Tú y tu mal de mortalidad. ¡Tú y tu mal de bondad! —Hasta entonces, Nicolas había mantenido la mirada en el fuego; ahora la volvió hacia mí con una expresión deliberadamente irónica—. Somos un grupo de actores y artistas que ni siquiera pueden recibir sepultura en tierra sagrada. Somos proscritos.

—¡Cielos!, si pudieras aceptar por un instante —insistí— que hacemos el bien cuando conseguimos que otros olviden sus preocupaciones, cuando les hacemos olvidar por unos instantes que...

—¿Qué? ¿Que van a morir? —Lanzó una sonrisa especialmente maliciosa y añadió—: Lestat, pensaba que todo eso cambiaría cuando estuviéramos en París.

—Fue una tontería por tu parte pensarlo, Nicolas —respondí. Ahora me estaba irritando—. Yo hago el bien en el Boulevard du Temple. Lo noto...

Me detuve a media frase, porque volví a ver el rostro misterioso, y me embargó una sensación lóbrega, una especie de presagio. Sin embargo, lo más extraño era que aquel rostro alarmante estaba casi siempre sonriendo. Sí, sonriendo... disfrutando...

—Lestat, te quiero —afirmó Nicolas con aire grave—. Te quiero como he querido a pocas personas en mi vida, pero te aseguro que eres un loco con todas esas ideas sobre la bondad.

Me eché a reír.

—Nicolas —repliqué—, yo puedo vivir sin Dios. Incluso puedo hacerme a la idea de que no existe ninguna vida futura. Pero no estoy seguro de que pueda seguir adelante si no creo en la posibilidad de la bondad. Por una vez, en lugar de burlarte de mí, ¿por qué no me dices en qué crees tú?

—En mi opinión —dijo entonces—, existen la fuerza y la debilidad. Y en el arte, están el bueno y el malo. Eso es en lo que creo. De momento estamos limitados a hacer un arte bastante malo, y que, desde luego, ¡no tiene *nada* que ver con la bondad!

«Nuestra conversación» podría haberse convertido en una pelea a gran escala en aquel instante si yo hubiera soltado todo lo que tenía en la cabeza acerca de la ostentación burguesa, pues estaba convencido de que nuestra obra en Renaud era, en muchos aspectos, mejor que cuanto se ofrecía en los grandes teatros. Sólo la presentación era menos ostentosa. ¿Por qué era incapaz de olvidarse del envoltorio un caballero burgués? ¿Cómo se le podía hacer ver algo más que la superficie de las cosas?

Inspiré profundamente.

—Si existe la bondad —continuó—, yo soy lo opuesto a ella. Soy malo y me recreo en ello. Me burlo de la bondad. Y, por si no lo sabías, no toco el violín para que los idiotas que acuden al local de Renaud se lo pasen bien. Toco para mí, para Nicolas.

No quise escuchar nada más. Era hora de acostarse. Sin embargo, yo estaba dolido por aquella conversación y él se dio cuenta; cuando empecé a quitarme las botas, se levantó de la silla y vino a sentarse a mi lado.

—Lo siento —dijo con la voz muy quebrada.

Su actitud había cambiado tanto respecto a unos momentos antes, que alcé los ojos hacia él y le vi tan apesadumbrado y abatido que no pude evitar pasarle el brazo por los hombros y decirle que no debía preocuparse más por ello.

—Tú posees un resplandor, Lestat, que atrae hacia ti a todo el mundo. Lo posees incluso cuando estás enfadado, o desanimado...

—Poesía —le corté—. Los dos estamos cansados.

—No, es cierto —insistió él—. Hay en ti una luz que resulta casi cegadora. En cambio, en mí sólo hay oscuridad. A veces pienso que es como la oscuridad que te invadió aquella noche en la posada, cuando te pusiste a gritar y a temblar. Estabas tan impotente, tan poco preparado para ello... Yo trato de alejar de ti la oscuridad porque necesito tu luz. La necesito desesperadamente, pero tú no necesitas la oscuridad.

—El loco eres tú —repliqué—. Si pudieras verte, escuchar tu propia voz, tu música, que, por supuesto, tocas para ti, no verías oscuridad, Nicolas. Verías una luminosidad que te es propia. Mortecina, sí, pero la luz y la belleza se conjunta en ti en un millar de formas distintas.

La noche siguiente, la actuación salió especialmente bien. El público, activo y bullicioso, nos inspiró algunas improvisaciones con éxito. Realicé unos nuevos pasos de baile que, por alguna razón, nunca habían parecido interesantes en los ensayos, pero que tuvieron un resultado milagroso en el escenario. Y Nicolas estuvo extraordinario en el violín, tocando una de sus propias composiciones. Pero hacia el final de la representación divisé nuevamente el rostro misterioso. Esta vez me sobresalté como nunca y estuve a punto de perder el ritmo de la canción. De hecho, por un instante me pareció que la cabeza me daba vueltas.

Cuando Nicolas y yo estuvimos a solas, sentí una imperiosa necesidad de hablarle de aquello, de la extraña sensación de haber caído dormido en el escenario y de haber estado soñando.

Nos sentamos juntos cerca del fuego, con el vino sobre una de las tapas de un pequeño tonel; a la luz de las llamas, Nicolas parecía tan abatido y cansado como la noche anterior.

No quería molestarle, pero no podía olvidar el enigmático rostro.

—Bueno, ¿qué aspecto tiene? —preguntó Nicolas mientras se calentaba las manos.

Y por encima del hombro pude ver al otro lado de la ventana una ciudad de tejados cubiertos de nieve que me hizo sentir más frío. Aquella conversación no me agradaba.

—Eso es lo peor de todo —respondí—. Lo único que veo es un rostro. Debe de llevar algo negro, una capa o incluso una capucha. Más que nada, lo que ese rostro me recuerda es una máscara, muy blanca y extrañamente nítida. Me refiero a que las líneas de sus facciones son tan marcadas que parecen repasadas con maquillaje negro. Lo veo por un momento. Despide un auténtico resplandor. Luego vuelvo a mirar, y no encuentro a nadie. Sin embargo, exagero al explicarlo. Todo resulta mucho más sutil: su aspecto y...

La descripción que estaba haciendo pareció trastornar a Nicolas tanto como me había afectado a mí. No dijo nada, pero su rostro se relajó ligeramente, como si olvidara su pesadumbre.

—Bueno, no quiero darte esperanzas sin razón —comentó al fin. Ahora se mostraba muy amable y sincero—, pero tal vez sea una máscara de verdad lo que ves. Y quizá se trate de alguien de la Comédie Française que acude a verte actuar.

Sacudí la cabeza en gesto de negativa y repliqué:

—Ojalá, pero nadie se pondría una máscara como ésa. Y te diré otra cosa además.

Nicolas esperó, pero pude apreciar que le estaba transmitiendo parte de mi aprensión. Alargó el brazo, agarró la botella de vino por el cuello y sirvió un trago en mi vaso.

—Sea quien sea —le confié—, sabe lo de los lobos.

—¿Qué?

—Que conoce el asunto de los lobos. —No estaba seguro de mí mismo. Era como explicar un sueño que ya casi había olvidado—. Sabe de mi encuentro con las alimañas, allá en el pueblo. Y sabe que la capa que llevo está forrada con sus pieles.

—¿De qué estás hablando? ¿Acaso has hablado con él?

—No, estoy seguro de ello y basta —respondí. Todo aquello me resultaba muy confuso. Volví a experimentar aquella sensación de que la cabeza me daba vueltas—. Eso es lo que estoy tratando de decirte. Nunca he hablado con él, nunca he estado cerca de él. Pero lo sabe.

—¡Ah, Lestat! —exclamó Nicolas, recostándose hacia atrás en el banco junto al fuego mientras me dirigía la sonrisa más cariñosa—. Dentro de poco empezarás a ver fantasmas. Tienes la imaginación más desbordante que he visto nunca.

—Los fantasmas no existen —respondí en voz baja. Miré el pequeño fuego y fruncí el entrecejo. Dejé caer unos pedazos de carbón sobre las brasas.

Nicolas dejó a un lado cualquier muestra de humor.

—¿Cómo diablos iba a conocer nada de los lobos? ¿Y cómo es que tú...?

—Ya te lo he dicho, no lo sé —respondí.

Permanecí sentado, pensativo y sin hablar, disgustado tal vez ante lo ridículo que parecía todo.

Y entonces, mientras seguíamos sentados muy juntos y en silencio, con el fuego como única fuente de sonidos o movimientos en toda la estancia, me vino a la mente el nombre *Matalobos* con la misma claridad con que lo habría percibido si alguien lo hubiera pronunciado.

Pero no lo había hecho nadie.

Miré a Nicolas, dolorosamente consciente de que sus labios no se habían movido, y creo que hasta la última gota de sangre se escurrió de mi rostro. Lo que percibí no fue la amenaza de muerte que me había atenazado tantas otras noches, sino una emoción que me resultaba realmente ajena: el miedo.

Aún seguía allí sentado, demasiado inseguro de mí mismo para decir nada, cuando Nicolas me besó.

—Vamos a acostarnos —dijo suavemente.

SEGUNDA PARTE

EL LEGADO DE MAGNUS

1

Debían de ser las tres de la madrugada; había oído entre sueños las campanas de la iglesia.

Y, como todos los hombres juiciosos de París, teníamos la puerta atrancada y la ventana cerrada con pestillo. No era muy recomendable en una habitación con un hogar de carbón, pero el tejado estaba a un paso de nuestra ventana. Y estábamos a salvo.

Soñaba con los lobos. Me hallaba en la montaña, rodeado, y volteaba sobre mi cabeza la vieja maza medieval. Luego, los lobos ya estaban muertos otra vez y el sueño se hacía mejor, sólo que me quedaban aún todos aquellos kilómetros que recorrer por la nieve. Mi yegua relinchaba en la nieve. La montura se convirtió en un insecto repulsivo medio aplastado en el suelo de piedra.

Lánguida y susurrante, una voz dijo «Matalobos» en un murmullo que era a la vez una invitación y un homenaje.

Abrí los ojos. O creí hacerlo. Y había alguien de pie en mitad de la estancia. Era una figura alta, encorvada, situada de espaldas al pequeño hogar, en el cual aún brillaban las ascuas cuyo resplandor recortaba claramente la silueta de la figura antes de difuminarse, dejando en sombras sus hombros y su cabeza. Sin embargo, comprendí que tenía ante mí el rostro blanco que había visto entre el público del teatro; y mi mente, receptiva y penetrante, advirtió que la estancia estaba cerrada por dentro, que Nicolas dormía a mi lado y que la figura estaba de pie al lado de nuestra cama.

Escuché la respiración de Nicolas y fijé la mirada en el rostro blanco.

«Matalobos», repitió la voz, aunque los labios de la figura no se habían movido. El misterioso intruso se acercó aún más y aprecié que el rostro no era ninguna máscara. Unos ojos negros, unos rápidos y calculadores ojos negros, y una piel muy blanca. Y advertí entonces que despedía un hedor insoportable, como el de un montón de ropa pudriéndose en una habitación húmeda.

Creo que me incorporé. O tal vez fui levantado, pues en un abrir y cerrar de ojos me encontré de pie. Mi mente estaba ya muy despierta y retrocedí hasta topar con la pared.

La misteriosa figura tenía mi capa roja en las manos. Desesperado, recordé la espada, las pistolas. Estaban en el suelo, debajo de la cama. Entonces, el desconocido arrojó la capa hacia mí y, a través del terciopelo forrado de piel, noté cómo su mano se cerraba en la solapa de mi vestimenta.

Me vi arrastrado hacia delante. Sin tocar con los pies en el suelo, fui llevado al otro extremo de la habitación. Llamé a gritos a Nicolas. «¡Nicolas, Nicolas!», grité con todas mis fuerzas. Vi la ventana entreabierta y, de pronto, el cristal estalló en mil pedazos y el marco de madera quedó hecho astillas. Al instante, me encontré volando sobre la calleja, a una altura de seis pisos sobre el suelo.

Volví a gritar y lancé puntapiés contra aquel ser que me transportaba. Atrapado en la capa roja, me contorsioné para tratar de soltarme.

Sin embargo, estábamos volando sobre los tejados y, en ese instante, remontábamos la lisa superficie de una pared de ladrillo. Yo iba colgado del brazo del extraordinario ser. De pronto, sin el menor aviso, mi captor me soltó en la azotea de un edificio muy elevado.

Permanecí un momento tendido en la azotea, contemplando París que se extendía ante mí en un gran círculo: la nieve blanca, los sombreretes de las chimeneas, los campanarios de las iglesias y el cielo encapotado. Luego me incorporé, tropecé con la capa forrada, y eché a correr. Llegué hasta el borde de la azotea y miré abajo. No vi más que una caída a pico de decenas de metros y, cuando me asomé por el otro lado después de una nueva carrera, encontré exactamente lo mismo. ¡Y estuve a punto de caerme!

Me volví, desesperado y jadeante. El ser y yo estábamos en lo alto de una torre cuadrada, separados por apenas quince metros. No distinguí ningún edificio más alto en ninguna dirección. La extraña figura me observaba sin moverse y le oí emitir por lo bajo una ronca risotada que me recordó el susurro anterior.

—Matalobos —repitió una vez más.

—¡Maldito! —grité yo—. ¿Quién diablos eres?

En un acceso de rabia, me lancé contra él con los puños por delante.

El ser no se movió. Cuando le golpeé, fue como hacerlo en un muro de ladrillo. Salí literalmente rebotado, resbalé en la nieve, me incorporé como pude y volví a la carga.

Sus risas se hicieron más y más estentóreas, deliberadamente burlonas pero con un considerable aire de satisfacción y placer que resultaba aún más exasperante que el escarnio. Corrí hasta el borde de la torre y luego me volví de nuevo hacia el misterioso ser.

—¿Qué quieres de mí? —pregunté—. ¿Quién eres?

Al comprobar que sólo me respondía con aquellas irritantes risotadas, volví al asalto contra él. Esta vez, sin embargo, me lancé a por su rostro y su cuello; convertí mis manos en un par de zarpas y logré echarle hacia atrás la capucha, poniendo al descubierto sus negros cabellos y la forma y aspecto plenamente humanos de su cabeza. Y una piel blanda. Sin embargo, mi raptor se mostró tan impertérrito como anteriormente.

Luego retrocedió un paso, alzó los brazos y se puso a jugar conmigo, a sacudirme hacia delante y hacia atrás como haría un hombre con un niño pequeño. Con movimientos demasiado rápidos para mis ojos, apartó su rostro de mí volviéndolo a un lado y a otro. Efectuaba sus gestos sin aparente esfuerzo, mientras yo, frenético, trataba de golpearle sin lograr otra cosa que notar su piel blanca y blanda resbalando bajo mis dedos. Un par de veces, quizá, conseguí apenas rozar su fino cabello negro.

—Mi pequeño, valiente y fuerte Matalobos —me dijo entonces con una voz más sonora y profunda.

Me detuve, jadeante y bañado en sudor, le miré y contemplé con detalle sus facciones, los marcados detalles de su rostro que sólo había visto fugazmente en el teatro, la sonrisa de bufón que formaban sus labios.

—¡Oh, Dios, ayúdame, ayúdame...! —exclamé, al tiempo que retrocedía. Me parecía imposible que un rostro así pudiera moverse, mostrar expresiones, mirarme con el afecto que lo hacía—. ¡Dios santo!

—¿Qué dios es ése, Matalobos? —preguntó el ser.

Le di la espalda y emití un terrible rugido. Noté que sus manos se cerraban sobre mis hombros como tenazas de metal forjado y, cuando inicié un último intento frenético de resistirme, me dio la vuelta hasta dejar mi rostro justo ante sus ojos, grandes y oscuros. Tenía los labios cerrados, pero había en ellos una débil sonrisa y, de pronto, inclinó la cabeza sobre mí y noté que sus dientes se hundían en mi cuello.

Surgiendo de los cuentos infantiles, de las antiguas historias, el nombre me vino a la mente como si algo largo tiempo sumergido en aguas oscuras apareciera de nuevo en la superficie y se asomara libre a la luz.

—¡Un vampiro!

Lancé un último grito frenético, e intenté rechazar al ser con todo cuanto podía.

Luego cayó el silencio. La quietud.

Advertí que aún estábamos en la azotea. Noté que la criatura me sostenía en sus brazos. Sin embargo, me dio la impresión de que habíamos ascendido, que nos habíamos vuelto ingrávidos, que viajábamos de nuevo por la oscuridad aún más fácilmente que como lo habíamos hecho antes.

—Sí, sí —quise decir—. Exacto.

Y a mi alrededor retumbaba un gran ruido que me envolvía, tal vez el sonido profundo de un gran gong, golpeando con mucha parsimonia y un ritmo perfecto; un sonido que me inundaba y recorría mi cuerpo haciéndome sentir el placer más extraordinario. Moví los labios, pero no salió de ellos sonido alguno. Con todo, en realidad no importaba. Todo cuanto siempre había deseado decir estaba claro para mí; eso, y no que fuera expresado en palabras, era lo importante. Y había muchísimo tiempo; tenía muchísimo tiempo para decir y hacer lo que fuera. No tenía la menor sensación de premura.

Éxtasis. Dije la palabra y ésta me pareció clara, aunque era incapaz de hablar ni de mover realmente los labios. Y me di cuenta de que había dejado de respirar. Sin embargo, algo seguía haciéndome respirar. Algo estaba respirando por mí y tomaba y expulsaba el aire al ritmo del gong que nada tenía que ver con mi cuerpo, y me encantó aquel ritmo, el modo en que sonaba una vez y otra, y no tener ya que respirar, ni hablar, ni saber nada.

Mi madre me sonreía y le dije: «Te quiero», y ella me respondió: «Sí, siempre te he amado, siempre...» Y me vi sentado en la biblioteca del monasterio cuando tenía doce años, y el monje me decía: «un gran erudito», y yo abría los libros y podía leerlos todos, en latín, en griego o en francés. Las letras capitales ilustradas eran de una belleza indescriptible y me volví de cara al público del teatro de Renaud y vi a todos los espectadores de pie, y una mujer apartó de su rostro su abanico pintado y era María Antonieta. «Matalobos», murmuró, y apareció Nicolas corriendo hacia mí y gritándome que volviera. Su rostro estaba lleno de angustia. Llevaba el cabello suelto y los ojos inyectados de sangre. Trató de alcanzarme y le dije: «¡Nicolas, apártate de mí!», y advertí con dolor, con sumo dolor, que el sonido del gong iba desvaneciéndose.

Grité, supliqué: «No te detengas, por favor, por favor. No quiero... no... por favor...»

—Lelio, el Matalobos —dijo el ser, que me sostenía en sus brazos.

Yo lloraba porque el hechizo se estaba rompiendo.

—No, no...

Me sentí pesado otra vez, el cuerpo había vuelto a mí con sus dolores y achaques y con mis gritos sofocados, y me vi alzado, arrojado hacia arriba hasta caer sobre el hombro del ser. Noté su brazo en torno a mis rodillas.

Quise rogarle a Dios que me protegiera, quise pedírselo con cada partícula de mi ser, pero no pude pronunciar la súplica y de nuevo vi a mis pies la calleja, el vacío de decenas de metros y toda la ciudad de París inclinada en un ángulo imposible, y la nieve y el viento cortante.

2

Estaba despierto y muy sediento.

Deseaba una gran cantidad de vino blanco muy frío, tal como está cuando se trae de la bodega en otoño. Me apetecía comer algo fresco y dulce, como una manzana madura elegida entre muchas de una cesta.

Abrí los ojos y supe que era la última hora de la tarde. La luz podría haber sido la de un amanecer, pero había transcurrido demasiado tiempo para que lo fuera. Era por la tarde.

Y, al otro lado de una amplia ventana de piedra cerrada con gruesos barrotes, vi bosques frondosos y colinas cubiertas de nieve y, a lo lejos, la enorme serie de tejados y torres que constituía la ciudad. No había vuelto a ver una panorámica como aquélla desde el día de mi llegada en la diligencia. Cerré los ojos, pero la panorámica siguió ante mi mente, como un sueño.

No obstante no era ninguna visión imaginaria. La vista era real. Y la habitación estaba caldeada pese a la ventana abierta. El olfato me decía que en la estancia había habido un fuego, aunque ahora ya estaba apagado.

Traté de razonar, pero no pude dejar de pensar en el vino

blanco frío y en las manzanas de la cesta. Pude ver las manzanas, me noté cayendo de las ramas del árbol y olí a mi alrededor la hierba fresca recién cortada.

El sol resultaba cegador sobre los verdes campos. Brillaba en el cabello castaño de Nicolas y en la laca oscura del violín. La música se elevaba hasta las nubes de suave algodón. Y, recortadas contra el cielo, vi las almenas del castillo de mi padre.

Almenas. Abrí los ojos de nuevo.

Y supe que estaba tendido en el suelo de una habitación, en una torre elevada a varios kilómetros de París.

Y justo delante de mí, sobre una tosca mesilla de madera, había una botella de vino blanco frío, precisamente tal como lo había soñado.

Permanecí un largo rato mirándola, contemplando las gotitas de vapor condensado que la cubrían, y me pareció imposible poder extender la mano y beber de ella.

Jamás había conocido la sed que ahora sufría. Todo mi cuerpo estaba sediento. Y me sentía muy débil. Y empezaba a notar un poco de frío.

Cuando me moví, la habitación lo hizo conmigo. El cielo relucía en la ventana.

Y cuando al fin logré asir la botella y quitarle el tapón, aspiré su aroma acre y delicioso y bebí un trago tras otro, sin parar, sin preocuparme por lo que pudiera sucederme, ni por dónde me encontraba ni por qué habían dejado allí la botella.

Cuando eché de nuevo la cabeza hacia delante, la botella estaba casi vacía, y la ciudad, a lo lejos, se difuminaba en el cielo dejando tras sí un pequeño mar de luces.

Me llevé las manos a la cabeza.

El lecho donde había estado durmiendo no era más que una losa con un poco de paja encima y, poco a poco, fui haciéndome a la idea de que estaba en una especie de cárcel.

Pero el vino... Era demasiado bueno para una cárcel: ¿quién le daría un vino así a un prisionero? Salvo, naturalmente, que estuvieran a punto de ejecutarle.

Otro aroma llegó entonces a mí, intenso y embriagador, y tan delicioso que me hizo exhalar un suspiro. Miré a mi alrededor, o, más bien, traté de hacerlo, pues estaba como demasiado débil para moverme. Sin embargo, la fuente de aquel aroma estaba cerca de mí, y era un gran tazón de caldo de ternera. El caldo estaba acompañado de pedazos de carne, y observé el vapor que se alzaba de él. Todavía estaba caliente.

Tomé enseguida el tazón en mis manos y engullí su contenido con la misma voracidad y precipitación con que había bebido el vino.

Saboreé aquel suculento y sustancioso caldo, más bien salado como si nunca hubiera comido nada semejante, y, cuando el tazón quedó vacío, me eché de nuevo sobre la paja, saciado y casi empachado.

Me pareció que algo se movía en la oscuridad, cerca de mí, pero no estuve seguro. Escuché un tintineo de cristales.

—Más vino —me dijo una voz.

Y la reconocí.

Poco a poco, fui recordándolo todo. El ascenso por las paredes, la pequeña azotea cuadrada, la cara blanca y sonriente.

Por unos instantes pensé que no, que era imposible, que debía de haber sido una pesadilla. Pero no era así. Había sucedido realmente, y, de repente, recordé el éxtasis, el sonido del gong: me entró un vahído como si fuera a perder el sentido otra vez.

Logré controlarme. No permitiría que tal cosa sucediera. Y me atenazó un miedo tal que no osé hacer el menor movimiento.

—Más vino —repitió la voz.

Cuando volví ligeramente la cabeza, descubrí una nueva botella, aún por descorchar pero a mi disposición, recortada contra el luminoso resplandor que se colaba por la ventana.

Me entró de nuevo la sed, y, esta vez, aumentada por la sal del caldo. Me sequé los labios, tomé la botella y bebí otra vez.

Recostado contra el muro de piedra, luché por ver algo en las sombras, casi temiendo lo que sabía que encontraría.

Por supuesto, para entonces estaba ya muy ebrio.

Vi la ventana, la ciudad, la mesilla. Y, cuando mis ojos recorrieron lentamente los rincones en sombras de la estancia, le vi a *él* en un rincón.

Ya no llevaba su capa negra con capucha, y no estaba sentado o de pie como haría un hombre, sino que más bien descansaba, al parecer, encorvado sobre el grueso marco de piedra de la ventana, con una rodilla ligeramente doblada hacia ella, y la otra pierna, larga y delgada, extendida hacia el otro lado. Los brazos parecían colgarle a los costados.

La impresión general que producía era como de algo fláccido y carente de vida, aunque sus facciones seguían tan animadas como la noche anterior. Los enormes ojos negros que parecían estirar la blanca carne en profundas arrugas, la nariz larga y afilada, la sonrisa de bufón en la boca. Allí estaban los colmillos, rozando los labios carentes de color, y el cabello, una masa reluciente de negro y plata que surgía sobre su blanca frente y le caía sobre los hombros y hasta los brazos.

Creo que se echó a reír.

Yo estaba paralizado de terror. Era incapaz incluso de gritar.

La botella de vino se me había escapado de entre los dedos y rodaba por el suelo. Cuando traté de moverme hacia delante, de recobrar el control y hacer de mi cuerpo algo más que un saco torpe y borracho, sus piernas delgadas y larguiruchas cobraron vida de repente.

El ser avanzó hacia mí.

No grité. Emití un ronco rugido de furia y terror y salté del lecho, tropezando con la mesilla y huyendo de él lo más deprisa que pude.

Pero él me atrapó con sus largos dedos blancos, tan fríos y fuertes como lo habían sido la noche anterior.

—¡Suéltame, maldito, maldito, maldito! —exclamé balbuceando. La razón me dijo que le suplicara y lo intenté—. Me iré sin más, por favor. Déjame salir de aquí. Tienes que hacerlo. Déjame ir.

Acercó a mí su rostro enjuto y macilento, con los labios abiertos al máximo en sus pálidas mejillas, y soltó una risotada ronca y estentórea que pareció interminable. Me debatí en inútiles empujones, suplicándole de nuevo y balbuciendo tonterías y disculpas, y finalmente grité: «¡Ayúdame, Dios mío!» En ese instante, me tapó la boca con una de sus manos monstruosas.

—Basta, no vuelvas a decir eso en mi presencia, Matalobos, o te arrojaré a los lobos del infierno para que den cuenta de ti —dijo con una sonrisa despectiva—. ¿Hummm? Responde. ¿Hummm?

Asentí y cedió un poco su presión.

Su voz tuvo un pasajero efecto tranquilizador. Al hablar, el ser parecía capaz de razonar. Sonaba casi refinado.

Levantó las manos y me acarició la cabeza mientras yo me encogía.

—El sol en el cabello —susurró— y el cielo azul fijado para siempre en los ojos.

Casi parecía meditabundo mientras me observaba. Su aliento no olía a nada, y creo que tampoco su cuerpo. El hedor a moho procedía de sus ropas.

No me atreví a moverme, aunque ya no me sujetaba. Contemplé sus ropas: una desgastada camisa de seda de mangas anchas y frunces en el cuello, polainas de lana peinada y unos calzones raídos.

En suma, su indumentaria era la de un hombre de siglos atrás. Yo había visto ropas como aquéllas en algunos tapices de mi casa, y en los cuadros de Caravaggio y de La Tour que colgaban en los aposentos de mi madre.

—Eres perfecto, mi Lelio, mi Matalobos —dijo el ser abriendo su gran boca hasta permitirme ver otra vez sus blancos y afilados colmillos.

Eran los únicos dientes que tenía.

Me estremecí y advertí que estaba cayendo al suelo.

Pero él me levantó fácilmente con un brazo y me dejó con suavidad en el lecho.

Mientras levantaba la vista hacia su rostro, mi mente repetía ardientemente una oración: «Dios mío, ayúdame; Virgen Santa, ayúdame, ayúdame, ayúdame.»

¿Qué era lo que tenía ante mí? ¿Qué era lo que había visto la noche anterior? Aquella cosa sonriente era la máscara de la vejez, agrietada por las profundas marcas del paso del tiempo y, a la vez helada y tan dura y firme como sus manos. Aquello no era un ser viviente. Era un monstruo. Un vampiro. ¡Eso era, un muerto salido de la tumba y dotado de inteligencia, que se alimentaba chupando sangre!

Y sus piernas, ¿por qué me producían tal horror? El ser tenía aspecto humano, pero no se movía como un hombre. No parecía importarle si caminaba o gateaba, si se inclinaba o se arrodillaba. Me daba asco, pero, al mismo tiempo, me fascinaba. Tuve que reconocerlo: me fascinaba. Pero me hallaba en una situación demasiado peligrosa como para permitirme un estado mental tan extraño.

El ser soltó una profunda risotada, con las rodillas muy separadas, apoyando los dedos en mis mejillas al tiempo que efectuaba un gran arco encima de mí.

—¡Sí, querido, cuesta mucho mirarme! —dijo. Su voz seguía siendo un susurro y hablaba en largos jadeos—. Ya era viejo cuando me hicieron. Y tú, Lelio mío, muchacho de ojos azules, eres perfecto. Aún resultas más hermoso sin las luces del escenario.

La mano blanca y de largos dedos jugueteó de nuevo con mi cabello, levantando mechones y dejándolos caer mientras lanzaba un suspiro.

—No llores, Matalobos —añadió—. Eres un elegido y tus deslucidos triunfos en esa Casa de Tespis no serán nada cuando la noche llegue a su fin.

Y, de nuevo, estalló en aquellas roncas risotadas.

No tuve ninguna duda, al menos en ese instante, de que aquel ser era un enviado del diablo, que Dios y el diablo existían, de que más allá del vacío que había conocido hacía apenas unas horas se extendía aquel vasto mundo de seres oscuros y terribles amenazas en el cual, de algún modo, había sido engullido.

Me vino a la cabeza con toda claridad que estaba recibiendo el castigo por la vida que había llevado, pero tal cosa parecía absurda. En todo el mundo, millones de personas pensaban como yo. ¿Por qué, entonces, todo aquello me estaba sucediendo a mí? Y una siniestra posibilidad empezó a tomar forma, imparable: que el mundo no tuviera más sentido que antes y que todo aquello no fuera más que otro horror...

—¡En el nombre de Dios, vete! —grité.

Era *preciso* que creyera en Dios en aquel momento. Era *preciso*. Era él la última esperanza. Me apresuré a santiguarme.

El ser me miró por un instante con los ojos llenos de rabia. Pero permaneció callado.

Me vio hacer la señal de la Cruz. Me escuchó invocar a Dios una y otra vez.

Y se limitó a sonreír, convirtiendo su rostro en una perfecta máscara de la comedia en el arco del proscenio de cualquier teatro.

Yo continué con mis sollozos, espasmódicos como los de un niño.

—Entonces, el diablo reina en el cielo, y el paraíso es el infierno —le dije—. ¡Oh, Dios, no me abandones...!

Invoqué a todos los santos de los que había sido devoto en algún momento. El ser me cruzó la cara con un fuerte golpe. Rodé a un costado y estuve a punto de caer del lecho al suelo. La estancia empezó a dar vueltas. El sabor amargo del vino me volvió a la boca. Y volví a notar los dedos en mi cuello.

—Sí, Matalobos, lucha —murmuró—. No te vayas al infierno sin presentar batalla. Búrlate de Dios.

—¡No me burlo de él! —protesté.

Una vez más, me atrajo hacia él. Y yo me resistí, luchando como no lo había hecho en mi vida, ni siquiera con los lobos. Le golpeé, le tiré del cabello, le di patadas, pero su fuerza era tal que fue como luchar contra las gárgolas animadas de una catedral. Y no dejó de sonreír.

Después, se borró de su rostro toda expresión. El rostro pareció hacérsele muy largo. Tenía las mejillas hundidas y los ojos muy abiertos y casi curiosos. Entonces abrió la boca, con el labio inferior contraído. Vi los colmillos.

—¡Maldito, maldito, maldito seas!

Yo rugía y gritaba. Él se acercó todavía más y sus dientes se hundieron en mi carne.

«Esta vez no —me dije enfurecido—, esta vez no. No lo sentiré. Resistiré. Esta vez lucharé por salvar mi alma.»

Pero empezó a suceder de nuevo.

La dulzura, y la suavidad, y el mundo muy lejos, e incluso él, con toda la repulsión que me provocaba, curiosamente ajeno a mí, como un insecto pegado al otro lado de un cristal que no nos produce asco porque no puede tocarnos, y el sonido del gong, y el exquisito placer.., y luego me perdí por completo. Era incorpóreo y el placer era incorpóreo. No era otra cosa que placer. Me envolví en una red de sueños radiantes.

Vi una catacumba, un lugar frío y húmedo. Y un ser, un vampiro blanco, despertando en una tumba poco profunda. Estaba atado con pesadas cadenas e, inclinado sobre él, vi aquel monstruo que me había secuestrado; y supe que su nombre era Magnus y que, en aquel sueño, todavía era un mortal, un gran y poderoso alquimista que había desenterrado y atado aquel vampiro adormilado justo antes de la hora crucial de la puesta del sol.

Y en aquel instante, mientras la luz iba desvaneciéndose en el firmamento, Magnus bebió de su impotente prisionero la sangre mágica y maldita que le convertiría en uno de los muertos vivientes. El traidor había perpetrado el robo de la inmortalidad. Un oscuro Prometeo robando un fuego luminiscente. Risas en las tinieblas. Risas resonando en las catacumbas. Repitiéndose con el eco de los siglos. Y el hedor de la tumba. Y el éxtasis, absolutamente insondable e irresistible, desvaneciéndose progresivamente poco a poco hasta desaparecer.

Yo estaba llorando. Tendido en la paja, musité:

—Por favor, que no pare...

Magnus había dejado de sujetarme y yo volvía a respirar por mí mismo, y los sueños se habían borrado. Caí y caí mientras la noche estrellada se alzaba como un velo púrpura intenso de joyas a él adheridas.

—Muy ingenioso eso. Yo había creído que el cielo era... real.

El frío aire invernal penetraba un poco en la estancia. Noté mi rostro bañado en lágrimas. ¡Me torturaba la sed!

Y lejos, muy lejos de mí, Magnus estaba de pie observándome, con las manos colgando fláccidas junto a sus delgados muslos.

Intenté moverme. Estaba loco de sed. Todo mi cuerpo necesitaba beber.

—Estás muriendo, Matalobos —oí decir a Magnus—. La luz de tus ojos azules se está apagando como si todos los días de verano hubieran terminado...

—No, por favor...

La sed resultaba insoportable. Yo tenía la boca abierta y la espalda arqueada. Y allí estaba por fin el horror último, la propia muerte, en aquella forma.

—Pide, hijo —sugirió él. Su rostro había dejado de ser una máscara sonriente, totalmente transfigurado en una expresión compasiva. En aquel momento parecía casi humano; su vejez resultaba casi natural—. Pide y recibirás —añadió.

Vi correr el agua por todos los arroyos de montaña de mi infancia.

—Ayúdame, por favor.

—Yo te daré el agua de todas las aguas —me susurró al oído, y me pareció que su piel no era del todo blanca.

Sólo era un hombre viejo, sentado allí a mi lado. Su rostro era realmente humano, y hasta un poco triste.

Pero al observar su sonrisa y verle enarcar las cejas en una mueca de curiosidad, supe que me equivocaba. Aquel ser no era humano. Era el mismo monstruo de siempre, ¡sólo que ahora estaba lleno con mi sangre!

—El vino de todos los vinos —susurró—. Éste es mi Cuerpo, ésta es mi Sangre.

Y, con esto, sus brazos me rodearon. Me atrajo hacia sí y noté que emanaba de él un gran calor. Parecía estar lleno, no de sangre, sino de amor a mí.

—Pídelo, Matalobos, y vivirás eternamente —murmuró.

Pero su voz sonó cansada, sin vigor, y en su mirada había algo distante y trágico.

Noté la cabeza vuelta a un lado, convertido mi cuerpo en un guiñapo pesado y húmedo que yo no podía controlar. «No lo pediré, moriré antes que pedirlo», me dije. Y entonces se abrió ante mí aquella gran desesperación que tanto temía, aquel vacío que era la muerte, pero seguí diciendo «no». Presa de un puro horror, seguí diciendo «no». No me doblegaría ante aquello, ante el caos y el horror. No y no.

—La vida eterna —susurró él.

La cabeza me cayó sobre su hombro.

—Terco Matalobos...

Sus labios me rozaron. Noté su aliento cálido e inodoro sobre mi cuello.

—Terco, no —repliqué en otro susurro, tan débil, que me pregunté si me habría oído—. Valiente, no terco.

Parecía inútil no hacer tal precisión. ¿Qué significaba un poco de vanidad en aquel momento? ¿Qué significaba cualquier cosa? Y un mundo tan trivial era terco, cruel...

Me levantó la cara y, sosteniéndola en su mano derecha, alzó la zurda y se hizo un profundo corte en su propia garganta con las uñas.

El cuerpo se me dobló por la cintura en una convulsión de terror, pero él apretó mi rostro contra la herida mientras me conminaba:

—¡Bebe!

Escuché mi propio grito, que me ensordeció los oídos. Y la sangre que brotaba de la herida tocó mis labios resecos y cuarteados.

La sed pareció emitir un sonoro siseo. Mi lengua lamió la sangre y me recorrió una sensación como un gran latigazo. Y mi boca se abrió y se adhirió a la herida. Y me apliqué con todas mis fuerzas al manantial que yo sabía que saciaría mi sed como nada la había saciado nunca.

Sangre, sangre y sangre. Y con ella no sólo quedó saciado aquel torbellino de sed, sino que desapareció también toda mi ansiedad, todos los anhelos, penas y hambres que había conocido en mi vida.

Mi boca se abrió todavía más, se apretó con más fuerza a su cuello. Noté cómo la sangre descendía por mi garganta. Noté su cabeza contra la mía. Noté el firme cerco de sus brazos.

Estaba apretado contra él y noté sus tendones, sus huesos, el propio contorno de sus manos. Yo *conocía* su cuerpo. Y, con todo, seguía recorriéndome aquel entumecimiento, acompañado de un extasiante hormigueo cada vez que una sensación penetraba el entumecimiento y se amplificaba en la penetración haciéndose más plena, más intensa, hasta casi permitirme ver lo que sentía.

Pero la principal protagonista de la escena siguió siendo la sangre, dulce y sabrosa, que me llenaba mientras yo bebía y bebía.

Más, quería más, ése era mi único pensamiento, si mi mente pensaba todavía. Y, pese a su espesa consistencia, pasaba ligera por mi garganta; así de brillante le parecía aquel torrente rojo a mi mente, así de cegador, y todos los desesperados deseos de mi vida se vieron mil veces colmados.

Pero su cuerpo, el armazón al que me agarraba, estaba debilitándose debajo de mí. Escuché su respiración en débiles jadeos.

Y, pese a ello, no me hizo parar.

Te amo, Magnus, quise decirle. Maestro sobrenatural y aterrador, te amo, te amo, esto es lo que siempre he deseado, lo que he anhelado tanto y nunca he podido tener, esto, ¡y tú me lo has dado!

Sentí que moriría si aquello continuaba, pero siguió y no morí.

Sin embargo, de repente, noté que sus manos suaves y amorosas acariciaban mis hombros y, con su fuerza inconmensurable, me apartaban de él.

Emití un largo grito doliente cuya intensidad me alarmó, pero Magnus me ayudó a incorporarme. Aún me sostenía entre los brazos.

Me llevó a la ventana y me asomé a ella, con las manos apoyadas en la piedra a ambos lados del cuerpo. Estaba temblando y notaba el latido de la sangre en cada una de mis venas. Apoyé la frente contra los barrotes de hierro.

Abajo, muy lejos, se alzaba la cima sombría de una montaña cubierta de árboles que parecían titilar bajo la pálida luz de las estrellas.

Y más allá, la ciudad con su mar de lucecitas, sumergida no en tinieblas, sino en una niebla de suave añil. La nieve fundente despedía reflejos luminosos. Tejados, torres y muros brillaban en un millar de tonos de lavanda, rosa y malva.

Aquélla era la extensa metrópoli.

Y, al entrecerrar los ojos, vi un millón de ventanas como otras tantas proyecciones de rayos de luz, y luego, como si esto no fuera suficiente, en lo más profundo vi el inconfundible movimiento de la gente. Pequeños mortales en pequeñas callejas, cabezas y manos palpando las sombras, un hombre solitario, apenas una mota negra ascendiendo a un campanario batido por el viento. Un millón de almas en el mosaico de la noche y, traído por el aire, el apagado y confuso murmullo de incontables voces humanas. Llantos, canciones, levísimos vestigios de música, el amortiguado tañido de las campanas.

Gemí. La brisa pareció levantar mis cabellos y escuché mi propia voz como no la había oído nunca antes de gritar.

La ciudad fue desapareciendo. La dejé ir, perdidos de nuevo sus miles y miles de bulliciosos habitantes en el inmenso y maravilloso espectáculo de sombras violáceas y luces crepusculares.

—Ah, ¿qué has hecho? ¿Qué es lo que me has dado? —exclamé en un suspiro.

Y pareció como si mis palabras no se detuvieran una después de otra, sino que corrieran a juntarse hasta que todo mi grito fue un único e inmenso sonido coherente que amplificaba perfectamente mi horror y mi alegría.

Dios, si existía, no era importante ahora. Formaba parte de un reino insulso y aburrido cuyos secretos hacía mucho que habían sido expoliados, cuyas luces se habían apagado hacía largo tiempo. Lo que ahora experimentaba era el centro pulsante de la vida misma, en torno al cual giraba toda la verdadera complejidad. ¡Ah, la fascinación de tal complejidad, la sensación de estar allí...!

Detrás de mí, el roce de los pies del monstruo surgió de las piedras. Y cuando me volví, le encontré blanco, desangrado, como un gran pellejo de sí mismo. Tenía los ojos bañados en lágrimas de sangre y alargó el brazo hacia mí como si estuviera sufriendo.

Lo estreché contra mi pecho. Sentí por él un amor como nunca había conocido.

—¡Ah, helo ahí! —dijo la voz espectral con sus lentas palabras, con sus interminables susurros—. Mi heredero, escogido para tomar de mí el Don Oscuro con más energía y valor que diez mortales. ¡Qué gran Hijo de las Tinieblas vas a ser!

Besé sus párpados. Recogí su fino cabello negro en mis manos. Ya no era para mí un ser espectral, sino simplemente algo extraño y blanco, lleno de alguna lección más profunda tal vez que los árboles rumorosos a mis pies o que la ciudad titilante que me llamaba desde la lejanía.

Las mejillas hundidas, el largo cuello, las delgadas piernas... todo ello no era sino sus partes naturales.

—No, cachorro —musitó—. Guarda tus besos para el mundo. Ha llegado mi hora y solamente me debes una única deferencia. Sígueme ahora.

Me condujo a una escalera que descendía en espiral. Y todo lo que vi me absorbió. Las piedras toscamente talladas parecían despedir una luz propia, e incluso las ratas que pasaban corriendo en la penumbra poseían una curiosa belleza.

Por fin, Magnus corrió el cerrojo de una gruesa puerta de madera con pernos de hierro y, tras entregarme el pesado manojo de llaves, me hizo entrar en una estancia grande y vacía.

—Como te he dicho, ahora eres mi heredero —declaró—. Tomarás posesión de esta casa y de todos mis tesoros, pero antes harás lo que yo te diga.

Las ventanas con barrotes se abrían a una vista sin límites de las nubes iluminadas por la luna y volví a atisbar el leve resplandor de la ciudad como si ésta hubiera extendido sus brazos.

—¡Ah!, más tarde podrás disfrutar todo lo que quieras con esa panorámica —dijo. Me volvió de cara a él y le vi de pie ante un gran montón de leña apilado en el centro de la estancia. Con un gesto relajado, señaló la leña y añadió—: Escucha con atención, pues estoy a punto de dejarte y hay varias cosas que debes saber. Ahora eres inmortal, y tu nueva condición te guiará bastante pronto a tu primera víctima humana. Sé rápido y no muestres ninguna piedad, pero, por delicioso que te resulte el festín, pon fin a él antes de que el corazón de la víctima cese de latir. En los años que se avecinan, adquirirás la fuerza suficiente para experimentar ese gran momento, pero, por ahora, aparta de ti la copa antes de apurarla. De lo contrario, pagarás muy cara tu osadía.

—¿Por qué has de dejarme? —pregunté con desesperación.

Me agarré a él. Víctimas, piedad, festín... Me sentí bombardeado por aquellas palabras como si me estuvieran golpeando físicamente.

Él se desasió con tal facilidad que me dolieron las manos debido al movimiento y terminé contemplándolas, maravillado de la extraña naturaleza del dolor. No se parecía a un dolor mortal.

Magnus, sin embargo, no se movió del sitio y me señaló las piedras de la pared opuesta. Vi que una de ellas, una losa de gran tamaño, había sido desencajada y sobresalía un palmo del resto del muro, que estaba intacto.

—Agarra esa losa —me indicó—, y sácala del muro.

—Imposible —respondí—. Debe de pesar...

—¡Sácala! —insistió, señalando la piedra con uno de sus dedos largos y huesudos y gesticulando para que le obedeciera.

Con el más absoluto asombro, descubrí que podía mover con facilidad la losa y, detrás de ella, vi una negra abertura del tamaño justo para permitir el paso de un hombre reptando con la cabeza por delante.

Magnus lanzó una risotada entrecortada e hizo un gesto de asentimiento con la cabeza.

—Ése, hijo mío, es el pasadizo que conduce a mi tesoro. Haz lo que te plazca con él y con todas mis posesiones terrenales, pero ahora es el momento de que cumpla mis promesas.

Desconcertado otra vez, le vi escoger dos pequeños palos de entre la leña y frotarlos con tal energía que pronto ardieron con unas llamitas brillantes.

Arrojó los palos encendidos al montón de leña y la resina que había en ésta hizo que el fuego se avivara al instante, arrojando una luz inmensa sobre el techo curvo y los muros de piedra.

Con un jadeo de sorpresa, me eché atrás. El aluvión de colores amarillos y anaranjados me hechizó y me asustó; en cambio, aunque lo percibí, el calor me produjo una sensación que no pude comprender. No sentí la alarma natural ante la posibilidad de quemarme. Al contrario, el calor era delicioso y, por primera vez, me di cuenta del frío que había sufrido. El frío era como una costra de hielo sobre mí y el fuego la fundió, y estuve a punto de emitir un gemido de placer.

Él se rió de nuevo con aquellas carcajadas huecas y se puso a bailar a la luz de las llamas; sus delgadas piernas le daban el aspecto de un esqueleto danzante con un rostro lechoso de ser humano. Dobló los brazos sobre la cabeza, flexionó el tronco y las rodillas y dio vueltas y más vueltas mientras se desplazaba alrededor del fuego.

—*Mon Dieu!* —murmuré.

Me sentía aturdido. Apenas hacía una hora, verle danzar de aquella manera me habría horrorizado, pero ahora, bajo la luz oscilante de las llamas, constituía un espectáculo que me arrastraba tras él paso a paso. La luz estalló en sus harapos de satén, en los pantalones que llevaba, en la camisa hecha jirones.

—¡No puedes abandonarme! —supliqué, tratando de mantener la cabeza clara y de comprender lo que había estado diciendo. Mi voz sonaba monstruosa en mis propios oídos. Traté de bajar el tono, de hacerlo más suave, más como era debido—. ¿Adónde vas a ir?

Entonces soltó su carcajada más estentórea, se dio unas palmadas en los muslos y se apartó de mí acelerando vertiginosamente su baile, con las manos extendidas como para abrazar el fuego.

Los troncos más gruesos empezaban a prender ahora. Con su gran tamaño, la estancia era una especie de gran horno de arcilla por cuyas ventanas escapaba la humareda.

—¡El fuego, no! —Salté hacia atrás, aplastándome contra la pared—. ¡No puedes lanzarte al fuego!

El miedo se adueñó de mí como lo había hecho todo cuanto había visto y oído. Era la misma sensación que había apreciado antes. No podía resistirme u oponerme a ella. Mi voz era mitad un grito, mitad un lloriqueo.

—¡Oh, sí! ¡Sí que puedo! —replicó sin dejar de reírse—. ¡Sí que puedo! —Echó la cabeza atrás y dejó que la risa se transformara en una serie de aullidos—. Pero ahora, cachorro mío —añadió, deteniéndose frente a mí y apuntándome otra vez con el dedo—, debes hacerme una promesa. Vamos, mi valiente Matalobos, un poco de honor mortal o, aunque eso me parta en dos el corazón, te arrojaré al fuego y me buscaré otro sucesor. ¡Respóndeme!

Traté de hablar, pero sólo pude asentir con la cabeza.

Bajo la luz enfurecida de las llamas, vi que las manos se me habían vuelto blancas. Y noté una punzada de dolor en el labio inferior que casi me hizo gritar.

¡Mis caninos ya se habían convertido en afilados colmillos! Los toqué y miré a Magnus con expresión de pánico, pero él me observaba con aire burlón, como si gozara de mi terror.

—Bien, cuando esté bien quemado —me dijo, agarrándome de la muñeca— y el fuego se haya apagado, tienes que esparcir mis cenizas. Escúchame bien, pequeño: esparce las cenizas. De lo contrario, regresaré. No me atrevo a imaginar bajo qué forma, pero, haz caso de mis palabras: si me permites regresar y vuelvo más terrible de lo que soy ahora, te cazaré y te quemaré hasta que estés tan consumido como yo, ¿me has entendido?

Yo seguía sin lograr responderle. No se trataba de miedo. Era el infierno. Notaba cómo me crecían los dientes y todo el cuerpo me escocía. Asentí con gesto frenético.

—¡Ah, veo que sí! —Sonrió, asintiendo también, mientras las llamas lamían el techo a su espalda y la luz recortaba el perfil de su rostro—. Sólo te pido un acto de caridad, que pueda ir al encuentro del infierno, si lo hay, o de un dulce olvido que con seguridad no merezco. Que, si existe un Príncipe de las Tinieblas, mis ojos puedan contemplarle por fin. Entonces, le escupiré a la cara.

»Así pues, esparce lo que quede como te ordeno y, cuando lo hayas hecho, ve por ese pasadizo hasta mi guarida, pero ten mucho cuidado en volver a colocar la losa cuando hayas entrado. En el interior encontrarás mi ataúd. Debes sellarte en él o en lugares parecidos durante el día, o la luz del sol te reducirá a cenizas. Presta atención a mis palabras: nada en el mundo puede acabar con tu vida, salvo el sol o una hoguera como la que tienes delante, y, en este segundo caso sólo, repito, sólo si tus cenizas son esparcidas cuando todo haya terminado.

Aparté mi rostro del suyo y de las llamas. Había empezado yo a llorar y lo único que me impedía sollozar en voz alta era la mano con la que me tapaba la boca. Él, sin embargo, tiró de mí alrededor de la hoguera hasta que estuvimos ante la losa suelta, que volvió a señalar con el dedo.

—Quédate conmigo, por favor, por favor... —le supliqué—. ¡Sólo un poco, una noche, te lo ruego!

De nuevo, el volumen de mi voz me dejó aterrado. No era en absoluto mi voz normal. Pasé mis brazos alrededor de él y me apreté contra su pecho. Sus facciones blancas y enjutas me resultaban inexplicablemente hermosas y en sus ojos negros aprecié una expresión extrañísima.

La luz oscilaba en sus cabellos y en sus ojos; entonces, una vez más, en su boca apareció una sonrisa de bufón.

—¡Ah, mi ávido hijo! —exclamó—. ¿No te basta ser inmortal con todo el mundo para alimentarte? Adiós, pequeño. Haz lo que te he dicho. ¡Las cenizas, recuerda! Y la cámara que hay tras esa piedra. En su interior tienes todo lo que puedas necesitar para salir adelante.

Luché por seguir sujetándole y le oí reírse junto a mi oído, sorprendido de mis fuerzas.

—Excelente, excelente —susurró—. Ahora, Matalobos, vive eternamente con los regalos que he añadido a los que ya tenía.

De un empujón, me mandó lejos de él dando traspiés. Luego se lanzó al mismo centro de las llamas en un salto tan alto y tan largo que pareció que estaba volando.

Contemplé su caída y vi cómo el fuego prendía en sus ropas.

Su cabeza pareció convertirse en una antorcha y, de repente, sus ojos se abrieron como platos y su boca se convirtió en una gran caverna negra y de entre las llamas se alzó su risa con un volumen tan desgarrador que me tapé los oídos.

Pareció saltar arriba y abajo a cuatro patas en el centro

de la pira y, de pronto, advertí que mis gritos habían ahogado su risa.

Brazos y piernas, negros y larguiruchos, se alzaron y cayeron varias veces hasta que, súbitamente, parecieron languidecer. El fuego se agitó con un rugido y, en su centro, ya no vi otra cosa que el propio resplandor.

Pero continué gritando. Caí de rodillas y me cubrí los ojos con las manos, pero en mis párpados cerrados seguí viendo la escena, un inmenso estallido de chispas tras otro, hasta que apoyé con fuerza la frente contra las losas del suelo.

4

Me pareció que transcurrían años, allí tendido en el suelo observando cómo se consumía el fuego hasta que sólo quedaron algunos leños a medio quemar.

La sala se había enfriado. El aire helado penetraba por la ventana abierta. Volvía a llorar sin poder contenerme. El aire devolvió los sollozos a mis propios oídos, hasta que no pude soportar más su sonido. Y no me sirvió de consuelo saber que todo, incluso la desazón que sentía, resultaba magnificado en el estado en que me hallaba.

De vez en cuando, rezaba una oración. Rogaba el perdón, aunque no sabía bien de qué. Oré a la Virgen y a los santos. Musité el Avemaría una y otra vez hasta que la oración se convirtió en una salmodia sin sentido.

Y lloré lágrimas de sangre que me mancharon las manos cuando me enjugué el rostro.

Seguí tendido sobre las piedras cuan largo era, sin murmurar ya más oraciones sino elevando esas súplicas inarticuladas que se hacen a todo lo sagrado, a todo lo poderoso, a todo lo que, bajo uno o mil nombres, pueda existir o no. «No me dejes aquí solo. No me abandones. Estoy en el lugar de las brujas. Éste es el lugar de las brujas. No me dejes caer más de lo que ya he caído esta noche. No permitas que suceda...» *Lestat, despierta.*

Pero las palabras de Magnus volvían a mí una y otra vez: *Ir al encuentro del infierno, si lo hay... Si existe un Príncipe de las Tinieblas...*

Finalmente, me incorporé hasta apoyarme en las rodillas y en las manos. Me sentía aturdido y desquiciado, casi mareado. Miré la hoguera. Aún estaba a tiempo de reavivar lo que quedaba y arrojarme yo también a las llamas voraces.

Pero en el mismo instante en que me obligaba a imaginar el sufrimiento de hacer tal cosa, me di cuenta de que no tenía la menor intención de llevarlo a cabo.

Después de todo, ¿por qué tendría que hacerlo? ¿Qué había hecho yo para merecer el destino de las brujas? Yo no deseaba ir al infierno; ni por un instante había pensado tal cosa. ¡Por todos los infiernos que no tenía interés alguno en descender a ellos para escupirle en la cara al Príncipe de las Tinieblas, fuera quien fuese!

Al contrario, si yo era ahora un ser condenado, ¡que fuera el propio diablo quien viniera por mí! Que me dijera él la razón de mi condena al sufrimiento. Me gustaría conocerla, realmente.

En cuanto al olvido... bien, podíamos esperar un poco antes de eso. Podíamos dedicar un poco de tiempo, al menos, a meditar al respecto.

Una extraña calma se adueñó de mí poco a poco. Me sentía triste, lleno de amargura y creciente fascinación.

Ya no era un ser humano.

Y allí, agachado a cuatro patas pensando en ello y con la vista puesta en las brasas agonizantes, me fue invadiendo una inmensa energía. Gradualmente, mis sollozos juveniles cesaron y empecé a estudiar la blancura de mi piel, la agudeza de mis nuevos y perversos colmillos y el modo en que mis uñas brillaban en la oscuridad, como si las llevara lacadas.

Todos mis pequeños dolores habituales habían desaparecido, y el calor residual que despedía la madera todavía humeante me reconfortó, como una prenda de abrigo que me envolviera.

Pasó el tiempo, pero no lo sentí transcurrir.

Cada cambio en el movimiento del aire fue una caricia. Y, cuando de la lejana ciudad débilmente iluminada llegó un coro de apagadas campanas que daban la hora, su sonido no marcó el paso del tiempo mortal. Los tañidos eran sólo la música más pura, y permanecí tendido, aturdido y boquiabierto, mientras contemplaba el paso de las nubes.

Pero en el pecho empecé a sentir un nuevo dolor, vivo y ardiente, que se extendió a través de las venas, se apretó en torno a la cabeza y se concentró en el vientre y las entrañas. Entrecerré los ojos, ladeé la cabeza y advertí que no tenía miedo de aquel dolor, sino que más bien lo notaba como si lo estuviera oyendo.

Entonces vi la causa. Estaba expulsando mis excrementos en un pequeño torrente. Me descubrí incapaz de controlar mi cuerpo, pero, mientras observaba cómo la suciedad manchaba mis ropas, me di cuenta de que no sentía repugnancia.

Unas ratas se deslizaron por la estancia, acercándose a aquella inmundicia sobre sus pequeñas patas silenciosas, pero ni siquiera su presencia me desagradó.

Aquellas criaturas no podían tocarme, aunque corrieran por encima de mí para devorar los excrementos.

De hecho, no pude imaginar absolutamente nada en la oscuridad, ni siquiera el contacto con los viscosos insectos de las tumbas, que fuera capaz de provocarme repulsión. Ahora no importaba nada que se arrastraran sobre mis manos y mi rostro.

Yo no formaba parte del mundo que sentía asco ante aquellas cosas. Y, con una sonrisa, comprendí que ahora formaba parte de lo que producía temor y repugnancia a los demás. Poco a poco y con gran placer, me eché a reír.

Con todo, la pena no me había abandonado por entero. Me acompañaba como una idea, y aquella idea contenía una pura verdad.

Estoy muerto y soy un vampiro. Y las criaturas morirán para que yo pueda vivir: beberé su sangre para seguir viviendo. Y nunca jamás volveré a ver a Nicolas, ni a mi madre, ni a ninguno de los humanos que he conocido y amado, ni a nadie de mi familia humana. Beberé sangre. Y viviré para siempre. Eso será exactamente lo que sucederá. Y lo que sucederá está sólo empezando: ¡apenas acaba de nacer! Y el parto que lo ha dado a luz ha sido un éxtasis como jamás antes había conocido.

Me puse de pie. Me sentía ligero y poderoso y extrañamente entumecido. Di unos pasos hasta el fuego apagado y anduve entre la leña quemada.

No había huesos. Era como si el ser diabólico se hubiera desintegrado. Llevé hasta la ventana las cenizas que pude recoger y, mientras el viento las dispersaba, musité un adiós a Magnus preguntándome si podría oírme.

Finalmente, sólo quedaron los troncos carbonizados y el hollín de mis manos, que sacudí en la oscuridad.

Era el momento de examinar la cámara inferior.

5

Desplacé la losa con bastante facilidad, como ya lo había hecho antes, y en su interior había un gancho para que pudiera encajarla en su sitio una vez dentro.

Pero para entrar en el estrecho conducto tuve que tenderme boca abajo y, cuando me arrodillé para asomarme, no alcancé a ver ninguna luz al otro extremo. Su aspecto no me agradó.

Me dije que, de haber sido mortal todavía, absolutamente nada me habría inducido a arrastrarme por un pasillo como aquél. Sin embargo, el viejo vampiro había sido muy explícito al decir que el sol podía destruirme con la misma eficacia que el fuego. Era preciso que llegara al ataúd.

Noté que el miedo volvía a asaltarme como un torrente.

Me aplasté contra el suelo y avancé como un lagarto por el pasadizo. Como temía, apenas podía alzar la cabeza y no había espacio para darme la vuelta y alcanzar el gancho de la losa. Tuve que introducir el pie en el gancho y arrastrarme hacia dentro tirando de la piedra hacia mí.

Oscuridad total. Con espacio apenas para incorporarme unos centímetros sobre los codos.

Solté un jadeo, me entró pánico y estuve a punto de volverme loco pensando que no podía levantar la cabeza, hasta que, por último, me di con ésta contra la piedra y quedé tendido allí, lloriqueando.

¿Qué podía hacer ahora? Era preciso que llegara al ataúd.

Así pues, me obligué a dejar de gimotear y empecé a avanzar a rastras, cada vez más deprisa. Me arañé las rodillas contra la piedra mientras mis manos buscaban grietas y hendiduras para impulsarse. El cuello me dolía debido a la tensión de contener el impulso de levantar la cabeza, otra vez presa del pánico.

Y cuando, de pronto, mis manos toparon con una piedra sólida en su avance, la empujé con todas mis fuerzas. Noté que se movía, al tiempo que una suave luz penetraba por los resquicios.

Salí gateando del conducto y me encontré en una pequeña estancia de techo bajo y curvo, con una ventana alta y estrecha cerrada por otra reja de gruesos barrotes de hierro. Sin embargo, la suave luz violácea de la noche penetraba por ella dejando a la vista una gran chimenea en la pared opuesta, un montón de leña para prender el fuego y, a su lado, bajo la ventana, un antiguo sarcófago de piedra.

Mi capa de terciopelo rojo forrada de piel de lobo estaba extendida sobre el sarcófago y, sobre un tosco banco, descubrí un espléndido traje, también de terciopelo rojo, bordado en oro y profusión de encaje italiano, así como unos calzones de seda roja, unas medias de seda blanca y unas chinelas de tacón rojo.

Aparté el cabello de mi rostro y sequé la fina capa de sudor que bañaba mi frente y mi bigote. Era un sudor mezclado con sangre, y, cuando lo advertí por las manchas en las manos, sentí una curiosa excitación.

«¡Ah! —pensé—, ¿qué soy? ¿Qué me espera?» Contemplé durante un largo instante la sangre de mis manos y luego me lamí los dedos. Me recorrió una deliciosa sensación de profundo placer y tardé unos minutos en recuperarme lo suficiente como para acercarme al hogar.

Tomé dos astillas de leña como había hecho el viejo vampiro y, frotándolas con fuerza y velocidad, casi las vi desaparecer tras la llama que se alzó de ellas. No había en aquello nada de mágico, sólo habilidad. Cuando el fuego empezó a calentar, me quité mis ropas sucias y, tras limpiar con la camisa hasta el último vestigio de excrementos, arrojé mi indumentaria a las llamas antes de ponerme las prendas que acababa de encontrar.

Unas prendas rojas, de un encarnado deslumbrante. Ni siquiera Nicolas había lucido nunca ropas como aquéllas. Eran galas para la Corte de Versalles, con perlas y pequeños rubíes intercalados en los bordados. El encaje de la camisa era de Valenciennes, y yo lo conocía ya del vestido de boda de mi madre.

Me eché la capa de piel de lobo sobre los hombros y, aunque el frío me desapareció del cuerpo, me sentí como una criatura esculpida en el hielo. Me pareció que mi sonrisa era dura y lustrosa y extrañamente torpe mientras me dedicaba a contemplar y palpar aquellas prendas.

Contemplé el sarcófago al resplandor de las llamas. Sobre la pesada tapa estaba tallada la efigie de un anciano y me di cuenta enseguida de que recordaba a Magnus.

Allí, sin embargo, Magnus aparecía en ademán tranquilo, con su boca de bufón bien cerrada ahora, los ojos mirando apacibles hacia el techo y el cabello en una larga melena de rizos y ondas perfectamente esculpida.

Sin duda, aquel sarcófago tenía al menos tres siglos. La figura de Magnus reposaba con las manos cruzadas sobre el pecho, vestido con una larga túnica. De la espada tallada en la piedra, alguien había eliminado a golpes la empuñadura y parte de la vaina.

Permanecí un rato interminable observando este detalle y comprobé que el trozo que faltaba había sido eliminado a golpes de cincel y con gran esfuerzo.

¿Era tal vez la forma de cruz de la empuñadura lo que había querido borrar el autor del hecho? La dibujé con el dedo, pero no sucedió nada, como tampoco había sucedido nada en la otra sala, cuando había murmurado mis plegarias. Acuclillado en el polvo junto al sarcófago, dibujé otra cruz.

Tampoco sucedió nada.

Luego, añadí a la cruz unos cuantos trazos para representar el cuerpo de Cristo, sus brazos, el ángulo de sus rodillas, su cabeza caída sobre el pecho. Escribí «Nuestro Señor Jesucristo», las únicas palabras que sabía escribir correctamente, además de mi nombre, pero siguió sin suceder nada.

Y, lanzando aún inquietas miradas hacia la pequeña cruz y las palabras garabateadas, intenté levantar la tapa del sarcófago.

No me resultó fácil, ni siquiera con las nuevas fuerzas que ahora poseía. Desde luego, ningún hombre mortal podría haberla alzado.

Pero lo que me dejó perplejo fue el grado de esfuerzo que me exigió. Me di cuenta de que mis fuerzas no eran ilimitadas, y de que, desde luego, no podían compararse con las del viejo vampiro. Aun así, poseía la fuerza de tres hombres, quizá de cuatro; resultaba imposible calcularlo.

En aquel instante, me pareció algo realmente impresionante.

Contemplé el sarcófago. No era más que un estrecho hueco lleno de sombras, en el cual no podía imaginarme metido. Alrededor de la tapa había una inscripción en latín que no supe leer.

Esto me atormentó y deseé que las palabras no estuvieran allí. La añoranza de Magnus, la sensación de desamparo, amenazaron con atenazarme de nuevo. ¡Le odié por haberme abandonado! Y me sorprendió en toda su ironía el hecho de haber sentido amor por él cuando se disponía a saltar sobre las llamas. Y de haberle amado de nuevo al encontrar las ropas rojas en la estancia.

¿Se quieren entre ellos los demonios? ¿Caminan del brazo por el infierno, diciéndose unos a otros: «¡Ah, amigo mío, cuánto te quiero!», y cosas parecidas? La mía era una pregunta puramente intelectual e intrascendente, ya que no creía en el infierno, pero era una cuestión de un concepto del mal, ¿no era así? Se supone que todas las criaturas del infierno se odian entre ellas, igual que todos los que se salvan odian a los condenados, sin reservas.

Aquella idea me había acompañado toda la vida. De niño, me había aterrado el pensamiento de que yo pudiera ir al cielo y mi madre al infierno, y de que entonces tuviera la obligación de odiarla. Eso era imposible. ¿Y qué sucedería si nos encontrábamos los dos en el infierno?

«Bien —me dije— ahora sé, tanto si creo en el infierno como si no, que los vampiros pueden amarse entre ellos, que uno no deja de amar por el hecho de estar dedicado al mal.»

Al menos, eso me pareció en aquel breve instante. Pero no debía ponerme a llorar otra vez. No podía soportar tantas lágrimas.

Volví los ojos a un gran baúl de madera semioculto a la cabecera del sarcófago. No estaba cerrado, y la tapa, de madera putrefacta, casi saltó de los goznes cuando la levanté.

Y, aunque el viejo maestro me había dicho que me dejaba su tesoro, me quedé mudo de asombro ante lo que vi. El baúl estaba repleto de oro, plata y piedras preciosas. Había incontables anillos con joyas montadas, collares de diamantes, sartas de perlas, piezas de orfebrería, monedas y cientos de objetos valiosos.

Pasé las yemas de los dedos sobre aquellas riquezas y luego las cogí a puñados, jadeando de asombro cuando la luz encendía el rojo de los rubíes, el verde de las esmeraldas. Vi refracciones del color como no las había soñado, y una riqueza incalculable. Aquél era el famoso cofre de los piratas del Caribe, el proverbial rescate de un rey.

Y era todo mío.

Lo examiné más detenidamente. Entre las joyas había otros artículos personales y perecederos. Máscaras de satén de cuyo tejido putrefacto se desprendían los bordados de oro, pañuelos de encaje y jirones de tela en los que había prendidos broches y agujas. Había allí una cincha de cuero de un arnés adornada con campanillas de oro, un retal de encaje lleno de moho, atado en torno a un anillo, decenas de cajitas de rapé y numerosos medallones colgando de cintas de raso.

¿Les habría quitado Magnus todo aquello a sus víctimas?

Levanté una espada con incrustaciones de piedras preciosas, con mucho demasiado pesada para los tiempos en que me hallaba, y unas raídas chinelas, conservadas quizá por su hebilla de brillantes.

Naturalmente, Magnus había tomado lo que había querido de sus víctimas. En cambio, su indumentaria había consistido en ropas gastadas, casi harapos, a la moda de otro tiempo, y su vida en la torre había transcurrido como la de un ermitaño de otro siglo. No alcancé a comprenderlo.

Pero entre aquel tesoro había muchos otros objetos diversos. Rosarios confeccionados con espléndidas gemas, ¡y que todavía conservaban sus crucifijos! Toqué las pequeñas imágenes sagradas, sacudí la cabeza y me mordí el labio, como diciendo: «¡Qué horrible que las robara!» Sin embargo, también lo encontré muy divertido. Y lo tomé como una demostración más de que Dios no tenía ningún poder sobre mí.

Y, mientras pensaba en ello, tratando de decidir si el hallazgo era tan fortuito como había parecido en el instante de producirse, cogí del tesoro un exquisito espejo con mango de perlas.

Me miré en él de forma casi inconsciente, como se suele hacer ante los espejos. Y allí me vi como un hombre normal, salvo que tenía la piel muy blanca, igual que la había tenido mi viejo y malévolo maestro, y que mis ojos habían pasado de su habitual color azul a una mezcla de violeta y cobalto que resultaba suavemente iridiscente. Mis cabellos tenían un brillo muy luminoso, y, cuando me pasé los dedos por ellos, aprecié que tenían una nueva y extraña vitalidad.

De hecho, no era en absoluto Lestat quien se hallaba ante el espejo, sino una especie de réplica suya confeccionada con otra materia. Y las pocas arrugas que me había causado el paso del tiempo a mis escasos veinte años habían desaparecido o se habían reducido mucho; las pocas que tenía se habían hecho un poco más profundas de lo que habían sido.

Contemplé mi reflejo y traté frenéticamente de reconocerme a mí mismo en el espejo. Me froté el rostro, incluso froté el pulido disco, y apreté los labios para evitar echarme a llorar una vez más.

Finalmente, cerré los ojos y volví a abrirlos, lanzando una levísima sonrisa al ser del espejo. Éste me la devolvió. Aquél era Lestat, sin duda. Y en sus facciones no parecía haber nada de malévolo. Bueno, de muy malévolo. Sólo se apreciaba la antigua malicia, la impulsividad. En realidad, aquella criatura del espejo podría haber pasado por un ángel, de no ser porque, cuando al fin le cayeron las lágrimas, éstas eran de sangre y toda la imagen aparecía teñida de encarnado ya que su visión estaba empañada por ella. Y poseía aquellos pequeños colmillos maléficos que apoyaba en el labio inferior cuando sonreía y que le daban una apariencia absolutamente aterradora. ¡Un rostro bastante pasable con un único, pero horrible, espantoso, detalle incoherente!

Sin embargo, de pronto, me asaltó una idea: ¡lo que estaba viendo era mi propio reflejo! ¿Y no se había dicho y repetido que los fantasmas y los espíritus y los que han condenado su alma al infierno eran invisibles ante un espejo?

Me invadió el ansia de conocer todo lo concerniente a lo que ahora era. El ansia de saber cómo haría para caminar entre hombres mortales. Deseé estar en las calles de París, ver con mis nuevos ojos todos los milagros de la vida que había conocido hasta entonces. Quise contemplar las caras de la gente, los capullos en flor y las mariposas. Quise ver a Nicolas, oírle interpretar su música... ¡No!

A esto último, renunciaría. Pero había mil formas de música, ¿no era así? Y, cerrando los ojos, casi pude oír a la orquesta de la Opéra, captar las arias en mis tímpanos. El recuerdo surgió muy claro, muy intenso.

A partir de ahora, nada sería normal. Ni la alegría, ni el dolor, ni el más pequeño recuerdo. Todo, aun el pesar por las cosas perdidas para siempre, poseería aquel lustre extraordinario.

Dejé el espejo y me sequé las lágrimas con uno de los pañuelos de encaje, viejo y amarillento, que contenía el baúl. Me volví y tomé asiento lentamente frente al fuego. El calor en el rostro y las manos me resultó delicioso.

Me invadió una dulce modorra y, mientras cerraba los ojos de nuevo, me vi sumergido de pronto en el extraño sueño de Magnus robándome la sangre. Me invadió de nuevo una sensación de hechizo, de mareante placer: Magnus sosteniéndome en sus brazos, unido a mí, y mi sangre fluyendo a él. Pero escuché las cadenas arrastradas por el suelo de la vieja catacumba, vi al indefenso vampiro en los brazos de Magnus... Y allí había algo más... algo importante. Un sentido, una advertencia acerca de la traición del robo, de no ceder ante nadie, ni Dios ni demonio, y nunca ante el hombre.

Le di vueltas y más vueltas en la cabeza, en un estado de duermevela, hasta que se me ocurrió la idea más descabellada: contarle todo aquello a Nicolas. Tan pronto como volviera a casa, le explicaría el sueño y su posible significado y hablaríamos...

Con sobresaltada repulsión, abrí los ojos. El ser humano que había en mí contempló con impotencia la cámara. Se puso a llorar otra vez y la perversa criatura recién nacida era aún demasiado inmadura para poder dominarle.

Sus sollozos se convirtieron en hipidos y me llevé una mano a la boca.

«¿Por qué me has dejado, Magnus? ¿Qué debo hacer, Magnus, cómo debo seguir?»

Recogí las rodillas y apoyé la cabeza en ellas. Poco a poco, se me fue aclarando la cabeza.

«Bueno —me dije—, ha sido muy divertido imaginar que eras ese vampiro, llevar estas ropas espléndidas y pasar los dedos por ese tesoro, ¡pero no puedes vivir así! ¡No puedes vivir alimentándote de seres humanos! Aunque seas un monstruo, llevas dentro una conciencia, una tendencia natural... El Bien y el Mal, lo bueno y lo malo. No puedes vivir sin creer en... No puedes aceptar los actos que... Mañana, vas a... a... ¿vas a *qué*?»

«Mañana vas a beber sangre, ¿no es eso?»

El oro y las piedras preciosas brillaban como brasas en el baúl cercano, y, tras los barrotes de la ventana, se alzaba contra las nubes grises el resplandor violáceo de la lejana ciudad. ¿Cómo sería su sangre? La sangre caliente y viva, no la de monstruo. Mi lengua recorrió el paladar, tanteando los colmillos.

«Piensa en ello, Matalobos.»

Me puse en pie lentamente. Me resultó muy fácil, como si fuera la voluntad, y no el cuerpo, quien lo hacía. Tomé las llaves de hierro que había traído conmigo de la cámara exterior y fui a inspeccionar el resto de mi torre.

6

Habitaciones vacías. Ventanas con rejas. El manto infinito de la noche sobre las almenas. Eso fue todo lo que encontré en la torre.

Pero en la planta baja de ésta, junto a la puerta de las escaleras que conducían a las mazmorras, encontré una tea en el puesto del centinela y una bolsa de yesca para encenderla en el nicho contiguo a la garita. Vi huellas en el polvo. La cerradura estaba bien engrasada y la llave giró con suavidad cuando por fin encontré la correspondiente.

Iluminé con la antorcha una estrecha escalera de caracol y empecé con cierta repugnancia a bajar los peldaños debido al hedor que ascendía de algún lugar situado más abajo.

Naturalmente, conocía aquel hedor. Era bastante corriente en los cementerios de París. En les Innocents era denso como un gas venenoso pero había que convivir con él para poder comprar en las tiendas del lugar, o para tratar con los amanuenses. Era el olor de los cuerpos en descomposición.

Y, aunque me produjo arcadas y me hizo retroceder unos pasos, tampoco resultaba tan intenso, y el aroma de la resina de la tea al arder contribuía a aminorarlo.

Seguí el descenso. Si había allí el cadáver de algún mortal, no podía escaparme de él.

Pero en el primer nivel bajo el suelo no encontré ningún cuerpo. Sólo había allí una enorme sala funeraria con las puertas de hierro oxidado abiertas a las escaleras y tres enormes sarcófagos de piedra en el centro. Era muy similar a la cámara de Magnus. Aunque mucho mayor, tenía el mismo techo curvo a baja altura y el mismo hogar, tosco y profundo.

¿Qué podía significar aquello, sino que otros vampiros habían dormido allí en alguna época? Nadie instala una chimenea en una cripta funeraria. Al menos, yo no había oído mencionarlo nunca. E incluso había unos bancos de piedra. Y los sarcófagos eran como el de allá arriba, con grandes figuras esculpidas en ellas.

Sin embargo, absolutamente todo estaba cubierto por el polvo de años. Y había muchísimas telarañas. Sin duda, los vampiros ya no habitaban allí. Era totalmente imposible. Y, no obstante, resultaba muy extraño. ¿Dónde estaban quienes habían ocupado aquellos sarcófagos? ¿Se habían arrojado al fuego igual que Magnus, o todavía seguían su existencia en alguna parte?

Entré y abrí los sarcófagos uno tras otro. Dentro no había más que polvo. Ningún indicio de otros vampiros, ninguna prueba de que existieran más vampiros.

Salí de la cripta y continué escaleras abajo, aunque el hedor a descomposición se hacía cada vez más penetrante. De hecho, muy pronto se hizo insoportable.

Procedía de detrás de una puerta que pude ver más abajo, y tuve verdaderas dificultades para obligarme a aproximarme. Naturalmente, cuando yo era un ser mortal, tal olor me habría repugnado; pero esto no era nada en comparación con la aversión que sentía ahora. Mi nuevo cuerpo quería alejarse de él a la carrera. Me detuve, respiré profundamente y me obligué a ir hacia la puerta, decidido a ver qué había hecho allí mi perverso maestro.

Pues bien, el hedor no era nada comparado con lo que vieron mis ojos.

En una profunda mazmorra yacía un montón de cuerpos en todas las fases de la descomposición, huesos y carne putrefacta plagados de gusanos e insectos. Las ratas huían de la luz de la antorcha, rozándome las piernas camino de la escalera. Las náuseas me hicieron un nudo en la garganta y el olor me sofocó.

Con todo, no pude dejar de mirar aquellos cuerpos. Allí había algo importante, algo terriblemente importante, que debía descubrir. Y, de repente, me di cuenta de que todos aquellos muertos habían sido varones —las botas y los jirones de ropa que llevaban lo dclataba— y todos ellos eran rubios, de tonos muy parecidos al mío. Los escasos cadáveres que conservaban sus facciones parecían de jóvenes, altos y de constitución delgada. Y el ocupante más reciente del siniestro lugar —el cadáver fresco y chorreante que yacía con los brazos extendidos a través de los barrotes— se parecía tanto a mí que podría haber sido mi hermano.

Aturdido, avancé hasta que la puntera de mi bota rozó su cabeza. Bajé la antorcha y abrí la boca como para lanzar un grito. ¡Los ojos húmedos y viscosos del muerto, plagados de mosquitos, eran del mismo azul que los míos!

Retrocedí tambaleándome. Se adueñó de mí un terror cerval a que el muerto se moviera, me agarrara por el tobillo. Y supe por qué lo haría.

Cuando topé con la pared, tropecé con un plato de comida putrefacta y un cuenco. El cuenco cayó al suelo, se rompió y la leche cuajada que contenía se derramó como un vómito.

El dolor me apretó las costillas. La sangre, como un fuego líquido, me vino a la boca y brotó de mis dientes, salpicando el suelo delante de mí. Tuve que sujetarme de la puerta abierta para mantenerme en pie.

Sin embargo, entre la niebla de la náusea, mi vista se fijó en la sangre. Contemplé aquel brillante color carmesí a la luz de la antorcha. Observé cómo oscurecía la sangre al caer en la argamasa entre las piedras. Aquella sangre estaba viva y su dulce aroma cortaba como el filo de una navaja el hedor de los muertos. Espasmos de sed reemplazaron las náuseas. La espalda se me dobló y fui inclinándome con una flexibilidad desconcertante más y más hacia la sangre.

Y los pensamientos no cesaron en ningún instante de agolparse en mi cabeza: aquel joven había sido llevado con vida a aquella mazmorra; la comida putrefacta y la leche agria tenían por objeto alimentarle o darle tormento. El joven había muerto en la celda, atrapado con los demás cadáveres, sabiendo perfectamente que pronto sería otro de ellos.

¡Dios, sufrir aquello! ¡Sufrir aquel horror! Y cuántos otros habrían conocido exactamente el mismo destino, todos jóvenes de cabello rubio.

Me encontré de rodillas, y todavía me incliné más. Sostuve la antorcha a baja altura con la mano izquierda y bajé la cabeza hasta la sangre, con la lengua salida entre los labios, tan brillante que creí estar viendo la de un lagarto. La lengua lamió la sangre del suelo. Escalofríos de éxtasis. ¡Oh, qué delicia!

¿Era yo quien hacía aquello? ¿Era yo quien lamía aquella sangre a un par de centímetros del cuerpo sin vida? ¿Era mi corazón el que latía con cada sorbo apenas a dos dedos del cuerpo sin vida de aquel muchacho al que Magnus había llevado allí como me había conducido a mí, de aquel muchacho al que Magnus había condenado a muerte en lugar de a la inmortalidad?

La repugnante mazmorra parpadeaba como una llama mientras yo lamía la sangre. El cabello del muerto me rozó la frente. Su ojo, como un cristal estrellado, me contemplaba fijamente.

¿Por qué no estaba yo encerrado en aquella celda? ¿Qué prueba había superado para no estar ahora allí, gritando y sacudiendo los barrotes, notando cómo se cernía lentamente sobre mí el horror que había presagiado en la posada del pueblo?

Los temblores de la sangre me recorrieron los brazos y las piernas. Y el sonido que escuché —el sonido brillante, tan cautivador como el carmesí de la sangre, el azul del ojo del muchacho, las alas tornasoladas del mosquito, el deslizante cuerpo opalino del gusano, el resplandor de la antorcha— fue mi propio grito, salvaje y gutural.

Dejé caer la antorcha y me incorporé de rodillas, golpeando el plato de hojalata y el cuenco roto. Me puse en pie y corrí escaleras arriba. Y cuando cerré de un portazo el acceso a las mazmorras, mis gritos se alzaron más y más, hasta la misma cima de la torre.

Me perdí en el sonido, que rebotaba en las piedras y volvía a mis oídos. No podía parar. Era incapaz de cerrar la boca ni de tapármela.

Pero entonces, a través de la puerta atrancada y de una decena de estrechas ventanas que se abrían en lo alto, vi que se acercaba la inconfundible luz de la mañana. Mis gritos cesaron. Las piedras habían empezado a iluminarse. La luz rezumaba en torno a mí como un vapor hirviente que me quemaba los párpados.

No tomé la decisión de correr. Sencillamente, me encontré haciéndolo, corriendo arriba y arriba hacia la cámara interior.

Cuando salí del conducto, la estancia ardía en un mortecino fuego púrpura. Las joyas que rebosaban del baúl parecían moverse. Casi ciego, logré levantar la tapa del sarcófago.

Muy pronto, la tapa caía de nuevo sobre mí. Desapareció

el dolor de mi rostro y de mis manos y me quedé inmóvil y a salvo mientras el miedo y la pena se fundían en una oscuridad fría e insondable.

7

Fue la sed lo que me despertó.

Y supe al instante dónde estaba y qué era.

No tuve sueños mortales de vino blanco muy frío ni de la verde y fresca hierba bajo los manzanos del huerto de mi padre.

En la estrecha oscuridad del sarcófago de piedra, me toqué los colmillos con los dedos y los encontré peligrosamente largos y afilados como pequeñas navajas.

Percibí que en la torre había un mortal y, aunque no había llegado a la puerta de la cámara exterior, pude *escuchar* sus pensamientos.

Oí su consternación cuando descubrió abierta la puerta que daba a la escalera. Tal cosa no había sucedido nunca con anterioridad. Escuché su temor al descubrir los leños quemados en el centro de la estancia y le oí llamar a su «amo». El individuo era un criado, y un ser traicionero y falso, por lo que pude captar.

Aquella capacidad para escuchar lo que pasaba por la mente del criado me fascinó, pero había otra cosa que me perturbaba: ¡su olor!

Levanté la tapa de piedra del sarcófago y salí de él. El olor era débil, pero muy sugestivo. Era el aroma almizcleño de la primera prostituta en cuya cama había liberado mi pasión. Era el olor del venado asado después de días y días de ayuno en invierno. Era el perfume del vino joven, de las manzanas frescas o del agua cayendo con un rugido por un despeñadero en un día de calor mientras yo introducía mis manos en ella para beber.

Sólo que el aroma que ahora percibía era inmensamente más rico, y al apetito que despertaba era infinitamente más voraz y más primario.

Avancé por el conducto secreto como una criatura que nadara en la oscuridad, hasta que, después de desencajar la losa de la cámara exterior, me incorporé de pie en ésta.

Y allí estaba el mortal, mirándome con una expresión de desconcierto en sus pálidas facciones.

Era un hombre viejo y arrugado y, por algunos detalles del confuso torbellino de pensamientos que se agolpaban en su mente, supe que era cochero y mozo de cuadra. Sin embargo, todo lo que escuché en su mente resultó enloquecedoramente impreciso.

Luego, el intuitivo recelo que sentía hacia mí me alcanzó como el calor de un horno. Y no cabía ningún malentendido. Sus ojos hervían de odio mientras recorrían mi rostro y el resto de mi figura. Él era quien había conseguido las finas ropas que ahora llevaba yo. Él era quien se había ocupado de los desgraciados de la mazmorra mientras seguían vivos. ¿Cómo era, se preguntaba con muda indignación, que yo no estaba entre ellos?

Esto, como podéis imaginar, me hizo quererle muchísimo. Sólo por aquel pensamiento, le habría estrujado con mis manos desnudas hasta matarle.

—¡El amo! —dijo entonces con desesperación—. ¿Dónde está? ¡Amo!

Me pregunté qué sabría el viejo de su antiguo amo. Escuché en sus pensamientos que le tenía por el hechicero de algún rey. Y ahora era yo quien tenía el poder. En resumen, el criado no sabía nada que pudiera serme de utilidad.

Pero mientras me enteraba de todo esto, mientras lo absorbía de su mente muy en contra de su voluntad, fui extasiándome con las venas de su rostro y de sus manos. Y el aroma me embriagó.

Percibí el mortecino latir de su corazón e imaginé el sabor de su sangre, lo que se experimentaría al probarla, y me invadió de pronto una sensación avasalladora, rica y cálida que se apoderó de mí por completo.

—El amo se ha ido; el fuego ha acabado con él —murmuré, y escuché mi propia voz como un sonido gutural, extraño y monótono.

Avancé poco a poco hacia él.

El viejo criado echó un vistazo al suelo ennegrecido. Después alzó los ojos al techo cubierto de hollín.

—No. Eso que dices es mentira —replicó enfurecido.

Y su cólera destellaba como un faro ante mis ojos. Noté su mente llena de rencor y sus desesperados pensamientos.

Pero, ¡ah!, qué aspecto tan delicioso tenía aquella carne viva. Me sentí dominado por un apetito despiadado.

Y él se dio cuenta. De un modo errático e irracional, el viejo lo notó y, dirigiéndome una última mirada torva, echó a correr hacia la escalera.

Le alcancé inmediatamente. De hecho, me resultó tan sencillo que disfruté con la captura. En un momento dado, deseé mentalmente extender los brazos y reducir la distancia entre el viejo y yo. Al instante siguiente, le tenía ya entre mis manos, impotente, y le levantaba del suelo mientras sus pies, libres, trataban de golpearme.

Lo sostuve en alto con la misma facilidad con que lo haría un hombre corpulento con un cuchillo, tal era la desproporción entre el viejo mortal y yo. Su mente era una maraña de pensamientos frenéticos y parecía incapaz de decidirse a actuar de algún modo para tratar de salvarse.

Pero el leve murmullo de estos pensamientos quedó borrado por la visión que me ofrecía.

Sus ojos ya no eran las puertas de su alma, sino dos globos gelatinosos cuyos colores me hipnotizaban. Y su cuerpo no era más que un pedazo de carne caliente y sangre que yo necesitaba poseer.

Me horrorizó que aquel pedazo de carne estuviera vivo, que aquella sangre deliciosa fluyera por aquellos brazos y dedos que se debatían ante mis ojos. Pero luego me pareció perfecto que así fuera. Él era lo que era, yo era lo que era, y ahora iba a saciar mi sed con él.

Le acerqué a mis labios y mordí la arteria que sobresalía

de su cuello. El chorro de sangre golpeó mi paladar. Emití un breve grito, a la vez que aplastaba al viejo contra mí. No era el mismo fluido ardiente de la sangre de mi maestro, ni el delicioso elixir que había lamido de las piedras de la mazmorra. No, aquello había sido pura luz convertida en líquido. Al contrario, ésta era mil veces más suculenta, con el sabor del turbio corazón humano que la bombeaba; era la esencia misma de aquel aroma caliente, casi humeante.

Noté que mis hombros se alzaban, que mis dedos se clavaban todavía más en su carne y que casi surgía de mi cuerpo una especie de zumbido. Mi única visión era su pequeña alma jadeante, mi única sensación era la de un abandono intenso.

Tuve que aplicar toda mi fuerza de voluntad para, justo antes del momento final, apartarle de mí. ¡Cuánto deseé sentir cómo se detenía su corazón! ¡Cuánto anhelé notar cómo los latidos se espaciaban hasta cesar, saber que había *poseído* a aquel mortal!

Pero no me atreví.

Su cuerpo resbaló pesadamente entre mis brazos. Los suyos quedaron abiertos sobre las losas del suelo, y el blanco de sus ojos asomaba bajo sus párpados entreabiertos.

Y me sentí incapaz de apartar aquel cuerpo de mi mirada agonizante, lleno yo de muda fascinación ante su muerte. No se me escapó el menor detalle. Escuché su último suspiro y vi cómo su cuerpo se abandonaba a la muerte, sin resistirse.

La sangre me calentó. La noté latir en mis venas. Cuando lo toqué con las palmas de las manos, mi rostro estaba ardiendo. Mi vista se había hecho extraordinariamente penetrante y me sentía más fuerte que cuanto podía imaginar.

Recogí el cuerpo y lo arrastré por los peldaños en espiral de la torre hasta la mazmorra, donde lo dejé para que se pudriera con los demás.

8

Era hora de irse, de poner a prueba mis poderes.

Llené la bolsa y los bolsillos con todo el dinero que podía transportar con comodidad y me ceñí una espada adornada de gemas que no parecía demasiado pasada de moda. Luego bajé la escalera y salí de la torre cerrando detrás de mí la verja de hierro.

Evidentemente, la torre era lo único que quedaba en pie de una gran casa en ruinas. Sin embargo, capté en el viento —quizá como lo olfatearía un animal— el olor intenso y muy agradable de unos caballos, y rodeé las piedras hasta encontrar una cuadra en la parte posterior.

En su interior había no sólo un hermoso carruaje antiguo, sino cuatro espléndidas yeguas negras. Era un auténtico milagro que no se asustaran de mí. Besé sus finos flancos y sus hocicos largos y suaves. En realidad, me enamoré tanto de aquellas bestias, que me habría pasado horas aprendiendo lo que pudiera de ellas con mis nuevos sentidos. Pero lo que anhelaba en ese instante eran otras cosas.

Además de los animales, había en el establo otro ser humano, cuyo olor había yo captado también nada más entrar. Pero el mortal estaba profundamente dormido y, cuando le desperté, comprobé que se trataba de un chiquillo de muy pocas luces que no representaba ningún peligro para mí.

—Ahora yo soy tu amo —le dije, al tiempo que le daba una moneda de oro—, pero esta noche no voy a necesitarte, salvo para que me ensilles una yegua.

El muchacho me entendió lo suficiente para indicarme que no había sillas de montar en la cuadra, antes de caer dormido de nuevo.

Daba igual. Corté las largas riendas del carruaje de una de las bridas, puse éstas en la más hermosa de las yeguas y salí del establo montando a pelo.

No puedo expresar lo que sentí con el poderío de la yegua debajo de mí, el viento helado en el rostro y la gran cúpula del cielo nocturno en lo alto. Mi cuerpo estaba fundido con el del animal. Iba volando sobre la nieve, riendo estentóreamente y, a ratos, cantando. Lanzaba notas agudas que jamás antes había alcanzado, y luego descendía a una cálida voz de barítono. En algunos momentos, simplemente gritaba de algo parecido a la alegría. Sí, tenía que ser de alegría; pero, ¿cómo podía un monstruo sentir tal cosa?

Quise cabalgar hacia París, por supuesto, pero sabía que no estaba preparado. Eran demasiadas las cosas que aún ignoraba sobre mis poderes. Así pues, cabalgué en la dirección contraria hasta llegar a las afueras de un pequeño pueblo.

No había humanos a la vista y, al acercarme a la pequeña iglesia del lugar, sentí un acceso de rabia, totalmente humana, que se abría paso a través de mi extraña felicidad. Desmonté rápidamente y tanteé la puerta de la sacristía. La cerradura cedió y crucé la nave hasta la barandilla del comulgatorio.

No sé qué sentí en aquel momento. Tal vez deseaba que sucediera algo. Me sentía sanguinario. Pero no cayó ningún rayo. Observé el fulgor rojizo de la lamparilla colocada en el altar. Contemplé las figuras inmóviles en la negrura nocturna de las vidrieras.

Y, desesperado, salté la barandilla y puse las manos sobre el propio sagrario. Forcé sus delicadas puertecillas, introduje las manos y saqué el copón, adornado de gemas, con sus hostias consagradas. No, allí no había ningún poder, nada que pudiera ver o sentir o percibir con ninguno de mis monstruosos sentidos, nada que me respondiera. Había obleas, oro, cera, luz.

Hundí la cabeza sobre el altar. Mi aspecto debía de ser el de un sacerdote en plena misa. Después, volví a cerrarlo todo en el sagrario. Lo dejé tal como lo había encontrado, para que nadie advirtiera que se había cometido un sacrilegio.

Tras esto, recorrí una de las naves laterales de la iglesia hasta el fondo y regresé por la otra, cautivado por las sorprendentes pinturas y estatuas. Me di cuenta de que podía ver no sólo el arte creativo, sino también el proceso seguido por el escultor o el pintor. Podía ver cómo la laca captaba la luz. Distinguía los pequeños defectos en la perspectiva, junto a destellos de inesperada expresividad.

Pensé en cómo se verían los grandes maestros a mis ojos. Me sorprendí contemplando los más simples dibujos en las paredes de yeso. Después me arrodillé para mirar las aguas del mármol hasta que me encontré tendido en el suelo, con los ojos muy abiertos, mirando el suelo bajo mi nariz.

Todo aquello se estaba saliendo de contexto. Me incorporé, tembloroso y lloriqueante, veía los cirios como si estuvieran vivos y me sentí muy harto de aquel lugar.

Era hora de salir de allí y visitar el pueblo.

Pasé dos horas en sus calles, la mayor parte del tiempo, nadie me vio ni me oyó.

Me resultó absurdamente fácil saltar las tapias de los jardines y elevarme desde el suelo a los tejados no muy altos. Podía dejarme caer al suelo desde una altura de tres pisos y escalar la pared de un edificio clavando las uñas y las puntas de los pies en la argamasa entre las piedras.

Me asomé a algunas ventanas y vi parejas dormidas en sus camas revueltas, niños reposando en cunas, ancianas cosiendo bajo una débil luz.

Y las viviendas parecían casas de muñecas con todos los detalles. Colecciones perfectas de juguetes con sus finas sillitas de madera y sus pulidas repisas sobre las chimeneas, con las cortinas zurcidas y los suelos bien fregados.

Vi todo esto como quien no ha formado nunca parte de la vida, admirando con emoción hasta el menor detalle. Un delantal blanco almidonado en su percha, unas botas gastadas junto al fuego, una jarra junto a una cama.

Y la gente... ¡Ah!, la gente era una maravilla.

Naturalmente, me llegaba su aroma, pero mi apetito estaba satisfecho y el olor me hizo sentir mal. En lugar de ello, me quedé embelesado con su piel rosada y sus delicados miembros, con la precisión de sus movimientos, con el proceso entero de sus existencias, como si yo nunca hubiera formado parte de ella. Que todos tuvieran cinco dedos en cada mano me parecía admirable. Les vi bostezar, llorar, agitarse en sueños. Me sentí hechizado contemplándoles.

Y cuando hablaron, ni las paredes más gruesas pudieron evitar que oyera sus palabras.

Pero el aspecto más seductor de mis exploraciones fue que *podía escuchar los pensamientos de aquella gente*, igual que había oído los de aquel perverso criado al que había dado muerte. Infelicidad, pesar, expectación. Eran como corrientes en el aire, flojas unas, espantosamente fuertes otras, y unas terceras apenas una leve brisa hasta que reconocía su procedencia.

Con todo, estrictamente hablando, no podía decirse que le leyera la mente a los mortales.

La mayoría de pensamientos triviales quedaba filtrada y, cuando me sumía en mis propias consideraciones, no penetraba en mi mente ni la emoción más intensa. En resumen, eran las pasiones más fuertes las que llegaban hasta mí, y sólo cuando yo aceptaba recibirlas. Incluso había algunas mentes que no me transmitían nada ni siquiera en pleno estallido de cólera.

Estos descubrimientos me desconcertaron y casi me molestaron, igual que sucedía con la belleza ordinaria de cuanto contemplaba, con el esplendor de las cosas comunes y corrientes. Sin embargo, sabía perfectamente que detrás de todo ello existía un abismo en el cual yo podía caer irremisiblemente en cualquier instante.

Al fin y al cabo, yo no era uno de aquellos cálidos y pulsantes milagros de complejidad e inocencia. Éstos eran mis víctimas.

Era hora de dejar el pueblo. Ya había aprendido lo suficiente allí. No obstante, antes de irme, llevé a cabo un último acto de osadía. No pude reprimirme de hacerlo.

Tras alzarme el alto cuello de la capa roja, penetré en la posada, busqué un rincón lejos del fuego y pedí un vaso de vino. Todos los presentes en el pequeño local me dirigieron una mirada, pero no porque reconocieran que entre ellos se encontraba un ser sobrenatural. ¡Sencillamente, todos estaban sorprendidos de ver a un caballero ricamente ataviado! Permanecí en la posada veinte minutos, prolongando la comprobación, sin que nadie, ni siquiera el hombre que me sirvió la bebida, detectara nada extraño. Por supuesto, no toqué el vino. Con sólo olerlo, supe que mi cuerpo no lo admitiría. Pero lo importante era que *podía pasar inadvertido entre los humanos*, que podía moverme entre ellos.

Cuando salí de la posada, me sentía alborozado. Tan pronto como llegué al bosque, eché a correr. Y corrí tan deprisa que los árboles y el firmamento se hicieron borrosos. Casi me sentía volando.

Después me detuve, di saltos y me puse a danzar. Tomé unas piedras del suelo y las arrojé tan lejos que ni siquiera pude ver dónde caían. Y cuando localicé en tierra la rama de un árbol, gruesa y llena de savia, la levanté y la partí contra mi rodilla como si fuera una astilla.

Solté un grito y volví a cantar a pleno pulmón. Después, me tendí, entre carcajadas, sobre la hierba.

Cuando me levanté, me despojé de la capa y de la espada y empecé a dar volteretas como los acróbatas del teatro de Renaud. Y luego hice un salto mortal perfecto. Di otro, esta vez hacia atrás, y otro más hacia delante. Después probé varios dobles y triples saltos mortales, y di un brinco en vertical que me elevó casi cinco metros sobre el suelo. Caí de pie limpiamente, casi sin aliento y con deseos de repetir aquellos saltos un rato más.

Pero el amanecer estaba próximo.

En el aire, en el cielo, apenas se había producido un sutilísimo cambio, pero lo percibí como si lo anunciara el tañido de las campanas del Infierno. Unas campanas que llamaban al vampiro a refugiarse en su sueño de muerte. ¡Ah!, el fundente encanto del cielo, el encanto de ver los borrosos campanarios. Me asaltó la extraña idea de que, en el infierno, la luz de los fuegos sería tan brillante que recordaría la del sol, y que éste sería el único día que volvería a ver jamás.

«¿Qué he hecho?», me dije. Yo no había pedido todo esto, ni me había entregado a ello. Incluso cuando Magnus me decía que yo estaba a punto de morir, había tratado de resistirme. Y, pese a todo, allí estaba ahora escuchando las campanas del Infierno.

Bueno, ¿a quién le importa eso?

Cuando llegué al cementerio, dispuesto para el regreso a la torre con la yegua, algo distrajo mi atención.

Pie a tierra, sujeté por la rienda mi montura y observé el pequeño camposanto sin poder determinar de qué se trataba. La sensación me asaltó de nuevo y entonces la reconocí. Noté una clara *presencia* en aquel cementerio.

Me quedé tan quieto que noté la sangre corriéndome por las venas.

¡Aquella *presencia* no era humana! No despedía efluvios. Ni emitía pensamientos humanos que pudiera captar. Más bien parecía ocultarse, a la defensiva, como si me conociera. Me estaba observando.

¿Podía tratarse de imaginaciones mías?

Permanecí inmóvil, escuchando y mirando atentamente. Entre la nieve asomaba un puñado de lápidas grises y, a lo lejos, se alzaba una hilera de viejas criptas de mayor tamaño, ornamentadas pero en el mismo estado ruinoso que las tumbas sencillas.

La *presencia* parecía merodear por las proximidades de las criptas y noté claramente sus movimientos cuando se retiró hacia los árboles del fondo.

—¿Quién va? —pregunté. Oí mi voz como un cuchillo—. ¡Responde! —insistí, con voz aún más potente.

Noté una gran conmoción en aquello, en aquella presencia, y tuve la certeza de que huía de mí muy rápidamente.

Corrí tras ella por el cementerio y noté cómo retrocedía. Sin embargo, no alcancé a ver nada en el bosque solitario. ¡Y advertí también que yo era más fuerte que la *presencia*, y que ésta se había asustado de mí!

¡Qué sorpresa! ¡Asustada de mí!

Y no tuve la menor idea de si era alguien corpóreo, un vampiro como yo, o algo sin cuerpo.

—Bien, una cosa es segura —dije—: ¡Eres un cobarde!

Hubo estremecimiento en el aire. El bosque, por un instante, pareció exhalar un suspiro.

Se adueñó de mí la conciencia de mi propio poder, que había ido creciendo en mi interior. No le temía a nada. Ni a la iglesia, ni a la oscuridad, ni a los gusanos que pululaban en los cadáveres de la mazmorra. Ni siquiera a aquella extraña fuerza fantasmal que se había retirado al bosque y que parecía estar cerca otra vez. Ni siquiera le tenía miedo a los hombres.

¡Era un ser malévolo extraordinario! Si hubiera estado sentado en la escalera del infierno con los codos en las rodillas y el diablo me hubiera dicho: «Lestat, ven, escoge la naturaleza que prefieras para vagar por la Tierra», ¿qué mejor forma habría podido elegir, sino lo que ahora era? Y de pronto me pareció que el sufrimiento era una emoción que había conocido en otra existencia y que nunca volvería a experimentar.

No puedo evitar reírme cuando recuerdo esa primera noche y, sobre todo, ese momento en concreto.

9

Ya casi era de noche y me dirigí a París a galope tendido, con todo el oro que pude transportar. El sol acababa de hundirse en el horizonte, y el cielo aún presentaba una clara luz azul cuando monté un caballo y emprendí camino.

Estaba hambriento.

Y quiso la suerte que me asaltara un bandolero antes de

llegar a las puertas de la ciudad. Surgió tronante de entre los árboles, su pistola lanzó un fogonazo y vi literalmente cómo la bala salía del cañón y me pasaba de largo mientras yo saltaba del caballo y me lanzaba contra él.

El bandido era un hombre robusto y me asombró lo mucho que me complacían sus maldiciones y esfuerzos. El perverso criado que había capturado la noche anterior era un viejo. Éste, en cambio, era un cuerpo joven y firme. Me tentaba incluso la aspereza de su barba mal afeitada, y me encantó la fuerza de sus puños al golpearme. Pero todo acabó pronto. Se quedó inmóvil cuando hundí los dientes en la arteria, y, cuando la sangre brotó de ella, fue una pura delicia. De hecho, resultó tan exquisita que me olvidé de retirarme antes de que el corazón se detuviera.

Quedamos los dos arrodillados en la nieve y me causó un sobresalto la sensación de engullir la vida junto con la sangre. Durante un largo instante, fui incapaz de moverme. Humm, pensé, ya había quebrantado las reglas. ¿Tal vez iba a morir ahora? No parecía que tal cosa fuera a suceder. Sólo era aquel vértigo delirante.

Y aquel pobre desgraciado, muerto en mis brazos, que me habría volado la cara si le hubiera dado ocasión.

Seguí contemplando el cielo crepuscular y la gran masa de sombras que era París, extendida ante mis ojos. Y sólo me quedó aquel calor, y un perceptible aumento de mis fuerzas.

De momento, todo iba bien. Me puse en pie y me sequé los labios. Después arrojé el cuerpo lo más lejos que pude en la nieve virgen. Me sentía más poderoso que nunca.

Permanecí un rato en el lugar, glotón y sanguinario, deseando sólo volver a matar para que el éxtasis se prolongara eternamente. Sin embargo, no habría podido beber más sangre, y poco a poco fui tranquilizándome. Noté un leve cambio en mí y me invadió un sentimiento de desamparo. Una soledad como si el ladrón hubiera sido un amigo o pariente mío y me hubiera abandonado. No entendí nada, salvo que beber la sangre de aquella manera había resultado muy íntimo. Ahora llevaba en mí el efluvio de aquel individuo y, de algún modo, me gustaba percibirlo. En cambio, allí estaba su cuerpo, tendido a unos metros de distancia sobre la nieve, con el rostro y las manos grisáceas a la luz de la luna.

Qué diablos, el hijo de perra iba a matarme, ¿no?

Una hora más tarde, ya había encontrado en su hogar del Marais a un competente abogado llamado Pierre Roget, un joven ambicioso con una mente totalmente abierta a mí. Codicioso, listo, concienzudo. Exactamente lo que buscaba. No sólo le podía leer los pensamientos cuando estaba callado, sino que aceptó todo cuanto le dije.

El abogado estaba más que dispuesto a ponerse al servicio del marido de una heredera de Santo Domingo y, desde luego, no tenía ningún problema en apagar todas las velas menos una, si los ojos me dolían todavía por la fiebre tropical. En cuanto a mi fortuna en joyas, él trataba con los joyeros más respetables. ¿Cuentas bancarias y letras de cambio para mi familia en la Auvernia...? Sí, inmediatamente.

Aquello era más fácil que interpretar el papel de Lelio.

Pero pasé un rato horroroso tratando de concentrarme. Cualquier cosa suponía una distracción: la llama humeante de la vela en el portatinteros de cobre, el dibujo dorado del papel pintado chino de las paredes y el curioso rostro de pequeñas facciones del abogado Roget, con los ojillos brillantes tras unas minúsculas gafas octogonales. Sus dientes me recordaban el teclado de un clavicordio.

Los objetos corrientes de la sala parecían bailar. Una cómoda me contempló con los pomos de latón por ojos. Y una mujer que cantaba en una sala del piso superior, sobre el leve murmullo de un horno, parecía estar diciendo algo en un idioma secreto y vibrante. Algo así como «ven a mí».

Pero parecía que todo iba a seguir de aquel modo indefinidamente y me esforcé por mantener el dominio de mí mismo. Ordené que se mandara aquella misma noche, por un correo, cierta cantidad de dinero a mi padre y a mis hermanos, y a Nicolas de Lenfent, un músico de la Casa de Tespis, a quien sólo debería decírsele que la cantidad procedía de su amigo Lestat de Lioncourt. Lestat deseaba que Nicolas de Lenfent se trasladara de inmediato a un piso decente en la Île de Saint Louis o a algún otro lugar adecuado, y el abogado Roget debería, por supuesto, ayudarle en ello. Terminado el traslado, Nicolas de Lenfent podría estudiar el violín. Roget se encargaría de comprarle el mejor instrumento posible, un Stradivarius.

Y, finalmente, debería escribirse una carta a mi madre, la marquesa Gabrielle de Lioncourt, en italiano, para que nadie más pudiera entenderla, acompañada de una bolsa especial destinada a ella. Tal vez si emprendía un viaje al sur de Italia, donde había nacido, allí pudiera detener el progreso de la enfermedad que la consumía.

Me dejó realmente aturdido pensar que le estaba dando la libertad para huir. Me pregunté qué pensaría ella al respecto.

Durante un instante no oí nada de cuanto Roget decía. Me la imaginé por un momento vestida por una vez como la marquesa que era en realidad, cruzando las puertas del castillo en su propio carruaje de seis caballos. Y luego recordé su rostro consumido y oí la tos de sus pulmones como si estuviera allí conmigo.

—Mándele la carta y el dinero esta noche —dije al abogado—. No importa lo que cueste. Hágalo.

Dejé a Roget oro suficiente para mantenerla cómodamente de por vida, si le quedaba alguna.

—Bien —añadí—. ¿Conoce a algún comerciante que trate de obras de arte, cuadros, tapices...? Alguien que esté dispuesto a abrirnos sus tiendas y almacenes esta misma noche.

—Desde luego, monsieur. Permítame ir por mi abrigo. Iremos de inmediato.

Minutos después, nos dirigíamos al *faubourg* Saint Denis.

Y, durante las horas siguientes, revolví junto a mis ayudantes mortales en un paraíso de riquezas materiales, escogiendo todo cuanto quería. Sillas y sofás, porcelana y cubertería de plata, cortinajes y esculturas... todo a mi gusto. Y, mentalmente, transformé el castillo donde había crecido mientras más y más objetos iban siendo apartados para embalarlos y enviarlos al sur a la mayor brevedad. A mis sobrinos les mandé juguetes que nunca habrían soñado: barquitos con velas de verdad, casas de muñecas de increíble perfección y realismo, etcétera.

Aprendí de cada cosa que toqué. Y hubo momentos en los que todos los colores y las texturas se hicieron demasiado brillantes, demasiado sobrecogedores. Lloré para mis adentros.

Y habría conseguido pasar por un ser humano hasta la médula durante todo aquel rato, de no ser por un desafortunadísimo incidente.

En un momento dado, mientras dábamos vueltas por el almacén, apareció una rata con la osadía propia de los roedores de ciudad, corriendo junto a la pared muy cerca de nosotros. La contemplé. No tenía nada de especial, como es lógico, pero allí, entre el yeso y la madera y los lienzos, la rata parecía extraordinariamente inusual. Y los hombres, equivocándose, como es lógico, se pusieron a murmurar frenéticas disculpas por su presencia y a batir los pies para ahuyentarla.

Sus voces formaron en mis oídos una mezcla de sonidos como un cocido hirviendo al fuego. Mi único pensamiento fue que la rata tenía los pies muy pequeños y que todavía no había examinado una rata ni ningún otro animal pequeño de sangre caliente. Me agaché y capturé al roedor, con bastante facilidad, me parece, y le miré las patas. Quise ver qué clase de uñas tenía y cómo era la carne que había entre sus minúsculos dedos, y me olvidé por completo de los hombres.

Fue su repentino silencio lo que me devolvió a la realidad. Los dos me miraban fijamente, estupefactos.

Les sonreí con toda la inocencia que pude, solté la rata y continué con las compras.

Ninguno de los dos hizo la menor mención a lo sucedido, pero extrajeron una lección de ello. Realmente, les había asustado de veras.

Esa noche, más tarde, le hice un último encargo al abogado. Debía enviar un regalo de cien coronas a un empresario teatral llamado Renaud, con una nota mía de agradecimiento por su amabilidad.

—Investigue la situación de ese pequeño local —le indiqué—. Descubra si tiene deudas.

Naturalmente, no pensaba acercarme nunca al teatro. Ellos no debían saber nunca lo sucedido, no debían ser contaminados nunca por ello. Y, de momento, ya había terminado de hacer todo lo que podía por mis seres queridos, ¿no?

Y cuando todo esto hubo terminado, cuando las campanas de las iglesias dieron las tres sobre los blancos tejados y me sentí de nuevo lo bastante hambriento para oler a sangre dondequiera que volvía el rostro, me descubrí frente al vacío Boulevard du Temple.

La nieve sucia se había convertido en lodo helado bajo las ruedas de los carruajes y me encontré contemplando la Casa de Tespis con sus muros deslustrados y sus carteles arrancados y el nombre del joven actor mortal, Lestat de Valois, anunciado todavía en letras rojas.

10

Las noches que siguieron fueron una orgía. Empecé a beber París como si la ciudad fuera de sangre. Al caer la noche, batía los peores barrios a la caza de ladrones y asesinos, ofreciéndoles en ocasiones una burlona posibilidad de defenderse, para luego caer sobre ellos en un abrazo fatal y cebarme en sus cuerpos hasta el punto de la gula.

Saboreé diferentes tipos de muerte: de criaturas grandes y pesadas, de pequeñas y nervudas, de hirsutos y de gentes de piel oscura, pero mis preferidos fueron los granujas jovencísimos, capaces de matar a cualquiera por las monedas que llevara en el bolsillo.

Me deleitaban sus gruñidos y maldiciones. A veces les sujetaba con una mano y me reía de ellos hasta verles realmente furiosos, y arrojaba sus navajas por encima de los tejados y hacía pedazos sus pistolas contra las paredes. Pero, cuando hacía todo aquello, empleaba mis fuerzas como un gato a quien no se le permitiera nunca saltar. Lo único que me desagradaba en mis víctimas era el miedo. Si mi presa se mostraba realmente aterrada, solía perder mi interés por ella muy pronto.

Con el paso del tiempo, aprendí a retrasar la muerte. Bebía un poco de uno, otro poco de otro, y no tomaba el gran trago de la muerte misma hasta la tercera o cuarta presa. Era la caza y la lucha lo que repetía una y otra vez para mi placer. Y una noche, cuando ya había cazado y bebido de esta manera lo suficiente para saciar a media docena de vampiros sanos, volví los ojos al resto de París, a todos los placeres refinados que no me podía permitir antes.

Pero eso no fue hasta haber pasado por casa de Roget para tener noticias de Nicolas o de mi madre.

Las cartas de ésta irradiaban felicidad ante mi buena fortuna y prometía viajar a Italia en primavera si le quedaban fuerzas para intentarlo. De momento quería libros de París, naturalmente, y periódicos y partituras para el clavicordio que le había enviado. Y tenía necesidad de preguntarme si era realmente feliz, si había cumplido mis sueños. Desconfiaba de las riquezas y me había notado tan feliz con Renaud... Era preciso que confiara en ella.

Escuchar la lectura de aquellas palabras fue una agonía para mí. Había llegado la hora de convertirme en un redomado mentiroso, cosa que nunca había sido. Pero lo haría por ella.

En cuanto a Nicolas, debería haber sabido que no se conformaría con regalos y palabras vagas, que exigiría verme y no dejaría de pedirlo. Tenía a Roget un poco asustado.

Pero de nada le sirvió. El abogado no podía decirle más de lo que yo le había explicado, y yo era tan reacio a ver a Nicolas que ni tan sólo pregunté la dirección de la casa donde se había mudado. Indiqué al abogado que comprobara si estudiaba con su maestro italiano y que tuviera todo cuanto pudiera desear.

Pero, de algún modo, conseguí enterarme de que, muy en contra de mis deseos, Nicolas no había abandonado el teatro y aún seguía actuando en la Casa de Tespis de Renaud.

Aquello me enfureció. ¿Por qué diablos, me dije, tenía que hacer algo así?

Porque era feliz allí, igual que lo había sido yo. Ésa era la razón. ¿Era preciso que alguien me lo dijera? En aquella pequeña ratonera de teatro, todos éramos de la misma raza: pensar en el momento en que se alza el telón, en que el público empieza a batir palmas y a gritar...

No. Mandaría cajas de vino y champán al teatro. Mandaría flores a Jeannette y a Luchina, las chicas con las que más me había peleado y a las que más había querido, y más regalos en oro a Renaud. Pagaría las deudas que tuviera.

Mas cuando pasaron unas noches y esos regalos fueron despachados, Renaud se sintió incómodo con el asunto. Quince días más tarde, Roget me dijo que Renaud le había hecho una propuesta.

Quería que yo comprara la Casa de Tespis y le mantuviera en ella como director, con capital suficiente para representar espectáculos mayores y de más calidad de los que había intentado nunca. Con mi dinero y sus conocimientos, podría ser el lugar más famoso de París.

No respondí enseguida. Tardé en asimilar que podía hacerme dueño del teatro de aquella manera. A poseerlo como las piedras preciosas del baúl, o las ropas que vestía, o la casa de muñecas que les había mandado a mis sobrinas. Respondí que no y salí dando un portazo.

Volví a entrar inmediatamente.

—Muy bien, compre el teatro —dije—. Y dele diez mil coronas para hacer lo que quiera.

Era una fortuna, y ni siquiera supe por qué lo había hecho.

Aquel dolor pasaría, me dije. Tenía que pasar. Y yo debía conseguir cierto control sobre mis pensamientos, comprender que tales cosas no podían afectarme.

Al fin y al cabo, ¿dónde pasaba ahora el tiempo? En los mejores teatros de París. Tenía localidades preferentes en el ballet y en la ópera, y para las representaciones de Molière y Racine. Desde los palcos, encima mismo de las luces del proscenio, contemplaba a los grandes actores y actrices. Vestía trajes de todos los colores del arco iris, joyas en los dedos, pelucas a la última moda, zapatos con hebillas de diamantes y tacones de oro.

Y tenía la eternidad para emborracharme de las poesías que escuchaba, para emborracharme de los cantos y del giro de los brazos de la bailarina, para emborracharme del órgano resonando en la gran caverna de Notre Dame y para emborracharme de las campanas que contaban las horas para mí, para emborracharme de la nieve que caía en silencio sobre los vacíos jardines de las Tullerías.

Y cada noche me sentía menos cauteloso ante los mortales, más cómodo en su compañía.

No transcurrió ni siquiera un mes hasta que reuní el valor suficiente para hacer acto de presencia en un baile multitudinario en el Palais Royal. Venía ardiente y vigoroso tras dar cuenta de una presa y me lancé de inmediato al baile. No desperté la menor sospecha. Al contrario, las mujeres parecían atraídas por mí y me encantó el contacto con sus cálidos dedos y la suave presión de sus brazos y sus pechos.

Tras esto, empecé a deambular por los bulevares entre las multitudes vespertinas. Pasando apresuradamente por delante del local de Renaud, entraba a apretujones en otras salas a contemplar los espectáculos de marionetas, de mimos y de acróbatas. Ya no huía de la luz de las farolas. Entraba en las cafeterías a tomar un café por el mero placer de notar el calor de los dedos, y hablaba con la gente cuando me apetecía.

Incluso discutía con los hombres sobre el estado de la monarquía, y me volqué en dominar el billar y los juegos de cartas; incluso me pareció que podría, si lo deseaba, presentarme en la Casa de Tespis, comprar una localidad y deslizarme hasta el anfiteatro para ver la representación. ¡Para ver a Nicolas!

Sin embargo, no lo hice. ¿Qué era aquel sueño de acercarme a Nicolas? Una cosa era engañar a desconocidos, a hombres y mujeres que no me habían conocido, pero, ¿qué vería Nicolas si me miraba a los ojos? ¿Qué vería cuando reparara en mi piel? Además, me quedaban muchas cosas por hacer, me dije.

Cada vez estaba aprendiendo más cosas sobre mi nueva naturaleza y sobre mis poderes.

Mis cabellos, por ejemplo, eran más escasos pero más gruesos, y no crecían en absoluto. Tampoco me crecían las uñas de manos y pies, que tenían un gran brillo, aunque, si las limaba o cortaba, se regeneraban durante el día hasta la longitud que habían tenido cuando mi muerte. Y, aunque la gente no podía advertir tales secretos al verme, percibían otros detalles, un brillo innatural en los ojos, un exceso de colores reflejados en ellos y una ligera luminiscencia en mi piel.

Cuando estaba hambriento, esta luminiscencia era muy marcada. Una razón más para saciarme.

También estaba aprendiendo que podía avasallar a cualquiera con una mirada penetrante y que mi voz requería una modulación muy estricta. Tanto podía hablar en tono demasiado grave para el sonido humano, como ponerme a reír o a gritar demasiado alto y romperle los oídos a mi interlocutor.

Tenía otra dificultad: mis movimientos. Por lo general caminaba, corría, bailaba, sonreía y gesticulaba como un ser humano, pero, cuando algo me sorprendía, horrorizaba o afligía, mi cuerpo podía doblarse y contorsionarse como el de un acróbata.

Incluso mis expresiones faciales podían resultar tremendamente exageradas. Una vez, me vino a la cabeza espontáneamente el recuerdo de Nicolas y, olvidándome de que caminaba por el Boulevard du Temple, me senté bajo un árbol, encogí las rodillas y apoyé la cabeza entre las manos como un afligido duende de un cuento de hadas. Los caballeros del siglo XVIII, vestidos con levitas de brocado y medias de seda blancas, no hacían cosas como aquélla, al menos en la calle.

Y en otra ocasión, sumido en la contemplación de los cambios de la luz sobre las superficies, di un brinco hasta sentarme con las piernas cruzadas sobre el techo de un carruaje, con los codos en las rodillas.

Cosas así desconcertaban a la gente. La espantaban. Sin embargo, las más de las veces, incluso cuando se asustaban de la blancura de mi piel, sencillamente apartaban la vista. Pronto me di cuenta de que se engañaban diciéndose que todo era explicable. Era la mentalidad racionalista del siglo.

Al fin y al cabo, no había habido un caso de brujería en cien años; el último de que tenía noticia era el juicio de La Voisin, una adivinadora, quemada viva en tiempos del Rey Sol.

Y, además, estaba en París. De modo que, si rompía accidentalmente algún vaso al levantarlo, o una puerta rebotaba en la pared al abrirla, la gente suponía que estaba borracho.

Pero, de vez en cuando, respondía a la pregunta de un mortal antes de que me formulara esa pregunta, o caía en estados de estupor mirando una vela o la rama de un árbol, y permanecía inmóvil tanto tiempo que la gente me preguntaba si me encontraba mal.

Y mi peor problema era la risa. Me entraban accesos de risa que no podía detener. Los podía provocar cualquier cosa. Hasta la absoluta locura de mi propia posición podía desencadenarlos.

Incluso hoy, estos ataques pueden sucederme con bastante facilidad. No los cambia ninguna pérdida, ningún dolor, ninguna profunda comprensión de mi difícil situación.

De pronto, algo me resulta gracioso, empiezo a reír y no puedo parar.

Esto pone furiosos a los otros vampiros, por cierto. Pero eso es adelantarme en mi historia.

Probablemente, ya habréis advertido que no he hecho hasta ahora mención de otros vampiros. Lo cierto es que no encontré ninguno.

No pude encontrar ningún otro sobrenatural en todo París.

Rodeado de mortales por todas partes —justo cuando me convencía de que no era nada—, volvía a sentir de vez en cuando aquella vaga *presencia*, esquiva y enloquecedora.

Nunca llegó a ser más concreta que lo que lo fuera aquella primera noche en el camposanto junto al bosque. E, invariablemente, surgía en la vecindad de algún cementerio parisiense.

En cada ocasión me detenía, me volvía e intentaba investigarla, pero nunca tenía éxito, y *aquello* desaparecía antes de que pudiera estar seguro de que existiera. Nunca la descubría por mí mismo, y el hedor de los cementerios de la ciudad era tan nauseabundo que no podía, ni quería, entrar en ellos.

Esta sensación parecía deberse a algo más que al asco o al mal recuerdo de la mazmorra de la torre. La repulsión ante la visión o el olor de la muerte parecía formar parte de mi naturaleza.

Era tan incapaz de contemplar una ejecución como cuando era aquel muchacho tembloroso de la Auvernia, y los cadáveres me hacían cubrirme el rostro. Creo que me repugnaba la muerte a menos que fuera yo su causante. Y tenía que alejarme de mis víctimas casi inmediatamente.

Retomando el tema de la *presencia*, llegué a preguntarme si no sería alguna otra especie de ser espectral, algo que no pudiera comunicarse conmigo. Por otra parte, tuve la vívida impresión de que la *presencia* me estaba vigilando, tal vez incluso manifestándose deliberadamente a mi alrededor.

Sea como fuere, no vi más vampiros en París. Y empecé a preguntarme si acaso no podía haber más que uno de nuestra especie en cada momento. Tal vez Magnus destruyó al vampiro al que robó la sangre. Quizás había tenido que morir una vez trasmitidos sus poderes. Y también yo moriría si convertía a otro en vampiro.

Pero no, aquello no tenía sentido. Magnus había conservado una gran fortaleza incluso después de darme su sangre. Y había encadenado a su víctima vampiro tras robarle sus poderes.

Aquello era un misterio enorme y enloquecedor, pero, de momento, la ignorancia era una verdadera bendición. Y estaba haciendo buenos progresos en descubrir cosas sin la ayuda de Magnus. Tal vez ésa era la intención de Magnus. Tal vez había sido aquélla su manera de aprender, siglos atrás.

Recordé sus palabras de que en la cámara secreta de la torre encontraría todo lo necesario para progresar.

Las horas volaban mientras recorría la ciudad. Y sólo abandonaba deliberadamente la compañía de los seres humanos para refugiarme en la torre durante el día.

No obstante, empezaba a preguntarme: «Si puedes bailar con ellos, jugar al billar con ellos y hablar con ellos, ¿por qué no vas a poder vivir también entre ellos, como hacías cuando estabas vivo? ¿Por qué no hacerte pasar por uno de ellos y entrar otra vez en el tejido mismo de la vida donde está... el qué? ¡Dilo!»

Y en esto llegó casi la primavera. Las noches se hicieron más cálidas y la Casa de Tespis puso en escena una nueva función con nuevos acróbatas entre los actos. Los árboles echaban hojas de nuevo y, todos los momentos que pasaba despierto, los pasaba pensando en Nicolas.

Una noche de marzo, mientras Roget me leía la carta de mi madre, me di cuenta de que yo podía leerla tan bien como él. Sin proponérmelo siquiera, había aprendido a partir de mil fuentes distintas. Me llevé la carta a la torre.

Ni siquiera la cámara interior estaba ya tan fría y, por

primera vez, pude leer las palabras de mi madre en privado, sentado junto a la ventana. Casi pude oír su voz hablándome:

«Nicolas me escribe que has comprado el local de Renaud. Así que ahora eres el propietario de ese teatrillo del bulevar donde eras tan feliz. Pero, ¿posees todavía esa felicidad? ¿Cuándo me responderás?»

Doblé la carta y la guardé en el bolsillo. Los ojos se me llenaron de lágrimas de sangre. ¿Por qué tenía mi madre que entender tanto y, al mismo tiempo, tan poco?

11

El viento había perdido su helada fuerza y todos los olores de la ciudad volvían a la vida. Y los mercados estaban llenos de flores. Sin pensar en lo que hacía, corrí a casa de Roget a exigirle que me dijera dónde vivía Nicolas.

Sólo le echaría un vistazo para asegurarme de que estaba bien de salud, para cerciorarme de que la casa era suficientemente buena.

Estaba en la Île de Saint Louis y resultaba muy impresionante, como era mi deseo, pero todas las ventanas que daban al *quai* tenían cerradas las persianas.

Me quedé mirando la casa un largo rato mientras por el puente cercano pasaba un carruaje tras otro. Y supe que tenía que ver a Nicolas.

Empecé a escalar la pared como había subido las del pueblo y me resultó asombrosamente fácil. Escalé un piso tras otro, mucho más arriba de lo que me había atrevido hasta entonces, y luego corrí por el tejado y bajé por la fachada interior hasta la altura del piso de Nicolas.

Pasé ante un puñado de ventanas abiertas antes de llegar a la que buscaba. Y allí vi a Nicolas a la luz de la mesa donde

cenaba con Jeannette y Luchina. Estaban tomando el bocado de madrugada que solíamos hacer juntos los cuatro cuando
cerraba el teatro.

Lo primero que hice al verle fue retirarme del bastidor y
cerrar los ojos. Habría caído al vacío si mi mano derecha no
se hubiera agarrado rápidamente a la pared, como dotada de
voluntad propia. Sólo había visto la habitación por un instante, pero todos los detalles estaban fijos en mi mente.

Nicolas iba vestido con sus viejas ropas de terciopelo
verde, el elegante atavío que había llevado con tanto desparpajo por las tortuosas callejas de nuestro pueblo natal. Sin
embargo, en torno a él abundaban los signos de riqueza que
yo le había enviado, los libros encuadernados en piel de los
estantes y un escritorio con incrustaciones, presidido por un
cuadro ovalado. Y el violín italiano brillando sobre el nuevo
pianoforte.

Lucía un anillo con piedras preciosas que le había hecho
mandar y llevaba el cabello castaño atado en la nuca con un
lazo de seda negra. Estaba sentado, meditabundo, con los
codos sobre la mesa y sin probar bocado del plato de exquisita porcelana que tenía ante sí.

Poco a poco, abrí los ojos y volví a mirarle. Allí, bajo el
resplandor de la luz, quedaban de relieve sus gracias naturales: los brazos delicados pero fuertes, los ojos grandes y so-
brios y la boca que, pese a toda la ironía y todo el sarcasmo que
pudieran salir de ella, era infantil y dispuesta a ser besada.

Me pareció descubrir en él una fragilidad que jamás había percibido o entendido. No obstante, mi Nicolas parecía
inmensamente inteligente, lleno de pensamientos confusos
e intransigentes, mientras escuchaba el rápido parloteo de
Jeannette.

—Lestat se ha casado —decía la muchacha, mientras Luchina, su compañera, asentía con la cabeza—. Su esposa es
una mujer rica y él no puede revelarle que ha sido un vulgar
actor. El asunto es así de simple.

—Yo digo que le dejemos en paz —intervino Luchina—.
Ha salvado del cierre nuestro teatro y nos colma de regalos...

—No creo que sea cierto lo que dices —replicó Nicolas a Jeannette con voz amarga—. Lestat no se avergonzaría de nosotros. —En sus palabras había una rabia contenida y una profunda aflicción—. ¿Por qué se marchó como lo hizo? Yo le oí llamarme a gritos y descubrí la ventana rota en pedazos. Os aseguro que estaba medio despierto y que escuché su voz...

Un incómodo silencio cayó sobre los tres comensales. Las muchachas no daban crédito al relato de Nicolas, a su explicación de cómo me había esfumado de la buhardilla, y volver a contarlo sólo había servido para dejarle todavía más aislado y amargado. Todo esto lo pude captar escuchando los pensamientos de los reunidos.

—Vosotras no conocisteis bien a Lestat —añadió entonces Nicolas con aire desabrido, retomando la conversación con sus dos acompañantes mortales—. ¡Lestat le escupiría en la cara a cualquiera que se avergonzara de nosotros! Me envía dinero, pero, ¿qué se supone que debo hacer con él? ¡Mi viejo amigo está jugando con nosotros!

No obtuvo respuesta de las muchachas, personas prácticas y sensatas que no estaban dispuestas a hablar en contra de su misterioso benefactor. Las cosas iban demasiado bien.

Y, al prolongarse el silencio, advertí la profundidad de la angustia de Nicolas. La percibí como si estuviera asomándome a su mente. Y no pude soportarlo.

No pude soportar el hecho de sondear su mente sin que él lo supiera. Sin embargo, no podía dejar de percibir en el interior de mi amigo un inmenso territorio secreto, más tétrico de lo que nunca había soñado, y sus palabras me revelaron que esa oscuridad interior era como la que ya había percibido en él en la posada del pueblo, pero que me había tratado de ocultar entonces.

De modo que ahora, casi podía ver ese territorio secreto. Y aprecié que existía realmente más allá de su mente, como si ésta no fuera más que el pórtico de un caos que se extendía desde los límites de todo lo que conocemos.

Aquello era demasiado aterrador. No quise verlo. ¡No quería sentir lo que sentía!

¿Qué podía hacer por él? Eso era lo importante. ¿Qué podía hacer para poner fin a aquel tormento de una vez por todas?

Sí, ardía en deseos de tocarle, de rozar sus manos, sus brazos, su rostro. Quería tocar su carne con aquellos nuevos dedos inmortales. Y me descubrí susurrando la palabra «vivo». «Sí, estás vivo y eso significa que puedes morir. Y todo lo que veo cuando te miro es absolutamente insustancial, es una mescolanza de pequeños movimientos y de colores indefinibles como si carecieras de cuerpo y sólo fueras una acumulación de calor y de luz. Tú eres la luz misma; y yo, ¿qué soy ahora?»

Aunque eterno, me retuerzo como una pavesa en ese resplandor.

Pero la atmósfera de la habitación había cambiado. Luchina y Jeannette se despedían con unas frases corteses. Nicolas no les hacía caso. Se había vuelto hacia la ventana y se estaba incorporando como si le llamara una voz secreta. La expresión de su rostro era indescriptible.

¡Sabía que yo estaba allí!

En un abrir y cerrar de ojos, salté por la resbaladiza pared hasta el tejado.

Pero todavía podía *oírle* allá abajo. Volví la cabeza y observé sus manos desnudas en el alféizar. Y, a través del silencio, pude oír su pánico. ¡Había notado que yo estaba allí! Era mi presencia lo que había percibido, igual que yo percibía aquella *presencia* en los cementerios. ¿Pero cómo, se decía, podía estar allí Lestat?

Me sentía demasiado conmocionado para hacer nada. Me sujeté del canal del tejado, me tendí sobre éste, y advertí cuando se marchaban las muchachas y Nicolas se quedaba a solas. Y mi único pensamiento fue: ¿qué era, por todos los demonios, esta presencia que Nicolas había percibido?

Me refiero a que yo no era ya Lestat, sino un demonio, un poderoso y voraz vampiro. Y, pese a ello, Nicolas notaba mi presencia, la presencia de Lestat, el hombre al que había conocido.

Era algo muy distinto a cuando un mortal veía mi rostro y balbuceaba mi nombre, lleno de confusión. Nicolas había reconocido en mi naturaleza monstruosa algo que él conocía y amaba.

Dejé de escuchar sus pensamientos y, sencillamente, permanecí tendido en el tejado.

Pero supe que, abajo, Nicolas se estaba moviendo. Supe cuándo cogía el violín colocado sobre el pianoforte y cuándo se asomaba de nuevo a la ventana.

Y me cubrí los oídos con las manos.

Pese a ello, me llegó el sonido. Surgió del instrumento y desgarró la noche como si fuera un elemento reluciente, distinto al aire, la luz y la materia, que pudiera ascender hasta las propias estrellas.

Atacó las cuerdas y casi pude verle con los párpados cerrados, meciéndose a un lado y a otro con la cabeza inclinada sobre el violín como si quisiera fundirse con la música, hasta que se borró de mí toda sensación de su presencia y sólo quedó el sonido, las notas largas y vibrantes, los escalofriantes *glissandos* y el violín cantando en su propio idioma hasta hacer que pareciera falsa cualquier otra forma de hablar.

Sin embargo, conforme avanzaba, la canción se convirtió en la esencia misma de la desesperación, como si su belleza fuera una horrible coincidencia, una extravagancia sin un ápice de verdad.

¿Expresaba esto lo que Nicolas creía, lo que siempre había creído cuando yo le hablaba largo y tendido sobre la bondad? ¿Era él quien se lo hacía decir al violín? ¿Estaba, tal vez, creando deliberadamente aquellas notas largas, puras y líquidas, para decir que la belleza no significaba nada por que surgía de su desesperación, y que tampoco tenía nada que ver, en el fondo, con tal desesperación, pues ésta no era hermosa y la belleza era, por tanto, una terrible ironía?

No supe qué responder, pero el sonido se extendió más allá de Nicolas, como siempre había sucedido. Se hizo mayor que la desesperación. Se transformó sin esfuerzo en una lenta melodía, como el agua que busca su camino en la ladera de la montaña. Se hizo aún más rica y oscura y pareció haber en ella algo indisciplinado y rebelde, enorme y sobrecogedor. Permanecí tendido de espaldas en el tejado, con la mirada puesta en las estrellas.

Puntos de luz que los mortales no habrían podido ver. Nubes fantasmales. Y el sonido penetrante y desgarrador del violín finalizando la pieza lentamente, con una exquisita tensión.

No me moví.

En silencio, entendí el idioma que hablaba el violín. ¡Ah, Nicolas, si pudiéramos volver a hablar...! Si pudiéramos continuar «nuestra conversación»...

La belleza no era la perfidia que él imaginaba, sino más bien una tierra inexplorada donde uno podía cometer mil errores fatales, un paraíso salvaje e indiferente sin postes indicadores que señalaran lo bueno y lo malo.

Pese a todos los refinamientos de la civilización que conspiraban para producir arte —la mareante perfección de un cuarteto de cuerda o la irregular grandeza de los lienzos de Fragonard—, la belleza era algo salvaje. Era tan peligrosa y anárquica como había sido la Tierra eones antes de que el hombre tuviera el primer pensamiento coherente en la cabeza o escribiera el primer código de comportamiento en tablillas de arcilla. La belleza era un Jardín Salvaje.

Entonces, ¿por qué tenía que dolerle que la música más desesperada estuviera llena de belleza? ¿Por qué tenía que hacerle mostrarse cínico, triste y desconfiado?

El bien y el mal eran meros conceptos elaborados por el hombre. Y el hombre era mejor, realmente, que aquel Jardín Salvaje.

Pero tal vez, en lo más profundo de su ser, Nicolas siempre había soñado con una armonía de todas las cosas que yo había considerado imposible desde el primer momento. El sueño de Nicolas no era la bondad, sino la justicia.

De todos modos, ya no volveríamos a discutir tales cosas frente a frente. Nunca volveríamos a estar en la posada.

Perdóname, Nicolas. El bien y el mal existen todavía, y seguirán existiendo. En cambio, «nuestra conversación» ha terminado para siempre.

Sin embargo, en el mismo instante en que me retiraba del tejado y me alejaba en silencio de la Île de Saint Louis, ya sabía lo que me proponía hacer.
No quise reconocerlo, pero ya lo sabía.

La noche siguiente, ya era tarde cuando llegué al Boulevard du Temple. Venía de saciarme a gusto en la Île de la Cité y el primer acto de la representación en la Casa de Tespis ya estaba avanzado.

12

Me había vestido como para presentarme en la Corte, con brocados de plata y, sobre los hombros, una capa de terciopelo color espliego hasta la rodilla. Llevaba una espada nueva con empuñadura de plata bellamente tallada, las habituales hebillas grandes y adornadas en los zapatos, y el lazo, los guantes y el tricornio de costumbre. Llegué al teatro en un carruaje alquilado pero, no bien hube pagado al cochero, tomé el callejón trasero hasta la puerta de artistas, como siempre había hecho.

Al instante, me envolvió la familiar atmósfera del teatro, el olor de la espesa base de maquillaje y de los trajes baratos, llenos de sudor y perfumes, y el polvo. Alcancé a ver un fragmento del escenario iluminado, refulgente tras la confusión de enormes decorados, y escuché un estallido de carcajadas en la sala. Una *troupe* de acróbatas —vestidos de bufones con mallas rojas, gorras puntiagudas y cuellos colgantes con cascabeles en los extremos— esperaba al intermedio para salir a actuar.

Me sentí aturdido y, por un instante, tuve miedo. El recinto me producía la sensación de lugar cerrado y peligroso, pero resultaba maravilloso volver a estar en él. Y también crecía dentro de mí una sensación de tristeza. No; de pánico, en realidad.

Luchina me vio y soltó un chillido. Por todas partes se abrieron las puertas de los pequeños y atestados camerinos. Renaud corrió a mi encuentro y me estrechó la mano con fuerza. Donde momentos antes no había más que madera y tela, apareció un pequeño universo de excitados rostros humanos, caras llenas de sudor y rubor, y me descubrí apartándome de un candelabro humeante mientras decía apresuradamente:

—Mis ojos... Apagad eso.

—Apagad las velas. Le duelen los ojos, ¿no lo veis? —repitió Jeannette con voz urgente.

Noté sus labios húmedos entreabiertos contra mi mejilla. Me rodeaba todo el mundo, incluso los acróbatas, que no me conocían, y los viejos pintores y carpinteros del teatro, que tantas cosas me habían enseñado.

—Llamad a Nicolas —dijo Luchina, y estuve a punto de gritar «¡No!».

Los aplausos sacudían el viejo local. El telón fue bajado desde ambos lados del escenario y, al instante, mis viejos compañeros actores corrieron a mi encuentro mientras Renaud llamaba a brindar con champán.

Mantuve las manos sobre los ojos como si, cual basilisco, fuera a matar a cualquiera con sólo mirarle. Noté que se me llenaban los ojos de lágrimas y comprendí que debía enjugarlas antes de que nadie viera caer las gotas sanguinolentas. Sin embargo, estaban tan cerca de mí que no podía alcanzar el pañuelo y, presa de una súbita y terrible debilidad, pasé los brazos en torno a Jeannette y Luchina y apreté el rostro contra el de esta última. Eran como dos aves, de huesos llenos de aire y corazones como alas batientes; por un segundo, mi oído de vampiro escuchó correr la sangre por ellas, pero tal cosa me pareció una obscenidad. Me limité a rendirme a los besos y caricias, olvidando el latir de sus corazones, y a asirme a ellas, a oler su piel empolvada, a notar de nuevo la presión de sus labios.

—¡No sabe lo preocupados que nos tenía! —retumbó la voz de Renaud—. ¡Y, luego, todas esas historias sobre su buena fortuna!

Batió palmas y anunció:

—¡Atentos todos! ¡Todo el mundo! Éste es *monsieur* De Valois, propietario de este gran establecimiento teatral...

Continuó con un montón de frases pomposas y festivas, arrastrando a actores y actrices para que me besaran la mano, supongo, o el pie. Yo seguí sujeto con fuerza a las muchachas, como si, de soltarlas, fuera a estallar en pedazos. Entonces oí a Nicolas y supe que estaba apenas a un palmo de mí, mirándome, y que se alegraba demasiado de verme para seguir mostrándose dolido.

No abrí los ojos pero noté en el rostro el contacto de su mano, que luego me sujetó por la nuca con fuerza. Debían de haberle abierto paso y, cuando al fin llegó a mis brazos, me recorrió una ligera convulsión de terror, pero la luz era allí mortecina y yo me había saciado a conciencia para estar cálido y tener un aspecto humano. Pensé desesperadamente que no sabía a quién rezar para que el engaño funcionase. Y, entonces, sólo quedó Nicolas y nada más me importó.

Levanté la vista a su rostro.

¡Cómo describir el aspecto que tienen los humanos a nuestros ojos! Ya he intentado hacerlo un poco, al explicar la belleza de Nicolas la noche anterior como una mezcla de movimientos y colores. Pero no podéis imaginar qué significa para nosotros la visión de la carne viva. Por una parte están esos millones de colores y pequeñas configuraciones de movimientos que dan forma a las criaturas vivas en las que nos concentramos. Pero este resplandor se confunde totalmente con el olor de la carne. Hermosura: ésa es la impresión que nos produce cualquier ser humano, si nos detenemos a pensarlo. Incluso los viejos y los enfermos, los mendigos a los que nadie vuelve la mirada en la calle. Todos son bellos como flores en el momento de abrirse, como mariposas surgiendo eternamente del capullo.

Pues bien, todo esto vi cuando miré a Nicolas, cuando olí la sangre que latía dentro de él y, por un embriagador instante, sólo sentí amor; un amor que borró todo recuerdo de los horrores que me habían deformado. Todos mis perversos éxtasis, todos mis nuevos poderes con sus gratificaciones, me parecieron irreales. Tal vez sentí también una profunda alegría al advertir que aún podía amar, si alguna vez había dudado de ello, y que se quedaba confirmada una trágica victoria.

Me embriagó todo el viejo consuelo mortal, y había podido cerrar los ojos y perderme en la inconsciencia llevándole conmigo, o así me pareció.

Pero algo más se agitó en mi interior, y cobró fuerzas tan deprisa que mi mente discurrió aceleradamente para ponerse a su paso y negarlo cuando ya casi amenazaba con salirse de control. Y supe muy bien de qué se trataba: era algo monstruoso y enorme y tan natural para mí como ajeno me era el sol. Quería a Nicolas. Le quería tanto como a cualquier presa con la que hubiera pugnado en la Île de la Cité. Quería su sangre fluyendo en mis venas, quería su sabor y su aroma y su calor.

El teatro se estremeció de gritos y risas, mientras Renaud ordenaba a los acróbatas que continuaran con el intermedio y a Luchina que abriera el champán. Pero nosotros estábamos lejos de todo en nuestro abrazo.

El fuerte calor de su cuerpo me hizo entrar en tensión y retirarme, aunque no parecí moverme en absoluto. Y de pronto me enloqueció la idea de que aquel al que amaba tanto como a mi madre y mis hermanos, aquel que me había inspirado la única ternura que había sentido nunca, era una ciudadela inconquistable, asido firmemente a la ignorancia frente a mi sed de sangre cuando tantos cientos de víctimas se me habían entregado.

Era para esto para lo que yo servía ahora. Y aquél era el

camino que debía recorrer. ¿Qué representaban aquellos otros, los ladrones y asesinos que había abatido en la selva de París? Era esto lo que deseaba. Y la grande, pasmosa posibilidad de la muerte de Nicolas estalló en mi cerebro. Tras los párpados cerrados, la oscuridad se había vuelto rojo sangre. La mente de Nicolas vaciándose en aquel último instante, rindiendo su complejidad junto con su vida.

No podía moverme. Notaba su sangre como si la estuviera absorbiendo y dejé descansar los labios contra su cuello. Cada partícula de mi ser decía: «Tómalo, llévatelo lejos de este lugar, lejos de todo, y sáciate de él, sáciate de él hasta... hasta...» ¿Hasta cuándo? ¡Hasta que esté muerto!

Me aparté y le separé de mí. A nuestro alrededor, todos vociferaban y alborotaban. Renaud gritaba algo a los acróbatas, que seguían pendientes de lo que pasaba. Fuera, el público exigía el número del intermedio con unas palmadas acompasadas. La orquesta ensayaba el animado sonsonete que acompañaría la actuación de los acróbatas. Músculos y huesos me empujaban y se me clavaban. El lugar se había convertido en un degolladero, maloliente por los efluvios de todos aquellos seres destinados al sacrificio. Noté unas náuseas demasiado humanas.

Nicolas parecía haber perdido el dominio sobre sí mismo, y, cuando nuestros ojos se encontraron, percibí las acusaciones que emanaban de él. Noté su pesadumbre y, peor aún, su casi desesperación.

Me abrí paso entre todos ellos, dejé atrás a los acróbatas con sus cascabeles y no sé por qué me encaminé hacia las bambalinas en lugar de hacia la puerta de artistas. Quería ver el escenario. Quería ver al público. Quería penetrar más profundamente en algo para lo cual no tenía nombre ni palabra.

Pero en esos instantes estaba loco. Decir que «quería» o que «pensaba» carece de sentido.

El pecho se me alzaba y volvía a descender agitadamente y la sed era como un gato arañando para salir. Y, mientras me apoyaba en el poste de madera junto al telón, Nicolas, dolido y sin entender nada, se me acercó otra vez.

Dejé que hirviera en mí la sed. Dejé que desgarrara mis entrañas. Seguí agarrado al poste y, en un gran recuerdo, vi a todas mis víctimas, la escoria de París, eliminadas del arroyo; y comprendí la locura del plan de acción que me había propuesto, la falsedad que encerraba, y cuál era mi verdadera naturaleza. Qué sublime estupidez era haber llevado conmigo aquella miserable moralidad, haber decidido dar cuenta solamente de los condenados. ¿Qué buscaba? ¿Tal vez salvarme a pesar de todo? ¿Por quién me había tomado, por un probo colega de los jueces y verdugos de París, que ejecutan a los pobres por delitos que los ricos cometen cada día?

Había probado un vino fuerte, en jarras desportilladas y agrietadas, y ahora el sacerdote estaba ante mí al pie del altar con el cáliz de oro en las manos, y el vino de éste era la Sangre del Cordero.

Nicolas estaba hablando rápidamente:

—¿Qué sucede, Lestat? ¡Dímelo! —exclamó, como si los demás no pudieran oírnos—. ¿Dónde has estado? ¿Qué ha sido de ti? ¡Lestat!

—¡Salid al escenario! —gritó Renaud a los boquiabiertos acróbatas.

La *troupe* pasó deprisa junto a nosotros y penetró en el humeante resplandor de las luces del proscenio, iniciando una serie de saltos mortales.

La orquesta convirtió los instrumentos en trinos de pájaros. Un destello de rojo, unas mangas de arlequín, el tintineo de los cascabeles, gritos de la multitud: «¡Dadnos espectáculo! ¡Vamos, enseñadnos algo de verdad!»

Luchina me besó y contemplé su blanco cuello, sus manos como la leche. Vi las venas del rostro de Jeannette y el suave cojín de su labio inferior cada vez más cerca. El champán, servido en decenas de copas, corría por las gargantas. Renaud improvisaba una especie de discurso acerca de nuestra «sociedad» y de que la pequeña farsa aquella noche no era sino el principio y que pronto seríamos el mejor teatro de los bulevares. Me vi a mí mismo representando el papel de Lelio y oí de nuevo la tonadilla que le había cantado a Flaminia, hincado de rodillas.

Ante mí, unos pequeños mortales daban volteretas pesadamente y el público rugía cuando el jefe de la *troupe* hizo un gesto procaz con sus posaderas.

Sin darme tiempo a pensar en lo que hacía, me encontré en pleno escenario.

Estaba en el mismo centro, notando el calor de las luces y el escozor del humo en los ojos. Contemplé las abarrotadas galerías, los palcos separados por mamparas, las filas y filas de espectadores hasta la pared del fondo. Y escuché mi voz mascullando a los acróbatas la orden de que se marcharan.

Las risas me resultaron ensordecedoras: los comentarios jocosos y los gritos que acogieron mi presencia eran espasmos y erupciones y detrás del rostro de cada espectador distinguí con toda claridad una calavera sonriente. Mis labios tarareaban la cancioncilla que había interpretado en mi papel de Lelio, sólo un fragmento de la tonada, el mismo que había repetido luego en mis expediciones por las calles, «hermosa, hermosa Flaminia». Lo repetí una y otra vez, hasta que las palabras formaron un sonido ininteligible.

Por encima del tumulto se oían insultos a voz en grito.

—¡Que siga la función! —dijo una voz—. ¡Veamos qué haces, además de enseñarnos tu linda cara!

Desde la galería, alguien arrojó una manzana mordisqueada que golpeó la tarima a poca distancia de mis pies.

Me desabroché la capa violeta y la dejé caer. Hice lo mismo con la espada de plata.

La canción se había convertido en un murmullo incoherente tras mis labios cerrados, pero el frenético verso seguía martilleándome en la cabeza. Vi las tierras vírgenes de la belleza con toda su rudeza brutal, como las había percibido la noche anterior mientras Nicolas tocaba el violín, y el mundo moral me pareció un desesperado sueño de racionalidad que no tenía la menor posibilidad en aquella jungla fétida y exuberante. Fue una visión y, más que *entender*, me limité a *ver*. Sólo pensé que yo formaba parte de ello, tan natural como la gata con su expresión exquisita e impávida en el momento de clavar las uñas en el lomo de la rata chillona.

—«Mi linda cara» es la de una Parca —medio murmuré— que puede apagar todas las «breves velas», todas las almas palpitantes que llenan esta sala.

Pero las palabras ya quedaban, en realidad, fuera de mi alcance. Flotaban quizás en algún estrato donde existía un dios que entendía los colores de los dibujos de la piel de una cobra y las siete gloriosas notas que formaban la música que surgía del violín de Nicolas, pero nunca el principio más allá de la fealdad o la belleza: «No matarás.»

Cientos de rostros grasientos me miraban desde la penumbra. Pelucas andrajosas y falsas joyas y sucios aderezos, pieles como el agua fluyendo sobre huesos torcidos. Una multitud de mendigos harapientos, mancos y jorobados, lanzaba silbidos y abucheos desde la galería, con sus apestosas muletas bajo el brazo y los dientes del mismo color que las piezas de las calaveras que uno encuentra entre el polvo de las tumbas.

Extendí los brazos, doblé la rodilla y empecé a dar vueltas como saben hacer los acróbatas y los bailarines, girando y girando sin esfuerzo sobre los dedos de un pie, cada vez más deprisa, hasta detenerme en seco; entonces me doblé hacia atrás e inicié una serie de volteretas en círculo, seguidas de varios saltos mortales, imitando todo lo que había visto hacer a los volatineros en las ferias.

De inmediato surgieron los aplausos. Me sentía tan ágil como lo había estado en el pueblo, y el escenario me resultaba pequeño y engorroso. El techo parecía venírseme encima y el humo de las luces del proscenio me cercaba. La tonadilla a Flaminia volvió a mis labios y empecé a cantarla en voz alta mientras daba vueltas y saltos y giros de nuevo. Después, mirando al techo, ordené a mi cuerpo que se levantara al tiempo que flexionaba las rodillas para saltar.

En un instante, rocé las vigas y volví a caer sobre las tablas grácilmente y sin hacer ruido.

Unos jadeos se alzaron entre el público. La pequeña muchedumbre que se apretaba en las alas del teatro estaba asombrada. Los músicos del foso, que habían permanecido en silencio todo el tiempo, se miraban entre ellos. Desde su posición, podían comprobar que no había cable alguno.

Pero yo volvía a elevarme otra vez para delicia del público, esta vez dando saltos mortales durante todo el ascenso, de nuevo hasta más allá del arco pintado, para descender luego en giros aún más lentos y gráciles.

Gritos y vítores se alzaban sobre los aplausos, pero, tras los decorados, todo el mundo se había quedado mudo. Nicolas estaba al borde mismo del escenario y sus labios pronunciaban en silencio mi nombre una y otra vez.

«Tiene que ser un truco, una ilusión.» De todas partes me llegaban comentarios parecidos. Los espectadores pedían a sus vecinos que mostraran su asentimiento. El rostro de Renaud brilló delante de mí por un instante con la boca abierta y los ojos entrecerrados.

Pero yo me había puesto a bailar de nuevo y, esta vez, la gracia de la danza ya no interesaba al público. Lo advertí porque el baile se convirtió en una parodia, con cada gesto más amplio, más largo y más lento de lo que podría haber ejecutado un bailarín humano.

Alguien lanzó un grito desde las bambalinas y una voz le mandó callar. Y entre los músicos y los ocupantes de las primeras filas de butacas se alzaron unos gritos. Los espectadores se estaban poniendo nerviosos y cuchicheaban entre ellos, pero la chusma de las galerías continuó batiendo palmas.

De pronto, corrí hacia el público como si fuera a recriminarle su falta de sensibilidad. Algunos espectadores se sobresaltaron tanto que se incorporaron y trataron de escapar por los pasillos. Uno de los cornos de la orquesta dejó caer el instrumento y salió gateando del foso.

Capté la agitación, la ira incluso, en sus rostros. ¿Qué eran todos aquellos trucos? De repente, habían dejado de divertirles; no podían comprender cómo los hacía, y en mis ademanes serios había algo que les daba miedo. Por un terrible instante, noté su desamparo.

Y percibí su destino.

Una gran horda de esqueletos rechinantes envueltos en carne y harapos, sólo eso eran; y, pese a ello, hacían derroche de atrevimiento y me lanzaban gritos con irreprimible orgullo.

Levanté las manos lentamente para exigir su atención y me puse a cantar en voz muy alta y firme la tonadilla de Flaminia, mi hermosa Flaminia, entonando un mal pareado tras otro y dejando que la voz se hiciera más y más sonora, hasta que, de pronto, la gente empezó a ponerse en pie frente a mí, gritando, pero seguí cantando todavía más alto hasta enmudecer cualquier otro sonido con un insoportable rugido y verles a todos, a los cientos de espectadores, derribando los bancos de butacas y llevándose las manos a los costados de la cabeza.

Sus bocas eran muecas, gritos mudos.

Se produjo un tumulto de gritos y maldiciones mientras todos pugnaban por abrirse paso hacia las puertas. Las cortinas fueron arrancadas de sus barras y algunos hombres se dejaron caer desde las galerías para ganar la calle.

Detuve la terrible cantinela.

En un resonante silencio, me quedé contemplando los cuerpos débiles y sudorosos que escapaban torpemente en todas direcciones. El viento soplaba por las puertas abiertas y noté una extraña frialdad en las extremidades, junto a la impresión de tener los ojos de cristal.

Sin mirar, cogí la espada y me la coloqué al cinto otra vez; después, con un dedo, levanté la capa, arrugada y llena de polvo, por el cuello de terciopelo. Estos gestos parecieron tan grotescos como todo lo demás que había hecho y no le di ninguna importancia a que Nicolas estuviera luchando por desasirse de dos de los actores, que le sujetaban temiendo por su vida mientras él pronunciaba una y otra vez mi nombre.

Sin embargo, algo entre todo aquel caos captó mi atención. Me pareció importante —terriblemente importante, en realidad— que en uno de los palcos abiertos hubiera una figura puesta en pie que no hacía el menor intento por escapar, o ni siquiera por moverse.

Me volví lentamente y le miré frente a frente, retándole, me pareció, a quedarse allí. Era un anciano, y sus empañados ojos grises me taladraban con terca indignación; mientras le miraba fijamente, me oí a mí mismo emitiendo un poderoso rugido con la boca muy abierta. El sonido parecía surgir del fondo de mi alma y se hizo más y más potente hasta que los pocos espectadores que aún quedaban abajo volvieron a cubrirse los oídos, paralizados; incluso Nicolas, que corría hacia mí, se encogió ante el doloroso sonido, asiéndose la cabeza entre las manos.

Y, pese a todo, el anciano continuó inmóvil en el palco, terco e indignado y con una mirada colérica, frunciendo el entrecejo bajo la peluca gris.

Di un paso atrás, crucé de un salto el vacío local y fui a aterrizar en el mismo palco, frente al hombre. A pesar de sus esfuerzos, se quedó boquiabierto y con los ojos horriblemente desorbitados.

Parecía desfigurado por la edad, con los hombros hundidos y las manos deformes, pero la viveza de sus ojos no reflejaba vanidad ni concesión alguna. Cerró la boca con fuerza, echando hacia delante la barbilla. Y sacó de debajo de la levita una pistola con la que me apuntó, sosteniéndola con ambas manos.

—¡Lestat! —gritó Nicolas.

Pero el disparo sonó y la bala me dio de pleno. Permanecí de pie, tan firme como antes lo había estado el viejo, y el dolor me atravesó y cesó, dejando tras su estela una terrible tensión en todas mis venas.

De la herida manó sangre. Manó como nunca la había visto hacerlo. Me empapó la camisa y noté que también se derramaba por mi espalda. La tensión se hizo cada vez más fuerte y una especie de escozor empezó a extenderse por la superficie de mi espalda y de mi tórax.

El anciano me observó, desconcertado. Le cayó la pistola

de la mano, inclinó la cabeza hacia atrás con los ojos cerrados y el cuerpo encogido como si le hubieran extraído el aire, y se derrumbó en el suelo.

Nicolas había subido corriendo las escaleras y entraba en aquel instante en el palco. De su boca surgía un murmullo histérico, convencido de haber sido testigo de mi muerte.

Y permanecí callado, escuchando mi cuerpo en esa terrible soledad que me había acompañado desde que Magnus me hiciera un vampiro. Y supe que las heridas ya habían desaparecido.

La sangre estaba secándose en mi chaleco de seda y en la espalda de mis ropas desgarradas. El cuerpo me latía donde me había atravesado la bala y mis venas seguían vivas con la misma tensión, pero la herida ya se había cerrado.

Y Nicolas, volviendo a sus cabales al verme, advirtió que estaba ileso aunque la razón le decía que tal cosa era imposible.

Le aparté a un lado y me dirigí a las escaleras. Nicolas se lanzó contra mí y le repelí de un empujón. No podía soportar su olor ni su presencia.

—¡Aléjate de mí! —exclamé.

Pero él se acercó de nuevo y me pasó el brazo por el cuello. Tenía el rostro congestionado y un horrible sonido surgía de su garganta.

—¡Suéltame, Nicolas! —le amenacé.

Si le sacudía con excesiva fuerza, le desencajaría los brazos o le rompería el espinazo.

Romperle el espinazo...

Nicolas soltó un gemido, tartamudeó y, durante una atormentadora fracción de segundo, los sonidos que emitía fueron tan terribles como los de mi yegua en la montaña, mientras agonizaba aplastada en la nieve como un insecto.

Apenas supe lo que hacía cuando me desasí de sus manos.

Cuando salí al bulevar, la multitud se dispersó gritando. Renaud se adelantó corriendo hacia mí, a pesar de las manos que intentaban disuadirle.

—¡*Monsieur!*

Me tomó la mano para besarla y se detuvo al ver la sangre.

—No es nada, mi querido Renaud —le dije, muy sorprendido de la firmeza de mi voz y de su suavidad. Sin embargo, cuando me disponía a hablar de nuevo, algo me distrajo. Algo a lo que, me dije vagamente, debía prestar atención. Pese a ello, continué diciendo—: No le dé importancia, mi querido Renaud. Es sangre falsa, sólo una ilusión. Todo ha sido una ilusión, un truco teatral. El drama de lo grotesco: sí, de lo grotesco.

Y de nuevo surgió aquella distracción, algo que podía percibir entre todo aquel tumulto de gente apretándose para acercarse, pero no demasiado. Nicolas, desconcertado, me miraba con intensidad.

—Siga con sus obras —decía yo al empresario, casi incapaz de concentrarme en mis palabras—. Siga con los acróbatas, las tragedias y sus representaciones más civilizadas, si lo prefiere.

Saqué del bolsillo un fajo de billetes y lo deposité en su mano vacilante. Arrojé unas monedas de oro al pavimento. Los actores se lanzaron a recogerlas con cierto temor. Pasé la mirada por la multitud para descubrir el origen de aquella extraña distracción, para saber qué era aquello. No se trataba de Nicolas, que me contemplaba con el ánimo abatido desde la puerta del teatro desierto. No, era algo a la vez familiar y desconocido, que tenía que ver con las tinieblas.

—Contrate los mejores actores —hablaba casi balbuciendo—, los mejores músicos, los grandes pintores de decorados.

Más billetes. Mi voz recuperaba ya su firmeza, la voz de un vampiro; distinguí de nuevo las muecas y las manos en alto, pero todos temían que les viera taparse los oídos. «¡No existe límite, NINGÚN LÍMITE, a lo que puedes hacer aquí!»

Me alejé, arrastrando la capa y acompañado del desagradable sonido de la espada, mal envainada. Algo surgido de las tinieblas.

Y, cuando me adentré apresuradamente en la primera calleja y empecé a correr, supe que lo que había oído, lo que me había distraído, había sido sin la menor duda la familiar *presencia*, esta vez entre la multitud.

Lo supe por una sencilla razón: Ahora estaba corriendo por las callejuelas poco concurridas más deprisa de lo que podía hacerlo cualquier mortal, y la *presencia* mantenía las distancias. ¡Y la *presencia* era más de una!

Hice un alto cuando estuve seguro de ello.

Sólo estaba a una milla del bulevar, y la sinuosa calleja en la que me encontraba era más estrecha y oscura que ninguna de las que había recorrido nunca. Entonces *los* escuché hasta que, brusca y conscientemente, parecieron enmudecer.

Yo estaba demasiado nervioso y me sentía demasiado mal como para ponerme a jugar con ellos. Estaba demasiado desconcertado y grité la vieja pregunta:

—¿Quién va? ¡Hablad! —En las ventanas próximas, los cristales vibraron. Los mortales se agitaron en sus pequeñas alcobas. Allí no había ningún comentario—. Respondedme, hatajo de cobardes. ¡Hablad, si tenéis voz, o apartaos de mí de una vez por todas!

Y entonces supe, aunque no sabría explicar cómo, que ellos podían oírme y responderme, si querían. Y supe que aquello que había percibido repetidamente era la irreprimible evidencia de su proximidad y de su intensidad, que no podían ocultar. En cambio, sí podían poner un velo sobre sus pensamientos, y así lo habían hecho. Quiero decir con ello que poseían inteligencia, y también palabras.

Exhalé un largo y profundo suspiro.

Su silencio me atormentó, pero mil veces me afligía lo que acababa de suceder y, como tantas veces había hecho en el pasado, les volví la espalda.

Las *presencias* me siguieron. Esta vez me siguieron y, por muy deprisa que yo avanzara, se mantuvieron siempre a la misma prudente distancia.

Y no dejé de percibir su extraña, trémula y átona presencia hasta que llegué a la Place de Grève y entré en la catedral de Notre Dame.

Pasé el resto de la noche en la catedral, acurrucado en un rincón en sombras junto al muro de la derecha. Estaba hambriento debido a la sangre perdida, y cada vez que se acercaba un mortal sentía una fuerte tensión y un intenso escozor donde había recibido la herida.

Sin embargo, esperé.

Y cuando se acercó una joven mendiga con su hijito, supe que había llegado el momento. La mujer vio la sangre seca e insistió, casi frenética, en acompañarme al hospital cercano, el Hôtel Dieu. Tenía el rostro demacrado por el hambre, pero trató de incorporarme con sus débiles brazos.

La miré a los ojos hasta que vi helarse su mirada. Noté el calor de sus pechos sobresaliendo bajo los harapos. Su cuerpo suave y apetitoso se apoyó contra el mío, ofreciéndoseme, y la envolví en mis brocados manchados de sangre. La besé, aspirando su calor mientras apartaba las sucias ropas de su garganta, y me incliné a beber con tal habilidad que el niño dormido no llegó a darse cuenta. Después abrí con dedos temblorosos la sucia camisa del chiquillo. Aquel tierno cuellecito también fue mío.

El éxtasis fue imposible de describir. Hasta entonces había gozado todo el placer que podía proporcionarme la fuerza. En cambio, aquellas víctimas habían sido mías en el acto más parecido a la entrega amorosa. La misma sangre parecía más cálida en su inocencia, más rica en su bondad.

Después contemplé a mis víctimas, durmiendo juntas el sueño de la muerte. Aquella noche, la catedral no había sido un santuario para ellas.

Y supe que mi visión del jardín de belleza había sido una visión real. En el mundo había propósito, sí, y leyes, e inevitabilidad, pero todo ello sólo tenía que ver con la estética.

Y en aquel Jardín Salvaje, los seres inocentes como mis víctimas estaban destinados a los brazos de un vampiro. Mil cosas más pueden decirse del mundo, pero únicamente los principios estéticos pueden ser verificados, y sólo ellos permanecen iguales.

Ahora ya estaba preparado para volver a casa. Y, cuando

salí al aire de la madrugada, supe que había caído la última barrera entre el mundo y mi apetito.

Ahora, ya nadie estaba a salvo de mí, por inocente que fuera. Y eso incluía a mis apreciados amigos del teatro de Renaud. E incluía a mi querido Nicolas.

13

Quise que se marcharan de París. Quise que desaparecieran los carteles y que las puertas cerraran; quise que se hicieran el silencio y la oscuridad en el teatrillo donde había conocido la mayor y más sostenida felicidad de mi vida mortal.

Ni siquiera una docena de víctimas inocentes en una noche podía hacerme dejar de pensar en ellos, ni eliminar el dolor que sentía dentro. Todas las calles de París me conducían a su puerta.

Y me invadía una terrible vergüenza cuando pensaba en mi actuación ante ellos. ¿Cómo podía haberles asustado de aquel modo? ¿Por qué necesitaba probarme a mí mismo con tal violencia que jamás podría volver a ser parte de ellos?

No. Yo había comprado el local de Renaud. Y lo había convertido en el lugar de más éxito del bulevar. Ahora, lo cerraría.

Con todo, no se trataba de que nadie sospechara nada. Ellos habían creído las excusas simples y estúpidas que les había dado Roget, que si acababa de regresar de las calurosas colonias del trópico y que si el buen vino de París se me había subido a la cabeza. De nuevo, mucho dinero para compensar los perjuicios.

Sólo Dios sabe qué pensaron realmente, pero el hecho fue que la noche siguiente continuaron con el espectáculo de costumbre. Y las hastiadas multitudes del Boulevard du Temple encontraron, sin duda, una docena de explicaciones lógicas a la confusión producida. Bajo los castaños había cola.

Sólo Nicolas se negaba a aceptar todo aquello. Se había lanzado a beber y se negaba a volver al teatro y a seguir estudiando música. Cuando Roget se presentaba de visita, le recibía con insultos. Frecuentaba los peores cafés y tabernas y deambulaba solitario por las calles nocturnas más peligrosas.

Bueno, eso tenemos en común, me dije.

Roget me puso al corriente de todo esto mientras yo paseaba por la habitación a conveniente distancia de la vela de su mesa. Mi rostro era una máscara que ocultaba mis auténticos pensamientos.

—El dinero no significa mucho para ese joven, monsieur —me dijo el abogado—. Él mismo me ha recordado que ha tenido mucho en su vida. Dice cosas que me inquietan, monsieur. No me gustan sus palabras.

Roget parecía un personaje de un cuento infantil con su gorro y su camisa de dormir, descalzo y con las piernas al aire; porque, una vez más, le había despertado en plena noche y no le había dado tiempo de peinarse o tan siquiera de ponerse las zapatillas.

—¿Qué palabras son ésas? —pregunté.

—Habla de brujería, monsieur. Dice que usted posee poderes extraordinarios. Habla de La Voisin y de la *Chambre Ardente*, un viejo proceso de brujería de tiempos del Rey Sol. Era una bruja que preparaba hechizos y pócimas para miembros de la Corte.

—¿Quién creería ahora semejante basura? —repliqué, aparentando absoluta incredulidad, aunque, a decir verdad, se me había erizado el vello de la nuca.

—Murmura cosas amargas, monsieur —continuó Roget—. Que la especie de usted, como él dice, siempre ha tenido acceso a grandes secretos. Habla repetidamente de un lugar de su pueblo, llamado el lugar de las brujas.

—¡Mi especie!

—Bueno, dice que usted es un aristócrata, monsieur —añadió Roget con cierta incomodidad—. Cuando un hombre está enfadado como lo está monsieur De Lenfent, estas cosas llegan a ser importantes. Sin embargo, no comenta sus sospechas con otros. Sólo me las cuenta a mí. Dice que usted comprenderá por qué le desprecia. ¡Por negarse a compartir con él sus descubrimientos! Sí, monsieur, sus descubrimientos. No deja de hablar de La Voisin, de cosas entre el cielo y la tierra para las cuales no hay explicaciones racionales. Y afirma saber ahora por qué gritaba y lloraba usted en ese lugar de las brujas.

Por un instante, no fui capaz de mirar a Roget. ¡Era una deliciosa perversión de todo el asunto! Y, sin embargo, daba justo en la diana. Qué soberbio, y qué absolutamente irrelevante. A su modo, Nicolas tenía razón.

—Monsieur, es usted el más amable de los hombres... —empezó a decir Roget.

—Ahórrese, por favor...

—Verá, monsieur De Lenfent dice cosas fantásticas, cosas que no debería mencionar ni siquiera en estos tiempos. Dice que vio cómo una bala le atravesaba el cuerpo y que debería estar muerto.

—La bala no me alcanzó —repliqué—. Roget, no continúe con esto. Haga que se vayan de París todos esos cómicos.

—¿Que se vayan? —preguntó el abogado—. ¡Pero si ha invertido muchísimo dinero en esa pequeña empresa...!

—¿Y qué? ¿A quién le importa eso? Envíelos a Londres, a Drury Lane. Ofrezca a Renaud la cantidad suficiente para comprar un teatro en Londres. Desde allí podrán viajar a América, actuar en Santo Domingo, Nueva Orleans y Nueva York. Hágalo, monsieur. No me importa cuánto cueste. ¡Cierre de una vez mi teatro y consiga que la compañía se marche de la ciudad!

Así desaparecería el dolor, ¿no era eso? Dejaría de verles a todos apiñados a mi alrededor tras las bambalinas, dejaría de pensar en Lelio, el chico de provincias que se encargaba de vaciar los orinales y disfrutaba con ello.

Roget parecía profundamente tímido. «¿Qué debería parecerle, —me dije—, trabajar para un lunático bien vestido que le pagaba el triple de lo que cualquiera le daría, para luego hacer caso omiso de sus consejos y opiniones profesionales?»

«Nunca lo sabré —me respondí a mí mismo—. Jamás volveré a saber qué significa ser un humano mortal.»

—En cuanto a Nicolas —añadí—, le convencerá usted de que viaje a Italia, y ahora voy a explicarle cómo.

—Monsieur, resulta difícil persuadir a su amigo incluso de que se cambie de ropas.

—Esto será más sencillo. Ya sabe usted que mi madre está muy enferma. Pues bien, convenza a Nicolas de que la lleve a Italia. Es una idea perfecta: él podría muy bien estudiar música en los conservatorios de Nápoles, y precisamente es allí donde debería ir mi madre.

—Es cierto que su amigo mantiene correspondencia con ella... Le tiene un gran afecto.

—Precisamente. Convénzale de que ella no podría hacer ese viaje sin su compañía. Ayúdele a efectuar todos los preparativos, monsieur. Nicolas debe abandonar París y le encargo a usted que se ocupe de ello. Le doy de plazo hasta final de semana y entonces volveré para tener noticias de su marcha.

Naturalmente, aquello era exigir mucho del abogado, pero no se me ocurría nada más. Los comentarios de Nicolas sobre actos de brujería no me preocupaban, desde luego, puesto que nadie los creería, pero yo estaba convencido de que, si no abandonaba París, Nicolas iría perdiendo la razón poco a poco.

Con el transcurso de las noches, tuve que luchar conmigo mismo todas las horas que pasaba en vela, para reprimir el impulso de ir a verle, de arriesgarme a un último contacto con él.

Me limité, pues, a aguardar a la fecha marcada; sabía muy bien que estaba perdiendo para siempre a Nicolas y que éste jamás averiguaría la causa de nada de cuanto había sucedido.

Yo, que una vez había elevado mi voz contra la insensatez de nuestra existencia, le expulsaba ahora de la ciudad sin la menor explicación. Era una injusticia que tal vez le atormentaría hasta el final de sus días.

«Es mejor eso que la verdad», dije mentalmente a Nicolas. «Quizás ahora comprendía un poco mejor todas nuestras ilusiones. Y si Nicolas podía convencer a mi madre de viajar a Italia, si ella estaba todavía a tiempo de emprender el camino...»

Mientras, pude comprobar personalmente que la Casa de Tespis cerraba sus puertas. En un café cercano, oí comentar la partida de la compañía con rumbo a Inglaterra. Esta parte de mis planes quedaba, por tanto, cumplida.

Fue cerca ya del amanecer del octavo día cuando, finalmente, acudí de nuevo a la puerta de Roget y llamé a la campanilla.

El abogado me abrió más pronto de lo que yo esperaba, con un aire nervioso y aturdido bajo su acostumbrada camisa de dormir blanca de franela.

—Me empieza a gustar su indumentaria, monsieur —dije cansadamente—. Creo que no confiaría en usted ni la mitad de lo que confío si me recibiera con camisa, calzones y levita...

—Monsieur —me interrumpió Roget—, ha sucedido algo totalmente inesperado...

—Antes de nada, respóndame: ¿han llegado sin novedad a Inglaterra Renaud y los demás?

—Sí, monsieur. Ya se encuentran en Londres, pero...

—¿Y Nicolas? ¿Ha acudido junto a mi madre en la Auvernia? Dígame que sí, que ya se ha marchado.

—¡Déjeme explicar, monsieur! —exclamó el abogado.

Tras esto, guardó silencio. Y, de forma absolutamente inesperada, vi la imagen de mi madre en su mente.

De haber reparado en ello, habría sabido a qué se refería Roget. Que yo supiera, el hombrecillo no había puesto jamás sus ojos en mi madre. Entonces, ¿cómo podía tener su imagen en la cabeza? Sin embargo, en aquellos momentos, yo no razonaba. De hecho, la razón me había abandonado.

—¿No habrá...? No me cstará usted diciendo que ya es demasiado tarde, ¿verdad? —murmuré.

—Monsieur, permítame ir a por el abrigo... —dijo Roget sin aclarar nada, al tiempo que hacía sonar la campanilla.

Y de nuevo capté en su mente la imagen de mi madre, su rostro enjuto y pálido, tan vívidamente que no pude soportarlo.

Agarré a Roget por los hombros.

—¡Usted la ha visto! ¡Está aquí!

—Sí, monsieur. Está en París. Lo llevaré hasta ella inmediatamente. El joven de Lenfent me informó que venía, pero no he podido dar con usted, monsieur. Nunca sé cómo ponerme en contacto con usted. Su madre llegó ayer.

Yo estaba demasiado abrumado para responder. Me hundí en el sillón y las imágenes que guardaba de mi madre resplandecieron en mi cabeza con un fuego tal que eclipsó todo cuanto emanaba del hombrecillo. ¡Está viva y en París! ¡Y Nicolas aún seguía en la ciudad, y estaba con ella!

El abogado se acercó a mí y alargó el brazo como si fuera a tocarme:

—Adelántese usted mientras me visto, monsieur. Su madre está en la Île de Saint Louis, tres puertas a la derecha de monsieur Nicolas. Tiene que acudir enseguida.

Le dirigí una mirada estúpida. En realidad, ni siquiera le veía. Estaba viendo a mi madre. Quedaba menos de una hora para el amanecer y el regreso a la torre me llevaría tres cuartos, por lo menos.

—Mañana... mañana por la noche... —creo que murmuré. Me vino a la memoria un verso de *Macbeth*, de Shakespeare—: «... Mañana y mañana y mañana...»

—¡Monsieur!, ¿no lo entiende? Su madre no hará ningún viaje a Italia. Ella ha hecho su último viaje viniendo aquí a verle.

Al comprobar que no respondía, me asió con sus manos

y probó a sacudirme. Nunca había visto al abogado de aquella manera. En aquel instante, a sus ojos, yo era un muchacho y él era un adulto que tenía que devolverme a mis cabales.

—Le he buscado alojamiento, enfermeras, médicos, todo lo que pudiera necesitar —explicó—. Pero no consiguen que su estado mejore. Es usted quien la mantiene viva, monsieur. Quiere verle antes de cerrar los ojos por última vez. Olvídese de la hora y acuda a su lado. Ni siquiera una voluntad tan fuerte como la de su madre puede obrar milagros.

No le pude responder. Era incapaz de coordinar un pensamiento coherente.

Me puse en pie y fui hasta la puerta, arrastrando al hombrecillo conmigo.

—Vaya a verla ahora mismo —le ordené—. Dígale que estaré con ella esta próxima noche.

El abogado sacudió la cabeza, enojado y disgustado, y trató de volverme la espalda.

No dejé que se soltara.

—Vaya inmediatamente, Roget —insistí—. Permanezca con ella todo el día, ¿entiende bien?, y ocúpese de que espere... ¡de que espere mi llegada! Esté atento a si se duerme. Si empieza a agonizar, despiértela y háblele. ¡Pero no permita que muera antes de que yo me presente!

TERCERA PARTE

VIÁTICO PARA LA MARQUESA

1

En la jerga propia de los vampiros, yo soy un madrugador. Me levanto cuando el sol apenas se ha hundido tras el horizonte y el cielo todavía está envuelto en el resplandor rojizo del crepúsculo. Muchos vampiros no se levantan hasta que la oscuridad es total y, por tanto, tengo una ventaja tremenda en este aspecto, y en que deben volver a sus tumbas una hora, o más, antes que yo. No lo he mencionado hasta aquí porque entonces no lo sabía, ni sería un detalle de importancia hasta mucho después.

Pero, la noche siguiente, yo cabalgaba ya camino de París cuando el cielo aún parecía arder.

Antes de introducirme en el sarcófago me había ataviado con las mejores galas que poseía, y, a lomos de mi montura, perseguía ahora el sol poniente en dirección a París.

La ciudad parecía arder, tan aterradora y brillante era la luz para mí, hasta que por fin crucé al galope el puente detrás de Notre Dame, entrando en la Île de Saint Louis.

No había pensado qué haría o diría a mi madre, ni cómo le ocultaría mi secreto. Sólo sabía que tenía que verla y estar con ella mientras aún tuviera tiempo. No me atrevía a pensar abiertamente en su muerte. El hecho tenía la rotundidad de una catástrofe y pertenecía al cielo encendido. Y tal vez me dominaba un impulso propio de un común mortal: la creencia de que, si podía satisfacer su último deseo, de algún modo tendría el horror bajo mi control.

La noche absorbía ya las últimas gotas de sangre de la luz cuando encontré la casa en el *quai*.

Era una mansión bastante elegante. Roget había escogido bien. Un criado me esperaba a la puerta para acompañarme al piso superior. En el rellano de éste salieron a mi encuentro dos doncellas y una enfermera.

—Monsieur De Lenfent está con ella, monsieur —dijo ésta—. Su madre ha insistido en vestirse para verle. Y ha querido sentarse junto a la ventana para contemplar las torres de la catedral. Le ha visto llegar a caballo por el puente, monsieur.

—Apague todas las velas de la estancia, menos una —le ordené—. Y dígales a monsieur De Lenfent y a mi abogado que salgan.

Roget salió al instante; luego, apareció Nicolas.

También él se había vestido especialmente para ella, con un brillante traje de terciopelo rojo, su habitual camisa fina de lino y guantes blancos. Su reciente caída en la bebida le había dejado más delgado, casi macilento, pero eso hacía más vívida su hermosura. Cuando nuestras miradas se encontraron, la suya reflejaba un rencor que me destrozó el corazón.

—La marquesa se encuentra un poco más fuerte hoy, monsieur —me informó Roget—, pero tiene fuertes hemorragias. El doctor dice que no...

Se detuvo y volvió el rostro a la alcoba de la enferma. Capté con claridad sus pensamientos. Mi madre no pasaría de aquella noche.

—Hágala volver a la cama, monsieur. Lo antes posible.

—¿Por qué tengo que hacerlo? —repliqué con voz mortecina, casi en un murmullo—. Quizás ella prefiera morir junto a la maldita ventana. ¿Por qué diablos no?

—¡Monsieur! —me imploró Roget en un cuchicheo.

Quise decirle que se marchara con Nicolas.

Pero algo me estaba sucediendo. Penetré en el pasillo y miré hacia la alcoba. Ella estaba allí dentro. Noté un profundo cambio físico en mi interior y me vi incapaz de moverme o decir algo. Ella estaba allí dentro y se estaba muriendo de verdad.

Todos los pequeños sonidos del piso se convirtieron en un zumbido. Vi, a través de la puerta de doble hoja, una hermosa alcoba, una cama pintada de blanco con dosel dorado y unas cortinas del mismo dorado en las ventanas y, en los cristales superiores de éstas, el firmamento con las últimas y levísimas hebras rosadas de las nubes. Pero todo resultaba confuso y ligeramente horrible: tanto el lujo que yo había querido proporcionarle como el hecho de que ella estuviera a punto de sentir que su cuerpo se colapsaba. Me pregunté si tal cosa la enloquecía o si la hacía reír.

Apareció el doctor, y la enfermera se acercó a decirme que sólo quedaba una vela encendida, como había dispuesto. El olor de las medicinas llegó hasta mí mezclado con un perfume a rosas y *me di cuenta de que estaba oyendo los pensamientos de mi madre.*

Sentía yo como el sordo pálpito de su mente mientras esperaba, de sus huesos doloridos y sus músculos flacos. Para ella, estar allí sentada con las máximas comodidades en el mullido sillón tapizado de terciopelo significaba un dolor insoportable.

¿Pero qué era lo que pensaba, bajo aquella desesperada expectación? «Lestat, Lestat, Lestat...»: eso fue lo que escuché. Y, más profunda todavía, una súplica:

«Que el dolor sea aún más intenso, porque sólo cuando sea realmente insoportable desearé morir. Ojalá el dolor se haga tan terrible que me alegre de morir y no sienta tanto miedo. Ojalá sea tan insoportable que no sienta miedo.»

—Monsieur —el doctor me tocó en el brazo—, dice que no quiere recibir al sacerdote.

—No... no lo recibirá.

Ella había vuelto el rostro hacia la puerta. Si no entraba inmediatamente, ella se levantaría para venir hacia mí, por mucho que le doliera.

Me pareció estar paralizado, pero, pese a todo, me abrí paso entre el doctor y las enfermeras, penetré en la estancia y cerré las puertas.

El olor de la sangre.

Estaba sentada a la pálida luz violácea de la ventana, bellamente vestida de tafetán azul marino, con una mano en el regazo y la otra en el brazo del sillón, y con su espesa cabellera amarilla recogida detrás de las orejas, con dos cintas rosas de modo que los rizos se desparramaban sobre sus hombros. En sus mejillas había un levísimo toque de colorete.

Durante un espantoso momento, me pareció que la estaba viendo cuando yo era un chiquillo. Era muy hermosa. Ni el tiempo ni la enfermedad habían alterado la simetría de su rostro ni la belleza de su cabello. Una sobrecogedora sensación de felicidad se adueñó de mí en ese instante, la cálida ilusión de que era mortal otra vez, de que había recuperado la inocencia y de que estaba de nuevo con ella, y de que todo estaba bien, de que todo estaba real y verdaderamente bien.

La muerte y el miedo no existían, y sólo estábamos ella y yo en su alcoba, y ella me tomaría suavemente en sus brazos. Me detuve.

Yo había llegado muy cerca de ella y la vi llorar cuando levantó la cabeza. El vestido parisiense le apretaba demasiado en la cintura y tenía una piel tan fina e incolora en el cuello y las manos que no pude soportar su visión, mientras sus ojos se alzaban hacia mí desde una cara que parecía casi amoratada. Olí en ella la muerte. Olí la putrefacción.

Pero estaba radiante, y era mía; era la misma de siempre, y así se lo dije en silencio con todas mis fuerzas: que era tan hermosa como en mi primer recuerdo de ella, cuando todavía llevaba sus viejas ropas finas y se vestía con sumo detalle y me llevaba encima de su regazo a la iglesia en el coche.

Y en aquel extraño momento en que le daba a conocer todo aquello, lo mucho que la quería, me di cuenta de que ella *me oía*, y me respondía que ella me amaba y siempre me había amado.

Era la respuesta a una pregunta que no había llegado a hacer. Y ella se dio cuenta de la importancia del hecho: sus ojos eran serenos, inalterados.

Si llegó a advertir lo extraño de la situación, de aquel poder hablarnos sin palabras, no lo exteriorizó en absoluto.

Seguramente no lo llegaba a comprender del todo. Debía de haber notado únicamente una efusión de amor.

—Ven aquí para que pueda verte como eres ahora —me dijo.

La vela estaba junto a su brazo, en el alféizar. Con gesto parsimonioso, la apagué con los dedos. Vi que fruncía el entrecejo bajando sus rubias cejas, y sus ojos azules se abrieron un poco más mientras observaba mi figura, el brillante brocado de seda y el encaje que había escogido para lucir ante ella, y la espada que llevaba al cinto con su empuñadura enjoyada, bastante imponente.

—¿Por qué no querías verme? —preguntó—. He venido a París para eso. Vuelve a encender la vela.

Pero en sus palabras no había ánimo de reprimenda. Yo estaba allí, a su lado, y eso le bastaba.

Me arrodillé a sus pies. Tenía pensada una vulgar conversación mortal sobre si debía viajar a Italia con Nicolas, pero, antes de que pudiera hablar, con toda claridad, se adelantó a decir:

—Demasiado tarde, querido mío. No completaría jamás el viaje. Ya he hecho suficiente camino.

Una punzada de dolor la hizo detenerse, ciñéndola por el talle donde le apretaba el vestido y, para ocultarme su sufrimiento, puso una cara muy inexpresiva. Cuando lo hizo, parecía una muchacha, y, de nuevo, olí en ella la enfermedad, el deterioro de sus pulmones y los coágulos de sangre.

Su mente fue presa de un pánico desbocado. Quería decirme a gritos que tenía miedo. Quería rogarme que la cogiera en mis brazos y me quedara con ella hasta que todo hubiera pasado, pero no pudo hacerlo, y, para asombro mío, advertí que ella pensaba que la rechazaría. Que era demasiado joven y atolondrado para comprender nada.

Aquello era la agonía.

Ni siquiera fui consciente de que me apartaba de ella, pero me había retirado al otro lado de la estancia. Pequeños detalles estúpidos se me incrustaron en la conciencia: las ninfas jugando en la pintura del techo, los elevados tiradores dorados de las puertas y la cera fundida de las blancas velas, en forma de frágiles estalactitas que deseé desprender y estrujar en mis manos. El lugar me pareció horrible, adornado con exceso. ¿Le desagradaría a ella? ¿Preferiría estar de nuevo en aquellas desiertas estancias de piedra?

En todo momento pensaba en ella como si hubiera «mañana y mañana y mañana...». Volví la vista a ella, a su majestuosa figura sujeta al alféizar. El cielo había oscurecido tras ella, y una nueva luminosidad, la de las lámparas de la casa, de los carruajes que transitaban y de las ventanas cercanas, rozó suavemente el pequeño triángulo invertido de su fino rostro.

—¿No puedes contármelo? —dijo en voz baja—. ¿No puedes decirme cómo ha sucedido? Nos has proporcionado a todos una gran felicidad, pero, ¿qué tal te va a ti? ¡A ti!

Incluso el simple hecho de hablar le causaba dolores.

Creo que estuve a punto de engañarla, de crear alguna potente emanación de contento y satisfacción gracias a los poderes que había adquirido. Estaba dispuesto a contar mentiras mortales con una habilidad inmortal, a hablar y hablar y a tratar de que cada palabra fuera la más perfecta. Sin embargo, algo sucedió en el silencio.

No creo que permaneciera callado más de un instante, pero algo cambió dentro de mí. Se produjo un cambio asombroso. En un instante, vi una vasta y aterradora posibilidad, y, en ese mismo momento, sin titubeos, tomé una decisión.

Una decisión que carecía de palabras, planes o preparativos. Si alguien me hubiera preguntado en aquel momento, habría negado tenerlos. Habría dicho: «No, nunca, nada más lejos de mis pensamientos. ¿Por quién me habéis tomado, qué clase de monstruo creéis que soy...?» Y, sin embargo, la elección estaba hecha.

Entendí algo absoluto.

Las palabras de mi madre se habían desvanecido por completo; volvía a ser presa del miedo y de los dolores, y, a pesar de éstos, se incorporó del sillón.

Vi cómo resbalaba de sus piernas el cobertor y me di

cuenta de que venía hacia mí y que yo debía evitarlo. Vi sus manos cerca de mí, extendidas adelante para tocarme, y lo siguiente que supe fue que ella había saltado hacia atrás como si la arrastrara un viento impetuoso.

Tras retroceder unos pasos arrastrando los pies por la alfombra, chocó contra la pared más allá del sillón. Sin embargo, rápidamente recobró la compostura como obligándose a ello, y en su rostro no hubo ningún temor, aunque el corazón le latía aceleradamente. Su reacción fue más bien de asombro, y, después, de desconcertada calma.

Si algo pensé en ese instante, no sé qué sería. Me acerqué a ella con la misma decisión que ella había mostrado al avanzar hacia mí. Midiendo todas sus reacciones, me aproximé hasta quedar a la misma distancia que nos separaba cuando ella había dado el salto hacia atrás. Mi madre me miraba la piel y los ojos; de pronto, alargó la mano y me tocó el rostro.

«¡No estás vivo!» Tal fue la aterradora exclamación que surgió silenciosamente en su mente. «Estás cambiado en otra cosa, pero NO ESTÁS VIVO.»

Sin palabras, respondí que no. No era como ella pensaba, y le envié un frío torrente de imágenes, una sucesión de instantáneas de lo que había pasado a ser mi existencia. Escenas, cortes del tejido de la noche parisiense, la sensación de una cuchilla rajando el mundo sin el menor sonido.

Ella exhaló el aliento con un ligero siseo. El dolor descargó el puño en sus entrañas y abrió las garras. Mi madre tragó saliva y apretó los labios para ocultar su agonía, mirándome con ojos verdaderamente ardientes. Por fin había comprendido que aquella comunicación no eran meras sensaciones, sino auténticos pensamientos.

—¿Cómo, entonces? —quiso saber.

Y, sin pensar muy bien lo que estaba haciendo, le expliqué la historia paso a paso: la ventana rota por la que había sido arrebatado por la figura fantasmal que me había acechado en el teatro, los sucesos de la torre y el intercambio de sangre. Le hablé de la cripta donde dormía, del tesoro, de mis andanzas, de mis poderes y, sobre todo, de la naturaleza de mi sed. El sabor de la sangre, la sensación que producía, lo que significaba que todas las pasiones y toda la voracidad se concentraran en aquel único deseo, y que éste sólo obtuviera satisfacción, una y otra vez, bebiendo y matando.

La enfermedad la devoraba por dentro, pero mi madre ya no notaba el dolor. Me miraba fijamente, y los ojos eran lo único que quedaba de ella. Y aunque yo no había tenido intención de revelar tales cosas, descubrí que había tomado su frágil figura entre mis manos y que me estaba dando la vuelta de modo que la luz de los carruajes que circulaban con estruendo por el *quai* me diera de pleno en el rostro.

Sin apartar los ojos de ella, extendí una mano para agarrar el candelabro de plata del alféizar, y, levantándolo lentamente, doblé el metal con los dedos hasta dejarlo retorcido y lleno de bucles.

La vela cayó al suelo.

Mi madre puso los ojos en blanco un instante, se deslizó hacia atrás apartándose de mí, y, al tiempo que se agarraba de las cortinas de la cama con la mano izquierda, escapó de sus labios, en un gran acceso silencioso, un borbotón de sangre procedente de sus pulmones. Vi cómo sus fuerzas cedían hasta quedar de rodillas mientras la sangre manchaba todo el costado del lecho adoselado.

Contemplé el objeto de plata retorcido que tenía yo en las manos, aquel metal retorcido que no significaba nada. Lo dejé caer y observé a mi madre, la vi luchar contra la inconsciencia y el dolor, limpiarse de pronto la boca con gestos torpes en las sábanas, como un borracho vomitando, mientras iba derrumbándose hasta el suelo, incapaz de sostenerse.

Yo estaba de pie ante ella, contemplándola, y su pasajera angustia dejó de tener importancia frente a la propuesta que le hice en aquel preciso instante. Una vez más, no hubo palabras sino sólo mudos pensamientos, y una pregunta, más inmensa de lo que podría formularse nunca en voz alta: *¿Quieres venir conmigo ahora? ¿QUIERES INTRODUCIRTE EN ESTO CONMIGO?*

No te oculto nada, ni mi ignorancia ni mi miedo ni el simple pánico a fallar si lo intento. Y ni siquiera sé si puedo transmitir mi naturaleza más de una vez o cuál es el precio a pagar por hacerlo, pero correré el riesgo por ti, y los dos lo descubriremos juntos, sean cuales sean el misterio y el terror que pueda guardar, como he descubierto solo todo lo demás.

Y ella, con todo su ser, respondió que sí.

—¡Sí! —exclamó de pronto en un grito casi ebrio, con una voz que quizás había sido siempre la suya, pero que yo no había escuchado nunca. Sus párpados se cerraron con fuerza mientras volvía la cabeza a derecha e izquierda—. ¡Sí!

Me incliné hacia delante y besé la sangre que surgía de sus labios abiertos. El contacto me provocó un hormigueo en las extremidades y la sed estalló impetuosa. Mis brazos se cerraron en torno a su cuerpo liviano y la levantaron más y más, hasta que los dos estuvimos en pie, abrazados junto a la ventana, y el cabello le caía por la espalda; un nuevo acceso de sangre brotó de sus pulmones, pero ahora ya no tenía importancia.

Nos envolvieron todos los recuerdos de mi vida con ella, formando en torno a nosotros un velo que nos aislaba del mundo: los tiernos poemas y canciones de la infancia, la sensación de su presencia sin palabras cuando sólo había un parpadeo de luz en el techo sobre sus almohadas, y el aroma de su piel embriagándome y su voz acallando mis sollozos, y luego el odio que había sentido por ella y la necesidad de su presencia, y su alejamiento tras un millar de puertas cerradas, y sus crueles respuestas, y el terror que me había producido y su complejidad y su indiferencia y su energía indefinible.

Y en todo instante, surgiendo con fuerza en el flujo de pensamientos, la sed. Una sed no abrasadora, pero que daba calor a cada imagen de mi madre hasta convertirla en sangre, en madre, en amante, en todas las cosas, en todo cuanto yo había deseado jamás, bajo la cruel presión de mis labios y mis dedos. Hundí mis colmillos en ella, noté cómo jadeaba y se ponía tensa y advertí que mi boca se abría, glotona, para recoger toda la sangre caliente cuando ésta manó de su cuello.

Su corazón y su alma se abrieron de par en par. En su interior no tenía edad alguna, no había un solo instante.

Mi razón se nubló y parpadeó y dejaron de existir mi madre, mis triviales necesidades y mis despreciables temores; ella era, simplemente, quien era. Era Gabrielle.

Y toda su vida acudió en su defensa: los años y años de sufrimiento y soledad, la consunción en aquellas cámaras húmedas y vacías a las que había sido condenada, los libros que eran su solaz, los hijos que la habían devorado y abandonado, y el dolor y la enfermedad, sus últimos enemigos, que simulaban ser sus amigos con la promesa de liberarla. Y más allá de palabras e imágenes surgían el latido secreto de su pasión, su asomo de locura, su negativa a la desesperación.

Yo seguía sosteniéndola, manteniéndola en pie, con los brazos cruzados detrás de su fino cuello y acunando su cabeza entregada en mi mano. Cada vez que la sangre brotaba de su garganta, yo emitía un gemido estentóreo que formaba una canción al compás de los latidos de su corazón. No obstante, éste estaba perdiendo fuerzas demasiado deprisa. La muerte se acercaba y la mujer se resistió a ella con todas sus fuerzas, hasta que yo, en un último esfuerzo por contenerme, la aparté de mí sin soltarla y la sostuve, inmóvil, frente a mí.

Me sentí desfallecer. La sed deseaba el corazón de mi presa. Aquella sed no era ningún invento de algún alquimista. Y me quedé allí inmóvil, con los labios abiertos y los ojos borrosos mientras la sostenía lejos de mí, como si en mi interior hubiera dos seres, uno que quisiera estrujarla y otro que deseara cuidarla y protegerla.

Sus ojos, muy abiertos, parecían ciegos. Por un instante, se hallaba en algún lugar más allá de todo sufrimiento, donde no existía más que dulzura e incluso algo que podía ser comprensión. Sin embargo, a continuación, la oí llamarme por mi nombre.

Me llevé la muñeca derecha a los labios, me reventé una vena a mordiscos y apreté la herida contra sus labios. Ella no se movió mientras la sangre se derramaba en su lengua.

—Bebe, madre —dije frenéticamente mientras apretaba el brazo con más fuerza todavía.

Noté como si ya hubiera empezado a producirse algún cambio.

Sus labios vibraban, su boca se adhirió a mí y el dolor me sacudió de pronto, envolviendo mi corazón.

Su cuerpo se estiró, se puso en tensión, y su mano izquierda me asió la muñeca mientras tragaba el primer sorbo. Y el dolor se hizo más y más intenso hasta casi hacerme soltar un alarido. Lo noté como un chorro de metal fundido que corriera por mis vasos, extendiéndose por todas las fibras de mi cuerpo. Pero sólo era ella que tiraba de mí, que me chupaba, que me quitaba la sangre que yo acababa de sacarle. Ya volvía a mantenerse en pie por sí misma y su cabeza apenas se apoyaba en mi pecho. Me invadió un profundo entumecimiento mientras ella seguía chupando con gran vehemencia y noté que el corazón se me desbocaba ante esa sensación de aturdimiento, potenciando mi dolor al tiempo que aumentaba su sed con cada nuevo latido.

Chupó y chupó cada vez con más ímpetu, cada vez más deprisa, y noté que me asía muy fuerte, con un renovado vigor en su cuerpo. Pensé en obligarla a apartarse, pero no lo hice, y, cuando las piernas me fallaron, fue ella quien tuvo que sostenerme. Me sentía mareado y la habitación me daba vueltas, pero ella continuó con lo suyo, y un vasto silencio se extendió en todas direcciones a partir de mí hasta que, sin ninguna voluntad ni convicción, la aparté de un empujón.

Dio unos pasos inseguros y se detuvo ante la ventana con sus largos dedos extendidos sobre la boca abierta. Y antes de volverme y derrumbarme sobre un sillón cercano, contemplé con detalle por unos instantes su cara pálida y me pareció ver cómo su cuerpo se hinchaba bajo la ligera tela de tafetán azul marino. Sus ojos eran dos globos de cristal que captaban la luz.

Creo que en aquel instante murmuré «Madre», como un vulgar mortal, antes de cerrar los ojos.

2

Estaba sentado en el sillón. Me pareció que llevaba dormido toda una eternidad, pero no había dormido un solo instante. Estaba en el castillo, en el hogar de mi padre.

Busqué a mi alrededor el atizador del fuego y mis perros, y si quedaba un poco de vino, y entonces advertí las cortinas doradas a los lados de las ventanas y la parte de atrás de Notre Dame recortada contra el cielo estrellado. Y la vi a ella.

Estábamos en París. E íbamos a vivir para siempre.

Ella tenía algo entre las manos. Otro candelabro. Un mechero de yesca. Estaba de pie, muy erguida, y sus movimientos eran rápidos. Prendió una chispa y la aplicó a las velas una a una. Las llamitas se avivaron y las flores de papel pintado de las paredes se alzaron hasta el techo y las bailarinas de éste se movieron por un instante para, rápidamente, quedar paralizadas de nuevo formando un círculo.

Me volví hacia ella. Estaba frente a mí con un candelabro a su derecha y la cara blanca y perfectamente tersa. Las bolsas oscuras bajo sus ojos habían desaparecido, y, de hecho, todos sus pequeños defectos e imperfecciones se habían borrado, aunque no sabría deciros de qué defectos podría tratarse. A mis ojos, ahora era perfecta.

Las arrugas que le había dado la edad se habían reducido, y, al mismo tiempo, curiosamente, se habían hecho más profundas, de modo que tenía pequeñas arrugas gestuales en el rabillo de ambos ojos y otra muy fina a cada lado de la boca. En los párpados conservaba sólo unas pequeñísimas bolsas —lo cual realzaba su simetría, la sensación de que su rostro se componía de triángulos—, y sus labios mostraban el tono rosa más pálido que se pueda imaginar. Tenía el aspecto delicado de un diamante cuando atrapa un rayo de luz. Cerré los ojos y volví a abrirlos, y comprobé que todo aquello no era una ilusión, igual que tampoco lo era el silencio de ella. Y advertí que su cuerpo había experimentado cambios aún más profundos. Volvía a tener la plenitud de su juventud. Los pechos que la enfermedad había marchitado, ahora abultaban sobre el tafetán azul marino del corsé, con una piel de un rosa tan pálido y sutil que habría podido reflejar la luz. Pero su cabello resultaba aún más asombroso, porque parecía tener vida propia. Eran tantos los colores que se movían en él, que casi parecía retorcerse; millones de finísimas hebras agitándose en torno a su rostro y su garganta, de un blanco impoluto.

Las marcas de la garganta habían desaparecido.

Ya no quedaba nada por hacer, salvo el acto final de valor. Mirarla a los ojos.

Mirar con aquellos ojos de vampiro a otro ser como yo, por primera vez, desde que Magnus saltara a la hoguera.

Debí de hacer algún ruido, porque ella reaccionó ligeramente. Gabrielle. Desde ese instante, aquél era el único nombre con que podría llamarla.

—Gabrielle —le dije.

Jamás la había llamado así, salvo en alguno de mis pensamientos más íntimos, y vi que me sonreía.

Me miré la muñeca. La herida había desaparecido, pero la sed gritaba en mi interior. Las venas me respondían como si les hubiera hablado. Miré a Gabrielle y vi que movía los labios en una ligera mueca de hambre. Y ella me dirigió una extraña expresión cargada de intención como si dijera «¿no me entiendes?». Pero no escuché nada. Silencio. Sólo la belleza de sus ojos mirándome de frente, y acaso el amor con el que nos contemplábamos, pero acompañados de un silencio que se extendía en todas direcciones, que no ratificaba nada. No podía entenderlo. ¿Estaba cerrándome su mente? La interrogué en silencio, pero no pareció captar mi pregunta.

—¡Ahora! —exclamó, y su voz me sobresaltó.

Era más suave y sonora que antes. Por un instante volvimos a estar en la Auvernia, caía la nieve y ella me cantaba, y el eco repetía la nana como en una gran cueva. Pero esto había muerto.

—Vamos... —dijo—. Acabemos con todo esto, deprisa... ¡Ahora! —Asintió con la cabeza para persuadirme, se acercó y me tiró de la mano—. Mírate en el espejo —susurró por fin.

Pero yo sabía bien lo que vería. Le había dado más sangre de la que le había extraído a ella. Estaba debilitado. Ni siquiera me había saciado antes de acudir a verla.

Con todo, estaba tan sorprendido por el sonido de sus palabras, la breve visión de la nieve cayendo y el recuerdo de la canción infantil, que, por un instante, no respondí. Observé sus dedos que tocaban los míos. Vi que nuestra carne era idéntica. Me incorporé del sillón y tomé sus dos manos, y luego toqué sus brazos y su rostro. ¡Lo había hecho y seguía vivo! Y ella estaba *conmigo* ahora. Había llegado a aquella terrible soledad y estaba allí, junto a mí. De pronto, no tuve otro pensamiento que abrazarla, estrecharla contra mí y no permitir que nunca se fuera.

La levanté del suelo, la mecí en mis brazos y juntos dimos vueltas y vueltas.

Ella echó la cabeza hacia atrás y empezó a reír inconteniblemente, cada vez más alto, hasta que le cubrí la boca con la mano.

—Con esa voz puedes hacer añicos todos los cristales de la estancia —le susurré, con la vista vuelta hacia la puerta, tras la cual estaban Nicolas y Roget.

—¡Pues que se hagan añicos! —replicó, y en su expresión no había nada de humorístico.

La deposité de pie en el suelo. Creo que nos abrazamos una y otra vez, casi como dos tontos. No pude contenerme de hacerlo.

Pero había otros mortales en el piso. El doctor y las enfermeras se hallaban también tras la puerta, cavilando sobre si debían entrar o no.

Vi que Gabrielle miraba a la puerta. Ella también los estaba oyendo. Entonces, ¿por qué no podía escucharme a mí?

Se apartó de mi lado mientras pasaba su mirada de un objeto a otro. Asió de nuevo el candelabro y lo acercó al espejo, donde se contempló a su luz.

Comprendí lo que le estaba sucediendo. Necesitaba tiempo para ver y calcular con su nueva visión. Pero teníamos que salir del piso.

Escuché la voz de Nicolas a través de la pared, urgiendo al médico a que llamara a la puerta.

¿Cómo iba a hacer para salir de allí y librarme de ellos?

—No, por ahí no —dijo ella al ver que miraba hacia la puerta.

Sus ojos repasaban la cama, los objetos colocados sobre la mesa. Se acercó a la cama y sacó sus joyas de debajo de la almohada. Las examinó y volvió a guardarlas en una gastada bolsa de terciopelo. Después, ató la bolsa a la falda de modo que se perdiera entre los pliegues de la ropa.

Había un aire de importancia en aquellos pequeños gestos. Comprendí que aquello era lo único que le importaba de la estancia, aunque su mente no me lo reveló ni por un instante. Estaba despidiéndose de sus cosas, de los vestidos que había traído consigo, de su querido cepillo de plata y su peine, de los libros manoseados de la mesilla junto a la cama.

Llamaban a la puerta.

—¿Por qué no por ahí? —me preguntó, y, volviéndose hacia la ventana, abrió los cristales con gesto enérgico.

La brisa movió las cortinas doradas y le levantó el cabello junto a la nuca, y, cuando se dio la vuelta, me estremecí al contemplar la cabellera enmarañada en torno al rostro, los ojos muy abiertos y llenos de mil y un fragmentos de color y una luz casi trágica. Vi que no le tenía miedo a nada.

La tomé en mis brazos y, por un instante, no la dejé desasirse. Hundí el rostro en sus cabellos, y, de nuevo, lo único que me pasó por la cabeza fue que estábamos juntos y que ya nada nos separaría jamás. No entendía su silencio, la razón de que no la *oyera*, pero tuve la certeza de que no era cosa suya, y creí que tal vez pasaría. Ella estaba conmigo. Y aquél era el mundo. La muerte era mi comandante y podía entregarle mil víctimas, pero a ella se la había arrebatado de las manos. Lo dije en voz alta. Dije otras cosas desesperadas y sin sentido. Los dos éramos idénticos seres terribles y mortíferos que vagábamos por el Jardín Salvaje y traté de inculcarle con imágenes el sentido de aquel Jardín Salvaje, pero no importaba que no lo entendiera.

—El Jardín Salvaje.

Repitió las palabras en tono reverencial, con una suave sonrisa en los labios. Me retumbaba en la cabeza. Noté que me besaba y me murmuraba no sé qué cuchicheo como acompañamiento de sus pensamientos.

—Pero ahora ayúdame —me dijo—. Quiero verte *hacerlo*. Ahora. Después nos queda la eternidad para abrazarnos. Vamos.

La sed. Debía de estar ardiendo. Yo necesitaba sangre imperiosamente y ella ansiaba probarla, de eso estaba seguro. Porque recordé que yo lo había deseado desde la primera noche. En aquel instante, me sorprendió que el dolor de su muerte física... los fluidos evacuando su cuerpo... pudiera aminorarse si primero bebía.

Hubo nuevas llamadas a la puerta, que no estaba cerrada.

Trepé al alféizar de la ventana, le tendí la mano y, de inmediato, la tuve en mis brazos. No pesaba nada, pero noté la firmeza, la tenacidad de su abrazo. Con todo, cuando vio la calleja a sus pies, la altura de la pared y el *quai* al fondo, pareció titubear por un segundo.

—Échame los brazos al cuello —le dije— y agárrate fuerte.

Escalé las piedras llevándola colgada sobre el vacío, con su rostro levantado hacia el mío, hasta que alcanzamos las resbaladizas pizarras del tejado.

Después la tomé de la mano y tiré de ella, corriendo más y más deprisa sobre los canalones y las chimeneas, cruzando a saltos las estrechas callejas, hasta que alcanzamos el otro extremo de la isla. Había esperado escuchar en cualquier momento un grito, o notar que me agarraba con más fuerza, pero ella no tenía el menor miedo.

Al detenernos, permaneció erguida y silenciosa contemplando los tejados de la Rive Gauche y el río salpicado de miles de oscuras barcas llenas de seres andrajosos; por un instante, pareció que gozaba simplemente del viento que alborotaba sus cabellos. Habría podido caer extasiado contemplándola, estudiando cada uno de los aspectos de su transformación, pero me dominaba una inmensa urgencia por llevarla a recorrer la ciudad, por enseñarle todas las cosas que yo había aprendido. Ahora, ni ella ni yo sabíamos qué era el agotamiento físico, y Gabrielle no estaba sobrecogida por ningún horror como había sido mi caso cuando Magnus se había arrojado a la hoguera.

Un carruaje se acercaba a buena velocidad por el *quai*, muy escorado hacia el río y con el cochero agachado hacia delante, tratando de mantener el equilibrio sobre el elevado pescante. Tomé de nuevo la mano de Gabrielle y le indiqué el vehículo cuando lo tuvimos cerca.

Saltamos cuando pasó por debajo y aterrizamos sin hacer ruido en la capota de cuero. El cochero, atareado, ni siquiera se volvió. Sujeté a mi compañera, ofreciéndole apoyo, hasta que los dos estuvimos bien colocados, dispuestos para saltar del vehículo cuando lo decidiéramos.

Hacer aquello con ella resultaba indescriptiblemente apasionante.

Atravesamos al galope el puente y dejamos atrás la catedral, abriéndonos paso entre la multitud en el Pont Neuf. Escuché de nuevo la risa de Gabrielle y me pregunté qué pensaría la gente de los pisos superiores si nos veía, dos figuras vistosamente ataviadas que se sostenían en el techo inestable del carruaje como un par de chiquillos traviesos encima de una balsa.

El carruaje cambió de dirección y continuó su marcha apresurada hacia St. Germain-des-Prés, dispersando a la muchedumbre a nuestro paso y bordeando el cementerio de Les Innocents, con su insoportable hedor, hasta adentrarse por unas calles estrechas de elevados edificios de viviendas.

Por un instante, percibí el fulgor mortecino de la *presencia*, pero desapareció tan deprisa que dudé de mí mismo. Volví la cabeza y no pude captar de nuevo el tenue resplandor. Entonces me di cuenta con extraordinaria claridad de que Gabrielle y yo podríamos hablar juntos sobre aquella *presencia*, que podríamos conversar juntos sobre cualquier cosa y que podríamos hacerlo todo juntos. Aquella noche era, a su modo, tan cataclísmica como la noche en que Magnus me había transformado. Y apenas acababa de empezar.

El barrio que cruzábamos ahora era perfecto. Volví a asir la mano de Gabrielle, tiré de ella para saltar juntos del carruaje y aterrizamos en la calzada.

Mi compañera contempló desconcertada las ruedas del vehículo, que desaparecieron de la vista casi al instante. La apariencia de Gabrielle, más allá de sus cabellos revueltos, resultaba imposible: una mujer arrancada de su tiempo y de su lugar, vestida solamente con unas chinelas y un vestido, libre de cadenas, libre para ir y venir a su antojo.

Penetramos en un angosto callejón y corrimos juntos, cogidos por el talle. De vez en cuando, la observaba, y veía que sus ojos recorrían las paredes que se alzaban sobre nosotros, la multitud de ventanas cerradas por entre cuyas persianas se filtraban pequeños rayos de luz.

Yo sabía qué era lo que ella veía, qué eran los sonidos que captaban sus oídos. En cambio, seguí sin *oír* nada procedente de ella y me asustó un poco la idea de que quizás estuviera cerrándose deliberadamente a mis tanteos.

Gabrielle se detuvo. Por la expresión de su rostro comprendí que estaba sufriendo el primer espasmo de su muerte.

La animé y le recordé en breves palabras la visión que le había mencionado antes.

—Será un dolor poco duradero, nada en comparación con el que has soportado hasta hoy. Desaparecerá en cuestión de horas; tal vez menos, si podemos beber enseguida.

Ella asintió, más impaciente que asustada ante tal posibilidad.

Fuimos a salir a una plazuela. En la verja de una vieja casa vi a un joven que parecía esperar a alguien, con el cuello de su abrigo gris levantado para protegerse el rostro.

¿Sería Gabrielle lo bastante fuerte para reducirle? ¿Tendría ella tanta fuerza como yo? Era el momento de comprobarlo.

—Si la sed no te empuja a hacerlo, es aún demasiado pronto para ti —le indiqué.

La miré de nuevo y me recorrió un escalofrío. Su mirada de concentración era tan fija, tan resuelta, que parecía casi puramente humana; y sus ojos estaban ensombrecidos por la misma sensación de tragedia que ya había percibido antes. Gabrielle no se perdía un solo detalle. Sin embargo, cuando avanzó hacia el hombre, no hubo en ella nada de humano. Se convirtió en un puro depredador, como sólo puede serlo una fiera, aunque siguiera ofreciendo el aspecto de una simple mujer caminando lentamente hacia un hombre; mejor aún, de una dama abandonada en plena calle, sin capa ni sombrero, ni acompañantes, que se acercaba a un caballero como si se dispusiera a pedirle ayuda. Todo esto era Gabrielle.

Me sobrecogió de espanto verla avanzar por los adoquines de la calle como si ni siquiera los rozara, comprobar cómo todas las cosas, incluso los mechones de su cabello mecidos por la brisa en una dirección y otra, parecían de algún modo sometidas a su dominio. Me dio la impresión de que, con aquel paso inexorable, mi nueva congénere podría hasta haber atravesado las paredes.

Me retiré a un rincón en sombras.

El hombre se fijó en la mujer que se le aproximaba, se volvió hacia ella con un ligero crujido del tacón de la bota sobre los adoquines, y la mujer se puso de puntillas como para cuchichearle algo al oído. Me pareció verla vacilar por un instante. Tal vez se sentía ligeramente horrorizada. De ser así, ello indicaba que la sed no había llegado a su punto culminante. Pero, si realmente tuvo alguna duda, ésta no duró más de un segundo. Muy pronto, vi que tenía apresado al hombre y que éste era impotente para resistirse. También yo estaba demasiado fascinado como para hacer otra cosa que observar.

Sin embargo, de pronto me vino a la cabeza que no había avisado a Gabrielle acerca de lo del corazón, que no debía llegar hasta el extremo de dejar de latir. ¿Cómo podía haber olvidado algo así? Corrí hacia ella, pero ya había soltado a su presa, y el joven se había derrumbado junto a la tapia con la cabeza ladeada y el sombrero caído a sus pies. Estaba muerto.

Gabrielle se quedó mirándole y aprecié el efecto de la sangre en su interior, calentándola e intensificando el rosado de su piel y el rojo de sus labios. Cuando me miró, sus ojos eran un destello violeta, reflejo casi exacto del color que tenía el cielo cuando yo había entrado en su alcoba aquella noche. Continué contemplándola en silencio mientras ella observaba con un aire de curiosidad y asombro a su víctima, como si no terminara de aceptar lo que veía. Volvía a tener el cabello enredado, y lo aparté de su rostro.

Se deslizó entre mis brazos y la conduje lejos de su víctima. Ella volvió la cabeza un par de veces y, por fin, miró resueltamente hacia delante.

—Por esta noche, es suficiente. Tenemos que regresar a la torre —le dije.

Deseaba enseñarle el tesoro y estar a solas con ella en aquel reducto seguro; deseaba estrecharla en mis brazos y consolarla si empezaba a perder el dominio de sí misma. De nuevo, los espasmos agónicos la asaltaban. Allí, en la torre, podría descansar a mi lado junto al fuego.

—No, no quiero ir todavía —replicó—. El dolor no durará mucho, tú me lo has prometido. Quiero que pase pronto y luego seguir aquí. —Alzó la vista hacia mí y sonrió—. Vine a París para morir, ¿recuerdas? —añadió en un susurro.

Todo a nuestro alrededor distraía su atención: el muerto envuelto en su abrigo gris y desplomado junto a la tapia, el reflejo del cielo en la superficie de un charco, el paso de un gato por la parte superior de una pared cercana. La sangre seguía moviéndose en el interior de Gabrielle, llenándola de una sensación de calor. Así su mano y la insté a seguirme.

—Tengo que beber —le expliqué.

—Sí, claro —susurró ella—. Esa presa debería haber sido para ti. Debería haberme dado cuenta... Además, incluso en estas circunstancias, tú eres el hombre...

—El hombre famélico —añadí con una sonrisa—. No caigamos en el desatino de inventar unas normas de urbanidad para monstruos.

Solté una carcajada. La habría besado, pero algo me distrajo de pronto y le apreté la mano con demasiada fuerza.

A lo lejos, en la dirección de les Innocents, escuché la *presencia* con más nitidez que nunca.

Gabrielle permaneció tan muda como yo, y, ladeando lentamente la cabeza, se apartó el cabello del oído.

—¿Oyes eso? —le pregunté.

Ella levantó la vista hacia mí al instante.

—¡Es *otro*! —exclamó. Entrecerró los ojos y volvió a mirar en la dirección de la que procedía el efluvio—. ¡Proscritos! —añadió en voz alta.

—¿Qué?

Proscritos, proscritos, proscritos. Sentí una oleada de aturdimiento, como si recordara algo salido de un sueño. Un fragmento de un sueño. Pero era incapaz de pensar con claridad, pues me había desgastado mucho transformando a la mujer en uno de mi especie. Era *necesario* saciar mi sed.

—*Eso* nos ha llamado proscritos —dijo ella—. ¿No lo has oído?

Tras esto, volvió a prestar atención a las lejanas palabras, pero la *presencia* había desaparecido ya, y ninguno de los dos volvimos a captarla; incluso dudé de si sería cierto que había captado aquel nítido pensamiento, *proscritos*, ¡pero había parecido muy real!

—Sea lo que sea, no importa —afirmé—. Jamás se acerca a más de esta distancia. —No obstante, mientras pronunciaba estas palabras, me di cuenta de que en esta ocasión la *presencia* había resultado más virulenta que nunca y deseé alejarme enseguida de les Innocents—. Sea lo que sea, eso vive en los cementerios —murmuré—. Tal vez no pueda vivir en otro lugar... por mucho tiempo.

Antes de que pudiera terminar la frase, no obstante, volví a sentir de nuevo la *presencia y* me pareció que se expandía y rezumaba más malevolencia de la que nunca antes había apreciado en ella.

—¡Está burlándose! —susurró Gabrielle.

Estudié la expresión de su cara y comprendí, sin la menor duda, que ella captaba la *presencia* con mucha más claridad que yo.

—¡Desafíale! ¡Llámale cobarde! —indiqué a mi compañera—. ¡Exígele que salga!

Gabrielle me dirigió una mirada de sorpresa.

—¿De veras es eso lo que quieres? —me preguntó en un leve susurro.

Vi que era presa de un ligero temblor y la ayudé a sostenerse mientras se llevaba una mano al vientre como si sufriera un nuevo espasmo.

—Dejémoslo entonces —respondí—. No es el momento adecuado. Ya volveremos a oír esa voz más adelante, cuando casi nos hayamos olvidado de que existe.

—Ahora ha desaparecido —añadió ella—. Pero ese ser nos odia...

—Alejémonos de aquí —insistí en tono despectivo.

Después, pasando el brazo en torno a su cintura, la obligué a acelerar el paso.

Guardé para mí lo que estaba pensando, lo que me preocupaba mucho más que la *presencia* y sus trucos de costumbre. Si Gabrielle podía escucharla igual que yo, o con más nitidez todavía, era que poseía todos mis poderes, incluida la capacidad para emitir y recibir imágenes y pensamientos. ¡Y, sin embargo, no podíamos *oírnos* entre nosotros!

3

Encontré una víctima no bien cruzamos el río y, tan pronto como la hube escogido, me di entera cuenta de que todo cuanto había hecho a solas hasta entonces, lo seguiría haciendo en adelante con Gabrielle. En esta ocasión, ella podría observar mi actuación y sacar enseñanzas de ella. Creo que la intimidad de la experiencia hizo que me subiera la sangre al rostro.

Mientras atraía a mi presa a la salida de la taberna, mientras jugaba con el desgraciado hasta volverle loco y luego daba cuenta de él, fui consciente de que estaba haciendo ostentación delante de mi madre, añadiendo a la cacería un poco más de crueldad, un toque casi travieso. Y cuando saboreé la muerte, ésta tuvo tal intensidad que me dejó exhausto durante un rato.

A ella le encantó la escena. Lo observó todo como si pudiera absorber la visión del mismo modo en que absorbía la sangre. Nos abrazamos de nuevo y la tomé en mis brazos y noté su calor igual que ella notó el mío. La sangre invadía mi cerebro y los dos nos quedamos apretados el uno contra el otro, como dos estatuas ardientes en la oscuridad. Incluso la fina envoltura de nuestras ropas nos parecía extraña.

Tras esto, la noche perdió toda dimensión normal. De hecho, sigo recordándola como una de las noches más largas que he pasado en toda mi vida inmortal.

Fue una noche interminable, vertiginosa e insondable, y hubo momentos en los que deseé tener alguna defensa contra sus placeres y sus sorpresas, pero no encontré ninguna.

Y, aunque repetí su nombre una y otra vez para acostumbrarme, ella ya no era realmente Gabrielle para mí. Era simplemente *ella*, la que había necesitado toda mi vida con todo mi ser. Era la única mujer a la que había amado siempre.

Su muerte real no se prolongó mucho.

Buscamos un sótano vacío y nos quedamos en él hasta que todo hubo terminado. Y allí la sostuve entre mis brazos y le hablé mientras sucedía. Volví a contarle, esta vez con palabras, todo lo que me había sucedido.

Le hablé con detalle de la torre y repetí todo cuanto Magnus me había dicho. Le expliqué todas las manifestaciones de la *presencia* y cómo casi me había acostumbrado a ella y el desprecio que me inspiraba y mi decisión de no perseguirla. Probé una y otra vez a enviarle imágenes mentales, pero resultó inútil. No hice ningún comentario al respecto. Ella tampoco, pero siguió mis explicaciones con mucha atención.

Le comenté las sospechas de Nicolas, quien, por supuesto, no le había mencionado nada al respecto. Añadí que ahora aún temía más por él. Otra ventana abierta, otra habitación vacía, y, esta vez, varios testigos para corroborar lo extraño que resultaba todo el asunto.

Pero no importaba: ya me ocuparía de contarle a Roget algún cuento que resultara convincente. Ya encontraría algún medio de engatusar a Nicolas, de romper la cadena de sospechas que le vinculaba a mí.

Ella pareció ligeramente fascinada por todo aquello, pero, en realidad, no le importaba. Lo único que le interesaba era lo que se abría ante ella desde aquel momento.

Y, cuando el proceso de su muerte hubo concluido, no hubo modo de detenerla. No había muro que no pudiera escalar, ni puerta que no quisiera abrir, ni tejados demasiado inclinados.

Era como si no creyese de veras que viviría eternamente, sino que pensara que se le había concedido únicamente aquella noche de vitalidad sobrenatural y que debía conocer y llevar a cabo todas las cosas antes de que la muerte viniera a reclamarla al amanecer.

Traté en múltiples ocasiones de convencerla para que volviéramos al refugio de la torre, y, con el transcurso de las horas, se adueñó de mí un agotamiento espiritual. Necesitaba reposar allí, meditar sobre lo sucedido aquella noche. Abriría los ojos y, por un instante, lo único que vería sería oscuridad.

Ella, en cambio, sólo deseaba experimentar, vivir aventuras.

Me propuse entrar en las viviendas privadas de los mortales a buscar la ropa que le hacía falta, y se echó a reír cuando le confié que siempre había adquirido mi indumentaria como era debido.

—Podemos oír si una casa está vacía —replicó ella. Avanzaba con rapidez por las calles con la vista puesta en las ventanas de las mansiones a oscuras—. Y también podemos oír si los criados están despiertos.

Aunque nunca había probado una cosa semejante, me pareció muy coherente, y pronto me encontré siguiéndola por las estrechas escaleras de servicio y los pasillos enmoquetados, sorprendido de lo fácil que resultaba y fascinado por los detalles de las estancias informales en las que vivían los mortales. Descubrí que me gustaba tocar los objetos personales: abanicos, cajitas de rapé, el periódico que había estado leyendo el amo de la casa, sus botas junto al fuego. Era tan divertido como asomarse a las ventanas.

Pero su propuesta tenía un fin concreto. En el vestidor de la señora de una gran casona de St. Germain, encontró una fortuna en ropas elegantes a la medida de sus renovadas y abundantes formas. La ayudé a despojarse del viejo vestido de tafetán y a ponerse otro de terciopelo rosa, tras lo cual procedió a recogerse los rizos de su cabellera bajo un sombrero de plumas de avestruz. De nuevo, me sorprendieron su aspecto y la sensación extraña, fantasmal, de vagar junto a ella por la casa amueblada en exceso y llena de aroma a mortales. La vi recoger unos objetos de la mesa del vestidor. Un frasco de perfume y unas tijeritas de oro. Después, la vi mirarse en el espejo.

Le acerqué mis labios de nuevo y no me rechazó. Éramos unos amantes besándose. Y ésa era la imagen que ofrecíamos juntos, dos pálidos amantes, mientras descendíamos a toda prisa la escalera de servicio y nos perdíamos por las calles nocturnas.

Vagamos por la Opéra y la Comédie antes de que cerraran, y luego acudimos al baile del Palais Royal. A ella le encantó la manera como los mortales nos veían sin vernos, cómo se sentían atraídos por nosotros y, a la vez, se engañaban por completo.

Más tarde, mientras explorábamos las iglesias, oímos la *presencia* con gran claridad; pero enseguida la perdimos otra vez. Escalamos campanarios para contemplar nuestro reino, y más tarde pasamos un rato apretujados en abarrotadas cafeterías por el mero gusto de sentir y oler a los mortales que nos rodeaban, de intercambiar miradas secretas, de reírnos en voz baja, *tête à tête*.

Gabrielle cayó en un estado de ensoñación contemplando la columna de vapor que se alzaba del tazón de café y las capas de humo de cigarrillo que flotaban alrededor de las lámparas.

Más que ninguna otra cosa, le gustaban las calles oscuras y vacías y el aire fresco. Quiso encaramarse a las ramas de los árboles y subirse de nuevo a los tejados. Se maravilló de que yo no recorriera siempre la ciudad utilizando los tejados o cabalgando sobre las capotas de los carruajes, como habíamos hecho un rato antes.

Poco después de medianoche, estábamos en el desierto mercado caminando cogidos de la mano.

Acabábamos de escuchar otra vez la *presencia* pero ninguno de los dos pudo distinguir en ella un estado de ánimo como la vez anterior. Aquello me tenía desconcertado. No obstante, todo cuanto nos rodeaba resultaba asombroso todavía para mi compañera: la basura, los gatos que cazaban ratas, la extraña quietud, el hecho de que los rincones más oscuros de la metrópoli no representaran peligro alguno para nosotros. Sobre todo, esto último. Tal vez era eso lo que más le agradaba, que pudiéramos pasar por delante de las guaridas de ladrones sin que nuestra presencia fuera advertida, que pudiéramos derrotar fácilmente a cualquiera lo bastante estúpido como para molestarnos, que fuéramos a la vez visibles e invisibles, palpables y absolutamente intangibles.

Yo no le daba prisas ni le hacía preguntas. Simplemente, me dejaba llevar por ella, me sentía satisfecho, y, a veces, me descubría sumido en mis pensamientos acerca de aquel bienestar tan poco familiar para mí.

Y cuando un joven agraciado, de constitución delgada, surgió a caballo entre los tenderetes cerrados del mercado, lo contemplé como si fuera una aparición, alguien llegado de la tierra de los vivos a la tierra de los muertos. El muchacho me recordó a Nicolas por su cabello oscuro y sus ojos pardos, y por la expresión entre inocente y meditabunda de su rostro. No alcanzaba la edad de Nicolas y era un joven muy estúpido, me dije, por andar a solas por el mercado a aquellas horas.

Sin embargo, no me di perfecta cuenta de lo estúpido que era hasta que Gabrielle se movió hacia delante como un gran felino de piel rosada y, sin hacer ningún ruido, le derribó de la montura. Me estremecí. La inocencia de las víctimas no le preocupaba en absoluto. Ella no padecía mis batallas morales. Pero tampoco yo las libraba ya, de modo que, ¿cómo podía juzgarla? Con todo, la facilidad con la que mató al joven, rompiéndole el cuello con gesto grácil cuando el pequeño sorbo de sangre que tomó de él no le habría causado la muerte, me enfureció a pesar de la extrema excitación que me produjo contemplar la escena.

Era más fría que yo. Era mejor en todo, me dije. «No muestres piedad», había dicho Magnus. ¿Significaba eso que matáramos aunque no tuviéramos necesidad de hacerlo?

Un instante después, quedó desvelado por qué había actuado de aquel modo. Allí mismo, se arrancó el ceñidor de terciopelo rosa y los faldones para ponerse las ropas del joven. Lo había escogido por su talla de ropa.

Y, para describirlo con precisión, diré que, al ponerse las prendas de su víctima, Gabrielle se convirtió en el muchacho.

Se puso sus medias de seda color crema y sus calzones escarlata, la camisa de encaje y el chaleco amarillo y, por encima, la levita escarlata. Incluso cogió la cinta escarlata del cabello del joven.

Dentro de mí, algo se rebeló ante aquella transformación mágica al verla de pie, tan gallarda con su nueva indumentaria y con su larga cabellera cayéndole todavía sobre los hombros, más parecida ahora a la melena de un león que a los deliciosos y femeninos rizos que lucía momentos antes. En aquel instante, deseé destruirla. Cerré los ojos.

Cuando volví a mirarla, la cabeza me daba vueltas al pensar en todo lo que habíamos visto y hecho juntos. No pude soportar por más tiempo estar tan cerca del cuerpo sin vida.

Ella se recogió toda su rubia melena con la cinta escarlata y dejó que sus largos bucles le colgaran a la espalda. Extendió su vestido rosa sobre el cuerpo del joven para cubrirlo, y se puso al cinto su espada, desenvainándola y volviéndola a guardar. Finalmente, se puso encima la capa de color crema de su víctima.

—Vámonos ya, querido —me dijo, dándome un beso.

No pude moverme. Sólo quería volver a la torre y estar junto a ella. Me miró, me apretó la mano para animarme y, casi al instante, la vi echar a correr.

Tenía que probar la libertad de sus nuevas piernas y me encontré corriendo tras ella a toda velocidad para darle alcance.

Era algo que no me había sucedido, por supuesto, persiguiendo a ningún mortal. Parecía volar, y la visión de su figura pasando como una centella entre los tenderetes cerrados y los montones de basura me hizo casi perder el equilibrio. Me detuve de nuevo. Ella volvió sobre sus pasos y me besó.

—No hay ninguna auténtica razón para que siga vistiéndome como antes, ¿no crees? —me preguntó, como si estuviera dirigiéndose a un chiquillo.

—No, claro que no —respondí.

Tal vez era una bendición que no pudiera leer mis pensamientos. Yo no podía dejar de admirar sus piernas, tan perfectas bajo las medias de color crema. Ni el modo en que la levita ceñía su cintura de avispa. Su rostro era una llama.

Recordad que en esa época nunca se le veían así las piernas a una mujer. Ni se le marcaban el vientre y los muslos bajo los calzones de seda.

Pero ahora ya no era en realidad una mujer, como yo tampoco era un hombre. Por un mudo instante, el horror de la situación me invadió de nuevo.

—Vamos, quiero subir otra vez a los tejados —me propuso—. Quiero ir al Boulevard du Temple. Me gustaría ver el teatro, ese que compraste y luego hiciste cerrar. ¿Me lo enseñarás?

Mientras lo preguntaba, sus ojos me estudiaban.

—Claro que sí —respondí—. ¿Por qué no?

Nos quedaban un par de horas de aquella noche interminable cuando al fin volvimos a la Île de Saint Louis y llegamos al *quai* bañado por el claro de luna.

Al fondo de la calle empedrada vi a mi yegua, atada donde la había dejado.

Escuchamos con cuidado por si había algún rastro de Nicolas o de Roget, pero la casa parecía desierta y a oscuras.

—Sin embargo, están cerca —cuchicheó ella—. Creo que un poco más allá...

—En casa de Nicolas —dije—. Y desde allí podría haber alguien atento a la yegua. Algún criado, apostado para vigilar por si volvemos.

—Será mejor dejar esa montura y robar otra.

—No, ésa es mi yegua —repliqué, pero noté que su mano apretaba la mía con más fuerza.

Percibimos de nuevo a nuestra vieja amiga, la *presencia*, y esta vez se movía por el Sena, al otro lado de la isla y en dirección a la Rive Gauche.

—Ya se ha ido —murmuró ella—. Vámonos. Robaremos otro caballo.

—Espera. Voy a intentar que la yegua me obedezca y venga aquí. Que rompa las bridas.

—¿Puedes hacerlo?

—Ya veremos.

Concentré toda mi voluntad en la yegua, ordenándole en silencio que se encabritara y se soltara de sus ataduras y acudiera donde yo estaba.

En un segundo, la yegua corveteaba y tiraba con fuerza de las bridas.

Después, se incorporó sobre las patas traseras, y la tirilla de cuero se rompió. El animal se acercó a nosotros pateando los adoquines con estrépito y saltamos a su lomo inmediatamente. Gabrielle fue la primera en montar y yo me coloqué detrás de ella, asiendo lo que quedaba de las riendas al tiempo que azuzaba a la yegua, lanzándola a galope tendido.

Al cruzar el puente, percibí algo detrás de nosotros, una conmoción, un tumulto de mentes humanas.

Sin embargo, nosotros ya nos habíamos perdido en la oscura cámara de resonancia de la Île de la Cité.

Cuando llegamos a la torre, encendí la antorcha de resina y llevé a Gabrielle a las mazmorras. No quedaba tiempo para mostrarle la cámara superior en aquel momento.

Mientras descendíamos por la escalera de caracol, sus ojos se pusieron vidriosos y miraron a su alrededor con aire indolente. Sus ropas escarlata brillaban contra las piedras oscuras. Advertí un ligerísimo gesto de desagrado cuando notó la humedad.

El hedor de las mazmorras inferiores la trastornó, pero le indiqué con suavidad que aquello no tenía nada que ver con nosotros. Una vez estuvimos en la enorme cripta, el olor quedó aislado por la sólida puerta claveteada de hierro.

La luz de la antorcha llenó la estancia y descubrió las arcadas bajas del techo y los tres grandes sarcófagos con sus imágenes perfectamente talladas.

Ella no dio muestras de miedo. Le dije que debía comprobar si podía alzar la tapa del que escogiera para ella. Tal vez necesitara mi ayuda.

Estudió las tres figuras esculpidas y, tras unos instantes de reflexión, se decidió no por el sarcófago de la mujer, sino por el que tenía el caballero de armadura grabado en la tapa de piedra. Poco a poco, corrió ésta hasta poder asomarse a su interior.

No poseía la misma fuerza que yo, pero sí la suficiente.

—No tengas miedo —le dije.

—No, de eso no tienes que preocuparte —respondió ella con suavidad.

En su voz había un delicioso tonillo de irritación, junto a un matiz de tristeza. Mientras pasaba los dedos sobre la piedra, pareció perdida en ensoñaciones.

—A estas horas —musitó—, tu madre ya habría muerto y la habitación estaría llena de malos olores y del humo de cientos de velas. Piensa lo humillante que es la muerte. Unos extraños le habrían quitado la ropa, la habrían bañado y vuelto a vestir... unos extraños la habrían visto, demacrada e indefensa, en su último sueño. Otros, en los pasillos, cuchichearían por lo bajo comentarios sobre su buena salud, sobre si nunca había habido la más leve enfermedad en sus familias, no, ninguna tisis entre los suyos. «La pobre marquesa», estarían diciendo. Y se preguntarían si había dejado algún dinero, para sus hijos tal vez. Y cuando la vieja entrara a recoger las sábanas sucias, seguro que robaría una de las sortijas de la mano de la muerta.

Asentí. «Y ahora —quise decirle—, estamos en cambio en esta cripta junto a las mazmorras y nos disponemos a acostarnos en lechos de piedra sin otra compañía que las ratas. Pero esto es infinitamente mejor que lo otro, ¿verdad? Vagar eternamente por el territorio de las pesadillas tiene su oscuro esplendor.»

La vi pálida y aterida. Con aire soñoliento, sacó algo del bolsillo. Eran las tijeritas de oro que había cogido de la casa en la que habíamos entrado en el barrio de St. Germain. El objeto centelleó como una pequeña joya a la luz de la antorcha.

—No, madre —dije, y me sobresalté al oír mi propia voz, que rebotó con el eco en los arcos del techo, demasiado aguda.

Las figuras de los otros sarcófagos tomaron el aspecto de testigos implacables. El dolor que sentí en el corazón me dejó aturdido. Un sonido malsano, un chasquido de metal, un corte, y sus cabellos cayeron al suelo en grandes mechones.

—¡Oh, madre!

Ella contempló su melena en el suelo, la esparció en silencio con la punta de la bota; luego alzó la mirada hacia mí y me encontré ahora con un hombre joven cuyo cabello corto se rizaba contra su mejilla. Sin embargo, los ojos se le estaban cerrando. Extendió la mano hacia mí, y las tijeras le cayeron de los dedos.

—Ahora, a descansar —susurró.

—Sólo es el sol naciente —respondí para animarla.

Advertí que perdía fuerzas antes que yo. Me dio la espalda y se dirigió al sarcófago. La tomé en brazos y cerró los ojos. Empujando un poco más hacia un lado la tapa del sarcófago, la deposité en su interior dejando que sus fláccidos miembros adoptaran una postura natural y grácil.

Sus facciones ya dormidas se habían dulcificado, y los cabellos enmarcaban su rostro con los rizos de un muchacho.

Muerta parecía; muerta, roto el hechizo.

Continué mirándola.

Hinqué los dientes en la punta de la lengua hasta sentir el dolor y probar la sangre caliente de la herida. Después, inclinado sobre ella, dejé que la sangre cayera hasta sus labios en pequeñas gotas brillantes. Sus ojos se abrieron. Añiles y brillantes, se alzaron hacia mí. La sangre fluyó a su boca entreabierta y, muy despacio, levantó la cabeza al encuentro de mi beso. Mi lengua penetró en su boca. Sus labios eran fríos. Los míos, también. La sangre, en cambio, era cálida y fluyó entre nosotros.

—Buenas noches, querida mía —dije—. Mi oscuro ángel Gabrielle.

Cuando me separé de ella, volvió a caer en el silencio y la inmovilidad. Corrí la piedra sobre ella.

4

No me gustó despertar en la negra cripta. No me gustó el frío del ambiente, aquel ligero hedor procedente de las celdas inferiores, la sensación de que allí era donde yacía todo lo muerto.

Me embargó un temor. ¿Y si no despertaba? ¿Y si sus ojos no se volvían a abrir? ¿Qué sabía yo lo que había hecho?

No obstante, me pareció un acto de soberbia, una obscenidad, mover otra vez la tapa del ataúd y contemplarla mientras dormía como había hecho la noche anterior. Una sensación de vergüenza propia de mortales se adueñó de mí. En nuestra vieja casa, jamás habría osado abrir su puerta sin llamar, o apartar las cortinas de su lecho.

Despertaría. Era preciso que lo hiciera. Y era mejor que

levantara la losa por sí misma, que supiera despertarse sola y que la sed la empujara a hacerlo en el momento adecuado, como me había empujado a mí.

Dejé para ella encendida la antorcha en la pared y salí un momento a respirar aire fresco. Después, sin cuidarme de cerrar puertas y verjas que abría a mi paso, subí a la cámara de Magnus a contemplar cómo se difuminaba el crepúsculo en el cielo.

La oiría al despertarse, me dije.

Debió de transcurrir una hora. La luz azulada se desvaneció, aparecieron las estrellas, y la distante ciudad de París encendió sus miles de pequeños reclamos luminosos. Dejé el alféizar donde había estado sentado tras los barrotes de hierro, fui hasta el baúl y empecé a escoger joyas para ella.

Las joyas le seguían gustando. Al dejar su habitación mortuoria, se había llevado sus viejas joyas de familia. Prendí las velas para rebuscar entre las piezas, aunque en realidad no necesitaba la luz. La iluminación me resultaba hermosa. Era hermosa en las joyas. Y encontré algunas piezas muy delicadas para ella: alfileres tachonados de perlas que podría lucir en las solapas de su levita masculina, y anillos que parecerían varoniles en sus manos pequeñas, si era eso lo que deseaba.

De vez en cuando, me detenía a escuchar por si ella venía. Y luego me recorrió aquel escalofrío. ¿Y si no despertaba? ¿Y si para ella todo se había reducido a aquella noche? El terror se desbocó dentro de mí; y el mar de joyas del baúl, la luz de la vela danzando sobre las gemas talladas en facetas, los engastes de oro, no significaron nada.

Pero seguí sin oírla. Escuché el viento en el exterior, el grave y suave rumor de los árboles, el silbido débil y distante del mozo de cuadra, el piafar de los caballos.

A lo lejos sonó la campana de una iglesia.

Entonces, de improviso, me asaltó la sensación de que alguien me observaba. Era una sensación tan extraña para mí que estuve a punto de ser presa del pánico. Me volví, casi tropezando con el baúl, y miré hacia la boca del túnel secreto. Allí no había nadie.

Nadie en el pequeño cuarto privado a la luz de la vela, que hacía juegos de sombras en las piedras y en la torva expresión de Magnus en la tapa del sarcófago.

Por fin, miré directamente delante de mí hacia la ventana cerrada por los barrotes. Y la descubrí mirándome.

Parecía flotar en el aire, sujeta con ambas manos a los barrotes, y sonreía.

Estuve a punto de soltar un grito. Retrocedí unos pasos, al tiempo que todo mi cuerpo quedaba bañado en sudor. De pronto, me avergoncé de que me hubiera pillado tan desprevenido, de haber reaccionado con aquel sobresalto.

Ella permaneció inmóvil, sin dejar de sonreír, y su expresión fue pasando gradualmente de la serenidad a la malevolencia. La luz de las velas hacía sus ojos demasiado brillantes.

—No está bien que andes asustando a otros inmortales de esta manera —le dije.

Ella respondió con una risa más franca y fácil de la que había tenido en vida.

Me recorrió una sensación de alivio al verla moverse y articular sonidos. Me di cuenta de que estaba ruborizándome.

—¿Cómo has llegado ahí? —le pregunté.

Me acerqué a la ventana, pasé las manos entre los barrotes y la sujeté por las muñecas.

Su boquita era todo risa y dulzura. Su cabello, una gran melena resplandeciente en torno al rostro.

—Escalando la pared, naturalmente —le respondió—. ¿Cómo pensabas?

—Bueno, vuelve a bajar. No puedes pasar entre los barrotes. Iré a tu encuentro.

—En eso tienes mucha razón —murmuró ella—. Me he asomado a todas las ventanas. Reunámonos en las almenas de arriba. Será más rápido.

Se puso a escalar otra vez, colocando con agilidad las botas en los barrotes, y pronto desapareció.

Era toda exuberancia, como lo había sido la noche anterior mientras bajábamos juntos las escaleras.

—¿Por qué estamos aquí todavía? —me preguntó—. ¿Por qué no nos vamos ya a París?

En su deliciosa figura había algo extraño, algo que no encajaba... ¿Qué podía ser?

En aquel momento ella no quería besos, ni siquiera conversación, en realidad. Y aquello tenía algo de doloroso para mí.

—Quiero enseñarte la cámara interior —le dije—. Y las joyas.

—¿Las joyas? —repitió ella.

Desde la ventana no las había visto, porque la tapa del baúl le había ocultado su contenido. Penetró delante de mí en la sala donde se había inmolado Magnus y pronto gateaba por el túnel.

Cuando vio el baúl, quedó paralizada de asombro.

Se echó el cabello hacia atrás con gesto algo impaciente y se inclinó para estudiar los broches, los anillos, los pequeños adornos tan parecidos a sus piezas heredadas, de las cuales se había ido desprendiendo una a una mucho tiempo atrás.

—Vaya, debió de estar siglos para acumularlas —comentó—. Y qué obras tan delicadas. Sabía escoger lo que quería, ¿verdad? Vaya criatura debió de ser.

De nuevo, con gesto casi de furia, apartó a un lado su melena. Sus cabellos parecían ahora más pálidos, más luminosos, más vigorosos. Era una visión gloriosa.

—Las perlas, míralas —le dije—. Y esas sortijas.

Le mostré las que había escogido para ella. Cogí su mano y le puse los anillos en los dedos. Éstos se movieron como si tuvieran vida propia, como si sintieran placer, y estalló de nuevo en risas.

—¡Ah!, qué magníficos demonios somos, ¿verdad?

—Cazadores del Jardín Salvaje —respondí.

—Entonces, vamos a París —propuso ella con una leve mueca de dolor en el rostro.

La sed. Se pasó la lengua por los labios. ¿Sería yo para ella la mitad de fascinante de lo que ella lo era para mí?

Se apartó el cabello de la frente una vez más, y sus ojos se hicieron más oscuros con la intensidad de sus palabras.

—Esta noche querría saciarme rápidamente y luego salir de la ciudad, internarme en los bosques. Salir donde no hubiera hombres ni mujeres cerca. Perderme donde sólo estuvieran el viento y los árboles en sombras y las estrellas en el cielo. Bendito silencio.

Acudió de nuevo a la ventana. Su espalda era erguida y estrecha, y sus manos, a los costados, parecían vivas con las sortijas de piedras preciosas. Y, al surgir de los gruesos puños de una prenda de hombre, aquellas delicadas manos suyas parecían aún más finas y exquisitas. Debía de estar contemplando las altas nubes envueltas en sombras y las estrellas que titilaban a través de la capa púrpura de niebla vespertina.

—Tengo que ir a ver a Roget —dije con un suspiro—. Tengo que ocuparme de Nicolas, contarles alguna mentira sobre lo sucedido ayer.

Ella se volvió y, de pronto, su rostro pareció pequeño y frío, con la expresión que a veces ponía en casa cuando desaprobaba algo. Aunque, en realidad, nunca volvió a mirar de aquella manera.

—¿Para qué contarles nada de mí? —preguntó—. ¿Por qué molestarse en pensar en ellos un solo instante más?

Aquello me dejó asombrado, aunque no fuera una completa sorpresa para mí. Quizá lo venía esperando. Quizá lo había percibido en ella desde el primer momento, en sus preguntas no formuladas.

Quise preguntarle si no significaba nada para ella que Nicolas hubiera estado junto a su lecho mientras agonizaba. Sin embargo, qué sentimental, que mortal sonaría aquello. Qué absolutamente estúpido.

Pero no era estúpido.

—No pretendo juzgarte —continuó. Cruzó los brazos y se apoyó en la ventana—: Sencillamente, no lo entiendo. ¿Por qué nos escribías? ¿Por qué nos mandabas regalos? ¿Por qué no cogías ese fuego blanco de la luna y te ibas con él donde te apeteciera?

—¿Y dónde querría yo ir? —repliqué—. ¿Lejos de todos los que he conocido y amado? No quería dejar de pensar en ti, en Nicolas, incluso en mi padre y mis hermanos. He hecho lo que quería —afirmé.

—Entonces, ¿la conciencia no tuvo nada que ver con ello?

—Si sigues tu conciencia, haces lo que quieres —sentencié—. Pero era algo más sencillo todavía. Quería que tuvieras la riqueza que te entregaba. Quería... que fueras feliz.

Permaneció meditabunda un largo instante.

—¿Habrías preferido que me olvidara de *ti*? —exclamé.

La pregunta sonó dolida, irritada.

Ella no respondió inmediatamente.

—No, claro que no —dijo al fin—. Y, de haber estado en tu lugar, yo tampoco te habría olvidado. Estoy segura de ello. Pero, ¿y los demás? A mí no me importan absolutamente nada. Jamás volveré a cambiar una palabra con ellos. Jamás volveré a ponerles los ojos encima.

Asentí con la cabeza, pero me repugnó lo que decía. Me daba miedo.

—No puedo superar la idea de que he muerto —añadió ella—. De que estoy absolutamente desligada de todas las criaturas vivientes. Puedo ver, tocar, oler... Puedo beber sangre. Pero es como si fuera algo que no se puede ver, que no puede afectar a las cosas.

—Pues no es así —repliqué—. ¿Y cuánto tiempo crees que te sostendrá ese ver, ese tocar, ese oler y ese beber, si no hay amor, si no hay nadie contigo?

La misma mueca de incomprensión.

—¡Oh!, ¿por qué me molesto en decirte todo esto? —continué—. Estoy contigo. Estamos juntos. No sabes lo que era esto cuando estaba solo. ¡No te lo puedes imaginar!

—Te perturbo y no es mi intención —dijo ella entonces—. Cuéntales lo que quieras. Tal vez seas capaz de inventar una historia creíble. No sé. Si quieres que vaya contigo, iré. Haré lo que me pidas. Pero tengo una pregunta más que hacerte. —Bajó la voz y añadió—: Supongo que no tendrás intención de compartir el poder con ellos...

—No, jamás.

Moví la cabeza como para expresar que la idea era increíble. Mis ojos recorrían las joyas y pensé en todos los regalos que había mandado, en la casa de muñecas. Les había enviado una casa de muñecas. Pensé en los actores de Renaud, a salvo al otro lado del Canal.

—¿Ni siquiera con Nicolas?

—¡No! ¡Dios, no!

La miré. Ella asintió ligeramente, como aprobando mi respuesta. Y se apartó los cabellos de la frente una vez más con gesto distraído.

—¿Por qué no con Nicolas?

Quise que aquello terminara de una vez.

—Porque es joven —contesté— y tiene una vida ante él. No está al borde de la muerte. —Ahora me sentía más que inquieto. Me sentía desgraciado—. Con el tiempo, se olvidará de nosotros...

Quise decir: «... de nuestra conversación».

—Podría morir mañana —protestó ella—. Un carruaje podría arrollarle en cualquier calle...

—¿Acaso quieres que lo haga? —exclamé, lanzándole una mirada de rabia.

—No, no quiero que lo hagas. Pero, ¿quién soy yo para decirte qué hacer? Estoy tratando de comprenderte.

Los cabellos largos y vigorosos le habían resbalado nuevamente de los hombros y, exasperada, los asió con ambas manos.

Entonces, de pronto, lanzó un profundo sonido siseante y su cuerpo se quedó rígido. Tenía el cabello recogido en dos largas colas y las contemplaba fijamente.

—Dios mío —susurró.

Y luego, en un espasmo, soltó los cabellos y lanzó un grito.

El sonido me paralizó. Envió un destello de dolor blanco que me atravesó la cabeza. Jamás había oído un grito igual. Y volvió a emitirlo como si estuviera ardiendo. Se había derrumbado contra la ventana y seguía gritando aún más fuerte mientras se miraba el cabello. Hizo ademán de tocárselo, pero rápidamente retiró los dedos, como si el contacto la quemara. Y se debatió contra la ventana, gritando y retorciéndose a un lado y otro como si tratara de escapar de su propia cabellera.

—¡Basta! —grité. La así por los hombros y le di una sacudida. Ella jadeaba. Al instante, descubrí de qué se trataba. *¡El cabello le había vuelto a crecer!* Le había crecido de nuevo mientras dormía y lo tenía tan largo como antes. Y hasta más tupido, y más lustroso. ¡Era aquello lo que no encajaba y que yo había notado sin saber concretarlo! Y lo que ella acababa de advertir.

—¡Basta, basta ya! —volví a gritar en voz más alta. Su cuerpo se agitaba con tal violencia que yo apenas podía sujetarla entre mis brazos—. ¡Te ha vuelto a crecer, eso es todo! —insistí—. Es una cosa natural en tu nuevo estado, ¿no lo ves? ¡No sucede nada!

Ella jadeaba, tratando de calmarse; se llevó los dedos a los cabellos y emitió un nuevo grito como si tuviera llagadas las yemas de los dedos. Intentó separarse de mí y luego se tiró de la melena con expresión de puro terror.

Le di una nueva sacudida, esta vez más enérgica.

—¡Gabrielle! —exclamé—. ¿No lo entiendes? ¡Te ha vuelto a crecer y así sucederá cada vez que te lo cortes. No hay nada de horrible en ello! ¡Detente ya, por el amor de Dios!

Me dije que, si no se calmaba pronto, yo también empezaría a desvariar. De hecho, ya casi estaba temblando tanto como ella.

Sus gritos cesaron y se convirtieron en pequeños jadeos. Nunca la había visto de aquella manera en todos los años que había vivido con ella en la Auvernia. Me dejó que la condujera hacia el banco junto a la chimenea, donde la obligué a sentarse. Se llevó las manos a las sienes e intentó recuperar la respiración normal mientras mecía el cuerpo lentamente hacia delante y hacia atrás.

Eché un vistazo a mi alrededor en busca de unas tijeras,

pero no encontré ningunas. Las tijerillas de oro habían caído al suelo de la cripta subterránea. Saqué mi navaja. Gabrielle sollozaba ahora en voz baja, con el rostro entre las manos.

—¿Quieres que te lo corte otra vez? —le pregunté.

No respondió.

—Escúchame, Gabrielle. —Le aparté las manos del rostro y añadí—: Si quieres, te lo volveré a cortar. Te lo cortaré cada noche y lo quemaremos. Eso es todo.

De pronto, me dirigió una mirada tan perfectamente serena y controlada que no supe qué hacer. Gabrielle tenía el rostro bañado en la sangre de sus lágrimas, que también le había salpicado las ropas. Todas sus ropas estaban manchadas de sangre.

—¿Lo corto? —volví a preguntar.

Su aspecto era exactamente el de alguien a quien hubieran golpeado hasta hacerle sangrar. Tenía los ojos muy abiertos y asombrados, y de ellos manaban lágrimas de sangre que corrían por sus tersas mejillas. Y, mientras la miraba, las lágrimas cesaron de fluir y tomaron un color oscuro al secarse y formar una costra sobre su piel blanquísima.

Le limpié el rostro meticulosamente con mi pañuelo de encaje. Luego fui por la ropa que guardaba en la torre, las prendas que me había hecho confeccionar en París y que había llevado a la torre para tenerlas a mano.

Le quité la chaqueta. Ella no hizo ningún movimiento para ayudarme o detenerme y le desabroché la blusa de lino que llevaba.

Vi sus pechos, absolutamente blancos salvo los delicados pezones, de un levísimo tono rosado. Tratando de no mirarlos, le puse una camisa limpia, y la abroché rápidamente. Después le cepillé el cabello, lo cepillé largo rato, y, renunciando a cortarlo con la navaja, le hice una larga trenza y volví a ponerle la levita.

Noté cómo iba recuperando las fuerzas y la compostura. No parecía avergonzada de lo sucedido, ni yo quería que lo estuviera. Ella estaba sólo meditando sobre lo ocurrido, pero no dijo nada. Ni hizo ningún movimiento.

Decidí entretenerla.

—Cuando era pequeño, solías hablarme de los lugares donde habías estado y me enseñabas grabados y vistas de Nápoles y de Venecia. ¿Te acuerdas de aquellos libros de imágenes? Y también tenías diversos objetos, pequeños recuerdos de Londres y San Petersburgo, de todos los lugares que habías visitado.

Ella no respondió.

—Quiero que vayamos a todos esos sitios. Quiero verlos ahora. Deseo verlos y vivir en ellos. Y quiero ir más lejos todavía, a lugares que, cuando era un vulgar mortal, jamás había soñado visitar.

En su rostro hubo un pequeño cambio de expresión.

—¿Sabías que me volvería a crecer? —preguntó con un hilillo de voz.

—No. Quiero decir, sí. Quiero decir, no lo sé. Debería haber caído en la cuenta de lo que sucedería.

Tras esto, permaneció un largo instante mirándome con la misma expresión inmóvil y apática.

—¿No te... no te da miedo nunca... nada de todo esto? —inquirió por fin. Su voz sonaba gutural, extraña—. ¿No hay nunca... algo que te detenga?

Tenía la boca abierta, perfecta, con todo el aspecto de una boca humana.

—No lo sé —respondí en un suspiro, impotente—. No veo por qué.

Sin embargo, pese a mis palabras, me sentía confuso. Volví a proponerle que se cortara el cabello cada noche y lo quemara. Así de sencillo.

—Sí, quemarlo —suspiró—. De lo contrario, llegaría un momento en que llenaría todas las estancias de la torre, ¿no es eso? Sería como el cabello de Rapunzel del cuento infantil. Sería como el oro que la hija del molinero tenía que hilar de entre la paja en el cuento de Rumpelstiltskin, el enano malvado.

—Escribiremos nuestros propios cuentos, amor mío —respondí—. La lección que debes aprender de esto es que nada puede destruir lo que eres ahora. Todas las heridas que recibas sanarán. Eres una diosa.

—Y la diosa tiene sed —añadió ella.

Horas más tarde, mientras caminábamos del brazo como dos estudiantes entre la muchedumbre de los bulevares, el asunto ya había caído en el olvido. Nuestros rostros estaban sonrosados, y nuestra piel, caliente.

Pero no la dejé para ir a ver al abogado, ni ella insistió en su deseo de salir a la tranquilidad y el silencio del campo abierto, sino que permanecimos juntos en todo momento. De vez en cuando, un ligerísimo indicio de la proximidad de la *presencia* nos hacía volver la cabeza.

5

Alrededor de las tres, cuando llegamos a las caballerizas, advertimos que nos acechaba la *presencia*.

Durante media hora o tres cuartos de hora, dejamos de sentirla otra vez. Después, el apagado murmullo volvió de nuevo. Aquel juego me estaba poniendo furioso.

Y, aunque tratamos de captar algún pensamiento inteligible en aquella *presencia*, lo único que logramos distinguir fue una sensación de malevolencia y algún esporádico tumulto como el espectáculo de las hojas secas desintegrándose en el rugido de las llamas.

Gabrielle se alegraba de estar camino de la torre otra vez. No era que la extraña *presencia* la inquietara, sino que se alegraba de poder disfrutar, como antes había dicho, de la quietud y el vacío de los campos.

Cuando tuvimos ante nosotros el campo abierto, cabalgamos tan deprisa que el único sonido que nos acompañó fue el del viento. Creí oírla reír, pero no estuve del todo seguro. A Gabrielle le gustaba la caricia del viento tanto como a mí, le encantaba el nuevo brillo de las estrellas sobre las sombrías colinas.

A pesar de todo, me pregunté si durante la noche habría habido momentos en que llorara interiormente sin que yo lo advirtiera. En ciertos momentos de nuestras correrías, se había mostrado silenciosa y lúgubre, y sus ojos habían vibrado como si estuviera llorando, aunque no asomó a ellos la más mínima lágrima.

Creo que estaba profundamente sumido en estos pensamientos cuando nos acercamos a un espeso bosque que se extendía a lo largo de las orillas de un riachuelo poco profundo y, en el momento más inesperado, la yegua se encabritó y se desvió hacia un lado.

Lo hizo tan de improviso que casi me arrojó de la silla. Gabrielle se sujetó con fuerza de mi brazo derecho.

Yo atravesaba cada noche aquella arboleda, salvando el estrecho puente de madera que cruzaba la corriente. Me encantaba el sonido de las herraduras de mi montura sobre la madera y la subida por la inclinada ribera. Y la yegua conocía perfectamente el camino. Esta vez, sin embargo, el animal no quería seguirlo de ninguna manera.

Relinchando y amenazando con encabritarse de nuevo, la yegua dio media vuelta por su propia iniciativa y emprendió el galope en la dirección contraria a la que llevábamos, volviendo hacia París hasta que, haciendo uso de toda la fuerza de mi voluntad, logré dominarla y obligarla a detenerse por fin.

Gabrielle tenía la cabeza vuelta hacia el pequeño bosque, hacia la masa de ramas oscuras mecidas por el viento que ocultaba a la vista el riachuelo. Y en ese instante, tras el leve aullido del viento y el suave rumor de las hojas susurrantes, se dejó sentir una vez más el nítido latir de la *presencia* entre los árboles.

Los dos la captamos a la vez, sin duda, pues mis brazos rodearon a Gabrielle con más fuerza y ella asintió, asiéndome la mano.

—¡No sigas avanzando hacia eso! —me gritó.

—¡Cómo que no! —respondí, tratando de dominar nuestra montura—. Quedan menos de dos horas para el amanecer. ¡Desenvaina la espada!

Ella intentó volverse para decirme algo, pero yo espoleaba ya al animal para que siguiera avanzando y Gabrielle sacó la espada como acababa de decirle, con su delicada mano cerrada en torno a la empuñadura con la misma firmeza que un hombre.

Naturalmente, la *presencia* huiría tan pronto como alcanzáramos la arboleda, de eso estaba seguro.

Me refiero a que aquel ser infernal no había hecho jamás otra cosa que volver la espalda y escapar. Y a mí me enfureció que hubiera espantado a mi yegua y que estuviera asustando a Gabrielle.

Con un seco picar de espuelas y toda mi fuerza de convicción mental, azucé a la montura a todo galope hacia el puente.

Apreté el arma en mi mano. Me incliné hacia delante cubriendo a Gabrielle. Vomitaba rabia como si fuera un dragón y, cuando las pezuñas de la yegua golpearon la madera hueca sobre el agua, ¡vi por primera vez aquellos demonios!

Unos rostros blancos y unos brazos lechosos encima de nosotros, entrevistos apenas un segundo, de cuyas bocas surgían los chillidos más espantosos mientras sacudían las ramas mandándonos una lluvia de hojas.

—¡Malditas seáis, jauría de arpías! —grité cuando alcanzamos la inclinada ladera del otro lado. Gabrielle, sin embargo, lanzó un alarido.

Algo había caído sobre la yegua detrás de mí, y el animal estaba resbalando en la tierra húmeda, y el ser me había cogido del hombro y del brazo con el que pretendía utilizar la espada.

Volteando ésta por encima de la cabeza de Gabrielle y descargándola por mi costado izquierdo, herí con furia a la criatura y la vi salir volando, una confusa mancha blanquecina en la oscuridad, mientras otro de aquellos seres saltaba hacia nosotros con manos como garras. La hoja de Gabrielle cortó de un tajo el brazo extendido y vi cómo éste saltaba en el aire. La sangre manaba de él como de una fuente. Los gritos se convirtieron en un gemido lacerante. Deseé hacerlos pedazos a todos con mi espada y obligué a la yegua a dar la vuelta con demasiada brusquedad. El animal se encabritó y estuvo a punto de caer, pero Gabrielle se había sujetado de su crin y la condujo de nuevo hacia el camino despejado.

Mientras galopábamos a toda prisa hacia la torre, pudimos oír los gritos de las criaturas aproximándose y, cuando la yegua quedó exhausta, la abandonamos y continuamos corriendo, cogidos de la mano, hacia las verjas.

Me di cuenta de que debíamos cruzar el pasadizo secreto hasta la cámara interior antes de que las criaturas pudieran escalar el muro exterior. Era preciso que no nos vieran sacar la piedra de su sitio.

Cerrando las verjas y las puertas a nuestro paso lo más deprisa que pude, conduje a Gabrielle escaleras arriba.

Cuando llegamos a la estancia secreta y hubimos colocado la losa de nuevo en su sitio, escuché sus aullidos y chillidos y los primeros sonidos de sus zarpas al pie de la torre.

Tomé un haz de leña y lo coloqué bajo la ventana.

—Deprisa, la leña menuda —dije.

Pero ya había media docena de rostros blancos en los barrotes. Sus chillidos resonaban con un monstruoso eco en la pequeña estancia. Por un instante sólo pude contemplarlos mientras retrocedía.

Se agarraban de la reja de hierro como murciélagos, pero no lo eran. Eran vampiros, y vampiros como nosotros, con forma humana.

Unos ojos oscuros que nos miraban bajo unas greñas de cabello hirsuto. Unos aullidos cada vez más potentes y feroces. Unos dedos con costras de suciedad adhiriéndose a la reja. Las ropas, hasta donde podía ver, no eran más que harapos descoloridos. Y el hedor que despedían era el de las tumbas.

Gabrielle arrojó la leña menuda junto a la pared y se apartó de un salto mientras las manos intentaban agarrarla.

Las criaturas descubrieron sus colmillos y emitieron terribles chillidos. Las manos pugnaron por asir la leña y lanzarla contra nosotros. Todas juntas tiraron de los barrotes como si pudieran arrancarlos de la piedra.

—¡El mechero! —grité.

Agarré uno de los pedazos de madera más recios y lancé con él una estocada al rostro más cercano, arrancando a la criatura de la pared con facilidad. Eran seres débiles. Oí su grito mientras caía, pero las demás habían cerrado sus manos en la madera y luchaban conmigo ahora mientras yo desalojaba a otro de aquellos pequeños y sucios demonios. Para entonces, sin embargo, Gabrielle había encendido ya la leña.

Las llamas se alzaron y los aullidos cesaron en un frenesí de lenguaje inteligible:

—¡Es fuego! ¡Atrás, abajo, alejaos, idiotas! Abajo, abajo. ¡Los barrotes están calientes! ¡Apartaos enseguida!

¡Era francés, correcto y normal! En realidad, era una sarta cada vez mayor de maldiciones peculiares de alguna región.

Estallé en carcajadas, adelantando el pie y señalando a las criaturas mientras miraba a Gabrielle.

—¡Caiga sobre ti una maldición, blasfemo! —gritó una de ellas.

El fuego lamió sus manos en ese instante y el ser aulló, cayendo hacia atrás.

—¡Caiga una maldición sobre los profanadores, sobre los proscritos! —escuché gritar desde abajo. Los aullidos aumentaron rápidamente de intensidad hasta convertirse en un verdadero coro—. ¡Malditos sean los proscritos que osan entrar en la Casa de Dios!

Pero todos aquellos seres se retiraban de la ventana, descendiendo hacia el suelo. Los troncos más gruesos estaban ya encendidos y las llamas, con un rugido, se alzaban hasta el techo.

—¡Volved a la tumba de donde habéis salido, fantasmas de pacotilla! —exclamé, dispuesto a arrojarles encima la leña encendida si volvían a acercarse a la ventana.

Gabrielle permaneció inmóvil con los ojos entrecerrados, visiblemente concentrada.

Los gritos y aullidos continuaron elevándose desde el pie de la torre, en un renovado coro de maldiciones contra quienes quebrantaban las leyes sagradas y, con sus blasfemias, provocaban la ira de Dios y de Satán. Las criaturas trataban de forzar las puertas y ventanas de la planta inferior, o malgastaban inútilmente sus fuerzas arrojando piedras contra el muro.

—No pueden entrar —comentó Gabrielle con voz grave y monocorde y con la cabeza ladeada en gesto de atención—. No pueden forzar la verja.

Yo no estaba tan seguro de ello. La verja estaba oxidada y era muy vieja. No quedaba otro remedio que esperar.

Me dejé caer al suelo, apoyado en el costado del sarcófago con los brazos en torno al pecho y la espalda doblada hacia delante. Ya no me sentía con tantas ganas de reír.

Ella también se sentó con la espalda contra la pared y las piernas extendidas hacia delante. Tenía la respiración algo acelerada y se le estaba soltando la trenza. Era como el capuchón de una cobra en torno a su rostro, con unos mechones sueltos que le caían en las blancas mejillas. Sus ropas estaban llenándose de hollín.

El calor del fuego era insoportable. El humo despedía un leve resplandor en la estancia sin ventilación y las llamas se alzaban hasta hacer desaparecer la noche. No obstante, Gabrielle y yo no teníamos dificultades para respirar el escaso aire disponible y nuestros únicos padecimientos fueron el miedo y el agotamiento.

Y entonces, poco a poco, me di cuenta de que ella tenía razón acerca de la verja. Las criaturas no habían conseguido derribarla y las oí retirándose.

—¡Que la cólera de Dios castigue a los profanadores!

Cerca de los establos se produjo una leve conmoción, y vi mentalmente cómo mi pobre caballerizo, aquel muchachito mortal de cortas luces, era arrancado de su escondite presa del terror. La rabia que sentía se redobló. Las criaturas me enviaron imágenes de sus propios pensamientos mientras daban muerte al desgraciado. ¡Malditos fueran!

—Quédate quieto —me dijo Gabrielle—. Es demasiado tarde.

Sus ojos se abrieron primero mucho, y volvieron a entrecerrarse. Enseguida, recuperó su aire pensativo. El muchacho, aquel pobre mortal miserable, estaba muerto.

Percibí su muerte como si, de pronto, hubiera visto elevarse de los establos un pajarillo oscuro. Gabrielle irguió la cabeza como si también ella lo estuviera viendo y volvió a dejarla caer como si hubiera perdido la conciencia, aunque no era así. Escapó de su boca un murmullo que me sonó a algo así como «terciopelo rojo», pero pronunció las palabras entre dientes y no las capté bien.

—¡Os daré vuestro merecido por esto, pandilla de rufianes! —exclamé en voz alta, dirigiendo la amenaza a las criaturas—. Estáis perturbando mi casa y pagaréis por ello.

Pero sentía mis brazos cada vez más pesados. El calor del fuego era casi narcotizante. Los numerosos y extraños sucesos de la larga noche estaban cobrándose su tributo.

Entre el agotamiento y el resplandor del fuego, me fue imposible calcular la hora. Creo que caí dormido por un instante y me desperté con un escalofrío, sin saber cuánto tiempo había transcurrido.

Alcé la vista y distinguí la figura de un joven no terrenal, de un muchacho exquisito, dando pasos por la cámara.

Naturalmente, sólo se trataba de Gabrielle.

6

Mientras deambulaba arriba y abajo por la estancia, Gabrielle daba la impresión de una energía casi desenfrenada. Sin embargo, toda esta energía quedaba contenida en una hermosura inalterada. Se dedicó a pisotear los maderos y a contemplar los restos ennegrecidos de la pequeña pira durante unos momentos, antes de recuperar el control de sí misma. Eché un vistazo al cielo. Nos quedaba una hora tal vez.

—Pero ¿quiénes son? —preguntó, plantada ante mí con las piernas separadas y las manos con gestos de impaciencia—. ¿Por qué nos llaman proscritos y blasfemos? —exigió saber.

—Te he contado todo lo que sé —repliqué—. Hasta esta noche no creía que poseyeran caras, manos ni voces de verdad.

Me puse en pie y me sacudí el polvo de la ropa.

—¡Nos maldecían por entrar en las iglesias! —insistió ella—. ¿No lo has captado en las imágenes que surgían de ellos? Y no saben cómo es posible que entremos. Ninguna de esas criaturas se atrevería a hacerlo.

Por primera vez, observé que estaba temblando. Había en ella otros pequeños signos de alarma: los tics nerviosos de la piel en torno a sus ojos, el gesto con el que volvía a apartar de su frente los mechones sueltos de su cabellera.

—Gabrielle —le dije, tratando de poner una voz autoritaria y tranquilizadora—, lo importante ahora es salir de aquí enseguida. No sabemos cuándo se levantan esas criaturas, ni cuánto tiempo pasará desde el ocaso hasta que se presenten de nuevo. Tenemos que encontrar otro escondite.

—La cripta de la mazmorra —propuso ella.

—Es una trampa peor aún que ésta, si consiguen pasar la puerta. —Miré de nuevo al cielo y saqué la piedra que ocultaba el pasadizo—. Vamos —le dije.

—Pero ¿adónde?

Era la primera vez que parecía casi frágil en toda la noche.

—A un pueblo al este de la torre. Es absolutamente obvio que el lugar más seguro para nosotros es la propia iglesia del pueblo.

—¿Serías capaz? ¿En la iglesia?

—Naturalmente. ¡Como bien has dicho, esas pequeñas bestias jamás se atreverían a entrar! Y las criptas bajo el altar serán profundas y oscuras como cualquier tumba.

—¡Pero, Lestat: descansar bajo el altar!

—Madre, me asombras —repliqué—. ¡Si hasta he dado cuenta de mis presas bajo el techo de la mismísima Notre Dame!

Pero me vino a la cabeza otra idea más. Fui al baúl de Magnus y rebusqué en el tesoro. Saqué dos rosarios, uno de perlas y otro de esmeraldas, ambos con el crucifijo de costumbre.

Gabrielle me observó con la cara muy pálida, contraída.

—Mira, tú coge éste —le dije entregándole el de esmeraldas—. Llévalo encima. Y, si volvemos a encontrarnos con esas criaturas, muéstrales el crucifijo. Si estoy en lo cierto, saldrán huyendo al verlo.

—Pero ¿encontraremos un lugar seguro en la iglesia?

—¿Cómo diablos voy a saberlo? ¡Volveremos aquí!

Noté que el miedo se concentraba en su interior e irradiaba de ella, mientras, titubeante, observaba las estrellas apagándose en el cielo. Había traspasado el velo que la conducía a la promesa de ser eterna y ya volvía a estar en peligro.

Rápidamente, le quité el rosario de la mano, la besé y deslicé el objeto en el bolsillo de su levita.

—Las esmeraldas representan la vida eterna, madre —le murmuré.

Volvía a parecerme el muchacho de antes, allí plantada con el último resplandor del fuego dibujando apenas el perfil de la mejilla y de los labios.

—Tenía razón en lo que he dicho antes —susurró—. No le tienes miedo a nada, ¿verdad?

—¿Qué importa eso? —respondí, encogiéndome de hombros. La tomé del brazo y la llevé hacia el pasadizo—. Nosotros somos aquellos a quienes temen los demás, recuérdalo.

Cuando llegamos a los establos, vi que el muchacho había recibido una muerte horrible. Su cuerpo descoyuntado yacía retorcido en el suelo sucio de heno como si un titán lo hubiera arrojado allí. Tenía una fractura en la nuca, y, para burlarse de él, al parecer, o tal vez para burlarse de mí, le habían vestido con una elegante levita de terciopelo rojo propia de un caballero. *Terciopelo rojo*. Éstas eran las palabras que ella había murmurado mientras las criaturas cometían el crimen. Yo sólo había visto la muerte. Aparté la vista del muchacho. Todos los caballos habían desaparecido.

—Pagarán por esto —prometí.

Tomé de la mano a Gabrielle, pero ella contempló el cuerpo del desdichado muchacho como si le atrajera contra su voluntad. Después me miró a mí.

—Siento frío —musitó—. Estoy perdiendo fuerza en los brazos y las piernas. Debo llegar enseguida a un lugar oscuro, es preciso. Lo siento.

La conduje a toda prisa hacia el camino, subiendo la ladera de la colina cercana.

Por supuesto, en el cementerio del pueblo no había pequeños monstruos aulladores. Tampoco yo había esperado encontrarlos. La tierra de las viejas tumbas no se había removido desde hacía mucho tiempo.

Gabrielle no quiso seguir discutiendo el asunto conmigo. La ayudé a llegar a la puerta lateral de la iglesia y rompí en silencio la cerradura.

—Estoy aterida y me escuecen los ojos —repitió en un susurro—. Un sitio oscuro...

Pero, cuando me dispuse a conducirla adentro, interrumpió la frase.

—¿Y si las criaturas tienen razón? —preguntó—. ¿Y si no debemos entrar en la Casa de Dios?

—Palabrerías y estupideces. Dios no está en la Casa de Dios.

—¡No...! —gimió ella.

Crucé la sacristía tirando de ella y la conduje ante el altar. Se cubrió el rostro con las manos y, cuando alzó la vista, lo hizo hacia el crucifijo que remataba el sagrario. Dejó escapar un profundo jadeo. Sin embargo, no era de esa visión de lo que protegía sus ojos cuando volvía el rostro hacia mí, sino de las cristaleras de vidrios de colores. ¡El sol que yo aún no podía notar en absoluto estaba ya quemándola a ella!

La tomé en brazos como había hecho la noche anterior. Tenía que encontrar una antigua cripta que no hubiera sido utilizada en muchos años. Corrí hacia el altar de la Santísima Virgen, donde las inscripciones estaban casi borradas por el paso del tiempo, y, arrodillado, hundí las uñas en torno a una losa y la levanté rápidamente para descubrir un profundo sepulcro ocupado por un único ataúd carcomido.

La hice bajar al interior del sepulcro conmigo y coloqué de nuevo la losa en su lugar. La oscuridad fue total, y el ataúd se hizo astillas bajo mi peso, de modo que mi mano derecha fue a posarse sobre una calavera. Noté también la dureza de otros huesos bajo mi pecho. Gabrielle habló como si estuviera en trance:

—Sí, lejos de la luz.

—Estamos a salvo —susurré yo.

Aparté los huesos e improvisé un nido con la madera podrida y el polvo, demasiado antiguo para conservar olor alguno a cuerpo humano putrefacto.

Pero tardé una hora o tal vez más en conciliar el sueño. No dejaba de pensar una y otra vez en el mozo de cuadra, hecho un guiñapo y arrojado allí en el suelo con aquella elegante levita de terciopelo rojo. Yo había visto antes aquella levita, pero no lograba recordar dónde. ¿Era tal vez una de las mías? ¿Habrían conseguido penetrar en la torre?

No, eso era imposible. Seguro que no habían entrado. ¿Se habrían procurado una prenda idéntica a una de las mías? ¿Hasta aquel punto habrían llegado para burlarse de mí? No, ¿cómo podrían hacer algo semejante criaturas como aquéllas? Y, sin embargo, aquella levita... Había algo en ella que...

7

Cuando abrí los ojos, escuché unos cantos dulcísimos y deliciosos. Como tantas veces sucede con la música, incluso con los fragmentos más preciados, el cántico me devolvió a la infancia, a cierta noche de invierno en que todos los miembros de la familia habíamos bajado a la iglesia del pueblo y habíamos estado durante horas entre las velas encendidas, respirando el humo penetrante y sensual del incienso mientras el sacerdote recorría el recinto con la custodia en alto.

Después de esa primera, un millar más de Bendiciones del Santísimo habían grabado en mi mente la letra del viejo himno:

> O Salutaris Hostia
> Quae caeli pandis ostium
> Bella premunt hostilia,
> Da robur, fer auxilium...

Y allí tendido en los restos del ataúd destrozado bajo la losa de mármol blanco del altar lateral de aquella gran iglesia de pueblo, con Gabrielle asida a mí, incluso en la quietud del sueño, me di cuenta poco a poco de que encima de mí había cientos y cientos de humanos que entonaban aquel mismo himno en aquel instante. ¡La iglesia estaba llena de gente! Y no podríamos salir de aquel maldito nido de huesos hasta que todos los mortales la hubieran abandonado.

Noté cómo se movían algunos bichos en la oscuridad que me envolvía. Aprecié el olor del esqueleto destrozado sobre el que yacía. Pude oler también la tierra, y notar la humedad y el rigor del frío.

Las manos de Gabrielle eran unas manos muertas que se agarraban a mí. Su rostro era inflexible como el hueso. Traté de no darle vueltas a todo aquello y quedarme absolutamente inmóvil.

Encima de mí, cientos de humanos respiraban y jadeaban. Tal vez un millar de ellos. Y ahora entonaban el segundo himno.

«¿Qué viene ahora? —me dije desconsoladamente—. ¿La letanía, las bendiciones?» Precisamente aquella noche, de todas las noches, no disponía de tiempo para quedarme allí recordando. Era preciso salir de allí. La imagen de la levita de terciopelo rojo volvió a mi mente con una irracional sensación de urgencia y con un destello de dolor igualmente inexplicable.

Y, de repente —o eso me pareció—, Gabrielle abrió los ojos. Por supuesto, no lo vi, pues la oscuridad era total. Lo noté. Aprecié que sus miembros volvían a la vida.

Pero apenas se había movido, cuando se quedó otra vez rígida de alarma. Le tapé la boca con la mano.

—Guarda silencio —le susurré.

Noté cómo la dominaba el pánico.

Todos los horrores de la noche anterior debían de estar volviendo a Gabrielle, y ahora se encontraba en un sepulcro junto a un esqueleto destrozado, debajo de una losa que apenas podría levantar.

—¡Estamos en la iglesia! —le informé en un nuevo susurro—. Estamos a salvo.

Llegó a mis oídos el cántico. *Tantum ergo Sacramentum, Veneremus cernui.*

—¡No, es una Bendición del Santísimo! —dijo Gabrielle con un jadeo.

Intentaba dominarse y seguir quieta, pero, de pronto, perdió el control y tuve que asirla con fuerza por ambas muñecas.

—Es preciso que salgamos de aquí —suplicó—. ¡Lestat, por el amor de Dios, el Santísimo Sacramento está expuesto en el altar!

Los restos del ataúd de madera crujieron y se quebraron sobre la losa del fondo haciéndome caer encima de mi compañera y aplastándola bajo mi peso.

—Quédate quieta y callada, ¿me oyes? No tenemos más remedio que esperar.

Sin embargo, su pánico estaba contagiándome. Noté los fragmentos de huesos crujiendo bajo mis rodillas y percibí el olor de la tela putrefacta. Parecía que el hedor a muerte penetraba por los muros del sepulcro, y me di cuenta de que no soportaría seguir encerrado entre aquel olor.

—No podemos quedarnos aquí —jadeó—. No podemos. ¡Tengo que salir! —Me lo pedía casi gimoteando—. ¡Lestat, no puedo!

Empezó a palpar las paredes, y luego la losa que nos cubría. Escuché un sonido puro, átono, que escapaba de sus labios.

Encima de nosotros, el cántico había cesado. El sacerdote habría vuelto a subir los peldaños hasta el altar y estaría elevando la custodia con ambas manos. Se volvería hacia los feligreses y alzaría la Sagrada Hostia para bendecirlos. Gabrielle, por supuesto, lo sabía. Y, de pronto, Gabrielle se volvió como loca, agitándose debajo de mí hasta casi arrojarme a un lado.

—¡Esta bien, escúchame! —susurré, incapaz de controlar aquello por más tiempo—. Vamos a salir, pero lo haremos como verdaderos vampiros, ¿me oyes? En la iglesia hay un millar de personas y vamos a darles un susto de padre y señor mío. Yo levantaré la piedra y apareceremos los dos a la vez. Cuando lo hagamos, levanta los brazos y pon la mueca más horrible que se te ocurra y lanza alaridos si puedes. Eso les hará retroceder en lugar de lanzarse sobre nosotros y conducirnos a la cárcel. Después, echaremos a correr hacia la puerta.

A Gabrielle le faltó tiempo hasta para responder, pues ya estaba debatiéndose y golpeando con los talones la madera podrida.

Me incorporé, di un fuerte empujón con ambas manos a la losa de mármol y salté del sepulcro como acababa de decir que haría, levantando la capa en un enorme arco.

Fui a caer en el piso del coro, envuelto en el resplandor de las velas, y emití el grito más potente de que fui capaz.

Cientos de mortales se pusieron en pie delante de mí. Cientos de bocas se abrieron para gritar.

Emitiendo un nuevo alarido, así de la mano a Gabrielle y me lancé hacia ellos saltando la barandilla del comulgatorio. Ella me acompañó con un delicioso gemido muy agudo, levantando la mano izquierda como una zarpa mientras yo tiraba de ella por el pasillo central. El pánico se generalizó: hombres y mujeres sujetaban a sus niños y lanzaban chillidos sin dejar de retroceder.

Las pesadas puertas cedieron al instante, abriéndose al cielo oscuro y al viento racheado. Empujé a Gabrielle delante de mí y, volviéndome, lancé el aullido más agudo de que fui capaz. Puse al descubierto mis colmillos ante la grey espantada y angustiada. Incapaz de determinar si parte de la feligresía se lanzaba en nuestra persecución o si caía hacia mí debido al pánico, me llevé la mano al bolsillo y sembré de monedas de oro el suelo de mármol.

—¡El demonio arroja monedas! —chilló alguien.

Gabrielle y yo huimos a toda velocidad, atravesando el cementerio y los campos. En cuestión de segundos, ganamos el bosque y capté el olor de los establos de un caserón que se alzaba ante nosotros más allá de los árboles.

Me quedé quieto y concentrado, casi doblado por la cintura, y llamé a los caballos. Después corrimos hacia ellos y escuchamos el sordo golpeteo de sus herraduras contra los pesebres.

Salvando de un salto el seto bajo, con Gabrielle a mi lado, arranqué la puerta de sus goznes, al tiempo que un caballo castrado de fina estampa salía al galope de su caballeriza destrozada. Saltamos a su lomo. Gabrielle se acomodó delante de mí y le pasé el brazo en torno a su cintura.

Clavé los talones en el animal y nos perdimos en el bosque en dirección sur, hacia París.

8

Intenté elaborar un plan mientras nos acercábamos a la ciudad, pero, para ser sincero, no estaba nada seguro de cómo proceder.

No había modo de evitar a aquellos pequeños monstruos repulsivos. Cabalgábamos hacia una batalla y la situación no era muy distinta a la mañana en que saliera a matar los lobos, confiado en que mi rabia y mi voluntad me ayudarían a vencerlos.

Apenas habíamos entrado entre las casas de campo que salpicaban Montmartre cuando escuchamos durante una fracción de segundo su leve murmullo, nocivo como un vapor tóxico.

Gabrielle y yo nos dimos cuenca de que debíamos beber enseguida para estar preparados cuando se produjera el encuentro.

Nos detuvimos en una de las pequeñas alquerías, cruzamos con sigilo el huerto hasta la puerta trasera y encontramos en el interior al hombre y a su esposa, dormitando ante una chimenea.

Cuando hubimos terminado de beberlos, salimos de la casa al pequeño huerto, donde nos detuvimos un instante a contemplar el cielo gris perla. No se oía la presencia de nadie más. Sólo la quietud, la claridad de la sangre fresca y la amenaza de la lluvia en las nubes que se congregaban sobre nosotros.

Me volví y ordené en silencio al caballo que acudiera a mí. Mientras sujetaba las riendas, miré a Gabrielle.

—No veo más solución que entrar en París —le dije— e ir directamente al encuentro de esas bestias. Y hasta que aparezcan y estalle de nuevo la guerra, hay otras cosas que debo hacer. Tengo que pensar en Nicolas y debo hablar con Roget.

—No es momento para esas tonterías de mortales —replicó ella.

Aún llevaba el polvo del sepulcro de la iglesia adherido a la tela de la capa y a sus rubios cabellos: le daban el aspecto de un ángel arrastrado por la tierra, un ángel caído.

—No dejaré que se interpongan entre mí y lo que deseo hacer —declaré.

Ella exhaló un profundo suspiro.

—¿Quieres conducir a estas criaturas a tu querido monsieur Roget? —preguntó.

Era una posibilidad demasiado horrible para correr el riesgo.

Empezaban a caer las primeras gotas de lluvia y sentí frío a pesar de la sangre recién bebida. En un momento empezaría a llover con fuerza.

—Está bien —reconocí—. No se puede hacer nada hasta que terminemos esto de una vez.

Monté de nuevo y tendí la mano a Gabrielle.

—Las heridas no hacen más que espolearte, ¿verdad? —comentó, estudiándome—. Intenten lo que intenten esas criaturas, no conseguirán otra cosa que darte fuerzas.

—¡Vaya, esto sí que me parece una tontería propia de mortales! ¡Vamos allá! —repliqué.

—Lestat —dijo ella entonces con voz seria—, al muchacho de la cuadra le pusieron aquella levita de caballero después de matarle. ¿Te fijaste en la prenda? ¿No la habías visto antes?

Aquella maldita ropa de terciopelo rojo...

—Yo sí la había visto —continuó—. La vi durante horas en mi lecho de muerte en París. Era la levita de Nicolas de Lenfent.

Me quedé mirándola un largo instante, pero creo que no la percibí en absoluto. La rabia que crecía dentro de mí era absolutamente muda. Sería rabia hasta que tuviera pruebas de que debía ser pena, pensé. Después, dejé de pensar.

Me di cuenta, difusamente, de que Gabrielle aún no tenía idea de lo fuertes que podían ser nuestras emociones, del efecto paralizante que podían tener. Creo que moví los labios, pero no salió de ellos sonido alguno.

—No creo que le hayan matado, Lestat —me dijo.

Intenté de nuevo decir algo. Quería preguntarle por qué lo pensaba así, pero no pude y seguí con la vista fija en el huerto.

—Creo que está vivo y le tienen prisionero —continuó—. De lo contrario, habrían dejado ahí su cuerpo, y no se habrían molestado con el mozo de cuadra.

—Es posible. Tal vez no...

Tuve que obligar a mis labios a formar las palabras.

—La ropa era un mensaje.

No pude soportarlo por más tiempo y estallé:

—Voy tras ellos. ¿Quieres regresar a la torre? Si fracaso en esto...

—No tengo ninguna intención de dejarte —contestó ella.

La lluvia caía con intensidad cuando llegamos al Boulevard du Temple, cuyos adoquines mojados reflejaban la luz de un millar de farolas.

Mis pensamientos se habían solidificado en estrategias que eran más producto del instinto que de la razón. Me sentía más dispuesto que nunca para una lucha, pero era preciso conocer bien nuestra situación. ¿Cuántas criaturas de aquéllas había? ¿Qué querían, en realidad? ¿Capturarnos y destruirnos, o sólo asustarnos y ahuyentarnos? Era preciso que contuviera mi rabia; debía recordar que eran seres infantiles, supersticiosos, y que fácilmente se dispersarían asustados ante mi presencia.

Cuando llegamos a los elevados edificios de viviendas próximos a Notre Dame, sentí y oí su presencia en las cercanías. Sus vibraciones me llegaban como un destello plateado que se desvanecía casi con la misma singular rapidez.

Gabrielle irguió el cuerpo, sentada sobre el caballo, y noté su mano zurda en torno a mi muñeca. Vi la derecha en la empuñadura de su espada.

Habíamos entrado en una callejuela serpenteante que

formaba un recodo ante nosotros antes de perderse en las sombras. El martilleo de las herraduras hendía el silencio y traté de que no me pusiera nervioso el reiterado sonido.

Los dos las vimos, al parecer, en el mismo instante.

Gabrielle se apretó contra mí y reprimí un jadeo para que las criaturas no pudieran interpretarlo como una demostración de miedo.

Encima de nosotros, a ambos lados del angosto callejón, aparecían sus rostros lechosos justo sobre los aleros de los edificios, como un leve resplandor contra las nubes del cielo y el inaudible caer de la lluvia plateada.

Azucé la montura hacia delante en un estruendo de pezuñas arañando y golpeando los adoquines. Arriba, las criaturas correteaban como ratas por los tejados. Sus voces se alzaban en un leve aullido que los mortales no podían escuchar.

Gabrielle dejó escapar un grito cuando vio sus pálidos brazos y piernas descendiendo los muros delante de nosotros; detrás, escuché el sordo rumor de sus pies sobre el empedrado.

—¡Adelante! —grité. Saqué la espada y la descargué sobre dos de las figuras harapientas, que habían saltado a interceptarnos el paso—. ¡Apartaos de mi camino, condenadas criaturas! —exclamé, escuchando sus gritos a mis pies.

Por un instante, observé unos rostros angustiados. Los que nos acechaban arriba desaparecieron y los que llevábamos detrás parecieron cejar en su empeño. Continuamos adelante rápidamente, poniendo metros entre nosotros y nuestros perseguidores, hasta que llegamos a la desierta Place de Grève.

Sin embargo, las criaturas se estaban reagrupando en los alrededores de la plaza, y esta vez pude captar sus pensamientos inteligibles. Una de ellas preguntaba qué poder era aquél que poseíamos y por qué debían tener miedo: otra insistía en seguir acercándose a nosotros.

En aquel instante, una especie de fuerza surgió de Gabrielle; no me cupo ninguna duda de ello, pues vi claramente cómo retrocedían cuando ella les lanzó su mirada mientras cerraba la mano en la empuñadura de su espada.

—¡Detente, mantenles a distancia! —me masculló en un susurro—. Esas criaturas están aterrorizadas.

De inmediato, la oí soltar una maldición, pues, volando hacia nosotros desde las sombras del Hôtel Dieu, venían por lo menos seis más de aquellos pequeños demonios, con sus delgadas extremidades blancas apenas cubiertas por harapos, el cabello al viento y unos horribles gemidos surgiendo de sus bocas. Los recién aparecidos instigaron a los demás, y la malevolencia que nos rodeaba se hizo más y más intensa.

El caballo se encabritó y casi nos arrojó al suelo. Las criaturas le estaban ordenando detenerse, igual que yo le mandaba seguir adelante.

Tomé a Gabrielle por la cintura, salté del caballo y corrí a toda velocidad hasta la puerta de Notre Dame.

Un horrible barboteo irónico se alzó silencioso en mis oídos, lleno de gemidos y de gritos y de amenazas:

—¡No te atreverás! ¡No lo harás!

Una malevolencia como el calor de un alto horno se abrió sobre nosotros mientras sus pies nos cercaban, arrastrándose y chapoteando. Noté cómo sus manos luchaban por asir mi espada y mi capa.

Sin embargo, yo estaba seguro de lo que sucedería cuando alcanzáramos la iglesia. Con un último esfuerzo, empujé a Gabrielle delante de mí y juntos cruzamos las puertas del pórtico de la catedral para ir a caer en sus losas cuan largos éramos.

Gritos. Unos gritos secos y horribles alzándose en el aire y luego un gran tumulto, como si la turba entera hubiera sido dispersada por un cañonazo.

Me incorporé trabajosamente, riéndome de las criaturas. No obstante, no me quedé a oír más tan cerca de la puerta. Gabrielle estaba también ya en pie y tiraba de mí; juntos, nos internamos corriendo en la nave en sombras, pasando un arco tras otro hasta llegar cerca de las mortecinas velas del santuario. Allí buscamos un rincón oscuro y vacío junto al altar lateral y nos arrodillamos codo con codo.

—¡Igual que los condenados lobos! —exclamé—. ¡Una maldita emboscada!

—Chist, cállate un momento —ordenó Gabrielle, asiéndose a mí—. O mi corazón inmortal estallará.

9

Después de un largo rato, noté que se ponía tensa, con el rostro vuelto hacia la plaza.

—No pienses en Nicolas —me dijo—. Están esperando ahí fuera y nos oyen. Escuchan todo lo que pasa por nuestras mentes.

—¿Pero qué están pensando? —susurré—. ¿Qué está pasando por las suyas?

Pude darme cuenta de su concentración.

La estreché contra mí y miré hacia la luz plateada que entraba de las lejanas puertas abiertas. Ahora, también yo podía oír a las criaturas, aunque sólo captaba un apagado murmullo que procedía de la jauría reunida allí fuera.

Sin embargo, mientras contemplaba la lluvia, se adueñó de mí la sensación de paz más absoluta. Resultaba casi sensual. Me pareció que podíamos rendirnos a aquellos seres, que era estúpido seguir resistiéndose a ellos. Todo se resolvería si, simplemente, salíamos y nos entregábamos a ellos. No torturarían a Nicolas, a quien tenían en su poder; no le arrancarían los miembros uno a uno.

Vi a Nicolas en sus manos. Sólo llevaba los calzones y la camisa, pues le habían quitado la levita. Y escuché sus gritos mientras le descoyuntaban los brazos. Grité «¡No!», y me llevé la mano a la boca, para no llamar la atención de los mortales que ocupaban la iglesia.

Gabrielle alzó la mano y me rozó los labios con los dedos.

—No sé lo que están haciendo —dijo en un susurro—. Sólo es una amenaza. No pienses en él.

—Entonces, todavía está vivo —cuchicheé.

—Eso quieren hacernos creer. ¡Escucha!

Surgió de nuevo la sensación de paz, la invitación —sí, eso era— de unirnos a ellos, la voz diciendo: «*Salid de la iglesia. Rendíos a nosotros, os acogeremos y no os haremos ningún daño si salís.*»

Me volví hacia la puerta y me puse en pie. Gabrielle me imitó con gesto nervioso, haciéndome una nueva advertencia con la mano. Su cautela era tal que parecía no querer ni siquiera dirigirme la palabra mientras mirábamos el gran arco de luz plateada.

«*Estás mintiéndonos*», dije mentalmente. «*¡No tienes ningún poder sobre nosotros!*» Era una arrasadora corriente de desafío que se agitaba a través de la lejana puerta. «*¿Rendirnos a vosotros? Si lo hacemos, ¿qué os impedirá retenernos a los tres? ¿Por qué habríamos de salir? Dentro de la iglesia estamos a salvo: podemos escondernos en sus sepulcros más profundos. Podríamos cazar entre los fieles, beber su sangre en capillas y nichos tan habilidosamente que jamás nos descubrirían, mandando a nuestras víctimas a morir un rato después en la calle, confundidas y sin saber qué les había sucedido. ¿Qué haríais entonces, vosotros que ni siquiera podéis cruzar la puerta? Además, no creemos que tengáis a Nicolas. ¡Mostrádnoslo! Traedlo a la puerta para que hablemos.*»

Gabrielle estaba inmersa en un torbellino de confusión. Me miraba, desesperada por saber qué les estaba diciendo. Ella, en cambio, captaba claramente los pensamientos de las criaturas, cosa que a mí me resultaba imposible mientras les enviaba aquellos impulsos mentales.

Parecía que la intensidad de la voz se había reducido, pero no había cesado.

Y continuó como antes, como si yo no hubiera contestado y sólo fuera una salmodia que volvía a prometernos una tregua. Y ahora parecía hablar también de una sensación de éxtasis, de que todos los conflictos quedarían resueltos y desaparecerían en el inmenso placer de unirnos a ella y a las criaturas. La voz volvía a ser sensual y hermosa.

—¡Sois todos unos miserables cobardes! —exclamé. Esta vez pronuncié las palabras en voz alta para que Gabrielle pudiera oírlas también—. Traed a Nicolas a la iglesia.

El murmullo de las voces decreció en intensidad. Continué hablando, pero al otro lado de la puerta se hizo un silencio hueco como si muchas de las voces se hubieran retirado y sólo quedara ahora un par de ellas. A continuación, escuché unos leves y caóticos fragmentos de discusiones, unos indicios de rebelión.

Gabrielle entrecerró los ojos.

Se hizo un silencio total. Ahora sólo quedaban en el exterior de la iglesia algunos mortales que cruzaban la Place de Grève avanzando contra el viento. No me había pasado por la cabeza que las criaturas pudieran retirarse. ¿Qué podíamos hacer ahora para salvar a Nicolas?

Parpadeé. De pronto me sentía muy cansado, casi abrumado de desesperación, y me dije confusamente:

«¡Esto es ridículo, yo nunca me desespero! Eso les sucede a los otros, no a mí. Yo sigo luchando no importa lo que suceda. Siempre.»

Y, en mi agotamiento y mi cólera, vi a Magnus saltando a la pira, y la mueca de su rostro antes de que las llamas le consumieran, reduciéndole a cenizas. ¿Era aquello producto de la desesperación?

La idea me paralizó. Me causó el mismo horror que cuando el hecho se había producido en la realidad. Y tuve la extrañísima sensación de que alguien más me estaba hablando de Magnus. ¡Por eso me había venido a la mente su recuerdo!

—Muy listo... —susurró Gabrielle.

—No hagas caso. Está jugando con nuestros propios pensamientos —le advertí.

Pero cuando dejé de mirarla para observar la puerta abierta que tenía detrás, vi aparecer una pequeña figura, perfectamente material. Pertenecía a un joven, no a un hombre maduro.

Deseé profundamente que fuera Nicolas, pero enseguida me di cuenta de que no era así. La figura era más baja que Nicolas, aunque de constitución más robusta. Y no era humana.

Gabrielle emitió un leve murmullo de asombro que, en aquel lugar, sonó casi como una oración.

La criatura no vestía como los hombres de la época, sino que llevaba una túnica con cinto, muy elegante, y medias en sus piernas bien torneadas. Las mangas, muy holgadas, le colgaban a los costados. En realidad, iba vestido como Magnus, y, por un instante, tuve la loca impresión de que éste había vuelto por algún arte de magia.

Una idea estúpida. La criatura era, como ya he dicho, un muchacho que llevaba el cabello largo y rizado. Le vi penetrar con paso resuelto y nada afectado en la catedral, a través de la luz plateada. Titubeó un instante, y, por la inclinación de la cabeza, me pareció que miraba hacia arriba. Después, se acercó a nosotros cruzando la nave sin que sus pies hicieran el menor ruido sobre las piedras.

Entró en el círculo de luz de los cirios del altar lateral en que nos hallábamos. Sus ropas de raso negro, hermosas en otra época, estaban desgastadas por el paso del tiempo y salpicadas de suciedad. Su rostro, en cambio, era radiante, pálido y perfecto, la imagen misma de un dios, de un Cupido pintado por Caravaggio, seductor y etéreo, con el cabello castaño rojizo y los ojos de color pardo oscuro.

Abracé a Gabrielle con más fuerza, al tiempo que miraba al joven. Nada me desconcertó tanto de aquella criatura inhumana como el modo como nos miraba. Estaba inspeccionando hasta el menor detalle de nuestras personas. Después extendió el brazo con mucha delicadeza y tocó la piedra del altar que tenía al lado. Contempló el altar, su crucifijo y sus santos y volvió a concentrar la mirada en nosotros.

A sólo unos metros de nosotros, nos contempló tiernamente, con una expresión que era casi sublime. Y surgió de los labios de aquella criatura la misma voz que había oído antes, invitándonos, incitándonos a entregarnos, insistiendo con indescriptible dulzura en que debíamos amarnos todos, él y Gabrielle, a quien no llamó por su nombre, y yo.

Había algo de infantil en su modo de enviarnos la invitación, allí plantado delante de nosotros.

Me mantuve firme ante él. Por puro instinto. Noté que mis ojos se volvían opacos como si se hubiera levantado un muro que cegara las ventanas de mis pensamientos. Y, pese a todo, sentí tales deseos de aquel ser, tales deseos de entregarme a él y de seguirle y de dejarme conducir por él, que todos mis anhelos del pasado parecían reducidos a la nada. La criatura era un absoluto misterio para mí, como lo había sido Magnus. Pero aquel ser, aquel joven, era indescriptiblemente hermoso y parecía guardar en su interior una profundidad y una complejidad infinitas, de las que Magnus había carecido.

La angustia de mi vida inmortal me atenazó. «*Ven a mí*», dijo la voz. «*Ven a mí porque sólo yo y los que son como yo pueden poner fin a la soledad que sientes.*» La voz tocó un pozo de inexpresable tristeza, sondeó las profundidades de la melancolía, y la garganta se me secó con un rígido nudo donde debía tener la voz. Y, pese a todo, me mantuve firme.

«*Nosotros dos estamos juntos*», repliqué, cerrando mi abrazo en torno a Gabrielle. Luego pregunté al ser: «*¿Dónde está Nicolas?*» Hice la pregunta y me concentré en ella, sin hacer caso a nada de cuanto oía o veía.

El joven se humedeció los labios; un gesto muy humano. Y, en silencio, se acercó aún más a nosotros hasta quedar a no más de dos palmos, sin dejar de mirarnos alternativamente. Entonces, nos habló con una voz muy diferente a una voz humana.

—Magnus —dijo. El tono era moderado, halagador—. ¿Se arrojó al fuego como dices?

—Nunca he dicho tal cosa —respondí. El sonido humano de mi propia voz me sobresaltó, pero me di cuenta de que se refería a mis pensamientos de unos minutos antes—. Es cierto, se arrojó a la hoguera —añadí.

¿Para qué engañar a nadie en ese detalle?

Traté de penetrar en su mente. Él se dio cuenta de que lo hacía y lanzó contra mí unas imágenes tan extrañas que solté un jadeo.

¿Qué era lo que había visto por un instante? No supe reconocerlo. El infierno y el paraíso, o ambos en uno, vampiros bebiendo sangre de las propias flores que colgaban de los árboles, pendulantes y palpitantes.

Sentí una oleada de disgusto. Era como si el ser hubiera penetrado en mis sueños más íntimos como un súcubo.

Pero se había detenido. Cerró ligeramente los ojos y bajó la mirada con una vaga expresión de respeto. Mi disgusto le dejaba atónito y abrumado. No había previsto tal respuesta, no había esperado tal... ¿tal qué? ¿Tal fuerza?

Eso era, y me lo estaba haciendo saber de un modo casi cortés.

Le devolví la cortesía: dejé que me viera en la estancia de la torre junto a Magnus y recordé las palabras de éste antes de arrojarse al fuego. Le permití conocer cuanto había sucedido allí.

Él asintió, y, cuando dije las palabras que Magnus había pronunciado, aprecié un ligero cambio en su rostro, como si su frente se alisara o toda su piel se estirase. Pero no me ofreció un conocimiento similar de sí mismo, en correspondencia.

Al contrario, para gran sorpresa mía, apartó la mirada de nosotros y la dirigió al altar mayor de la catedral. Pasó por delante de nuestra posición, ofreciéndonos la espalda como si no tuviera nada que temer de nosotros y nos hubiera olvidado por el momento.

Avanzó hacia el gran pasillo central y lo recorrió lentamente. No obstante, su modo de andar no parecía humano; se movía de una sombra a la siguiente con tal rapidez que parecía desvanecerse y reaparecer. En ningún momento quedaba visible a la luz. Y aquella multitud de almas congregada en la iglesia sólo tenía que verle fugazmente para que, al instante, se esfumara de nuevo.

Me maravilló su habilidad, pues de eso se trataba. Sentí

curiosidad por comprobar si podía moverme como él y le seguí al coro. Gabrielle avanzó detrás de mí sin hacer el menor ruido.

Creo que a ambos nos resultó más sencillo de lo que habíamos imaginado. El joven, en cambio, quedó visiblemente sobresaltado cuando nos vio a su lado.

Y su propio desconcierto me permitió entrever por un momento su gran debilidad: su orgullo. Se sentía humillado por el hecho de que nos hubiéramos acercado a él con aquella rapidez y de que fuéramos capaces, al propio tiempo, de ocultarle nuestros pensamientos.

Pero lo peor estaba aún por llegar. Cuando se dio cuenta de que yo había captado aquello... cuando vio que lo había revelado durante una fracción de segundo... se sintió doblemente furioso. Un calor fulminante, que no era en absoluto calor, emanó de él.

Gabrielle emitió un pequeño chasquido de desdén. Sus ojos centellearon en los de él por un instante, en un destello de comunicación entre ellos que me excluía. El inhumano joven pareció de nuevo desconcertado.

Sin embargo, por dentro estaba librando una batalla aún mayor, que yo trataba de entender. Contempló a los fieles que le rodeaban, el altar y los símbolos del Todopoderoso y de la Virgen María que encontraba donde ponía la vista. Era un perfecto dios pagano sacado de Caravaggio. La luz jugaba en la dura palidez de sus facciones inocentes.

Luego me pasó el brazo por la cintura, deslizándolo bajo mi capa. Su contacto era muy extraño, muy dulce y seductor, y la belleza de su rostro era tan hipnotizadora que no me moví. Con el otro brazo, tomó por el talle a Gabrielle, y la visión de los dos juntos, ángel con ángel, me distrajo.

«Debéis venir», dijo.

—¿Por qué? ¿Adónde? —quiso saber Gabrielle. Noté una inmensa presión. El joven trataba de obligarme a caminar contra mi voluntad, pero no podía. Me planté en el suelo de losas y vi cómo se endurecía la expresión de Gabrielle al volverse hacia él. De nuevo, se hizo patente el asombro del extraño desconocido. Se puso hecho una furia y no pudo ocultárnoslo.

Así que había subestimado nuestra fuerza física igual que nuestra fuerza mental... Muy interesante.

—Debéis venir ahora —insistió, dirigiéndome toda la gran fuerza de su voluntad, que identifiqué con demasiada claridad como para dejarme engañar por ella—. Salid y mis seguidores no os harán daño.

—Nos estás mintiendo —repliqué—. Has enviado lejos a tus seguidores con la intención de hacernos salir antes de que vuelvan, porque no quieres que te vean abandonando la iglesia. ¡No quieres que sepan que puedes entrar en ella!

Gabrielle volvió a lanzar una de sus risas burlonas y despectivas.

Planté la mano en el pecho del extraño joven e intenté apartarle a un lado, pero descubrí que era tan fuerte como Magnus. Sin embargo, me negué a sentir temor.

—¿Por qué no quieres que te vean? —susurré, mirándole fijamente.

El cambio que experimentó resultó tan inesperado y espantoso que me descubrí conteniendo la respiración. Su rostro angelical pareció marchitarse, sus ojos se abrieron y en sus labios se formó una mueca de consternación. Todo su cuerpo se puso totalmente deformado como si intentara no rechinar los dientes ni apretar los puños.

Gabrielle se apartó de él y me eché a reír. No era mi intención hacerlo, pero no pude evitarlo. El aspecto del joven era aterrador, pero también resultaba muy divertido.

Con asombrosa rapidez, aquel horroroso espejismo —si de tal cosa se trataba— se desvaneció, y nuestro interlocutor recuperó su plácido aspecto anterior. Incluso volvió a mostrar la misma expresión sublime. Mediante un sostenido flujo de pensamientos, me hizo saber que me consideraba infinitamente más fuerte de lo que había supuesto en un principio, pero que las demás criaturas se asustarían al verle salir de la iglesia y que, por tanto, debíamos abandonar ésta enseguida.

—Mientes otra vez —susurró Gabrielle.

Y me di cuenta de que aquel ser tan orgulloso no nos perdonaría nada. ¡Que Dios amparara a Nicolas si no conseguíamos engañarle!

Di media vuelta, así de la mano a Gabrielle y echamos a andar por el pasillo hacia las puertas principales. Gabrielle miró al extraño ser y luego volvió los ojos hacia mí con aire inquisitivo y el rostro tenso y pálido.

—Paciencia —susurré.

Al mirar atrás vi al joven lejos de nosotros, de espaldas al altar principal, contemplándonos con unos ojos tan enormes que su aspecto me pareció horrible, repulsivo y fantasmal.

Cuando llegué al vestíbulo de la catedral, emplacé a las otras criaturas con toda la fuerza de mi mente y, al tiempo que lo hacía, murmuré las palabras entre dientes para que Gabrielle supiera qué estaba haciendo yo. Invité a las criaturas a regresar y entrar en el recinto sagrado si lo deseaban, les dije que nadie ni nada les haría daño y que su líder estaba ya en el interior, junto al altar mayor, absolutamente ileso.

Repetí las palabras en voz más alta, insistiendo en la invitación con mis pensamientos, y Gabrielle se sumó a mis esfuerzos repitiendo las frases al unísono conmigo.

Noté que el joven se acercaba a nosotros desde el altar mayor, hasta que, de pronto, le perdí la pista. No me di cuenta del momento en que reaparecía detrás de nosotros.

De improviso, se materializó a mi lado y, al tiempo que arrojaba al suelo a Gabrielle, me agarró e intentó levantarme del suelo para lanzarme fuera de la iglesia.

Me resistí a ello, y, repasando desesperadamente cuanto podía recordar de Magnus —su rara manera de andar y los extraños movimientos de la fantasmal figura—, logré lanzarle, no al suelo como sucedería con un sólido y pesado mortal, sino directamente por los aires.

Como ya sospechaba, el extraño ser salió despedido en un salto mortal, estrellándose contra la pared.

Los humanos mortales se agitaron en los bancos. Vieron un movimiento y escucharon unos ruidos, pero el causante ya había desaparecido una vez más. En cuanto a Gabrielle y a mí, en la penumbra no nos distinguíamos de otros jóvenes caballeros.

Hice un gesto a Gabrielle para que se apartara de donde estaba. El joven reapareció entonces, embistiendo directamente hacia mí, pero me di cuenta de lo que iba a suceder y salté a un lado.

A unos cinco metros de mí, caído en el suelo, le vi mirarme con auténtico temor reverencial, como si yo fuera un dios. Sus largos cabellos castaños rojizos estaban revueltos y me contemplaba con sus enormes ojos pardos abiertos como platos. Y, pese a la dulce inocencia de sus facciones, sus pensamientos volvían a volcar sobre mí un ardiente chorro de órdenes, diciéndome que yo era débil, imperfecto y estúpido, y que sus seguidores me arrancarían los miembros uno a uno tan pronto reaparecieran. Capté imágenes de Nicolas y amenazas de que asarían a mi joven amante a fuego lento hasta la muerte.

Solté una carcajada en silencio. Aquello era tan ridículo como las peleas en la vieja *Commedia dell'arte*.

Gabrielle pasaba la mirada alternativamente de uno a otro.

Envié nuevas invitaciones a los demás, y esta vez, cuando lo hice, les oí responder, curiosos e inquisitivos.

—Entrad en la iglesia —repetí una y otra vez, incluso cuando su líder se levantó y volvió a cargar contra mí con una rabia ciega y torpe.

Gabrielle le sujetó al mismo tiempo que yo, y, entre los dos, le redujimos hasta inmovilizarle.

En un momento de absoluto terror para mí, trató de clavarme los colmillos en el cuello. Vi sus ojos redondos y vacíos mientras los afilados colmillos quedaban al descubierto al retirar los labios. Le repelí de un empujón y volvió a desvanecerse.

Advertí que las demás criaturas se estaban acercando.

—¡Vuestro líder está aquí dentro! ¡Comprobadlo! —les grité—. Y cualquiera de vosotros puede penetrar también en la iglesia. No sufriréis daño alguno.

Oí un grito de advertencia de Gabrielle. Demasiado tarde. Se alzó ante mí como si surgiera del propio suelo y me golpeó en la mandíbula, llevando mi cabeza hacia atrás de modo que mis ojos miraron el techo de la iglesia. Y, antes de que pudiera recuperarme, descargó un golpe preciso en mitad de mi espalda que me envió por los aires a través de la puerta abierta hasta las piedras de la plaza.

CUARTA PARTE

LOS HIJOS DE LAS TINIEBLAS

1

No pude ver otra cosa que la lluvia, pero capté las voces de las criaturas a mi alrededor. Y a su líder dando la orden.

—Esos dos no tienen ningún gran poder —les decía con unos pensamientos que resultaban de una curiosa simplicidad, como si fueran dirigidos a niños vagabundos—. Cogedles prisioneros.

—Lestat —dijo Gabrielle—, no te resistas. Es inútil tratar de prolongar esto.

Comprendí que tenía razón, pero yo jamás me había rendido a nadie y, arrastrándola conmigo frente al Hôtel Dieu, me dirigí al puente.

Nos abrimos paso entre la multitud de capas húmedas y carruajes salpicados de barro, pero las criaturas ganaban terreno detrás de nosotros. Corrían tan deprisa que resultaban casi invisibles para los mortales y apenas mostraban ahora el menor temor a nuestra presencia.

La cacería terminó en las calles oscuras de la Rive Gauche.

Los blancos rostros aparecieron delante y detrás de nosotros como diabólicos querubines, y, cuando traté de desenvainar la espada, noté sus manos en mis brazos.

—Acabemos ya —escuché decir a Gabrielle.

Conseguí agarrar con fuerza la espada, pero no pude impedir que las criaturas me levantaran del suelo. Lo mismo hicieron con Gabrielle.

Y, en un torbellino ardiente de imágenes espantosas, supe adónde nos conducían. A les Innocents, distante muy poco de allí. Ya podía distinguir el resplandor de las hogueras que ardían cada noche entre las hediondas fosas comunes, de las llamas de las que se creía que dispersaban los efluvios.

Cerré el brazo en torno al cuello de Gabrielle y grité que no podía soportar aquel hedor, pero las criaturas nos condujeron rápidamente a través de la oscuridad, cruzando las verjas y pasando ante las blancas criptas de mármol.

—Seguro que vosotros tampoco podéis soportarlo —dije, pugnando por desasirme—. ¿Por qué, pues, vivís entre los muertos cuando estáis hechos para alimentaros de los vivos?

Me entró tal repulsión, que no pude continuar mis esfuerzos por hablar ni por liberarme. A nuestro alrededor había cuerpos en diversos estados de putrefacción, e incluso de los sepulcros más ricos surgía aquel hedor.

Y, al internarnos en la parte más oscura del cementerio y penetrar en un enorme sepulcro, me di cuenta de que también a las criaturas les repugnaba el olor tanto como a mí. Percibí su desagrado, y, pese a ello, vi que abrían la boca y ensanchaban los pulmones como si lo quisieran devorar. Gabrielle, a mi lado, estaba temblando con los dedos hundidos en mi cuello.

Atravesamos otra puerta, y luego, a la mortecina luz de una antorcha, descendimos por unos peldaños de tierra.

El hedor creció en intensidad. Parecía rezumar de las paredes de barro. Incliné la cabeza hacia delante y vomité un hilillo de sangre reluciente en los escalones excavados a mis pies. La sangre desapareció mientras continuábamos adelante con rapidez.

—¡Vivís entre las tumbas! —exclamé, furioso—. Decidme, ¿por qué sufrís ya el infierno por propia voluntad?

—¡Silencio! —cuchicheó muy cerca de mí una de las criaturas, una hembra de ojos oscuros con pelos de bruja—. ¡Blasfemo! ¡Profanador maldito!

—No muestres tanto aprecio por el demonio, querida —repliqué en tono burlón. Estábamos frente a frente—. ¡A menos que te ofrezca una visión más digna de contemplar que la del Altísimo!

La criatura se echó a reír. O más bien empezó a hacerlo, pero se detuvo como si la risa no le estuviera permitida. ¡Qué reunión más alegre e interesante iba a ser aquélla!

Continuamos bajando y bajando a las entrañas de la tierra. La luz vacilante, el ruido de los pies desnudos sobre el suelo, los sucios harapos rozándome la cara. Por un instante vi una calavera sonriente, luego otra, y, tras ésta, un montón de cráneos que llenaban un nicho en la pared.

Intenté desasirme y mi pie golpeó otro montón de huesos, que cayeron con estruendo escaleras abajo. Los vampiros me sujetaron con más fuerza y trataron de sostenernos a los dos más en alto. Pasamos ante el repugnante espectáculo de unos cadáveres putrefactos sujetos a las paredes como estatuas, con los huesos cubiertos de telas también podridas.

—¡Esto es demasiado repulsivo! —masculté con los dientes apretados.

Habíamos llegado al pie de las escaleras y nos conducían por una gran catacumba. Llegó a mis oídos el grave y rápido batir de unos timbales.

Delante de nosotros ardían unas teas, y, por encima del coro de lastimeros gemidos, me llegaron otros gritos, lejanos pero llenos de dolor. Y entonces, algo ajeno a aquellos lamentos misteriosos atrajo mi atención.

Entre toda aquella fetidez, aprecié la proximidad de un mortal. Era Nicolas y estaba vivo, y pude percibir la vulnerable corriente de sus pensamientos mezclada con su olor. Y en sus pensamientos había algo terriblemente extraño. Era un caos.

No tuve modo de saber si Gabrielle lo había captado.

De pronto, las criaturas nos arrojaron juntos al suelo y se apartaron de nosotros.

Me puse en pie y ayudé a Gabrielle a incorporarse. Vi que estábamos en una gran cámara abovedada, apenas iluminada por tres antorchas que sostenían otros tantos vampiros, dispuestas en un triángulo cuyo centro ocupábamos.

Había algo grande y oscuro al fondo de la cámara: olía a madera y brea, a humedad, a ropa enmohecida, a mortal vivo. Nicolas estaba allí.

A Gabrielle se le había soltado por completo el lazo del cabello y éste le caía sobre los hombros mientras seguía clavando sus dedos en mí y miraba a nuestro alrededor con ojos que parecían tranquilos y cautos.

De todas partes se alzaban lamentos, pero las súplicas más desgarradoras procedían de los otros seres que habíamos oído antes, de unas criaturas encerradas en lo más profundo de la tierra.

Y comprendí entonces que eran vampiros sepultados que gritaban, que lanzaban alaridos suplicando sangre, suplicando perdón y la libertad, suplicando incluso el fuego del infierno. El griterío era tan insoportable como el olor. No me llegaron verdaderos pensamientos de Nicolas, sólo el tenue brillo informe de su mente. ¿Estaría soñando? ¿Se habría vuelto loco?

El retumbar de los timbales sonaba muy fuerte y muy próximo; pese a ello, los gritos superaban a veces su estruendo, una y otra vez, sin ritmo ni aviso. Los gemidos de los más próximos a nosotros cesaron, pero los timbales continuaron batiendo y su sonido surgió de pronto del interior de mi cabeza.

Tratando desesperadamente de no llevarme las manos a los oídos, miré a mi alrededor.

Se había formado un gran círculo y ante nosotros estaba una decena, al menos, de aquellas criaturas. Vi jóvenes, viejos, hombres y mujeres, un muchacho... y todos ellos vestían restos de ropas humanas. Estaba la mujer a la que había hablado en la escalera, con su cuerpo bien formado cubierto por una túnica asquerosa y sus vivaces ojos negros brillando como gemas en el fango mientras nos estudiaban. Y detrás de ellos, de aquella avanzada, había un par en las sombras golpeando los timbales.

Elevé una muda súplica pidiendo fuerzas. Traté de oír a Nicolas sin pensar realmente en él. Hice un voto solemne: «*Os sacaré a todos de aquí aunque de momento no sé exactamente cómo.*»

El ritmo de los timbales se hizo más lento hasta convertirse en una desagradable cadencia que convirtió mi extraña sensación de miedo en una garra que me atenazaba la garganta. Uno de los que portaban antorchas se acercó a nosotros.

Aprecié la expectación de los demás, una patente excitación mientras las llamas se acercaban a mi rostro.

Arranqué la tea de manos de la criatura, retorciéndole la derecha hasta que hincó las rodillas. Con una seca patada, la envié rodando por el suelo y, cuando los demás se lanzaron contra mí, moví la antorcha en un amplio arco obligándoles a retroceder.

Luego, desafiante, arrojé la antorcha al suelo.

Aquello les pilló por sorpresa y noté un súbito silencio. La expectación había desaparecido, o más bien se había transformado en algo más paciente y menos volátil.

Los timbales sonaron insistentemente, pero parecía como si aquellos seres no hicieran caso de su retumbar. Tenían la vista puesta en las hebillas de nuestros zapatos, en nuestro cabello y en nuestros rostros, con tal expresión de inquietud que parecían amenazadores y feroces. Y el muchacho, con una mueca atormentada, extendió la mano para tocar a Gabrielle.

—¡Vuelve atrás! —dije con un siseo.

Y el muchacho obedeció, recogiendo la antorcha del suelo mientras lo hacía.

Sin embargo, yo estaba seguro ya de una cosa: estábamos rodeados por la envidia y la curiosidad, y ésa era la mejor ventaja que poseíamos.

Miré uno tras otro a aquellos seres, y, con gestos muy pausados, empecé a limpiarme el polvo y la suciedad de la levita y de los calzones. Alisé la capa y enderecé los hombros. Luego me pasé una mano por el pelo y crucé los brazos sobre el pecho, la imagen misma de la dignidad y la rectitud; y paseé la mirada a mi alrededor.

Gabrielle me dirigió una ligera sonrisa. No había perdido la compostura y tenía la mano en la empuñadura de la espada.

El efecto de todo esto en aquellos seres fue de general

asombro. La mujer de ojos oscuros estaba embelesada. Le hice un guiño. Habría quedado encantadora si alguien la hubiese metido bajo una cascada durante media hora y así se lo dije sin palabras. Dio dos pasos atrás y se apretó los harapos sobre los pechos. Interesante. Muy interesante; sí, señor.

—¿Qué explicación tiene todo esto? —inquirí, mirando a aquellos seres uno por uno como si fueran el único.

Gabrielle lanzó de nuevo su leve sonrisa.

—¿Qué representa que sois? —exigí saber—. ¿La imagen de unos fantasmas que arrastran las cadenas por cementerios y antiguos castillos?

Las criaturas se miraron entre ellas con creciente inquietud. Los timbales habían dejado de sonar.

—La niñera que tuve me asustaba muchas veces con cuentos de seres así —dije—. Me decía que podían saltar en cualquier instante de las armaduras del castillo para llevarme con ellos gritando. —Pisé el suelo con energía y avancé hacia las criaturas—. ¿ES ESO LO QUE SOIS?

Todos se encogieron y retrocedieron.

Todos, menos la mujer de ojos negros, que no se movió.

Lancé una risa por lo bajo.

—Y vuestros cuerpos son como los nuestros, ¿no es eso? —pregunté pausadamente—. Finos, sin defectos. Y en vuestros ojos percibo muestras de mis propios poderes. Muy extraño...

Surgía de ellos una gran confusión, y los aullidos procedentes de la tierra parecían más amortiguados, como si los sepultados estuvieran escuchando a pesar de su dolor.

—¿Os divierte mucho vivir entre un hedor y una suciedad como éstos? —pregunté—. ¿Es por eso por lo que lo hacéis?

Temor. De nuevo, envidia. ¿Cómo habíamos podido escapar a su destino?

—Nuestro amo es Satán —dijo la mujer de ojos oscuros con brusquedad. Su voz era cultivada. Seguramente había sido una mujer de buena posición cuando era mortal—. Y servimos a Satán como es nuestro deber.

—¿Por qué? —repliqué con cortesía.

A nuestro alrededor hubo muestras de consternación. Una ligera imagen de Nicolas. Agitación sin orden ni concierto. ¿Habría oído mi voz?

—Traerás la cólera de Dios sobre todos nosotros con tu actitud desafiante —dijo el muchacho, el más joven de todos, que no debía de tener más de dieciséis años cuando fue convertido en lo que era—. En tu vanidad y tu perversidad, haces caso omiso de las Leyes Oscuras. ¡Vives entre mortales y vas a lugares iluminados!

—¿Y por qué no lo hacéis vosotros? —pregunté—. ¿Acaso vais a subir al cielo con vuestras alitas blancas cuando terminéis este período de penitencia? ¿Es eso lo que os promete Satán? ¿La salvación? Yo, en lugar de vosotros, no confiaría en ello.

—¡Serás arrojado al fondo del infierno por tus pecados! —dijo otro miembro del grupo, una mujeruca menuda con aspecto de bruja—. Perderás el poder para seguir haciendo el mal en la Tierra.

—¿Y cuándo se supone que ha de suceder eso? —repliqué—. ¡Llevo medio año siendo lo que soy y ni Dios ni Satanás me han molestado! ¡Eres tú quien me importuna!

Se quedaron paralizados por un instante. ¿Cómo era posible que no hubiéramos caído fulminados al entrar en las iglesias? ¿Cómo podíamos ser lo que éramos?

Era muy probable que pudiéramos dispersarles y derrotarles en aquel mismo instante, pero, ¿qué sería de Nicolas? Si al menos sus pensamientos hubieran sido coherentes, habría podido hacerme una imagen de qué había exactamente bajo el gran lienzo negro enmohecido del fondo.

Clavé la mirada en los vampiros.

Madera, brea... una hoguera, sin duda. Y aquellas malditas antorchas...

La mujer de ojos oscuros se adelantó hacia nosotros. No había malevolencia en ella, sólo fascinación. Pero el muchacho la empujó a un lado, enfureciéndola, y se aproximó tanto que noté su aliento en el rostro.

—¡Bastardo! —exclamó—. Tú eres obra de Magnus, el proscrito, en desafío del pacto y de las Leyes Oscuras. Y, llevado por la precipitación y la vanidad, le has dado el Don Oscuro a esta mujer, igual que te fue dado a ti.

—Si no te castiga Satán —murmuró la mujer—, lo haremos nosotros, como es nuestro deber y nuestro derecho.

El muchacho señaló la hoguera cubierta por el lienzo negro e hizo un gesto a los demás para que se retiraran.

Los timbales volvieron a sonar, rápidos y potentes. El círculo se amplió y los portadores de las antorchas se acercaron al lienzo.

Dos de entre los demás desgarraron la tela casi descompuesta, el gran lienzo de sarga negra del cual se levantó una nube de polvo sofocante.

La pira era tan grande como la que había consumido a Magnus.

Y encima de ella, encerrado en una tosca jaula de madera, estaba Nicolas, arrodillado y caído contra los barrotes. Nos miró sin vernos y no aprecié en su rostro ni en sus pensamientos señal alguna de que nos reconociera.

Los vampiros sostuvieron en alto las teas para que le viéramos bien y noté que la expectación aumentaba de nuevo a nuestro alrededor, como cuando nos habían llevado a aquella cámara.

Gabrielle me advertía con la presión de la mano que mantuviera la calma. Su expresión no había cambiado un ápice.

Noté unas marcas azuladas en el cuello de Nicolas. La pechera de encaje de su camisa estaba tan sucia como los harapos de las criaturas, y en sus calzones podían verse diversos sietes y rozaduras. De hecho, Nicolas estaba cubierto de magulladuras y consumido hasta el borde de la muerte.

El miedo estalló silencioso en mi corazón, pero me di cuenta de que era eso lo que querían ver aquellos seres y sellé las emociones dentro de mí.

La jaula no era nada, me dije. Podía romperla. Y sólo había tres antorchas. La cuestión era saber en qué momento moverse y cómo. No pereceríamos de aquella manera, desde luego que no.

Me descubrí, observé fríamente a Nicolas y estudié con la misma frialdad los haces de leña menuda y los troncos grandes toscamente partidos. Surgió dentro de mí una gran cólera. El rostro de Gabrielle era una perfecta máscara de odio.

El grupo pareció darse cuenta de ello y se apartó ligerísimamente de nosotros, para volver a acercarse luego, lleno de confusión e incertidumbre.

No obstante, algo más estaba sucediendo. El círculo de las criaturas se estrechó aún más a nuestro alrededor.

Gabrielle me tomó el brazo.

—Viene el amo —murmuró.

En algún lugar de la cámara se había abierto una puerta. El sonido de los timbales creció en intensidad; dio la impresión de que los sepultados en la tierra entraban en un paroxismo de súplicas, rogando el perdón y la liberación. Los vampiros que nos rodeaban reanudaron su frenético griterío y tuve que hacer un gran esfuerzo para no llevarme las manos a los oídos.

Un poderoso instinto me dijo que no debía mirar al recién llegado, pero no pude resistirme y, lentamente, volví la cabeza hacia él para medir sus poderes.

2

El amo de las criaturas avanzaba hacia el centro del gran círculo, de espaldas a la hoguera, acompañado de una extraña mujer vampiro.

Y cuando lo miré a la luz de las antorchas, sentí la misma conmoción que había experimentado al verle entrar en Notre Dame.

No era sólo su belleza, sino la sorprendente inocencia que reflejaba su rostro juvenil. Se movía con tal rapidez y tal ligereza que era imposible determinar el momento en que sus pies daban un paso. Sus ojos enormes nos miraron sin odio, mientras su pelo, pese a la suciedad, despedía unos leves destellos rojizos.

Traté de leer su mente, de saber qué era aquel ser, por qué una criatura tan sublime mandaba sobre aquellos tristes fantasmas cuando tenía todo el mundo a su disposición. Intenté de nuevo descubrir algo que ya casi había averiguado cuando aquella criatura y yo habíamos estado cara a cara en el altar de la catedral. Si lo descubría, tal vez podría derrotarle, y ésa era mi intención.

Creí verle responder, dirigirme una silenciosa contestación, un destello del paraíso en la misma boca del infierno en su expresión inocente, como si el diablo aún conservase el rostro y la forma del ángel que era antes de la caída.

Pero allí sucedía algo muy raro. El amo no pronunció una sola palabra. Los timbales retumbaron ansiosamente, pero no se produjo una reacción unitaria entre las criaturas. La mujer de ojos oscuros no se unió a los demás en el coro de lamentos, y otros de aquellos seres vampíricos habían enmudecido también.

En ese instante, la mujer que había entrado con el amo, una extraña criatura ataviada como una reina de la antigüedad con una túnica harapienta y un ceñidor bordado en la cintura, se echó a reír.

El aquelarre, o como quiera que llamaran a la reunión, quedó comprensiblemente desconcertado. Uno de los timbales dejó de sonar.

La criatura de aspecto de reina se rió cada vez más fuerte. Su blanca dentadura brillaba tras el sucio velo de sus cabellos enredados.

Había sido una mujer hermosa en su tiempo. Y no era su edad de mortal lo que la había ajado. Más bien tenía el aspecto de una loca: su boca en una mueca horrible mientras sus ojos miraban frenéticamente lo que tenía delante; su cuerpo arqueado súbitamente con las carcajadas, como había hecho Magnus al danzar en torno a su pira funeraria.

—Os lo advertí, ¿verdad? —gritó—. ¿Sí o no?

Al fondo de la cámara, detrás de la mujer, Nicolas se agitó en su jaula. Noté que la risa se escarnecía en él, y noté también que mi camarada me miraba fijamente y que en sus facciones asomaba un destello de razón pese a su mueca distorsionada. El miedo pugnaba con la malevolencia dentro de él, y a esa lucha se unía una maraña de asombro y casi de desesperación.

El joven de cabellos castaños rojizos miró a su acompañante, la reina vampiro, con expresión inescrutable. El muchacho de la antorcha dio un paso adelante y gritó a la mujer que callara de una vez. A pesar de sus andrajos, el porte del muchacho era ahora muy distinguido.

La mujer le volvió la espalda y nos miró cara a cara. Pronunció sus palabras en una especie de cántico, con una voz ronca y asexuada que dio paso a otra risa restallante.

—Mil veces lo he dicho y no habéis querido escucharme —declaró. La túnica vibraba a su alrededor como si estuviera temblando—. Y me habéis llamado loca, víctima de mi tiempo, Casandra errante corrompida por una vigilia demasiado larga en esta Tierra. Pues bien, ya veis que mis predicciones se han cumplido una por una.

El amo no hizo ademán alguno de responder.

—Y ha tenido que llegar esta criatura —prosiguió, acercándose a mí con una horrible mueca cómica en el rostro, igual a la que había visto en Magnus—, este alocado caballero, para demostrároslo de una vez por todas.

Emitió un siseo, hizo una profunda inspiración y se quedó inmóvil, muy erguida. Y en aquel momento de absoluta quietud, se transfiguró en una hermosa mujer. Deseé peinarle el cabello, lavárselo con mis manos, vestirla con ropas modernas y verla en el espejo de mi época. De hecho, mi mente enloqueció por un momento ante la idea de restituirle su belleza y de borrar todo rastro de su nefasto disfraz.

Creo que, por un instante, la noción de eternidad ardió

dentro de mí, y supe qué era la inmortalidad. Todo era posible en la eternidad, o, al menos, así me lo pareció en aquel momento.

Ella me observó y captó mis visiones y el encanto de su rostro se hizo aún más intenso, pero el frenesí volvió a crecer y oí gritar al muchacho:

—¡Castiguémosles! ¡Apliquémosles el juicio de Satán! ¡Encendamos la hoguera!

Sin embargo, nadie se movió en la inmensa cámara.

La mujer emitió, con los labios cerrados, una salmodia misteriosa con la cadencia de unos versos. El amo continuó impasible. El muchacho harapiento, en cambio, avanzó hacia nosotros, dejó los colmillos al descubierto y alzó la mano como una zarpa.

Le quité la antorcha de la mano y, con gesto de indiferencia, le di un empujón en el pecho que le envió más allá del círculo de andrajosos, resbalando hasta la leña menuda apilada junto a la hoguera. Apagué la antorcha pisándola contra el suelo.

La reina vampiro soltó una carcajada estridente que pareció llenar de terror a los demás, pero la expresión del amo no varió un ápice.

—¡No pienso quedarme a esperar ningún juicio de Satán! —declaré, pasando la mirada por el círculo de criaturas—. ¡A menos que me traigáis aquí al propio Satán!

—¡Sí, hijo, díselo! ¡Oblígales a responder! —intervino la mujer con voz triunfal.

El muchacho se había incorporado nuevamente.

—Ya conocéis sus faltas —rugió mientras se adelantaba otra vez al círculo.

Se le veía furioso y rezumaba poder, y me di cuenta de que era imposible juzgar a ninguno de aquellos andrajosos por la forma mortal que conservaban. El muchacho, bien podía ser un anciano; la mujeruca, una joven inexperta; y el aniñado líder, el más viejo de todos ellos.

—¡Ved aquí! —continuó, acercándose aún más con un intenso brillo en los ojos al notar la atención de los demás—.

Este maldito no ha sido novicio aquí ni en ninguna parte; no ha suplicado ser acogido ni ha hecho votos a Satán. No ha entregado su alma en el lecho de muerte. ¡En realidad, no ha muerto nunca! —Su voz se hizo más sonora y aguda—. ¡No ha sido enterrado ni se ha levantado de la tumba como un Hijo de la Oscuridad! ¡Al contrario, se atreve a deambular por el mundo bajo la apariencia de un ser viviente! ¡Y hace negocios en el propio centro de París como un mortal más!

Unos chillidos respondieron desde las paredes. Los vampiros del círculo, en cambio, permanecieron callados mientras el muchacho les miraba; su mandíbula temblaba.

Alzó los brazos y emitió un alarido. Un par de criaturas le secundó. El rostro se le desfiguró de rabia.

La vieja reina vampiro estalló en otra carcajada, y me miró, mientras su sonrisa aparecía aún más desquiciada. El muchacho, no obstante, no se dio por vencido. Me señaló y dijo:

—Busca el calor del fuego: ¡rigurosamente prohibido! —me acusó a gritos, pateando el suelo y tirándose de la ropa—. ¡Acude a los mismísimos emporios del placer carnal y se relaciona allí con mortales al ritmo de la música! ¡Incluso baila con ellos!

—¡Basta ya de desvaríos! —le interrumpí.

Aunque, en realidad, deseaba seguir escuchándole.

El muchacho se precipitó hacia mí, apuntándome con el dedo muy cerca de mi rostro.

—¡Ningún ritual puede purificarle! Ya es demasiado tarde para los Juramentos Oscuros, para las Bendiciones Oscuras...

—¿Juramentos Oscuros? ¿Bendiciones Oscuras? —Me volví hacia la vieja reina—. ¿Qué dices tú a todo esto? Tú eres tan vieja como Magnus cuando se arrojó a la hoguera... ¿Por qué padeces y toleras que esto continúe?

Los ojos se movieron de pronto en su cabeza como si únicamente ellos tuvieran vida, y, de nuevo, empezó a surgir de su garganta aquella risa loca.

—Nunca te causaré daño, joven mío —respondió al

fin—. A ninguno de los dos —añadió, a la vez que lanzaba una dulce mirada a Gabrielle—. Has tomado la Senda del Diablo hacia una gran aventura. ¿Qué derecho tengo yo a intervenir en lo que te tienen reservado los siglos futuros?

La Senda del Diablo. Era la primera frase de alguno de aquellos seres que sonaba como un clarín en lo más profundo de mi ser. Se adueñó de mí una rara euforia con sólo contemplar a la mujer. A su modo, parecía la hermana melliza de Magnus.

—¡Oh, sí, soy de la misma edad que tu progenitor! —Al sonreír, sus blancos colmillos rozaron apenas el labio inferior para desaparecer a continuación. Dirigió una mirada al amo, que la observó sin el menor interés ni emoción—. Ya estaba aquí —prosiguió—, en este aquelarre, cuando Magnus, el alquimista, el astuto Magnus, nos robó nuestros secretos... cuando bebió la sangre que le daría la vida eterna de un modo como el Mundo de las Tinieblas no había conocido jamás. Y ahora han transcurrido tres siglos, y Magnus te ha concedido a ti, bello joven, su Don Oscuro, puro y concentrado.

Su rostro se convirtió de nuevo en aquella máscara cómica, sonriente y burlona, que tanto se parecía a la de Magnus.

—Muéstramelo, hijo —añadió—, muéstrame la fuerza que él te dio. ¿Sabes qué significa ser convertido en vampiro por alguien tan poderoso y que nunca había otorgado a nadie el Don Oscuro hasta ese instante? ¡Aquí está prohibido, hijo, que alguien de su edad transmita su poder! Pues, de hacerlo, el neófito nacido de él podría vencer fácilmente a este hermoso amo y a todo su grupo.

—¡Basta ya de desvaríos mal concebidos! —interrumpió el muchacho.

Sin embargo, todo el mundo estaba atento a las palabras de la vieja reina vampiro. La mujer de ojos oscuros se nos había aproximado para ver mejor a la anciana, olvidando por completo cualquier temor o resentimiento hacia nosotros.

—Hace cien años, ya habrías dicho suficiente —rugió el muchacho a la vieja reina, levantando la mano para exigirle silencio—. Estás loca como todos los viejos. Ésa es la muerte que sufres. Os repito que este proscrito debe ser castigado. Cuando él y la mujer que ha creado sean destruidos delante de todos nosotros, el orden quedará restaurado.

Con furia renovada, se volvió hacia las otras criaturas.

—Yo os digo que vagáis por esta tierra como todos los engendros malignos, por la voluntad de Dios, para hacer sufrir a los mortales por su Divina Gloria. Y la voluntad de Dios puede destruiros si blasfemáis, y puede arrojaros a las calderas del infierno en este mismo instante, pues sois almas condenadas y vuestra inmortalidad sólo os es concedida al precio del sufrimiento y el tormento.

Un coro de gemidos se alzó entre el grupo, sin mucha convicción.

—Aquí está por fin —intervine entonces—. Aquí tenemos toda vuestra filosofía... ¡y toda ella está fundada en una mentira! ¿Así que os acobardáis como campesinos, sumidos ya en el infierno por vuestra propia voluntad, atados con cadenas más fuertes que las de cualquier mortal, y ahora queréis castigarnos porque no obramos igual? ¡Precisamente por eso, seguid nuestro ejemplo!

Parte de los vampiros nos contemplaba en silencio, mientras otros se volcaban en nerviosas conversaciones que surgían a nuestro alrededor. Una y otra vez, miraban a su amo y a la vieja reina. Pero su amo no decía nada. El muchacho pidió orden a gritos:

—Y no le basta con profanar lugares sagrados o con vivir como un mortal. Esta misma noche, en un pueblo de las afueras, ha aterrorizado a todos los fieles de una iglesia. París entero comenta este horror, habla de fantasmas que salen de las tumbas de debajo del altar. ¡Son él y esa mujer vampiro en la que ha obrado el Rito Oscuro sin consentimiento ni ceremonia, del mismo modo en que él fue creado!

Se oyeron jadeos y nuevos murmullos, pero la vieja reina lanzó un grito de placer.

—¡Son faltas muy graves! —continuó el muchacho—. Insisto en que no pueden quedar sin castigo. ¿Y quién de vosotros no ha oído hablar de sus burlas en el escenario de ese teatro del bulevar, del cual es propietario como lo sería un mortal? ¡Allí mismo ha hecho ostentación de sus poderes como Hijo de las Tinieblas ante un millar de parisinos! ¡Así es como el secreto que hemos protegido durante siglos ha sido violado para diversión suya y de una masa de gente vulgar!

La vieja reina se frotó las manos y ladeó la cabeza mientras me miraba.

—¿Es verdad todo eso, hijo? ¿Has ocupado un palco de la Opéra? ¿Has estado ante las luces del proscenio del Théâtre Française? ¿Has bailado con los reyes en el palacio de las Tullerías, llevando por pareja a esta hermosura que has creado con tanta perfección? ¿Es cierto que has recorrido los bulevares en una carroza dorada?

Continuó riéndose sin cesar mientras sus ojos observaban de vez en cuando a las otras criaturas, dominándolas y subyugándolas como si emitiera un rayo de luz cálida.

—¡Ah, qué clase y qué dignidad! —continuó—. ¿Qué sucedió en la gran catedral cuando entraste? ¡Cuéntamelo!

—¡Absolutamente nada, señora! —declaré.

—¡Faltas gravísimas! —rugió el muchacho vampiro, ultrajado—. Alarmas como éstas bastan para levantar contra nosotros a toda una ciudad, e incluso un reino. Durante siglos hemos cazado víctimas con todo sigilo en esta metrópoli, sin dar lugar más que a vaguísimos rumores sobre nuestro gran poder. ¡Somos fantasmas, criaturas de la noche destinadas a alimentar los temores de los hombres, y no demonios delirantes!

—¡Ah, esto es realmente sublime! —entonó la vieja reina mientras alzaba los ojos al techo abovedado—. Desde mi lecho de piedra, he tenido sueños sobre el mundo mortal de ahí arriba. He oído sus voces, sus nuevas músicas como canciones de cuna acompañándome en mi tumba. He imaginado sus fantásticos descubrimientos y he conocido su valentía en lo más recóndito de mi mente. Y, aunque ese mundo me excluye con sus formas deslumbrantes, añoro la existencia de alguien con la fuerza suficiente como para deambular por él sin miedo, para recorrer la Senda del Diablo en su propio seno.

El muchacho de ojos grises estaba ya a mi lado.

—Prescindamos del juicio —propuso, lanzando una agria mirada a su amo—. Encendamos la hoguera ahora.

La reina se apartó de mi camino con un gesto exagerado, al tiempo que el muchacho alargaba el brazo para tomar la antorcha más próxima; salté sobre él, le arranqué la tea de la mano y le levanté del suelo como un guiñapo, mandándole de un empujón hasta una de las paredes de la cámara. Luego, apagué la antorcha a pisotones.

Sólo quedaba, pues, una tea encendida. La asamblea fue presa de un absoluto desorden: varias criaturas corrieron a ayudar al muchacho, mientras otros hacían comentarios en voz baja, pero su amo permaneció absolutamente inmóvil, como sumido en un sueño.

Y, mientras duraba la confusión, me lancé hacia delante, escalé la pira y abrí la puerta de la jaula de madera.

Nicolas tenía el aspecto de un cadáver viviente, con los ojos soñolientos y la boca retorcida como si me sonriera, lleno de odio, desde el otro lado de la tumba. Le saqué a rastras de la jaula y le bajé al suelo de tierra. Se hallaba en un estado febril y, aunque no lo tuve en cuenta y lo habría ocultado de haber podido, me apartó de un empujón mientras mascullaba unas maldiciones por lo bajo.

La vieja reina presenció con fascinación la escena. Miré a Gabrielle, que lo observaba todo sin un ápice de temor.

Saqué el rosario de perlas del chaleco y, dejando colgar el crucifijo, coloqué el rosario en torno al cuello de Nicolas. Éste miró con estupor la crucecita y luego rompió a reír. En su carcajada, grave y metálica, eran patentes el desprecio y la malevolencia. Era un sonido totalmente opuesto al que emitían los vampiros. Se apreciaba en él la sangre humana, la consistencia humana, rebotando con el eco en las paredes. De pronto, Nicolas, el único mortal entre los presentes, parecía rubicundo, caliente y extrañamente impoluto, como un niño arrojado entre muñecas de porcelana.

La asamblea estaba más revuelta que nunca. Las dos antorchas, apagadas, seguían en el suelo.

—Ahora, según vuestras leyes, no le podéis hacer daño —proclamé—. Y, sin embargo, ha sido un vampiro quien le ha colocado esa protección sobrenatural. Decidme, ¿cómo se entiende eso?

Ayudé a Nicolas a avanzar y Gabrielle extendió enseguida los brazos para sostenerle entre ellos.

Nicolas aceptó el gesto, aunque miró a Gabrielle como si no la reconociera. Incluso alzó los dedos para tocarle el rostro. Ella le apartó la mano como habría hecho con la manita de un bebé, y mantuvo la vista fija en el líder y en mí.

—Si vuestro amo no tiene nada que deciros, yo sí —continué entonces—. Id a lavaros en las aguas del Sena y a vestiros como humanos si aún recordáis cómo se hace, y haced presas entre los hombres como es vuestro evidente destino.

El derrotado muchacho vampiro volvió al círculo dando trompicones y apartando con aspereza a los que le habían ayudado a incorporarse.

—¡Armand! —imploró al silencioso amo de cabellos castaño rojizos—. ¡Pon orden en la asamblea! ¡Armand, sálvanos!

Mi exclamación silenció las suyas:

—¿Para qué, por todos los infiernos, os concedió el diablo belleza, agilidad, ojos que ven visiones, mentes que pueden hacer hechizos?

Los ojos de todas las criaturas estaban fijos en mí. El muchacho gritó de nuevo el nombre de Armand, pero fue en vano.

—¡Desperdiciáis vuestros dones! —insistí—. ¡Pero aún desperdiciáis vuestra inmortalidad! No existe en el mundo nada más contradictorio y carente de sentido, salvo los propios mortales que viven dominados por las supersticiones del pasado.

Se hizo un absoluto silencio. Pude oír la lenta respiración de Nicolas. Noté su calor.

Aprecié su aturdida fascinación, luchando con la propia muerte.

—¿No tenéis astucia? —pregunté a los presentes, con voz atronadora en el silencio—. ¿No tenéis habilidad? ¿Cómo he podido yo, un huérfano, tropezar con tantas posibilidades cuando vosotros, nutridos como estáis por esos maléficos padres —hice una breve pausa para mirar al amo y al furioso muchacho—, vais a tientas como seres ciegos, recluidos bajo tierra?

—¡El poder de Satán te arrastrará al infierno! —le gritó el muchacho con todas las fuerzas que le quedaban.

—¡No haces más que repetir eso! —repliqué—. ¡Y, como todos pueden ver, sigue sin suceder!

¡Audibles murmullos de asentimiento!

—Si realmente pensaras que eso pudiera suceder —añadí—, no os habríais molestado en traerme aquí.

Voces más altas mostrando su acuerdo.

Eché una mirada a la pequeña figura solitaria del joven a quien llamaban amo. Todos los ojos se volvieron de mí a él. Incluso la desquiciada reina vampiro le miró.

Y, en el silencio, le oí susurrar:

—La asamblea ha terminado.

Hasta los atormentados seres encerrados tras las paredes callaron.

Y el amo habló de nuevo.

—Idos todos. Id ahora. La reunión ha terminado.

—¡Armand, no! —suplicó el muchacho.

Pero los demás retrocedían ya, oculto el rostro tras las manos y murmurando. Los timbales fueron dejados a un lado, y la única antorcha encendida fue colgada en la pared.

Observé al líder de las criaturas, convencido de que sus órdenes no estaban destinadas a dejarnos en libertad. Y después de obligar en silencio al muchacho a marcharse con los demás, cuando sólo quedó a su lado la vieja reina, volvió una vez más la mirada hacia mí.

3

Vacía e iluminada por el débil y lóbrego resplandor de la única antorcha, la gran cámara bajo la inmensa cúpula parecía aún más sobrenatural, ocupada sólo por los dos vampiros que nos miraban.

En silencio, estudié la situación: ¿abandonarían el cementerio aquellas criaturas, o aguardarían en lo alto de las escaleras? ¿Me permitirían sacar con vida a Nicolas de aquel lugar? El muchacho no se alejaría, pero era un ser débil. La vieja reina no nos haría nada. El único obstáculo real era, pues, el llamado «amo». Sin embargo, ahora tenía que contenerme y no ser impulsivo.

Mi oponente seguía mirándome sin decir nada.

—¿Armand? —dije en tono respetuoso—. ¿Puedo dirigirme a ti por ese nombre? —Me acerqué un poco más, buscando el menor cambio en su expresión—. Evidentemente, tú eres el líder de estas gentes y quien puede explicarnos todo esto.

No obstante, las palabras no lograron enmascarar mis sentimientos. Le estaba apelando, le estaba pidiendo que me explicara cómo había conducido a las pobres criaturas a todo aquello. Precisamente él, que parecía tan anciano como la vieja reina y dotado de una profundidad que las criaturas no alcanzaban a entender. Le recordé plantado ante el altar de Notre Dame con aquella expresión etérea en el rostro. Y me descubrí perfectamente reflejado en él, en la posibilidad que representaba, en aquel anciano que había permanecido en silencio durante toda la escena.

Creo que en ese instante busqué en él, por un segundo, un hálito de sentimientos humanos. Era aquello lo que pensaba que el conocimiento me revelaría; y el mortal que había en mí, el ser vulnerable que había gritado en la posada ante la visión del caos, preguntó:

—Armand, ¿qué significa todo esto?

Pareció que sus ojos pardos vacilaban, pero, a continuación, su rostro se transformó sutilmente en una expresión de rabia y retrocedí unos pasos.

No podía aceptar lo que me decían mis sentidos. Los súbitos cambios que el ser había sufrido en Notre Dame no eran nada en comparación con éstos. Y yo jamás había conocido una encarnación tan absoluta de la malevolencia. Incluso Gabrielle se apartó de él y levantó un brazo para proteger a Nicolas. Volví atrás hasta que estuve a su lado, y nuestros brazos se rozaron.

Pero, de modo igualmente milagroso, la expresión de odio se borró de su rostro, y éste volvió a ser el de un tierno y lozano joven mortal.

La vieja reina vampiro lanzó una sonrisa casi lánguida y se mesó los cabellos con sus blancas zarpas.

—¿Es que recurres a mí en busca de explicaciones? —le preguntó.

Dirigió una mirada a Gabrielle y a la ofuscada figura de Nicolas, apoyado sobre su hombro, y volvió a concentrarse en mí.

—Podría hablar hasta el fin de los tiempos —murmuró— y no me bastaría para explicarte lo que acabas de destruir aquí.

Me pareció que la vieja reina emitía alguna risita burlona, pero estaba demasiado concentrado en él, en su suavidad al hablar y en la gran rabia que se agitaba tras las palabras.

—Estos misterios han existido desde que el mundo es mundo. —Armand parecía empequeñecido en la inmensa cámara; la voz surgía de su boca sin esfuerzo y los brazos le colgaban a los costados—. Desde los tiempos más remotos, nuestra especie ha vivido rondando las ciudades de los hombres, haciendo nuestras víctimas entre ellos durante la noche, como Dios y el diablo nos ordenaron hacer. Somos elegidos de Satán, y los admitidos en nuestras filas han de someterse a prueba primero, a través de un centenar de crímenes, para que se les conceda el Don Oscuro de la inmortalidad.

Se acercó un poco más a mí y vi brillar la luz de la antorcha en sus pupilas.

—Todos ellos han aparentado morir delante de sus seres queridos —continuó—, y sólo gracias a una pequeña infusión de nuestra sangre han podido soportar el terror del ataúd mientras aguardaban nuestra llegada. Entonces, y sólo entonces, han recibido el Don Oscuro, para volver a ser sellados en la tumba inmediatamente, hasta que la sed les da la fuerza necesaria para escapar de su angosta caja mortuoria y revivir.

Su voz se hizo un poco más potente, incluso más resonante.

—Lo que conocían esas criaturas en sus cámaras tenebrosas era la muerte. La muerte y el poder del mal; eso es lo que más claro tenían en la cabeza cuando se alzaban, cuando rompían el ataúd y las puertas de hierro que mantenían cerradas sus cámaras. Y ay del débil, del que no podía salir de su tumba, de esos cuyos lamentos atraían mortales al día siguiente... pues nadie respondía por la noche. Con ellos no mostrábamos piedad.

»Pero los que se alzaban... ¡Ah!, ésos eran los vampiros que recorrían la Tierra, sometidos a prueba y purificados, Hijos de las Tinieblas nacidos de la sangre de un novicio, nunca del gran poder de un anciano maestro, con el objeto de que el tiempo proporcionara a cada uno la sabiduría necesaria para utilizar los Dones Oscuros antes de que éstos se desarrollen por completo. Y sobre estos Hijos de las Tinieblas se establecieron las Leyes de la Oscuridad: vivir entre los muertos, pues somos cosas muertas, regresar cada noche a la propia tumba o a una muy próxima, huir de los lugares iluminados, atraer a las víctimas lejos de la compañía de otros para darles muerte en lugares hechizados y profanos. Y honrar siempre el poder de Dios, el crucifijo en el cuello y los sacramentos. Y nunca jamás entrar en la Casa de Dios, so pena de que Él le prive a uno de sus poderes y le envíe al infierno y ponga fin entre ardientes tormentos a su reinado en la Tierra.

Hizo una pausa. Miró por primera vez a la vieja reina y dio la impresión, aunque no pude cerciorarme por completo, de que la visión de su rostro le ponía furioso:

—Tú te burlas de estas cosas —le dijo—. ¡Magnus también se burlaba! —Se puso a temblar y continuó—: ¡Una actitud propia de su locura, como lo es de la tuya, pero te aseguro que no entiendes estos misterios! ¡Los haces añicos como si fueran de cristal, pero no tienes ninguna fuerza, ningún poder, salvo la ignorancia! ¡Los quebrantas, y eso es todo!

Apartó los ojos de ella, vacilando como si quisiera añadir algo, y paseando la mirada por la inmensa cripta.

Escuché una levísima cantinela en los labios de la vieja reina.

Estaba canturreando algo para sí y empezó a mecerse adelante y atrás con la cabeza ladeada y los ojos soñadores. Una vez más, parecía hermosa.

—Para mis hijos, es el final —susurró el amo—. Todo está hecho y terminado, pues ahora saben que pueden desobedecer cualquier mandato; acabó todo lo que nos unía, todo lo que nos daba fuerzas para soportar la existencia como seres malditos, terminaron todos los misterios que nos protegían aquí.

Me miró una vez más.

—¡Y tú me pides explicaciones como si fuera algo inexplicable! ¡Tú, para quien la ejecución del Rito Oscuro es un acto de insolente codicia! ¡Tú, que lo has efectuado con el mismo vientre que te llevó! ¿Por qué no también a éste, al violinista del diablo, a quien adoras de lejos cada noche?

—¿No te lo había dicho? —cantó la reina vampiro—. ¿No lo habíamos sabido siempre? No hay nada que temer de la señal de la Cruz, ni del agua bendita, ni de la mismísima Hostia... —Repitió las palabras cambiando la melodía que susurraba, y añadió a continuación—: Y los viejos ritos, y el incienso, el fuego, los juramentos pronunciados, cuando creíamos ver al Maligno en la oscuridad, susurrando...

—¡Silencio! —la interrumpió el amo, bajando la voz y llevándose casi las manos a los oídos en un gesto extrañamente humano.

Tenía el aspecto de un chiquillo, casi perdido. ¡Oh, Señor, que nuestros cuerpos inmortales pudieran ser prisiones tan diversas para nosotros, que nuestros rostros inmortales fueran tales máscaras de nuestras verdaderas almas...!

Cuando volvió a fijar sus ojos en mí, pensé por un instante en que iba a producirse otra de aquellas espantosas transformaciones o en que estallaría en otro incontrolable episodio de violencia, y me preparé.

Pero advertí que estaba implorándome en silencio.

¿Por qué se había producido aquello? Se esforzaba en que su voz saliera de su garganta al repetirlo en voz alta, mientras intentaba dominar la ira.

—¡Explícamelo tú! ¿Por qué tú, con la fuerza de diez vampiros y la osadía de un infierno lleno de diablos, abriéndote paso por el mundo con tu camisa de brocado y tus botas de cuero? ¡Lelio, el actor de la Casa de Tespis, representándose sobre el escenario en el bulevar! ¡Dímelo tú! ¡Dime por qué!

—Fue la fuerza de Magnus, su genio —cantó la vieja mujer vampiro con la sonrisa más melancólica.

—¡No! —replicó su compañero sacudiendo la cabeza—. Te digo que va más allá de cuanto se pueda decir. No conoce límites y, por tanto, carece de ellos. Pero, ¿por qué?

Se acercó un poco más a mí. No pareció andar, sino que aparentó quedar enfocado con más claridad, como sucedería con una aparición.

—¿Por qué tú —preguntó—, con tu osadía al recorrer sus calles, al forzar sus cerraduras, al llamarles por el nombre? ¡Vistes como ellos, te peinas como ellos! ¡Hasta juegas en sus mesas! Vives engañándoles, abrazándoles, bebiéndoles la sangre apenas unos metros de donde otros mortales ríen y bailan. ¡Tú, que rehúyes los cementerios y apareces en las criptas de las iglesias! ¿Por qué tú? Irreflexivo, arrogante, ignorante y desdeñoso... ¡Dame tú la explicación! ¡Respóndeme!

El corazón me latía a toda prisa. Tenía el rostro ardiendo, latiéndome con la sangre. Ahora no le tenía ningún miedo, pero sentía una rabia incomparable con la de cualquier mortal y no entendí muy bien la razón.

Su mente... había deseado romperle en pedazos la mente... y ahora oía, surgiendo de él, aquella superstición, aquel absurdo. El amo no era ningún espíritu sublime que comprendiera lo que sus seguidores eran incapaces de entender. No se trataba de creer, sino de algo mil veces peor: ¡Él había *confiado* en que las cosas fueran así!

Y entonces me di perfecta cuenta de qué era aquel ser: no era un ángel ni un demonio, sino una entidad forjada en una época oscura, cuando los primigenios planetas del Sol recorrían la bóveda celeste, y las estrellas no eran más que pequeñas linternas que representaban dioses y diosas en la noche cerrada. Una época en que el hombre era el centro de este gran mundo en el que deambulamos, un tiempo en que para cada pregunta había habido una respuesta. Eso era aquel ser, un hijo de tiempos antiguos en que las brujas bailaban a la luz de la luna y los caballeros combatían contra los dragones.

Ah, pobre niño perdido, merodeando en las catacumbas bajo la gran ciudad en un siglo incomprensible. Tal vez su forma mortal era más adecuada de lo que había supuesto.

Pero no había tiempo de lamentarse por él, por hermoso que fuera. Los enclaustrados tras las paredes sufrían por orden suya. Y en cualquier momento podía hacer volver a los que había ordenado abandonar la cámara.

Yo tenía que pensar una respuesta que él pudiera aceptar. No bastaba con la verdad. Tenía que presentar ésta poéticamente, como lo habrían hecho los pensadores de la antigüedad, de una época anterior al advenimiento de la era de la razón.

—¿Quieres una respuesta? —dije en un susurro. Mientras ponía orden en mis pensamientos, casi pude percibir una advertencia de Gabrielle y el temor de Nicolas—. No soy experto en misterios ni dado a filosofías, pero es bastante evidente qué ha sucedido aquí.

Me estudió con franca extrañeza.

—Si tanto temes el poder de Dios —continué—, no te serán desconocidas las enseñanzas de la Iglesia. Debes saber que las formas de la bondad cambian con las eras y que en el cielo hay santos de todas las épocas.

Vi que prestaba manifiesta atención a mis palabras, animado por los términos que yo estaba usando.

—En la antigüedad —proseguí—, había mártires que apagaban las llamas que pretendían quemarles, místicos que levitaban por los aires mientras escuchaban la voz de Dios. Pero el mundo ha cambiado, igual que cambian los santos. ¿Qué santos hay ahora, salvo obedientes curas y monjas? Construyen hospitales y orfanatos, pero no invocan a los ángeles para que arrasen al enemigo o domen a la bestia feroz.

No advertí el menor cambio en él, pero continué mi argumentación.

—Lo mismo sucede con el mal, evidentemente. Cambia de forma. ¿Cuántos hombres de esta época creen en la Cruz que tanto asusta a tus seguidores? ¿Crees que los mortales de la superficie hablan entre ellos del cielo y del infierno? ¡Sus conversaciones son sobre filosofía y sobre ciencia! ¿Qué les importa a ellos si los fantasmas rondan un cementerio cuando cae la oscuridad? ¿Qué importa un puñado más de muertes en una retahíla de asesinatos? ¿Qué interés puede tener eso para Dios, para el demonio o para el propio hombre?

Escuché de nuevo la risa de la reina vampiro.

Armand, en cambio, permaneció callado e inmóvil.

—Incluso vuestro territorio está a punto de seros arrebatado —proseguí—. El cementerio en el que os ocultáis va a ser eliminado de las calles de París. Ni siquiera los huesos de vuestros ancestros han perdido su carácter sagrado de esta época secularizada.

De pronto, el rostro de Armand perdió su hieratismo, incapaz de ocultar su desconcierto...

—¿Les Innocents destruido? —susurró—. ¡Estás mintiendo...!

—Jamás miento —respondí sin pensarlo mucho—. Al menos, no le miento a la gente que no quiero. Los parisienses no desean seguir soportando el hedor de los camposantos en sus proximidades. Los símbolos de los muertos no les importan tanto como a vosotros. En unos cuantos años, mercados, calles y viviendas ocuparán este terreno. Comercio. Sentido práctico. Así es el mundo del siglo XVIII.

—¡Basta! —susurró él—. ¡Les Innocents llevan existiendo tanto tiempo como yo!

En sus facciones juveniles se reflejaba la tensión. La vieja reina parecía inalterada.

—¿No te das cuenta? —dije con voz tranquila—. Estamos en una nueva era que requiere una nueva maldad. Y yo soy esa nueva maldad. —Hice una pausa observándole—. Yo soy el vampiro adecuado a esta época.

Armand no había previsto un argumento semejante y, por primera vez, vi en él un destello de terrible comprensión. Era el primer asomo de verdadero miedo.

Efectué un leve gesto de aceptación y continué mi exposición, midiendo muy bien las palabras.

—Comparto tu opinión de que el incidente de anoche en la iglesia del pueblo fue más bien vulgar. Y peores aún fueron mis acciones en el escenario. Pero todo eso fueron desatinos causados por la ignorancia, y sabes muy bien que no son el origen de tu rencor. Olvídalos por un momento y trata de hacerte una idea de mi belleza y de mi poder. Intenta verme como el ser maléfico que soy. Recorro el mundo al acecho con mi disfraz de mortal y soy el peor de los enemigos, el monstruo que tiene el mismo aspecto que cualquier hombre corriente.

La mujer emitió una larga risotada y percibí una cálida emanación de amor procedente de ella. De Armand sólo me llegó una sensación de dolor.

—Piensa en eso, Armand —insistí con cautela—. ¿Por qué debería la Muerte acechar siempre en las sombras? ¿Por qué debería la Muerte aguardar al otro lado de la verja? No existe alcoba o salón de baile en los que no pueda entrar. Soy la Muerte junto al fuego del hogar, la Muerte de puntillas por el corredor, eso es lo que soy. Háblame de los Dones Oscuros, pues los estoy utilizando. Soy el Caballero de la Muerte vestido con sedas y encajes, llegado para apagar las velas. Soy el cancro en el seno de la rosa.

Nicolas emitió un leve gemido.

Creo que oí suspirar a Armand.

—No hay rincón donde puedan ocultarse de mí —afirmé— esos hombres descreídos e ineptos que se proponen destruir Les Innocents. No existe ninguna cerradura que pueda impedirme el paso.

Armand me miró en silencio, con aspecto triste y calmado. Sus ojos se habían oscurecido un poco, pero no estaban nublados por la rabia o la malevolencia. Permaneció un instante sin hablar, y al fin murmuró:

—Una espléndida misión: acosarles sin piedad mientras vives entre ellos. Pero sigues siendo tú quien no lo entiende.

—¿A qué te refieres? —quise saber.

—No podrás soportar el mundo, la vida entre los hombres mortales. No conseguirás sobrevivir mucho tiempo.

—Claro que sí —repliqué—. Los viejos misterios han dado paso a un nuevo *estilo*. ¿Quién sabe qué vendrá a continuación? No existe ningún romanticismo en lo que tú eres. ¡En cambio, cuánto hay de romántico en mi modo de vida!

—Es imposible que seas tan fuerte —dijo él—. No sabes lo que estás diciendo. Acabas de nacer a esta nueva existencia y eres aún muy joven.

—A pesar de ello —terció la vieja reina—, este hijo nuestro es muy fuerte, como también lo es su hermosa acompañante recién renacida. Son dos seres diabólicos con grandes aspiraciones y posibilidades.

—¡Pero no pueden vivir entre los mortales! —insistió Armand.

Su rostro enrojeció por un instante. Sin embargo, ahora no era mi oponente, sino más bien un anciano dubitativo y curioso que pugnaba por comunicarme alguna verdad fundamental. Y, al mismo tiempo, parecía un niño que me implorara. Y en esa lucha radicaba su esencia, padre e hijo, suplicándome que atendiera a lo que tenía que decirme.

—¿Por qué no? Repito que mi lugar está entre los hombres. Es su sangre lo que me hace inmortal.

—¡Ah, sí, inmortal! Lo eres, pero todavía no has empezado a comprender qué significa eso —comentó—. No es más que una palabra. Estudia el destino de tu creador. ¿Por que se arrojó Magnus a las llamas? Se trata de una verdad ancestral entre nosotros, y tú ni siquiera la has intuido. Vive entre los hombres, y el transcurso de los años te conducirá a la locura. Ver a los demás envejecer y morir, ver el ascenso y la decadencia de los reinos, perder todo lo que uno entiende y aprecia... ¿quién puede soportar todo eso? El tiempo te conducirá a una desquiciada desesperación, a una furia sin sentido. ¿No lo entiendes? Tu protección, tu *salvación*, está entre tu propia raza inmortal, en el comportamiento de siempre, que permanece *inmutable*.

Hizo un alto, sorprendido de haber utilizado aquella palabra, «salvación», que reverberó en la estancia, modulada de nuevo por sus labios.

—Armand —intervino la vieja reina con su suave cantinela—, la locura puede afectar a los ancianos que conocemos, tanto si siguen las viejas costumbres como si las abandonan. —Hizo un gesto como si fuera a atacarle con sus blancas zarpas y emitió una risotada chillona mientras él la contemplaba fríamente—. Yo me he regido por las viejas costumbres el mismo tiempo que tú y estoy loca, ¿no es así? ¡Tal vez sea por eso por lo que las he observado tan escrupulosamente!

Armand sacudió la cabeza en un airado gesto de protesta.

¿No era él la prueba viviente de que las cosas no tenían que terminar necesariamente como ella decía?

Pero la vieja reina se acercó a mí y me asió por el brazo, haciéndome volver el rostro para mirarla.

—¿Es que Magnus no te contó nada, hijo? —me preguntó.

Noté que surgía de ella un inmenso poder.

—Mientras los demás merodeaban por este lugar sagrado —continuó—, yo crucé sola los campos nevados en busca de Magnus. Ahora poseo una fuerza tan extraordinaria que es como si tuviera alas. Subí hasta su ventana para encontrarle en su cámara y paseamos juntos por las almenas, invisibles a todos salvo a las lejanas estrellas.

Se acercó aún más a mí y aumentó la presión de su mano.

—Magnus conocía muchas cosas. Y eso de que la locura es tu enemiga no es cierto, si eres realmente fuerte. El vampiro que abandona su grupo para habitar entre humanos, tiene que hacer frente a un infierno horrible mucho antes de que llegue la locura: ¡poco a poco, inevitablemente, desarrolla un irresistible amor por los seres humanos! ¡Llega a comprenderlo todo por el amor!

—Suéltame —repliqué en un susurro.

Su mirada me sujetaba con la misma firmeza que su mano.

—Con el paso del tiempo, llegas a conocer a los mortales más de lo que éstos puedan conocerse entre ellos —prosiguió ella, impávida, levantando las cejas—, hasta que al fin llega el momento en que no puede soportar seguir quitando vidas, seguir causando sufrimientos, y únicamente la locura o la muerte pueden calmar su dolor. Éste fue el destino de los antiguos de quienes me habló Magnus. ¡Magnus, que padeció todas las aflicciones imaginables en sus últimos tiempos!

Me soltó por fin y se apartó, retrocediendo como si fuera una imagen vista por un catalejo invertido.

—No puedo creer lo que dices —susurré, pero el sonido se pareció más a un siseo—. ¿Magnus? ¿Amor por los mortales?

—Claro que no lo entiendes —dijo ella con su sonrisa esculpida de bufón.

También Armand la observaba como si no la comprendiera.

—Mis palabras no tienen sentido para ti en este momento —añadió—, ¡pero tienes *todo el tiempo del mundo* para descubrírselo!

La risa, una risa aulladora, arañó el techo de la cripta. Del interior de los muros surgieron nuevos gritos. La vieja reina echó la cabeza hacia atrás sin detener sus risotadas.

Armand la miraba con expresión horrorizada. Era como si viera surgir de ella aquellas risas como un chorro de luz deslumbradora.

—¡No! ¡Todo eso es mentira, es una repugnante simplificación! —repliqué. De pronto, la cabeza había empezado a latirme—. ¡Quiero decir que esa idea de amar es una noción nacida de una moralidad idiota!

Me llevé las manos a las sienes. Dentro de mí estaba creciendo un dolor letal que nublaba mi visión y aguzaba mis recuerdos de la mazmorra de Magnus, de los prisioneros mortales que habían muerto entre los cuerpos putrefactos de los condenados que les habían precedido en la hedionda cripta.

Me dio la impresión de estar torturando a Armand igual que lo hacía la vieja reina con su risa. Una risa que continuó sin pausas, alzándose y descendiendo de volumen. Armand levantó las manos hacia mí, como si quisiera tocarme pero no se atreviera.

Todo el éxtasis y todo el dolor que había conocido en los últimos meses se juntaron dentro de mí. De pronto me sentí a punto de estallar en rugidos como hiciera aquella noche en el escenario del teatro de Renaud. Aquellas sensaciones me llenaron de espanto y me encontré de nuevo murmurando en voz alta balbuceos sin sentido.

—¡Lestat! —me susurró Gabrielle.

—¿Amar a los mortales? —repetí. Miré fijamente el rostro inhumano de la vieja reina, lleno de súbito horror al observar sus negras pestañas, como púas en torno a sus ojos brillantes, y su carne como mármol animado—. ¿Amar a los mortales? ¿Y tú has tardado trescientos años en llegar a ello? —Dirigí una mirada iracunda a Gabrielle y añadí—: Yo les he amado desde la primera noche que pasé cerca de ellos. Mientras bebo su vida, su muerte, siento amor por ellos. Dios santo, ¿no es ésta la esencia misma del Don Oscuro?

Mi voz iba aumentando de volumen como la noche de mi actuación en el teatro.

—¡Ah!, ¿qué sois vosotros para no sentir lo mismo? ¿Qué seres abominables sois para que el compendio de vuestro saber sea la mera capacidad de sentir?

Retrocedí unos pasos apartándome de ellos y contemplé

la tumba gigante en que nos hallábamos, la tierra húmeda que formaba la bóveda sobre nuestras cabezas. La cámara estaba transformándose de un lugar material en una alucinación.

—¡Dios! —añadí—, ¿perdéis la razón con el Rito Oscuro, con vuestras ceremonias y con la manía de encerrar a los novicios en sus tumbas, o ya erais monstruos cuando estabais vivos? ¿Cómo es posible que uno solo de nosotros no quiera a los mortales cada vez que respira?

No hubo respuesta, salvo los gritos inconexos de los hambrientos seres enterrados. Ninguna respuesta. Salvo el mortecino latido del corazón de Nicolas.

—Bien, sea lo que sea, escuchadme —dije, señalando con el dedo a Armand, y luego a la vieja reina.

—¡Yo no le he prometido mi alma al diablo para que me hiciera lo que soy! Y cuando creé a ésta, fue para salvarla de los gusanos que devoran los cadáveres en lugares como éste. Si amar a los mortales es el infierno de que hablas, ya estoy en él. He encontrado mi destino. Me he abandonado a él y todas las cuentas están saldadas.

La voz se me había quebrado. Estaba jadeando. Me pasé las manos por los cabellos. Armand pareció brillar tenuemente al acercarse a mí. Su rostro era un milagro de aparente pureza y asombro.

—Seres muertos, cosas muertas... —dije—. No os acerquéis más. ¡Hablar de locura y de amor en este lugar hediondo! Y ese viejo monstruo, Magnus, encerrándoles en la mazmorra. ¿Cómo podía amar a sus cautivos? ¡Igual que quiere un niño a las mariposas mientras les arranca las alas!

—No, hijo, crees que lo entiendes, pero no es así —dijo la vieja reina con su imperturbable cantinela—. Apenas acabas de iniciar ese amor. Sientes lástima por ellos, eso es todo —añadió con una leve risa cadenciosa—. Y también por ti, por no poder ser a la vez humano e inhumano, ¿no es eso?

—¡Es mentira! —repliqué. Me acerqué más a Gabrielle y le pasé el brazo por la cintura.

—Ya lo entenderás todo del amor —continuó la vieja reina— cuando seas un ser depravado y repulsivo. Esto es tu inmortalidad, hijo. Una comprensión cada vez más profunda de su naturaleza.

Y, alzando los brazos hacia el techo, emitió un nuevo aullido.

—¡Malditos seáis! —exclamé. Agarré a Gabrielle y a Nicolas y les conduje hacia la puerta del fondo—. Los dos estáis ya en el infierno y ahora me propongo dejaros en él.

Tomé a Nicolas de brazos de Gabrielle y corrimos por las catacumbas hacia las escaleras.

La vieja reina lanzaba agudas y frenéticas carcajadas a nuestra espalda.

Y, humano como Orfeo tal vez, me detuve y volví la cabeza.

—¡Apresúrate, Lestat! —me cuchicheó Nicolas al oído, mientras Gabrielle gesticulaba desesperadamente para que la siguiera.

Armand no se había movido y la vieja seguía a su lado, sin dejar de reír.

—¡Adiós, hijo valiente! —exclamó—. ¡Recorre con audacia la Senda del Mal! ¡Cabalga por ella todo el tiempo que puedas!

El aquelarre de pálidas criaturas se dispersó como fantasmas asustados bajo la lluvia fría cuando aparecimos de improviso, surgiendo del sepulcro. Y, desconcertados, nos vieron pasar a toda prisa hasta dejar atrás Les Innocents y perdernos por las calles de París.

Al cabo de unos minutos, en un carruaje robado, abandonábamos la ciudad y nos internábamos en el campo.

Conduje el carruaje sin dar un respiro a los caballos, pero me sentía tan mortalmente agotado que mis fuerzas sobrenaturales parecían una mera entelequia. Tras cada arboleda y cada recodo del nuevo camino esperaba encontrar a los repulsivos demonios rodeándonos de nuevo.

De algún modo, conseguí en una posada la comida y la bebida que Nicolas necesitaría, y unas mantas para que no se enfriara.

Nicolas cayó inconsciente mucho antes de que llegáramos a la torre y le conduje escaleras arriba a la celda de alto techo donde Magnus me había tenido primero.

Vi su garganta hinchada y amoratada todavía tras el festín que se habían dado con él. Y, aunque dormía profundamente cuando le dejé en el lecho de paja, noté en él la sed, la terrible ansia que me había embargado después de que Magnus bebiera de mí.

En fin, tenía vino en abundancia para él cuando despertara, y comida en abundancia. Y supe, aunque no podría explicar cómo, que Nicolas no moriría.

Apenas pude imaginar cómo pasaría las horas diurnas, pero estaría a salvo una vez mi mano diera la vuelta a la llave en la cerradura. Y, pese a lo mucho que Nicolas había representado para mí en el pasado o lo que pudiera significar en el futuro, no podía permitir que ningún mortal deambulara libremente en mi guarida mientras dormía.

Éstos fueron los únicos pensamientos que pude ordenar en mi cabeza. Me sentía como un mortal caminando en sueños.

Estaba contemplando aún a Nicolas, escuchando sus vagos y confusos sueños —sueños sobre los horrores de Les Innocents—, cuando entró Gabrielle.

Había terminado de enterrar al desgraciado mozo de cuadra y parecía otra vez un ángel lleno de polvo, con el cabello tieso y enredado y lleno de una delicada luz irisada.

Tras contemplar a Nicolas un instante, me arrastró fuera de la estancia. Cuando hube cerrado la puerta, me condujo a la cripta junto a las mazmorras. Una vez allí, me estrechó entre sus brazos y se apoyó en mí, como si también estuviera al borde del colapso.

—Escúchame —dijo por fin, apartándose y levantando las manos para acariciarme el rostro—. Le sacaremos de Francia tan pronto como despertemos. Nadie dará crédito a sus desquiciadas historias.

No respondí. Apenas podía entender sus razonamientos ni sus intenciones. La cabeza me daba vueltas.

—Juega al titiritero con él —insistió Gabrielle—. Mueve los hilos como hiciste con los actores de Renaud. Puedes enviarle al Nuevo Mundo.

—Duerme —musité, besando su boca abierta.

La sostuve con los ojos cerrados. Vi la cripta de nuevo, escuché las voces extrañas, inhumanas. Y sabía que aquello no tendría fin.

—Cuando se haya ido, podremos hablar de esos otros desgraciados —dijo ella con calma—. O si abandonamos inmediatamente París por un tiempo...

Dejé de sostenerla, me alejé de ella hasta topar con el sarcófago y descansé un instante apoyado en su tapa. Por primera vez en mi vida inmortal, añoré el silencio de la tumba, la sensación de que todas las cosas estaban fuera de mi control.

En ese instante, me pareció que Gabrielle añadía algo más: *«¡No hagas eso!»*

4

Cuando desperté, escuché sus gritos. Estaba golpeando la puerta de roble, maldiciéndome por tenerle prisionero. El estruendo llenó la torre, y su olor me llegó a través de los muros de piedra: un aroma apetitoso, muy apetitoso, un olor a carne y sangre vivas, a su carne y a su sangre.

Gabrielle dormía, inmóvil.

«No hagas eso.»

Una sinfonía de malevolencia, una sinfonía de locura atravesando las paredes, una filosofía esforzándose por abarcar las imágenes horrendas, las torturas, por envolverlas de lenguaje...

Cuando salí a la escalera, fue como quedar prendido en el torbellino de sus gritos, de su olor humano.

Y, confundidos con él, todos los olores que recordaba: el sol de la tarde en una mesa de madera, el vino tinto, el humo del pequeño hogar.

—¡Lestat! ¿Me oyes? ¡Lestat!

Un tronar de puños contra la puerta.

El recuerdo de un cuento de hadas de la infancia: el gigante dice que huele a sangre humana en su guarida. Horror. Yo sabía que el gigante iba a encontrar al humano. Podía oírle avanzar tras el humano, paso a paso. Yo era el humano.

Pero ya no.

Humo y sal y carne y sangre bombeada.

—¡Esto es el lugar de las brujas! ¿Me oyes, Lestat? ¡Esto es el lugar de las brujas!

El mortecino temblor de los viejos secretos entre los dos, el amor, las cosas que sólo nosotros habíamos conocido y sentido. Bailamos en el lugar de las brujas, ¿puedes negarlo? ¿Puedes negar algo de lo que ocurrió entre nosotros?

Sacarle de Francia, enviarle al Nuevo Mundo... Y luego, ¿qué? ¿A pasar el resto de su vida como uno de esos mortales ligeramente interesantes, pero en general aburridos, que han visto algún espíritu y hablan incesantemente de ello, sin que nadie les crea? ¿A sumirse progresivamente en la locura? ¿A terminar siendo uno de esos chiflados que resultan cómicos, de esos que dan lástima incluso a rufianes y matones, cubierto con un sucio gabán y tocando el violín para la gente de las calles de Puerto Príncipe?

«Juega al titiritero con él», recordé que había dicho Gabrielle. ¿Eso era yo, un titiritero? *Nadie dará crédito a sus desquiciadas historias.*

Pero él conoce el lugar donde reposamos, madre. Conoce nuestros nombres, el nombre de nuestra raza... sabe demasiado de nosotros. Y jamás aceptará por las buenas viajar a otro país. Y *ellos* le perseguirán; *ellos* jamás permitirán que siga con vida.

¿Dónde estarían ahora?

Subí las escaleras envuelto en el torbellino de los atronadores gritos de Nicolas y, desde una de las ventanas aseguradas con barrotes, eché un vistazo a la tierra que se abría a mis pies. *Ellos* vendrían otra vez. Tenían que hacerlo. Al principio yo estaba solo, luego la tuve a ella a mi lado... ¡y ahora les tenía a ellos!

Pero, ¿cuál era el quid del asunto? ¿Que él lo quería? ¿Que había gritado una y otra vez sobre que yo le había negado el poder?

¿O era, más bien, que ahora tenía en mis manos la excusa que necesitaba para traerle a mí como había deseado desde el primer momento? Nicolas mío, mi amor. La eternidad espera. Todos los grandes y espléndidos tesoros de estar muerto esperan.

Continué subiendo las escaleras hacia él y la sed empezó a cantar dentro de mí. Al infierno con sus gritos. La sed cantaba y yo era un instrumento de su canto.

Y los gritos de Nicolas se habían vuelto inarticulados, reducidos a la pura esencia de sus maldiciones, a un sordo insistir en el sufrimiento que llegaba hasta mí sin necesidad de sonido alguno. Las sílabas inconexas que surgían de sus labios tenían algo de divinamente carnal, como el lento paso de la sangre por su corazón.

Levanté la llave, la introduje en la cerradura y Nicolas calló. Sus pensamientos retrocedieron y se recogieron en su interior como si un océano fuera aspirado y concentrado en las delicadas y misteriosas espirales de una única concha.

Mi amor por él, los meses dolientes y torturadores de añoranza de él, la terrible e inconmovible necesidad humana de su presencia, la lujuria... Entre las sombras de la estancia traté de verle a él, y no al ser enloquecido que era ahora. Traté de ver al mortal que no sabía lo que se decía mientras él me lanzaba una mirada de odio.

—¡Tanto hablar de la bondad! —decía con voz ronca y agitada—. ¡Tanto hablar del bien y del mal, de lo que era correcto y lo que era equivocado! ¡Tanto hablar de la muerte, oh, sí, de la muerte, del horror, de la tragedia...!

Palabras. Transportadas por la corriente cada vez más crecida de su odio. Palabras como flores abriéndose en la corriente, con los pétalos cada vez más separados, hasta desprenderse.

—... y lo has compartido con ella. El hijo del noble concedió a la esposa del noble su regalo, el Don Oscuro. Quienes viven en el castillo comparten el Don Oscuro; ellos nunca fueron arrastrados al lugar de las brujas donde se ven los charcos de sebo humano en el suelo, al pie de la estaca quemada. No, mata al anciano que ya no puede ver y al muchacho idiota incapaz de arar un campo. ¿Y qué nos da a nosotros ese hijo del noble, ese matalobos, ese que se echó a gritar en el lugar de las brujas? ¡Una moneda del reino! ¡Con eso nos debemos contentar!

Estaba tembloroso, con la camisa empapada en sudor. Entre el desgarrado encaje de la pechera, un destello de carne firme. Una visión tentadora la de su torso, menudo pero lleno de fuertes músculos como los que tanto gustan de representar los escultores, con las tetillas sonrosadas destacando en la piel oscura.

—Ese poder... —Farfullaba como si se hubiera pasado el día entero repitiendo aquellas palabras con la misma intensidad, como si no tuviera importancia, en realidad, que yo estuviera presente en aquel momento—. Ese poder que hacía inútil cualquier mentira, ese poder oscuro que se cernía sobre todas las cosas, esa verdad que arrasaba...

No. Ninguna verdad. Palabras.

Las botellas de vino estaban vacías; los platos de comida, también. Me fijé en sus brazos enjutos, tensos y preparados para la lucha —pero ¿qué lucha?—, en los mechones de cabello castaño escapados de su coleta, en sus ojos enormes y nublados.

De repente, le vi aplastarse contra la pared como si quisiera atravesarla para apartarse de mí, llevado por un vago recuerdo de las criaturas bebiendo de él, de la parálisis y el éxtasis que había experimentado; sin embargo, inmediatamente, volvió a adelantarse, tambaleándose y extendiendo las manos para sostenerse, asido a objetos que no estaban allí realmente.

Pero su voz había callado.

Y algo se quebró en su rostro.

—¡Cómo pudiste ocultármelo! —susurró.

Percibí pensamientos de viejas leyendas mágicas y luminosas, de un gran estrato sobrenatural en el que vivían todos los seres oscuros e incorpóreos, de una borrachera de conocimientos prohibidos en la que las cosas naturales habían perdido toda importancia. Ya no había milagro alguno en la caída otoñal de las hojas de los árboles, en el sol iluminando el huerto.

No.

El aroma surgía de él como un incienso, como el humo y el calor de los cirios de una iglesia. El corazón latía bajo la piel de su pecho desnudo. El vientre duro y plano brillaba de sudor, de un sudor que impregnaba el grueso cinto de cuero. La sangre salada. Apenas podía controlar mi respiración.

Pero los dos respirábamos. Respirábamos y percibíamos sabores y olores y éramos presa de la sed.

—No has entendido nada. —¿Era Lestat quien hablaba? Parecía el susurro de otro demonio, de otro ser repulsivo para el cual la voz era una imitación de la voz humana—. No has comprendido nada de lo que has visto y oído.

—¡Yo habría compartido contigo todo cuanto tuviera! —Con un nuevo acceso de rabia, alargó el brazo hacia mí y susurró—: ¡Fuiste tú quien no entendió nunca nada!

—Toma tu vida y huye con ella. Vete.

—¿No ves que ésta es la confirmación de todas las cosas? ¡Esa maldad pura, sublime...! ¡Su existencia es la confirmación!

En sus ojos había una expresión de triunfo. De pronto, adelantó aún más el brazo y cerró la mano sobre mi rostro.

—¡No te burles de mí! —le respondí. Le golpeé con tal fuerza que retrocedió unos pasos, ofendido y silencioso—. Cuando me fue ofrecida, la rechacé. Te aseguro que la rechacé. Hasta mi último aliento, la rechacé.

—Siempre has sido un estúpido —replicó—. Ya te lo decía.

Pero advertí que poco a poco estaba desmoronándose. Estaba temblando, y su rabia se transmutaba rápidamente en desesperación. Levantó los brazos una vez más y luego se detuvo.

—Creías en cosas que no eran importantes —dijo en tono casi calmado—. Entonces había algo que no supiste ver. ¡Es imposible que ahora sigas sin darte cuenta de lo que posees!

La nube que cubría sus ojos se condensó en lágrimas al instante. Bajo su expresión ceñuda, surgían de él unas mudas palabras de amor.

Y se adueñó de mí una terrible timidez. Me sentí embargado por el poder, silencioso y letal, que tenía sobre él, y por la certeza de que él reconocía tal poder. Y el amor que sentía por él aumentó aún más esa sensación de poder, convirtiéndola en turbación y bochorno, que súbitamente se transformaron en otra cosa.

Estábamos otra vez tras las bambalinas del teatro; estábamos en el pueblo de la Auvernia, en la pequeña posada. Olí en él no sólo la sangre, sino su repentino terror. Nicolas había retrocedido un paso, y aquel simple movimiento avivó en mí las llamas en igual medida que la visión de su rostro contraído.

Se hizo más pequeño, más frágil. Y, pese a ello, jamás había parecido más fuerte, más atractivo, que en aquel instante. Cuando acorté la distancia que nos separaba, desapareció de su rostro toda expresión. Sus ojos adquirieron una prodigiosa claridad y su mente empezó a abrirse como lo había hecho la de Gabrielle; por un instante, como una llamarada, surgió un recuerdo de los dos juntos en la buhardilla, hablando y hablando a la claridad del reflejo de la luna en los tejados cubiertos de nieve, o deambulando por las calles de París, pasándonos el vino con la cabeza agachada contra las primeras ráfagas de viento invernal, siempre tan alegres, incluso en la miseria, incluso en el misterio —la verdadera eternidad, el auténtico infinito—, en aquel misterio mortal.

No obstante, el momento se desvaneció en la expresión trémula de su rostro.

—Ven a mí, Nicolas —susurré. Adelanté ambas manos para atraerlo—. Si lo quieres, tienes que venir...

Vi a un ave planeando frente a una ensenada, sobre el mar abierto. Y había algo aterrador en el ave y en las olas interminables que sobrevolaba. La vi remontar el vuelo más y más arriba, y el cielo se volvió de plata, y luego, gradualmente, la plata se desvaneció y el firmamento quedó oscuro. La oscuridad de la tarde, ya nada que temer, nada en absoluto. Bendita oscuridad. Pero ésta sólo caía, gradual e inexorablemente, sobre aquella única y pequeña criatura que graznaba al viento sobre el gran páramo que era el mundo. Ensenadas vacías, arenas vacías, mares vacíos.

Todo cuanto alguna vez había contemplado, escuchado o sostenido con placer en mis manos, había desaparecido o no había existido jamás, y el ave, planeando en círculos, continuó su vuelo alzándose lejos de mí, o, para ser más exactos, lejos de nadie, abarcando todo el paisaje, sin historia ni sentido, en la lisa negrura de uno de sus ojillos.

Lancé un grito sin articular vocablos. Noté la boca llena de sangre y aprecié cada trago deslizándose por mi garganta y calmando aquella sed insondable. Y quise decir «sí, ahora lo entiendo, ahora comprendo lo terrible, lo insoportable, de esta oscuridad». No lo sabía. No podía saberlo. El ave volando sin reposo a través de la oscuridad sobre la costa desierta, sobre el mar sin límites. Dios santo, basta. Era peor que los horrores entrevistos en la posada. Peor que el desesperado relincho de la yegua caída en la nieve. Pero la sangre era sangre, al fin y al cabo, y el corazón —aquel corazón delicioso que era todos los corazones— estaba allí, de puntillas contra mis labios.

Ahora, amor mío, ahora es el momento. Puedo engullir la vida que late en tu corazón y mandarte al olvido en el que nada puede ser nunca comprendido o perdonado, o puedo traerte a mí.

Le aparté de mí. Le estreché contra mí como un amante apasionado. Pero la visión no cesó.

Sus brazos me rodearon el cuello. Vi su rostro mojado, sus ojos en blanco. Entonces sacó la lengua y lamió con ansia el corte que había preparado para él en mi garganta. Sí, con ansia, con avidez.

Pero basta, por favor, que cese esta visión. Que se detenga ese remontar el vuelo, esa gran panorámica de la tierra descolorida, ese graznido que no significa nada frente al aullido del viento. El dolor no es nada comparado con esta oscuridad. No quiero... no quiero...

Pero se iba disolviendo. Desaparecía lentamente.

Y, por último, todo quedó consumado. El velo de silencio había caído sobre él, como sucediera con Gabrielle. Silencio. Se separó de mí, pero tuve que sostenerle, pues casi no se mantenía en pie, con las manos en la boca y la sangre derramándose por la barbilla. Tenía la boca abierta, y de ella surgió un sonido seco; a pesar de la sangre, un sonido seco.

Entonces, detrás de él y más allá de la visión del mar metálico y del ave solitaria que era su único espectador, vi a Gabrielle en el umbral de la estancia, su cabello era el velo de oro en torno a los hombros de una Virgen María, cuando, con la expresión de más infinita tristeza en el rostro, musitó:

—El desastre, hijo mío.

A medianoche, quedó evidenciado que Nicolas no hablaba ni respondía a voz alguna, ni hacía el menor movimiento por sí mismo. Permanecía inmóvil e inexpresivo allí donde le dejábamos. Si la muerte le causaba daño, no dio ninguna muestra de ello. Si su nueva visión le complacía, se lo guardó para él. Ni siquiera la sed le impulsó a actuar.

Y fue Gabrielle quien, después de observarle en silencio durante horas, le tomó de la mano, le aseó y le puso ropas limpias. Escogió un gabán negro de lana, una de las pocas prendas oscuras de mi vestuario, y una camisa blanca de lino que le daba el extraño aspecto de un joven clérigo, un poco demasiado serio, algo ingenuo.

Y, al contemplarles en el silencio de la cripta, tuve la absoluta certeza de que los dos podían escuchar sus mutuos pensamientos. Sin una palabra, ella le guió en el trance. Sin una palabra, le mandó a sentarse en el banco junto al fuego.

Finalmente, Gabrielle anunció:

—Ahora debe salir de caza.

Y, cuando volvió los ojos hacia él, Nicolas se levantó sin mirarla, como tirado de una cuerda.

Aturdido, los vi alejarse y escuché sus pasos en los peldaños de la escalera. Luego salí tras ellos furtivamente y, asido a los barrotes de la verja principal, los vi alejarse a campo traviesa como dos espíritus felinos.

El vacío de la noche era un frío permanente que se adueñaba de mí, que me atenazaba. Ni siquiera el fuego del hogar logró calentarme cuando regresé a él.

Allí tenía el vacío y la quietud que me había dicho a mí mismo que deseaba: sí, estar solo después de la espantosa lucha que había sostenido en París. Y, con la quietud, llegó la comprensión de algo que me estaba dando zarpazos en las entrañas como un animal furioso: *me di cuenta de que ahora no podía soportar la presencia de Nicolas.*

5

La noche siguiente, cuando abrí los ojos, supe lo que debía hacer. No importaba si podía soportar su presencia o no. Yo le había convertido en lo que ahora era, y tenía que encontrar el modo de despertarlo de su estupor.

La cacería no le había cambiado, aunque, aparentemente, había bebido y matado bastante bien. Ahora dependía de mí protegerle de la repulsión que sentía por él: era preciso que fuera a París y le trajera la única cosa que podía hacerle reaccionar.

Lo único que Nicolas había amado mientras estaba vivo

era su violín. Tal vez el instrumento sirviera para despertarle. Se lo colocaría en las manos y él querría tocarlo de nuevo, querría tocarlo con su nueva habilidad, y todo cambiaría y el hielo de mi corazón se derretiría de algún modo.

Tan pronto como Gabrielle despertó, le conté lo que me proponía hacer.

—Pero ¿y los demás? No puedes volver a París tú solo.

—Claro que puedo —respondí—. Tú eres necesaria aquí, a su lado. Si esas molestas criaturas aparecieran por aquí, podrían atraerle a campo abierto, en el estado en que se encuentra. Y además, quiero saber qué sucede bajo Les Innocents. Quiero asegurarme de si realmente gozamos de una tregua.

—No me gusta que vayas —dijo ella sacudiendo la cabeza—. Te aseguro que si no creyera que debemos hablar otra vez con Armand, que tenemos cosas que aprender de él y de la vieja dama, me inclinaría por abandonar París esta noche.

—¿Y qué es lo que nos pueden enseñar? —repliqué con frialdad—. ¿Que es cierto que el Sol gira en torno a la Tierra? ¿Que la Tierra es plana?

Con todo, la amargura de mis palabras me hizo sentir avergonzado. Una de las cosas que podían revelarme era por qué los vampiros que yo creaba podían escuchar sus mutuos pensamientos y a mí me resultaba imposible. Sin embargo, me sentía demasiado abrumado por mi aversión hacia Nicolas para pensar en todo aquello.

Me limité a contemplar a Gabrielle y pensar en lo espléndido que había resultado ver cómo se obraba en ella el Rito Oscuro, verla recuperar su belleza juvenil, convertirse de nuevo en la diosa que había sido para mí cuando era un niño. Ver cambiar a Nicolas había sido también verle morir.

Quizá sin leer las palabras en mi mente, ella comprendió perfectamente mis pensamientos.

Nos abrazamos dulcemente.

—Ten cuidado —musitó.

Debería haber acudido directamente al piso a buscar el violín, y todavía me quedaba ir a ver a mi pobre Roget y contarle una sarta de mentiras. Y aquello de abandonar París... cada vez parecía el plan más adecuado para nosotros.

Pero, durante horas, lo único que hice fue vagar. Cacé por las Tullerías y los bulevares, comportándome como si la asamblea bajo Les Innocents no existiera, como si Nicolas estuviera todavía vivo y a salvo en alguna parte, como si París entero fuera mío de nuevo.

Con todo, ni un solo instante dejé de estar atento a la presencia de las criaturas. Pensaba en la vieja reina. Y, por fin, les oí donde menos lo esperaba, en el Boulevard du Temple, cuando me acercaba al teatro de Renaud.

Me extrañó que estuvieran en los lugares de luz, como ellos los denominaban.

Sin embargo, en cuestión de segundos, identifiqué a varios de ellos ocultos detrás del teatro. Y en esta ocasión no había en ellos malevolencia, sino sólo una desesperada animación al percibir mi proximidad.

Entonces vi el rostro lechoso de la mujer vampiro, la mujer hermosa de ojos oscuros y cabellos de bruja. Estaba en el callejón junto a la puerta de artistas y se asomó por un instante, llamándome por señas.

A lomos de mi montura, titubeé por unos instantes. El bulevar mostraba su habitual actividad en una noche de primavera: cientos de paseantes entre el tráfico de carruajes, grupos de músicos callejeros, prestidigitadores y saltimbanquis, los teatros iluminados con sus puertas abiertas para invitar a la multitud. ¿Por qué habría de dejarlo todo para hablar con aquellas criaturas? Presté atención. En realidad eran cuatro y estaban aguardando desesperadamente mi aparición. Eran presa de un miedo terrible.

Muy bien, pues. Tiré de las riendas de la yegua y penetré en el callejón hasta llegar al fondo, donde encontré a los cuatro acurrucados juntos contra la pared de piedra.

El muchacho de ojos grises estaba allí, cosa que me sorprendió, y mostraba una expresión de desconcierto. Detrás de él distinguí a un hombre vampiro alto y rubio junto a una mujer hermosa, ambos cubiertos de harapos como dos leprosos.

Fue la mujer de ojos oscuros, la que se había reído de mi pequeña broma en la escalera de la cripta de Les Innocents, quien rompió el silencio:

—¡Tienes que ayudarnos! —susurró.

—¿Yo? —Intenté dominar a la yegua, que mostraba su disgusto por la compañía—. ¿Por qué habría de ayudaros?

—El amo está destruyendo la asamblea —dijo ella.

—Está destruyéndonos... —añadió el muchacho, sin mirarme.

Tenía los ojos fijos en las piedras del muro y capté de su mente imágenes de lo que estaba sucediendo, de la hoguera encendida y de Armand arrojando al fuego a sus seguidores.

Traté de quitarme aquello de la cabeza, pero las imágenes me llegaban ahora de todos aquellos seres. La mujer de ojos oscuros clavó éstos en los míos en un intento de hacer más detalladas las imágenes: Armand enarbolando un gran madero chamuscado y conduciendo a los demás hacia las llamas, para luego empujarles a la pira con el propio madero mientras sus víctimas pugnaban por huir.

—¡Dios santo, si vosotros erais doce! ¿No podíais defenderos?

—Lo hemos hecho y aquí estamos —expuso la mujer—. Armand echó al fuego a seis de nosotros y los demás pudimos huir. Aterrorizados, buscamos lugares de descanso extraños para pasar el día. Es algo que no habíamos hecho nunca, esto de dormir lejos de nuestras tumbas sagradas. No sabíamos qué nos sucedería. Y, cuando hemos despertado, le hemos encontrado allí. Ha conseguido destruir a dos más, de modo que sólo quedamos nosotros. Incluso ha abierto las cámaras profundas y ha quemado a los hambrientos. Después ha provocado derrumbamientos para cegar los túneles que conducen a nuestro lugar de reunión.

El muchacho alzó los ojos lentamente.

—Tú nos has hecho todo esto —susurró—. Tú nos has destruido a todos.

La mujer se colocó delante de él.

—Tienes que ayudarnos —suplicó—. Forma una nueva asamblea con nosotros. Ayúdanos a existir como lo haces tú —añadió, mientras dirigía una mirada impaciente al muchacho.

—¿Pero y la anciana, la gran dama? —inquirí.

—Fue ella quien lo empezó todo —respondió el muchacho con voz amarga—. Se arrojó a la hoguera voluntariamente. Dijo que iba a reunirse con Magnus. No dejaba de reírse, y fue entonces cuando el amo echó a los otros a las llamas mientras los demás huíamos.

Incliné la cabeza. De modo que la vieja reina ya no estaba. Y todo lo que había conocido y presenciado se había ido con ella, y lo único que había dejado era aquel joven perverso, vengativo y necio que creía a pies juntillas en lo que ella había sabido falso.

—Tienes que ayudarnos —repitió la mujer de ojos oscuros—. Armand está en su derecho, como amo de la asamblea, de destruir a los débiles, a los que no pueden sobrevivir.

—No podía permitir que la asamblea cayera en el caos —añadió la otra mujer vampiro, que permanecía detrás del muchacho—. Sin la fe en las Leyes Oscuras, los otros habrían vagado por el mundo sin saber qué hacer, despertando la alarma entre el populacho mortal. Pero si tú nos ayudas a formar una nueva asamblea, a perfeccionarnos de nuevas maneras...

—El amo nos destruirá —murmuró el muchacho—. Nunca nos dejará en paz. Esperará el momento en que nos separemos y...

—No es invencible —intervino el otro vampiro—. Y ha perdido toda convicción, recordad eso.

—Y tú tienes la torre de Magnus, un lugar seguro... —añadió el muchacho con voz desesperada, al tiempo que alzaba los ojos hacia mí.

—No, no puedo compartirla con vosotros —respondí—. Tenéis que ganar esta batalla vosotros solos.

—Pero seguramente podrás guiarnos... —propuso su compañero.

—Vosotros no me necesitáis —insistí—. ¿Qué habéis aprendido ya de mi ejemplo? ¿Qué habéis aprendido de las cosas que dije anoche?

—Aprendimos más de lo que hablaste después con él —replicó la mujer de ojos oscuros—. Te oímos hablarle de una nueva maldad, de una maldad para estos tiempos, destinada a moverse por el mundo bajo un perfecto disfraz mortal.

—Entonces, adoptad el disfraz —dije—. Tomad las ropas de vuestras víctimas y quedaos el dinero que lleven en los bolsillos. Entonces podréis moveros entre los humanos como yo. Con el tiempo, podéis acumular suficiente riqueza como para adquirir vuestra propia pequeña fortaleza, vuestro santuario secreto. Entonces dejaréis de ser mendigos o fantasmas.

Pude observar la desesperación en sus rostros. Sin embargo, seguían mis palabras con atención.

—Pero nuestra piel, nuestro timbre de voz... —protestó la mujer.

—Podéis engañar a los mortales. Es muy fácil. Sólo es preciso un poco de habilidad.

—¿Y cómo empezamos? —preguntó el muchacho, cabizbajo, como si sólo tomara en consideración todo aquello a regañadientes—. ¿Qué clase de mortales podemos fingir ser?

—¡Escoge tú mismo! Mirad a vuestro alrededor. Disfrazaos de gitanos, si queréis; eso no debería costaros demasiado... O, mejor aún, de mimos —añadí, volviendo los ojos hacia las luces del bulevar.

—¡Mimos! —repitió la mujer de ojos oscuros con una pequeña chispa de excitación.

—Sí, actores. Artistas callejeros. Acróbatas. Haceos acróbatas. Seguro que los habéis visto alguna vez. Podéis pintaros la cara con maquillaje para artistas y así pasarán desapercibidos vuestros gestos y expresiones faciales extravagantes. No podríais escoger otro disfraz más perfecto que ése. En el bulevar encontraréis todo tipo de mortales que habitan en la ciudad. Aprenderéis todo cuanto necesitáis saber.

La mujer se echó a reír y miró a los otros. El hombre estaba sumido en profundos pensamientos, la otra mujer meditaba y el muchacho parecía inseguro.

—Con vuestros poderes, podéis haceros prestidigitadores y saltimbanquis con facilidad —insistí—. Para vosotros, no sería nada. Podríais tener miles de espectadores sin que nadie adivinara nunca lo que sois.

—No fue eso lo que sucedió contigo en el escenario de este pequeño teatro —replicó con frialdad el muchacho—. Tú llenaste de terror sus corazones.

—Porque así lo decidí —expliqué con una punzada de dolor—. Ésta es mi tragedia. Pero puedo engañar a cualquiera cuando me lo proponga, y vosotros también.

Me llevé una mano al bolsillo y saqué un puñado de coronas de oro, que entregué a la mujer de ojos oscuros. Ella tomó las monedas entra ambas manos y las contempló como si le quemaran. Después levantó la vista y vi en sus ojos la imagen de mí mismo en el escenario del teatro de Renaud, realizando aquellas descomunales proezas que habían hecho escapar al público del local.

Pero la mujer tenía otra idea en la cabeza, pues sabía que el teatro estaba abandonado y que me había ocupado de enviar lejos a la compañía.

Y, por un instante, estudié su muda petición. Dejé que mi dolor se redoblara y me atravesara, al tiempo que me preguntaba si mis interlocutores lo advertirían. Aunque, a fin de cuentas, ¿qué importaba eso en realidad?

—Sí, por favor —dijo la mujer. Levantó su mano y tocó la mía con sus dedos blancos y helados—. ¡Déjanos entrar en el teatro! ¡Por favor!

Volvió la cabeza y miró en dirección a la entrada de artistas del local.

Dejarles entrar. Dejarles bailar sobre mi tumba.

Sin embargo, allí debían de quedar todavía viejos trajes y disfraces, restos del vestuario de una *troupe* que había pasado a disponer de todo el dinero del mundo para renovar su indumentaria escénica. Aún debía de haber viejos cubos de pintura blanca, y agua en los barreños. Mil y un tesoros abandonados con las prisas de la partida.

Me sentí un poco aturdido, incapaz de pensar en todo aquello. Me resistía a rememorar todo lo que había sucedido en aquel teatro.

—Está bien —asentí, y aparté la vista como si algo me hubiera distraído—. Podéis entrar en el teatro si queréis. Podéis utilizar todo lo que hay dentro.

La mujer se me acercó aún más y, de pronto, apretó sus labios sobre el revés de mi mano.

—No olvidaremos esto —musitó—. Me llamo Eleni, este muchacho es Laurent, el hombre de ahí es Félix y la mujer que está junto a él, Eugénie. Si Armand intenta algo contra ti, será como si nos lo hiciera a nosotros.

—Espero que os vaya bien y prosperéis —respondí y, cosa extraña, mis palabras eran sinceras.

Me pregunté si alguno de ellos, con todas sus Leyes Oscuras y sus Ritos Oscuros, había deseado realmente aquella pesadilla que todos compartíamos. En realidad, habían sido arrastrados a ella igual que me había sucedido a mí. Y ahora, para bien o para mal, todos éramos Hijos de las Tinieblas.

—Pero sed cautos en vuestro comportamiento —les advertí—. No traigáis nunca aquí a vuestras víctimas, ni cacéis en las inmediaciones del teatro. Actuad con cautela y proteged la seguridad de vuestro refugio.

Eran las tres pasadas cuando crucé el puente de la Île de Saint Louis. Ya había perdido demasiado tiempo. Ahora debía encontrar el violín.

Pero, no bien me acerqué a la casa de Nicolas en el *quai*, vi que algo iba mal. Las ventanas estaban desnudas. Todas las cortinas habían sido arrancadas y, sin embargo, el lugar estaba lleno de luz, como si en el interior ardieran cientos de velas. Era muy extraño. Roget no podía todavía haber tomado posesión del piso, pues no había transcurrido el tiempo suficiente para dar por hecho que Nicolas había tenido algún mal encuentro.

Me encaramé rápidamente al techo y descendí por la pared hasta la ventana del patio; comprobé que allí también habían quitado las cortinas.

Y vi encendidas todas las velas de los candelabros y de los brazos de luz de las paredes. Incluso las había sujetas con su propia cera sobre el piano y escritorio. La sala estaba completamente revuelta.

Todos los libros habían sido sacados de los estantes, y algunos volúmenes estaban hechos pedazos; sus páginas rotas. Incluso los libros de música habían sido esparcidos hoja por hoja sobre la alfombra, y todos los cuadros estaban colocados sobre las mesas junto con otros pequeños objetos: monedas, billetes, llaves...

Tal vez las criaturas diabólicas habían arrasado la casa al llevarse a Nicolas. Pero entonces, ¿quién había encendido las velas? Aquello no encajaba.

Presté atención. No había nadie en el piso, o eso parecía. Pero en ese instante escuché algo; no pensamientos, sino un leve sonido. Fruncí el entrecejo, concentrándome, y me di cuenta de que estaba oyendo pasar unas páginas. Luego oí caer algo al suelo y nuevos ruidos de pasar páginas; un ruido áspero, de hojas apergaminadas. Después, el estruendo del presunto volumen arrojado al suelo.

Entreabrí con todo sigilo la ventana. Los ruidos continuaron, pero no capté ningún olor a humano, ni asomo alguno de pensamientos.

Sin embargo, allí había sin duda un olor extraño. Un olor más penetrante que el del tabaco y el de la cera de las velas. Era el mismo hedor de la tierra del cementerio que impregnaba a los vampiros.

Más velas en el pasillo. Velas en la alcoba, y el mismo desorden: libros abiertos y arrojados al suelo en descuidados montones, ropa de cama hecha un revoltijo, cuadros apilados sin ningún orden, armarios vaciados, cajones arrancados de las cómodas...

Pero no logré dar con el violín por ninguna parte.

De otra de las habitaciones seguía surgiendo el sonido de unas manos que pasaban hojas a toda prisa.

Fuera quien fuese —y, por supuesto, supe enseguida de quién tenía que tratarse—, no le importaba un comino mi presencia. No se había detenido ni para tomar un aliento.

Avancé por el pasillo, me detuve a la puerta de la biblioteca y me encontré mirándole mientras él seguía su trabajo.

Era Armand, por supuesto, pero yo no estaba preparado para la imagen que presentaba allí.

La cera de las velas caía por el busto de mármol de César y se derramaba sobre los brillantes colores de los diferentes países en el globo terráqueo. Y los libros formaban montañas sobre la alfombra, salvo los del último estante del rincón, donde ahora se encontraba Armand vestido aún con sus viejos harapos y con el cabello lleno de polvo, sin hacerme el menor caso mientras su mano pasaba página tras página, sus ojos fijos en las palabras que tenía delante, sus labios entreabiertos; su expresión, la de un insecto concentrado en masticar la hoja en la que se ha posado.

Un aspecto absolutamente horrible el suyo. ¡Estaba absorbiendo todo cuanto contenían los volúmenes!

Finalmente, dejó caer el que tenía en las manos y tomó otro, lo abrió y empezó a devorarlo de la misma manera, moviendo los dedos de una frase a otra con sobrenatural celeridad.

Advertí que Armand había examinado todo cuanto contenía el piso con aquella misma voracidad, incluidas la ropa de cama y las cortinas, los cuadros descolgados de sus ganchos, el contenido de armarios y cómodas, pero que era en los libros donde estaba adquiriendo más conocimientos. Por el suelo había obras de todo tipo, desde *La guerra de las Galias* de Julio César a novelas inglesas contemporáneas.

Con todo, no era su aspecto el único horror. Estaba también el caos que iba dejando a su paso, el absoluto desprecio por las cosas que tocaba.

Y su absoluto desprecio hacia mí.

Terminó de revisar el último libro, o dejó de prestarle atención, y empezó a revolver los viejos periódicos apilados en un estante bajo.

Me descubrí retrocediendo, retirándome de la estancia y apartándome de él con la vista fija en su pequeña y sucia figura. Su cabellera castaña rojiza despedía tenues reflejos a pesar del polvo, y sus ojos brillaban como dos llamas.

Aquel ser extraviado del inframundo tenía un aspecto grotesco entre las velas y el vertiginoso colorido de la vivienda, pero, aun así, su hermosura era patente. No necesitaba las sombras de Notre Dame ni la luz de las teas de la cripta para que resaltara su belleza y, bajo aquella brillante luminosidad, había en él un aire de ferocidad que no le había observado nunca.

Me sentí presa de una abrumadora confusión. Armand era a la vez peligroso y apremiante. Podría haberme quedado mirándolo eternamente, pero un instinto imperioso me dijo: «Vete, déjale este sitio si lo quiere. ¿Qué importa ya eso?»

El violín. Traté desesperadamente de pensar en el violín para dejar de contemplar el movimiento de sus dedos sobre las palabras, la incansable concentración de sus ojos.

Le volví la espalda y fui al salón. Me temblaban las manos. Apenas podía soportar la idea de saberle allí. Busqué por todas partes, pero no logré encontrar el violín. ¿Qué podía haber hecho Nicolas con él? No se me ocurrió nada.

El paso de las páginas, el crujido del papel, el leve ruido del periódico al caer al suelo.

Decidí volver de inmediato a la torre.

Me disponía a pasar rápidamente ante la biblioteca, cuando, sin previo aviso, su mensaje sin sonido habló en mi mente. Me detuve. Era como si una mano me asiera del cuello. Me volví y le encontré mirándome.

«¿Qué hay de esos silenciosos hijos tuyos? ¿Les amas? ¿Te aman ellos?»

Ésa fue su pregunta, y su significado fue desentrañándose trabajosamente en mi cabeza entre ecos interminables.

Hasta el último libro de los estantes se hallaba ahora tirado por el suelo. Armand era un espectro entre las ruinas, un visitante del diablo en quien él creía. Y, con todo, su rostro seguía siendo muy tierno, muy juvenil.

«*El Rito Oscuro nunca trae amor, ¿entiendes?, sólo trae silencio.*» Sus conceptos parecían más suaves en su insonoridad, más claros; el eco terminó de disiparse. «*Nosotros decíamos que era la voluntad de Satán que el maestro y el novicio no buscaran consuelo el uno en el otro. Al fin y al cabo, era a Satán a quien servíamos.*»

Cada una de sus palabras penetró en mí. Cada una de sus palabras fue acogida por un secreto y humillante sentimiento de curiosidad y de vulnerabilidad. Pero me negué a permitir que se diera cuenta de ello y, furioso, exclamé:

—¿Qué quieres de mí?

Al hablar, fue como si se rompiera algo. Sentí más miedo de Armand en aquel momento que en ningún instante de nuestras anteriores discusiones y enfrentamientos, y siempre he odiado a aquellos que me hacen sentir miedo, a aquellos que conocen cosas que yo preciso saber, a aquellos que tienen tal poder sobre mí.

—Es como no saber leer, ¿verdad? —dijo en voz alta—. Y a tu creador, a ese proscrito de Magnus, ¿le importó para algo tu ignorancia? No te explicó ni siquiera las cosas más simples, ¿verdad?

No hubo el menor cambio en su expresión al hablar.

—¿No han sido siempre así las cosas? ¿Alguna vez has tenido a alguien que te enseñara algo?

—Estás sacando esos argumentos de mis recuerdos... —repliqué. Estaba pasmado. Vi el monasterio donde había estado de chiquillo, las filas y filas de volúmenes que no sabía leer, la figura de Gabrielle inclinada sobre sus libros, de espaldas a todos nosotros—. ¡Basta!

Me pareció como si hubiese transcurrido muchísimo tiempo. Me sentía desorientado. Y Armand continuó lanzando mensajes, esta vez en silencio.

«Esos que *tú* has creado nunca te dan satisfacción. En el silencio sólo crecen la desavenencia y el resentimiento.»

Quise moverme, pero permanecí inmóvil. No podía hacer otra cosa que mirarle mientras continuaba.

«Tú me deseas, y yo a ti, y sólo nosotros dos en todo este mundo nos merecemos mutuamente. ¿No te das cuenta de ello?»

Sus mudos mensajes parecieron extenderse, ampliarse, como una nota de violín sostenida por toda la eternidad.

—Esto es una locura —susurré.

Recordé todas las cosas que me había dicho, las acusaciones que había formulado contra mí, los horrores que las otras criaturas me habían descrito sobre los desgraciados a los que había arrojado a la hoguera.

—¿Lo es? ¿Es una locura? —inquirió él—. Ve entonces con tus silenciosos hijos. En este preciso instante se estarán diciendo lo que no pueden decirte a ti.

—Mientes... —murmuré.

—Y el paso del tiempo sólo acrecentará su independencia. Pero aprende por ti mismo. Cuando quieras venir a mí, me encontrarás fácilmente. Al fin y al cabo, ¿adónde podría ir? ¿Qué podría hacer? Tú me has vuelto a convertir en un huérfano.

—Yo no... —protesté.

—Sí, tú —insistió él—. Tú has sido el causante, tú diste con todo al traste. —Pese a las recriminaciones, no aprecié cólera alguna en su voz—. Pero puedo esperar a que vengas a mí, a que acudas a plantearme las preguntas que sólo yo puedo responder.

Le contemplé durante un instante. No sé cuánto tiempo estuve así. Era como si no pudiera moverme, como si no pudiera ver otra cosa que su figura, y comprendí que estaba envolviéndome de nuevo la profunda sensación de paz que había conocido en Notre Dame, el hechizo que ya había utilizado Armand contra mí. Sólo quedó una luz que le envolvía, y fue como si se acercara a mí y yo a él, aunque ninguno de los dos nos movimos. Armand estaba atrayéndome, arrastrándome hacia él.

Di media vuelta tambaleándome, perdiendo el equilibrio, pero logré salir de la sala. Corrí por el pasillo, y pronto me escabullí de nuevo por la ventana para escalar la pared hasta el techo.

Instantes después, cabalgaba al galope por la Île de la Cité como si Armand me persiguiera. Mi corazón no moderó su frenético latir hasta que hube dejado atrás la ciudad.

El tañido de las campanas del infierno.

La torre se alzaba en la oscuridad contra las primeras luces del alba. Mi pequeño grupo ya se había retirado a descansar en su cripta de las mazmorras.

No abrí los sepulcros para mirarles aunque sentía unos desesperados deseos de hacerlo, de ver otra vez a Gabrielle y tocar su mano.

Subí solo hacia las almenas para contemplar el milagro ardiente del amanecer que se aproximaba, de aquel momento que jamás volvería a ver completo. El tañido de las campanas del infierno, mi música secreta...

Pero me llegaba también otro sonido. Lo advertí mientras subía la escalera y me maravilló su capacidad para alcanzarme. Era una especie de canción suave y dulce, que llegaba a mí como si salvara una distancia inmensa.

Una vez, hacía años, había escuchado a un joven campesino que venía cantando por la carretera que partía del pueblo hacia el norte. El muchacho no se había fijado en si alguien lo escuchaba, se había creído a solas en el campo abierto y su voz había poseído una fuerza interna y una pureza que le habían conferido una belleza sobrenatural. Las letras de la vieja tonada eran lo de menos.

Era ésta la voz que ahora me llamaba. Era la misma voz solitaria, alzándose sobre la distancia que nos separaba para recoger en sí misma todos los sonidos.

Volví a sentir miedo, pero aun así, abrí la puerta de lo alto de la escalera y salí al exterior. Percibí la brisa sedosa de la mañana y el parpadeo ensoñador de las últimas estrellas. El cielo no era ya un dosel, sino más bien una neblina que se alzaba interminable sobre mí, y las estrellas escapaban hacia arriba, haciéndose todavía más pequeñas entre la niebla.

Como una nota emitida en las altas montañas, la voz lejana se hizo más aguda, tocándome el pecho en el lugar donde había posado mi mano.

La voz me traspasó como un rayo de luz rasga la oscuridad, canturreando:

«*Ven a mí. Todo quedará olvidado sólo con que vuelvas a mí. Estoy más solo de lo que he estado nunca.*»

Y, acompañando a la voz, llegó hasta mí una sensación de posibilidades sin límite, de asombro y expectación, que traía consigo la visión de Armand plantado en solitario ante las puertas abiertas de Notre Dame. El tiempo y el espacio eran meras ilusiones. Le vi envuelto en una luz lechosa ante el altar principal, una figura ágil y veloz envuelta en regios harapos y sin otra expresión en sus ojos que la paciencia, hasta desvanecerse en un leve resplandor. En aquel instante no existía ninguna cripta secreta bajo Les Innocents. No existía la visión espantosa de aquel fantasma andrajoso bajo la radiante luminosidad de la biblioteca de Nicolas, arrojando los libros al suelo como si fueran cáscaras vacías al terminar de hojearlos.

Creo que me arrodillé y apoyé la cabeza contra las melladas losas del suelo. Vi la Luna como un fantasma desvaneciéndose y el Sol debió de tocarla, porque su brillo me hizo daño y me obligó a cerrar los ojos.

Sin embargo, sentí al mismo tiempo una gran exaltación, un éxtasis. Era como si mi espíritu pudiera saborear la gloria del Rito Oscuro, sin necesidad de derramar sangre, en la intimidad de aquella voz que me hendía y buscaba la parte más tierna y más secreta de mi alma.

«¿Qué deseas de mí? —quise decirle—. ¿Cómo puedes ofrecerme el perdón y el olvido cuando hace tan poco sólo sentías por mí el rencor más profundo? Tu asamblea, destruida. Esos horrores que no quiero imaginar...»

Todo esto quise decirle, pero, como antes, me resultó imposible articular las palabras. Y esta vez me di cuenta de que, si me atrevía a intentarlo, la sensación de felicidad desaparecería y me abandonaría, y que la angustia sería peor aún que la sed de sangre.

Con todo, aunque permanecí callado, envuelto en el misterio de aquel sentimiento, reconocí imágenes y pensamientos extraños que no me pertenecían.

Me vi a mí mismo regresando a las mazmorras y tomando en mis brazos los cuerpos inanimados de los dos monstruos de mi propia raza a los que tanto amaba. Me vi transportándolos a la azotea de la torre y dejándolos allí, impotentes, a merced del sol naciente. Las campanas del infierno repicaban en vano por ellos: tocaban alarma. Y el sol los consumía y los reducía a cenizas con cabello humano.

Mi mente retrocedió ante todo aquello, se replegó en sí misma, presa del más desgarrador desengaño.

—Basta, Armand —susurré. ¡Ah, cuánto me dolía aquella decepción, aquella reducción de posibilidades...!—. Qué estúpido has sido al pensar que yo podría hacer tal cosa...

La voz se desvaneció, se apartó de mí y sentí la soledad en cada poro de mi piel. Era como si me hubieran privado para siempre de cualquier cobijo y, en adelante, fuera a sentirme siempre tan desnudo y desdichado como en aquel instante.

Y sentí en la lejanía una convulsión de energía, como si el espíritu que había creado la voz estuviera enroscándose sobre sí mismo con una gran lengua.

—¡Traición! —exclamé en voz más alta—. Pero, ¡ah!, qué tristeza, qué error de cálculo. ¡Cómo puedes decir que me deseas!

Pero se había ido. Había desaparecido por completo. Y, presa de la desesperación, deseé que volviera aunque fuera para luchar contra mí. Anhelé gozar de nuevo de aquella sensación de posibilidad, de aquella deliciosa llamada.

Y vi su rostro en Notre Dame, juvenil y casi dulce, como el de un santo pintado por Leonardo.

Me invadió una terrible sensación de fatalidad.

6

Tan pronto como Gabrielle despertó, la conduje lejos de Nicolas y le expliqué todo lo que había tenido lugar la noche anterior. Le conté todo cuanto Armand había sugerido y dicho. Con cierta incomodidad, mencioné el silencio que existía entre ella y yo, y le aseguré saber ahora que tal situación no iba a cambiar.

—Debemos dejar París lo antes posible —dije por fin—. Esa criatura es demasiado peligrosa. Y esas otras a las que he cedido el teatro... ninguna de ellas sabe nada, salvo lo que él les ha enseñado. Propongo que les dejemos París y tomemos la Senda del Mal, por usar las palabras de la vieja reina.

Había esperado de ella una reacción de furia contra mí, y de malevolencia hacia Armand, pero permaneció serena durante toda mi exposición.

—Quedan demasiadas preguntas por responder, Lestat —dijo al fin—. Quiero saber cómo nació su asamblea. Y quiero conocer todo lo que Armand sabe de nosotros.

—Madre, estoy tentado de volver la espalda a todo eso. No me importa cómo se inició y dudo que él mismo lo sepa.

—Te entiendo, Lestat —respondió ella con calma—. Créeme, te entiendo. Cuando todo quede aclarado, estas criaturas me importarán menos que los árboles de este bosque o que las estrellas que lucen ahí arriba. Preferiría estudiar las corrientes del viento o los dibujos de las hojas al caer...

—Exacto.

—Pero no debemos precipitarnos. Ahora, lo importante es que los tres permanezcamos juntos. Debemos ir juntos a la ciudad y prepararnos con tranquilidad para marcharnos juntos más adelante. Y juntos también debemos trazar el plan para despertar a Nicolas con el violín.

Quise preguntarle por Nicolas, saber qué había tras su silencio, qué podía ella adivinar en su mente. Sin embargo, las palabras se me secaron en la garganta y recordé, como lo había hecho en todo instante, el comentario que Gabrielle había hecho en aquellos primeros instantes: «El desastre, hijo mío.»

Me pasó el brazo por la cintura y me condujo de nuevo hacia la torre.

—No tengo que leer tus pensamientos —dijo— para saber lo que dice tu corazón. Llevémosle a París y busquemos el Stradivarius. —Se puso de puntillas para darme un beso y añadió—: Ya estábamos juntos en la Senda del Mal antes de que sucediera todo esto, y pronto volveremos a tomarla.

Conducir a Nicolas a París resultó tan fácil como llevarle a cualquier otra parte. Como un fantasma, montó a caballo y cabalgó a nuestro lado; únicamente su oscura melena y su capa, batidas por el viento, parecían tener vida.

Cuando cobramos nuestras víctimas en la Île de la Cité, advertí que no verle cazar y matar me resultaba insoportable.

Y no me daba ninguna esperanza verle hacer aquellas cosas sencillas con la torpeza y lentitud de un sonámbulo. Tal cosa sólo demostraba que podía continuar en aquel estado para siempre, como nuestro silencioso cómplice, poco más que un cadáver resucitado.

Sin embargo, mientras recorríamos juntos las callejas, se adueñó de mí una sensación inesperada. Ahora éramos tres, no dos. Éramos un grupo, una asamblea. Y si conseguía reanimarle...

No obstante, lo primero era la visita a Roget. Tenía que presentarme solo ante el abogado, de modo que les dejé esperando a unas cuantas puertas de la casa y, mientras golpeaba el picaporte, tomé fuerzas para acometer la actuación más horrorosa de mi carrera teatral.

Pues bien, muy pronto iba a aprender una importante lección acerca de los humanos y de su disposición a convencerse de que el mundo es un lugar seguro. Roget se mostró encantado de verme. Estaba tan aliviado de encontrarme «vivo y en buen estado de salud» y de comprobar que seguía requiriendo sus servicios, que, con grandes aspavientos de cabeza, aceptó mis disparatadas explicaciones sin apenas darme tiempo a empezarlas.

(Y esta lección sobre la tranquilidad de los mortales no iba a olvidarla nunca. Aunque un espíritu esté haciendo pedazos una casa, aunque haga volar los platos y las ollas, derrame agua sobre los cojines o haga que los relojes suenen a todas horas, los mortales aceptarán prácticamente cualquier «explicación natural» que se les ofrezca, por absurda que sea, antes que la obvia explicación sobrenatural del suceso.)

También quedó claro casi desde el primer momento que el abogado creía que Gabrielle y yo habíamos abandonado la alcoba de la casa por la puerta de servicio, una posibilidad en la que yo no había caído hasta entonces. Así pues, respecto a los candelabros retorcidos, lo único que hice fue murmurar unas frases sobre si me había vuelto loco de dolor al ver a mi madre en el lecho de muerte. Roget lo comprendió enseguida.

En cuanto a la razón de que me la llevara... En fin, Gabrielle había insistido en que la alejara de todos y la llevara a un convento, donde ahora se encontraba.

—¡Ah, señor abogado, su mejoría es un milagro! —exclamé—. Si pudiera verla... Pero no importa. Nos vamos de inmediato a Italia con Nicolas de Lenfent y necesitamos dinero en efectivo, letras de crédito, lo que sea. Y un carruaje, uno grande para viajes largos, y un buen tiro de seis caballos. Ocúpese de esto, que esté todo preparado para primera hora de la noche del viernes. Y escríbale a mi padre diciéndole que nos llevamos a mi madre a Italia. Supongo que mi padre se encuentra bien, ¿verdad?

—Sí, sí. Por supuesto, únicamente le he hecho llegar las noticias más tranquilizadoras...

—Muy prudente por su parte. Sabía que podía confiar en usted. ¿Qué haría yo sin su colaboración? ¿Y qué me dice ahora de estos rubíes? ¿Podría convertirlos en dinero inmediatamente? También tengo unas cuantas monedas españolas para vender. Bastante antiguas, creo.

Tomó nota de todo como un poseso, mientras todas sus dudas y sospechas se fundían bajo el calor de mis sonrisas. ¡Estaba tan contento de tener algo que hacer!

—Conserve vacío mi local del Boulevard du Temple —le ordené—. Y, naturalmente, quiero que se encargue de todo.

El local del Boulevard du Temple, el escondrijo de un grupo de vampiros harapientos y desesperados, a menos que Armand los hubiera descubierto y los hubiera quemado como viejos trajes de atrezo. Muy pronto encontraría la respuesta a aquel interrogante.

Bajé los peldaños hasta la calle silbando para mí de la manera más humana, satisfecho de haber cumplido con aquella desagradable obligación. Entonces advertí que Nicolas y Gabrielle no aparecían por ninguna parte.

Me detuve y observé con atención la calle.

Vi a Gabrielle en el preciso instante de escuchar su voz: una figura joven y varonil surgiendo impetuosa de una callejuela, como si se acabara de materializar allí mismo.

—¡Lestat, se ha ido... ha desaparecido! —exclamó.

No supe qué responder. Dije alguna estupidez, algo así como «¿Qué quieres decir, desaparecido?», pero mis pensamientos casi ahogaban las palabras antes de que surgieran de mi cabeza. Si hasta aquel instante había dudado de mi amor por él, me había estado mintiendo a mí mismo.

—Le he dado la espalda y todo ha sucedido así de rápido, te lo aseguro —explicó ella, entre apenada y furiosa.

—¿Has oído a alguien más...?

—No. A nadie. Sencillamente, todo ha sido demasiado rápido.

—Sí, siempre que se haya movido por sí mismo, que no se lo haya llevado...

—¿Armand? Habría notado su miedo si él hubiera intervenido —insistió.

—Pero ¿estás segura de que Nicolas tenga miedo, de que sienta algo?

Yo estaba absolutamente aterrado y exasperado. Nicolas se había desvanecido en una oscuridad que se extendía alrededor de nosotros como una rueda gigante en torno a su eje. Creo que apreté los puños y debí hacer algún vago gesto de pánico.

—Escúchame —dijo—. Sólo hay dos cosas que dan vueltas y vueltas en su mente...

—¡Dímelas!

—Una es la hoguera de la cripta bajo Les Innocents donde estuvo a punto de ser quemado. La otra es un pequeño teatro... unas luces, un proscenio, un escenario...

—El teatro de Renaud —murmuré.

Juntos, ella y yo éramos arcángeles. No tardamos un cuarto de hora en llegar al ruidoso bulevar y, entre la animada multitud, pasamos ante la abandonada fachada del local de Renaud para dirigirnos a la puerta de artistas.

Los tablones estaban astillados, y las cerraduras, rotas. Sin embargo, no capté sonido alguno de Eleni y de las demás criaturas mientras avanzábamos con sigilo por el pasillo que rodeaba los bastidores. Allí no había nadie.

Quizás Armand había devuelto al redil a sus hijos, después de todo, y la culpa era mía por no haberles acogido a mi lado.

No había nada, salvo la jungla de utillería, los grandes decorados pintados con el día y la noche y la montaña y el valle, y los camerinos abiertos, aquellos abigarrados cuartuchos donde, aquí y allá, un espejo reflejaba la luz que se filtraba por la puerta abierta que habíamos dejado atrás.

Entonces, la mano de Gabrielle se cerró en mi manga. Con un gesto, señaló el escenario y, por la expresión de su rostro, supe que no eran los otros. Quien estaba allí era Nicolas.

Me acerqué al lateral del escenario. El telón de terciopelo estaba corrido a ambos lados, y distinguí claramente su figura en el foso de la orquesta. Estaba sentado en su lugar habitual, con las manos cruzadas sobre los muslos. Tenía el rostro vuelto hacia mí, pero no advertía mi presencia. Seguía con la mirada perdida, como siempre.

Y evoqué las extrañas palabras de Gabrielle la noche después de que la creara, respecto a que no podía sobreponerse a la sensación de haber muerto y de no poder influir en nada en el mundo mortal.

Su aspecto era translúcido, carente de vida. Era el aspecto mudo e inexpresivo con que uno casi tropieza en las sombras de la casa encantada, casi fundido con el mobiliario polvoriento; era, tal vez, el espanto más horrible de todos cuantos existen.

Miré si tenía el violín en el suelo apoyado en la silla y, al ver que no era así, me dije que aún tenía una oportunidad.

—Quédate aquí y vigila —indiqué a Gabrielle.

Sin embargo, el corazón se me desbocó cuando alcé la mirada al teatro a oscuras, cuando me dejé embriagar por los viejos olores. «¡Oh, Nicolas! —pensé—. ¿Por qué has tenido que traernos aquí, a este lugar hechizado? Aunque, ¿quién soy yo para preguntarlo? También yo volví, ¿no es cierto?»

Encendí la única vela que encontré en el camerino de la primera actriz. Por todas partes había botes de pintura de teatro abiertos, y en las perchas colgaban aún numerosos trajes desechados. Todos los camerinos por los que pasé estaban llenos de vestuario abandonado, peines y cepillos olvidados, flores marchitas todavía en los jarrones y polvos de maquillaje derramados por el suelo.

Volví a pensar en Eleni y los demás, y advertí que se apreciaba allí un levísimo aroma a Les Innocents. Distinguí unas huellas de pisadas de pies desnudos muy claras en el polvo. Sí, las criaturas habían entrado. Y habían encendido velas, sin duda, pues el olor a cera parecía muy reciente.

Fuera como fuese, no había entrado en mi antiguo camerino, la estancia que Nicolas y yo compartíamos antes de cada actuación. Todavía estaba cerrada y, cuando la abrí por la fuerza, me llevé una desagradable sorpresa. Todo seguía exactamente como lo había dejado.

Estaba limpia y ordenada, incluso el espejo estaba libre de polvo, y encontré todas mis pertenencias tal como las dejara la última noche que había pasado allí. Vi mi vieja capa colgada de la percha, las viejas ropas que había traído del campo y un par de botas arrugadas. Encontré también mis tarros de maquillaje para la escena en perfecto orden, y la peluca —que sólo había lucido en el teatro— en su cabeza de madera. Las cartas de Gabrielle formaban un pequeño montón; los ejemplares de periódicos ingleses y franceses en los que se mencionaba la obra y una botella de vino aún medio llena, con el tapón seco, completaban el inventario. Y allí, en la oscuridad bajo el tocador de mármol, cubierta en parte por un gabán negro hecho un fardo, había una brillante caja de violín. No era la del instrumento que habíamos traído del pueblo. No. En su interior debía de estar el preciado regalo que le había comprado después, con la «moneda del reino»: el violín Stradivarius.

Me agaché y abrí la tapa. Efectivamente, contenía el bello instrumento, delicado y dotado de un oscuro brillo, abandonado allí entre todas aquellas cosas sin valor.

Me pregunté si Eleni y los demás se lo habrían quedado en el caso de haber entrado en el camerino. ¿Habrían sabido reconocer su posible utilidad y su valor?

Dejé la vela por un instante, saqué con cuidado el violín y tensé las cuerdas de crin del arco como le había visto hacer mil veces a Nicolas. Luego llevé el instrumento y la vela otra vez al escenario, me agaché y empecé a encender la larga serie de velas que formaba la batería de luces del proscenio.

Gabrielle me contempló, impasible. Luego acudió a ayudarme. Fue encendiendo una vela tras otra y prendió a continuación los candelabros de las paredes.

Pareció que Nicolas se agitaba, pero tal vez fue sólo la creciente iluminación de su perfil, la suave luz que emanaba del escenario y se extendía por la sala vacía. Los profundos pliegues del terciopelo cobraron vida por doquier y los ornados espejuelos incrustados en el frontis del anfiteatro y de los palcos se convirtieron en otras tantas luces.

Qué bello era aquel rincón, nuestro rincón. Había sido la puerta al mundo, cuando éramos mortales. Y, finalmente, habría resultado la puerta del infierno.

Cuando terminé de encender las velas, me detuve un momento sobre el escenario y admiré los pasamanos dorados, la nueva araña de luces que colgaba del techo y, arriba de todo, las máscaras de la comedia y de la tragedia como dos caras surgiendo del mismo cuello.

El local parecía mucho más pequeño cuando estaba vacío. En cambio, ningún teatro de París parecía más grande cuando estaba lleno.

Llegaba del exterior el ronco rumor del tráfico en el bulevar, finas voces humanas alzándose de vez en cuando como chispas sobre el murmullo de fondo. Debía de estar pasando un carruaje pesado, porque todo cuanto contenía el teatro vibró ligeramente: la llama de las velas en los reflectores, el enorme telón recogido a izquierda y derecha, el decorado con un jardín bellamente dibujado y unas nubes en el cielo.

Pasé delante de Nicolas, que no me había dirigido la mirada un solo instante, y descendí la escalerilla situada tras él hasta el foso de la orquesta. Me acerqué a su silla con el violín.

Gabrielle se quedó de nuevo tras las bambalinas con una expresión fría pero paciente en su rostro menudo. Se apoyó contra una columna próxima, con el gesto fácil de un extraño joven de largos cabellos.

Por detrás de él, bajé el violín sobre el hombro de Nicolas y lo deposité en su regazo. Noté que se movía, como si exhalara un suspiro, y apretaba la nuca contra mí. Luego, lentamente, alzó la mano izquierda para sujetar el puente del violín, al tiempo que, con la diestra, tomaba el arco.

Me arrodillé y apoyé las manos en sus hombros. Le besé la mejilla. No capté ningún olor humano, ningún calor de mortal. Era una escultura de mi Nicolas.

—Toca —susurré—. Toca ahora, para nosotros solos.

Se volvió lentamente hasta quedar frente a mí y, por primera vez desde el instante del Rito Oscuro, me miró a los ojos y emitió un leve sonido, tan forzado que me pareció como si hubiera perdido la capacidad de hablar. Como si se le hubieran atrofiado los órganos de fonación.

Finalmente, se pasó la lengua por los labios y, en una voz tan baja que apenas logré oírle, dijo:

—Es el instrumento del diablo.

—Sí —respondí. «Si es lo que tienes que creer —añadí para mí—, que así sea. Pero toca.»

Sus dedos se posaron sobre las cuerdas. Tanteó la madera de la caja hueca con la yema de los dedos, y, por fin, tembloroso, pulsó las cuerdas para afinarlas y ajustó con gran parsimonia las clavijas, como si, sumamente concentrado, realizara por primera vez aquella maniobra.

En el bulevar, unos niños se reían. Unas ruedas de madera traqueteaban con estruendo en los adoquines. Las notas entrecortadas eran irritantes, discordantes, y agudizaban la tensión.

Nicolas apretó el instrumento contra su oído por un instante y me dio la impresión de que volvía a quedarse inmóvil durante una eternidad, hasta que se puso en pie con lentitud. Dejé el foso de la orquesta y salí a la platea, donde me quedé de pie contemplando su negra silueta recortada contra el fulgor del escenario.

Se volvió hacia el patio de butacas vacío como tantas veces había hecho en el intermedio de la representación, y se colocó el violín bajo el mentón. Y, con un movimiento veloz como el rayo ante mis ojos, bajó el arco sobre las cuerdas.

Los primeros arpegios, graves y potentes, latieron en el silencio y se alargaron y profundizaron, arañando el fondo mismo del sonido. Luego, las notas se alzaron, ricas y oscuras y penetrantes, como si fueran extraídas del violín por obra de magia, hasta que un desbordado torrente de melodías inundó de pronto la sala.

La música pareció traspasar mi cuerpo, atravesar mis mismísimos huesos.

No podía ver el movimiento de sus dedos ni el ir y venir del arco; lo único que distinguía era la agitación de su cuerpo, su postura torturada mientras dejaba que la música le retorciera, le doblara hacia delante y le arrojara hacia atrás.

Las notas se hicieron más agudas, más chillonas, más rápidas, pero seguían conservando el tono a la perfección. Era una ejecución sin esfuerzo, con un virtuosismo más allá de cualquier sueño mortal. Y el violín hablaba; no se limitaba a cantar, sino que era insistente en su tonada. El violín contaba una historia.

La música era un lamento, un futuro de terror enroscándose en hipnóticos ritmos de danza, sacudiendo a Nicolas de un lado a otro con más fuerza todavía. Su cabello era una greña reluciente ante las luces del proscenio. Su piel estaba perlada de sudor ensangrentado. Llegó hasta mí el olor de la sangre.

Pero yo también estaba doblándome, y retrocedía, agachado tras los asientos como si quisiera ocultarme de la música, igual que una multitud de aterrorizados mortales se había puesto a cubierto de mí en aquel mismo local.

Y supe, de alguna manera plena y simultánea, que el violín estaba contando todo cuanto le había sucedido a Nicolas. La música era el estallido de la oscuridad, era la oscuridad fundida, y su belleza era como el fulgor de las ascuas: daba la luz suficiente para mostrar cuánta oscuridad había en realidad.

También Gabrielle pugnaba por mantener quieto el cuerpo bajo aquel torbellino. Tenía el rostro contraído y las manos en la cabeza; la melena leonina se le había soltado en torno a la cara, y advertí que había cerrado los ojos.

Sin embargo, otro sonido se abrió paso entre la pura inundación de la música. Las criaturas estaban allí. El cuarteto había acudido al teatro y avanzaban hacia nosotros entre bastidores.

La música alcanzó cimas imposibles, el sonido tomaba fuerzas y siguió ascendiendo. La mezcla de sentimientos y de pura lógica traspasó los límites de lo tolerable y, sin embargo, continuó y continuó...

Y el cuarteto apareció lentamente detrás del telón: primero, la majestuosa figura de Eleni, seguida de Laurent, el muchacho, y de Félix y Eugénie. Se habían convertido en acróbatas, en artistas callejeros, y llevaban la ropa de los de su oficio, los hombres con medias blancas bajo los calzones de arlequín con colgantes, y las mujeres con grandes bombachos, vestidos de volantes y zapatillas de baile en los pies. El carmín brillaba en sus inmaculadas caras blancas y el *kohl* trazaba el contorno de sus deslumbrantes ojos de vampiro.

Se acercaron a Nicolas como atraídos por un imán, y su belleza destacó aún más al quedar a la luz de las velas del escenario; sus cabellos brillaban, sus movimientos eran ágiles y felinos, sus expresiones eran arrebatadas. Nicolas se volvió lentamente hacia ellos mientras seguía agitándose, y la música se convirtió en una súplica frenética, bamboleándose y ascendiendo y lanzando rugidos en su carrera melódica.

Eleni contempló a Nicolas con los ojos muy abiertos, entre horrorizada y encantada. Después, levantó los brazos por encima de la cabeza con un gesto lento y teatral y puso el cuerpo en tensión; su cuello resultaba aún más largo y grácil. La otra mujer pivotó sobre un pie, y levantó la rodilla; los dedos del pie apuntaban hacia abajo en el primer paso de una danza. No obstante, fue el hombre alto quien cogió de pronto el ritmo de la música de Nicolas, sacudiendo la cabeza a un lado y moviendo brazos y piernas como si fuera una gran marioneta tirada de cuatro cuerdas colgadas de las vigas del techo.

Los demás lo vieron. Ya conocían las marionetas del bulevar y, de pronto, todos adoptaron aquella gesticulación mecánica, con bruscos movimientos como espasmos y con el rostro como máscaras de madera absolutamente en blanco.

Me atravesó una gran oleada fría de placer, como si de pronto pudiera aspirar el calor radiante de la música, y gemí de gozo viéndoles sacudirse y agitarse, lanzar las piernas a lo alto, con los dedos hacia el techo, y dar vueltas con sus cuerdas invisibles.

Pero la situación empezó a cambiar. Ahora, Nicolas tocaba para ellos, al tiempo que las criaturas bailaban para él.

Avanzó hacia el escenario, dio un salto por encima de la humeante batería de luces del proscenio y fue a caer en medio de los cuatro. La luz se reflejó en el instrumento y ocultó por un instante su rostro resplandeciente.

Un nuevo elemento burlón impregnó la interminable melopea, una melodía sincopada que hacía tambalear la tonada y le daba una carga aún más amarga y, al propio tiempo, aún más dulce.

Las marionetas de articulaciones rígidas lo rodearon, arrastrando los pies y meneando la cabeza sobre las tablas. Con los dedos abiertos y bamboleando la cabeza a un lado y a otro, se retorcieron y agitaron, hasta que, uno por uno, fueron perdiendo la rigidez a la vez que la melodía de Nicolas se fundía en una desgarradora tristeza. La danza se hizo de inmediato viscosa, acongojada y lenta.

Era como si una mente los controlara, como si danzaran al son de los pensamientos de Nicolas, además de al de su música. Y Nicolas se puso a bailar con ellos sin dejar de tocar, acelerando el ritmo hasta convertirse en el violinista rural de la hoguera de Carnaval, y las criaturas saltaron por parejas como amantes de aldea, las mujeres haciendo volar las faldas y los hombres doblando las piernas, al tiempo que alzaban a las mujeres, creando en todo momento posturas del más tierno amor.

Paralizado, contemplé la escena: los bailarines sobrenaturales, el violinista monstruoso, brazos y piernas moviéndose con inhumana lentitud, con gracia hechizadora. La música era como un fuego que nos consumía a todos.

Y de nuevo lanzó un grito de dolor, de horror, de pura rebelión del alma contra todas las cosas. Y, una vez más, las criaturas le dieron expresión visual con rostros retorcidos de tormento, como la máscara de la tragedia grabada en el techo.

Me di cuenta de que, si no volvía la espalda a aquello, terminaría llorando.

No quería oír ni ver nada más. Nicolas se estaba moviendo adelante y atrás como si el violín fuera una bestia a la que ya no dominara. Y descargaba sobre las cuerdas golpes breves y ásperos con el arco.

Los bailarines pasaron delante de él, por detrás, le abrazaron y se cogieron a él mientras Nicolas levantaba las manos y sostenía el violín por encima de la cabeza.

Una carcajada estridente surgió de la boca del músico. Se reía a mandíbula batiente, agitando brazos y piernas sin control. Al cabo de unos instantes, bajó la cabeza y clavó los ojos en mí. Por último, con su tono de voz más estentóreo, exclamó:

—¡YO OS HE DADO EL TEATRO DE LOS VAMPIROS! ¡EL TEATRO DE LOS VAMPIROS! ¡EL MAYOR ESPECTÁCULO DEL BULEVAR!

Desconcertados, los demás le miraron. Sin embargo, una vez más, todos al unísono batieron palmas y lanzaron vítores. Dieron saltos en el aire y, con gritos de alegría, pasaron sus brazos en torno al cuello de Nicolas y le besaron. Después, danzando en torno a él haciendo un círculo, le hicieron dar vueltas impulsándole con los brazos. Se alzaron las risas en todas las gargantas cuando él los estrechó a todos en sus brazos y respondió a sus besos mientras las criaturas lamían, con sus largas lenguas rosadas, el sudor ensangrentado de su rostro.

—¡El Teatro de los Vampiros!

Las criaturas se separaron de Nicolas y vocearon el nombre al público inexistente, al mundo entero. Hicieron una reverencia a las luces del proscenio y, retozando y lanzando alaridos, saltaron a las vigas y se dejaron caer desde ellas con un eco atronador de las tablas.

Desapareció la música, reemplazada por la cacofonía de gritos y golpes y risas, insistente como el tañido de las campanas.

No recuerdo que les diera la espalda ni que subiera los peldaños del escenario y cruzara éste dejándoles atrás, pero debí de hacerlo, ya que, de pronto, me encontré sentado en la mesilla baja y estrecha de mi reducido camerino, con la espalda apoyada en el rincón, las rodillas encogidas y la cabeza contra el frío cristal del espejo. Gabrielle estaba allí.

Mi respiración era jadeante y su sonido me desgarró.

Vi cosas —la peluca que había lucido en escena, el escudo de cartón piedra— que me hicieron evocar emociones extraordinarias. Pero sentía que me ahogaba. Y era incapaz de pensar.

Entonces apareció Nicolas a la puerta y apartó a Gabrielle a un lado con una fuerza que nos sorprendió a ella y a mí.

—Y bien: ¿no te gusta, mi señor empresario? —me preguntó, a la vez que me apuntaba con el dedo y avanzaba hacia mí. Su voz era un torrente sin pausas que parecía una sola e inmensa palabra—. ¿No admiras su esplendor, su perfección? ¿No dotarás al Teatro de los Vampiros de esas monedas del reino que posees en tal abundancia? ¿Cómo era eso, «la nueva maldad, el centro en el capullo de la rosa, la muerte en el centro mismo de las cosas...»?

De la mudez había pasado al parloteo obsesivo e, incluso cuando cesó de hablar, los inaudibles sonidos frenéticos y carentes de sentido continuaron brotando de sus labios como el agua de una fuente. Tenía el rostro contraído, duro y brillante de las gotitas de sangre que bañaban su piel y manchaban el lino blanco de su cuello.

Y detrás de él se produjo la risa casi inocente de los demás, salvo de Eleni, que se quedó mirando por encima del hombro de Nicolas, esforzándose en tratar de entender qué estaba sucediendo realmente entre nosotros.

Nicolas se acercó aún más, sonriendo con una media risa, y me dio unos golpecitos en el pecho con el dedo muy rígido.

—Bien, habla. ¿No ves qué espléndida burla, qué genialidad? —Se golpeó a sí mismo en el pecho con el puño y continuó—: Vendrán a nuestras representaciones, llenarán de oro nuestras arcas y no adivinarán nunca qué acogen, qué florece justo en el rabillo del ojo parisiense. Nos alimentamos de ellos en las callejas y ellos vienen a aplaudirnos ante el escenario...

Oí la risa del muchacho a su espalda, el tintineo de la pandereta, el leve murmullo de la otra mujer cantando. Una larga risa del hombre como una cinta desenrollándose, trazando sus movimientos en rápidos círculos entre ruidosos juncos.

Nicolas se acercó tanto, que la luz desapareció detrás de él. Dejé de ver a Eleni.

—¡Una maldad espléndida! —exclamó. Su voz estaba llena de amenazas, y sus blancas manos parecían las zarpas de una criatura marina dispuesta a saltar en cualquier momento para despedazarme—. Servir al dios del bosque oscuro como no ha sido servido nunca, ¡y justo aquí, en el centro mismo de la civilización! ¡Para esto has salvado tu teatro! ¡Y de tu gentil patronazgo ha nacido esta sublime ofrenda!

—No hay para tanto —respondí—. Sólo es una idea hermosa e inteligente, y nada más.

Mi réplica no había sido en voz muy alta, pero le hizo callar, como hizo callar a los demás. Y la sorpresa que me embargaba dio paso lentamente a otra emoción, no menos dolorosa, sino sólo más fácil de contener. De nuevo, no hubo otro sonido que el procedente del bulevar. Una rabia sorda brotaba de Nicolas. Las pupilas le bailaban al mirarme.

—Eres un mentiroso, un falso despreciable —masculló.

—Tu plan no posee el menor esplendor —repliqué—. No tiene nada de sublime. Sólo se trata de engañar a esos indefensos mortales, de burlarse de ellos, para luego salir del teatro por la noche y, con la misma sencillez, quitarles la vida (muerte tras muerte, con toda su inevitable crueldad y vileza) para seguir viviendo. ¡Cualquier hombre puede matar a otro! Sigue tocando el violín eternamente, baila como gustes. ¡Compénsales el dinero que paguen, si eso te mantiene ocupado y te ayuda a pasar la eternidad! Es, simplemente, una idea hermosa e inteligente. Una arboleda en el Jardín Salvaje. Nada más.

—¡Vil mentiroso! —repitió entre dientes—. Eres un bendito necio, eso es lo que eres. Tú poseías el secreto oscuro que se alzaba por encima de todas las cosas, que hacía comprensible todo lo inexplicable, ¿y qué hiciste con él durante los meses que pasaste a solas, yendo y viniendo de la torre de Magnus? ¡Tratar de vivir como un buen hombre! ¡Como un buen mortal!

Acercó su rostro al mío lo suficiente para besarme; la sangre de su saliva me salpicaba la cara.

—¡Mecenas de las artes! —exclamó en tono burlón—. ¡Tú que ofreces regalos a tu familia, que nos ofreces regalos a nosotros!

Retrocedió unos pasos mientras me dirigía una mirada de desprecio. Luego, continuó hablando:

—Pues bien, nos haremos cargo de este teatro que pintaste de dorado y que llenaste de cortinajes de terciopelo; con él, serviremos al diablo, mejor y más espléndidamente que lo que lo hizo nunca la vieja asamblea. —Se dio la vuelta y miró a Eleni. Después, observó de nuevo a los demás—. Haremos burla de todo lo sagrado. Conduciremos al público a una vulgaridad y a una irreverencia cada vez mayores. Le asombraremos. Le seduciremos. Pero, por encima de todo, nos apropiaremos de su oro igual que de su sangre, y nos haremos fuertes en medio de ellos.

—Sí —le apoyó el muchacho, detrás de él—. Nos haremos invencibles. —En su rostro había un aire desquiciado, y en sus ojos, vueltos hacia Nicolas, brillaba el fanatismo—. Tendremos nombres y lugares en su propio mundo.

—Y tendremos poder sobre ellos —añadió la otra mujer—, y una atalaya desde la cual estudiarles y conocerles y perfeccionar nuestros métodos para destruirlos cuando queramos.

—Quiero este teatro —me dijo Nicolas—. Quiero que me lo des. Quiero la escritura y dinero para reabrirlo. Mis ayudantes, estos que aquí ves, están dispuestos a seguirme.

—Si lo deseas, quédatelo —respondí—. Es tuyo, si con eso quedo liberado de tu malevolencia y de tu quebrantada razón.

Me incorporé de la mesilla y avancé hacia él, y creo que, por un instante, Nicolas trató de cerrarme el paso. Sucedió entonces algo inexplicable: cuando vi que no se movía, la cólera surgió de mi interior y le golpeó como si fuera un puño invisible. Le vi retroceder tambaleándose, como si el puño le hubiera dado de lleno, hasta ir a dar con súbita fuerza contra el tabique.

Habría podido abandonar el lugar al instante, y sabía que Gabrielle sólo estaba esperando a que lo hiciera para seguirme, pero no me marché. Me detuve y volví la vista hacia Nicolas, que seguía aún aplastado contra la pared como si no pudiera moverse. Me estaba mirando, y su expresión de odio seguía siendo tan pura, tan poco moderada por el recuerdo de nuestro viejo amor, como lo había sido desde que el violín le hiciera revivir.

No obstante, yo deseaba comprender, conocer realmente qué había sucedido. De nuevo, me acerqué a él en silencio y, esta vez, fui yo quien ofreció un aspecto amenazador, con mis manos como zarpas. Pude captar el miedo en Nicolas. Todos, salvo Eleni, estaban llenos de temor.

Cuando estuve muy cerca de Nicolas, me detuve y le miré directamente a los ojos; fue como si él comprendiera perfectamente lo que le estaba preguntando.

—No lo has entendido nunca, amor mío —murmuró con voz cáustica. Volvía a sudar gotitas sanguinolentas y le brillaban mucho los ojos, como si los tuviera acuosos—. Si allá en el pueblo tocaba el violín, era para herir a los demás, para irritarles, para procurarme una isla donde los demás no pudieran mandar. Quería que fueran testigos de mi ruina, incapaces de hacer nada por evitarla.

No respondí. Deseaba que siguiera hablando.

—Y cuando decidimos venir a París, creí que íbamos a pasar hambre, que caeríamos cada vez más bajo. Esto era lo que yo buscaba, mientras que ellos deseaban que yo, el hijo más dotado, contribuyera a enaltecerlos. ¡Y yo que pensaba que nos hundiríamos! Se suponía que debíamos caer cada vez más bajo.

—¡Oh, Nicolas...! —exclamé en un susurro.

—Pero tú no te hundiste, Lestat —continuó, enarcando las cejas—. El hambre, el frío... nada consiguió detenerte. ¡Eras un triunfo! —La rabia le espesó la voz una vez más—. No terminaste alcoholizado en el arroyo, sino que lo volviste todo al revés. Y en cada aspecto de nuestra presunta condenación, tú encontraste una nueva alegría. La pasión y el entusiasmo que irradiabas no tenían fin... Y la luz, siempre esa luz... Y, en la misma medida exacta en que surgía de ti esa luz, aumentaba en mí la oscuridad. ¡Cada muestra de alegría me desgarraba y creaba su calco exacto de tinieblas y desesperación! Y entonces vino la magia; cuando poseíste la magia, ironía de ironías, ¡decidiste protegerme de ella! ¡Y no se te ocurrió otra cosa que utilizar tus poderes satánicos para fingir un comportamiento de caballero mortal!

Di media vuelta y vi a las criaturas dispersándose en las sombras y, más allá, la figura de Gabrielle. Vi la luz de su mano cuando la alzó para llamarme a su lado con un gesto.

Nicolas extendió los brazos y me tocó los hombros. Pude notar el odio que me transmitía con el contacto. Ser tocado por aquel odio me resultó repugnante.

—¡Como un descuidado rayo de sol, desperdigaste a los vampiros de la vieja asamblea! —añadió en un susurro—. ¿Con qué propósito? ¿Qué significa este monstruo asesino lleno de luz?

Me di la vuelta, le solté un bofetón y le mandé rodando al otro extremo del camerino. Su mano derecha rompió el espejo mientras la cabeza golpeaba el tabique del fondo.

Por un instante, quedó entre el amasijo de viejas ropas como un juguete roto; después, sus ojos recuperaron el brillo de la determinación, y sus facciones se relajaron en una leve sonrisa. Se enderezó y, lentamente, como haría un indignado mortal, se arregló la ropa y se atusó el cabello desgreñado.

Sus gestos fueron parecidos a los míos bajo Les Innocents, cuando mis captores me arrojaron al suelo. Luego, Nicolas avanzó hacia mí con similar dignidad, y su sonrisa era la más espantosa que había visto nunca.

—Te desprecio —declaró—. Pero he terminado contigo. Tengo el poder que tú mismo me has dado y sé utilizarlo, al contrario que tú. ¡Por fin estoy en un reino donde *yo* escojo el triunfo! Ahora, en las tinieblas, somos iguales. Y me vas a dar el teatro, porque me lo debes y porque te gusta dar cosas, ¿verdad?, te gusta dar monedas de oro a los niños hambrientos... Y cuando lo tenga, nunca más volveré a dirigir una mirada a tu luz.

Pasó a mi lado, y luego abrió los brazos hacia las otras criaturas:

—Venid, hermosos míos, tenemos obras que escribir y negocios que atender. Tenéis que aprender muchas cosas de mí. Yo sé cómo son de verdad los mortales. Tenemos que ponernos a trabajar en el perfeccionamiento de nuestro oscuro y espléndido arte. Formaremos una asamblea que rivalice con todas las demás. Haremos lo que nadie ha hecho hasta hoy.

El cuarteto me miró, asustado y titubeante, y, en aquel instante de tensión y silencio, me oí a mí mismo tomando aire profundamente. La visión se me amplió. Volví a ver las bambalinas a nuestro alrededor, las altas vigas, las cortinas de los decorados cortando la oscuridad y, más allá, el pequeño resplandor al pie del escenario cubierto de polvo. Vi el local envuelto en sombras, y comprendí, en un único e ilimitado segundo, todo lo que había sucedido allí. Y vi cómo una pesadilla daba a luz otra pesadilla, y vi cómo una historia llegaba a su final.

—El Teatro de los Vampiros —susurré—. Hemos obrado el Rito Oscuro sobre este lugar.

Ninguna de las criaturas se atrevió a responder. Nicolas apenas mostró una sonrisa.

Y, al tiempo que daba media vuelta para abandonar el teatro, alcé las manos en un gesto de invitación al cuarteto para que se acercaran a él. Fue mi despedida.

No estábamos lejos de las luces del bulevar cuando me detuve en seco. Mil horrores acudieron a mí sin palabras: que Armand se presentaba para destruirle, que sus nuevos hermanos y hermanas se cansaban de su frenesí y lo abandonaban, que la mañana lo sorprendía dando tumbos por las calles, incapaz de encontrar un lugar donde ocultarse del sol.

Levanté los ojos al cielo. No era capaz de hablar o de respirar siquiera.

Gabrielle me pasó los brazos alrededor de la cintura y me apreté contra ella, hundiendo el rostro en sus cabellos. Su piel, su cara, sus labios, eran como frío terciopelo, y su amor me envolvió con una monstruosa pureza que no tenía nada que ver con los corazones humanos, con la carne humana.

La levanté del suelo sin dejar de abrazarla y, en la oscuridad, fuimos dos amantes tallados en la misma piedra, que no guardaban recuerdo de una vida anterior separados.

—Nicolas ha tomado una decisión, hijo mío —comentó—. Lo hecho, hecho está, y ahora estás libre de responsabilidades para con él.

—¿Cómo puedes decir eso, madre? —repliqué en un susurro—. Él no sabía... Aún no sabe que...

—Déjale, Lestat —insistió ella—. Ya se ocuparán de él.

—Pero ahora tengo que encontrar a ese diablo de Armand, ¿no es eso? —añadí, abatido—. Tengo que lograr que les deje en paz.

La noche siguiente, cuando volví a París, supe que Nicolas ya había visitado a Roget.

Se había presentado una hora antes golpeando la puerta como un poseso y, gritando desde las sombras, había exigido el título de propiedad del teatro y una cantidad de dinero que, según él, le había prometido. Había amenazado a Roget y a su familia y también le había dicho al abogado que escribiera a Renaud y su compañía, instalados en Londres, diciéndoles que volvieran, que había un nuevo teatro aguardándoles y que les esperaba enseguida. Ante la negativa de Roget, exigió la dirección de los artistas en Londres y empezó a registrar el escritorio de Roget.

Al enterarme de esto, monté en silenciosa cólera. Así que aquel demonio inexperto, aquel monstruo temerario y furioso, quería convertirles a todos en vampiros, ¿no era eso?

No toleraría que hiciera tal cosa.

Dije a Roget que enviara un correo a Londres con la advertencia de que Nicolas de Lenfent había perdido la razón. La compañía no debía regresar.

Después volví al Boulevard du Temple y le encontré ensayando, más excitado y loco de lo que le había visto nunca. Volvía a lucir las ropas elegantes y las viejas alhajas de la época en que aún era el hijo predilecto de su padre, pero llevaba el lazo torcido, las medias arrugadas y el cabello más desgreñado y desaseado que un prisionero de la Bastilla que llevara veinte años sin mirarse a un espejo.

Delante de Eleni y los demás, le advertí que no conseguiría nada de mí a menos que me prometiera que la nueva asamblea de vampiros, el nuevo aquelarre, no mataría o seduciría jamás a ningún actor o actriz parisienses, que Renaud y su compañía no serían llevados nunca al Teatro de los Vampiros, ni entonces ni en los años futuros, y que Roget, quien se encargaría de las finanzas del teatro, no debía recibir nunca el menor daño.

Nicolas se rió de mí, ridiculizándome como hiciera la noche anterior, pero Eleni le hizo callar. La mujer estaba horrorizada al enterarse de sus impulsivos proyectos. Fue ella quien primero formuló la promesa y quien la arrancó a los demás. También fue ella quien intimidó a Nicolas y le dejó confuso con su atropellado lenguaje antiguo y quien le obligó a aceptar.

Y fue a Eleni a quien concedí finalmente el control del Teatro de los Vampiros, junto con los ingresos, revisados por Roget, que le permitieran hacer lo que quisiera con el local.

Esa noche, antes de dejar su compañía, pedí a la mujer que me contara lo que supiera de Armand. Gabrielle estaba con nosotros. Nos hallábamos de nuevo en el callejón, cerca de la puerta de artistas.

—Armand observa —respondió Eleni—. A veces deja que le vean.

Su rostro me resultó muy confuso, pesaroso. A continuación, la mujer añadió con voz temerosa:

—Pero sólo Dios sabe qué hará cuando descubra lo que está sucediendo aquí de verdad.

QUINTA PARTE

EL VAMPIRO ARMAND

1

Lluvia de primavera. Lluvia de luz que saturaba cada hoja nueva de los árboles de la calle y cada adoquín del pavimento, cortinas de lluvia como hilillos de luz entre la vacía oscuridad.

Y el baile del Palais Royal.

El rey y la reina estaban presentes, bailando con el pueblo. ¿Los rumores de intrigas en las sombras? ¿A quién le importan? Los reinos se alzan y caen. Que no se quemen los cuadros del Louvre, eso es lo importante.

De nuevo, perdido en un mar de mortales; facciones frescas y mejillas sonrosadas. Montículos de cabello empolvado coronando las cabezas femeninas con toda clase de estrambóticos tocados, incluso minúsculas naves de tres palos, arbolillos o pequeñas aves. Paisajes de perlas y cintas. Hombres de amplios torsos como gallos, vestidos con levitas de satén como alas emplumadas. Los diamantes me causaban dolor de ojos.

Las voces rozaban en ocasiones mi piel, las risas eran el eco de una carcajada impía. Coronas de velas cegadoras, la espuma de la música lamiendo las paredes.

Ráfagas de lluvia por las puertas abiertas.

Olores humanos avivando sutilmente mi hambre, mi sed. Hombros blancos, cuellos de marfil, potentes corazones latiendo con ese ritmo eterno, tantos matices en aquellos pequeños cuerpos desnudos ocultos bajo los ricos trajes, salvajes contenidos bajo una faja de panilla, bajo incrustaciones de bordado, con los pies doloridos sobre los altos tacones y mascarillas como costras ante sus ojos.

El aire sale de un cuerpo y es aspirado por otro. La música, ¿no va pasando de oreja a oreja, como dice la vieja expresión? Respiramos la luz, respiramos la música, respiramos el momento en que pasa a través de nosotros.

De vez en cuando, unos ojos se fijaban en mí con un aire de vaga expectación. Mi piel lechosa les detenía por un instante, pero, ¿qué era aquello, cuando había quien se sometía a sangrías para conservar tan delicada palidez? (Permitidme sosteneros la jofaina y apurar luego su contenido.) Y mis ojos, ¿qué eran en aquel mar de piedras preciosas de imitación?

Con todo, los susurros se deslizaban a mi alrededor. Y aquellos aromas... ¡ah, no había dos iguales! Y con la misma claridad que si lo anunciaran en voz alta, me llegaban aquí y allá la invitación de algún mortal al intuir lo que era, y la lujuria.

En algún antiguo lenguaje, daban la bienvenida a la muerte; ansiaban la muerte mientras ésta deambulaba por la sala. ¿Era posible que supieran el secreto? Naturalmente que no. ¡Y yo tampoco lo sabía! ¡Aquello era lo absolutamente espantoso! ¿Y quién era yo para soportar aquel secreto, para anhelar de aquel modo proclamarlo, para querer tomar aquella mujer esbelta y chuparle la sangre de la carne rolliza de su pecho, macizo y redondeado?

La música, una música humana, continuó sonando. Por un instante, los colores de la sala flamearon como si la escena se fundiera. La sensación de hambre se agudizó. Ya no era sólo una idea. Las venas me latían. Alguien iba a morir. Alguien sería desangrado en un abrir y cerrar de ojos. O en un abrir y cerrar de colmillos. No pude soportar pensar en ello, saber que iba a suceder, ver los dedos en la garganta, palpando la sangre de las venas, notando cómo cedía la carne. ¡Así, dámela! ¿Dónde? *Éste es mi cuerpo, ésta es mi sangre.*

Lanza tu poder como la lengua de un reptil, Lestat, para capturar el corazón más conveniente con un movimiento rápido y certero.

Brazos rollizos, maduros para ser exprimidos, rostros de hombres cuya barba bien rasurada casi resplandece, músculos debatiéndose bajo mis dedos... ¡No tenéis la menor posibilidad!

Y de pronto, debajo de aquella química divina, de aquella panorámica de la negación de la putrefacción, ¡vi los huesos!

Los cráneos bajo las ridículas pelucas, dos cuencas mirando con disimulo tras un abanico abierto. Una sala de esqueletos bamboleantes que sólo aguardaban al tañido de la campana. Era una visión idéntica a la que había tenido el público del local de Renaud la noche en que puse en práctica esos trucos que tanto pánico produjeron. Ahora, aquel mismo terror podía ser infligido a todos los ocupantes del gran salón.

Tenía que salir de allí. Había cometido un terrible error de cálculo: aquello era la muerte, pero aún podía apartarme de ella si conseguía salir de allí. Sin embargo, me hallaba enmarañado en una red de seres humanos como si aquel monstruoso lugar fuera una trampa para un vampiro. No debía apresurar mis movimientos, o, de lo contrario, provocaría el pánico en el baile. Por ello, me abrí paso con toda la calma posible hacia las puertas principales.

Y allí, apoyado contra la pared más alejada de mí como un telón de fondo de satén y filigrana, como un producto de mi imaginación, distinguí por el rabillo del ojo la presencia de Armand.

Armand.

Si me dirigió alguna llamada sin palabras, no la capté. Si hubo algún saludo, no me apercibí de ello. Armand se limitaba simplemente a mirarme. Su apariencia era la de una criatura radiante de joyas y de encajes bordados con festones. Para mí fue como una Cenicienta descubierta en el baile, como una Bella Durmiente que abriera los ojos bajo un lío de telarañas y las apartara con un gesto de su mano cálida. La intensidad de su belleza hecha carne me hizo soltar un jadeo.

Sí, lucía una indumentaria perfecta de mortal y, no obstante, su aspecto era aún más sobrenatural; su rostro era demasiado deslumbrante, sus ojos oscuros resultaban insondables, y, durante una fracción de segundo, destellaron como si fueran dos ventanas asomadas al fuego del infierno. Y cuando me llegó su voz, ésta era grave y casi burlona, obligándome a concentrarme para entenderla: «*Llevas toda la noche buscándome*», dijo. «*Pues bien, aquí estoy aguardándote. Llevo esperándote toda la velada.*»

Creo que en aquel instante, paralizado e incapaz de apartar la mirada de él, me di cuenta de que en todos mis años de vagar por esta Tierra no volvería a tener nunca una revelación tan profunda y detallada del verdadero horror que constituía nuestra especie.

En mitad de la muchedumbre, Armand parecía de una inocencia que partía el corazón.

Sin embargo, cuando le miré vi las criptas y escuché el batir de los timbales. Vi campos iluminados con antorchas en los que no había estado jamás, escuché difusos encantamientos y noté en el rostro el calor de voraces fuegos. Y aquellas visiones no surgían de él, sino que las extraía de mí mismo.

Y, pese a todo, mortal o inmortal, nunca había resultado Nicolas tan seductor. Ni siquiera Gabrielle me había cautivado tanto jamás.

Dios mío, aquello era el amor. Aquello era el deseo. Y todos mis amoríos pasados no eran ni siquiera la sombra de éste.

Y me dio la impresión de que Armand, con una especie de murmullo que se abría paso en mi mente, me hacía saber que había sido un estúpido al haber pensado que las cosas pudieran ser de otra manera.

«*¿Quién puede querernos tanto, a ti y a mí, como nos queremos nosotros?*», me susurró, y sus labios parecieron moverse de verdad.

Otros rostros le miraron. Los vi pasar con absurda lentitud, vi cómo las miradas pasaban sobre él, vi cómo la luz le bañaba en un nuevo ángulo lleno de matices al agachar la cabeza.

Avancé hacia él. Me pareció que alzaba su mano derecha y me hacía una seña, pero luego me pareció que no era así. Armand dio media vuelta y vi ante mí la figura de un muchacho de cintura estrecha, hombros rectos y pantorrillas largas y firmes bajo las medias de seda; un muchacho que, al tiempo que abría una puerta, volvía la cabeza y me hacía una nueva seña.

Me vino a la cabeza una loca idea.

Fui tras él y me pareció como si nada de lo sucedido hasta entonces se hubiera producido. No había ninguna cripta bajo Les Innocents y Armand no era aquel mismo monstruo antiguo y temible. De algún modo, estábamos a salvo.

Éramos la suma de nuestros deseos y esto nos salvaba. El vasto horror de mi propia inmortalidad, aún no experimentado, dejó de extenderse ante mí y nos encontramos surcando mares tranquilos guiados por faros familiares, y fue el momento de echarnos el uno en brazos del otro.

Una sala oscura nos envolvió, privada y fría. El sonido del baile quedaba muy lejano. Armand estaba excitado por la sangre que había bebido, y pude captar el poderoso ímpetu de su corazón. Me indicó con un gesto que me acercara un poco más, y al otro lado de los ventanales destellaron las luces de los carruajes que pasaban con un mortecino e incesante traqueteo que hablaba de confort y de seguridad, y de todo lo que constituía París.

Yo no había muerto. El mundo estaba empezando de nuevo. Extendí los brazos y noté su corazón contra mí y, gritando a mi Nicolas, traté de advertirle, de decirle que todos nosotros estábamos condenados. La vida se alejaba de nosotros centímetro a centímetro y, contemplando los manzanos del huerto bañados en una verde luz solar, creía volverme loco.

—No, no, querido —me susurraba Armand—, no hay más que paz y dulzura y tus brazos en los míos.

—¡Sabes bien que fue el más atroz azar! —musité de pronto—. Soy un diablo involuntario que llora como un chiquillo abandonado. Quiero volver a casa.

«Sí, sí.» Sus labios sabían a sangre, pero no era sangre humana sino aquel elixir que Magnus me había dado. Advertí que me desasía del abrazo. Esta vez podría escapar. Tendría otra oportunidad. La rueda había dado la vuelta completa.

Me encontré gritando que no bebería, que no lo haría. Y en ese instante noté los dos ardientes colmillos que se clavaban con fuerza en mi cuello hasta alcanzarme el alma.

No pude moverme. El rapto, el éxtasis, me embargó como aquella primera noche, mil veces más poderoso que cuando tenía entre mis brazos a un mortal. ¡Entonces me di cuenta de lo que estaba haciendo! ¡Armand estaba alimentándose conmigo! ¡Estaba desangrándome!

Caí de rodillas, pero noté que él me sostenía, mientras la sangre seguía manando de mi cuello con una monstruosa voluntad propia que yo era incapaz de detener.

—¡Demonio! —traté de gritar. Forcé la palabra arriba y arriba hasta que surgió de mis labios y la parálisis liberó mis extremidades—. ¡Demonio! —rugí de nuevo, sorprendiendo a Armand en su arrebatada concentración y enviándole hacia atrás contra el suelo.

En un abrir y cerrar de ojos, le así con mis manos y, haciendo añicos las puertas acristaladas, le arrastré conmigo a la oscuridad de la noche.

Sus tacones se arrastraron sobre la grava del camino y su rostro se había convertido en pura furia. Agarré su brazo derecho y le balanceé de lado a lado de modo que la cabeza le diera sacudidas y no pudiera ver ni calcular dónde estaba, ni asirse a nada. Entonces, con mi puño diestro, lo golpeé una y otra vez hasta que empezó a sangrar por los oídos, los ojos y la nariz.

Lo arrastré entre los árboles, lejos de las luces de palacio. Y, mientras se debatía tratando de recuperarse con un estallido de fuerza, Armand lanzó su amenaza: me mataría, pues ahora tenía mi fuerza. La había absorbido de mi sangre y, unida a la suya propia, le convertiría en un ser invencible.

Enloquecido, le agarré del cuello y empujé su mejilla contra el camino. Le inmovilicé, estrangulándolo, hasta que brotó de su boca la sangre en grandes borbotones.

Armand habría gritado, de haber podido. Hundí las rodillas en su pecho. El cuello se hinchó bajo la presión de mis dedos y la sangre manó y rebosó entre sus labios mientras él volvía la cabeza de un lado a otro, con los ojos cada vez más abiertos pero sin ver nada.

Después, cuando le noté fláccido y exangüe, le solté. Volví a golpearle una y otra vez, sacudiéndole de aquí para allá. Desenvainé la espada para cortarle la cabeza.

Que viviera así, si podía. Que fuera inmortal de aquella manera, si era capaz. Levanté la espada y, cuando bajé la vista hacia él, la lluvia le golpeaba el rostro, y sus ojos me miraban, incapaz de pedir piedad, medio muerto, incapaz de moverse.

Esperé. Esperé a que me suplicara. Quería que me diera aquella voz poderosa llena de astucia y de mentiras, aquella voz que me había hecho sentir, durante un puro y deslumbrante momento, que volvía a estar vivo, libre y en estado de gracia. Una falsedad, una mentira abominable e imperdonable. Una mentira que no olvidaría jamás mientras deambulara por el mundo. Deseé que la rabia me impulsara a cruzar el umbral de su tumba.

Pero no me llegó nada de él.

Y, en aquellos momentos de inmovilidad y dolor, Armand recobró poco a poco su hermosura, tendido como un niño descoyuntado sobre el camino de grava a apenas unos metros del tráfico, del tintineo de las herraduras de los caballos y del ruido sordo de las ruedas de madera.

En aquel niño maltratado había siglos de maldad y de sabiduría, aunque no surgía de él ninguna súplica ignominiosa sino sólo la borrosa y magullada sensación de lo que era. Una vieja, ancestral maldad. Unos ojos que habían visto eras oscuras con las que yo podía sólo soñar.

Le solté, me puse en pie y guardé la espada en la vaina. Me separé unos pasos de Armand y me dejé caer en un húmedo banco de piedra.

A lo lejos, unas siluetas bulliciosas se apiñaban junto a la cristalera rota de palacio, pero entre nosotros y aquellos confusos mortales se extendía la noche, y contemplé a Armand con indiferencia.

Él seguía tendido en el suelo, inmóvil. Tenía el rostro

vuelto hacia mí, aunque no a propósito, y el cabello en un amasijo de rizos y sangre. Con los ojos cerrados y la mano abierta a un costado del cuerpo, me pareció el hijo abandonado de un tiempo, el fruto de un accidente sobrenatural, un ser tan desgraciado como yo mismo.

¿Qué había hecho Armand para convertirse en lo que era? ¿Cómo era posible que, tanto tiempo atrás, alguien tan joven hubiera adivinado el sentido de decisión alguna, y mucho menos del voto de convertirse en aquello?

Me incorporé y, acercándome lentamente, me coloqué junto a su cuerpo caído y contemplé la sangre que empapaba su camisa de encaje y bañaba su rostro.

Pareció que exhalaba un suspiro y escuché el paso de su aliento.

Armand continuó con los ojos cerrados y, a la vista de un mortal, tal vez sus facciones mostraran una total inexpresividad, pero yo pude captar el dolor que sentía. Capté la inmensidad de ese pesar y deseé no sentirlo. Por un instante, comprendí el abismo que nos separaba y la distancia que había entre su intento de acabar conmigo y la defensa, bastante simple, que yo había hecho de mi propia persona.

En un intento desesperado, Armand había tratado de imponerse a lo que no comprendía.

Y, en una reacción impulsiva, yo le había dominado y reducido casi sin esfuerzo.

Volvió entonces a mí todo el dolor que sentía por Nicolas y recordé las palabras de Gabrielle y las denuncias de aquél. Mi rabia no era nada comparada con su pesadumbre, con su desesperación.

Quizá fue ésta la razón que me impulsó a agacharme y ayudarle a incorporarse. Y tal vez lo hice también porque vi a Armand tan perdido y tan exquisitamente atractivo. Y porque, al fin y al cabo, los dos pertenecíamos a la misma raza.

Era bastante lógico, ¿no os parece?, que uno de los suyos se lo llevara de aquel lugar donde, tarde o temprano, los mortales se habrían acercado a él y le habrían obligado a huir a trompicones.

No me ofreció la menor resistencia. En unos instantes, se puso en pie y echó a andar a mi lado con aire adormilado.

Le pasé un brazo por los hombros, sosteniéndole y ayudándole hasta que empezamos a alejarnos del Palais Royal en dirección a la rue St. Honoré.

Apenas eché un vistazo a las siluetas que pasaban junto a nosotros hasta que reconocí bajo los árboles una figura familiar de la que no surgía el menor aroma a mortal. Entonces comprendí que Gabrielle llevaba algún tiempo allí.

La vi acercarse titubeante y en silencio, con expresión alarmada cuando vio la camisa de encaje manchada de sangre y las huellas de los golpes en la piel lechosa de Armand. De inmediato, extendió los brazos como si quisiera ayudarme a sostener la carga que éste representaba, aunque dio la impresión de no saber cómo hacerlo.

A lo lejos, en algún rincón de los jardines en sombras, acechaban las demás criaturas. Oí su presencia mucho antes de verlas. Nicolas formaba también parte del grupo.

Las criaturas y su nuevo compañero habían acudido desde muchos kilómetros de distancia siguiendo el mismo impulso que Gabrielle, atraídos por el tumulto o por algún vago mensaje que yo era incapaz de imaginar, y ahora se limitaban a esperar y observar mientras nosotros continuábamos nuestro camino.

2

Gabrielle y yo condujimos a Armand a las caballerizas, y allí le ayudé a montar en mi yegua, pero me dio la impresión de que podía caerse en cualquier momento y decidí montar detrás de él. De este modo, los tres iniciamos nuestra cabalgada.

Mientras cruzábamos los campos al galope, medité sobre lo que me disponía a hacer. Me pregunté qué representaría llevar a Armand a mi guarida. Gabrielle no formuló la menor protesta y se limitó a dirigirle una mirada de vez en cuando. No capté ninguna reacción por su parte, y, allí sentado delante de mí, le vi menudo y reservado, liviano como un chiquillo pero en absoluto infantil.

Sin duda, Armand había sabido siempre el paradero de la torre; ¿le habían impedido el paso los barrotes y las verjas? Y ahora, yo mismo me proponía franquearle la entrada. ¿Por qué no me decía algo Gabrielle? Aquél era el encuentro que habíamos deseado, el momento que habíamos estado aguardando, pero ella conocía sin duda lo que Armand acababa de intentar.

Cuando por fin desmontamos, él se adelantó unos pasos y esperó luego a que yo alcanzara la verja. Cuando hube puesto la llave en la cerradura, me volví a observarle preguntándome qué promesas podía uno exigir de un monstruo como aquél antes de abrirle la puerta. ¿Tenían algún significado para las criaturas de la noche las antiguas leyes de la hospitalidad?

Sus grandes ojos castaños tenían un aire derrotado, casi somnoliento. Me miró en silencio durante un instante y luego extendió el brazo izquierdo y cerró los dedos en torno al barrote de hierro del centro de la verja. Contemplé impotente cómo ésta empezaba a soltarse de la piedra con un profundo sonido rechinante. Sin embargo, Armand se detuvo en ese momento y se contentó con doblar un poco el barrote. La incógnita estaba despejada: nuestro congénere podría haber entrado en la torre en cuanto lo hubiera deseado.

Examiné la barra de hierro que acababa de doblar. Yo había derrotado a Armand. ¿Sería capaz también de repetir lo que él acababa de hacer? Lo ignoraba. Y, si era incapaz de calcular mis propios poderes, ¿cómo podría nunca calcular los suyos?

—Vamos —dijo Gabrielle con cierta impaciencia, y abrió la marcha escaleras abajo hacia la cripta de las mazmorras.

En la estancia hacía el mismo frío de siempre, pues el vigorizante aire primaveral no llegaba nunca hasta allí. Gabrielle preparó un buen fuego en la vieja chimenea mientras yo encendía las velas. Armand tomó asiento en el banco de piedra, observándonos, y pude apreciar el efecto que le producía el calor, el modo en que su cuerpo parecía hacerse un poco más grande, la manera como aspiraba el calor y se llenaba de él.

Cuando miró a su alrededor, fue como si procediera a absorber la luz de la estancia. Su mirada era muy clara.

El efecto que producía el calor y la luz en los vampiros era indescriptible, extraordinario. Y, pese a ello, la vieja asamblea de aquellos seres había renunciado a ambas cosas.

Tomé asiento entre los bancos de piedra y dejé que mi mirada, como la de él, vagara por la amplia cámara de techo bajo.

Gabrielle había permanecido en pie hasta aquel momento y, llegados a ese punto, se acercó a Armand. Había extraído un pañuelo del bolsillo y le rozó la cara con él.

Armand la miró igual que observaba el fuego y las velas y las sombras que se agitaban en el curvo techo. Su presencia pareció interesarle tan poco como todo lo demás.

Entonces, con un escalofrío, descubrí que las heridas de su rostro habían casi desaparecido ya. Los huesos volvían a estar soldados, la forma del rostro era la misma de siempre, y sólo se le veía un poco demacrado debido a la sangre que había perdido.

El corazón se me expandió ligeramente, en contra de mi voluntad, como ya me había sucedido en las almenas de la torre al escuchar su voz.

Pensé en el dolor que había padecido hacía apenas media hora, en el Palais Royal, cuando la punzada de sus colmillos en mi cuello había puesto de relieve su falsedad.

Sentí odio hacia él.

Pero no pude dejar de mirarle. Gabrielle le peinó, tomó sus manos y las limpió de sangre. Y, mientras ella lo hacía, Armand ofreció un aspecto desvalido e impotente. En cambio, el rostro de Gabrielle no era el de un ángel auxiliador; su expresión era más bien de una gran curiosidad, de un intenso deseo de estar cerca de él y de tocarle y de examinarle. Ambos quedaron mirándose fijamente bajo la luz trémula de la estancia.

Armand se encorvó ligeramente hacia delante y volvió de nuevo la mirada, sombría y llena de expresión ahora, hacia el fuego del hogar. De no ser por la sangre de su pechera de encaje, tal vez podría haber pasado por humano. Tal vez...

—¿Qué vas a hacer? —le pregunté, para que Gabrielle fuera testigo de su respuesta—. ¿Te quedarás en París y dejarás que Eleni y los demás continúen su existencia?

No obtuve respuesta. Sus ojos me repasaban, estudiaban los bancos de piedra, los sarcófagos. Los tres sarcófagos.

—Sin duda, debes de saber qué andan haciendo —insistí—. ¿Abandonarás París o seguirás en la ciudad?

Me dio la impresión de que trataba de hablarme otra vez sobre la importancia y la enormidad de lo que les había hecho a él y a los componentes de la asamblea, pero tal impresión se desvaneció. Por un instante, su cara fue una mueca de dolor y pesar. Una mueca de derrota, llena de humana infelicidad. Me pregunté qué edad tendría, cuánto tiempo haría que había sido un humano con aquella apariencia juvenil.

Armand captó mi pregunta, pero no respondió. Miró a Gabrielle, que estaba de pie junto al fuego, y volvió luego la vista hacia mí. Entonces, en silencio, le oí decir: «*Ámame. Lo has destruido todo, pero, si me amas, podrá ser restaurado bajo una nueva forma. ¡Ámame!*»

Aquella muda súplica poseía, no obstante, una elocuencia imposible de expresar en palabras.

—¿Qué puedo hacer para que me quieras? —añadió en un susurro—. ¿Qué puedo ofrecerte? ¿El conocimiento de todo lo que he presenciado, los secretos de nuestros poderes, el misterio de lo que soy?

Replicarle me pareció una blasfemia, y, como ya sucediera junto a las almenas, me descubrí al borde de las lágrimas. Pese a la nitidez de sus silenciosas comunicaciones, la voz de Armand puso un eco enternecedor a sus sentimientos al hacerse audible.

Igual que en Notre Dame, se me ocurrió que hablaba como lo harían los ángeles, si existían.

Sin embargo, pronto aparté de mi cabeza aquel pensamiento irrelevante, aquella distracción. Armand se hallaba ahora justo a mi lado y me pasaba el brazo por la cintura mientras apoyaba la frente en mi mejilla. Volvió a lanzarme su invitación, no el seductor requerimiento, exuberante y profundo, de nuestro encuentro en el Palais Royal, sino aquella voz que me cantaba desde la distancia. Y me dijo que había cosas que él y yo conoceríamos y que los mortales nunca sabrían. Me dijo que si me abría a él y le entregaba mi fuerza y mis secretos, él me entregaría los suyos. Me aseguró que había sido empujado a intentar destruirme, y que me amaba tanto que no podía hacerlo.

Era una confesión tentadora, pero presentí un peligro. La palabra que acudió espontáneamente a mi cabeza fue «cuidado». Ignoro qué vio u oyó Gabrielle. Tampoco sé qué sintió.

Instintivamente, evité la mirada de Armand. En aquel instante, fue como si no hubiera nada en el mundo que deseara tanto como mirarle de frente y comprenderle, pero, de algún modo, supiera que no debía hacerlo. Volví a ver los huesos bajo Les Innocents, el parpadeo de los fuegos infernales que había imaginado en el Palais Royal. Y ni todo el encaje y el terciopelo dieciochescos lograron darle un rostro humano.

No pude ocultarle lo que sentía y me dolió no poder explicárselo a Gabrielle. Y el terrible silencio entre ella y yo resultó, en aquellos momentos, casi insoportable.

Con él, en cambio, podía hablar; sí, con él podía vivir sueños. Un sentimiento de temor y respeto me impulsó a abrir los brazos para estrecharle entre ellos y así lo hice, debatiéndome entre la confusión y el deseo.

—Deja París, sí —me susurró—. Pero llévame contigo. Ahora ya no sé cómo existir en la ciudad. Voy dando tumbos por un carnaval de horrores. Por favor...

—¡No! —me oí decir, como si me lo dijera exclusivamente a mí mismo.

—¿Es que no tengo ningún valor para ti? —quiso saber él.

Se volvió hacia Gabrielle, y ésta le miró con una expresión angustiada, sin pronunciar palabra. No tuve modo de saber qué decía su corazón y, para mi pesar, advertí que Armand estaba hablando con ella y me mantenía al margen de la conversación. ¿Qué le respondería Gabrielle?

Pero, en ese momento, Armand se puso a implorarnos a ambos.

—¿Acaso no existe nada, fuera de vosotros mismos, que os merezca respeto?

—Esta misma noche podría haberte destruido —le recordé—. Si no lo he hecho, ha sido precisamente por respeto.

—No —replicó, sacudiendo la cabeza de una manera pasmosamente humana—. Tú jamás habrías podido hacer tal cosa.

Sonreí. Probablemente estaba en lo cierto, pero Gabrielle y yo le estábamos destruyendo por completo de otra manera.

—Sí, es cierto, me estáis destruyendo —reconoció Armand, y, con un susurro, añadió—: Ayudadme, concededme unos años más, unos pocos años de todos los que tenéis ante vosotros. Os lo ruego. Es lo único que os pido.

—¡No! —repetí.

Armand estaba a apenas un palmo de mí, en el banco de piedra. Me estaba mirando y presencié de nuevo el horrible espectáculo de su rostro frunciéndose, haciéndose más y más sombrío y hundiéndose en sí mismo, presa de la rabia. Era como si estuviera formado de materia real. Sólo su voluntad le mantenía fuerte y hermoso. Y, cuando el flujo de su voluntad se interrumpía, su figura se fundía como una muñeca de cera.

Con todo, como antes sucediera, se recuperó casi instantáneamente. La «alucinación» había pasado.

Se puso en pie y se apartó de mí hasta quedar frente al fuego.

La fuerza de voluntad que surgía de él era palpable. Sus ojos parecían algo ajeno a él, y a cualquier cosa terrenal. El fuego que refulgía detrás de él formaba una aureola espectral en torno a su cabeza.

—¡Yo te maldigo! —musitó.

Noté como una vaharada de miedo.

—Yo te maldigo —repitió de nuevo, acercándose aún más—. Ama a los mortales, pues, y sigue viviendo como lo has hecho, temerariamente, con apetencia por todo y amor a todo, pero llegará un momento en que sólo podrá salvarte el amor de los que son de tu estirpe. —Dirigió una mirada a Gabrielle y añadió—: ¡Y no me refiero a criaturas como ésa!

Sus palabras eran tan fuertes que no pude ocultar el efecto que me producían. Me descubrí levantándome del banco y alejándome de él hacia Gabrielle.

—No vengo a ti con las manos vacías —insistió, dulcificando la voz deliberadamente—. No vengo a suplicarte sin nada que ofrecer a cambio. Mírame. Dime que no necesitas lo que ves en mí, que no necesitas a alguien con la fuerza suficiente para ayudarte a superar las penalidades que te aguardan.

Sus ojos lanzaron una mirada centelleante a Gabrielle y, por un instante, se mantuvieron fijos en ella. Noté cómo se ponía en tensión y empezaba a temblar.

—¡Déjala en paz! —exclamé.

—No sabes qué le estoy diciendo —contestó fríamente—. No pretendo hacerle daño. ¿Pero no ves lo que has hecho ya, con tu amor a los mortales?

Si no le detenía a tiempo, Armand diría algo terrible, algo que nos haría daño a mí o a Gabrielle. Él sabía todo lo sucedido con Nicolas. Tuve la certeza de que así era. Y comprendí que, si en algún recóndito rincón de mi alma deseaba el fin de Nicolas, Armand lo sabría también. ¿Por qué le había dejado entrar en mí? ¿Por qué había pasado por alto lo que podía hacerme?

—¡Ah!, pero si siempre es una parodia, ¿no lo ves? —continuó con el mismo hablar reposado—. En cada ocasión, la muerte y el despertar devastarán el espíritu mortal. Uno te odiará por haberle quitado la vida, otro se lanzará a excesos que tú desprecias. Un tercero surgirá loco furioso y otro será un monstruo que no podrás controlar. Uno sentirá celos de tu superioridad y otro te cerrará sus pensamientos. —Al decir esto último, lanzó de nuevo su mirada a Gabrielle con una media sonrisa—. Y el velo siempre caerá entre vosotros. ¡Crea una legión y seguirás estando siempre solo! ¡Eternamente!

—No quiero escucharte más. Todo esto no tiene sentido —afirmé.

La cara de Gabrielle había experimentado un cambio amenazador. Tuve la certeza de que, en aquel momento, le estaba mirando con odio.

Armand emitió un áspero ruido que quería ser una risa.

—¡Amantes con rostro humano! —me dijo, burlón—. ¿No ves lo equivocado que estás? Ese otro siente por ti un odio más allá de toda razón y ella... bien, la roja sangre la ha hecho aún más fría, ¿no es cierto? Pero incluso a ella, pese a su fortaleza, le asaltarán momentos en los que ser inmortal le dé miedo. ¿A quién culpará entonces por haberle hecho lo que es?

—Estás loco —masculló Gabrielle.

—Al violinista, trataste de protegerle —continuó—. Pero a ella... A ella no intentaste protegerla en ningún momento.

—No digas nada más —repliqué—. Haces que te odie. ¿Es eso lo que quieres?

—Sea como sea, digo la verdad y tú lo sabes. Pero lo que nunca sabréis, ninguno de los dos, es toda la profundidad de vuestro odio y resentimiento mutuos. O de los sufrimientos. O del amor.

Hizo una pausa y fui incapaz de decir nada. Armand estaba haciendo exactamente lo que yo temía y yo no encontraba el modo de defenderme.

—Si me dejas ahora con ésta —prosiguió—, volverás a hacerlo. A Nicolas no le has poseído nunca. Y ella ya está preguntándose cómo podrá librarse de ti. Y, al contrario que ella, tú no soportas estar solo.

No pude responder. Los ojos de Gabrielle se empeque-
ñecieron y el rictus de su boca se hizo un poco más cruel.

—Y así llegará el momento en que busques a otros mortales con la renovada esperanza de que el Rito Oscuro te pro-
porcione el amor que anhelas. Y con estas criaturas recién
mutiladas e impredecibles intentarás moldear tus ciudadelas
contra el tiempo. Pues bien, verás cómo se transforman en
prisiones si duran más de medio siglo. Te lo advierto: sólo
con la ayuda de los que son tan poderosos y sabios como tú
podrá alzarse la verdadera ciudadela contra el tiempo.

La ciudadela contra el tiempo... Incluso en mi ignorancia, las palabras tenían su fuerza. El miedo que había en mí
estalló, se expandió hasta abarcar otras mil causas.

Por un segundo, Armand pareció distante, indescriptiblemente hermoso a la luz del fuego. Los mechones oscuros
de su cabello castaño rozaban apenas su fina frente y tenía los
labios abiertos en una sonrisa beatífica.

—Ya que no podemos tener el viejo orden, ¿por qué no
tenernos el uno al otro? —preguntó de pronto, y su voz volvió a ser una seductora invitación—. ¿Quién más puede entender tus sufrimientos? ¿Quién más sabe qué pasó por tu mente
esa noche en que saliste al escenario de tu pequeño teatro
y aterrorizaste a todos aquellos a quienes habías amado?

—No hables de eso —murmuré.

Pero sentía que me iba ablandando, arrastrado por sus
ojos y su voz. Estaba muy cerca del éxtasis que me había embargado aquella noche en las almenas. Usando toda mi fuerza
de voluntad, extendí los brazos para asirme a Gabrielle.

—¿Quién entiende lo que pasó por tu cabeza cuando mis
renegados seguidores, recreándose con la música de tu preciado violinista, imaginaron su espantosa empresa en el bulevar?

No repliqué.

—¡El Teatro de los Vampiros! —Sus labios se estiraron
en la más triste de las sonrisas—. ¿Comprende ella la ironía,
la crueldad que encierra? ¿Sabe ella lo que sentías cuando
salías a aquel escenario como galán joven y escuchabas al

público vitoreándote? ¿Cuando el tiempo era tu amigo, y no tu enemigo como ahora? ¿Cuando entre bambalinas abrías los brazos y tus amantes mortales acudían a ti, tu pequeña familia, apretándose contra ti...?

—Basta, por favor. Te pido que pares.

—¿Alguien más conoce el tamaño de tu alma?

Brujería. ¿Había sido utilizada alguna vez con más habilidad? ¿Y qué era lo que nos estaba diciendo en realidad bajo aquel líquido fluir de palabras hermosas?: *«Venid a mí y seré el sol en torno al cual giréis en órbita, y mis rayos dejarán al descubierto los secretos que os ocultáis el uno al otro, y así yo, que poseo hechizos y poderes de los que no tenéis la menor idea, os controlaré y os poseeré y os destruiré.»*

—Ya te lo he preguntado antes —dije—. ¿Qué quieres? ¿Qué es lo que quieres de verdad?

—¡A ti! —respondió—. ¡A ti y a ella! ¡Quiero que nos convirtamos en terceto en esta encrucijada!

«¿No que nos rindamos a ti?»

Sacudí la cabeza en gesto de negativa. Y advertí la misma alarma y repulsión en Gabrielle.

Armand no mostró enfado; ahora no había malevolencia en él. Y, sin embargo, volvió a decir en el mismo tono de voz seductor:

—Te maldigo. —Fue como si lo recitara—. Me ofrecí a ti en el momento en que me venciste —continuó Armand—. Recuérdalo cuando tus hijos tenebrosos arremetan contra ti, cuando se levanten frente a ti. Recuérdame.

Me sentí abrumado, más perturbado incluso que tras el triste y horrible adiós a Nicolas en el local de Renaud. Durante nuestro encuentro en la cripta bajo Les Innocents, no había sabido qué era el miedo. En cambio, había empezado a tenerlo desde el momento en que habíamos entrado en la cámara donde ahora estábamos.

Y Armand fue presa de un nuevo acceso de cólera, tan terrible que fue incapaz de controlarlo.

Bajó la cabeza y desvió la mirada de mí. Se hizo pequeño, liviano, y permaneció plantado ante el fuego con los brazos apretados contra el cuerpo. Su mente empezó a lanzar amenazas contra mí y pude captarlas nítidamente, aunque Armand las silenció antes de que surgieran de sus labios.

No obstante, algo perturbó mi visión durante una fracción de segundo. Quizá fue una gota de cera cayendo de una vela, o tal vez el parpadeo de mis ojos. Fuera lo que fuese, Armand desapareció de mi vista. O trató de hacerlo, pero le vi alejarse del fuego a grandes saltos, como un relámpago oscuro.

—¡No! —grité.

Y, lanzándome contra algo que no podía ver siquiera, le agarré entre mis manos, sólido y material otra vez. Armand se había movido muy deprisa y, pese a ello, yo había sido más rápido. Nos quedamos frente a frente junto a la puerta de la cámara y, de nuevo, repetí mi escueta negativa sin dejar de sujetarle.

—No podemos separarnos así. No podemos decirnos adiós con este rencor, no y no.

Y mi voluntad se desmoronó de pronto mientras abrazaba a Armand y me apretaba contra él para que no pudiera desasirse o tan siquiera moverse.

No me importaba lo que Armand era, ni lo que había hecho en el maldito momento de mentirme, o incluso de intentar dominarme; no me importaba haber perdido mi condición de mortal y no poder recuperarla nunca más.

Mi único deseo era que Armand se quedara allí. Quería estar con él, quería ser lo que él era y quería que todas las cosas que había dicho fueran ciertas. No obstante, nunca podrían ser como él las deseaba. Nunca podría tener aquel poder sobre nosotros. Nunca podría apartar de mi lado a Gabrielle.

Con todo, me pregunté si Armand se daba perfecta cuenta de lo que nos pedía. ¿Era posible que creyera de verdad hasta en las palabras más inocentes que salían de sus labios?

Sin una palabra, sin pedirle permiso, le conduje de nuevo al banco junto al fuego. Volví a presentir peligro, un terrible peligro, pero eso ya no tenía importancia, en realidad. Ahora, Armand tenía que quedarse allí con nosotros.

Gabrielle murmuraba algo para sí mientras deambulaba de un extremo a otro de la cámara con la capa colgada de un hombro. Casi parecía haberse olvidado por completo de nuestra presencia.

Armand la observaba con atención; Gabrielle, inesperada y bruscamente, se volvió hacia él y le dijo en voz alta:

—Tú te acercas a él y le dices «llévame contigo». Le dices «ámame», y haces alusiones a unos secretos, a unos conocimientos superiores, pero no nos ofreces nada, salvo un puñado de mentiras.

—Os he mostrado mi capacidad para comprender —respondió él con un leve murmullo.

—No, lo que has hecho son triquiñuelas —replicó ella—. Has creado imágenes. E imágenes bastante infantiles. Has atraído a Lestat al Palais Royal mediante los más elaborados engaños con el único propósito de atacarle. Y ahora, cuando se produce un momento de pausa en la lucha, no se te ocurre sino intentar sembrar disensiones entre nosotros...

—Sí, es cierto, antes trataba de engañaros —reconoció Armand—. Pero las cosas que he dicho aquí son ciertas. Tú misma desprecias ya a tu hijo por su amor a los mortales, por su necesidad de estar cerca de ellos en todo instante, por su complacencia con el violinista. Tú sabías que el Don Oscuro enloquecería a éste, y sabes que finalmente le destruirá. Y ansías verte libre de todos los Hijos de las Tinieblas. No puedes ocultarme ese pensamiento.

—¡Ah, qué ingenuo eres! —exclamó Gabrielle—. Ves las cosas, pero no las entiendes. ¿Cuántos años duró tu vida mortal? ¿Recuerdas algo de esos años? Lo que has percibido en mí no es la suma total de la pasión que siento por mi hijo. Le he amado como nunca he querido a nada ni a nadie. En mi soledad, mi hijo lo es todo para mí. ¿Cómo es posible que no sepas interpretar lo que ves?

—Eres tú quien se equivoca —contestó él con la misma voz dulce—. Si alguna vez hubieras querido de verdad a otro, sabrías que lo que sientes por tu hijo no es nada en absoluto.

—Todo esto no lleva a ninguna parte —intervine.

Gabrielle, sin el más ligero titubeo, replicó de inmediato a Armand.

—No. Mi hijo y yo somos de la misma sangre en más de un sentido. En cincuenta años de vida, no he conocido nunca a nadie más fuerte que yo, salvo mi hijo. Y siempre podemos corregir lo que nos espera. ¿Cómo vamos a hacerte uno de nosotros si utilizas estas cosas para echar leña al fuego? Pero quiero que entiendas bien lo que te planteo: ¿qué tienes para dar de ti mismo que nosotros pudiéramos querer?

—Mi guía y mi consejo, eso es lo que necesitáis. Apenas habéis iniciado vuestra aventura y carecéis de unas creencias que os sostengan. No podréis vivir sin un credo, sin un rumbo...

—Millones de humanos viven sin guía ni credo. Eres tú quien no puede pasarse sin ellos —protestó Gabrielle.

Una oleada de dolor, de sufrimiento, surgió de Armand. Pero Gabrielle continuó hablando con una voz tan monocorde y carente de inflexiones que casi era un monólogo.

—Yo también me hago preguntas —dijo—. Hay cosas que deseo conocer. No puedo vivir sin regirme por una filosofía, pero ésta no tiene nada que ver con viejas creencias en dioses o diablos. —Empezó a deambular de nuevo por la estancia, sin dejar de mirarle mientras hablaba—. Quiero saber, por ejemplo, por qué existe la belleza, por qué la naturaleza sigue creándola y cuál es el vínculo entre la vida de una tormenta de relámpagos y las sensaciones que nos inspira. Si Dios no existe, si estas cosas no están unificadas en un gran sistema metafórico, ¿por qué conservan aún tal poder simbólico sobre nosotros? Lestat lo denomina el Jardín Salvaje, pero a mí no me basta. Y debo confesar que esto, esta curiosidad desquiciada o como quieras llamarlo, me aleja de mis víctimas humanas. Me conduce a campo abierto, lejos de las obras humanas. Y tal vez me aparte de mi hijo, que está bajo el embrujo de todo lo humano y mortal.

Se acercó a Armand y entrecerró los ojos, mirándole cara a cara. En aquel momento, nada en sus gestos delataba que era una mujer. Continuó hablando.

—Sea como sea, ésta es la linterna con la que ilumino la Senda del Diablo. ¿Con cuál la has recorrido tú? ¿Qué más has aprendido, aparte de supersticiones y creencias en el diablo? ¿Qué sabes de nuestra especie y de cómo empezó a existir? Respóndenos a eso y quizá valga para algo. Aunque, por otra parte, puede que tampoco eso sirva para nada.

Armand estaba estupefacto, sin recursos para ocultar su asombro. Miró a Gabrielle con aire de confusa candidez. Luego se puso en pie y retrocedió, tratando obviamente de escapar de ella. Su mirada perdida en el vacío era la de un ser abatido, vencido.

Se hizo el silencio, y, por un instante, sentí por Armand un extraño impulso protector. Gabrielle había expresado la verdad desnuda de las cosas que le interesaban, como era su costumbre desde que yo recordaba, y, como siempre, lo había hecho con su hiriente indiferencia. Había hablado de lo que le interesaba a ella sin prestar la menor atención a lo que él sintiera. Ven a un plano distinto, al mío, le había dicho. Y él se había bloqueado, se había empequeñecido. Su grado de importancia estaba resultando alarmante y no daba muestras de recuperarse del ataque de Gabrielle.

Dio media vuelta y avanzó de nuevo hacia el banco como si fuera a sentarse; luego se dirigió a los sarcófagos y, finalmente, hacia la pared. Era como si aquellas superficies sólidas le repelieran, como si su mente chocara con un campo invisible que le rechazaba antes de alcanzarlas.

Salió de la cámara, adentrándose en la estrecha escalera de piedra, y luego dio la vuelta y regresó.

Su mente estaba cerrada ahora, o, peor aún, no había en ella pensamiento alguno. Sólo pude captar las imágenes desordenadas de lo que veía ante sí, simples objetos materiales que brillaban bajo su mirada, la puerta tachonada de clavos de hierro, las velas, el fuego del hogar. Vi una detallada evocación de las calles de París, de los vendedores y de los pregoneros de periódicos, de los cabriolés, del sonido armonioso de una orquesta, de un horrible estruendo de palabras y frases de los libros que había leído tan recientemente.

Todo aquello me resultaba insoportable, pero Gabrielle, con un gesto firme me indicó que me quedara donde estaba.

Algo estaba impregnando la cripta. Algo estaba sucediéndole al aire mismo de la estancia.

Algo cambió, aunque las velas seguían ardiendo y el fuego seguía crepitando y lamiendo las piedras ennegrecidas del fondo del hogar, y las ratas seguían corriendo por las mazmorras de los muertos, debajo de nosotros.

Armand se detuvo bajo el dintel en arco de la puerta y pareció que transcurrían horas, aunque no era así; Gabrielle estaba lejos de mí, en un rincón de la cámara, con una expresión fría en su rostro concentrado y unos ojos tan radiantes como pequeños eran.

Armand se disponía a hablarnos; pero lo que iba a ofrecernos no era ninguna explicación. Las cosas que diría ni siquiera seguirían un orden. Era como si le hubiéramos abierto en canal y las imágenes que salían de él fueran de su sangre.

Su figura era apenas la de un joven con los brazos cruzados sobre el umbral de la estancia. Entonces comprendí qué era aquella sensación. Era una monstruosa intimidad con otro ser, comparada con la cual hasta el extasiante momento de dar muerte a una víctima resultaba aburrido y controlado. Armand estaba abierto a nosotros y no podía contener por más tiempo el deslumbrante torrente de imágenes que hacía que su vieja voz silenciosa pareciera fina, lírica y afectada.

¿Era aquél el peligro que había intuido yo todo el rato? ¿Era aquello lo que había desatado mi miedo? En el mismo instante de darme cuenta de ello, el miedo empezó a ceder. Parecía que todas las grandes lecciones de mi vida las había aprendido a través de la renuncia al miedo. Una vez más, se rompía la cáscara de miedo que me envolvía para que otra cosa surgiera a la vida.

Nunca jamás en toda mi existencia, tanto mortal como inmortal, me había visto amenazado con una intimidad semejante.

3

La historia de Armand

La cámara había desaparecido. Las paredes se habían desvanecido. Llegaban unos jinetes. Una nube de polvo creciendo en el horizonte. A continuación, unos gritos de terror y un chiquillo de cabello castaño oscuro, vestido con bastas ropas de campesino, corriendo sin cesar mientras los jinetes se desataban en una horda. Y el chiquillo debatiéndose a puñetazos y a patadas tras ser atrapado y arrojado sobre la silla de montar por uno de los jinetes, que se lo llevaba más allá de los confines del mundo.

Aquel chiquillo era Armand y el escenario de los hechos, aunque Armand lo ignorara, las estepas meridionales de Rusia. El chiquillo conocía otras palabras como Madre, Padre, Iglesia, Dios y Satanás, pero no sabía el nombre de su patria ni del idioma que hablaba, ni que los jinetes que le habían raptado eran tártaros y que nunca volvería a ver nada de lo que conocía o amaba.

Oscuridad, el tumultuoso movimiento del barco y el interminable mareo y, emergiendo del miedo y de la desesperación, la enorme y deslumbrante jungla de edificios imposibles que formaba la Constantinopla de los últimos días del Imperio Bizantino, con sus fantásticas multitudes y sus tarimas para la subasta de esclavos. El balbuceo amenazador de unos idiomas extraños, amenazas efectuadas en el lenguaje universal de los gestos y, en torno al chiquillo, los enemigos que no podía distinguir ni calmar, y de los que no podía escapar.

Pasarían años y años, más de una existencia mortal, antes de que Armand volviera la vista atrás hasta aquel espantoso momento y le diera nombres e historias a todo aquello: los funcionarios de la Corte bizantina que le habrían castrado y los guardianes de los harenes del Islam que habrían hecho otro tanto, y los orgullosos guerreros mamelucos venidos de

Egipto que se lo habrían llevado con ellos a El Cairo de haber sido más rubio y más fuerte, y los radiantes venecianos de hablar dulce con sus polainas y con sus chalecos de terciopelo, las criaturas más deslumbrantes de todas, cristianos igual que él, y, sin embargo, intercambiando ligeras risas entre ellos mientras le examinaban, y él allí, mudo, incapaz de responder, de suplicar, incluso de mantener esperanzas.

Vi los mares que se abrían ante él, el gran vaivén azul del Egeo y el Adriático y, de nuevo, el mareo en la bodega y el solemne juramento de no seguir viviendo.

Y luego los grandes palacios moros de Venecia alzándose de la reluciente superficie de la laguna, y la casa a la que le llevaban, con decenas y decenas de cámaras secretas, y la luz del cielo apenas entrevista a través de los barrotes de las ventanas, y los otros chicos hablándole en aquel idioma veneciano tan suave y extraño, y las amenazas y las lisonjas mientras se convencían, contra todos sus miedos y supersticiones, de los pecados que debía cometer con el interminable desfile de extraños en aquel ambiente de mármol y luces de antorchas donde cada cámara se abría a una nueva escena de ternura que se entregaba al mismo deseo ritual, inexplicable y, por último, cruel.

Y al fin, una noche, después de días y días de negarse a obedecer, hambriento y dolorido y privado de hablar con nadie, fue obligado a cruzar de nuevo una de aquellas puertas tal como estaba, sucio y cegado por la luz tras el encierro en la oscura y lóbrega celda. Y el ser que le estaba esperando allí, el hombre alto, de rostro enjuto y casi luminoso, vestido de terciopelo rojo, le tocó con sus fríos dedos tan suavemente que, medio adormilado, el muchacho no lloró al ver cambiar de manos las monedas. Pero era una cantidad importante. Demasiado importante. Estaba siendo vendido. Y la cara del hombre... era demasiado lisa; más bien parecía una máscara.

En el último instante, el muchacho se puso a gritar, juró que sería obediente, que no se pelearía más. Que alguien le dijera dónde le llevaban; no volvería a desobedecer, por favor, por favor. Pero, en el mismo instante en que era arrastrado escaleras abajo hacia el fétido olor de las cloacas, volvió a notar el contacto de los dedos firmes y delicados de su nuevo amo y, en el cuello, el roce de unos labios fríos y tiernos que nunca jamás le harían daño, y aquel mortal e irresistible primer beso.

Amor y amor y amor en el beso del vampiro. Un amor que bañó a Armand, que le limpió, *esto es todo*, mientras era transportado a la góndola y ésta avanzaba como un gran escarabajo siniestro por el estrecho canal hasta las alcantarillas bajo otra casa.

Ebrio de placer. Ebrio de las manos blancas y sedosas que alisaban su cabello y de la voz que le llamaba hermoso; ebrio del rostro que, en instantes de emoción, se llenaba de expresividad para hacerse luego más sereno y deslumbrante que si fuera de alabastro y joyas. Un rostro como un remanso de agua bajo el claro de luna: un roce, aunque sea con las yemas de los dedos, y toda su vida sale a la superficie, para, a continuación, desvanecerse de nuevo en la quietud.

Ebrio a la luz de la mañana con el recuerdo de esos besos, cuando, a solas, abría una puerta tras otra y descubría libros, mapas y estatuas de granito y de mármol, cuando los otros aprendices le localizaban y le conducían pacientemente a su trabajo para enseñarle a mezclar los colores puros con la yema de huevo y a extender la laca de la yema de huevo sobre los paneles, y para guiarle por el andamio mientras los artistas aplicaban cuidadosas pinceladas en el borde mismo de la enorme escena de sol y nubes, mostrándole aquellos grandes rostros y manos y alas angelicales que sólo podía tocar el pincel del Maestro.

Ebrio cuando se sentaba a la larga mesa con ellos y se atiborraba de deliciosos platos que no había probado hasta entonces y de vino que nunca se agotaba.

Y cayendo dormido finalmente, para despertar en ese momento del crepúsculo en que el Maestro se presentaba junto a la enorme cama, espléndido como un producto de la imaginación con su ropa de terciopelo rojo, su tupida cabellera blanca brillando a la luz de la lámpara y la felicidad más natural e ingenua en sus brillantes ojos azules cobalto. Y el beso mortal.

—Ah, sí, no separarme nunca de ti, sí... sin miedo.

—Pronto, querido mío, pronto estaremos unidos de verdad.

Antorchas encendidas por toda la casa. El Maestro en lo alto del andamio con el pincel en la mano: «Quédate aquí, a la luz; no te muevas», y horas y horas inmóvil en la misma posición hasta ver, poco antes del amanecer, sus propias facciones en el lienzo, las facciones del ángel. Y el amo sonriéndole mientras avanzaba por el interminable corredor...

—No, Maestro, no me dejes. Permite que me quede contigo, no te vayas...

Nuevamente, la luz del día. Y dinero en los bolsillos, oro de ley, y el fasto de Venecia con sus canales de aguas verdes oscuras entre los muros de los palacios, y los otros aprendices caminando del brazo con él, y el aire fresco y el cielo azul sobre la plaza de San Marcos como algo que sólo hubiera soñado en la infancia. Y, al atardecer, de nuevo el *palazzo* y la entrada del Maestro, el Maestro inclinado con el pincel sobre la pequeña tabla, trabajando cada vez más deprisa bajo la mirada de los aprendices, entre horrorizada y fascinada, y el Maestro levantando la vista hacia él y dejando a un lado el pincel y llevándoselo del enorme estudio mientras los demás seguían trabajando hasta la medianoche, y su rostro entre las manos del Maestro para recibir, de nuevo a solas en la alcoba, aquel secreto (nunca contárselo a nadie) beso.

¿Dos años? ¿Tres? Imposible recrear o abarcar con palabras el esplendor de esa época: las flotas que zarpaban del puerto hacia la guerra, los himnos que se entonaban ante los altares bizantinos, las representaciones de la Pasión y de los milagros que se celebraban en los estrados de las iglesias y en las plazas, con su boca del infierno y sus demonios retozones, y los deslumbrantes mosaicos que cubrían los muros de San Marcos y de San Zanipolo y del Palazzo Ducale, y los pintores que trabajaban en esas calles, Giambono,

Uccello, el Vivarini y el Bellini, y los continuos días de fiesta y de procesiones. Y siempre de madrugada, en las enormes estancias del *palazzo* iluminadas con antorchas, él a solas con el Maestro mientras los demás dormían encerrados bajo llave en sus alcobas. El pincel del Maestro moviéndose vertiginosamente sobre la tabla colocada ante él, como si estuviera descubriendo el cuadro en lugar de crearlo... el sol y el cielo y el mar extendiéndose bajo el dosel que formaban las alas del ángel.

Y esos momentos horribles e inevitables en que el Maestro se ponía en pie gritando, arrojando los botes de pintura en todas direcciones, y se llevaba las manos a los ojos como si quisiera arrancárselos de las cuencas.

—¿Por qué no puedo ver? ¿Por qué no veo mejor que los mortales?

El muchacho apretado contra su maestro. Esperando el éxtasis del beso. Un secreto oscuro, no revelado. El Maestro saliendo por la puerta sin ser visto, un rato antes del amanecer.

—Déjame ir contigo, Maestro.

—Pronto, querido mío, mi amor, mi pequeño, cuando seas lo bastante fuerte y alto y haya desaparecido de ti toda imperfección. Ve ahora y disfruta de todos los placeres que te aguardan, goza del amor de una mujer durante las próximas noches, y goza también del amor de un hombre. Olvida las penas que conociste en el burdel y saborea esas cosas mientras te quede tiempo.

Y rara era la noche que terminaba sin que la figura del Maestro volviera, justo antes de salir el sol, y le acompañaría muchas veces durante las horas de luz, hasta que, con el crepúsculo, llegara de nuevo el beso mortal.

Aprendió a leer y a escribir. Se encargaba de llevar las pinturas a sus destinos finales en las iglesias y las capillas de los grandes palacios, de cobrar las obras entregadas y de comprar los óleos y pigmentos. Reñía a los criados cuando las camas se quedaban por hacer y las comidas no estaban a tiempo. Y, adorado por los aprendices, éstos se despedían llorando cuando, terminado el aprendizaje, los enviaba a su nuevo servicio. Le leía poesía al Maestro mientras éste pintaba, y aprendió a tocar el laúd y a cantar tonadas.

Y en las tristes ocasiones en que el Maestro abandonaba Venecia durante muchas noches seguidas, era él quien gobernaba la casa en su ausencia, ocultando su zozobra a los demás y sabiendo que ésta sólo terminaría cuando regresara el Maestro.

Y una noche, por fin, en las horas de la madrugada en que hasta Venecia duerme:

—Ha llegado el momento, hermoso mío, de que vengas a mí y te conviertas en lo que soy. ¿Es éste tu deseo?

—Sí.

—Te alimentarás siempre en secreto con la sangre de los malhechores, como yo hago, y guardarás este secreto hasta el fin de los tiempos.

—Hago la promesa, me entrego, lo deseo... deseo estar contigo, Maestro mío, para siempre. Tú eres el creador de todo lo que soy. Nunca ha existido un deseo tan intenso.

El pincel del Maestro señalaba la pintura que se alzaba hasta el techo, por encima de las hileras de andamios.

—Este es el único sol que volverás a ver siempre. Pero dispondrás de un milenio de noches para ver la luz como ningún mortal la ha visto nunca, para arrancar de las lejanas estrellas, como si fueras otro Prometeo, una iluminación eterna con la cual comprender todas las cosas.

¿Cuántos meses transcurridos tras esto? ¿Cuántos meses de vagar sin rumbo bajo el dominio del Don Oscuro?

Toda una vida nocturna de deambular juntos por las callejas y los canales —indiferente al peligro de la oscuridad y ya sin miedo alguno—, y el antiquísimo éxtasis de la muerte, y nunca, jamás, un alma inocente. No, siempre la de un malhechor, y la mente conmovida hasta topar con Tifón, el asesino de su hermano, y luego el acto de apurar la maldad de la víctima humana y de transmutarla en éxtasis. El Maestro, marcando el camino; el festín, compartido.

Y luego la pintura, las horas solitarias con el milagro de su nueva habilidad, el pincel moviéndose a veces sobre la superficie esmaltada como dotado de voluntad propia, y los dos juntos pintando con furia sobre el tríptico, y los aprendices mortales dormidos entre los botes de pintura y las botellas de vino. Y solamente un misterio que perturba la felicidad, el misterio de que, como en el pasado, el Maestro debía abandonar Venecia de vez en cuando para emprender un viaje que parecía interminable a quienes quedaban dolidos por su ausencia.

Una separación aún más terrible, ahora. Cazar solo sin el Maestro, yacer a solas en el profundo sótano después de la caza, esperando. No escuchar el timbre de la risa del Maestro ni el latido de su corazón.

—¿Pero adónde vas? ¿Por qué no puedo ir contigo? —suplicó Armand.

¿No compartían el secreto? ¿Por qué, entonces, no le explicaba aquel misterio?

—No, querido mío, todavía no estás preparado para esta carga. De momento ha de seguir siendo sólo mía, como lo ha sido durante más de mil años. Algún día me ayudarás en lo que constituye mi deber, pero eso sólo será cuando estés preparado para recibir el conocimiento, cuando hayas demostrado querer conocerlo de verdad y cuando seas lo bastante poderoso como para que nadie pueda arrancarte ese conocimiento en contra de tu voluntad. Quiero que entiendas que, hasta entonces, no tengo otra opción que dejarte al margen. Mi viaje es para atender a Los Que Deben Ser Guardados, como siempre he hecho.

Los Que Deben Ser Guardados.

Armand les daba vueltas en la cabeza a aquellas palabras, que le producían miedo. No obstante, lo peor era que apartaban de él al Maestro. Y sólo aprendió a superar ese miedo cuando comprobó que el Maestro volvía a él una y otra vez tras estas ausencias.

—Los Que Deben Ser Guardados están en paz, o en silencio —decía el Maestro, al tiempo que se quitaba de los hombros la capa de terciopelo roja—. Puede que nunca lleguemos a saber nada más del tema.

Y, de nuevo, Armand y el Maestro volcados en el festín, en la sigilosa persecución de los malhechores por las callejas venecianas.

¿Cuánto tiempo podría haber continuado aquello? ¿Lo que dura una vida mortal? ¿Lo que duran cien?

Y había transcurrido aproximadamente medio año de esta tenebrosa felicidad, cuando una noche, tras el crepúsculo, el Maestro se incorporó de su ataúd en el profundo sótano justo por encima del agua y anunció:

—¡Levántate, Armand, tenemos que marcharnos! ¡Ellos están aquí!

—¿Ellos, Maestro? ¿Quiénes? ¿Los Que Deben Ser Guardados?

—No, querido mío. Los otros. ¡Vamos, debemos darnos prisa!

—Pero, ¿cómo pueden hacernos daño? ¿Por qué tenemos que marcharnos?

Los rostros blancos tras las ventanas, los golpes a las puertas. El ruido de los cristales rotos. El Maestro volviendo la vista a un lado y a otro para contemplar los cuadros. El olor a humo. El olor a brea ardiendo. Los misteriosos asaltantes subían del sótano, y también bajaban del piso superior.

—¡Corre! ¡No hay tiempo para poner nada a salvo!

Escaleras arriba hasta el techo. Unas figuras oscuras y encapuchadas blandiendo antorchas a través del umbral, el fuego rugiendo en las habitaciones de la planta baja, haciendo estallar las ventanas y envolviendo en llamas la escalera. Todos los cuadros destruidos.

—¡Al tejado, Armand, vamos!

¡Criaturas como nosotros con aquellas siniestras indumentarias! Otros seres como nosotros. El Maestro dispersándolas en todas direcciones mientras corría escaleras arriba; los huesos de las criaturas quebrándose al golpearse contra el techo y las paredes.

—¡Blasfemo, hereje! —gritaron las voces.

Los brazos agarraron a Armand y no le soltaron. Y arriba, en lo alto de la escalera, el Maestro se volvió hacia él y gritó:

—¡Armand! ¡Confía en tus fuerzas y ven!

Pero las criaturas se apelotonaban en persecución del Maestro, le rodeaban. Por cada una que él estrellaba contra la pared encalada, aparecían otras tres, hasta que más de cincuenta antorchas envolvieron las ropas de terciopelo del Maestro, sus largas mangas rojas y su cabello blanco. El fuego se alzó hasta el techo con un rugido mientras le consumía, transformado en una antorcha viviente; y, con todo, incluso envuelto en llamas, el Maestro se defendía quemando a sus atacantes mientras éstos arrojaban las teas a sus pies como si fueran astillas de leña.

Armand, mientras tanto, fue conducido abajo y sacado de la casa en llamas junto con los aprendices mortales, que chillaban de terror. Y fue llevado lejos de Venecia, surcando las aguas, entre gritos y sollozos, en las entrañas de un buque tan aterrador como la nave de los esclavos, hasta salir a mar abierto bajo el cielo de la noche.

—¡Blasfemo, blasfemo! —La fogata cada vez mayor, y el círculo de figuras encapuchadas a su alrededor, y el cántico más y más estentóreo—: ¡Al fuego!

Y mientras Armand contemplaba la escena, petrificado, vio cómo los aprendices mortales, sus hermanos, sus únicos hermanos, lanzaban alaridos de pánico mientras eran arrojados por el aire hasta caer en el seno de las llamas.

—¡No, basta, deteneos...! ¡Ellos son inocentes! ¡Por el amor de Dios, basta! ¡Son inocentes...!

Armand gritaba y gritaba, pero había llegado su turno. Pese a su resistencia, le estaban levantando del suelo con la intención de lanzarle hacia lo alto para que fuera a caer en la pira.

—¡Maestro, ayúdame! —exclamó.

Tras esto, las palabras dieron paso a un único y prolongado grito lastimero.

Furioso, se debatió enérgicamente entre los gritos y patadas.

Pero advirtió que le habían arrastrado lejos del fuego, que le habían rescatado y devuelto a la vida. Y se encontró tendido en el suelo contemplando el cielo. Las llamas parecían lamer las estrellas, pero estaban lejos de él y ya no podía ni sentir su calor. Armand apreció el olor de sus ropas quemadas y de su cabello chamuscado. Lo peor era el dolor que sentía en el rostro y en las manos; la sangre seguía rezumando de él y apenas era capaz de mover los labios.

—... Todas las vanas obras del Maestro, destruidas. ¡Todas las vanas creaciones que había hecho entre los mortales con sus Poderes Oscuros, imágenes de ángeles y santos y mortales vivientes! ¿Quieres que te destruyamos a ti también? ¿O prefieres entrar al servicio de Satán? Toma una decisión. Ya has probado el fuego y éste te aguarda, hambriento de ti. El infierno te espera. ¿Vas a tomar la decisión...?

—... Sí...

—... ¿Vas a servir a Satán como debe hacerse?

—Sí...

—... ¿Aceptas que todas las cosas del mundo son pura vanidad y te comprometes a que nunca utilizarás tus Poderes Oscuros para satisfacer ninguna vanidad mortal, ni para pintar, crear música, bailar o recitar para diversión de los mortales, sino para permanecer eternamente al exclusivo servicio de Satán? ¿Te comprometes a emplear tus Poderes Oscuros para seducir y aterrorizar y destruir, sólo destruir...?

—Sí...

—... ¿A consagrarte a tu único amo, Satán, siempre y eternamente Satán? ¿A servir a tu verdadero amo y maestro en la oscuridad y el dolor y el sufrimiento? ¿A entregarle tu mente y tu corazón?

—Sí.

—¿Y a no ocultar secreto alguno a tus hermanos en Satán, a proporcionarles los conocimientos que poseas del blasfemo y de su carga...?

Silencio.

—¡A explicar todo lo que conozcas sobre su carga! —insistieron las criaturas—. ¡Vamos, apresúrate, las llamas esperan!

—No os entiendo...

—¡Hablamos de Los Que Deben Ser Guardados! ¡Cuéntanos lo que sepas!

—¿Contaros qué? No sé nada, salvo que no quiero sufrir. Estoy muy asustado.

—Dinos la verdad, Hijo de las Tinieblas. ¿Dónde están? ¿Dónde se encuentran Los Que Deben Ser Guardados?

—No lo sé. Leed mi mente, si tenéis ese poder. Comprobaréis que no contiene nada que os pueda decir.

—¿Pero *qué* son? ¿No te lo ha contado nunca tu maestro? ¿*Qué* son Los Que Deben Ser Guardados?

Así pues, tampoco aquellas criaturas sabían a qué se refería el Maestro. El nombre no tenía más significado para ellas que para el propio Armand. *«Cuando seas lo bastante poderoso como para que nadie pueda arrancarte ese conocimiento en contra de tu voluntad.»* El Maestro había sido muy previsor.

—¿Qué significa ese nombre? ¿Dónde están? ¡Es preciso que nos des la respuesta!

—Os juro que no la tengo. Os lo juro por mi miedo, que es lo único que poseo ahora. ¡No lo sé!

Rostros lechosos apareciendo encima de él, uno tras otro. Los labios insípidos depositando besos dulces e intensos, las manos acariciándole y las relucientes gotitas de sangre rezumando de las muñecas de las criaturas. Éstas querían descubrir la verdad en la sangre, pero ¿qué importaba eso? La sangre era la sangre.

—Ahora eres el hijo del diablo.

—Sí.

—No llores por Marius, tu maestro. Marius está en el infierno, donde pertenece. ¡Bebe ahora la sangre curativa y levántate y baila con los de tu estirpe para gloria de Satán! ¡Bebe y la inmortalidad será tuya de verdad!

—Sí... —La sangre quemándole la lengua al levantar la cabeza; la sangre llenándole con tortuosa lentitud—. ¡Oh, por favor!

En torno a él, frases en latín y el pausado batir de unos tambores. Las criaturas se daban por satisfechas, sabían que había dicho la verdad. No le matarían y el éxtasis borró cualquier otra reflexión. El dolor de sus manos y de su rostro se había disuelto en el éxtasis...

—Levántate, joven, y únete a los Hijos de la Oscuridad.

—Sí.

Manos blancas tendidas hacia las suyas. Cornos y laúdes aullando sobre el batir de los tambores, arpas pulsadas en un rasgueo hipnótico mientras el círculo empezaba a moverse. Figuras encapuchadas vestidas de negro con túnicas de mendicante que ondulaban cuando alzaban las rodillas y doblaban el espinazo. Y, soltándose las manos, dieron vueltas y saltaron y cayeron de nuevo, girando y girando, y una tonada se alzó en un murmullo cada vez más potente tras los labios cerrados.

El círculo siguió girando más deprisa. El murmullo era una gran vibración melancólica sin forma ni continuidad y, sin embargo, parecía una especie de lenguaje, el propio eco del pensamiento. Cada vez más potente, se alzó como un gemido que no lograra quebrarse en un grito. Él hacía el mismo sonido, al unísono con los demás, y luego giraba y, mareado de dar vueltas, saltaba al aire, muy alto. Las manos le asían, los labios le besaban y él daba vueltas y más vueltas impulsado por los demás, alguien gritando en latín, otro respondiendo, otra voz gritando más fuerte, seguida de una nueva respuesta.

Estaba volando, rotas las ataduras con la tierra y con el terrible dolor de la muerte de su Maestro y de la destrucción de los cuadros y de la muerte de los mortales que había amado. El viento sopló de frente, y el calor le estalló en el rostro y en los ojos, pero la tonada era tan hermosa que no importaba que ignorara las palabras, que no pudiera rezarle a Satán o que no supiera creer ni rezar una oración como aquélla, pues nadie se daba cuenta de su ignorancia. Todos los demás, formando un coro, continuaron lanzando gemidos y lamentos y dando vueltas y saltando de nuevo; y luego, balanceándose hacia delante y hacia atrás, echaron la cabeza hacia atrás, cegados por las llamas que les lamían, y alguien gritó «¡Sí, Sí!».

Y la música se alzó como una oleada. Tambores y panderetas desencadenaron un ritmo bárbaro en torno a Armand, mientras las voces se lanzaban por fin a una extravagante y acelerada melodía. Los vampiros alzaron los brazos entre aullidos y sus siluetas pasaron revoloteando ante él, presas de agitadas contorsiones, con las espaldas arqueadas y un taconeo nervioso. Era el júbilo de los diablillos en el infierno. La escena horrorizó a Armand, y, al mismo tiempo, le atrajo. Y cuando las manos le asieron y le hicieron dar vueltas sobre sí mismo, el joven se puso a taconear, a girar y a bailar como los demás, dejando que el dolor le atravesase, doblando las extremidades y dando la alarma a sus gritos.

Y, antes de que amaneciera, Armand se encontró delirando, rodeado por una decena de hermanos que le acariciaban y le tranquilizaban y le conducían peldaños abajo por una escalera que habían abierto en las entrañas de la Tierra.

Durante los meses que siguieron, Armand creyó soñar que su Maestro no había muerto entre las llamas. Soñó que su Maestro había caído del tejado, como un cometa flamante, a las aguas salvadoras del canal que corría debajo. Y que sobrevivía en lo más profundo de las montañas del norte de Italia. Y que le llamaba a su lado. El Maestro se hallaba en el santuario de Los Que Deben Ser Guardados.

A veces, en sus sueños, el Maestro aparecía poderoso y radiante como siempre le había visto; la belleza parecía ser su vestimenta. Otras veces, se presentaba en el suelo como una criatura ennegrecida y consumida, como un ascua dotada de vida, con los ojos enormes y amarillos. Únicamente su cabello blanco aparecía tan abundante y lustroso como Armand lo recordaba. El Maestro se arrastraba por el suelo, sin fuerzas, suplicándole ayuda. Y, detrás de él, una luz cálida surgía del santuario de Los Que Deben Ser Guardados; y, con la luz, llegaba el olor de incienso. Parecía haber allí una promesa de antigua magia, una promesa de belleza fría y exótica más allá de todo bien y de todo mal.

Pero todo aquello eran vanas imaginaciones. El Maestro le había dicho que el fuego y la luz del Sol podían destruirles y él mismo había visto al Maestro envuelto en llamas. Tener sueños de aquel tipo era como descar la vuelta a la vida mortal.

Y cuando Armand abría los ojos y contemplaba la Luna y las estrellas y el tranquilo espejo del mar que tenía ante él, se daba cuenta de que no había esperanzas ni penas ni alegrías. Todas estas emociones habían procedido del Maestro y éste ya no existía.

«Soy el hijo del diablo.» Aquello era poesía. Desapareció de él toda la fuerza de voluntad y no quedó nada, salvo la confraternidad de las tinieblas. Y su impulso cazador pasó a cebarse no sólo en los malhechores, sino también en los inocentes. La caza se transformó, por encima de todo, en un acto de crueldad.

En Roma, en la gran asamblea reunida en las catacumbas, saludó con una reverencia a Santino, el líder del grupo, quien descendió una escalinata de piedra para recibirle con los brazos abiertos. Aquel poderoso Maestro había nacido a las Tinieblas en tiempos de la peste negra y le contó a Armand la visión que le había asaltado en el año 1349, cuando la epidemia estaba en pleno furor, respecto a que nuestra raza era como la propia peste negra: una plaga sin explicación, destinada a hacer dudar al hombre, a hacerle dudar de la bondad y de la intervención divinas.

Santino condujo a Armand al santuario cubierto de cráneos humanos y le contó la historia de los vampiros.

Éstos, igual que los lobos, habían existido en todas las épocas como un flagelo de la humanidad mortal. Y en la asamblea de Roma, sombra oscura de la Iglesia Católica, radicaba su perfección final.

Armand ya estaba al corriente de los rituales y de las prohibiciones más comunes. Ahora debía aprender las grandes leyes:

UNA: Que cada asamblea debe tener su líder y que sólo éste puede ordenar que se efectúe el Rito Oscuro sobre un mortal, además de ocuparse de que se observen como es debido las ceremonias.

DOS: Que no debe realizarse nunca el Rito Oscuro con un inválido, un tullido, un niño o un inmortal incapaz de, incluso con los Poderes Oscuros, sobrevivir por su cuenta. Se entiende también que todos los mortales que reciban los Dones Oscuros deben ser hermosos, para que el insulto a Dios sea más grande cuando se efectúe sobre ellos el Rito Oscuro.

TRES: Que los vampiros viejos no deben realizar nunca este rito mágico para que la sangre de los novicios no sea demasiado fuerte, pues el poder de los vampiros crece con el tiempo de forma natural y los viejos tienen demasiado para transmitirlo. Las heridas, las quemaduras y otras catástrofes semejantes, si no logran destruir al Hijo de Satán, no hacen otra cosa que incrementar sus poderes una vez curado. Con todo, Satán protege a su rebaño del poder de los viejos vampiros, pues todos éstos, sin excepción, se vuelven locos.

A este respecto, Santino hizo observar a Armand que en aquel momento no había ningún vampiro vivo que tuviera más de trescientos años. Ninguno de los que aún vivían guardaba recuerdos de la fundación de la primera asamblea en Roma. El diablo llamaba a los vampiros a su lado con bastante frecuencia.

También hizo hincapié en que el efecto del Rito Oscuro era impredecible, aunque fuera realizado por un vampiro novicio y con todo el cuidado debido. Por razones que nadie conocía, algunos mortales se hacían fuertes como titanes cuando renacían como Hijos de las Tinieblas, mientras otros apenas pasaban de cadáveres ambulantes. Por eso debía escogerse con mucho cuidado a los mortales, y debía evitarse tanto a los que poseían un gran apasionamiento y una voluntad indomable como a los que carecían por completo de ambas cosas.

CUATRO: Que ningún vampiro puede destruir jamás a otro, salvo el amo de la asamblea, quien posee poder sobre la vida y la muerte de toda su grey, y, además, tiene la obligación de conducir al fuego a los viejos y a los locos cuando ya no pueden seguir sirviendo a Satán como es debido. Ese líder de la asamblea tiene la obligación de destruir a todos los vampiros que no han sido creados como es debido, y a aquellos que están tan malheridos que no podrían sobrevivir por sí solos. Y, por último, tiene también la obligación de procurar la destrucción de todos los proscritos y de quienes hayan quebrantado las leyes.

CINCO: Que ningún vampiro debe revelar jamás su verdadera naturaleza a un humano y permitir que éste siga viviendo. Ningún vampiro debe contar la historia de los vampiros a un mortal y dejarle seguir viviendo. Ningún vampiro debe contar por escrito la historia de los vampiros ni revelar ninguna información verídica sobre los mismos, para que los mortales no puedan descubrir tal historia y tomarla por cierta. Y ningún mortal debe enterarse nunca del nombre de un vampiro, salvo el de su lápida sepulcral, del mismo modo que ningún vampiro debe revelar a los mortales la ubicación de su guarida ni la de ningún otro vampiro.

Éstas eran, pues, las grandes órdenes que debían obedecer todos los vampiros y que regían la existencia entre los no muertos.

No obstante, Armand debía conocer que siempre habían corrido historias sobre viejos vampiros heréticos, poseedores de poderes terribles, que no se sometían a autoridad alguna, ni siquiera del diablo. Eran vampiros que habían sobrevivido mil años (Hijos de los Milenios, eran llamados a veces). En el norte de Europa estaban los relatos acerca de Mael, que vivía en los bosques de Inglaterra y Escocia. En el Asia Menor corría la leyenda de Pandora, y, en Egipto, la antigua historia del vampiro Ramsés, a quien se había vuelto a ver en los tiempos presentes.

Relatos semejantes podían encontrarse en todas partes del mundo y eran fáciles de descalificar como meras fantasías, salvo por un detalle. Marius, el viejo hereje, había sido descubierto en Venecia, y allí mismo había sido castigado por los Hijos de las Tinieblas. Lo que se contaba de Marius había sido cierto. Pero Marius ya no existía.

Armand no dijo nada tras estos últimos comentarios. No le contó a Santino los sueños que había tenido. Lo cierto era que los sueños se habían hecho vagos y confusos en su cabeza, igual que los colores de los cuadros de Marius. Ya no estaban recogidos en la mente de Armand ni en su corazón para que los descubriera quien escuchara sus pensamientos.

Cuando Santino habló de Los Que Deben Ser Guardados, Armand volvió a confesar que no sabía qué significaba esa frase. Tampoco lo sabía Santino, ni ningún vampiro que éste hubiera conocido nunca.

El secreto seguía oculto. Marius había muerto y, con él, el viejo e inútil misterio quedaba reducido al silencio. Satán es nuestro Señor y nuestro Maestro. En Satán, todo se conoce y todo se entiende.

Armand complació a Santino. Aprendió de memoria las leyes, perfeccionó su dominio de los encantamientos ceremoniales, de los rituales y de las plegarias. Fue testigo de los aquelarres más grandes que iba a presenciar jamás y tomó enseñanzas de los vampiros más poderosos, expertos y hermosos que conocería en toda su existencia. Aprendió tanto, que se convirtió en un misionero encargado de reunir en asambleas a los Hijos de las Tinieblas que vagaban perdidos y de conducir a otros en la celebración del aquelarre y en la realización del Rito Oscuro cuando el mundo, el demonio y la carne llamaban a hacerlo.

Enseñó las Bendiciones Oscuras y las Ceremonias Oscuras en España, Francia y Alemania, y conoció Hijos de las Tinieblas salvajes y tenaces cuya compañía hacía arder dentro de él una llamita mortecina cuando la asamblea le rodeaba, consolada por su presencia y obteniendo la unidad gracias a su fuerza.

Armand perfeccionó el arte de la cacería de mortales hasta superar a todos los Hijos de las Tinieblas que conocía. Aprendió a convocar a los humanos que realmente deseaban morir. Le bastaba con acercarse a las viviendas de los mortales y llamar en silencio a sus víctimas para verlas aparecer.

Jóvenes, viejos, miserables, enfermos, feos y hermosos...

no importaba, porque no escogía... Les lanzaba visiones por si querían captarlas, pero ni una sola vez se acercó a sus víctimas o tan siquiera pasó los brazos en torno a ellas... Atraídos inexorablemente hacia él, eran sus presas mortales quienes le abrazaban. Y cuando sus carnes cálidas y vivas le tocaban, cuando abría los labios y sentía derramarse la sangre, Armand conocía el único placer que podía aliviar sus penas.

En el punto álgido de esos momentos, pese al éxtasis carnal de la caza, le parecía que su camino era profundamente espiritual, sin contaminar por los apetitos y confusiones que confortaban el mundo.

En aquel acto sangriento se unían lo espiritual y lo carnal, y Armand estaba convencido de que era lo primero lo que sobrevivía. Para él era una Santa Eucaristía, y la Sangre de los Hijos de Cristo sólo servía para hacerle comprender la esencia misma de la vida durante la fracción de segundo en que se producía la muerte. Únicamente los grandes santos de Dios le igualaban en aquella espiritualidad, en aquella confrontación con el misterio, en aquella existencia de renuncia y meditación.

No obstante, Armand fue viendo desaparecer a los más poderosos de sus camaradas. Vio cómo se volvían locos y hacían caer la destrucción sobre ellos mismos. Fue testigo de la inevitable disolución de muchas asambleas, de cómo la inmortalidad derrotaba a los Hijos de las Tinieblas más perfectamente creados. Y, en ocasiones, le pareció un castigo terrible que esa inmortalidad no tuviera el menor efecto sobre él.

¿Acaso estaba destinado a ser uno de los vampiros viejos, de los Hijos de los Milenios? ¿Eran creíbles aquellas historias que persistían todavía?

De vez en cuando, un vampiro errabundo hablaba de si la fabulosa Pandora había sido vista por un instante en la ciudad de Moscú, en la lejana Rusia, o comentaba rumores sobre si Mael estaba instalado en las yermas costas inglesas. Los viajeros hablaban incluso de Marius, de que había sido visto de nuevo en Egipto, o en Grecia. No obstante, ninguno de aquellos narradores había visto con sus propios ojos a los vampiros legendarios. En realidad, no sabían nada y sólo repetían rumores conocidos de oídas.

Nada de todo ello distraía ni divertía al obediente siervo de Satán. Cumpliendo con ciega fidelidad las Leyes Oscuras, Armand continuó su servicio.

Con todo, a lo largo de esos siglos de obediencia, Armand guardó siempre para sí dos secretos. Dos secretos que eran más suyos que el mismo ataúd en el que se encerraba durante el día, y que los escasos amuletos que llevaba.

El primero de ellos era que, por grande que fuera su soledad y por mucho que se prolongara la búsqueda de hermanos y hermanas de raza en quienes poder buscar cierto descanso, jamás había llevado a cabo el Rito Oscuro por sí mismo. No estaba dispuesto a ofrecer a Satán ningún Hijo de las Tinieblas creado por él.

Y el otro secreto, que mantenía oculto a sus seguidores por el propio bien de éstos, era sencillamente su grado de desesperación, cada vez más profundo.

Era el hecho de no anhelar nada, de no apreciar nada, de no creer en nada; de no disfrutar un ápice en el ejercicio de sus poderes, asombrosos y siempre crecientes; de vivir todos los momentos en un vacío roto una vez cada noche de su vida eterna con el acto de la caza.

Mientras los demás le habían necesitado, Armand les había ocultado celosamente aquel secreto que le había permitido guiarles, pues su miedo les habría hecho sentirlo también.

Pero todo había terminado.

Un gran ciclo había finalizado y, ya años atrás, Armand había notado que se cerraba sin comprender siquiera que se trataba de tal ciclo.

Le llegaron de Roma los relatos maliciosamente confusos de los viajeros, ya no actuales cuando le eran contados, respecto a que el líder, Santino, había abandonado a su grey. Algunos decían que se había vuelto loco y se había retirado al campo; otros afirmaban que se había arrojado al fuego, y unos terceros declaraban que «el mundo» se lo había tragado, que se lo había llevado un grupo de mortales en un carruaje negro y que no se le había vuelto a ver.

«O nos arrojamos al fuego o entramos en la leyenda», había comentado el narrador de la historia.

Luego llegaron noticias de que el caos reinaba en Roma, de que decenas de líderes se ponían la capucha y la túnica negras para presidir la asamblea. Y, más tarde, pareció que no quedaba ninguno de aquellos líderes.

A partir de 1700, no había vuelto a tener noticias de Italia. Durante más de medio siglo, Armand no había sido capaz de fiarse de su pasión ni de la de quienes le rodeaban para crear el frenesí del auténtico aquelarre. Y, durante este tiempo, había vuelto a soñar con Marius, su viejo Maestro, con sus ricas vestimentas de terciopelo rojo, y había visto el *palazzo* lleno de vibrantes pinturas. Y había sentido miedo.

Entonces había llegado otro.

Sus hijos habían corrido a los subterráneos bajo Les Innocents para describirle a aquel nuevo vampiro que llevaba una capa de terciopelo rojo forrada de piel y podía profanar las iglesias y asaltar a los portadores de cruces y deambular por los lugares de luz. Terciopelo rojo. Sólo era una coincidencia, y, sin embargo, el detalle le enfureció y le pareció un insulto, un dolor gratuito que su alma no podía soportar.

Y, seguidamente, el nuevo vampiro había creado a la mujer, a aquella mujer de cabellera leonina y nombre de ángel, tan bella y poderosa como su hijo.

Y Armand había subido los peldaños que le conducían fuera de las catacumbas conduciendo a su grupo contra nosotros, igual que los encapuchados se habían lanzado a destruirles a él y a su Maestro siglos antes, en Venecia.

Y había fracasado.

Armand se vio en pie, vestido con aquellas extrañas ropas de brocados y encajes. Llevaba unas monedas en los bolsillos. Su mente se inundó de imágenes procedentes de los miles de libros que había leído. Y se sintió conmovido por todo lo que había presenciado en los lugares de luz de aquella gran ciudad llamada París, y fue como si escuchara a su viejo Maestro susurrándole al oído:

«Pero dispondrás de un milenio de noches para ver la luz como ningún mortal la ha visto nunca, para arrancar de las lejanas estrellas, como si fueras otro Prometeo, una iluminación eterna con la cual comprender todas las cosas.»

—Todas las cosas han escapado a mi comprensión —declaró—. Me veo como alguien a quien la tierra haya devuelto, y vosotros, Lestat y Gabrielle, sois como las imágenes pintadas por mi viejo Maestro en tonos cerúleos, carmines y dorados.

Permaneció inmóvil en el umbral de la cámara con las manos ocultas bajo los brazos cruzados, mirándonos y preguntando en silencio:

«¿Qué hay que conocer? ¿Qué hay que dar? Somos los abandonados de Dios. Y delante de mí no se extiende ninguna Senda del Diablo, ni suena en mis oídos ninguna campana del infierno.»

4

Transcurrió una hora, quizás algo más. Armand se había sentado junto al fuego. Ya no quedaba en su rostro marca alguna de la pelea, olvidada hacía mucho tiempo. Inmóvil y callado, parecía más frágil que una concha vacía.

Gabrielle tomó asiento frente a él y contempló también en silencio las llamas, con rostro apenado y, aparentemente, lleno de compasión. Me resultaba doloroso no poder conocer sus pensamientos.

Pensé en Marius. Marius... El vampiro que había pintado cuadros del y en el mundo real. Trípticos, retratos, frescos en los muros de su *palazzo*.

Y el mundo real nunca había sospechado de él ni le había perseguido ni le había expulsado. Había sido aquella banda de espectros encapuchados la que había acudido a quemar los cuadros, la que había compartido con él el Don Oscuro (¿lo habría llamado así alguna vez el propio Marius?). Habían sido ellos quienes habían decidido que Marius no podía vivir y crear entre los mortales. Habían sido ellos. No los mortales.

Vi el pequeño escenario del local de Renaud y me oí a mí mismo cantando, y la canción se convirtió en un rugido. «Es espléndido —dijo Nicolas—. No vale nada», repliqué. Y fue como si hubiera golpeado a Nicolas. En mi imaginación, le oí decir lo que se había callado esa noche: «Déjame tener algo en lo que crecr. Tú nunca harías eso.»

Los trípticos de Marius estaban en iglesias y capillas de conventos, tal vez en las paredes de las grandes casas de Venecia y de Padua. Los vampiros no habrían penetrado en lugares sacros para quitarlos. Así pues, tenían que estar en alguna parte, tal vez con una firma elaborada en el detalle, las creaciones de aquel vampiro que se rodeaba de aprendices mortales, que mantenía a un amante mortal de quien tomaba un poco de la secreta bebida y que salía de caza en solitario.

Pensé en la noche en la posada, cuando había percibido el sinsentido de la vida, y la difusa e insondable desesperación de la historia de Armand me pareció un océano en el que podía ahogarme. Esto era peor que la costa yerma en la mente de Nicolas. Esto, esta oscuridad, esta nada, duraba tres siglos.

El radiante joven de cabello castaño sentado junto al fuego podía abrir de nuevo la boca y de ella saldría una negrura como tinta china que cubriría el mundo.

Es decir, de no haber existido aquel protagonista, aquel maestro veneciano que había cometido el acto herético de dar sentido a las imágenes de los paneles que pintaba —tenía que ser eso, darles sentido—, y al que nuestra propia estirpe, los elegidos de Satán, había convertido en una antorcha viviente.

¿Había visto Gabrielle aquellas pinturas del relato igual que yo las había visto? ¿Habían ardido ante los ojos de su mente igual que habían hecho ante los míos?

Marius estaba recorriendo algún camino hacia mi alma que le permitiría vagar por ella para siempre, junto a los espectros encapuchados que habían devuelto las pinturas al caos.

Con una especie de pena sorda, pensé en los comentarios de los viajeros sobre si Marius estaba vivo, si le habían visto en Egipto o en Grecia...

Quise preguntarle a Armand si tal cosa no era posible. Marius debía de haber sido tan fuerte... No obstante, me pareció poco respetuoso preguntárselo.

—Es una vieja leyenda —susurró él. Su voz sonó tan precisa como aquella otra voz interior. Sin apresurarse y sin apartar la vista del fuego un solo instante, añadió—: Una leyenda de los tiempos antiguos, de antes de que nos destruyeran a ambos.

—Tal vez no —respondí. Me llegó un eco de las visiones, de las pinturas en las paredes—. Tal vez Marius está vivo.

—Somos milagros o espantos —comentó él sin alzar la voz—, depende de lo que se quiera ver en nosotros. Y cuando uno tiene la primera noticia de nuestra existencia, sea a través de la sangre oscura o a través de promesas o visitas, uno cree posible cualquier cosa. Pero no es así. Muy pronto, el mundo se cierra con fuerza en torno a este milagro y deja de esperarse ninguno más. Es decir, uno se acostumbra a los nuevos límites, y éstos vuelven a definirlo todo una vez más. Por eso dicen que Marius pervive. Todos ellos perviven en alguna parte, ¿no es eso lo que *deseas* creer? En la asamblea de Roma ya no queda uno solo de los que me enseñaron el ceremonial durante aquellas noches. Tal vez la asamblea misma haya dejado de existir allí. Han transcurrido años y años desde que tuvimos las últimas noticias de ella. No obstante, todos ellos deben existir en alguna parte, ¿verdad? Al fin y al cabo, no pueden morir... —Tras un suspiro, añadió—: No importa.

Lo que importaba era algo mayor y más terrible: que aquella desesperación podía aplastar a Armand bajo su peso. Que, a pesar de la sed que ahora tenía, de la sangre perdida durante nuestra pelea y del silencioso horno que era su cuerpo sanando de los golpes y de la carne desgarrada, no era capaz de decidirse a salir al mundo superior a cazar. Antes sufriría la sed y el calor del silencioso horno. Antes se quedaría allí, con nosotros.

Pero Armand ya conocía la respuesta: que no podría quedarse con nosotros.

Gabrielle y yo no tuvimos que hablar para hacérselo saber. Ni siquiera tuvimos que aclarar la cuestión mentalmente. Armand lo supo igual que Dios puede conocer el futuro, porque Él es el poseedor de todos los hechos.

Una angustia insoportable. Y la expresión de Gabrielle, muy triste y abatida.

—Sabes que desearía de todo corazón llevarte con nosotros —dije al fin. Me sentí sorprendido de mi propia emoción—, pero eso sería una catástrofe para todos.

No hubo ningún cambio en él. Armand lo sabía. Gabrielle no hizo la menor protesta.

—No puedo dejar de pensar en Marius —confesé.

«Lo sé. En cambio, no piensas en Los Que Deben Ser Guardados, lo cual es muy extraño.»

—Sencillamente, es un misterio más —respondí—. Y existe un millar de misterios como éste. En quien pienso es en Marius, y soy demasiado esclavo de mis propias obsesiones y de mi propia fascinación. Es terrible darle tantas vueltas a la figura de Marius, separar a ese radiante personaje del resto del relato.

«No importa. Si te place, tómalo. No pierdo lo que doy.»

—Cuando alguien pone de manifiesto su dolor de forma tan torrencial, uno queda obligado a respetar el conjunto de la tragedia. Uno tiene que intentar comprender. Y esta impotencia, esta desesperación, me resulta casi incomprensible. Por eso pienso en Marius. A él lo entiendo. A ti, no.

«¿Por qué?»

Silencio.

¿No se merecía Armand la verdad?

—Siempre he sido un rebelde —declaré—. Tú, en cambio, has sido esclavo de todo lo que ha ejercido poder sobre ti.

—¡Yo era el líder de mi asamblea!

—No. Eras esclavo de Marius, y luego lo fuiste de los Hijos de las Tinieblas. Caíste bajo el hechizo de aquél, y, seguidamente, de los otros. Lo que padeces ahora es la ausencia de tales hechizos. Me estremece pensar que, por unos instantes, me forzaras a entenderlo, a conocerlo como si fuera un ser distinto del que soy.

—No importa —replicó él, con la vista fija aún en el fuego—. Piensas demasiado en términos de decisiones y acciones. Mi relato no es ninguna explicación y no soy alguien que requiera un tratamiento respetuoso en tus pensamientos ni en tus palabras. Y todos sabemos que la respuesta que has dado es demasiado inmensa para ser proclamada. Y los tres sabemos que es definitiva. Lo que no entiendo es la razón. ¿Así que soy una criatura muy distinta a vosotros y no podéis entenderme? ¿Por qué no puedo acompañaros? Si me lleváis, haré todo lo que queráis. Caeré bajo vuestro hechizo.

Pensé en Marius con su pincel y sus botes de pintura al huevo.

—¿Cómo pudiste seguir creyendo nada de cuanto te decían después de que quemaran esos cuadros? —exclamé—. ¿Cómo pudiste entregarte a ellos?

Agitación, cólera creciente.

Cautela, pero no miedo, en el rostro de Gabrielle.

—Y tú, cuando saliste al escenario y viste al público gritando para salir del teatro... (¿cuáles fueron las palabras que usaron mis seguidores para describir la escena, el vampiro aterrorizando a la multitud y la multitud saliendo atropelladamente al Boulevar du Temple?)... ¿Qué creías entonces? Que no pertenecías al mundo de los mortales, eso es lo que creías. Sabías muy bien que no. Y no había ninguna banda de espectros encapuchados y con túnicas que te lo dijeran. Lo sabías. Y tampoco Marius pertenecía al mundo de los mortales. Ni yo.

—Ah, pero eso es distinto.

—No, no lo es. Por eso menosprecias el Teatro de los Vampiros que en este mismo instante está representando sus obritas para conseguir el oro de los paseantes del bulevar. Tú no quieres engañar, a diferencia de Marius. Y eso te separa todavía más de la humanidad. Quieres aparentar que eres mortal, pero engañar te irrita y te hace matar.

—En esa aparición en el escenario —repliqué—, me manifesté *yo mismo*. Hice todo lo contrario a engañar. Al poner de manifiesto mi condición monstruosa, buscaba de algún modo sentirme unido de nuevo a mis congéneres humanos. Prefería que huyeran de mí a que no me vieran. Prefería que supieran que era algo monstruoso a escurrirme por el mundo sin ser reconocido por aquellos de los que me alimentaba.

—Pero no mejoró las cosas.

—No. Lo que hizo Marius fue lo mejor. No engañó a nadie.

—Claro que sí. ¡Le tomó el pelo a todo el mundo!

—No. Encontró un modo de imitar la vida mortal. De ser uno con los mortales. Sólo mataba malhechores, y pintaba como los mortales. Ángeles puros y cielos azules, nubes, éstas son las cosas que me has hecho ver mientras hablabas. Creó cosas buenas. Y veo en él sabiduría y ausencia de vanidad. No necesitaba ponerse al descubierto. Había vivido mil años y creía más en las vistas del paraíso que pintaba que en sí mismo.

Confusión.

«Ahora no importa, diablos que pintan ángeles.»

—Eso sólo son metáforas —afirmé—. ¡Y sí que importa! ¡Importa mucho, si has de renacer, si has de retomar la Senda del Diablo alguna vez! Existen maneras de que podamos existir. Si pudiera imitar la vida, encontrar un modo de...

—Dices cosas que no significan nada para mí. Somos los abandonados de Dios.

Gabrielle le miró de improviso y preguntó:

—¿Tú crees en Dios?

—Sí, siempre —respondió él—. Es Satán, nuestro amo, quien ha resultado ficción, y ésta es la ficción que me ha traicionado.

—Oh, pues entonces estás condenado sin remedio —exclamé—. Y sabes muy bien que tu retiro a la fraternidad de los Hijos de las Tinieblas fue apartarse de un pecado que no era tal.

Cólera.

—Tu corazón se rompe por algo que nunca conseguirás —replicó, alzando la voz repentinamente—. Has traído a Gabrielle y a Nicolas a este lado de la barrera, pero tú no puedes volver al otro lado.

—¿Por qué no prestas atención a tu propia historia? —pregunté—. ¿Se trata acaso de que no le has perdonado nunca a Marius que no te advirtiera acerca de ellos, que te dejara caer en sus manos? Yo no soy Marius, pero te diré que, desde que puse el pie en la Senda del Diablo, sólo he oído hablar de un antiguo que pudiera enseñarme algo, y ése es Marius, tu maestro veneciano. Ahora, Marius me está hablando. Me está diciendo algo sobre un camino para ser inmortal.

—Te estás burlando.

—¡No! ¡De ninguna manera! Y es a ti a quien se le rompe el corazón por lo que nunca conseguirás: otra fe que abrazar, otro hechizo.

No hubo respuesta.

—Nosotros no podemos ser Marius para ti —insistí—, ni el señor oscuro, Santino. No somos artistas con una gran visión que te pueda impulsar, ni somos amos de asambleas maléficas decididos a condenar a la perdición a una legión. Y es este dominio, este glorioso mandato, lo que debes tener.

Sin proponérmelo, me había puesto en pie. Me acerqué al fuego y bajé la vista a Armand. Y, por el rabillo del ojo, advertí el sutil gesto aprobatorio de Gabrielle y la manera en que cerraba los ojos por un instante, como si se permitiera un suspiro de alivio.

Armand permaneció absolutamente inmóvil.

—Tienes que pasar por el sufrimiento de este vacío —le dije— y encontrar lo que te impulse a continuar. Si vienes con nosotros, te fallaremos y nos destruirás.

—¿Cómo puedo pasar ese trance? —Alzó los ojos hacia mí y frunció el entrecejo con la expresión más conmovedora—. ¿Por dónde empezar? Tú te mueves como la mano derecha de Dios, pero, para mí, el mundo, ese mundo real en el cual vivía Marius, está fuera de mi alcance. Nunca viví en él. Me aplasto contra el cristal, pero, ¿cómo entrar?

—No puedo decírtelo —respondí.

—Tienes que estudiar esta época —intervino Gabrielle con voz calmada pero imperiosa.

Armand se volvió hacia ella mientras mi compañera añadía:

—Tienes que comprender esta época a través de su literatura, su música y su arte. Acabar de surgir de la tierra, como antes has dicho tú mismo. Ahora, vive en el mundo.

No hubo respuesta alguna de Armand. Una breve imagen del piso devastado de Nicolas con todos los libros por el suelo. Civilización occidental amontonada.

—¿Y qué lugar hay mejor que el centro de las cosas, el bulevar y el teatro? —preguntó Gabrielle.

Armand frunció el entrecejo de nuevo y volvió la cabeza en actitud de rechazo, pero ella insistió:

—Tienes dotes para liderar la asamblea, y ésta todavía existe.

Él emitió un sonido grave, desesperado.

—Nicolas es un novicio inexperto —continuó Gabrielle—. Puede enseñarles cosas del mundo exterior, pero no puede conducirles de verdad. Y la mujer, Eleni, tiene una inteligencia sorprendente, pero te cederá el paso.

—¿Qué valor tienen para mí sus juegos? —musitó Armand.

—Son una manera de existir. Y, en este momento, eso es lo único que importa para ti.

—¡El Teatro de los Vampiros! Antes prefiero el fuego.

—Piénsatelo —insistió ella—. Hay en él una perfección que no puedes negar. Nosotros somos apariencias engañosas de lo mortal, y el escenario es una ilusión de lo real.

—Es una abominación —replicó él—. ¿Cómo lo llamó Lestat? ¿Ridículo?

—Eso era para Nicolas, porque Nicolas construiría filosofías fantásticas sobre ello —explicó Gabrielle—. Ahora debes vivir sin esas filosofías fantásticas, igual que hiciste cuando eras aprendiz de Marius. Dedícate a conocer la época. Otra cosa: Lestat no cree en el valor del mal, pero yo sí. Y sé que tú también.

—Yo soy el mal —respondió él con una media sonrisa. Casi se echó a reír—. No es cuestión de creencia, ¿verdad? ¿Pero tú piensas que podría pasar del sendero espiritual que he seguido durante tres siglos a la voluptuosidad y la sensualidad como si tal cosa? Nosotros éramos santos del mal —protestó—. No seré el mal vulgar. No, señor.

—Pues no lo seas —replicó ella, impacientándose—. Si eres el mal, ¿cómo pueden ser tus enemigos la voluptuosidad y la sensualidad? ¿No conspiran contra el hombre por un igual el mundo, el demonio y la carne?

Armand movió la cabeza como para decir que no le importaba.

—Te preocupa más lo espiritual que el mal, ¿no es así? —intervine, mirándole fijamente.

—Sí —respondió de inmediato.

—Pero no comprendes que el color del vino en una copa de cristal puede ser espiritual —continué—. Una mirada en un rostro, la música de un violín. Un teatro de París puede estar imbuido de lo espiritual pese a toda su solidez. No existe en él nada que no haya sido moldeado por la fuerza de quienes poseían visiones espirituales de lo que podría ser.

Algo se aceleró dentro de él, pero hizo caso omiso.

—Seduce al público con tu voluptuosidad —le instó Gabrielle—. Por el amor de Dios, y del diablo, utiliza el poder del teatro a tu voluntad.

—¿Acaso no eran espirituales los cuadros de tu viejo

maestro? —inquirí. Noté en mi interior una sensación cálida al pensar en ello—. ¿Puede alguien contemplar las grandes obras de esa época y no llamarlas espirituales?

—Yo mismo me he hecho esta pregunta muchas veces —dijo Armand—. ¿Era espiritualidad o voluptuosidad? Esos ángeles pintados en el tríptico, ¿estaban captados en la materia o eran esa materia transformada?

—Lo único que sé es que, no importa lo que te hicieran después los demás, nunca dudaste de la belleza y del valor de la obra de Marius. Y eran la materia transformada. Sus imágenes dejaron de ser pinturas y se convirtieron en magia igual que, al matar a nuestras víctimas, la sangre deja de ser sangre y se convierte en vida.

Se le nublaron los ojos, pero no surgió de él imagen alguna. Fuera cual fuese la senda que estaba recorriendo en sus recuerdos, viajaba por ella en solitario.

—Lo carnal y lo espiritual se unen en el teatro igual que en la pintura —dijo Gabrielle—. Somos espectros sensuales por nuestra propia naturaleza. Tómalo como una clave para tu vida.

Armand cerró los ojos por un instante como si quisiera aislarse de nosotros.

—Ve a verles y escucha la música que hace Nicolas —le propuso ella—. Haz arte con ellos en el Teatro de los Vampiros. Tienes que pasar de lo que te ha fallado a lo que pueda mantenerte. De lo contrario, no hay esperanza...

Me habría gustado que no lo dijera con tanta brusquedad, que no fuese al grano con tan pocos rodeos. No obstante, Armand asintió y sus labios se apretaron en una sonrisa amarga.

—Lo único importante de verdad para ti —añadió ella lentamente— es que vayas a un extremo.

Armand la miró con perplejidad. De ningún modo podía entender a qué se refería Gabrielle con esas palabras. Por otra parte, a mí me pareció una verdad demasiado atroz para pregonarla. Sin embargo, Armand no la rechazó. Una vez más, su rostro adquirió un aire pensativo, sereno e infantil.

Permaneció un largo rato con la vista fija en las llamas. Por fin, rompió el silencio:

—¿Qué necesidad tenéis de iros? —preguntó—. Nadie está en guerra con vosotros. Nadie tiene la intención de expulsaros. ¿Por qué no colaboráis conmigo en la construcción de esta pequeña empresa?

¿Significaba aquello que aceptaba, que iría a unirse a los demás y a formar parte del teatro del bulevar?

Armand no me contradijo. Sólo volvió a preguntar mentalmente qué me impedía crear la imitación de vida mortal —si era así como quería denominarla— allí, en el mismo bulevar.

Sin embargo, advertí que también en esto se daba por vencido. Armand sabía que la visión del teatro o del propio Nicolas me resultaría insoportable. Ni siquiera me sentía capaz de insistir de verdad en que él lo hiciera. Gabrielle se había encargado de ello. Y Armand era consciente de que ya era demasiado tarde para persuadirnos.

Finalmente, Gabrielle declaró:

—Nosotros no podemos vivir entre los de nuestra propia especie, Armand.

Y yo pensé: «Sí, ésta es la verdad más sincera, y no sé por qué no puedo decirla en voz alta.»

—Lo que queremos es recorrer la Senda del Diablo —continuó ella—. Y de momento nos bastamos el uno al otro. Tal vez en el futuro, dentro de muchos años, cuando hayamos estado en mil lugares y hayamos visto un millar de cosas, tal vez entonces regresemos y volvamos a hablar como esta noche.

Las palabras no produjeron ningún efecto visible en él, pero era imposible saber qué pensaba.

Nadie dijo nada durante un largo rato. No sé cuánto tiempo permanecimos juntos y en silencio en la cámara.

Traté de no pensar más en Marius ni en Nicolas. Había desaparecido ya cualquier sensación de peligro, pero tuve miedo de la despedida, de la tristeza del adiós, de la sensación de haber obtenido aquel asombroso relato de la desdichada criatura a cambio de muy poco.

Fue Gabrielle quien rompió finalmente el silencio. Se levantó y se acercó con movimientos gráciles al banco contiguo al de Armand.

—Nos vamos —dijo a éste—. Si las cosas salen según mis planes, estaremos a muchas millas de París antes de la medianoche de mañana.

Armand la miró con calma y aceptación. De nuevo, me fue imposible saber qué pensamiento ocultaba.

—Aunque decidas no ir al teatro —continuó Gabrielle—, acepta las cosas que podemos darte. Mi hijo tiene riquezas suficientes para hacerte muy fácil la entrada en el mundo.

—Puedes quedarte esta torre como refugio —añadí—. Úsala el tiempo que quieras. A Magnus le pareció muy segura.

Un instante después, Armand asintió con cortés gravedad, pero no dijo nada.

—Deja que Lestat te dé el oro necesario para convertirte en un caballero —insistió ella—. Lo único que pedimos a cambio es que dejes en paz a los ex miembros de tu asamblea si decides no ponerte a su frente de nuevo.

Armand estaba vuelto hacia el fuego una vez más, con el rostro sereno, irresistiblemente hermoso. Asintió en silencio. Pero el gesto sólo significaba que la había oído, no que le prometiera nada.

—Si no acudes a ellos —insistí lentamente—, no les hagas daño. No hagas daño a Nicolas.

Y cuando pronuncié estas palabras, su rostro cambió muy sutilmente. Fue casi una sonrisa que se extendió furtivamente por sus facciones. Y sus ojos se volvieron lentamente hacia mí. Y vi en ellos un aire de desprecio.

Aparté la vista, pero la mirada había tenido sobre mí el efecto de un mazazo.

—No quiero que le hagan daño —insistí con un tenso susurro.

—No. Tú quieres verle destruido —replicó él con otro susurro—, para así no tener que sentir más miedo ni pena por él.

Su mirada de desdén se intensificó terriblemente.

Gabrielle se apresuró a intervenir.

—Armand —dijo—, Nicolas no es un peligro para ellos. La mujer es capaz de controlarlo ella sola, y Nicolas tiene muchas cosas que enseñaros sobre la época en que estamos, si le escucháis.

Los dos se miraron en silencio durante un largo instante. De nuevo, la expresión de Armand se hizo dulce, suave y hermosa.

Y, con un gesto extrañamente decoroso, tomó la mano de Gabrielle y la estrechó con fuerza. Permanecieron plantados uno frente a otro hasta que Armand le soltó la mano y se apartó un poco de ella y cuadró los hombros. Después, nos miró a ambos.

—Acudiré a ellos —anunció con la voz más suave posible—. Y aceptaré el oro que me ofrecéis y buscaré refugio en esta torre. Y aprenderé de vuestro apasionado novicio lo que tenga que enseñarme. Pero sólo recurro a estas cosas porque flotan en la superficie del mar de oscuridad en el que me estoy ahogando. No me hundiré sin haber entendido algo más. No te dejaré la eternidad sin... sin una batalla final.

Le estudié con la mirada, pero no me llegó de su mente ningún pensamiento que aclarara sus palabras.

—Quizá, con el paso de los años, volverá a mí el deseo —añadió—. Conoceré de nuevo el apetito, la pasión. Tal vez, cuando nos encontremos en otra época, todo esto será algo más que conceptos abstractos y huidizos. Entonces hablaré con un vigor que iguale el tuyo, en lugar de ser un mero reflejo de éste. Y discutiremos sobre la inmortalidad y la sabiduría. Entonces hablaremos de la venganza y la aceptación. Por ahora, me basta con decir que deseo volver a verte. Deseo que nuestros caminos se crucen en el futuro. Y, sólo por esta razón, haré lo que me pides y no lo que quieres: perdonaré a tu malhadado Nicolas.

Exhalé un audible suspiro de alivio. Sin embargo, su tono de voz estaba tan cambiado, era tan enérgico, que hizo sonar en mi interior una silenciosa llamada a alarma. Allí estaba, sin duda, el amo de la asamblea, aquel ser callado y lleno de fuerza, el que sobreviviría por mucho que llorara y gimiera el huérfano que llevaba dentro.

No obstante, en aquel momento apareció en su rostro una sonrisa calmosa y graciosa y advertí en sus facciones un aire triste y cautivador. Se convirtió de nuevo en el santo de Da Vinci, o, más exactamente, en el diosecillo de Caravaggio. Y, por un instante, no hubo en él nada de malo o de peligroso. Estaba demasiado radiante, demasiado lleno de todo lo que era sabio y bueno.

—Recordad mis advertencias —susurró—. No mis maldiciones.

Gabrielle y yo asentimos.

—Y cuando tengáis necesidad de mí, estaré allí.

Entonces, Gabrielle hizo algo absolutamente sorprendente: lo abrazó y lo besó. Y yo hice lo mismo.

Él se mostró dócil, tierno y amoroso en nuestros brazos. Y nos dio a conocer sin palabras que acudiría al teatro y que podríamos encontrarle allí a la noche siguiente.

Un instante después, había desaparecido, y Gabrielle y yo nos hallábamos a solas, como si él no hubiera estado nunca allí. No escuché sonido alguno en la torre. No escuché nada, salvo el rumor del viento en el bosque, a lo lejos.

Y cuando subí los escalones, encontré abierta la verja y contemplé los campos que se extendían hasta los árboles en completa quietud.

Le quería. Lo supe, aunque la idea me resultaba tan incomprensible como él mismo. Pero me alegré mucho de que todo hubiera acabado. Me alegré de que pudiéramos continuar nuestro camino. Y, sin embargo, permanecí largo rato asido a los barrotes, con la vista puesta en los bosques lejanos y en el resplandor mortecino que producía la luz de la ciudad distante en las nubes bajas.

Y la pena que sentía no era sólo por haberle perdido a él; era por Nicolas, y por París, y por mí.

Cuando regresé a la cripta, vi a Gabrielle que avivaba una vez más el fuego con la última leña. Con gestos lentos y cansados, hizo prender la llama, y la luz de ésta bañó de rojo su perfil y sus ojos.

Tomé asiento pausadamente y la observé, admirando la explosión de chispas contra los ladrillos ennegrecidos.

—¿Te ha dado lo que querías? —le pregunté.

—A su manera, sí —respondió Gabrielle. Dejó el atizador y se sentó frente a mí desparramando el cabello sobre los hombros, al tiempo que descansaba las manos en el banco, a ambos costados—. Te aseguro que no me importa si no vuelvo a ver nunca a otro de nuestra especie —afirmó fríamente—. Ya estoy harta de sus leyendas, de sus maldiciones, de sus penas. Y estoy harta de su insufrible humanidad, que puede ser lo más asombroso que han demostrado tener. Estoy a punto para salir al mundo otra vez, Lestat, como lo estuve la noche de mi muerte.

—Pero si Marius... —respondí con excitación—. Madre, hay vampiros antiguos, vampiros que han utilizado la inmortalidad de una manera totalmente distinta...

—¿De veras? —replicó ella—. Lestat, eres demasiado generoso con tu imaginación. El relato de Marius tiene todo el aspecto de un cuento de hadas.

—No, eso no es cierto.

—¿Así que el demonio huérfano afirma descender no de los sucios diablos campesinos a los que se parece, sino de un señor perdido, casi un dios? Te aseguro que cualquier chiquillo de pueblo, soñando despierto junto al fuego de la cocina, puede explicarte historias parecidas.

—Armand no podría haberse inventado a Marius, madre —repliqué—. Quizás yo tenga mucha imaginación, pero él carece prácticamente de ella. Es imposible que creara esas imágenes en su cabeza. Te aseguro que las ha visto de verdad...

—No se me había ocurrido considerar así las cosas precisamente —reconoció ella con una sonrisa—, pero bien pudo tomar prestado a Marius de alguna de las leyendas que ha leído.

—No —insistí—. Hubo un Marius, y existe todavía. Y hay otros como él. Existen Hijos de los Milenios que han sacado más provecho de los dones recibidos que esos Hijos de las Tinieblas.

—Lestat, lo único importante es que *nosotros* les saquemos provecho —comentó Gabrielle—. En definitiva, lo único que he aprendido de Armand es que los inmortales encuentran la muerte como algo seductor y, en último término, irresistible; que no consiguen vencer en sus mentes a la muerte ni a la humanidad. Ahora quiero tomar este conocimiento y llevarlo como una armadura mientras vago por el mundo. Y, afortunadamente, no me refiero al mundo cambiante que esas criaturas consideran tan peligroso, sino a ese mundo que ha sido el mismo durante eones.

Gabrielle echó hacia atrás su melena mientras volvía la mirada hacia el fuego.

—Mis sueños son de montañas cubiertas de nieve —continuó en voz baja—, de extensiones desiertas, de junglas impenetrables o de los grandes bosques de América del Norte donde dicen que el hombre blanco no ha estado jamás. —Su rostro adquirió un leve color al mirarme—. Piensa en ello. No existe ningún lugar al que no podamos ir. Y si los Hijos de los Milenios existen realmente, tal vez sea allí donde estén: lejos del mundo de los hombres.

—¿Y cómo viven, si es así? —pregunté. Estaba imaginándome mi propio mundo y lo veía lleno de seres mortales y de las cosas que hacían esos mortales—. Son los hombres, precisamente, nuestro alimento.

—En esos bosques laten corazones —respondió ella, como si soñara despierta—. Hay sangre que fluye para quien la toma... Ahora, soy capaz de hacer las cosas que tú hacías antes. Podría luchar a solas con esos lobos... —Dejó la frase sin terminar, sumida de nuevo en sus pensamientos. Tras un prolongado silencio, añadió—: Lo importante es que ahora podemos ir donde queramos, Lestat. Somos libres.

—Yo era libre antes —repliqué—. No me importaba en absoluto lo que Armand tuviera que decir, pero ese Marius... Sé que Marius está vivo. Lo noto. Lo he notado mientras Armand explicaba la historia. Marius sabe cosas... Y no me refiero sólo a cosas sobre nosotros, sobre Los Que Deben Ser Guardados o sobre el viejo misterio, sea el que sea... Marius conoce cosas de la vida misma, de cómo moverse en el tiempo.

—Bien, si lo necesitas, conviértelo en tu santo patrón —dijo ella.

El comentario me enfureció y no añadí nada más. Lo cierto era que sus comentarios sobre junglas y bosques me asustaban. Y todas las cosas que según Armand nos separaban, volvieron a mi recuerdo como había sabido que sucedería desde que él pronunciara sus muy escogidas palabras. Así pues, me dije, también nosotros vivimos con nuestras diferencias, como los mortales, y quizá nuestras diferencias son tan exageradas como nuestras pasiones, como nuestro amor.

—Ha habido un indicio... —murmuró mientras contemplaba el fuego—, una pequeña sospecha de que la historia de Marius tenía algo de verdad.

—¡Ha habido mil indicios! —exclamé.

—Armand ha hablado de que Marius mataba a un malhechor —continuó ella— y ha llamado a ese malhechor Tifón, el asesino de su hermano. ¿Lo recuerdas?

—He creído que se refería a Caín, dando muerte a Abel. Era a Caín a quien he visto en las imágenes, aunque escuchaba ese otro nombre.

—Exacto. Ni siquiera Armand entendía a quién se refería el nombre de Tifón, aunque lo ha mencionado. Pero yo sí sé qué significa.

—Cuéntamelo.

—Procede de la mitología grecorromana: es la vieja historia del dios egipcio Osiris, muerto por su hermano Tifón, que se había convertido en señor del Inframundo, en una especie de, digamos, dios del mal. Por supuesto, cabía la posibilidad de que Armand hubiera leído la historia en la obra de Plutarco, pero lo extraño es que no lo ha hecho.

—¡Ah, ya lo ves pues! Marius existió. Cuando Armand ha dicho que vivió mil años, estaba diciendo la verdad.

—Tal vez, Lestat. Sólo tal vez...

—Madre, vuélveme a contar esa historia egipcia...

—Tienes años para leer tú mismo todos esos viejos cuentos. —Se incorporó y se inclinó para besarme. Percibí entonces la frialdad y la lentitud que siempre se apoderaban de ella al acercarse el amanecer—. En cuanto a mí, estoy harta de libros. Ya leí suficientes cuando no podía hacer otra cosa. —Tomó mis manos entre las suyas y añadió—: Dime que estaremos en camino mañana. Dime que no volveremos a ver las murallas de París hasta que hayamos visto el otro extremo del mundo.

—Haremos lo que tú desees —respondí.

Gabrielle empezó a subir la escalera.

—¿Adónde vas ahora? —pregunté, mientras la seguía.

Gabrielle abrió la puerta y se encaminó hacia los árboles.

—Quiero comprobar si puedo dormir en la propia tierra —explicó, volviendo la cabeza—. Si mañana no me levanto, sabrás que no lo he conseguido.

—¡Pero esto es una locura! —añadí, persiguiéndola.

La mera idea de lo que iba a hacer me causaba repulsión. Ella se adentró en una arboleda de viejos robles y, arrodillándose, se puso a cavar con sus manos entre las hojas muertas y la tierra húmeda. Tenía un aspecto espantoso, como si fuera una hermosa bruja de cabellos rubios escarbando con la rapidez de una fiera.

Luego se incorporó y me lanzó un beso de despedida. Tras hacer acopio de todas sus fuerzas, bajó al hoyo como si la tierra le perteneciera. Y me quedé mirando con incredulidad el vacío donde ella había estado, y las hojas que habían cubierto enseguida el lugar, como si allí no hubiera sucedido nada.

Me alejé del bosque a pie. Tomé rumbo al sur, lejos de la torre. Al tiempo que apresuraba el paso, empecé a entonar en voz baja una cancioncilla, tal vez un fragmento de alguna melodía tocada por los violines horas antes, en el baile del Palais Royal.

Y de nuevo se adueñó de mí la sensación de pesadumbre, la constatación de que nos disponíamos a irnos de verdad, de que todo había terminado entre nosotros y Nicolas, entre nosotros y los Hijos de las Tinieblas y su líder, y de que no volveríamos a ver París, ni nada que me fuera familiar, durante muchos años. Y, a pesar de todos mis deseos de ser libre, tuve ganas de llorar.

No obstante, me dio la impresión de que mi deambular por el mundo tenía algún propósito que no había querido reconocer. Media hora antes del amanecer, aproximadamente, me encontré en el camino de postas, cerca de las ruinas de una antigua posada. El edificio, aquel puesto avanzado de un pueblo abandonado, estaba cayéndose a pedazos y sólo conservaba intactas las paredes, de sólida argamasa.

Y, sacando la daga, empecé a grabar un mensaje en la blanda piedra:

MARIUS, EL ANTIGUO: LESTAT TE ESTÁ
BUSCANDO. ES EL MES DE MAYO DEL AÑO 1780
Y ME DIRIJO AL SUR, DE PARÍS HACIA LYON.
POR FAVOR, DATE A CONOCER.

Cuando me aparté un paso del mensaje, advertí lo arrogante que parecía. Acababa de romper otra de las leyes oscuras, al revelar el nombre de un inmortal y dejarlo grabado por escrito. Pues bien, hacerlo me produjo una sensación maravillosa. Y, al fin y al cabo, nunca había demostrado mucha capacidad para obedecer leyes.

SEXTA PARTE

POR LA SENDA DEL MAL, DE PARÍS A EL CAIRO

1

La última vez que vi a Armand en el siglo XVIII, él estaba con Eleni, Nicolas y los otros vampiros actores frente a la puerta del teatro de Renaud. Observaba cómo nuestro carruaje se abría paso en el tráfico del bulevar.

Le había encontrado un rato antes, encerrado con Nicolas en mi viejo camerino y enfrascado en una extraña conversación que dominaba el sarcasmo de Nicolas y su peculiar entusiasmo. Cubierto por una peluca y envuelto en una sombría levita roja, me pareció que ya había adquirido una nueva opacidad, como si cada momento transcurrido desde la disolución de la vieja asamblea le estuviera dando más solidez y más fuerza.

Nicolas y yo no tuvimos palabras para el otro en esos embarazosos últimos instantes; Armand, en cambio, aceptó educadamente las llaves de la torre y una gran suma de dinero, con la promesa de que Roget le facilitaría más cuando él quisiera.

Su mente siguió cerrada para mí, pero me aseguró de nuevo que no causaría el menor daño a Nicolas. Mientras terminábamos de despedirnos, pensé que Nicolas y el pequeño grupo de vampiros tenían todas las posibilidades de sobrevivir y que Armand y yo quedábamos amigos.

Al término de aquella primera noche, Gabrielle y yo estábamos lejos de París, como habíamos prometido. Durante los meses siguientes, viajamos a Lyon, Turín y Viena, y luego fuimos a Praga, Leipzig y San Petersburgo; luego volvimos al sur, a Italia, donde nos instalamos largos años.

Y, en todos estos lugares, fui dejando mensajes a Marius escritos en las paredes.

A veces no eran más que unas palabras garabateadas apresuradamente con la punta de la navaja. En otras ocasiones, pasaba horas cincelando mis reflexiones en la piedra. Pero siempre, estuviera donde estuviese, escribía mi nombre, la fecha y mi futuro destino, junto a mi invitación: «Marius, date a conocer.»

En cuanto a las antiguas asambleas de vampiros, fuimos encontrándolas en un puñado de lugares dispersos, pero, desde el primer momento, quedó claro que las viejas costumbres estaban desmoronándose por todas partes. Rara vez eran más de tres o cuatro las criaturas que mantenían los viejos ritos, y, cuando se daban cuenta de que no queríamos participar en ellos ni nos interesaba su existencia, nos dejaban en paz.

Infinitamente más interesantes resultaban los espectros que identificábamos esporádicamente en medio de los humanos, aquellos vampiros solitarios y sigilosos que se fingían mortales con la misma habilidad con que lo hacíamos Gabrielle y yo. Sin embargo, nunca nos acercamos a estas criaturas. Huían de nosotros como debían de hacerlo de las viejas asambleas y, como no veía en sus ojos otra cosa que el miedo, nunca sentí la tentación de perseguirlas.

En cambio, me produjo una extraña satisfacción saber que no había sido el primer espectro aristocrático en moverse por los salones de baile del mundo a la busca de víctimas, con el disfraz de mortífero caballero que pronto se convertiría en epítome de nuestra tribu en relatos, poemas y horribles novelas por entregas. Continuamente aparecían otros.

No obstante, en nuestro deambular íbamos a descubrir criaturas de las tinieblas aún más extrañas. En Grecia topamos con unos demonios que no sabían ni cómo habían sido creados y, en ocasiones, incluso encontramos unas criaturas desquiciadas, sin razón ni lenguaje, que nos atacaban como si fuéramos mortales y que escapaban corriendo de las plegarias que pronunciábamos para ahuyentarlas.

Los vampiros de Estambul vivían en auténticas casas, a salvo tras grandes muros y verjas, con las tumbas en los jardines, y vestían las mismas túnicas vaporosas que todos los humanos de esa parte del mundo, para cazar por las calles nocturnas.

Pero también ellos se mostraron horrorizados de verme vivir entre los franceses y venecianos, montar en carruajes y asistir a reuniones en casas de europeos y en embajadas. Nos amenazaban, gritando encantamientos contra nosotros, y luego huían llenos de pánico cuando nos volvíamos contra ellos, para volver a acosarnos de nuevo poco después.

Los fantasmas que rondaban las tumbas de los mamelucos en El Cairo eran espectros abominables, sometidos a las leyes antiguas por unos amos de ojos hundidos que habitaban en las ruinas de un monasterio copto, cuyos ritos estaban llenos de magia oriental y evocaban a numerosos demonios y espíritus malignos de extraños nombres. Todos ellos se mantenían a distancia de nosotros pese a sus ácidas amenazas, pero conocían nuestros nombres.

En el transcurso de los años, nunca tuvimos más noticias de todas aquellas criaturas; naturalmente, ello no constituyó una gran sorpresa para mí.

Y, aunque eran muchos los vampiros de otros lugares que habían oído hablar de las leyendas de Marius y de otros antiguos, ninguno de ellos había visto con sus propios ojos a uno de tales seres. Incluso Armand se había convertido en una leyenda para ellos y era habitual oírles preguntarnos: «¿De veras habéis visto al vampiro Armand?» No obstante, jamás encontré a un auténtico vampiro antiguo. Jamás encontré a un vampiro que estuviera cargado de algún tipo de magnetismo, a un ser de gran sabiduría o de especial talento, un ser fuera de lo normal en quien el Don Oscuro hubiera obrado una transformación alquímica perceptible que pudiera interesarme.

Comparado con aquellos seres, Armand era un dios sombrío. Y lo mismo cabía decir de Gabrielle y de mí. Pero estoy adelantándome demasiado en mi narración.

Al principio de nuestro vagar, cuando visitamos Italia por primera vez, conseguimos hacernos una idea más cabal y plena de los ritos y ceremonias antiguos. En Roma, la asamblea salió a recibirnos con los brazos abiertos. «Venid al aquelarre —nos dijeron—. Acompañadnos a las catacumbas y participad en nuestros cantos e himnos.»

Aquellos vampiros romanos sabían que habíamos destruido la asamblea de París y que habíamos vencido al gran Armand, el dominador de los secretos oscuros. Sin embargo, no nos despreciaban por ello. Al contrario, no lograban entender los motivos de Armand para renunciar a su poder. ¿Por qué no había cambiado la asamblea con el transcurso del tiempo?

En efecto, incluso allí, donde las ceremonias eran tan complicadas y sensuales que me quitaban la respiración, los vampiros, lejos de evitar el contacto con los humanos, no tenían ningún reparo en hacerse pasar por uno de ellos cuando convenía a sus intereses. Lo mismo sucedía con los dos vampiros que habíamos conocido en Venecia y con el puñado de ellos que encontraríamos más adelante en Florencia.

Envueltos en capas negras, se mezclaban con el público de la ópera, deambulaban por los pasillos sombríos de las grandes mansiones durante bailes y banquetes, e incluso, en ocasiones, se sentaban entre el populacho en las tabernas de baja estofa, estudiando muy de cerca a los humanos que les rodeaban. En Roma, más que en ninguna otra parte, esas criaturas tenían por costumbre vestir con la indumentaria de la época de su nacimiento, y, a menudo, iban engalanadas con las joyas y las prendas más espléndidas, regias e imponentes, que lucían majestuosamente cuando querían.

No obstante, pese a todo ello, seguían retirándose a sus hediondos cementerios para pasar el día y seguían huyendo entre alaridos de cualquier símbolo del poder celestial, además de volcarse con feroz abandono en sus espectaculares y aterradores aquelarres.

En comparación con éstos, los vampiros de París habían sido primitivos, bastos e infantiles; sin embargo, terminé por entender que había sido el propio carácter sofisticado y mundano de París lo que había impulsado a Armand y a su grey a apartarse del contacto con los mortales.

Con la secularización de la capital francesa, los vampiros se habían asido a los viejos ritos mágicos; en cambio, los espectros italianos vivían entre humanos de profunda religiosidad cuyas vidas estaban impregnadas del ceremonial católico, de hombres y mujeres que respetaban el mal tanto como respetaban a la Iglesia. En resumen, los ritos antiguos de los vampiros no eran muy distintos a las viejas ceremonias de los italianos mortales, de modo que los espectros se desenvolvían en ambos mundos.

Al preguntarles si creían realmente en los ritos antiguos, se encogían de hombros. El aquelarre constituía para ellos un gran placer. ¿Acaso no lo habíamos disfrutado Gabrielle y yo? ¿Acaso no nos habíamos sumado finalmente a la danza?

«Volved siempre que lo deseéis», nos dijeron los vampiros de Roma.

Respecto a lo del Teatro de los Vampiros de París, a aquel gran escándalo que estaba conmocionando a los de nuestra raza por todo el mundo... En fin, *eso* tendrían que verlo con sus propios ojos para creerlo. Vampiros actuando en un escenario, desconcertando con trucos y mímica a un público de mortales... ¡Todo aquello les parecía terriblemente parisiense!, exclamaban entre risas.

Por supuesto, yo tenía en todo instante noticias más directas y concretas sobre el funcionamiento del teatro. Ya antes de llegar a San Petersburgo, Roget me había remitido allí un largo testimonio de la «destreza» de la nueva *troupe*:

Se disfrazan de marionetas de madera a tamaño natural. De las vigas descienden unas cuerdas doradas atadas a sus tobillos, sus muñecas y la parte superior del cráneo, con las que parecen ser manipulados en las danzas más encantadoras. Llevan dos círculos perfectos de carmín en sus blancas mejillas y tienen los ojos muy abiertos, como piezas de cristal. Es increíble la perfección con que simulan ser objetos inanimados.

Pero la orquesta es otra maravilla. Con las caras pálidas y pintadas en el mismo estilo que los actores, los músicos imitan artilugios mecánicos, como si fueran muñecos articulados que, dándoles cuerda, pasaran el arco por sus pequeños instrumentos o soplaran sus pequeñas boquillas produciendo música de verdad.

El espectáculo es tan cautivador que las damas y los caballeros que acuden a él discuten entre ellos sobre si actores y músicos son muñecos o personas de carne y hueso. Los hay que aseguran que todos ellos son de madera y que las voces que surgen de sus bocas son obra de ventrílocuos.

En cuanto a las obras en sí, resultarían terriblemente inquietantes de no estar representadas con tanta belleza y habilidad.

Uno de sus espectáculos más populares presenta al espectro de un vampiro surgiendo de la tumba a través de una plataforma del escenario. La criatura resulta aterradora, con sus harapos, sus cabellos revueltos y sus colmillos. Pero, ¡ay!, el vampiro se enamora enseguida de una mujer marioneta sin darse cuenta de que no está viva. Pero al no encontrar en el cuello de su amada sangre alguna que beber, el pobre vampiro no tarda en morir, en cuyo momento la marioneta revela que sí está viva, pese a ser de madera. Y entonces, con una pérfida sonrisa, lleva a cabo una danza triunfal sobre el cuerpo del vampiro derrotado.

Le aseguro que ver la obra le hiela a uno la sangre. Y, a pesar de ello, el público aplaude y aclama la representación.

En otra breve escena, las marionetas danzantes forman un círculo en torno a una muchacha humana y la engatusan para que se deje atar también con las cuerdas doradas como si fuera otra marioneta. El lamentable resultado es que las cuerdas la obligan a bailar hasta que pierde la vida. La muchacha suplica con gestos elocuentes que la liberen, pero las marionetas de verdad se limitan a reír y a hacer cabriolas mientras ella expira.

La música es sobrenatural. Trae a la memoria las tonadas de los zíngaros en las ferias de pueblo. El director es monsieur Lenfent, y suele ser el sonido de su violín el que abre la sesión nocturna.

Como abogado de usted, le recomiendo que reclame parte de los beneficios que está consiguiendo esta destacada compañía. Las colas para cada función ocupan un trecho considerable del bulevar.

Las cartas de Roget siempre me inquietaban. Me dejaban con el corazón desbocado. ¿Qué había esperado que haría aquella compañía de extraños actores? ¿Por qué me sorprendía su osadía y su inventiva? Los vampiros teníamos el poder para llevar a cabo todo aquello, pero no podía evitar hacerme aquellas preguntas.

Cuando decidí instalarme en Venecia, donde pasé largo tiempo buscando en vano los cuadros de Marius, recibía ya noticias directas de Eleni, cuyas cartas venían escritas con una exquisita habilidad vampírica.

Según me contaba, la compañía era el espectáculo más popular de la noche parisiense. De toda Europa habían llegado «actores» para sumarse a ella, y la *troupe* había crecido hasta la veintena de componentes, número que ni siquiera una metrópoli como aquélla podía *mantener*.

«Únicamente son admitidos los artistas más hábiles e inteligentes, aquellos que poseen un talento realmente excepcional, pues lo que valoramos por encima de todo es la discreción. Como bien puedes suponer, no nos gusta el escándalo.»

Respecto a su «Querido Violinista», Eleni escribía sobre él con afecto, afirmando que era la mayor fuente de inspiración para todos, que escribía las obras más ingeniosas y que tomaba éstas de relatos que había leído.

«Pero cuando no está enfrascado en el trabajo, puede ser

absolutamente imposible. Hay que vigilarle en todo instante para que no aumente el número de vampiros. Sus apetitos alimenticios son terriblemente desordenados, y, de vez en cuando, le cuenta a un desconocido las cosas más asombrosas, aunque, por fortuna, todo el mundo es demasiado razonable como para no tomar por cierto lo que oye.»

En otras palabras, Nicolas trataba de hacer más vampiros y no guardaba ninguna precaución en sus salidas de caza.

En general, es nuestro Amigo Más Viejo [Armand, obviamente] el encargado de refrenarle, cosa que hace por medio de las amenazas más cáusticas, aunque debo decir que éstas no tienen un efecto duradero sobre nuestro violinista, pues suelen referirse a viejas costumbres religiosas, a fuegos rituales o al paso a nuevos estados del ser.

No puedo decir que no le amemos. Por ti, cuidaríamos de él aunque no fuera así, pero le queremos. Y nuestro Amigo Más Viejo, en particular, le tiene un gran afecto. No obstante, debo hacerte notar que, en los viejos tiempos, personas así no habrían durado mucho entre nosotros.

Por lo que respecta a nuestro Amigo Más Viejo, dudo de que le reconocieras ahora. Ha construido una gran mansión al pie de la torre y vive allí entre libros y grabados como un caballero erudito, sin prestar atención apenas al mundo real.

No obstante, cada noche llega a la puerta del teatro en su carruaje negro y sigue la representación desde su palco protegido por cortinas.

Y acude después a resolver todas las disputas entre nosotros, a gobernar como siempre ha hecho, a amenazar a nuestro Divino Violinista, pero nunca jamás consiente en salir al escenario para actuar. Es él quien acepta a los nuevos miembros, que, como ya te he contado, vienen de todas partes. No tenemos que solicitar su presencia, sino que vienen directamente a llamar a nuestra puerta...

Vuelve con nosotros [escribía Eleni para terminar]. Nos encontrarás más interesantes que cuando nos dejaste. Hay mil maravillas oscuras que no puedo exponer por escrito. Somos una estrella brillante en la historia de nuestra raza. No podríamos haber elegido un momento más perfecto en la historia de esta gran ciudad para nuestra pequeña maquinación. Y todo esto, esta espléndida existencia que llevamos, es obra tuya. ¿Por qué nos dejaste? ¡Vuelve con los tuyos!

Guardé todas estas cartas. Las conservé con el mismo cuidado con que guardé la misiva de mis hermanos de la Auvernia. Con la imaginación, vi perfectamente las marionetas. Escuché el lamento del violín de Nicolas. Vi también a Armand, llegando en su oscuro carruaje y ocupando su asiento en el palco. Incluso describí todo aquello en términos vagos y extravagantes en mis largos mensajes a Marius, aplicándome de vez en cuando con el buril, presa de un pequeño frenesí, en alguna oscura calleja mientras los mortales dormían.

Sin embargo, para mí, volver a París estaba fuera de cuestión por muy solo que pudiera llegar a sentirme. El mundo que me rodeaba se había convertido en mi amante y mi maestro. Estaba embelesado con las catedrales y los castillos, con los museos y palacios que veía. En todos los lugares que visitaba, me introducía en el centro de la sociedad, me impregnaba de sus entretenimientos y chismorreos, de su literatura y de su música, de su arquitectura y de todo su arte.

Podría llenar volúmenes con las cosas que estudié, que pugné por comprender. Me sentía tan cautivado por los violinistas zíngaros callejeros y por los titiriteros ambulantes como por los grandes *castrati* en los lujosos teatros de la ópera y por los coros de las catedrales. Rondé los burdeles y los garitos de juego y los lugares donde los marineros bebían y se peleaban. Leí los periódicos de todas las ciudades y frecuenté las tabernas, pidiendo a veces, por el mero hecho de tenerlo delante, algún plato de comida que nunca tocaba. En esos lugares, conversé sin cesar con los mortales, invitando a muchos de ellos a incontables vasos de vino, oliendo las pipas y los habanos que fumaban y dejando que aquellos olores mortales impregnaran mi ropa y mis cabellos.

Y, cuando no estaba fuera merodeando de ese modo, viajaba por el reino de los libros que había pertenecido tan exclusivamente a Gabrielle a lo largo de todos aquellos horribles años mortales en mi casa natal.

Antes incluso de trasladarnos a Italia, ya dominaba lo suficiente el latín como para estudiar a los clásicos, y reuní una biblioteca en el viejo *palazzo* veneciano que era mi guarida, donde a menudo pasaba la noche entera leyendo.

Y, por supuesto, era la leyenda de Osiris lo que más me subyugaba, evocándome el recuerdo de la narración de Armand y las enigmáticas palabras de Marius. Al adentrarme en todas aquellas viejas versiones de la historia, me sentí calladamente sobrecogido por lo que leía.

Hete aquí a un antiguo rey, Osiris, hombre de extraordinaria bondad que aparta a los egipcios del canibalismo y les enseña el arte de la agricultura y de la elaboración del vino. ¿Y cómo es asesinado por su hermano Tifón? Mediante una treta, éste hace acostarse a Osiris en una caja del tamaño exacto de su cuerpo y aprovecha para cerrar la tapa con clavos. Tifón arroja entonces la caja al río y, cuando la fiel Isis encuentra el cuerpo del rey, éste sufre un nuevo ataque de Tifón, que le descuartiza.

Finalmente, todas las partes de su cuerpo son encontradas, salvo una.

Y bien, ¿por qué habría Marius de hacer referencia a un mito como éste? ¿Y cómo no habría yo de asociarlo al hecho de que todos los vampiros dormidos en ataúdes, que son cajas del tamaño exacto de los cuerpos (incluso la miserable multitud de la asamblea de Les Innocents dormía en sus sepulcros)? Magnus me había dicho: «Debes dormir siempre en ese féretro o en un sitio similar.» En cuanto a la parte del cuerpo que se perdió, la que Isis no encontró, ¿no existía una parte de nosotros que el Don Oscuro no hacía revivir? Los vampiros podemos hablar, ver, gustar, respirar o movernos como los humanos, pero *no podemos procrear*. Y tampoco Osiris podía, por lo que se convirtió en Señor de los Muertos.

¿Era aquél un dios vampiro?

Pero aún había algo más que me tenía desconcertado y atormentado. Aquel dios Osiris era el dios del vino entre los egipcios, que más tarde se convertiría en Dioniso para los griegos. Y Dioniso era el «dios oscuro» del teatro, el dios maléfico que Nicolas me había descrito en el pueblo, cuando éramos dos muchachos. Y ahora teníamos el teatro lleno de vampiros en París. ¡Ah, era demasiado espléndido!

Estaba impaciente por contarle todo aquello a Gabrielle, pero, cuando lo hice, ella reaccionó con indiferencia diciendo que había cientos de viejas leyendas parecidas.

—Osiris era el dios del trigo —replicó—. Era un buen dios para los egipcios. ¿Qué podría tener que ver eso con nosotros? —Tras echar una ojeada a los libros que estaba estudiando, añadió—: Tienes mucho que aprender, hijo mío. Muchos dioses antiguos fueron descuartizados y llorados por sus diosas. Lee los mitos de Acteón y de Adonis. A los antiguos les encantaban esos relatos.

Y, tras esto, se marchó y me dejó a solas en la biblioteca, a la luz de las velas, hincado de codos entre todos aquellos libros.

Medité sobre el sueño de Armand del santuario de Los Que Deben Ser Guardados, en las montañas. ¿Se trataba de un rito mágico que se remontaba a tiempos de los egipcios? ¿Cómo habían olvidado tales cosas los Hijos de las Tinieblas? Quizás aquella mención a Tifón, el asesino de su hermano, sólo había sido una referencia poética del maestro veneciano, nada más.

Salí de nuevo a las calles nocturnas y tallé mis preguntas a Marius en piedras que eran más viejas que cualquiera de los dos. Marius se había hecho tan real que ya conversábamos igual que en otro tiempo habíamos hecho Nicolas y yo. Había pasado a ser el confidente que recibía mi excitación, mi entusiasmo, mi sublime perplejidad ante todas las maravillas y misterios del mundo.

Pero conforme profundicé en mis estudios y amplié mis conocimientos, empecé a captar los primeros indicios pavorosos de lo que podía ser la eternidad. Estaba solo entre mortales, y mis escritos a Marius no lograban impedir que reconociera mi propia monstruosidad como había sucedido en aquellas primeras noches parisienses, tanto tiempo atrás. Al fin y al cabo, Marius no estaba allí en realidad. Y tampoco Gabrielle.

Casi desde el primer momento, las predicciones de Armand se habían demostrado ciertas.

2

Ya antes de salir de Francia, Gabrielle empezó a interrumpir el viaje para desaparecer durante varias noches seguidas. En Viena, solía ausentarse más de una quincena y, para cuando me instalé en el *palazzo* de Venecia, sus ausencias se prolongaban durante meses. En mi primera visita a Roma, desapareció durante medio año. Y, después de dejarme en Nápoles, regresé a Venecia sin ella, abandonándola para que regresara al Véneto por sus propios medios, cosa que hizo.

Naturalmente, se trataba de la atracción que ejercía sobre ella el campo abierto, los bosques y los montes, o las islas en las que no vivían seres humanos.

Y tras aquellas ausencias regresaba en un estado tan lamentable (los zapatos rotos, la ropa hecha trizas, el cabello enmarañado) que su aspecto resultaba punto por punto tan espeluznante como el de los harapientos miembros de la asamblea parisiense bajo Les Innocents. Entonces, deambulaba por mis estancias con sus ropas sucias y descuidadas, contemplando las grietas del yeso o la luz captada en las distorsiones de los cristales de las ventanas.

Entonces me preguntaba por qué debía un inmortal repasar los periódicos, habitar en palacios, llevar oro en los bolsillos o escribir cartas a la familia mortal que había dejado atrás.

Con aquel murmullo rápido y espectral hablaba de los acantilados que había escalado, de las ventiscas bajo las que había avanzado, de las cavernas llenas de marcas misteriosas y antiguos fósiles que había descubierto.

Después, se marchaba de nuevo tan silenciosa como había llegado, y yo me quedaba esperándola, pendiente de su regreso, irritado con ella y amargado, para mostrarme ofendido con ella cuando por fin reaparecía.

Una noche, durante nuestra primera visita a Verona, una pregunta suya me sobresaltó en una calleja oscura:

—¿Sigue vivo tu padre?

En esa ocasión, había estado ausente dos meses. Yo la había añorado amargamente y ahora me preguntaba por la familia como si ésta tuviera alguna importancia. Aun así, contesté:

—Sí, y muy enfermo.

Pero ella no pareció prestarme atención. Traté de contarle que en Francia las cosas estaban muy mal y que, sin duda, habría una revolución. Gabrielle movió la cabeza e hizo un gesto de indiferencia.

—No pienses más en ellos —dijo—. Olvídalos.

Y se marchó una vez más.

Lo cierto era que no quería olvidarlos. Nunca dejaba de escribir a Roget preguntándole por mi familia. Le escribía con más frecuencia al abogado que a Eleni, al teatro. Le pedí unos retratos de mis sobrinos y mandé a Francia regalos de todos los lugares donde me detenía. Y me preocupé ante la revolución, como cualquier francés mortal.

Y por último, cuando las ausencias de Gabrielle se hicieron más largas, y nuestros momentos juntos se volvieron más llenos de tensión e incertidumbre, empecé a discutir estos asuntos con ella.

—El tiempo se llevará a nuestra familia —le decía—. El tiempo se llevará la Francia que hemos conocido. Entonces, ¿por qué renunciar a los nuestros ahora que aún podemos tenerlos? Yo necesito estas cosas, te lo aseguro. ¡Esto es la vida para mí!

Pero aquello sólo era la verdad a medias. Yo no poseía a Gabrielle más de lo que poseía a cualquier otro. Ella debió de entender lo que le estaba diciendo en realidad. Debió de oír la recriminación que había tras mis palabras.

Los diálogos como éste la entristecían. Hacían surgir de ella la ternura. Entonces me permitía traerle ropas limpias, peinarle el cabello... Y luego salíamos juntos a cazar y charlar. Tal vez incluso acudía a los casinos conmigo, o a la ópera. Durante un breve lapso de tiempo, se convertía en una espléndida gran dama.

Y esos momentos nos mantenían unidos todavía, perpetuaban nuestra creencia en que todavía éramos una pequeña asamblea, un par de amantes triunfantes frente al mundo mortal.

Juntos ante el fuego en alguna mansión rural, cabalgando juntos en el asiento del cochero con las riendas en mis manos, caminando juntos por el bosque a medianoche, seguíamos cambiando nuestras opiniones discrepantes de vez en cuando.

Incluso íbamos juntos en busca de casas encantadas, un pasatiempo reciente que nos llenaba de excitación. De hecho, Gabrielle regresaba a veces de un viaje precisamente porque había oído hablar de una presencia fantasmal y quería que la acompañara a ver qué descubríamos.

Naturalmente, la mayoría de las veces no encontrábamos nada en los edificios vacíos donde se decía que aparecían los espíritus. Y los desdichados a quienes se tachaba de poseídos por el demonio no eran, las más de las ocasiones, sino enfermos mentales corrientes.

No obstante, hubo veces en que presenciamos fugaces apariciones y sucesos misteriosos para los cuales no encontramos explicación: objetos que volaban, voces que surgían como rugidos de la boca de niños poseídos, corrientes de aire heladas que apagaban las velas en una habitación cerrada...

Nunca sacamos nada en claro, sin embargo, de todo aquello. No vimos más de lo que un centenar de estudios mortales había descrito ya.

Finalmente, el asunto se convirtió para nosotros en un mero juego, y, cuando hoy vuelvo la vista atrás, me doy cuenta de que continuábamos con él porque nos mantenía juntos, porque nos proporcionaba unos momentos de convivencia que, de otro modo, no habríamos tenido.

Pero las ausencias de Gabrielle no eran lo único que destruía nuestro afecto por los demás con el transcurso de los años.

Era también su actitud cuando estaba conmigo, las ideas que expresaba.

Aún conservaba aquella costumbre suya de decir exactamente lo que pensaba y poco más.

Una noche, en nuestra casita de la vía Ghibellina, de Florencia, Gabrielle apareció tras una ausencia de un mes y empezó a hablar.

—Ya sabes que las criaturas de la noche están maduras para acoger a un gran líder. No a un supersticioso murmurador de viejos ritos, sino un gran monarca oscuro que nos galvanice siguiendo unos nuevos principios.

—¿Qué principios? —pregunté.

Haciendo caso omiso de mi réplica, ella continuó:

—Imagina algo más que este clandestino y repulsivo alimentarse de mortales, algo grande y magnífico como lo era la Torre de Babel antes de que la cólera divina la derribara. Hablo de un líder instalado en un palacio satánico que envía a sus seguidores a volverse hermano contra hermano, a hacer que las madres maten a sus hijos, a arrojar a la hoguera todos los grandes logros de la humanidad, a agostar la tierra para que todos, inocentes y culpables, mueran de hambre.

Crear el caos y el sufrimiento allí donde vayas y derrotar a las fuerzas del bien para desesperación de los hombres. Eso sí que es algo merecedor de ser llamado maldad. Ésa sí que es la obra de un verdadero demonio. Tú y yo no somos nada más que flores exóticas del Jardín Salvaje, como tú me dijiste. Y el mundo de los hombres no es ahora ni más ni menos de lo que ya vi en mis libros hace años, en la Auvernia.

La conversación me disgustó. Pero me alegró tener a Gabrielle junto a mí en la estancia, poder hablar con alguien que no fuera un pobre mortal engañado. No estar solo con mis cartas de casa.

—¿Pero qué hay, entonces, de tus cuestiones estéticas? —pregunté—. ¿Qué hay de eso que le explicaste a Armand acerca de que querías saber por qué existía la belleza y por qué razón continúa afectándonos?

Gabrielle se encogió de hombros.

—Cuando el mundo del hombre se hunda en ruinas, la belleza se impondrá. Volverán a crecer los árboles donde había calles; las flores cubrirán de nuevo el prado que hoy es un rancio tenderete de barracas. Éste será el propósito del amo satánico: ver crecer las hierbas silvestres y ver cómo el bosque tupido cubre todo rastro de las ciudades que un día fueron enormes hasta que nada quede de ellas.

—¿Y por qué llamas a todo eso satánico? —quise saber—. ¿Por qué no llamarlo caos? Eso es lo que sería.

—Porque así es como lo llamarían los humanos. Fueron ellos quienes inventaron a Satán, ¿no es así? Satánico no es más que el calificativo que dieron al comportamiento de aquellos que perturbaban el orden en el que querían vivir los hombres.

—No lo entiendo.

—Pues utiliza tu mente sobrenatural, hijo mío de ojos azules y de cabellos de oro, mi hermoso «matalobos». Es muy posible que Dios hiciera el mundo como dijo Armand.

—¿Es esto lo que has descubierto en los bosques? ¿Te lo han revelado las hojas de los árboles?

Gabrielle se echó a reír.

—Desde luego, Dios no es necesariamente antropomórfico —respondió a continuación—. Ni lo que, en nuestro colosal egoísmo y sentimentalismo, llamaríamos «una persona decente». Pero probablemente existe un Dios. Satán, en cambio, fue una invención humana, un modo de denominar a la fuerza que busca derribar el orden civilizado de las cosas. El primer hombre que elaboró unas leyes (fuera Moisés o algún antiguo rey Osiris egipcio), ese legislador creó al diablo. El diablo es el que tienta al hombre a quebrantar las leyes, y nosotros somos realmente satánicos por cuanto no seguimos ninguna ley para la protección del hombre. Entonces, ¿por qué no saltárnoslas todas? ¿Por qué no provocar un incendio que consuma todas las civilizaciones de la Tierra?

Me sentía demasiado asombrado para responder.

—No te preocupes —añadió Gabrielle con una carcajada—, yo no pienso hacerlo. Pero creo que sucederá en las décadas futuras. ¿No crees que alguien lo hará?

—¡Espero que no! —contesté—. O, mejor, deja que lo exprese de este modo: si uno de nosotros lo intenta, habrá guerra.

—¿Por qué? Todo el mundo seguirá a ese líder.

—Yo no. Yo combatiré contra él.

—¡Ah, eres muy divertido, Lestat! —exclamó ella.

—Es ridículo...

—¡Ridículo! —Gabrielle había apartado la mirada en dirección al patio, pero pronto la volvió de nuevo hacia mí, y el color surgió en sus mejillas—. ¿Ridículo echar por tierra todas las ciudades? Entendí que denominaras ridículo al Teatro de los Vampiros, pero ahora te estás contradiciendo.

—Es ridículo destruir cualquier cosa por el mero hecho de destruirla, ¿no crees?

—Eres imposible —replicó ella—. Algún día, en el futuro lejano, habrá un líder así. Él reducirá al hombre al temor y a la desnudez de la que proviene. Y nos alimentaremos del hombre, sin esfuerzo, como siempre hemos hecho, y el Jardín Salvaje, como tú lo llamas, cubrirá el mundo.

—Casi deseo que alguien lo intente —declaré—, pues yo

me alzaría contra él y haría cuanto pudiera por derrotarle. Y posiblemente podría salvarme, podría volver a ser bueno a mis propios ojos, por el hecho de disponerme a salvar de todo eso al hombre.

Muy enfadado, me incorporé de mi asiento y salí al patio.

Ella vino detrás de mí.

—Acabas de expresar el argumento más antiguo del Cristianismo para la existencia del mal —señaló—. Que está ahí para que podamos combatirlo y obrar el bien.

—Qué triste y qué estúpido —asentí.

—Esto es lo que no entiendo muy bien de ti —continuó ella—. Te aferras a tu vieja fe en la bondad con una tenacidad prácticamente inconmovible. ¡Y, en cambio, resultas magnífico en lo que constituye tu naturaleza! Cazas a tus presas como un ángel oscuro. Matas despiadadamente y, cuando lo decides, pasas la noche saciándote de víctimas.

—¿Y bien? —Le dirigí una fría mirada—. No sé ser malo haciendo el mal.

Ella se rió.

—De muchacho era un buen tirador —añadí—. Y un buen actor en el escenario. Ahora soy un buen vampiro. Así es como entendemos la palabra «bondad».

Cuando Gabrielle se hubo ido, me tendí de espaldas en las losas del patio y contemplé las estrellas pensando en todos los cuadros y esculturas que había visto en la ciudad de Florencia. Me di cuenta de que me desagradaban los lugares donde sólo había grandes árboles, y de que el sonido de las voces humanas era, para mí, la música más dulce y más suave. Pero, ¿qué importaba, en realidad, lo que yo sintiera o pensara?

Bien es cierto que Gabrielle no siempre me aturdía con extrañas filosofías. De vez en cuando, en sus apariciones, me hablaba de cosas prácticas que había descubierto. Era, sin duda, más valerosa y aventurera que yo. Y me enseñaba cosas. Gabrielle ya había comprobado, antes incluso de que abandonáramos Francia, que los vampiros podíamos dormir en la tierra. No eran precisos ataúdes ni catafalcos. Y se descubría alzándose espontáneamente de entre la tierra al ponerse el sol, antes incluso de terminar de despertarse.

Los mortales que nos encontraban durante las horas diurnas, estaban perdidos, a no ser que nos expusieran a los rayos del sol inmediatamente. Por ejemplo, cerca de Palermo, Gabrielle se había echado a dormir en el sótano de una casa abandonada y, al despertar, había notado que el rostro y los ojos le ardían como si la hubieran escaldado, y en su mano derecha tenía agarrado a un mortal, ya cadáver, que al parecer había intentado perturbar su descanso.

—Le había estrangulado —me contó— y aún tenía mi mano cerrada sobre su garganta. Y la escasa luz que se filtraba por la puerta entreabierta me había quemado el rostro.

—¿Qué habría sucedido de ser varios los mortales? —quise saber, vagamente fascinado con ella.

Gabrielle movió la cabeza en gesto de negativa y se encogió de hombros. Desde entonces, dormía siempre enterrada, no en sótanos o ataúdes. Nadie volvería a perturbar su descanso. A ella no le importaba.

Aunque no lo declaré en voz alta, yo estaba convencido de que dormir en la cripta tenía su gracia. Había cierto encanto novelesco en el hecho de alzarse de la tumba. En realidad, yo me encontraba en el extremo opuesto a la solución de Gabrielle, pues me hacía construir ataúdes especiales en cada lugar donde nos quedábamos un tiempo. Y no dormía en el cementerio o en la iglesia, como era nuestra costumbre más corriente, sino en escondrijos dentro de la casa.

No puedo decir que Gabrielle no me escuchaba con paciencia en ocasiones, cuando le contaba cosas así. Me prestaba atención cuando le describía las grandes obras de arte que había visto en el museo Vaticano, los coros que había escuchado en la catedral, los sueños que parecían provocados por los pensamientos de los mortales que pasaban sobre mi guarida. Sin embargo, tal vez Gabrielle se limitaba a contemplar el movimiento de mis labios; ¿quién podría decirlo con seguridad? Y, a continuación, volvía a desaparecer sin explicaciones y volvía a deambular a solas por las calles, haciendo comentarios en voz alta a Marius o escribiéndole unos mensajes larguísimos que, en ocasiones, me llevaba toda la noche completar.

¿Qué deseaba yo de ella? ¿Que fuera más humana, que fuera como yo? Las predicciones de Armand me obsesionaban. ¿Y cómo podría Gabrielle dejar de pensar en ellas? Tenía que haberse dado cuenta de lo que sucedía, de que estábamos alejándonos cada vez más, que se me rompía el corazón pero tenía demasiado orgullo para decírselo.

«¡Gabrielle, por favor, no puedo soportar esta soledad! ¡Quédate conmigo!»

Cuando al fin dejamos Italia, yo empezaba ya a practicar mis arriesgados jueguecitos con mortales. De vez en cuando veía a un hombre o a una mujer, a un ser humano que me parecía perfecto espiritualmente, y me dedicaba a seguirlo. Primero, prolongaba este seguimiento una semana, después durante un mes, a veces incluso más tiempo todavía. Me enamoraba de aquel ser.

Imaginaba una amistad, una conversación, una intimidad que jamás podríamos tener. Luego, en algún momento mágico e irreal, le decía: «¿Pero tú ves lo que soy?», y el humano, en un acto supremo de comprensión espiritual, respondía: «Sí, lo veo, lo entiendo...»

Un desatino, verdaderamente. Muy parecido al encuentro de la princesa que entrega su amor desinteresado al príncipe encantado y éste recupera su forma original y deja de ser un monstruo. Sólo que en este lúgubre cuento de hadas yo penetraba hasta lo más profundo de mi amante mortal. Los dos nos hacíamos uno, y yo volvía a ser de carne y hueso.

Una idea deliciosa. Pero pronto empecé a darles más y más vueltas en mis pensamientos a las advertencias de Armand acerca de que volvería a realizar el Rito Oscuro por las mismas razones por las que lo había hecho antes.

Entonces, dejé de practicar el jueguecito y me limité a seguir cazando con toda la crueldad y el espíritu vengativo de siempre, y ya no fueron los malhechores mis únicas presas.

En la ciudad de Atenas, dejé el siguiente mensaje a Marius: «No sé por qué continúo. No busco la verdad. No creo en ella. No espero conocer por ti ningún antiguo secreto, sea el que sea. Pero en algo creo: tal vez sólo sea en la belleza del mundo por el que vago o en la propia voluntad de vivir. Este don me fue entregado demasiado pronto. Y me fue otorgado sin una buena razón. Y, ya a mis treinta años mortales de edad, empiezo a tener una cierta idea de por qué muchos de nuestra raza lo han desperdiciado o han renunciado a él. Yo, en cambio, continúo. Y te busco.»

Ignoro cuánto tiempo pude haber vagado por Europa y Asia de aquella manera. Pese a todas mis lamentaciones por la soledad en que me hallaba, estaba acostumbrado a ella. Y siempre había nuevas ciudades igual que había nuevas víctimas, nuevos idiomas y nuevas músicas que escuchar. Por mucho dolor que sintiera, siempre decidía en último término un nuevo destino. Mi deseo era conocer, finalmente, todas las ciudades de la Tierra, incluso las remotas capitales de la India y de China, donde hasta el objeto más sencillo me parecería extraño y donde las mentes que sondeara resultaran tan incomprensibles como las de unos seres procedentes de otros mundos.

Sin embargo, cuando partimos de Estambul en dirección al sur, adentrándonos en el Asia Menor, Gabrielle sintió con más fuerza todavía la llamada de aquella tierra nueva y extraña, de modo que apenas aparecía a mi lado.

Y, en Francia, la situación estaba alcanzando un clímax terrible, no sólo para el mundo mortal por el cual aún me preocupaba, sino también para los vampiros del teatro.

3

Ya antes de dejar Grecia, por boca de viajeros ingleses y franceses, me habían llegado noticias preocupantes de lo que estaba sucediendo en Francia. Y, cuando llegué a la Hostería Europea de Ankara, encontré un gran paquete de cartas esperándome.

Roget había sacado todo mi dinero de Francia y lo había depositado en bancos extranjeros. «No debe usted pensar en volver a París —me escribía—. He aconsejado a su padre y a sus hermanos que se mantengan apartados de cualquier controversia. El ambiente, aquí, no es muy favorable a los monárquicos.»

Las cartas de Eleni se referían, en su estilo, a los mismos temas:

El público quiere ver ridiculizada a la aristocracia. Una obrita nuestra, en la que aparece la marioneta de una torpe reina a la que pisa sin piedad un escuadrón de estúpidos títeres soldados que ella intenta mandar, arranca grandes risotadas y exclamaciones de los espectadores.

Los clérigos también son objeto de burlas: en otro pequeño drama que representamos, aparece un sacerdote engreído que acude a castigar a un grupo de marionetas bailarinas, a las que afea su comportamiento indecente. Pero, ¡ay!, el maestro de baile de las muchachas, que es en realidad un diablo de cuernos rojos, convierte al desgraciado clérigo en un hombre lobo que termina sus días encerrado en una jaula de oro por las burlonas muchachas.

Todo esto es obra del genio de Nuestro Divino Violinista, pero ahora es preciso estar con él todos los momentos que pasa despierto. Para obligarle a escribir, le atamos a la silla y le ponemos delante papel y tinta. Y, si no basta con ello, le obligamos a dictar las obras mientras nosotros las transcribimos.

Cuando recorría las calles, no hacía más que acercarse a los transeúntes para decirles con voz apasionada que en este mundo hay horrores que no imaginan ni en sueños.

Y te aseguro que, si París no estuviese tan ocupado leyendo los miles de panfletos que denuncian a la reina María Antonieta, nuestro amigo ya habría conseguido que acabaran con todos nosotros.

Por lo que respecta a nuestro Amigo Más Antiguo, cada noche que pasa se muestra más irritado.

Naturalmente, me apresuré a contestar a Eleni rogándole que tuviera paciencia con Nicolas, que tratara de ayudarle durante aquellos primeros años. «Sin duda, habrá algún modo de influir sobre él —escribí. Y, por primera vez, añadí una pregunta—: ¿Estaría en mi mano cambiar las cosas si yo regresara?» Releí las palabras largo rato antes de estampar la firma. Las manos me temblaban. Por fin, sellé la carta y la envié en seguida.

¿Cómo iba a regresar? Por muy solo que me sintiera, la idea de volver a París, de ver de nuevo el pequeño teatro, me resultaba insoportable. ¿Y qué podría hacer por Nicolas cuando estuviera allí? La antigua advertencia de Armand se repetía en mis oídos.

De hecho, daba la impresión de que Armand y Nicolas estaban siempre conmigo, no importaba dónde me hallara. Armand, lleno de siniestras advertencias y predicciones; Nicolas, burlándose de mí con el pequeño milagro del amor convertido en odio.

Jamás había necesitado a Gabrielle como en aquel instante, pero ella hacía mucho que me había tomado la delantera en nuestro viaje. De vez en cuando, evocaba el recuerdo de cómo eran las cosas antes de que dejáramos París, pero ya no esperaba nada de ella.

En Damasco me aguardaba la dura contestación de Eleni:

Él te desprecia con la misma intensidad de siempre. Ante la sugerencia de que quizá deberías acudir a su lado, se echa a reír. No te digo estas cosas para que te obsesiones, sino para que sepas que hacemos cuanto podemos para proteger a este joven que jamás debería haber nacido al Reino de las Tinieblas. Está abrumado por sus poderes, desconcertado y enloquecido ante su visión. Los demás ya hemos visto otras veces todo esto y conocemos el lamentable final que le espera.

A pesar de todo, este mes ha escrito su mejor obra. Las bailarinas marionetas, sin cuerdas en esta ocasión, son segadas por una epidemia en la flor de su juventud y descansan bajo lápidas y coronas de flores. El sacerdote llora sobre las tumbas antes de marcharse. Entonces llega al cementerio un joven violinista mágico y, mediante su música, consigue que las muchachas se levanten. Vestidas de vampiros con túnicas de seda negra con volantes y cintas de negro satén, salen de las tumbas y bailan alegremente mientras siguen al violinista camino de París, representado por una hermosa estampa pintada en el decorado. El público se muestra entusiasmado. Te aseguro que podríamos dar cuenta de nuestras presas mortales en el escenario, y los parisienses no harían otra cosa que aplaudir, creyendo que se trata del último truco que hemos inventado.

También encontré una carta alarmante de Roget.

París estaba dominado por una locura revolucionaria. El rey Luis se había visto forzado a reconocer a la Asamblea Nacional. Todas las clases populares se estaban uniendo contra él como jamás había sucedido. Roget había mandado un mensajero al sur para que viera a mi familia e intentara determinar el ambiente revolucionario en el campo.

Respondí a ambas misivas con la preocupación y la sensación de impotencia que eran de esperar y, mientras enviaba mis pertenencias a El Cairo, tuve el presentimiento de que todo aquello en lo que confiaba estaba en peligro.

Exteriormente, continuaba mi mascarada como noble viajero sin ningún cambio aparente; por dentro, el demonio cazador de las tortuosas callejas urbanas se sentía callada y secretamente extraviado.

Por supuesto, me dije a mí mismo que era importante viajar al sur, a Egipto. Que Egipto era una tierra de antigua grandeza y de maravillas intemporales. Que Egipto me hechizaría y me haría olvidar aquellos sucesos que se producían en París y que no estaba en mi mano cambiar. Pero mi mente establecía una relación más. Egipto, más que cualquier otra tierra del mundo, era un lugar amante de la muerte.

Finalmente, Gabrielle apareció como un espíritu surgido del desierto de Arabia y zarpamos juntos.

Pasó casi un mes hasta que llegamos a El Cairo, y, cuando encontré mis pertenencias esperándome en la residencia para europeos, había entre ellas un extraño paquete.

Reconocí de inmediato la letra de Eleni, pero no pude imaginar por qué me mandaría un bulto como aquél y me quedé contemplándolo un cuarto de hora seguido, con la mente más en blanco que lo que jamás la había tenido en mi vida.

No había mensaje alguno de Roget.

Me pregunté por qué no habría escrito el abogado. ¿Qué habría en el paquete? ¿Por qué estaba allí?

Finalmente, advertí que llevaba una hora sentado en una habitación entre un montón de maletas y baúles y contemplando un paquete, mientras Gabrielle, que no mostraba ganas de esfumarse todavía, se limitaba a observarme.

—¿Vas a marcharte? —susurré.

—Si tú quieres... —respondió.

Era importante abrir aquello, sí, abrirlo y descubrir de qué se trataba. Sin embargo, me pareció igualmente importante echar un vistazo a la destartalada habitación e imaginar que era la de una posada de pueblo en la Auvernia.

—He soñado contigo —dije en voz alta, con la mirada en el paquete—. He soñado que vagábamos juntos por el mundo, tú y yo, y que los dos éramos serenos y fuertes. He soñado que nos cebábamos en los malhechores como hacía Marius, y, al mirar a nuestro alrededor, sentíamos asombro, pavor y pena ante los misterios que presenciábamos. Pero éramos fuertes. Seguíamos siempre adelante. Y hablábamos. «Nuestra conversación» seguía y seguía...

Rasgué el envoltorio y vi la funda del Stradivarius.

Quise decir algo más, sólo para mí mismo, pero se me hizo un nudo en la garganta. Y mi mente no podía transmitir mis palabras por sí sola. Alargué la mano y tomé la carta que se había deslizado a un lado sobre la madera pulida.

Como me temía, las cosas han llegado a lo peor. Nuestro Amigo Más Viejo, enloquecido por los excesos de Nuestro Violinista, le encarceló finalmente en tu antigua residencia. Y, aunque le dejó en la celda su violín, le cortó las manos.

Con todo, debes saber que, entre nosotros, tales apéndices siempre pueden reinstaurarse. Y las manos en cuestión fueron guardadas en lugar seguro por nuestro Amigo Más Viejo, que dejó sin sustento al herido. Durante cinco noches.

Por último, cuando la acción del grupo entero consiguió de nuestro Amigo Más Viejo que soltara a N. y le devolviera todo cuanto era suyo, el asunto se dio por zanjado.

Pero N., enloquecido por el dolor y el ayuno (pues éste puede alterar por completo el temperamento), se sumergió en un silencio impenetrable y así permaneció un tiempo considerable.

Por fin, acudió a nosotros y habló solamente para decirnos, como haría un mortal, que había puesto en orden todos sus asuntos. Teníamos a nuestra disposición un fajo de obras recién escritas, y, a cambio, debíamos convocar y celebrar con él el antiguo aquelarre en algún lugar del campo, con su hoguera de costumbre. Si no lo hacíamos, convertiría el teatro en su pira funeraria.

Nuestro Amigo Más Viejo accedió solemnemente a sus deseos, y jamás habrás asistido a un aquelarre semejante, pues creo que todos parecíamos aún más infernales con las pelucas y los ropajes finos, con nuestros trajes de baile de vampiros, negros y llenos de volantes, formando el viejo círculo y entonando los viejos cánticos con el desparpajo de unos actores.

«Deberíamos haberlo celebrado en el bulevar —dijo él—. Pero tened; enviad esto a mi creador», y puso en mis manos el violín. Nos pusimos a bailar, todos nosotros, para provocar al habitual frenesí, y creo que jamás nos sentimos más emocionados, más aterrados, más tristes. Y él se lanzó a las llamas.

Sé cuánto te afligirá esta noticia, pero entiende bien que hemos hecho lo posible para que esto no sucediera. Nuestro Amigo Más Viejo estaba amargado y afligido. Y creo que deberías saber que, a nuestro regreso a París, descubrimos que N. había ordenado poner oficialmente al local el nombre de Teatro de los Vampiros, y que estas palabras ya habían sido puestas como un rótulo en la fachada. Como sus mejores obras siempre habían tenido vampiros y hombres lobos y otras criaturas sobrenaturales, el público considera muy divertido este nuevo nombre y nadie ha exigido que se cambiara. En el París de estos días resulta, sencillamente, una buena ocurrencia.

Horas más tarde, cuando por fin bajé la escalera y salí a la calle, vi en las sombras un fantasma pálido y adorable, la imagen de una joven exploradora francesa de sucias ropas blancas y botas de cuero marrones, con un sombrero de paja cubriéndole los ojos.

Reconocí quién era, por supuesto, y que una vez nos habíamos amado, ella y yo. Pero en aquel momento era algo que apenas podía recordar o creer de verdad.

Creo que quise decirle algo mezquino, algo que la hiriera y la impulsara a alejarse de mí. Pero cuando se acercó y dio unos pasos a mi lado, no dije nada. Me limité a dejarle la carta para no tener que cambiar palabra. Y ella la leyó y la guardó, y luego pasó el brazo en torno a mí como solía hacer tanto tiempo atrás, y echamos a andar juntos por las negras calles.

Un olor a muerte y a fuegos de cocinas, a arena y a excrementos de camello. Un olor egipcio. El olor de un lugar que ha permanecido igual durante seis mil años.

—¿Qué puedo hacer por ti, querido mío? —susurró.

—Nada —respondí.

Era yo quien lo había hecho, quien había seducido a Nicolas, quien le había hecho lo que era, quien le había dejado allí. Y era yo quien había trastocado el camino que podría haber seguido su vida. Y así, esa existencia, sumida en la tenebrosa oscuridad y apartada de su curso humano, terminaba en esto.

Más tarde, Gabrielle guardó silencio mientras yo escribía mi mensaje a Marius en la pared de un antiguo templo. Expuse el fin de Nicolas, el violinista del Teatro de los Vampiros, y tallé mis palabras con la misma profundidad con que lo habría hecho un artesano egipcio. Un epitafio para Nicolas, una lápida en el olvido que tal vez nunca leyera o entendiera nadie.

Resultaba extraño tenerla conmigo. Extraño tenerla de pie a mi lado hora tras hora.

—No volverás a Francia, ¿verdad? —me preguntó por último—. No volverás por lo que le hizo, ¿verdad?

—¿Por lo de las manos? —dije yo—. ¿Por lo de amputarle las manos?

Gabrielle me miró, y su rostro se petrificó como si una conmoción le hubiera robado toda expresión. Pero ella había leído la carta. Lo sabía. ¿A qué venía esa conmoción? A mi manera de decirlo, tal vez...

—¿Pensabas que volvería para vengarme?

Ella asintió con un titubeo. No deseaba meterme tal idea en la cabeza.

—¿Cómo iba a hacerlo? —continué—. Sería una hipocresía, ¿no crees?, cuando dejé allí a Nicolas contando con que ellos harían lo que tuviera que hacerse...

Los cambios del rostro de Gabrielle eran demasiado sutiles para ser descritos.

No me gustaba ver tanto sentimiento en sus facciones. No era propio de ella.

—Lo cierto es que el pequeño monstruo intentaba ayudar haciendo eso, ¿no crees?, cortándole las manos. Debió de ser todo un problema para él, en realidad, cuando habría podido quemar a Nicolas con toda facilidad sin ni siquiera pestañear.

Gabrielle asintió, pero advertí su aspecto abatido y, al tiempo, quería la suerte que también hermoso.

—Eso es lo que he pensado —murmuró—, pero no he creído que tú opinaras lo mismo.

—¡Bah!, soy lo bastante monstruo para entenderlo —respondí—. ¿No recuerdas lo que me dijiste hace años, antes de que ninguno de los dos dejara nuestro hogar? Lo dijiste el mismo día en que Nicolas subió a la montaña con los comerciantes para regalarme la capa roja. Me contaste que su padre estaba tan enfadado con él por tocar el violín, que le había amenazado con romperle las manos. ¿Crees que, de algún modo, encontramos nuestro destino suceda lo que suceda? Quiero decir, ¿no crees que, incluso como inmortales, seguimos un camino que ya teníamos marcado cuando estábamos vivos? Imagínalo: el amo de la asamblea le cortó las manos.

Durante las noches siguientes, quedó claro que Gabrielle no quería dejarme solo, y me di cuenta de que se habría quedado conmigo por el asunto de la muerte de Nicolas, no importaba dónde estuviéramos. Con todo, la circunstancia de hallarnos en Egipto no resultaba indiferente. Ayudaba a su decisión el hecho de que amaba aquellas ruinas y monumentos como no había amado nunca nada.

Tal vez la gente tenía que llevar muerta seis mil años para despertar su amor. Pensé en decírselo, en burlarme un poco de ella con el comentario, pero la idea pasó simplemente por mi cabeza y se desvaneció. Aquellos monumentos eran tan viejos como las montañas que ella amaba. El Nilo había corrido por la imaginación del hombre desde el comienzo de los tiempos.

Escalamos las pirámides juntos, subimos a las patas de la Esfinge gigante. Revisamos inscripciones de antiguos fragmentos de losas. Estudiamos momias que se podían comprar por una miseria a los ladrones, fragmentos de cerámica antigua, piezas de joyería y cristales. Dejamos que el agua del río corriera entre nuestros dedos y salimos de caza a dúo por las estrechas callejas de El Cairo, y entramos en los burdeles a reclinarnos en los almohadones y ver bailar a los muchachos y oír a los músicos tocando una música cálida y erótica que, por un momento, ahogaba el lamento del violín que sonaba en mi cabeza en todo instante.

Me descubrí incorporándome y poniéndome a bailar desenfrenadamente aquellas tonadas exóticas, imitando las ondulaciones de los que me animaban a seguir, hasta perder todo sentido del tiempo y de la razón bajo el quejido de los cuernos y el punteo de los laúdes.

Gabrielle permanecía sentada, quieta, sonriente, con el ala de su manchado sombrero de paja blanco cubriéndole los ojos. Ya no nos hablábamos. Ella era sólo una especie de belleza pálida y felina, de mejillas manchadas de barro, que vagaba por la noche eterna a mi lado. Con el gabán ceñido por un grueso cinturón de cuero y el cabello en una trenza a la espalda, caminaba con la prestancia de una reina y la lasitud de un vampiro, la curva de su mejilla luminosa en la oscuridad, su pequeña boca un capullo de rosa roja. Encantadora y, sin duda, destinada a desvanecerse muy pronto de nuevo.

No obstante, continuó conmigo incluso cuando alquilé una lujosa pequeña residencia, en otro tiempo casa de un mameluco, con suelos de espléndidos azulejos y refinados tapices colgando de los techos. Incluso me ayudó a llenar el patio de buganvillas y palmeras y todo tipo de plantas tropicales hasta convertirlo en una pequeña jungla de verdor. Gabrielle se encargó espontáneamente de traer las jaulas con los loros y golondrinas y brillantes canarios. Incluso, de vez en cuando, hacía un gesto de comprensivo asentimiento cuando me oía murmurar que no había cartas de París y me veía frenético ante la ausencia de noticias.

¿Por qué no me escribía Roget? ¿Había estallado París en disturbios y revueltas? Bien, tal cosa no alcanzaría a mis parientes en la alejada Auvernia. ¿O sí? Pero, ¿le habría sucedido algo a Roget? ¿Por qué no escribía?

Gabrielle me pidió que fuera río arriba con ella. Yo quería esperar una posible carta, quedarme a preguntar a los viajeros ingleses, pero accedí. Al fin y al cabo, ya era bastante notable que me quisiera por acompañante. A su manera, se estaba ocupando de mí.

Supe que había decidido vestirse una levita y unos pantalones bombachos de fresco lino blanco sólo por complacerme. Que se cepillaba aquellos largos cabellos por mí.

Pero aquello ya no importaba nada. Me estaba hundiendo, lo notaba. Estaba vagando por el mundo como si fuera un sueño.

Parecía muy lógico y natural que a mi alrededor encontrara un paisaje exactamente igual a como había sido miles de años atrás, cuando los artistas lo habían pintado en los muros de las tumbas reales. Parecía natural que las palmeras a la luz de la luna tuvieran el mismo aspecto de entonces, que el campesino sacara del río el agua que necesitaba igual que en ese tiempo remoto se hacía. Hasta las vacas que abrevaban en la orilla eran idénticas.

Visiones del mundo cuando éste era nuevo.

¿Había pisado Marius aquellas arenas alguna vez?

Deambulamos por el enorme templo de Ramsés, hechizados por los millones y millones de pequeñas imágenes talladas en las paredes. No dejaba de pensar en Osiris, pero las figurillas me resultaban desconocidas. Recorrimos las ruinas de Luxor y descansamos juntos en la falúa, bajo las estrellas.

Ya de regreso hacia El Cairo, al aproximarnos a los grandes Colosos de Memnón, Gabrielle me habló en un apasionado susurro de cómo los emperadores romanos habían viajado hasta allí para admirar esas estatuas, igual que ahora hacíamos nosotros.

—Ya eran antiguas en tiempos de los césares —comentó mientras guiábamos nuestros camellos por las frías arenas.

Esa noche, el viento no era tan fuerte como otras veces y pudimos ver con claridad las inmensas figuras de piedra contra el cielo negro azulado. Aunque desgastados, los rostros parecían seguir mirando al frente, testigos mudos del paso del tiempo cuya inmovilidad me producía tristeza y temor.

Sentí el mismo asombro que ya había experimentado ante las pirámides. Dioses antiguos, arcanos misterios... las enormes figuras producían escalofríos y, no obstante, ¿qué eran ahora aquel par de colosos sino centinelas sin rostro, gobernantes de un desierto infinito?

—Marius... —musité para mí—, ¿los has visto tú? ¿Sobrevivirá alguno de nosotros tanto tiempo como ellos?

Pero Gabrielle interrumpió allí mi meditación, expresando el deseo de desmontar y hacer a pie el resto del camino hasta las estatuas. Yo me sentía con ánimos para ello, aunque no sabía qué hacer de aquellos grandes, apestosos y tercos camellos, ni cómo obligarles a doblar las patas para saltar al suelo.

Ella encontró el modo y los dos nos alejamos por la arena, dejando a los camellos atrás.

—Ven conmigo al corazón de África, a la jungla —me propuso con expresión seria y un gesto insólitamente suave.

Permanecí callado por un instante. Noté en ella algo alarmante. O, al menos, algo que hubiera debido causarme alarma.

Que hubiera debido hacerme oír un sonido tan estentóreo como el repique matutino de las Campanas del Infierno.

Yo no quería viajar a las selvas africanas, y Gabrielle lo sabía. En aquellos momentos, estaba esperando con inquietud que Roget me mandara noticias de mi familia, y tenía el propósito de visitar las ciudades de Oriente, recorrer la India y China y pasar a Japón.

—Comprendo la existencia que has escogido —me dijo ella—. Y debes saber que he terminado por admirar la perseverancia con que la llevas a cabo.

—Lo mismo debo decir de ti —respondí con cierta amargura.

Gabrielle se detuvo.

Estábamos, supongo, todo lo cerca de las colosales estatuas que uno podía llegar. Y lo único que impedía que su tamaño me abrumara era que no había en las proximidades nada que nos ofreciera una referencia de sus dimensiones. El cielo era tan inmenso como ellas, y las arenas eran infinitas, y las estrellas incontables y brillantes se alzaban permanentemente sobre nuestras cabezas.

—Lestat —musitó ella lentamente, midiendo las palabras—. Te suplico que, por una sola vez, trates de moverte por el mundo como lo hago yo.

La Luna la iluminó de lleno, pero el sombrero dejó en sombras su rostro menudo, blanco y anguloso.

—Olvida la casa de El Cairo —insistió de pronto. Había bajado la voz como en actitud de respeto ante la importancia de lo que acababa de decir—. Abandona tus objetos de valor, tus ropas, las cosas que te atan a la civilización. Ven al sur conmigo, remontemos el río hasta el corazón de África. Viaja como lo hago yo.

Seguí sin responder. El corazón me latía con violencia.

Gabrielle musitó en voz muy baja que podríamos ver las tribus desconocidas del África, ni siquiera sospechadas por el resto del mundo. Que lucharíamos con las manos desnudas contra el cocodrilo y el león. Que tal vez podríamos descubrir las propias fuentes del Nilo.

Me puse a temblar de la cabeza a los pies. Era como si la noche se hubiera llenado de vientos aulladores. Y no había ningún sitio donde ir.

«Me estás diciendo que me abandonarás para siempre si no te acompaño, ¿no es eso?»

Alcé la mirada a aquellas estatuas espantosas y creo que dije:

—En pocas palabras, así es.

Aquélla era la razón de que se hubiera quedado a mi lado, de que hubiera hecho tantas pequeñas cosas para agradarme, de que estuviéramos juntos en aquel instante. No tenía nada que ver con el hecho de que Nicolas hubiera entrado en la eternidad. Era otra despedida lo que la preocupaba realmente.

Gabrielle movió la cabeza de un lado a otro, como si discutiera consigo misma qué más decir. Con la voz en un susurro, me describió el calor de las noches del trópico, un calor más húmedo y dulzón que el de Egipto.

—Ven conmigo, Lestat —insistió—. De día, duermo en la arena. De noche me muevo casi como si pudiera volar de verdad. No necesito ningún nombre, ni dejo huellas de mi paso. Quiero seguir hacia el sur hasta el mismo extremo del continente. Seré una diosa para aquellos que mate.

Se acercó y me pasó el brazo por los hombros, y apretó sus labios contra mi mejilla y observé el intenso brillo de sus ojos bajo el ala de su sombrero. Y el claro de luna helándole los labios.

Escuché mi propio suspiro y sacudí la cabeza en gesto de negativa.

—No puedo, y tú lo sabes —dije—. Me resulta imposible, lo mismo que a ti quedarte conmigo.

Durante el regreso a El Cairo, no dejé de darle vueltas a algo que me había venido a la cabeza en aquellos dolorosos instantes, algo que había comprendido pero me había callado mientras hablábamos frente a las estatuas de los Colosos de Memnón.

Había perdido totalmente a Gabrielle. Ya hacía años que la había perdido. Y me había dado cuenta de ello en el momento de descender los peldaños de la habitación donde había estado llorando por Nicolas, cuando la había encontrado esperándome.

De una forma u otra, todo había quedado dicho en la cripta bajo la torre, años antes. Gabrielle no podía darme lo que quería de ella. Nada podía hacer por convertirla en algo que ella no sería jamás. Y lo más terrible era aquello: ¡que Gabrielle, realmente, no quería nada de mí!

Si me pedía que fuera con ella, era sólo porque se sentía obligada a ello. La tristeza, la lástima... quizá también fueran razones que la impulsaban, pero lo que Gabrielle quería de verdad era ser libre.

Continuó conmigo mientras nos acercábamos a la ciudad. No dijo ni hizo nada más.

Y yo me hundía cada vez más, callado y aturdido, sabedor de que pronto recibiría otro golpe demoledor. Me embargaban la certeza y el horror. Gabrielle me diría el adiós definitivo y yo no podía evitarlo. ¿Cuándo empezaría a perder el control? ¿Cuándo rompería a llorar sin poderlo remediar?

Todavía no.

Cuando encendimos las luces de la casita, los colores me asaltaron: las alfombras persas cubiertas de delicadas flores, los tapices con un millón de espejuelos cosidos, el brillante plumaje de los pájaros en su aleteo...

Busqué algún envío de Roget, pero no había ninguno y, de pronto, me sentí furioso. Sin duda, ya debería haber recibido noticias suyas. ¡Tenía que enterarme de lo que estaba sucediendo en París! A continuación, me entró miedo.

—¿Qué diablos está pasando en Francia? —murmuré—. Tendré que ir a ver a otros europeos. A los británicos. Ellos siempre tienen información. Allá donde van, siempre llevan consigo su maldito té indio y su *Times* de Londres.

Me enfureció ver a Gabrielle allí plantada, tan quieta. Era como si en la sala estuviera sucediendo algo; la misma sensación sofocante de tensión y expectación que había experimentado en la cripta antes de que Armand nos contara su largo relato.

Pero no sucedía nada, salvo que Gabrielle se disponía a dejarme para siempre. Que estaba a punto de esfumarse en el tiempo para siempre. ¡Y cómo podríamos volver a encontrarnos alguna vez!

—Maldición —exclamé—. Esperaba una carta.

No había criados en la casa, pues no habíamos avisado de nuestro regreso. Me apetecía enviar a alguien a contratar a unos músicos. Acababa de saciarme y sentía calor en el cuerpo y me decía a mí mismo que me apetecía bailar.

Gabrielle rompió de improviso su inmovilidad y dio unos pasos muy medidos. Con una extraña decisión, salió al patio.

La vi arrodillarse junto al estanque. Después levantó dos adoquines del pavimento, sacó un paquete y, tras limpiarlo de tierra y arena, me lo trajo.

Antes incluso de que lo expusiera a la luz, vi que lo enviaba Roget. Aquel paquete había llegado antes de iniciar nuestro viaje Nilo arriba, ¡y ella me lo había ocultado!

—¿Por qué has hecho eso? —exclamé, hecho una furia.

Le arranqué el paquete de las manos y lo puse sobre el escritorio.

La miré fijamente y sentí odio por ella, más odio que nunca. ¡Ni siquiera en el egoísmo de la infancia la había odiado como en aquel momento!

—¿Por qué me has ocultado ese paquete? —insistí.

—Porque quería una oportunidad —susurró ella. Vi un temblor en su mentón y en su labio inferior, y unas lágrimas de sangre—. Pero tú ya habías tomado una decisión —añadió—, incluso sin esto.

Extendí la mano y desgarré el envoltorio. Cayó de él una carta, acompañada de varios recortes doblados de un periódico inglés.

Abrí el sobre de la carta con manos temblorosas y empecé a leer:

Monsieur:

Como ya debe de saber, el 14 de julio, las turbas de París atacaron la Bastilla. La ciudad es presa del caos. Ha habido revueltas por toda Francia. Durante meses he tratado en vano de ponerme en contacto con su familia y de sacarla del país sana y salva, si era posible.

Sin embargo, el lunes pasado he recibido la noticia de que los campesinos y arrendatarios de tierras se habían alzado contra la casa de su padre. Sus hermanos, junto con sus esposas, hijos y todos los que intentaron defender el castillo, fueron asesinados y la casa, saqueada. Únicamente su padre logró escapar.

Unos criados fieles consiguieron esconderle durante el asedio, y, más tarde, trasladarle a la costa. En el día de hoy, se encuentra en la ciudad de Nueva Orleans, en la antigua colonia francesa de la Luisiana. Le ruega a usted que vaya en su ayuda. Está abrumado de dolor y rodeado de extraños. Le suplica que acuda.

Había más. Disculpas, seguridades, detalles... Todo ello dejó de tener sentido.

Guardé la carta en el escritorio y me quedé mirando la madera de éste y el charco de luz que producía la lámpara.

—No vayas a su lado —dijo Gabrielle.

Su voz resultaba pequeña e insignificante en el silencio. Pero el silencio era como un inmenso grito.

—No vayas a su lado —repitió.

Las lágrimas, dos largos regueros rojos que brotaban de sus ojos, surcaban sus mejillas como si fueran el maquillaje de un payaso.

—Vete —susurré. La palabra flotó en el aire y, de improviso, mi voz se elevó de nuevo.

—¡Vete! —volví a decir.

Y, nuevamente, mi voz no se detuvo sino que continuó elevándose hasta que me encontré gritando con extrema violencia:

—¡¡VETE!!

Soñé con mi familia. En el sueño, estábamos todos abrazados unos a otros. Incluso Gabrielle se hallaba presente, con un vestido de terciopelo. El castillo estaba ennegrecido, quemado por todas partes. Los tesoros que había depositado allí se habían fundido o convertido en ceniza. Todo vuelve siempre a convertirse en cenizas. Aunque... ¿cómo es realmente la vieja cita: «cenizas a las cenizas» o «polvo al polvo»?

No importaba. Yo había regresado y les había convertido a todos en vampiros y allí estábamos, la Casa de Lioncourt al completo, todos muy pálidos y hermosos, incluso aquel bebé chupador de sangre que yacía en la cuna y aquella madre que se inclinaba sobre él para acercarle la gorda rata de larga cola que se debatía entre sus dedos, y de la que había de alimentarse el pequeño.

Besándonos y abrazándonos entre risas, todos avanzábamos entre las cenizas: mis pálidos hermanos, sus pálidas esposas, los niños fantasmagóricos parloteando sobre sus presas y mi padre ciego, que, como una figura bíblica, se había puesto en pie exclamando:

—¡PUEDO VER!

Mi hermano mayor me pasaba el brazo por los hombros. Con unas buenas ropas, tenía un aspecto espléndido. Nunca le había visto así y la sangre vampírica le daba un aire muy reservado y espiritual.

—¿Sabes? Ha sido magnífico que vinieras con estos Dones Oscuros —me decía con una alegre carcajada.

—Con el Rito Oscuro, querido, con el Rito Oscuro —le corregía su esposa.

—Porque, si no lo hubieras hecho —continuaba mi hermano en el sueño—, ¡entonces estaríamos todos muertos!

La casa estaba vacía. Los baúles ya estaban en camino. El barco zarparía de Alejandría dos noches después. Sólo llevaría conmigo una pequeña valija. A bordo, el hijo de un marqués debería cambiarse de ropa de vez en cuando. Y, por supuesto, el violín.

Gabrielle me miraba junto al arco de entrada al jardín, alta y esbelta, hermosamente flaca bajo sus blancas ropas de algodón, con el sombrero puesto, como siempre, y el cabello suelto.

¿Tal vez era para mí, aquella melena al viento?

La pesadumbre continuaba creciendo en mí como una marea que abarcaba todos los deudos, los muertos y los no muertos.

Pero la pena pasó y volvió la sensación de hundimiento, de habitar en un sueño donde navegábamos con voluntad o sin ella.

Comprendí que la mejor descripción de su cabello sería la de una lluvia de oro, que la poesía de siempre cobra sentido cuando uno contempla a la persona a la que se ha amado. Adorables eran los ángulos de su cara, su boca pequeña e implacable.

—Dime qué necesitas de mí, madre —murmuré en voz baja.

La estancia, pulcra. El escritorio. La lámpara. Una silla. Todos mis pájaros de brillantes colores enviados, probablemente, a su venta en el bazar. Loros grises africanos que viven tanto como un hombre. Nicolas había llegado sólo a los treinta.

—¿Precisas dinero de mí?

Un gran y hermoso sonrojo en sus mejillas, los ojos en un destello de luz en movimiento, azul y violácea. Por un instante, casi pareció humana. Habríamos podido estar en su habitación de nuestro hogar. Libros, paredes húmedas, el fuego... ¿Había sido humana entonces?

El ala del sombrero le cubrió completamente las facciones por un instante al inclinar la cabeza. Inexplicablemente, me preguntó:

—Pero ¿adónde irás?

—A una casita en la rue Dumaine, en la ciudad francesa de Nueva Orleans —respondí con frialdad y precisión—. Y cuando él haya muerto y descanse en paz, no tengo ni la más ligera idea de qué haré.

—No puedes hablar en serio.

—Tengo pasaje para el próximo barco que zarpa de Alejandría. Iré a Nápoles, y, de allí, a Barcelona. Después, embarcaré en Lisboa rumbo al Nuevo Mundo.

Su rostro pareció adelgazar, haciendo más acusadas sus facciones. Movió ligeramente los labios pero no dijo nada. Y luego vi aparecer en sus ojos las lágrimas y percibí su emoción como si surgiera de ella para tocarme. Aparté la vista, revolví algo sobre el escritorio y luego, sencillamente, dejé las manos muy quietas para que no me temblaran. Me alegraba de que Nicolas se hubiera llevado sus manos a la hoguera consigo, pues de lo contrario, me dije, habría tenido que volver a París y recuperarlas antes de continuar viaje.

—¡Pero no puedes ir a vivir con él! —susurró Gabrielle.

¿Él? ¡Ah, sí! Mi padre.

—¿Qué importa? ¡Me voy! —repliqué.

Ella hizo un leve gesto de negativa con la cabeza. Se acercó al escritorio. Su paso era más ligero que el de Armand.

—¿Ha hecho esa travesía alguno de nuestra raza? —preguntó con un hilo de voz.

—Que yo sepa, no. En Roma me dijeron que no.

—Quizás ese viaje no pueda hacerse.

—Puede hacerse. Lo sabes muy bien —respondí. Los dos habíamos surcado ya los mares en nuestros sarcófagos forrados de corcho. Y ay del leviatán que me molestara.

Gabrielle se acercó todavía más y me miró. Y su rostro no pudo ocultar por más tiempo el dolor que sentía. Estaba arrebatadora. ¿Por qué la había vestido siempre con trajes de gala, sombreros de plumas y perlas?

—Ya sabes cómo ponerte en contacto conmigo —le dije, pero la aspereza de mi voz carecía de convicción—. La dirección de mis bancos en Londres y Roma. Estos bancos han vivido tanto tiempo o más que un vampiro y seguirán siempre donde están. Pero ya sabes todo esto, siempre lo has sabido...

—Basta —replicó ella en un siseo—. No me digas esas cosas.

Todo aquello era una gran mentira, una parodia. Era precisamente el tipo de conversación que ella siempre había detestado, el tipo de conversación que era incapaz de mantener. Ni en mis pensamientos más desatados había esperado nunca que las cosas fueran así, que fuera yo quien hablara con frialdad y ella quien llorara. Había pensado que yo me echaría a sollozar cuando Gabrielle me dijera que se marchaba. Había pensado que me arrojaría a sus pies.

Nos miramos durante un largo instante. Sus ojos estaban teñidos de rojo y casi le temblaba la boca.

Y entonces perdí el control.

Me levanté y fui hacia ella y estreché entre mis manos sus hombros menudos y delicados. Estaba dispuesto a no dejarla marcharse, por mucho que se resistiera. Pero no se debatió, y los dos continuamos llorando casi en silencio como si no pudiéramos parar. Y, sin embargo, no se entregó a mí. No se fundió en mi abrazo.

A continuación, se echó hacia atrás. Me acarició el cabello con ambas manos, se inclinó hacia delante y me besó en los labios, y luego se apartó con gesto ligero y sin el menor ruido.

—Entonces, está bien, querido mío —musitó.

Moví la cabeza. Palabras y palabras y palabras sin decir. Para ella no tenían utilidad, y nunca la habían tenido.

Volvió a la puerta del jardín con su andar lento y lánguido, moviendo las caderas cadenciosamente, y alzó la mirada al cielo nocturno antes de volverla de nuevo hacia mí.

—Tienes que prometerme una cosa —dijo por último.

Era el atrevido joven francés que se movía con la gracia

de un árabe por rincones de un centenar de ciudades donde sólo un gato callejero podría pasar sin riesgos.

—Desde luego —asentí.

Sin embargo, mi espíritu estaba ya tan quebrantado que no quería seguir hablando. Los colores se difuminaron. La noche no era cálida ni fría. Yo quería que Gabrielle se marchara sin más, pero me aterraba el momento en que tal cosa sucediera, cuando ya no podría hacerla volver.

—Prométeme —dijo— que no buscarás poner fin a todo sin antes estar conmigo, sin que volvamos a reunirnos.

Por un instante, la sorpresa me impidió responder. Luego afirmé:

—No pienso ponerle fin *jamás.* —Mi tono fue casi desdeñoso—. Por lo tanto, tienes mi promesa. No me cuesta nada dártela. ¿Qué te parece, ahora, si tú me haces otra a mí? Que me harás saber dónde irás, dónde puedo localizarte; prométeme que no te desvanecerás como si fueras algo que sólo he imaginado...

Me detuve. Había notado en mi voz un tono de urgencia, con atisbos de histeria. No podía imaginarla escribiendo una carta o mandándola al correo o haciendo ninguna de las cosas que los mortales hacían habitualmente. Era como si no nos hubiera unido, ni entonces ni nunca, una naturaleza común.

—Espero que aciertes en esa valoración de ti mismo —comentó.

—Yo no creo en nada, madre —respondí—. Hace mucho tiempo le dijiste a Armand que creías que hallarías respuestas en los bosques y las grandes junglas, que las estrellas te revelarán algún día una gran verdad. Yo, en cambio, no creo en nada y eso me hace más fuerte de lo que piensas.

—Entonces ¿por qué tengo tanto miedo por ti? —insistió.

Su voz era apenas un jadeo. Creo que tuve que seguir el movimiento de sus labios para oír lo que decía.

—Tú percibes mi soledad —contesté—, mi amargura al quedar al margen de la vida. Mi amargura de ser el mal, de no merecer ser amado y, a pesar de todo, necesitar desesperadamente el amor. Mi horror de no poder mostrarme nunca a los mortales. Pero estas cosas no me detienen, madre. Soy demasiado fuerte para que me detengan. Como una vez dijiste, soy muy bueno en ser lo que soy. Estos temas, simplemente, me hacen sufrir de vez en cuando, eso es todo.

—Te quiero, hijo mío.

Quise añadir algo acerca de su promesa, de los agentes en Roma, de que escribiera. Quise decirle...

—Recuerda tu promesa —murmuró.

Y, de pronto, supe que aquél era nuestro último momento juntos. Lo supe y me di cuenta de que no podía hacer nada por cambiarlo.

—¡Gabrielle! —musité.

Pero ya se había marchado. La sala, el jardín exterior, la noche misma, estaban en calma y en silencio.

En algún momento antes del amanecer, abrí los ojos. Estaba tendido en el suelo de la casa, donde me había derrumbado llorando hasta caer dormido.

Recordé que debía partir hacia Alejandría, avanzar cuanto pudiera, y luego enterrarme bajo la arena cuando saliera el sol. Sería magnífico dormir en el suelo arenoso. También recordé que la puerta del jardín había quedado abierta. Y que ninguna de las puertas estaba cerrada con llave.

Pero no conseguí moverme. De una manera fría y muda, me imaginé buscándola por El Cairo, llamándola, diciéndole que volviera. Por un momento, casi me pareció que lo había hecho, que había corrido tras ella completamente humillado y que había tratado de hablarle otra vez del destino que me conducía a perderla igual que a Nicolas le había llevado a perder las manos. De algún modo, teníamos que trastocar el destino. El triunfo final debía ser nuestro.

Una idea sin sentido. Y tampoco había corrido tras ella. Había salido de caza y había vuelto. Para entonces, ella ya estaría lejos de El Cairo, tan perdida de mí como un leve grano de arena en el aire.

Finalmente, largo rato después, volví la cabeza. Un cielo carmesí sobre el jardín, una luz carmesí resbalando por el otro lado del tejado. La llegada del sol... y la llegada del calor y el despertar de mil y una voces por las tortuosas callejas de El Cairo y un sonido que parecía surgir de la arena y de los árboles y de los campos sembrados.

Y, muy lentamente, mientras escuchaba estos sonidos y entreveía el fulgor luminoso agitándose en el tejado, advertí la proximidad de un mortal.

Estaba en el umbral de la puerta del jardín, contemplando mi silueta inmóvil en el interior de la casa. Era un joven europeo de cabellos rubios vestido de árabe. Bastante guapo. Y, con las primeras luces del día, me distinguió allí: un europeo como él, tendido en el suelo de baldosas de una casa abandonada.

Me quedé mirándole mientras se adentraba en el jardín desierto; la luminosidad del cielo me calentaba los ojos y empezaba a quemarme la suave piel en torno a ellos. Con su túnica y su limpio turbante, era como un fantasma cubierto por una sábana blanca.

Me di cuenta de que debía escapar. Tenía que huir lejos inmediatamente, y esconderme del sol naciente. Ya no tenía tiempo de llegar a la cripta. El mortal estaba en mi guarida. No me quedaba tiempo ni para matarle y librarme de él, pobre mortal infortunado.

Pero no me moví. Y él se acercó aún más. Todo el cielo fluctuaba detrás de él mientras su silueta se definía y formaba una sombra.

—¡Monsieur!

El susurro solícito, como el de la mujer de Notre Dame que, tantos años atrás, había intentado ayudarme antes de que la convirtiera en mi presa junto a su inocente pequeño.

—¿Qué le sucede, monsieur? ¿Puedo ayudarle en algo?

Un rostro tostado por el sol bajo los pliegues del blanco turbante, unas cejas doradas destellantes, unos ojos grises como los míos.

Me di cuenta de que estaba poniéndome en pie, pero no

lo hice por propia voluntad. Me di cuenta de que mis labios dejaban los dientes al descubierto. Y entonces oí un rugido que surgía de mí y advertí la sorpresa en su rostro.

—¡Mira! —dije en un susurro, apoyando los colmillos en el labio inferior—. ¡Mira bien!

Y, corriendo hacia él, le así por la muñeca y le obligué a poner la mano abierta sobre mi rostro.

—¿Has creído que era humano? —grité. Y luego le levanté, manteniendo a distancia sus pies mientras él los sacudía y se debatía inútilmente—. ¿Has pensado que era tu hermano?

El muchacho abrió la boca con un gemido seco, un carraspeo y, luego, un grito.

Le lancé por los aires y le vi volar sobre el jardín con el cuerpo girando y los brazos y las piernas extendidos, hasta desaparecer por encima del tejado deslumbrante.

El cielo era un fuego cegador.

Salí corriendo por la puerta del jardín y me interné en el callejón. Corrí bajo pequeñas arcadas y crucé calles extrañas. Probé puertas y verjas y aparté de mi camino a algunos mortales. Atravesé incluso paredes que surgían ante mí y de las que se alzaban nubes de polvo de yeso que amenazaban con sofocarme, para salir de nuevo a una calleja embarrada de olor rancio. Y la luz continuó detrás de mí como si se tratara de una cacería a pie.

Y cuando finalmente encontré una casa quemada con las celosías en ruinas, irrumpí en ella y me enterré en el jardín.

Cavé más y más hondo, hasta que no pude ya seguir moviendo los brazos ni las manos.

Estaba refugiado en el frío y la oscuridad.

Me hallaba a salvo.

6

Me estaba muriendo. O eso pensé. Era incapaz de contar las noches que habían transcurrido. Tenía que levantarme e ir a Alejandría. Tenía que cruzar el océano. Pero eso significaba moverse, abrirse paso en la tierra, rendirse a la sed.

No cedería a ella.

La sed llegó. La sed pasó. Fue el tormento y el fuego, y mi mente padeció la sed igual que la sufría mi corazón, y éste se hizo más y más grande, su latir más y más sonoro. Pero, a pesar de todo, seguí sin ceder.

Tal vez los mortales, encima de mí, pudieran oír mi corazón. De vez en cuando, les vi como breves llamaradas en la oscuridad y escuché sus voces parloteando en una lengua extranjera. Sin embargo, la mayor parte del tiempo sólo vi la oscuridad. Sólo escuché las tinieblas.

Finalmente, fui la sed misma yaciendo bajo tierra, envuelto en sueños rojos, y la paulatina certeza de que estaba demasiado débil para abrirme paso entre la blanda tierra arenosa, para poder poner la rueda en marcha otra vez.

Exacto. No podía levantarme de allí aunque quisiera. No podía moverme en absoluto. Respiraba. Seguía respirando. Pero no de la manera en que lo hacían los mortales. El latido del corazón me retumbaba en los oídos.

Pero no morí. Sólo me consumí. Igual que aquellos seres torturados tras los muros de la cripta bajo Les Innocents, metáforas desamparadas del sufrimiento universal que pasa desapercibido, que no deja constancia, que es ignorado.

Mis manos se hicieron garras y mi cuerpo quedó reducido a piel y huesos y los ojos me saltaban de las órbitas. Es interesante que nosotros, los vampiros, podamos permanecer en ese estado para siempre, que sigamos existiendo incluso si no bebemos, si no nos entregamos a ese placer exquisito y fatal. Sería interesante, si no fuera porque cada latido del corazón significaba tal agonía. Y si pudiera detener mis pensamientos:

Nicolas de Lenfent ha dejado de existir. Mis hermanos han muerto. El sabor apagado del vino, el sonido de los aplausos. *«¿Pero no crees que sea bueno lo que hacemos aquí, dar felicidad a la gente?»*

«¿Bueno? ¿De qué estás hablando? ¿Bueno?»

«¡Es algo bueno, produce algún bien, hay bondad en ello! Dios santo, incluso si este mundo carece de sentido, sin duda puede seguir existiendo en él la bondad. Es bueno comer, beber, reír... estar juntos...»

Risas. Aquella música desquiciada. Aquella estridencia, aquella disonancia, aquella interminable expresión chillona y penetrante del vacío y la ausencia de sentido...

¿Estoy despierto? ¿Estoy dormido? De una cosa estoy seguro. De que soy un monstruo. Y, gracias a que yazgo atormentado bajo tierra, algunos seres humanos pueden atravesar el estrecho desfiladero de la vida sin sobresaltos.

Gabrielle ya debe de estar en las junglas de África.

En algún impreciso momento, penetraron unos mortales en la casa quemada bajo cuyo jardín me hallaba, unos ladrones que buscaban refugio. Demasiado parloteo en un idioma extranjero. Pero lo único que tenía que hacer era hundirme todavía más dentro de mí mismo, aislarme hasta de la fría arena que me envolvía, para no escucharles.

¿Estoy realmente aprisionado?

El olor de la sangre ahí arriba...

Tal vez esos dos hombres que descansan en el descuidado jardín sean la última esperanza de que la sangre me haga levantarme de la tierra, de que me haga revolverme y extender esas horribles (tienen que serlo) y monstruosas zarpas.

Los mataré de miedo antes incluso de beber. Es una lástima. Siempre he sido un vampiro bello y refinado. Pero ya no.

De vez en cuando, me parece que Nicolas y yo revivimos nuestras mejores conversaciones. *«Estoy más allá de todo* dolor y de todo pecado», me dice. «Pero ¿tú sientes algo?», le pregunto yo. «¿Es eso lo que significa verse libre de este estado? ¿Que uno deja de sentir?» ¿Que desaparecen la pesadumbre, la sed, el éxtasis? En esos momentos, me resulta interesante que nuestro concepto del paraíso sea el de un éxtasis. Las bienaventuranzas del cielo. Y que nuestra imagen del averno sea la de un dolor. El fuego del infierno. Así pues, no nos parece demasiado bien *no sentir* nada, ¿verdad?

¿Vas a rendirte, Lestat? ¿O no es cierto, más bien, que antes prefieres combatir la sed con este tormento infernal que morir y dejar de sentir? Al menos, sientes el deseo de la sangre, de una sangre cálida y deliciosa llenando todo tu ser... Sangre...

¿Cuánto tiempo van a quedarse esos humanos aquí, encima de mí, en mi jardín destrozado? ¿Una noche? ¿Dos? Recuerdo que dejé el violín en la casa donde vivía. Tengo que recuperarlo y entregarlo a algún joven músico mortal, alguien que...

Bendito silencio. Salvo el sonido del violín. Y los blancos dedos de Nicolas pulsando las cuerdas, y el arco moviéndose veloz bajo el foco, y los rostros de las marionetas inmortales, entre fascinadas y divertidas. Cien años atrás, los parisienses le habrían capturado. No habría tenido que arrojarse a la hoguera él mismo. Y también me habrían capturado a mí. Pero lo dudo.

No, jamás habría existido un lugar de las brujas para mí.

Ahora, Nicolas vive en mi recuerdo. Una piadosa frase mortal. ¿Y qué clase de vida es ésta? Si a mí no me gusta vivir aquí, ¿qué significará vivir en el recuerdo de otro? Nada, me parece. No estás realmente ahí, ¿verdad?

Gatos en el jardín. Olor a sangre gatuna.

Gracias, pero prefiero sufrir. Prefiero secarme como un pellejo con dientes.

7

Surgió un sonido en la noche. ¿Cómo era?

El poderoso timbal gigante que retumbaba pausadamente por las calles del pueblo de mi infancia mientras los actores italianos anunciaban la representación que tendría lugar en el pequeño escenario de la parte trasera de su pintarrajeado carromato. El gran timbal que yo mismo había tocado por las calles de la ciudad durante aquellos días preciosos en que, fugado de casa, había sido uno de ellos.

Pero el sonido era aún más fuerte. ¿El estallido de un cañón transportado por el eco a través de valles y pasos de montaña? Lo noté en los huesos. Abrí los ojos en la oscuridad y supe que se acercaba.

Tenía el ritmo de las pisadas. ¿O era el de un corazón latiendo? El mundo se llenó de aquel sonido.

Era un estruendo siniestro, que se acercaba más y más. Y, sin embargo, una parte de mí supo que no era ningún sonido real, nada que pudiera captar un oído mortal, nada que hiciera vibrar la porcelana de los estantes o el cristal de las ventanas. O que hiciera encaramarse a lo alto de la tapia a los gatos.

Egipto yace en silencio. El silencio cubre el desierto a ambas orillas del poderoso río. No se oye ni el balido de una oveja. Ni el mugido de una vaca. Ni el llanto de una mujer en algún rincón.

Y, en cambio, el sonido es ensordecedor.

Por un instante, tuve miedo. Me estiré en la tierra, forcé los dedos hacia la superficie. Sin visión, sin peso, flotaba en la tierra arenosa y, de pronto, no pude respirar, no pude gritar, y me pareció que, si hubiera podido hacerlo, habría gritado tan fuerte que habría roto todos los cristales en kilómetros a la redonda. Las ventanas se habrían hecho añicos y las copas de cristal fino habrían estallado.

El sonido era más fuerte. Se acercaba. Traté de rodar sobre mí mismo y alcanzar el aire, pero no pude.

Y entonces me pareció ver la cosa, la figura aproximándose. Un leve fulgor rojo en la oscuridad.

Quizá sea la Muerte, me dije.

Quizá, por algún sublime milagro, la Muerte está viva y nos toma en sus brazos, y esa figura que se acerca no es un vampiro, sino la personificación misma del paraíso y sus bienaventuranzas.

Y con ella nos alzamos más y más, hacia las estrellas. Dejamos atrás los ángeles y los santos, dejamos atrás la luz misma y penetramos en la divina oscuridad, en el vacío, al tiempo que dejamos atrás la existencia. Y todos nuestros actos son perdonados y disueltos en el olvido.

La destrucción de Nicolas se convierte en un débil punto de luz que se desvanece. La muerte de mis hermanos se desintegra en la gran paz de lo inevitable.

Traté de empujar la tierra, de hacer fuerza con los pies, pero yo estaba demasiado débil. Noté en la boca un gusto a tierra arenosa. Sabía que debía levantarme, y el sonido estaba diciéndome que lo hiciera.

Lo volví a sentir como una descarga de artillería: el rugido de un cañón.

Y me di perfecta cuenta de que aquel sonido estaba buscándome, que estaba acudiendo a mí. Me buscaba como un haz de luz. No podía quedarme allí. Tenía que responder.

Envié hacia él el más caluroso sentimiento de bienvenida. Le dije que estaba allí y escuché mis propios penosos jadeos mientras pugnaba por mover los labios. Y el sonido alcanzó tal potencia que hizo vibrar hasta la última fibra de mi ser. En torno a mí, la tierra se movía bajo su efecto.

Fuera lo que fuese, había penetrado en la casa quemada y en ruinas.

La puerta había saltado reventada como si sus goznes, en lugar de anclados en hierro, lo hubieran estado en simple yeso. Vi todas esas imágenes sobre la pantalla de mis párpados cerrados. Y vi aquello moviéndose bajo los olivos. Estaba en el jardín.

Presa de un renovado frenesí, quise abrirme paso hacia el aire. Pero el ruido sordo y corriente que escuchaba ahora era el de algo excavando la tierra encima de mí.

Noté algo suave como el terciopelo que me rozaba el rostro. Y vi encima de mí la luz tenue del cielo a oscuras y la capa de nubes como un velo que tapaba las estrellas, y nunca como en aquel momento me parecieron tan bienaventurados los cielos en toda su sencillez.

El aire llenó mis pulmones.

Emití un sonoro gemido de placer al notarlo. Pero todas aquellas sensaciones estaban más allá del placer. Respirar o ver la luz eran milagros. Y el sonido del timbal, aquel ruido ensordecedor, parecía el acompañamiento perfecto.

Y la figura, aquel ser que había venido a buscarme, aquél de quien procedía el sonido, estaba delante de mí.

El sonido se desvaneció; se difuminó hasta que no fue sino el eco de una nota de violín. Y empecé a salir de la tierra como si alguien me levantara, aunque el ser continuó donde estaba, con las manos a los costados.

Por fin, adelantó los brazos para sostenerme, y el rostro que vi parecía surgido del reino de lo imposible. ¿Cómo podía tener un aspecto así uno de nosotros? ¿Qué sabíamos nosotros de paciencia, de supuesta bondad, de compasión? No, aquel ser no era uno de nosotros. Era imposible. Y, pese a todo, lo era. Sangre y huesos sobrenaturales, como yo. Ojos irisados que captaban la luz de todas direcciones, pestañas cortas como trazos dorados de la pluma más fina.

Y esa criatura, ese vampiro poderoso, me sostenía erguido y me miraba a los ojos. Y creo que dije algo descabellado, que expresé algún pensamiento desesperado: afirmé que conocía el secreto de la eternidad.

—Entonces, dímelo —musitó el ser con una sonrisa.

Era la más pura imagen del amor humano.

—¡Oh, Dios, ayúdame! ¡Condéname al pozo del infierno! —Estaba escuchando mi propia voz—. No puedo seguir contemplando esta belleza.

Vi mis brazos como huesos, mis manos como garras de ave. Es imposible, me dije, seguir viviendo como el espectro que ahora soy. Me miré las piernas. Eran dos palos. Las ropas se me caían a pedazos. Era incapaz de moverme y de mantenerme en pie. De pronto, me asaltó el recuerdo de la sensación de la sangre fluyendo en mi boca. Vi ante mí, como una mortecina llamarada, sus ropajes de terciopelo rojo, la capa que le cubría hasta el suelo, las manos enguantadas de rojo intenso que me sostenían. Los mechones de su tupido cabello, rubios y canos, dibujaban ondas que caían en desorden sobre su amplia frente y enmarcaban su rostro. Y los ojos azules podrían haber parecido meditabundos bajo las pobladas cejas doradas, de no ser por su gran tamaño y por haber estado tan dulcificados por el sentimiento expresado en su voz.

Un hombre en la flor de la vida en el momento de recibir el don inmortal. Y en su rostro cuadrado, con las mejillas ligeramente hundidas y la boca grande y carnosa, la expresión de dulzura y de paz.

—Bebe —me dijo, alzando un poco las cejas y modelando la palabra en sus labios lenta y detenidamente, como si de un beso se tratara.

Como hiciera Magnus aquella noche mortal tanto tiempo atrás, el vampiro abrió la mano y apartó la ropa de su garganta. La vena, púrpura oscuro bajo la piel translúcida sobrenatural, quedó expuesta. Y de nuevo empezó el ruido, aquel sonido apabullante, y el ser terminó de sacarme de la tierra y me atrajo hacia sí.

Una sangre como la luz misma, fuego líquido. Nuestra sangre. Y mis brazos cobrando un vigor incalculable, rodeando sus hombros. Y mi rostro apretado contra su carne blanca y fría. Y la sangre impregnando mi interior, esparciendo el fuego hasta el último capilar. ¿Cuántos siglos habían purificado aquella sangre, destilando su poder?

Bajo el rugido del rojo líquido al manar, me pareció que decía algo. Le oí repetir:

—Bebe, joven mío, herido mío.

Noté que su corazón se expandía, que su cuerpo vibraba y que estábamos apretados el uno contra el otro. Creo que me oí a mí mismo diciendo:

—Marius...

Y que él respondía:

—Sí.

SÉPTIMA PARTE

MAGIA ANTIGUA,
ANTIGUOS MISTERIOS

1

Cuando desperté, me hallaba a bordo de un barco. Me llegó el crujido de las cuadernas, el olor salobre del mar. Capté el olor de la sangre de los tripulantes y supe que estaba en una galera, porque escuché el batir rítmico de los remos bajo el sordo rumor de las enormes velas.

No podía abrir los ojos ni mover las extremidades, pero me sentía en calma. No tenía sed. De hecho, experimentaba una extraordinaria sensación de paz. Tenía el cuerpo caliente como si acabara de saciarme y me resultaba agradable permanecer allí tendido, soñando despierto y acunado dulcemente por el mar.

Al rato, mi mente empezó a despejarse.

Noté que estábamos deslizándonos muy deprisa por aguas bastante tranquilas. Y que el sol acababa de ponerse. El cielo crepuscular empezaba a oscurecer y el viento estaba amainando. El sonido de los remos alzándose y cayendo resultaba tan nítido como sedante.

Ahora, tenía los ojos abiertos.

Ya no estaba en el sarcófago. Acababa de salir del camarote de popa del largo navío y me hallaba en cubierta.

Aspiré el fragante aire salado y contemplé el delicioso azul incandescente del cielo tras el ocaso y la multitud de estrellas brillantes que empezaban a lucir. Desde tierra firme, las estrellas nunca se ven así. Nunca parecen tan cercanas.

A ambos costados de la nave había oscuras islas montañosas, acantilados salpicados de pequeñas luces vacilantes. El aire estaba impregnado del aroma de las plantas, de las flores, de la propia tierra.

Y la esbelta nave avanzaba a buena marcha hacia un estrecho paso entre los acantilados.

Me sentía inusualmente fuerte y despejado. Por un instante, sentí la tentación de intentar averiguar cómo había llegado hasta allí, si me hallaba en el Egeo o incluso en el Mediterráneo, de saber cuándo había dejado Egipto y si los hechos que recordaba habían tenido lugar realmente.

Pero las preguntas me resbalaron en muda aceptación de lo que estaba sucediendo.

Marius estaba arriba, en el puente, delante del palo mayor. Me acerqué al pie del puente, me detuve allí, y alcé la vista hacia su rostro.

Llevaba la larga capa de terciopelo rojo que le había visto en El Cairo, y el viento agitaba sus abundantes cabellos rubios, casi blancos. Tenía los ojos fijos en el paso que se abría ante nosotros, en los peligrosos escollos que sobresalían de los bajíos, y su mano izquierda asía la pasarela de la pequeña cubierta.

Me embargó una irresistible atracción hacia él, y la sensación de paz aumentó en mi interior.

No había la menor grandeza ominosa en su rostro ni en su postura, ni una altivez que me causara miedo o humillación. Sólo le envolvía una serena nobleza, con los ojos muy abiertos y fijos al frente y un gesto en la boca que sugería de nuevo una actitud de excepcional dulzura.

Un rostro demasiado liso, sí. Era demasiado fino: tenía el lustre de la piel de una cicatriz y, en una calle a oscuras, habría sobresaltado, o incluso asustado, a cualquiera. Despedía una ligera luz. Pero la expresión era demasiado cálida, demasiado humana en su bondad para sugerir otra cosa que una invitación.

Armand me hubiera tal vez parecido un dios sacado de Caravaggio; y Gabrielle, un arcángel de mármol en el pórtico de una iglesia.

Pero la figura que tenía ante mí era la de un hombre inmortal. Y el hombre inmortal, con la mano derecha extendida ante sí, pilotaba silenciosa pero inconfundiblemente aquella nave entre las rocas que orlaban el estrecho.

Las aguas brillaban como metal fundido, con destellos azules, plateados y negros. Al batir las rocas, las veloces olas levantaban nubes de espuma.

Me acerqué más y, con el menor ruido posible, subí la escalerilla hasta el puente.

Marius no apartó la vista de las aguas un solo instante, pero extendió la mano izquierda y asió la mía, que tenía al costado.

Calor. Una presión moderada. Pero aquél no era momento para hablar e incluso me sorprendió que hubiera advertido mi presencia.

Frunció el entrecejo, y entrecerró ligeramente los ojos y, como si obedecieran a sus mudas órdenes, los remeros aminoraron el ritmo de las paladas.

Me sentí fascinado por lo que veía, y advertí, al aumentar mi concentración, que podía apreciar el poder que emanaba de él, un latido grave que surgía acompasado con el de su corazón.

También pude oír a unos mortales en los acantilados y en las estrechas playas que se extendían a babor y a estribor. Los vi congregados en los promontorios o corriendo hacia la orilla con antorchas en las manos. Mientras los veía allí, de pie en la semioscuridad del anochecer con la vista fija en los faroles de nuestro barco, me llegaron sus pensamientos tan nítidamente como si fueran voces. El idioma era griego, desconocido para mí, pero el mensaje era claro:

Está pasando el señor. Bajad a ver: está pasando el señor. Y la palabra «señor» incorporaba en su significado una vaga sugerencia de algo sobrenatural. Y una oleada de veneración, mezclada de excitación, se alzaba de las orillas como un coro de susurros superpuestos.

¡Escuchar aquello cortaba la respiración! Pensé en el mortal al que había aterrorizado en El Cairo y en la antigua debacle en el escenario del teatro. Pero, salvo esos dos humillantes incidentes, había vagado invisible por el mundo durante diez años, y aquellos mortales, aquellos campesinos de ropas pardas congregados para contemplar el paso del barco, sabían quién era Marius. O, al menos, sabían algo de lo que en realidad era. Aunque no utilizaban el término griego para referirse a los vampiros, uno de los pocos que había aprendido.

Y pronto dejamos atrás las playas. Los acantilados se cerraron a ambos lados. El barco se deslizó con los remos sobre las olas. Los elevados farallones de roca reducían la luz del cielo.

En unos instantes, vi abrirse ante nosotros una gran bahía plateada y un muro de roca cortado a pico al frente, mientras a ambos lados unas laderas más practicables cerraban las aguas. El muro era tan alto y vertical, que no logré distinguir nada en la cima.

Al aproximarnos, los remeros redujeron la velocidad. El barco viraba ligeramente a un lado, y, cuando derivamos hacia el acantilado, vi la confusa forma de un viejo embarcadero de piedra cubierto de brillante musgo. Los remeros habían levantado sus palas hacia el cielo.

Marius continuaba inmóvil como antes, ejerciendo una leve presión sobre mi mano con una de las suyas, mientras con la otra señalaba el embarcadero y el muro de roca que se alzaba como la noche misma, en el cual se reflejaba, difusa, la luz de nuestros fanales.

Cuando estábamos a apenas un par de metros del embarcadero —peligrosamente cerca para un barco del tamaño y tonelaje que parecía tener éste—, noté que nos deteníamos.

A continuación, Marius me tomó de la mano y cruzamos juntos la cubierta. Montamos sobre la borda del barco. Un criado de cabello oscuro se acercó y depositó una bolsa en la mano de Marius. Luego, los dos juntos saltamos al embarcadero de piedra, salvando sin el menor sonido la distancia sobre las aguas.

Volví la vista y contemplé la nave, que se mecía ligeramente. Los remeros empezaban a bajar otra vez las palas.

Instantes después, el barco se dirigía hacia las luces lejanas de una pequeña población al otro lado de la bahía.

Marius y yo nos quedamos solos en la oscuridad, y, cuando la embarcación no fue más que un punto oscuro en las aguas brillantes, le vi señalar una angosta escalera tallada en la roca.

—Ve delante de mí, Lestat —me indicó.

La subida me sentó bien. Me gustó escalar con rapidez la cuesta, seguir los peldaños bastamente tallados y los tramos en zigzag, notar cómo arreciaba el viento y ver el agua cada vez más lejana y quieta, como si el movimiento de las olas hubiera cesado.

Marius sólo estaba unos pasos detrás de mí, y, nuevamente, pude notar y escuchar aquel latido de poder. Era como una vibración que me calaba los huesos.

Los peldaños tallados en la piedra desaparecían antes de llegar a la mitad del acantilado y pronto me encontré siguiendo un sendero por el que no pasaría ni una cabra montés. Aquí y allá, un peñasco o un afloramiento de rocas ponía un margen entre nosotros y una posible caída a las aguas, pero, la mayor parte del tiempo, el sendero mismo era lo único que sobresalía del acantilado y, conforme subíamos y subíamos, incluso a mí me entró miedo de mirar hacia abajo.

Una vez, con la mano en torno a la rama de un árbol, lo hice y vi a Marius avanzando pausadamente hacia mí con la bolsa colgada al hombro y la mano derecha libre. La bahía, el pueblo distante y el puerto parecían de juguete, un diorama montado por un niño con un espejo, arena y unos pedazos de madera. Mi vista alcanzaba incluso más allá del paso a aguas abiertas, hasta las siluetas en sombras de otras islas que surgían del mar inmóvil. Marius sonrió y aguardó. Después, con gran suavidad, susurró:

—Continúa.

Como si estuviera hechizado, reanudé la subida y no me detuve hasta llegar a la cima. Salvé gateando un último saliente de rocas y maleza y me puse en pie sobre una hierba mullida.

Ante mí se alzaban nuevas rocas y farallones y, como si hubiera surgido de su seno, una inmensa casa fortificada con luces en sus ventanas y en sus torres.

Marius me pasó el brazo por los hombros y nos dirigimos a la entrada.

Noté que aflojaba el abrazo, al tiempo que se detenía ante un enorme portalón. En seguida, oí correr el pestillo desde el interior. La puerta se abrió y Marius volvió a asirme con fuerza, guiándome hacia el corredor, donde un par de antorchas proporcionaban suficiente luz.

Con cierta sorpresa, advertí que no había allí nadie que pudiera haber corrido el pestillo o abierto la puerta. Marius se volvió, miró hacia la puerta, y ésta se cerró de nuevo.

—Corre ese pestillo —me indicó.

Me pregunté por qué no lo movía como había hecho con todo lo demás, pero le obedecí de inmediato.

—De esta manera es mucho más fácil —comentó, y en su rostro apareció una ligera expresión de burla—. Te acompañaré a la habitación donde podrás dormir tranquilo. Después, ven a verme cuando quieras.

No pude oír a nadie más en la casa. Pero allí habían estado unos mortales, de eso estaba seguro. Podía captar su olor aquí y allá. Y las antorchas llevaban sólo un rato encendidas.

Subimos por una pequeña escalera a la derecha, y, cuando entramos en la estancia que me había sido asignada, me quedé pasmado.

Era una cámara enorme, con toda una pared abierta a una terraza de barandilla de piedra que colgaba sobre el mar.

Volví la cabeza, pero Marius se había ido ya. Había partido con su bolsa, pero, en una mesa de piedra en mitad de la estancia, encontré el violín de Nicolas y mi valija.

Al reconocer el instrumento, me recorrió un escalofrío de tristeza y de alivio, pues ya temía haberlo perdido definitivamente.

En la cámara había bancos de piedra, una lámpara de aceite encendida en un pedestal y, en un rincón, un par de sólidas puertas de madera.

Me acerqué a ellas, las abrí y descubrí un pequeño pasadizo que doblaba bruscamente en ángulo recto. Detrás del recodo había un sarcófago con una tapa sin adornos. Estaba tallado en diorita, una de las piedras más duras de la naturaleza, a mi entender. La tapa resultaba inmensamente pesada, y, cuando examiné el interior, vi que estaba blindada con planchas de hierro y que contenía un pestillo que podía cerrarse desde dentro.

En el fondo del sarcófago había varios objetos brillantes. Al levantarlos, despidieron unos reflejos casi mágicos bajo la luz que se filtraba hasta allí.

Había una máscara dorada de rasgos delicadamente tallados, con los labios cerrados y unas pequeñas aberturas en los ojos, sujeta a una capucha confeccionada con láminas de oro batido dispuestas como pequeñas tejas. La máscara era pesada, pero la capucha resultaba muy ligera y flexible; cada lámina iba atada a las vecinas mediante un hilo de oro. Y también había un par de guantes de piel cubiertos completamente de otras láminas de oro de menor tamaño, como las escamas de un pez. Por último, el sarcófago contenía asimismo una gran manta doblada, de la más suave lana roja, con nuevas láminas de oro, de mayor tamaño, cosidas en una de las caras. Advertí que, si me ponía aquella máscara y aquellos guantes —y si me cubría con la manta—, quedaría perfectamente protegido de la luz si alguien abría el sarcófago durante mi sueño.

Pero era improbable que nadie llegara hasta el sarcófago. Y las puertas de aquellas cámaras en forma de L también estaban forradas de hierro, y tenían otro pestillo de metal para cerrar por dentro.

Pese a ello, aquellos objetos misteriosos poseían un encanto. Me complació tocarlos y me imaginé poniéndomelos para dormir. La máscara me recordó las que simbolizaban en Grecia la comedia y la tragedia.

Todo aquello recordaba la sepultura de un rey.

Dejé los objetos, un poco a regañadientes.

Volví a la estancia de la terraza, me quité la ropa que había llevado durante mis noches bajo tierra en El Cairo y me puse prendas limpias. Me sentí bastante absurdo allí plantado, en aquel lugar intemporal, vestido con una levita azul violácea con botones de perlas y la habitual camisa de encaje, y con unos zapatos de satén con diamantes en las hebillas, pero ésa era la única indumentaria que tenía. Me até el cabello a la nuca con un lazo negro, como un buen gentilhombre del siglo XVIII, y fui en busca del amo de la casa.

2

Encontré antorchas encendidas por toda la casa. Las puertas estaban abiertas, igual que las ventanas que se asomaban al firmamento y al mar. Y, mientras dejaba atrás la desierta escalera que conducía a la cámara, me di cuenta de que, por primera vez en mi vagar, me hallaba en el seguro refugio de un ser inmortal, con provisiones y con todo lo que un ser inmortal podía desear.

Pude admirar magníficas urnas griegas dispuestas sobre pedestales en los pasillos y grandes estatuas de bronce procedentes de Oriente que me contemplaban desde sus hornacinas. Plantas delicadas florecían en todas las ventanas y terrazas abiertas al cielo. Espléndidas alfombras traídas de la India, de China y de Persia cubrían los suelos de mármol bajo mis pies.

Descubrí enormes animales disecados en actitudes casi naturales: el oso pardo, el león, el tigre, incluso el elefante plantado en una cámara para él solo, lagartos del tamaño de dragones, aves de presa posadas en unas ramas secas dispuestas para que parecieran surgir de un tronco real.

Pero todo ello quedaba dominado por los murales de brillantes colores que cubrían todas las superficies, desde el suelo hasta el techo.

En una cámara había una escena oscura y vibrante del desierto de Arabia quemado por el sol, con una caravana de camellos y mercaderes con turbante exquisitamente detallada avanzando por la arena. En otra estancia, cobró vida a mi alrededor una jungla lujuriante de flores tropicales minuciosamente reproducidas, lianas y hojas de cuidado dibujo.

La perfección del efecto óptico me asombró y me sedujo. Y, cuanto más estudiaba las imágenes, más cosas veía.

Aquella estampa de la jungla estaba repleta de criaturas: insectos, pájaros, gusanos en el suelo... un millón de aspectos de la escena que, finalmente, me produjeron la sensación de que me había deslizado fuera del tiempo y del espacio, de que me había sumergido en algo más que una pintura. Y, sin embargo, todo estaba allí, plano sobre la pared.

Sentí que la cabeza me daba vueltas. Allí donde miraba, las paredes me ofrecían nuevas imágenes. No podría describir en palabras algunos de los tonos y matices de color que vi.

En cuanto al estilo de todas aquellas pinturas, me desconcertó, a la vez que me complacía. La técnica parecía absolutamente realista, con el uso de las proporciones y recursos clásicos que se encuentran en todos los pintores del Renacimiento tardío, Da Vinci, Rafael, Miguel Ángel, así como de artistas de épocas más recientes, como Wateau y Fragonard. El empleo de la luz era espectacular. Bajo mi mirada, las criaturas vivientes parecían respirar.

Pero los detalles... Aquellos detalles no podían ser realistas ni guardar proporción. Sencillamente, había demasiados monos en la selva, demasiados escarabajos en las hojas. En una estampa de un cielo estival aparecían miles de pequeños insectos.

Llegué a una espaciosa galería, abarrotada a ambos lados por hombres y mujeres pintados en las paredes, y estuve a punto de lanzar un grito. Había allí figuras de todas las épocas: beduinos, egipcios, griegos y romanos, caballeros de armadura y campesinos y reyes y reinas. Había gentes del Renacimiento con casacas y polainas, el Rey Sol con su inmensa peluca rizada, y, finalmente, personas de nuestra época.

Pero, también allí, los detalles me hicieron pensar que en realidad lo estaba imaginando todo: las gotitas de agua condensadas en una capa, el corte en una mejilla, la araña medio aplastada bajo una lustrosa bota de cuero.

Me eché a reír. Pero aquello no era divertido; era, simplemente, delicioso. Me eché a reír sin parar.

Tuve que obligarme a salir de aquella galería, y lo único que me dio la fuerza de voluntad necesaria fue la visión de una biblioteca, radiante de luz.

Muros y muros de libros y manuscritos en rollos, enormes esferas terráqueas refulgentes en sus soportes, bustos de los dioses y diosas de la antigua Grecia, grandes mapas desplegados.

Periódicos en todas las lenguas estaban amontonados sobre unas mesas, y, por todas partes, había profusión de curiosos objetos. Fósiles, manos momificadas, caparazones exóticos, ramilletes de flores secas, figurillas y fragmentos de esculturas antiguas, jarrones de alabastro cubiertos de jeroglíficos egipcios.

Y en el centro de la biblioteca, repartidos entre las mesas y las vitrinas, había cómodos sillones con escabeles, candelabros y lámparas de aceite.

En realidad, la impresión que producía la sala era de relajado desorden, de muchas horas de puro disfrute, de un lugar en extremo humano. Saberes humanos, objetos humanos, sillones en los que podrían sentarse humanos.

Me quedé allí largo rato, echando un vistazo a los títulos latinos y griegos. Me sentía un poco ebrio, como si hubiera topado con un mortal cuya sangre contuviera un exceso de vino.

Pero tenía que encontrar a Marius. Dejé atrás la biblioteca, bajé una corta escalera y crucé otro pasillo cubierto de murales hasta salir a otra sala aún mayor, que también estaba inundada de luz.

Antes ya de entrar en ella, escuché el canto de los pájaros y aprecié el perfume de las flores. Y luego me encontré perdido en una jungla de jaulas. Allí no sólo había aves de todos los tamaños y colores, sino también monos y babuinos, y todos parecían haberse vuelto locos en sus pequeñas prisiones mientras yo deambulaba entre ellas.

Plantas en macetas crecían apretadas contra las jaulas: helechos y plataneras, rosales, margaritas, jazmines y otras flores vespertinas de dulces fragancias. Había orquídeas blancas y púrpuras, plantas carnívoras que atrapaban insectos en su seno y arbolillos rebosantes de melocotones, limones y peras.

Cuando emergí por fin de aquel pequeño edén, me encontré en una sala de esculturas igual a cualquier galería del Museo Vaticano. Y vislumbré otras cámaras anejas rebosantes de pinturas, de muebles y accesorios orientales, de juguetes mecánicos.

Por supuesto, ya no me detenía ante cada objeto o cada nuevo descubrimiento. Apreciar cuanto contenía la casa me habría llevado toda una vida mortal.

Continué adelante. No sabía adónde iba, pero comprendí que se me permitía admirar todas aquellas cosas.

Finalmente, escuché el inconfundible sonido de Marius, aquel potente y rítmico latido del corazón que había oído en El Cairo. Y me dirigí hacia él.

3

Penetré en un salón dieciochesco brillantemente iluminado. Los muros de piedra estaban recubiertos de refinados paneles de madera de palisandro con espejos enmarcados que se alzaban hasta el techo. Observé los habituales arcones pintados, los sillones tapizados, los cuadros de paisajes oscuros y frondosos, los relojes de porcelana. Vi una pequeña colección de libros en unos armarios de puertas de cristal y un periódico de fecha reciente sobre una mesilla, junto a un sillón con mantelillos de brocado en los brazos.

Unas puertas correderas altas y estrechas daban paso a la terraza de piedra, donde una hilera de azucenas y rosas rojas perfumaban el ambiente.

Y allí, de espaldas a mí y apoyado en la barandilla, había un hombre del siglo XVIII.

Cuando se volvió y me indicó con un gesto que saliera a la terraza, vi que era Marius.

Iba vestido igual que yo. La levita era roja, no violácea, y los encajes eran de Valenciennes, no de Bruselas, pero llevaba el mismo estilo de ropa, el lustroso cabello recogido en la nuca con una cinta oscura como yo, y no parecía en absoluto tan etéreo como Armand, sino que daba el aspecto de una superpresencia, de un ser de blancura y perfección imposibles, que, sin embargo, estaba relacionado con todo el que le rodeaba: con las ropas que llevaba, con la barandilla de piedra donde tenía la mano, incluso con el momento mismo en que una nubecilla pasó ante la brillante media luna.

Saboreé aquel instante, el hecho de que aquel ser y yo nos dispusiéramos a hablar, de estar allí realmente. Mi cabeza aún estaba tan despejada como en el barco. Seguía sin sentir la sed y me di cuenta de que era su sangre corriendo por mis venas lo que me mantenía. Todos los viejos misterios se concentraban en mi interior, despertándome y aguzando mi mente. ¿Estarían en algún rincón de la isla aquellos a quienes se llamaba Los Que Deben Ser Guardados? ¿Conocería por fin la respuesta a aquél y a tantos otros interrogantes?

Avancé hasta la barandilla y me detuve al lado de Marius, con la vista fija en el mar. Sus ojos estaban clavados en una isla a apenas media milla de la costa, a nuestros pies. Estaba escuchando algo que yo no podía oír. Y el costado de su rostro, bañado por la luz que surgía de las puertas abiertas a nuestra espalda, producía la espantosa sensación de ser de piedra.

No obstante, le vi volverse de inmediato hacia mí con una expresión de alegría; su liso rostro adquirió por un instante una vitalidad imposible y, a continuación, me pasó el brazo alrededor de los hombros y me condujo de nuevo al interior del salón.

Caminaba con el mismo ritmo que un mortal, con el paso ligero pero firme y desplazando el cuerpo por el espacio con toda normalidad.

Me guió hasta un par de sillones colocados frente a frente y allí tomamos asiento. Estábamos más o menos en el centro de la estancia. La terraza quedaba a la derecha y contábamos con una clara iluminación gracias a la lámpara del techo y a la decena larga de candelabros y brazos de luz instalados en las paredes forradas de madera.

Todo aquello parecía muy normal, muy civilizado. Y Marius se instaló con evidente comodidad entre los cojines de brocado, curvando los dedos en torno a los brazos del sillón.

Al sonreír, su aspecto se hizo totalmente humano. En su rostro surgieron todas las arrugas, toda la expresividad de un rostro humano, hasta que la sonrisa se desvaneció de nuevo.

Traté de no mirarle, pero no pude evitarlo.

Y en sus facciones apareció un aire malévolo.

El corazón me dio un vuelco.

—¿Qué te sería más fácil —me preguntó en francés—, que yo te dijera por qué te he traído aquí, o que tú me explicaras por qué querías verme?

—Bueno, prefiero lo primero —respondí—. Prefiero que hables tú.

Con una risa blanda y conciliadora, Marius continuó:

—Eres una criatura notable. No esperaba que te metieras bajo tierra tan pronto. La mayoría de nosotros experimenta su primera muerte mucho más tarde: cuando ya tienen un siglo de existencia, incluso dos.

—¿La primera muerte? ¿Quieres decir que es habitual... refugiarse bajo tierra como lo he hecho yo?

—Entre los que sobreviven, es habitual. Morimos. Volvemos a vivir. Los que no se entierran durante ciertos períodos de tiempo, no suelen durar mucho.

La revelación me había asombrado, pero parecía muy coherente. Y me embargó el terrible pensamiento de que si Nicolas se hubiera enterrado en lugar de arrojarse a las llamas... Pero no era el momento para pensar en Nicolas. Si lo hacía, empezaría a lanzar preguntas inútiles a mi interlocutor: ¿estaba Nicolas en alguna parte? ¿Había dejado de existir? ¿Y mis hermanos? ¿Estaban ellos también en alguna parte o, sencillamente, habían cesado de existir?

—Pero no debería haberme sorprendido tanto de que, en tu caso, sucediera cuando ha sucedido —continuó hablando como si no hubiera oído mis pensamientos, o no quisiera aludir a ellos todavía—. Has perdido demasiado de lo que te era más preciado. Habías visto y aprendido muchas cosas muy deprisa.

—¿Cómo sabes lo que me ha sucedido? —quise saber.

Volvió a sonreír. Casi lanzó una carcajada. El calor que emanaba de él, la sensación de proximidad, resultaban desconcertantes. Su manera de hablar era animada y absolutamente normal. Es decir, hablaba como un francés bien educado.

—No te doy miedo, ¿verdad? —preguntó.

—No creo que quieras causármelo —respondí.

—Tienes razón. —Con un gesto informal, prosiguió—: Pero tu aplomo resulta, con todo, bastante sorprendente. Para responder a tu pregunta, sé cosas que le suceden a nuestra raza por todo el mundo. Y, para ser sincero, no siempre entiendo cómo o por qué las sé. Es un poder que, como todos los nuestros, aumenta con la edad, pero sigue siendo inconsistente, difícilmente controlable. Hay momentos en que puedo escuchar lo que les sucede a los de nuestra especie en Roma e incluso en París. Y, cuando alguien me llama como tú lo has hecho, puedo captar su llamada desde distancias asombrosas. Y puedo encontrar el origen de la llamada, como has podido comprobar por ti mismo.

»Pero la información me llega también por otras vías. Sé de los mensajes que me has dejado por las paredes de media Europa, porque los he leído. Y he oído hablar de ti a otros. Y, a veces, hemos estado cerca, más cerca de lo que puedas imaginar, y he oído tus pensamientos. Por supuesto, también en este momento puedo escucharlos, como sin duda podrás advertir, pero prefiero comunicarme por medio de palabras.

—¿Y eso? —quise saber—. Pensaba que los antiguos prescindirían por completo de la palabra oral.

—Los pensamientos son imprecisos —explicó él—. Si te abro mi mente, no puedo controlar realmente lo que puedas leer en ella. Y, si soy yo quien lee en la tuya, es posible que malinterprete lo que vea u oiga. Prefiero utilizar el lenguaje hablado y dejar que mis facultades mentales se expresen a través de él. Me gusta la alarma del sonido para anunciar mis comunicaciones importantes. Me gusta que se reciba mi voz. Y me desagrada penetrar en los pensamientos de otro sin advertencia. Para ser totalmente sincero, creo que el lenguaje es el mayor don que comparten mortales e inmortales.

No supe qué responder a ello. De nuevo, el razonamiento parecía absolutamente coherente. No obstante, me encontré moviendo la cabeza en gesto de negativa.

—Y tus gestos... —dije—. Tú no te mueves como Armand o Magnus, como yo creía que todos los antiguos...

—¿Quieres decir como un fantasma? ¿Por qué iba a hacerlo? —replicó Marius con una nueva risa suave que me hechizó.

Se echó un poco hacia atrás en el sillón y dobló la rodilla hasta apoyar el pie en el cojín del asiento, como haría un hombre en su estudio privado.

—Desde luego, hubo un tiempo en que todo esto era muy interesante para mí —comentó—. Deslizarme sobre el suelo produciendo la impresión de no dar pasos, colocarme en posturas que resultan incómodas o imposibles para los mortales. Volar distancias cortas y posarme en tierra sin el menor sonido. Mover objetos por mera voluntad. En realidad, al final, todo ello resulta basto. Los movimientos humanos poseen *elegancia*. Hay sabiduría en la carne, en el modo en que hace las cosas el cuerpo humano. Me gusta el ruido de mis pies al tocar el suelo, el tacto de los objetos entre mis dedos. Además, mover las cosas por pura fuerza de voluntad y volar, incluso distancias cortas, resulta extenuante. Como has visto, puedo hacerlo cuando es necesario, pero es mucho más sencillo utilizar las manos para hacer las cosas.

Sus palabras me complacieron y no traté de ocultarlo.

—Un cantante puede hacer añicos un vaso si logra dar el agudo preciso —añadió—, pero la manera más fácil de romper ese vaso es, simplemente, dejarlo caer al suelo.

Esta vez, me reí abiertamente.

Empezaba a acostumbrarme a los cambios que experimentaba su rostro, entre la expresividad y la inmovilidad perfecta como la de una máscara, y a la sostenida vitalidad de su mirada, que unía ambas. La impresión que producía seguía siendo la de equilibrio y franqueza, la de una persona de desconcertantes belleza y percepción.

Pero a lo que no lograba habituarme era a aquella sensación de presencia, de que algo inmensamente poderoso, peligrosamente poderoso, estaba allí, contenido y muy próximo.

De pronto, me sentí un poco agitado, un poco abrumado. Y me entró un inexplicable deseo de llorar.

Marius se inclinó hacia delante y me rozó con los dedos el revés de la mano y me recorrió un estremecimiento. Estábamos conectados por aquel contacto. Y, aunque su piel era sedosa como la de todos los vampiros, era menos flexible. Era como si me tocara una mano de piedra en guante de seda.

—Te he traído aquí porque quiero contarte lo que sé —declaró—. Quiero compartir contigo todos los secretos que poseo. Por varias razones, has atraído mi interés.

Me sentí fascinado y percibí la posibilidad de un amor irresistible.

—Pero te advierto que en ello hay un peligro —continuó—. Yo no poseo las respuestas definitivas. No puedo decirte quién hizo el mundo o por qué existe el hombre. Ni sé decirte la razón de que exista nuestra especie. Lo único que puedo hacer es revelarte más cosas acerca de nosotros de las que nadie te ha explicado hasta ahora. Puedo mostrarte a Los Que Deben Ser Guardados y decirte lo que sé de ellos. Puedo decirte por qué razón, creo, he logrado sobrevivir tanto tiempo. Tal vez este conocimiento te cambie en algo. Supongo que eso es lo que hace siempre, en realidad, cualquier conocimiento...

—Sí...

—Pero cuando te haya dado todo lo que tengo para darte, seguirás estando exactamente como antes: seguirás siendo un ser inmortal que deberá hallar sus propias razones para
existir.

—Sí, razones para existir —repetí. Mi voz sonó un poco
amarga, pero me gustó oír pronunciar de aquel modo las
palabras.

Con todo, al mismo tiempo, tenía la lúgubre sensación
de ser una criatura hambrienta y depravada a la que iba muy
bien una existencia sin propósitos; de ser un vampiro poderoso que siempre conseguía todo lo que quería, por encima
de todos y de todo. Me pregunté si Marius se daba cuenta de
lo absolutamente terrible que yo era.

La razón para matar era la sangre.

Aceptado. La sangre y el puro éxtasis de la sangre. Y sin
ella, éramos pellejos como yo había sido bajo la tierra egipcia.

—Recuerda bien mi advertencia de que las circunstancias
seguirán siendo las mismas después. Sólo tú puede que cam-
bies. Tal vez salgas de aquí más ignorante que cuando has
entrado.

—¿Pero por qué has decidido revelarme estas cosas? —le
pregunté—. Sin duda, otros vampiros te habrán buscado.
Debes saber dónde está Armand, ¿no?

—Como te he dicho, tengo varias razones —contestó—.
Y, probablemente, la principal es el modo en que me buscas-
te. Muy pocos seres buscan de verdad el conocimiento en
este mundo. Mortales o inmortales, son escasos los que *hacen preguntas*. Al contrario, casi todos intentan extraer de lo
desconocido las respuestas a las que ya han dado forma en
sus propias mentes; justificaciones, confirmaciones, formas
de consuelo sin las cuales serían incapaces de continuar adelante. Preguntar *de verdad* es abrir la puerta al torbellino. La
respuesta puede aniquilar a la vez la pregunta y a quien la
hace. Pero tú te has estado haciendo preguntas de verdad
desde que dejaste París, hace diez años.

Comprendí lo que me decía, pero sólo inconexamente.

—Tienes pocos prejuicios formados —prosiguió—. En realidad, me asombras porque haces las cosas tan extraordinariamente simples. Sólo quieres un objetivo. Sólo buscas amor.

—Cierto —le dije con un leve encogimiento de hombros—. Bastante vulgar, ¿no?

Marius lanzó otra de sus leves risas:

—No. Nada de eso. Es como si los dieciocho siglos de civilización occidental hubieran producido un inocente.

—¿Inocente? Supongo que no te estarás refiriendo a mí, ¿verdad?

—En este siglo se habla mucho del buen salvaje —me explicó—, de la fuerza corruptora de la civilización y de que debemos encontrar el modo de volver a la inocencia que hemos perdido. Pues bien, todo eso no es, en realidad, más que una serie de tonterías. Los pueblos auténticamente primitivos pueden ser monstruosos en sus creencias y expectativas. No les cabe en la cabeza el concepto de inocencia. Y tampoco a los niños. En cambio, la civilización ha creado, al menos, hombres que se comportan con tal inocencia. Por primera vez, miran a su alrededor y se dicen: «¿Qué diablos es todo esto?»

—Tienes razón, pero yo no soy inocente. Impío, tal vez —repliqué—. Procedo de gentes sin Dios, y me alegro de ello. Pero sé que son el bien y el mal de una manera muy práctica, y soy Tifón, el asesino de su hermano, no el matador de Tifón, como debes saber.

Marius asintió enarcando levemente las cejas. Él ya no tenía que sonreír para parecer humano. Ahora, podía ver en él una expresión de emoción aunque no hubiera una sola arruga en su rostro.

—Pero tampoco buscas ningún sistema de valores para justificarlo —afirmó—. A eso me refiero cuando hablo de inocencia. Eres culpable de matar mortales porque has sido creado como un ser que se alimenta de sangre y de muerte, pero no eres culpable de mentir, de crear grandes esquemas de pensamientos lóbregos y maléficos en tu cabeza.

—Eso es cierto.

—Carecer de dios es, probablemente, el primer paso para la inocencia, para despojarse del sentimiento de culpa y de subordinación, de la falsa pena por las cosas que, supuestamente, se han perdido.

—¿De modo que eso entiendes por inocencia: no la ausencia de experiencia, sino la ausencia de artificios engañosos?

—La ausencia de necesidad de artificios —me corrigió—. El amor y el respeto por lo que tienes delante de los ojos.

Lancé un suspiro. Me eché hacia atrás en el sillón pensando en lo que acababa de oír, en qué tenía que ver aquello con Nicolas y con lo que éste decía de la luz, siempre la luz. ¿Se refería a esto?

Marius también parecía meditabundo. Seguía recostado en el sillón como había permanecido desde el principio de la conversación y tenía la mirada perdida en el cielo nocturno más allá de las puertas abiertas. Tenía los ojos entrecerrados y la boca un poco tensa.

—Pero lo que me ha atraído de ti no ha sido sólo tu espíritu animoso, tu honestidad, si lo prefieres. También ha sido el modo en que pasaste a ser uno de nosotros.

—Entonces, también sabes todo eso...

—Sí, todo —asintió, sin darle importancia—. Has sido hecho vampiro al final de una era, en un momento en que el mundo se enfrenta a unos cambios inimaginables. Lo mismo sucedió en mi caso. Yo nací y crecí entre los hombres en una época en que el mundo antiguo, como hoy lo llamamos, estaba llegando a su final. Las viejas creencias estaban agotadas y un nuevo dios estaba a punto de surgir.

—¿Qué época fue ésa? —inquirí, excitado.

—La de César Augusto, cuando Roma acababa de convertirse en imperio y la fe en los dioses había muerto como expresión de elevados ideales.

Le dejé ver la sorpresa y el placer que inundaban mi rostro. Ni por un instante dudé de sus palabras. Me llevé una mano a la cabeza como para recobrar la serenidad perdida, pero él continuó hablando:

—La gente corriente de esa época creía en la religión como la gente de hoy. Para ellos era una costumbre, una superstición, una magia elemental, el uso de unas ceremonias cuyos orígenes se perdían en la antigüedad, igual que sucede hoy. Pero el mundo de los que *creaban* ideas, de los que gobernaban y hacían avanzar el curso de la historia, era un lugar sin fe y desesperadamente sofisticado como el de la Europa de los tiempos actuales.

—Así me pareció mientras leía a Cicerón, a Ovidio y a Lucrecio —murmuré.

Él asintió y se encogió de hombros ligeramente.

—La humanidad ha tardado dieciocho siglos en volver al escepticismo, al nivel de sentido práctico de esos tiempos. Pero la historia no se repite en absoluto, esto es lo más sorprendente.

—¿A qué te refieres?

—¡Mira a tu alrededor! En Europa están sucediendo cosas absolutamente nuevas. El valor que se otorga a la vida humana es superior al de cualquier otra época. A la sabiduría y a la filosofía se unen nuevos descubrimientos en las ciencias, nuevos inventos que modificarán completamente el modo de vida de los humanos. Pero ésta es otra historia distinta. Es el futuro. A lo que me quiero referir ahora es a que has nacido en el punto de ruptura del viejo modo de ver las cosas. Igual me sucedió a mí. Has aparecido de una época sin fe y, sin embargo, no eres cínico. Lo mismo pasó conmigo. Los dos hemos surgido de una grieta entre la fe y la desesperación, por llamarlo así.

Y Nicolas, pensé, había caído en aquella grieta y había perecido.

—Ésa es la razón de que tus preguntas sean distintas a las de quienes han nacido a la inmortalidad bajo el Dios cristiano.

Recordé la conversación con Gabrielle en El Cairo. Nuestra última conversación. Yo mismo le había dicho que ésta era mi fuerza.

—Precisamente —asintió él—. Así pues, tú y yo tenemos eso en común. Nos hicimos adultos sin esperar gran cosa de los demás. Y el peso de la conciencia, por terrible que fuese, siempre fue algo privado.

—¿Pero fue bajo el Dios cristiano, en los primeros tiempos de ese Dios cristiano, cuando tú... cuando tú «naciste a la inmortalidad», según tu propia expresión?

—No —replicó Marius con un asomo de disgusto—. Nosotros nunca hemos servido al Dios cristiano. Puedes quitarte desde este momento esa idea de la cabeza.

—Pero, ¿y las fuerzas del bien y del mal representadas en los nombres de Cristo y Satán?

—Repito que nada, o muy poco, tienen que ver con *nosotros*.

—Pero seguro que el concepto de mal, de alguna forma...

—No. Nosotros somos más viejos que todo eso, Lestat. Los hombres que me crearon eran adoradores de dioses, es cierto. Y creían en cosas que yo no podía aceptar. Pero su fe se remontaba a una época muy anterior a los templos de la Roma imperial, un tiempo en que se podía derramar a mares sangre humana inocente en nombre del bien. Y en que el mal era la sequía, la plaga de langosta y las malas cosechas. A mí me hicieron lo que soy esos hombres, en nombre del bien.

Aquello era demasiado seductor, demasiado subyugante.

Y, en un coro de vertiginosa poesía, acudieron a mi mente todos los viejos mitos. *Osiris era un buen dios para los egipcios, un dios del trigo. ¿Qué tiene eso que ver con nosotros?* Los pensamientos eran un torbellino en mi mente. En una sucesión de imágenes mudas, recordé la noche en que dejé la casa de mi padre en la Auvernia, mientras los aldeanos bailaban en torno a la hoguera de Carnaval y elevaban sus cantos pidiendo que aumentaran las cosechas. Mi madre había tildado de pagana aquella fiesta. Lo mismo había dicho el colérico párroco al que habían echado del pueblo tiempo atrás.

Y todo ello pareció más que nunca la historia del Jardín Salvaje, de bailarines en el Jardín Salvaje, donde no prevalecía ninguna ley salvo la del jardín, que era una ley estética. Que el grano crezca muy alto, que el trigo verdee y luego se vuelva dorado, que luzca el sol. ¡Mirad, fijaos en esa manzana de forma perfecta que ha hecho el árbol! Los campesinos corriendo entre los árboles del huerto, con los tizones ardientes de la hoguera de Carnaval, para hacer que las manzanas crecieran.

—Sí, el Jardín Salvaje —murmuró Marius con una chispa de luz en los ojos—. Y tuve que salir de las ciudades civilizadas del Imperio para encontrarlo. Tuve que acudir a los profundos bosques de las provincias del norte, donde el jardín crecía aún en toda su exuberancia, a las propias tierras de la Galia meridional donde tú naciste. Tuve que caer en manos de los bárbaros que nos dieron a ambos nuestra estatura, nuestros ojos azules y nuestro pelo rubio. Yo los recibí a través de la sangre de mi madre, que procedía de esas gentes, pues era hija de un caudillo celta, casada con un patricio romano. Y tú los has recibido a través de la sangre de tus padres, transmitida directamente desde esos tiempos. Y, por una extraña coincidencia, ambos fuimos escogidos para la inmortalidad (tú por Magnus y yo por mis captores) por idéntica razón: porque éramos el máximo exponente de nuestra sangre y de nuestra raza de ojos azules, porque éramos más altos y bien plantados que otros hombres.

—¡Oh, es preciso que me lo expliques todo! ¡Tienes que contármelo todo! —exclamé.

—Ya lo estoy haciendo —replicó él—. Pero, antes de continuar, creo que es el momento de enseñarte algo que será muy importante más adelante.

Hizo una breve pausa para que sus palabras surtieran efecto en mí. Luego, se incorporó lentamente al modo de los humanos, con las manos en los brazos del sillón. Se quedó de pie, mirándome y esperando.

—¿Los Que Deben Ser Guardados? —pregunté.

La voz se me había vuelto apenas un balbuceo, terriblemente insegura.

Y advertí otra vez en su rostro un leve aire burlón; o, más bien, un toque de aquel tonillo divertido que nunca andaba muy lejos.

—No tengas miedo —dijo con sequedad, tratando de ocultarlo—. Es muy impropio de ti, ¿sabes?

Yo ardía en deseos de verlos, de saber qué eran, pero no me moví. Nunca había pensado de verdad que verlos significaría...

—¿Es... es algo horrible de contemplar? —quise saber.

Marius me sonrió plácida y afectuosamente y posó una mano en mi hombro.

—Si te dijera que sí, ¿acaso eso te detendría?

—No —respondí.

Pero tenía miedo.

—Sólo es terrible con el paso del tiempo —añadió él—. Al principio, es hermoso.

Aguardó un instante, contemplándome y tratando de tener paciencia. Luego, con suavidad, insistió:

—Vamos.

4

Una escalera al interior de la Tierra.

Una escalera que era mucho más vieja que la casa, aunque no podría decir cómo lo sabía. Unos peldaños desgastados, cóncavos en su centro de los pies que los habían hollado, descendiendo en espiral más y más en la roca.

De vez en cuando, una abertura sobre el mar, toscamente tallada; una abertura demasiado estrecha para que pasara un hombre, y un alféizar en el que anidaban las aves y en cuyas grietas crecían las hierbas silvestres.

Y luego el frío, ese frío inexplicable que se siente a veces en los viejos monasterios, en las iglesias en ruinas, en las habitaciones embrujadas.

Me detuve a frotarme los brazos con las manos. El frío subía de los escalones.

—Ellos no lo causan —comentó Marius en voz baja.

Estaba esperándome unos peldaños más abajo.

La semioscuridad descomponía su rostro en suaves contornos de luces y sombras; ello producía la ilusión de una edad mortal que no existía en realidad.

—Ya estaba aquí mucho antes de que los trajera —añadió—. Muchos han acudido a esta isla en peregrinación. Tal vez también ya existía antes de que ellos llegaran.

De nuevo, me invitó a seguir con su característica paciencia. Había compasión en sus ojos.

—No temas —repitió mientras reanudaba la marcha.

Me dio vergüenza no seguirle. Los peldaños continuaban más y más.

Pasamos junto a aberturas más grandes y llegó a nosotros el ruido del mar. Noté salpicaduras de la fría espuma en las manos y en la cara, vi el brillo de la humedad en la roca, pero seguimos descendiendo, y escuchábamos el eco de nuestras pisadas en el techo abovedado, en las paredes toscamente horadadas. La escalera bajaba más allá de cualquier mazmorra; aquello era el hoyo que un niño hace en la tierra cuando alardea ante sus padres de que cavará un túnel hasta el centro mismo de la Tierra.

Finalmente, al llegar a un rellano, vi un estallido de luz. Un par de lámparas ardían ante una puerta de doble hoja.

Grandes recipientes de aceite alimentaban la mecha de las lámparas, y una enorme viga de madera atrancaba la puerta. Para levantarla habrían sido precisos varios hombres y, posiblemente, cuerdas y poleas.

Marius la alzó y la dejó con facilidad a un lado. Tras esto, dio un paso atrás y miró fijamente la puerta. Escuché el sonido de otra viga que se movía en la parte interior. Las hojas de la puerta se abrieron lentamente y advertí que se me detenía la respiración.

No era sólo que Marius lo hubiera hecho sin tocarlas, pues ya había visto aquel truco anteriormente. Lo que me dejó sin habla fue que la estancia que se abría tras ella estaba llena de las mismas flores deliciosas y las mismas lámparas iluminadas que había visto en la casa. Allí, a gran profundidad bajo el suelo, había azucenas blancas y de brillo ceroso, relucientes con las gotitas de humedad, y rosas en todos los tonos, del rojo al rosado más pálido, a punto de caer de sus tallos. Aquella cámara era una capilla, con el suave parpadeo de las lámparas votivas y el perfume de mil ramos de flores.

Los muros estaban pintados al fresco como los de una antigua iglesia italiana, con pan de oro en los dibujos. Sin embargo, las imágenes no eran las de unos santos cristianos.

Palmeras egipcias, el desierto amarillo, las tres pirámides, las aguas azules del Nilo. Y los hombres y mujeres egipcios con sus barcas de gráciles formas surcando el río, los peces multicolores de sus profundidades, los pájaros de alas púrpura en el aire.

Y el oro presente en todo ello, en el sol que brillaba en los cielos, en las pirámides que relucían a lo lejos, en las escamas de los peces y las plumas de las aves, y en los ornamentos de las esbeltas y delicadas figuras egipcias que permanecían inmóviles, mirando al frente, en sus largas y estrechas embarcaciones verdes.

Cerré los ojos un momento. Los abrí lentamente y vi el conjunto de la cámara como un gran santuario.

Hileras de lirios sobre un altar bajo de piedra que sostenía un inmenso sagrario de oro, un tabernáculo labrado de refinados bajorrelieves con los mismos dibujos egipcios. Y una corriente de aire que llegaba entre profundas grietas de la roca, agitando las llamas de las lámparas perpetuas y meciendo las grandes hojas, como palas verdes, de los lirios que se alzaban en sus recipientes de agua, despidiendo su perfume embriagador.

Casi podía escuchar himnos allí dentro. Casi oía los cánticos y las antiguas invocaciones. Y dejé de tener miedo. Aquella belleza era demasiado majestuosa, demasiado confortadora.

Pero miré hacia las puertas doradas del tabernáculo. Era más alto que yo y hacía tres veces mi anchura de hombros.

Marius también estaba mirando en la misma dirección.

Noté el poder que surgía de su interior, el leve calor de su fuerza invisible, y escuché abrirse la cerradura interna de las puertas del tabernáculo.

Si me hubiera atrevido, me habría acercado un poco más a él. Casi no respiraba cuando las puertas de oro se abrieron por completo, retirándose hasta dejar a la vista dos espléndidas figuras egipcias, un hombre y una mujer, sentados uno al lado del otro.

La luz bañó sus rostros finos, delicadamente esculpidos, y sus blancas extremidades, decorosamente dispuestas. Y destelló en sus ojos oscuros.

Eran tan hieráticas como todas las estatuas egipcias que había conocido, escasas en detalles, hermosas de contornos, espléndidas en su sencillez: sólo la expresión franca e infantil de los rostros aliviaba la sensación de frialdad y severidad. Sin embargo, a diferencia de cualquier otra, ambas figuras llevaban telas y pelucas de verdad.

Ya había visto santos ataviados de aquella manera en algunas iglesias italianas, terciopelos sobre mármol, y el efecto no siempre era agradable.

Pero éstas habían sido vestidas con gran cuidado.

Las pelucas eran de largos y tupidos rizos negros, con el flequillo muy corto en la frente y coronadas con rodetes de oro. En los brazos desnudos llevaban pulseras y brazaletes como serpientes, y varios anillos en los dedos.

Las ropas eran del lino blanco más fino. El hombre, desnudo hasta la cintura y con una especie de faldilla; y la mujer, con un vestido largo, ajustado y bellamente plisado. Ambos llevaban numerosos collares de oro, algunos de ellos incrustados de piedras preciosas.

Los dos eran casi de la misma estatura y estaban sentados de manera muy similar, con las manos extendidas sobre los muslos, y los dedos al frente. Y aquella semejanza me desconcertó de algún modo, igual que su austero encanto y el brillo de sus ojos, como gemas.

Nunca, en ninguna escultura, había apreciado una actitud más llena de vida, pero, en realidad, no había la menor vitalidad en las figuras. Tal vez se trataba de un efecto óptico causado por la vestimenta, por el centelleo de las luces en los anillos y collares, de la luz reflejada en sus ojos relucientes.

¿Eran acaso Isis y Osiris? ¿Era una escritura en caracteres minúsculos lo que venía en sus collares, en los rodetes de sus cabellos?

Marius no dijo nada. Sencillamente, estaba mirándoles igual que yo con una expresión inescrutable, de tristeza tal vez.

—¿Puedo acercarme a ellas? —susurré.

—Desde luego —asintió.

Avancé hacia el altar como un niño en una catedral, dando cada nuevo paso con más vacilación. Me detuve a apenas unos palmos de las estatuas y las miré directamente a los ojos. ¡Ah!, eran demasiado perfectas en profundidad y brillo. Demasiado reales.

Cada una de las negras pestañas, cada pelo azabache de sus cejas levemente arqueadas, habían sido colocados con infinito cuidado.

Con infinito cuidado se habían moldeado sus bocas entreabiertas, de modo que se viera el reflejo de sus dientes. Y los rostros y los brazos se habían pulido tanto que ni la menor imperfección perturbaba su lustre. Y, como sucede con todas las estatuas y figuras pintadas que miran directamente al frente, los dos rostros parecían observarme.

Me sentí confuso. Si no eran Isis y Osiris, ¿a quién representaban aquellas estatuas? ¿De qué vieja verdad eran símbolos? ¿Por qué aquel imperativo en el viejo apelativo, Los Que *Deben* Ser Guardados?

Contemplé las esculturas detenidamente, con la cabeza un poco ladeada.

Los blancos de sus ojos tenían un aspecto húmedo, como si estuvieran cubiertos con la laca más transparente, y admiré las pupilas negras y profundas en el centro de sus ojos, pardos en realidad. Los labios eran dos líneas rosa ceniciento de un tono palidísimo.

—¿Se puede...? —susurré, volviéndome hacia Marius, pero la falta de confianza me hizo dejar la frase a medias.

—Sí, puedes tocarlas —dijo él.

No obstante, me pareció un sacrilegio hacerlo. Contemplé las figuras un momento más, admirando sus manos abiertas sobre los muslos y sus uñas, que guardaban un sorprendente parecido con las nuestras, como si estuvieran hechas de cristal e incrustadas en sus dedos.

Me dije que, si acaso, podría tocar el revés de la mano de la figura masculina sin que ello pareciera tan sacrílego; sin embargo, lo que deseaba hacer realmente era tocar el rostro de la mujer. Por fin, alcé los dedos hasta las mejillas de la estatua femenina. Y con gesto titubeante, dejé que las yemas rozaran la blanca piedra. A continuación, clavé la mirada en sus ojos.

Lo que estaban tocando mis dedos no podía ser piedra. No podía... Más bien tenía el mismo tacto que... Y en los ojos de la mujer había algo... algo que...

Antes de que mi mente pudiera reaccionar, mis pies retrocedieron.

En realidad, me brinqué y aparté de la figura, derribando con mi gesto los jarrones de lirios y yendo a golpear la pared del tabernáculo, junto a la puerta.

Me entró tal temblor, que las piernas apenas me sostenían.

—¡Están vivos! —exclamé—. ¡No son estatuas! ¡Son vampiros como nosotros!

—En efecto —asintió Marius—, aunque ellos no reconocerían esa palabra.

Marius estaba justo delante de mí y seguía contemplando las figuras, con los brazos extendidos a los costados como había permanecido todo el tiempo.

Le vi volverse lentamente; se acercó a mí y me tomó la mano derecha.

La sangre había afluido a mi rostro. Quise decir algo pero no pude. Continué mirando las figuras y luego volví la vista hacia Marius y hacia la blanca mano que me sujetaba.

—No sucede nada —murmuró casi con tristeza—. No creo que les disguste tu contacto.

Por un instante, no le comprendí. Después, supe a qué se refería.

—¿Quieres decir que...? ¿Que no sabes si...? ¿Que ellos están ahí sentados, simplemente, y...? ¡Oh, Dios mío!

Y volvió a mi mente el recuerdo de sus palabras de siglos atrás, incrustadas en la narración de Armand: «*Los Que Deben Ser Guardados están en paz, o en silencio. Tal vez nunca sepamos más que eso.*» Me descubrí temblando de pies a cabeza, incapaz de detener la agitación de mis brazos y de mis piernas.

—Los dos respiran, piensan y viven, igual que nosotros —logré balbucear—. ¿Cuánto tiempo llevan así, cuánto?

—Tranquilízate —dijo Marius, dándome unas palmaditas en la mano.

—¡Oh, Dios mío! —volví a decir, estupefacto. No encontraba más palabras y repetí la exclamación varias veces—. ¿Pero quiénes son? —pregunté por fin, con una voz histéricamente aguda—. ¿Son Isis y Osiris? ¿Son ellos?

—No lo sé.

—Quiero alejarme de ellos. Quiero salir de aquí.

—¿Por qué? —preguntó Marius con calma.

—Porque ellos... ¡Porque están vivos dentro de sus cuerpos y... y no pueden hablar ni moverse!

—¿Cómo sabes que no? —replicó él.

Su voz era grave, apaciguadora como antes.

—Porque no lo hacen. Ésa es la cuestión, que ellos no lo...

—Ven —insistió Marius—, quiero que los mires un poco más. Después te llevaré otra vez arriba y te lo contaré todo, como ya te he dicho que haría.

—No quiero volver a mirarlos, Marius. De veras que no quiero —me resistí, tratando de desasirme de su mano mientras movía la cabeza en señal de negativa. Pero Marius me tenía agarrado con la firmeza de una estatua y no pude evitar pensar cuánto se parecía su piel a la de aquellos dos seres, cómo estaba adquiriendo su mismo lustre inverosímil, cómo su rostro resultaba tan liso como el de ellos.

Marius se estaba haciendo como ellos. Y, en algún momento del gran bostezo de la eternidad, terminaría por convertirse en uno de ellos... si sobrevivía lo suficiente.

—Por favor, Marius... —supliqué. No me quedaba un ápice de coraje ni de vanidad. Lo único que quería era salir de la cámara.

—Espérame pues —dijo él en tono paciente—. Quédate aquí.

Me soltó la mano, dio media vuelta y contempló las flores que había aplastado, el agua que había derramado.

Y, ante mis propios ojos, el estropicio se arregló por sí solo, las flores volvieron a los jarrones y el agua se evaporó del suelo.

Marius se quedó mirando a los dos seres que tenía delante y pude escuchar sus pensamientos. Estaba saludándoles de una manera personal que no requería invocaciones ni títulos. Les estaba explicando por qué se había ausentado las noches anteriores. Había viajado a Egipto y les había traído regalos que no tardarían en llegar. Muy pronto, les dijo, los llevaría fuera para que vieran el mar.

Empecé a tranquilizarme un poco, pero mi mente se puso a repasar detenidamente todo lo que había visto claro en el momento del terrible descubrimiento. Marius se ocupaba de ellos. Los atendía desde siempre. Había embellecido aquella cámara porque ellos la veían y tal vez les importara la belleza de los cuadros y de las flores que él traía.

Pero él no lo sabía. Y me bastó con mirarles de frente otra vez para sentir de nuevo el espanto de saber que estaban vivos y encerrados dentro de sí mismos.

—No puedo soportarlo —murmuré.

Sin que Marius lo dijera, supe la razón de que los guardara. No podía enterrarlos en cualquier parte y olvidarlos, pues estaban conscientes. Tampoco podía quemarlos, porque estaban desvalidos y no podían dar su consentimiento. ¡Oh, Dios, aquello era cada vez más terrible! Por eso los guardaba como los paganos de la Antigüedad guardaban a sus dioses en los templos que eran sus casas. Y por eso les traía flores.

Y entonces le vi encender para ellos un pequeño pan de incienso que había sacado de un pañuelo de seda, mientras les decía mentalmente que se lo había traído de Egipto y lo ponía a quemar en un platillo de bronce.

Me empezaron a lagrimear los ojos y rompí en sollozos.

Cuando alcé de nuevo la vista, Marius estaba de espaldas a los dos seres y pude ver a éstos por encima de su hombro. Marius se asemejaba a ellos espantosamente; era otra estatua vestida con telas. Y pensé que tal vez lo estaba haciendo deliberadamente, manteniendo el rostro inexpresivo.

—Te he decepcionado, ¿verdad? —le susurré.

—No, en absoluto —respondió él con delicadeza—. En absoluto.

—Lamento mucho que...

—No, no es preciso.

Me acerqué un poco más. Sentía que había sido grosero con Los Que Deben Ser Guardados. Que lo había sido con Marius. Él me había revelado aquel secreto y yo había mostrado horror y rechazo. Me sentí decepcionado conmigo mismo.

Me adelanté aún más. Quería corregir lo que había hecho antes. Marius se volvió hacia ellos otra vez y me pasó el brazo por la cintura.

El incienso resultaba embriagador. Los ojos oscuros de los dos seres reflejaban de pleno el movimiento espectral de las llamas de las lámparas.

No se veía el menor abultamiento de venas en la piel blanca; no había el menor pliegue o arruga. Ni siquiera las finas líneas de los labios, que Marius aún conservaba. Sus pechos no se movían en absoluto al ritmo de la respiración.

Y, al escuchar con atención en el silencio, no pude captar ningún pensamiento en sus mentes, ningún latido en sus corazones, ningún movimiento de sangre en sus venas.

—Pero tienen sangre, ¿no es cierto? —cuchicheé a Marius.

—Sí, la tienen.

«¿Y tú...? ¿Tú les traes víctimas?», quise preguntarle.

—Ninguno de los dos bebe ya.

¡Incluso esto resultaba espantoso! Aquellos seres ni siquiera disfrutaban de aquel placer. Y sin embargo, ¡ah!, imaginarlo... imaginar cómo habría sido... Los dos recobrando el movimiento el tiempo suficiente para tomar a sus víctimas antes de volver a caer en la inmovilidad... No. La idea debería haberme reconfortado, pero no fue así.

—Hace mucho tiempo, todavía bebían, aunque apenas una vez al año. Yo les dejaba algunas víctimas en el santuario, malhechores en estado de debilidad y próximos a la muerte. Cuando volvía, encontraba los cuerpos consumidos y, a Los Que Deben Ser Guardados, en la misma posición de siempre. Únicamente el color de la carne era un poco distinto. Y nunca encontraba una sola gota de sangre derramada.

»Esto sucedía siempre con luna llena y, por lo general, en primavera. Las presas que dejaba para ellos en otras ocasiones no eran utilizadas nunca. Y, más adelante, incluso este festín anual cesó. Entonces continué trayéndoles víctimas de vez en cuando. En una ocasión, cuando ya había transcurrido una década así, dieron cuenta de otra. De nuevo, eso sucedió en primavera, en noches de luna llena. Después, no volvieron a probar sangre durante al menos medio siglo. Perdí la cuenta. Entonces pensé que tal vez tenían que ver la Luna, que tenían que percibir el cambio de las estaciones. Pero, como luego se comprobó, tampoco aquello tenía que ver.

»No han vuelto a beber desde antes de que les trasladara a Italia, y de eso hace ya tres siglos. Ni siquiera volvieron a probar una gota en el calor de Egipto.

—Pero, cuando lo hacían, ¿nunca les viste con tus propios ojos en pleno festín?

—No —respondió Marius.

—¿No les has visto nunca moverse?

—No, desde... Desde el principio.

Me descubrí temblando otra vez. Mientras contemplaba a los dos seres, imaginé que los veía respirar, que los veía mover los labios. Sabía que se trataba de una ilusión, pero me estaba volviendo loco. Tenía que salir de allí o me echaría a llorar otra vez.

—A veces —prosiguió Marius—, cuando acudo a verles, encuentro las cosas cambiadas.

—¿Cómo? ¿Cuáles?

—Pequeñas cosas —dijo, contemplando con aire pensativo a la pareja. Extendió la mano y tocó el collar de la mujer—. Éste le gusta. Al parecer, es apropiado para ella. Antes tenía otro que siempre encontraba en el suelo, roto.

—¡Entonces *pueden* moverse!

—Al principio pensé que el collar se le caía, pero, después de repararlo tres veces, comprendí que era inútil. Ella se lo arrancaba del cuello, o lo hacía caer con su mente.

Solté un pequeño siseo de horror e, inmediatamente, me sentí mortificado de haberlo hecho en presencia de ella. Quise salir de la cámara en aquel mismo instante. Su rostro era un espejo que reflejaba todas mis fantasías. Sus labios se curvaron en una sonrisa, sin curvarse en absoluto.

—Lo mismo ha sucedido a veces con otros ornamentos que, creo, debían de llevar los nombres de unos dioses que no les gustaban. En cierta ocasión, un florero que había traído de una iglesia apareció roto, como si lo hubiesen hecho estallar en pequeños fragmentos con su sola mirada. También ha habido otros cambios sorprendentes.

—Cuéntame.

—A veces he entrado en el santuario y he encontrado a alguno de los dos en pie.

Aquello era demasiado terrible. Quise cogerle de la mano y arrastrarle fuera de aquel lugar.

—Una noche le encontré a él a varios pasos de la silla. Y, otra vez, a la mujer junto a la puerta.

—¿Tratando de salir?

—Quizás —asintió, pensativo—. Pero, entonces, podían salir fácilmente si así lo querían. Cuando hayas oído todo el relato podrás juzgar. Siempre que los he encontrado desplazados, los he devuelto a su lugar y los he colocado exactamente como estaban. Para hacerlo se precisa una fuerza extraordinaria. Son como de piedra flexible, si puedes imaginar algo parecido. Y si yo tengo esa fuerza, imagina la que pueden tener ellos.

—Acabas de decir «entonces». ¿Y si ya no pueden seguir haciendo lo que desean? ¿Y si llegar hasta la puerta era lo máximo que les permitían sus esfuerzos?

—Yo creo que, si ella hubiera querido, habría roto las puertas. Si yo puedo abrir cerrojos con la mente, ¿qué no podrá hacer ella?

Contemplé sus rostros fríos y remotos, sus mejillas finas y hundidas, sus bocas grandes y serenas.

—Pero ¿y si te equivocas? ¿Y si pueden escuchar cada palabra que estamos diciendo y eso les irrita, les enfurece?

—Creo que, en efecto, nos oyen —asintió Marius tratando de tranquilizarme otra vez, con su mano en la mía y una voz apaciguadora—, pero no me parece que les importe. Si les importara, se moverían.

—¿Cómo puedes saberlo?

—Hacen otras cosas que requieren grandes fuerzas. Por ejemplo, hay veces en que cierro el tabernáculo e, inmediatamente, ellos vuelven a correr el cerrojo y a abrir las puertas. Sé que son ellos porque son los únicos que podrían hacerlo. Las puertas se abren de par en par y ahí están. Los llevo fuera a contemplar el mar, y, antes del amanecer, cuando regreso para devolverlos adentro, resultan más pesados, menos flexibles, casi imposibles de mover. Hay ocasiones en que creo que hacen todas estas cosas para atormentarme, para jugar conmigo.

—No. Se esfuerzan en vano.

—No te apresures tanto en tu juicio —respondió Marius—. Como digo, he entrado en su cámara y he encontrado pruebas de cosas muy raras. Y, por supuesto, están las cosas que sucedieron al principio...

Interrumpió la frase. Algo le había distraído.

—¿Te llegan pensamientos de ellos?

Marius estaba estudiándoles. Tuve la intuición de que algo había cambiado. Utilicé hasta el último recurso de mi voluntad para no dar media vuelta y echar a correr. Miré a los dos seres detenidamente. No vi ni escuché ni percibí nada. Si Marius no me explicaba pronto por qué se había quedado mirándoles de aquel modo, empezaría a gritar.

—No seas tan impetuoso, Lestat —dijo por último con una leve sonrisa, con sus ojos fijos aún en la figura del hombre—. De vez en cuando los escucho, en efecto, pero es algo ininteligible. Es sólo el sonido de su presencia... ya sabes a qué me refiero.

—Y entonces les oyes, ¿no es eso?

—Sssí... Tal vez.

—Marius, por favor, salgamos, te lo ruego. ¡Perdóname, pero no puedo soportarlo! Por favor, Marius, vámonos.

—Está bien —aceptó él con paciencia. Me dio un apretón en el hombro y añadió—: Pero antes haz una cosa por mí.

—Lo que me pidas.

—Háblales. No es preciso que lo hagas en voz alta, pero háblales. Diles que los encuentras hermosos.

—Ya lo saben —repliqué—. Saben que los encuentro indescriptiblemente hermosos. —Estaba seguro de que así era, pero Marius se refería a decirlo de manera ceremoniosa, de modo que borré de mi mente todo el miedo y las locas supersticiones y les dije lo que Marius me había sugerido.

—Habla con ellos, simplemente —insistió Marius.

Lo hice. Miré a los ojos al hombre y también a la mujer. Y se adueñó de mí una sensación extrañísima. Una y otra vez, repetí las frases Os *encuentro hermosos, os encuentro incomparablemente hermo*sos hasta que dejaron de parecer auténticas palabras. Me vi rezando como cuando era muy, muy pequeño y me tumbaba en el prado en la ladera de la montaña y le pedía a Dios que, por favor, por favor, me ayudara a escapar de la casa de mi padre.

Así le hablé a la mujer en aquel instante y le dije que estaba agradecido de que me hubiera sido concedido acercarme a ella y a sus antiguos secretos, y este sentimiento se hizo físico. Se difundió por toda la superficie de mi piel y por las raíces de los cabellos. Noté que la tensión abandonaba mi rostro. La noté abandonando mi cuerpo. Yo era todo luz, y el incienso y las flores envolvían mi espíritu mientras miraba las negras pupilas de sus ojos castaños tan profundos.

—Akasha —dije en voz alta.

Escuché el nombre en el mismo instante de decirlo. Y me sonó encantador. Se me erizó el vello de todo el cuerpo. El tabernáculo se convirtió en una frontera llameante en torno a ella y sólo quedó algo borroso donde estaba la figura sentada del hombre. Me acerqué más a ella, no por propia voluntad, y me incliné hacia delante hasta casi besar su boca. Deseé hacerlo. Me incliné aún más. Y al fin noté sus labios.

Deseé que la sangre fluyera a mi boca y pasara a la suya como había hecho aquella vez con Gabrielle mientras yacía en el ataúd.

El hechizo se hacía cada vez más intenso y fijé la mirada en las órbitas insondables de sus ojos.

¡Estoy besando en la boca a la diosa! ¿Qué me está pasando? ¡Estoy loco sólo de pensarlo!

Me aparté. Me encontré de nuevo contra la pared, temblando, con las manos en las sienes. Por lo menos, esta vez no había derribado los lirios; pero estaba llorando de nuevo.

Marius ajustó las puertas del tabernáculo e hizo que el pasador interior se cerrara de nuevo.

Penetramos en el rellano de la escalera y Marius hizo que la viga interior se alzara hasta sus horquillas. Luego, colocó la exterior con sus manos.

—Vamos, joven —me dijo—. Subamos.

Pero cuando apenas habíamos dado unos pasos, escuchamos un seco crujido, seguido de otro. Marius se volvió y miró atrás.

—Lo han hecho otra vez —murmuró.

Y una sombra de inquietud hendió su rostro.

—¿Qué?

Retrocedí contra la pared.

—El tabernáculo, lo han abierto. Vamos. Volveré más tarde y lo cerraré antes de que salga el sol. De momento, volvamos al estudio y te contaré mi relato.

Cuando llegamos a la estancia iluminada, me dejé caer en

el sillón con la cabeza entre las manos. Marius permaneció inmóvil, mirándome; me percaté de ello y alcé la vista.

—Te ha dicho su nombre —murmuró.

—¡Akasha! —repetí entonces. Era como rescatar una palabra de un sueño que se desvanecía—. ¡Sí, me lo ha dicho! Ahí abajo he dicho Akasha en voz alta.

Miré a Marius, implorando una respuesta, una explicación a la actitud con la que me miraba.

Creí que iba a perder la razón si aquel rostro no recobraba la expresividad enseguida.

—¿Estás enfadado conmigo?

—Chist. Calla —me ordenó.

No pude captar nada en el silencio. Salvo el mar, tal vez. Y acaso el chasquido de la mecha de alguna lámpara de las paredes. Y el viento, quizá. Ni siquiera los ojos de los dos dioses habían parecido tan carentes de vida como los de Marius en aquel instante.

—Haces que algo se agite en ellos —susurró.

Me puse en pie.

—¿Qué significa eso?

—No lo sé. Nada tal vez. El tabernáculo sigue abierto y están allí sentados como siempre, nada más. ¿Quién sabe...?

Y de pronto percibí todos sus largos años de querer saber. Siglos, diría, pero no puedo imaginar de verdad lo que eso significa. Ni siquiera ahora. Percibí sus años y años de intentar sacar conclusiones de sus menores signos sin conseguir nada, y supe que se estaba preguntando cómo era que yo había obtenido de ella el secreto de su nombre, Akasha. Ya antes habían sucedido cosas, pero eso había sido en tiempos de la antigua Roma. Cosas oscuras. Cosas terribles. Sufrimientos, unos sufrimientos atroces.

Las imágenes desaparecieron. Silencio. Marius estaba inmóvil en mitad de la estancia como un santo descendido de un altar y plantado en el pasillo central de una iglesia.

—¡Marius! —susurré.

Salió de su ensimismamiento; su rostro se animó lentamente y me miró con afecto, casi con admiración.

—Sí, Lestat —respondió, apretándome la mano en un gesto tranquilizador.

Tomó asiento y me indicó con un gesto que hiciera lo mismo. De nuevo, los dos quedamos frente a frente, relajadamente. Incluso la luz uniforme de la estancia resultaba reconfortante. Y era reconfortante ver, tras las ventanas, el cielo nocturno.

Marius estaba recuperando su anterior viveza, aquel destello de humor en los ojos.

—Aún no es medianoche y todo está tranquilo en las islas. Creo que, si nada me interrumpe, es el momento de contarte toda la historia.

5

La historia de Marius

«Sucedió cuando tenía cuarenta años, una cálida noche de primavera en la ciudad romana de Massilia, en las Galias, mientras me hallaba en una sucia taberna de los muelles garabateando unos párrafos de mi historia del mundo.

»La taberna estaba deliciosamente desvencijada y abigarrada, un reducto para marinos y vagabundos; viajeros como yo, quería imaginar en una especie de vago amor por todos ellos aunque la mayoría de ellos eran pobres y yo no, y eran incapaces de leer mis escritos cuando miraban por encima de mi hombro.

»Había llegado a Massilia tras un largo y provechoso viaje en el cual había podido estudiar las grandes ciudades del Imperio. Había estado en Alejandría, en Pérgamo y en Atenas, observando y escribiendo sobre las gentes, y me disponía a continuar mi recorrido por las ciudades de las Galias romanas.

»Esa noche, no me habría sentido más satisfecho si hubiera estado en mi biblioteca de Roma. En realidad, me encantaban las tabernas. Allí donde llegaba, buscaba lugares parecidos para escribir, instalaba la vela, el tintero y el pergamino, y lograba mi mejor trabajo a primera hora de la noche, cuando el antro estaba más bullicioso.

»Así las cosas, es fácil deducir que pasaba toda la vida en medio de una actividad frenética. Estaba hecho a la idea de que nada me podía afectar adversamente.

»Había crecido como hijo ilegítimo en una rica familia romana, amado, mimado y consentido. Mis hermanos legítimos tenían que preocuparse del matrimonio, la política y la guerra. A los veinte años, me había convertido en el erudito y el cronista, en el que alza la voz en los banquetes regados de vino para aclarar discusiones históricas y militares.

»Cuando viajaba tenía dinero en abundancia y documentos que me abrían puertas en todas partes. Así pues, decir que la vida se portaba bien conmigo sería poco. Era un tipo extraordinariamente feliz. Pero lo realmente importante era que la vida nunca me había aburrido ni derrotado.

»Llevaba en mí una sensación de invencibilidad, de asombro. Y esto me fue, más tarde, tan importante como lo han sido para ti la rabia y la fuerza, como lo puede ser la desesperación o la crueldad para otros.

»Pero continuaré mi narración... Si algo había que echara en falta en aquella vida tan satisfactoria (y tampoco pensaba mucho en ello) era el amor de mi madre celta, haberla conocido. Ella había muerto cuando yo había nacido y sólo sabía de ella que había sido una esclava, hija de un belicoso galo que combatió contra Julio César. De ella había heredado mis cabellos rubios y mis ojos azules. Y su pueblo, al parecer, había sido de gigantes. A una edad muy temprana, ya sobrepasaba en estatura a mi padre y a mis hermanos.

»Sin embargo, era escasa o ninguna la curiosidad que sentía por mis antepasados galos. Había acudido a las Galias como un romano de pies a cabeza, como un hombre educado, y apenas tenía conciencia de mi sangre bárbara; al contrario, compartía las opiniones corrientes en esa época: que César Augusto era un gran gobernante y que, en esa bendita era de la Pax Romana, las viejas supersticiones estaban siendo reemplazadas por la ley y la razón a todo lo largo del Imperio. No había rincón demasiado remoto para las calzadas romanas, ni para los soldados, los estudiosos y los comerciantes que las seguían.

»Esa noche estaba escribiendo como un poseso, esbozando descripciones de los hombres que entraban y salían de la taberna, hijos de todas las razas cuyas voces hablaban en una decena de lenguas distintas.

»Y, sin ninguna razón aparente, me vi poseído de una extraña idea acerca de la vida, una extraña preocupación que casi se convertía en una agradable obsesión. Recuerdo que fue esa noche porque el hecho pareció guardar relación, de algún modo, con lo que sucedió más tarde. Sin embargo, tal relación no existía. Esa idea ya me había rondado la cabeza anteriormente. Que volviera a hacerse presente en esas últimas horas de mi vida como ciudadano romano libre sólo fue una coincidencia.

»La idea era, simplemente, que existía alguien que lo sabía todo, que lo había visto todo. No me refería con ello a la existencia de un Ser Supremo, sino más bien a que había en la Tierra una inteligencia continuada, una conciencia permanente. Y le di vueltas a aquel pensamiento en unos términos prácticos que me excitaron y, a la vez, me relajaron. En algún lugar había una conciencia de todas las cosas que había visto en mis viajes, una conciencia de cómo había sido Massilia seis siglos antes, cuando habían llegado los primeros mercaderes griegos; una conciencia de cómo era Egipto cuando Keops construyó su pirámide. Existía alguien que sabía cómo estaba el cielo la tarde del día en que Troya había caído ante los griegos, y alguien o algo sabía qué se habían dicho los campesinos en la pequeña casa de campo a las afueras de Atenas momentos antes de que los espartanos derribaran las murallas.

»No tenía sino una idea muy vaga de quién o qué podía

ser, pero hallé consuelo en la idea de que no se había perdido nada espiritual (y el conocimiento lo era). De que existía un conocimiento perpetuo...

»Y, mientras tomaba otro trago de vino y pensaba y escribía acerca de ello, me di cuenta de que aquello era, más que una creencia personal, una constatación. Sencillamente, *sentí* que existía una conciencia continuada.

»La historia que estaba escribiendo era una imitación de ésta. Traté de unificar todas las cosas que había visto en mi historia, enlazando mis observaciones de tierras y gentes con todos los comentarios escritos que me habían llegado de los griegos —de Jenofonte, Herodoto y Posidonio— para elaborar una conciencia continuada del mundo en mi tiempo. Era un reflejo pálido, una obra limitada, en comparación con la auténtica conciencia. Sin embargo, me sentí estupendamente mientras continuaba escribiendo en el rincón de la taberna.

»Con todo, a medianoche, empecé a sentirme algo cansado y, cuando levanté la cabeza casualmente tras un largo rato de abstraída concentración, advertí que algo había cambiado en el establecimiento.

»Estaba inexplicablemente silencioso. De hecho, estaba casi vacío. Y, frente a mí, apenas iluminado por la luz vacilante de la vela y dando la espalda al local, estaba sentado un hombre alto de cabello rubio que me observaba en silencio. No me sorprendió tanto su modo de mirarme (aunque esto ya era desconcertante de por sí) como la constatación de que el hombre llevaba allí algún rato, cerca de mí, observándome, sin que yo hubiera advertido su presencia.

»Era un galo, gigantesco como la mayoría de ellos, aún más alto que yo, que tenía un rostro largo y delgado con una mandíbula extremadamente recia y una nariz aquilina, y unos ojos que brillaban bajo sus cejas rubias y tupidas con un aire de diáfana inteligencia. Quiero decir con ello que parecía extremadamente listo, pero también muy joven e inocente. Y, sin embargo, no era joven. El efecto era desconcertante.

»Contribuía aún más a ello el hecho de que no llevaba cortados sus rubios cabellos, ásperos y abundantes, al estilo popular romano —muy cortos—, sino que lucía una melena hasta los hombros. Y, en lugar de la túnica y la capa que eran por esa época la indumentaria habitual en todo el Imperio, lucía el antiguo chaquetón de cuero ceñido con un cinturón que había constituido la prenda habitual entre los bárbaros antes de la llegada de Julio César.

»El individuo parecía recién salido de los bosques. Me miraba taladrándome con sus ardientes ojos grises y sentí un vago placer ante su presencia. Anoté apresuradamente los detalles de su vestimenta, confiando en que el hombre no sabría latín.

»Sin embargo, la inmovilidad y el silencio en que permanecía me ponían algo nervioso. Sus ojos eran anormalmente grandes, y los labios le temblaban ligeramente, como si el mero hecho de verme le excitara. Su mano blanca, limpia y delicada, que tenía apoyada en la mesa con gesto relajado, parecía ajena al resto de su cuerpo.

»Una rápida mirada a mi alrededor me indicó que mis esclavos no estaban en la taberna. Seguramente, me dije, estarían jugando a las cartas en la puerta de al lado, o arriba con un par de mujeres. En cualquier momento aparecerían.

»Dirigí una breve sonrisa forzada a mi extraño y silencioso amigo y volví a mi quehacer. Sin embargo, él empezó a hablarme sin preámbulos.

»—Tú eres un hombre instruido, ¿verdad? —me preguntó.

»Hablaba el latín vulgar del Imperio, aunque con un marcado acento, y pronunciaba cada palabra con un cuidado que resultaba casi musical.

»Le contesté que, en efecto, tenía la fortuna de haber recibido una educación; tras esto, me puse a escribir otra vez confiando en que mi respuesta lo desanimaría. Al fin y al cabo, el sujeto bien merecía una mirada, pero yo no tenía ningún interés, realmente, en hablar con él.

»—Y escribes tanto en latín como en griego, ¿verdad?

—insistió, volviendo la vista a la obra terminada que tenía ante mí.

»Le expliqué cortésmente que las palabras que había escrito en griego en el pergamino eran una cita de otro texto, y que las mías eran las latinas. Tras esto, continué trabajando.

»—Pero tú eres un *keltoi*, ¿verdad? —preguntó esta vez, citando la palabra griega equivalente a "celta".

»—Te equivocas. Soy romano —respondí.

»—Tu aspecto es el de uno de nosotros, los *keltoi* —insistió—. Tienes nuestra estatura y caminas como nosotros.

»Aquella afirmación resultaba desconcertante. Yo llevaba horas allí, sin hacer otra cosa que dar sorbos al vino. No me había puesto en pie ni había dado un paso. No obstante, le expliqué que mi madre era celta, pero que no la había conocido. Mi padre era un senador romano.

»—¿Y qué es eso que escribes en latín y en griego? —quiso saber—. ¿Qué es eso que despierta tu pasión?

»No respondí enseguida. El individuo empezaba a intrigarme, aunque, con mis cuarenta años a cuestas, sabía por experiencia que la mayoría de la gente que uno conoce en una taberna resulta interesante durante los primeros minutos y luego empieza a producir un aburrimiento insoportable.

»—Tus esclavos dicen que estás escribiendo una gran historia —anunció con voz grave.

»—¿Eso dicen? —repliqué, un poco tenso—. Por cierto, ¿dónde están mis esclavos?

»Eché otro vistazo a la taberna. No vi a nadie. Después, asentí a mi interlocutor y reconocí que, efectivamente, lo que estaba escribiendo era una historia.

»—Y has estado en Egipto —añadió él, al tiempo que extendía la mano y la aplastaba contra la mesa.

»Guardé silencio y volví a mirarle detenidamente. Había en él, en su modo de sentarse, de utilizar aquella mano para gesticular, algo que no era de este mundo. Era ese recato que suelen tener los pueblos primitivos y que les hace parecer depositarios de una inmensa sabiduría cuando, en realidad, lo único que poseen es una inmensa convicción.

»—Sí —respondí con cierta cautela—. He estado en Egipto.

»Su alegría al escuchar mis palabras fue patente. Los ojos se le abrieron un poco más, para entrecerrarse luego, y aprecié en sus labios un leve movimiento, como si estuviera hablando consigo mismo.

»—¿Y conoces la lengua y la escritura de Egipto? —preguntó en un tono serio, frunciendo las cejas—. ¿Conoces las ciudades de Egipto?

»—Sí, conozco la lengua como se habla hoy, pero, si por escribir te refieres a los viejos jeroglíficos, la respuesta es negativa. No puedo interpretarlos ni conozco a nadie que pueda. Según he oído decir, ni siquiera los sacerdotes del antiguo Egipto sabían leerlos. La mitad de los textos que copiaban eran indescifrables para ellos.

»Entonces, se echó a reír de la manera más extraña. No supe si era a causa de mi respuesta o a que sabía algo que yo ignoraba. Pareció que hacía una profunda inspiración, dilatando ligeramente las aletas de la nariz, y a continuación serenó la expresión. La apariencia de aquel hombre era realmente espléndida.

»—Los dioses pueden leerlos —susurró.

»—¡Pues ojalá me lo enseñasen! —comenté en son de chanza.

»—¿De veras? —exclamó él con un jadeo de asombro. Se inclinó sobre la mesa y añadió—: ¡Dilo otra vez!

»—Era una broma —respondí—. Quería decir que me gustaría entender los antiguos jeroglíficos egipcios, nada más. Si pudiera interpretarlos, tendría datos veraces acerca del pueblo egipcio, en lugar de todas esas tonterías escritas por los historiadores griegos. Egipto es una tierra incomprendida...

»Me detuve a media frase. ¿Por qué estaba hablando de Egipto con aquel hombre?

»—En Egipto existen aún dioses verdaderos —afirmó con gesto grave—. Dioses que han estado allí desde siempre. ¿Has descendido a las entrañas de Egipto?

»Era una manera curiosa de expresarse. Le dije que había remontado el Nilo durante un largo trecho, y que había visto muchas maravillas.

»—Pero en cuanto a que existan dioses verdaderos, difícilmente puedo aceptar la verosimilitud de unos dioses con cabezas de animales...

»El galo movió la cabeza casi con cierta tristeza.

»—Los dioses verdaderos no precisan que se les erijan estatuas —declaró el hombre—. Tienen la cabeza humana y aparecen cuando ellos quieren, y están vivos como lo está la semilla que brota de la tierra, como lo están todas las cosas que existen bajo el cielo, incluso las piedras y la propia Luna, que divide el tiempo en el gran silencio de sus ciclos inmutables.

»—Es muy probable —asentí en un susurro, no queriendo contradecirle.

»Así pues, era fervor aquella mezcla de inteligencia y juventud que había percibido en él. Debería haberlo sabido. Y mi memoria evocó algo de los escritos de Julio César sobre los galos, sobre si aquellos celtas procedían de Dis Pater, el dios de la noche. ¿Acaso aquel extraño individuo era un seguidor de tales creencias?

»—En Egipto hay viejos dioses —continuó en voz baja— y también aquí están esos viejos dioses para quienes buscan adorarlos. No me refiero a vuestros templos, en torno a los cuales los mercaderes venden los animales a sacrificar y los carniceros venden la carne que queda. Hablo de la verdadera adoración, del auténtico sacrificio al dios, del único sacrificio al que atiende.

»—Te refieres a sacrificios humanos, ¿no es eso? —dije sin alzar la voz.

»César había descrito con bastante precisión tales prácticas entre los celtas y, al pensar en ello, casi se me heló la sangre. Por supuesto, había presenciado muertes espantosas en la arena del circo en Roma, y en los lugares de ejecuciones públicas, pero los sacrificios humanos a los dioses, si alguna vez habían existido, hacía siglos que no se realizaban.

»Y en ese instante me di cuenta de quién era en realidad aquel hombre extraordinario. Era un druida, un miembro de la antigua casta sacerdotal de los celtas que César había descrito también, una hermandad tan poderosa como no había otra, que yo supiera, en todo el Imperio. Sin embargo, se suponía que ya no existían restos de ella en las Galias romanas.

»Por supuesto, todas las descripciones de los druidas decían que vestían largas túnicas, recorrían los bosques y recolectaban muérdago de los robles con unas hoces ceremoniales, mientras que aquel hombre más parecía un labriego, o un soldado. Pero ¿qué druida se atrevería a llevar sus ropas blancas en una taberna del puerto? Además, las leyes no permitían a los druidas seguir realizando sus prácticas.

»—¿De veras crees en esa vieja religión? —le pregunté, inclinándome hacia delante—. ¿Has descendido tú, acaso, a las entrañas de Egipto?

»Si estaba ante un auténtico druida vivo, me dije, había hecho un descubrimiento maravilloso. Podía hacer que aquel hombre me contara cosas de los celtas que nadie conocía. Pero ¿qué relación podía tener Egipto con aquello?

»—No —respondió—. No he estado en Egipto, aunque de allí nos llegaron nuestros dioses. Ni es mi destino acudir allí. No es mi destino aprender a interpretar el antiguo lenguaje. El idioma que hablo es suficiente para los dioses. Prestan oído a mis palabras.

»—¿Y qué idioma es ése?

»—La lengua de los celtas, naturalmente —declaró—. No era preciso que lo preguntaras.

»—Y cuando hablas con tus dioses, ¿cómo sabes que te escuchan?

»Sus ojos se agrandaron de nuevo y su boca se abrió en una inconfundible mueca de triunfo.

»—¡Mis dioses me responden! —afirmó sin alzar la voz.

»Sin duda, era un druida. De pronto, un débil resplandor pareció cubrirle y lo vislumbré con su túnica blanca. Aunque en aquel instante se hubiera producido un terremoto en Massilia, dudo que me habría dado cuenta de ello.

»—Entonces, tú les has oído —dije.

»—He puesto mi mirada en los dioses —asintió—. Y ellos me han hablado, tanto con las palabras como en silencio.

»—¿Y qué es lo que dicen? ¿Qué es lo que les hace distintos de nuestros dioses? Aparte del carácter de los sacrificios, me refiero...

»Su voz adoptó el tono melodioso y reverencial de una canción al responder.

»—Hacen lo que siempre han hecho los dioses; separar el bien del mal. Conceden bendiciones a todos sus adoradores. Conducen a los fieles a la armonía con todos los cielos del universo, con los cielos de la Luna, como ya he dicho. Los dioses hacen que la tierra dé frutos. Todo lo bueno procede de ellos.

»"Sí —pensé—, es la vieja religión en su forma más simple, y todavía posee una gran influencia entre las gentes del imperio."

»—Mis dioses me han enviado aquí —dijo entonces—. A buscarte.

»—¿A mí? —pregunté, desconcertado.

»—Ya entenderás todas estas cosas —respondió—. Igual que conocerás la verdadera devoción del antiguo Egipto. Los dioses te enseñarán.

»—¿Por qué harían tal cosa?

»—La respuesta es muy sencilla: porque vas a convertirte en uno de ellos.

»Me disponía a replicar cuando noté un golpe seco en la nuca y el dolor se desparramó por mi cráneo en todas direcciones como si fuera agua. Me di cuenta de que perdía el sentido. Vi que la mesa se me venía encima y vi el techo sobre mí. Creo que quise decir que, si era un rescate lo que buscaba, me llevara a mi casa, con mi criado.

»Pero ya en aquel instante comprendí que las reglas de mi mundo no tenían absolutamente nada que ver con ello.

»Cuando desperté, era de día y me encontraba en un gran carromato que avanzaba a buena marcha por una carretera sin pavimentar, a través de un inmenso bosque. Estaba atado de pies y manos y me habían echado encima una lona suelta. Miré a derecha e izquierda entre los mimbres de los costados del carro y, cabalgando junto a éste, vi al hombre que había hablado conmigo. Había otros con él. Todos iban vestidos con los calzones y los chaquetones de cuero con cinturón, y llevaban espadas de hierro y brazaletes del mismo metal. Tenían el cabello casi blanco bajo las luces y sombras del bosque y no intercambiaban una sola palabra mientras cabalgaban agrupados en torno al carromato.

»El bosque parecía hecho a la escala de los propios Titanes. Los robles eran antiguos y enormes, con las ramas tan entrecruzadas que impedían casi por completo el paso de la luz, y avanzamos horas y horas por un mundo de hojas húmedas de intenso verdor y entre profundas sombras.

»No recuerdo que viera ciudades. Ni pueblos. Sólo recuerdo una tosca fortaleza. Una vez dentro de sus puertas, observé dos hileras de casas de techos de paja, y por todas partes, a aquellos bárbaros vestidos de cuero. Y cuando fui conducido a una de las casas, un lugar oscuro y de poca altura, y me dejaron a solas en él, apenas pude incorporarme debido a los calambres en las piernas. Me sentía tan furioso como precavido.

»Me di cuenta de que estaba en un enclave ignoto de los antiguos *keltoi*, los mismos guerreros que habían saqueado el gran templo de Delfos hacía apenas unos siglos, y la propia Roma no mucho después. Los mismos seres belicosos que se lanzaron a la batalla contra César completamente desnudos sobre sus caballos, haciendo resonar las trompetas y lanzando sus poderosos gritos, que causaban espanto en los disciplinados soldados de Roma.

»En otras palabras, estaba lejos de cualquier posible ayuda y, si aquellas palabras acerca de convertirme en uno de los dioses significaban que iba a ser sacrificado sobre un altar bañado en sangre en mitad del bosque de robles, sería mejor que intentara escapar de allí inmediatamente.

»Cuando mi captor apareció de nuevo, vestía la mítica túnica blanca, llevaba la áspera cabellera rubia cepillada y ofrecía un aspecto inmaculado, impresionante y solemne. Otros hombres altos con túnicas blancas, unos viejos y otros jóvenes, pero todos con el mismo cabello rubio resplandeciente, penetraron detrás de él en la pequeña estancia en sombras.

»Me rodearon en un círculo silencioso y, tras una prolongada espera, se elevó de sus labios un rumor de murmullos.

»—Eres perfecto para el dios —dijo el más anciano, y advertí la muda complacencia del que me había llevado a aquel lugar—. Eres lo que el dios había pedido —continuó el anciano—. Permanecerás con nosotros hasta la gran fiesta de Samhain; luego serás conducido al bosque sagrado y allí beberás la Sangre Divina y te convertirás en padre de dioses, en restaurador de toda la magia que, misteriosamente, nos ha sido arrebatada.

»—¿Y morirá mi cuerpo cuando eso suceda? —quise saber.

»Admiré sus rostros finos y angulosos, sus ojos inquisitivos, la sombría gracia con que me rodeaban. Qué terror debía de provocar esa raza cuando sus guerreros irrumpían entre los pueblos mediterráneos. No era extraño que se hubiera escrito tanto sobre su intrepidez. Pero aquéllos no eran guerreros. Eran sacerdotes, jueces y maestros. Eran instructores de los jóvenes, guardianes de la poesía y de unas leyes que jamás habían sido escritas en lengua alguna.

»—Sólo la parte mortal de ti morirá —dijo el que se había dirigido a mí hasta entonces.

»—Mala suerte —respondí—. Pues eso es todo lo que soy.

»—No —replicó él—. Tu forma permanecerá y será glorificada. Ya lo verás. No temas. Además, nada puedes hacer por cambiar estas cosas. Hasta la fiesta de Samhain, te dejarás crecer el cabello y aprenderás nuestra lengua, nuestros himnos y nuestras leyes. Nos ocuparemos de ti. Mi nombre es Mael y yo mismo me encargaré de enseñarte.

»—Pero yo no quiero convertirme en dios —protesté—. Seguro que los dioses no quieren a alguien que no desea serlo.

»—El viejo dios decidirá —sentenció Mael—. Pero sé que cuando bebas la Sangre Divina te convertirás en el dios y todo quedará claro para ti.

»La huida era imposible.

»Me tenían custodiado noche y día. No me permitían tener ningún cuchillo con el que cortarme el cabello o causarme algún daño. Buena parte del tiempo lo pasaba en la estancia oscura y vacía, ebrio de cerveza de trigo y ahíto de las deliciosas carnes asadas que me ofrecían. No tenía nada con que escribir y eso me torturaba.

»Por puro aburrimiento, escuchaba a Mael cuando éste acudía a instruirme. Dejaba que me cantara himnos y me recitara viejos poemas y me hablara de aquellas leyes, sin burlarme de él más que de vez en cuando con el hecho obvio de que un dios no tenía por qué ser aleccionado de aquel modo.

»Mael asentía a esto último, pero, ¿qué podía hacer él sino tratar de hacerme comprender lo que iba a sucederme?

»—Puedes ayudarme a escapar de aquí. Puedes venir conmigo a Roma —le proponía—. Tengo una villa en los acantilados sobre la bahía de Nápoles. Nunca verás un lugar más hermoso, y te dejaré vivir allí toda la vida si me ayudas, a cambio solamente de que repitas estos cánticos y plegarias y leyes para que pueda tomar nota de ellos.

»—¿Por qué intentas corromperme? —decía él, pero me daba cuenta de que el mundo del que yo procedía le tentaba.

»Me confesó que había pasado semanas buscando la ciudad griega de Massilia antes de mi llegada y que le gustaba el vino romano y las grandes naves que había visto en el puerto, y los manjares exóticos que había probado.

»—No intento corromperte —replicaba yo—. No comparto tus creencias y me habéis hecho vuestro prisionero.

»No obstante, continué prestando atención a sus plegarias, por aburrimiento y curiosidad, y por el vago temor ante lo que me reservaba el futuro.

»Empecé a aguardar su llegada, a esperar que su figura pálida y espectral iluminara la estancia desnuda como una luz blanca, a que su voz serena y mesurada continuara vertiendo aquellas viejas palabras melodiosas y sin sentido.

»Pronto advertí que sus versos no desarrollaban las historias de los dioses como las conocíamos en las mitologías griega y romana. No obstante, la identidad y las características de los dioses empezaron a cobrar forma en las innumerables estrofas. Deidades de todo tipo formaban parte de la tribu celestial.

»Pero el dios en el que me iba a convertir ejercía un supremo poder sobre Mael y sus acólitos. Aquel dios no tenía nombre, aunque le daban numerosos títulos, el más frecuente de ellos el de Bebedor de la Sangre. También era El Blanco, el Dios de la Noche, el Dios del Roble y el Amante de la Madre.

»Aquel dios recibía sacrificios cruentos cada luna llena, pero, en Samhain, en la noche de los Difuntos, aceptaba la mayor cantidad de tales sacrificios ante la tribu entera para aumentar las cosechas, además de anunciar toda clase de predicciones y juicios.

»Y aquel dios era un servidor de la Gran Madre, la que no tenía forma visible pero estaba presente en todas las cosas, la Madre de todas las cosas, de la tierra, de los árboles, del cielo, de todos los hombres, del propio Bebedor de la Sangre que anda por su jardín.

»Mi interés fue aumentando, pero también mi temor. El culto a la Gran Madre no me resultaba desconocido, ciertamente. La Madre Tierra y la Madre de Todas las Cosas eran adoradas bajo una decena de advocaciones distintas de un confín a otro del Imperio, igual que su hijo y amante, su Dios Agonizante, el que sólo alcanzaba la madurez como las cosechas, para ver segada su vida como ellas, mientras la Madre permanece eterna. Era el antiguo y dulce mito de las estaciones.

»Pero la celebración no era ni había sido, en ningún tiempo ni lugar, en absoluto apacible. Pues la Madre Divina también era la Muerte, la tierra que se traga los restos de ese joven amante, la tierra que nos engulle a todos. Y, en consonancia con esta antigua verdad, tan vieja como el acto mismo de plantar la semilla, surgía en un millar de sangrientos rituales.

»La diosa era adorada bajo el nombre de Cibeles en Roma, y yo había visto a sus sacerdotes locos castrarse a sí mismos en el torbellino de su devoto frenesí. Y los dioses de la mitología tenían finales aún más violentos: Attis, también castrado: Dioniso, descuartizado miembro a miembro; el antiguo Osiris egipcio, desmembrado antes de que la Gran Madre Isis lo reviviera.

»Y ahora iba a convertirme en el Dios de las Cosas que Crecen, el dios de la vida, el dios del cereal, el dios de los árboles. Y me daba cuenta de que, sucediera lo que sucediese, sería algo asombroso.

»Y no tenía otra cosa que hacer más que emborracharme y murmurar aquellos himnos con Mael, al cual, en ocasiones, se le llenaban los ojos de lágrimas al mirarme.

»—Sácame de aquí, desgraciado —le dije una vez, de pura exasperación—. ¿Por qué diablos no te conviertes tú en el Dios de los Árboles? ¿Por qué he de ser yo quien reciba ese honor?

»—Ya te he dicho que el dios me confió sus deseos. No me escogió a mí.

»—¿Y lo hubieras hecho, si hubieras sido el elegido? —inquirí.

»—Tendría miedo, pero aceptaría —respondió en un susurro—. ¿Sabes lo que considero terrible de tu destino? El hecho de que tu alma quede encadenada a tu cuerpo para siempre. No tendrás la posibilidad de la muerte natural para migrar a otro cuerpo o a otra vida. No; a través de los tiempos, tu alma seguirá siendo el alma del dios. El ciclo de la muerte y el renacimiento se cerrará en ti.

»A pesar de mí mismo y de mi desprecio general por su creencia en la reencarnación, sus palabras me hicieron enmudecer. Noté el peso misterioso de su convicción, percibí su tristeza.

»El cabello me creció más largo y abundante. El cálido sol estival dio paso a los días de otoño, más fríos, y fue acercándose la fecha de la gran festividad anual del Samhain.

»Yo no dejaba de hacer preguntas.

»—¿A cuántos has traído para que sean dioses de esta manera? ¿Qué tenía yo para que decidieras escogerme?

»—Jamás he traído a nadie para que se convirtiera en dios —respondió Mael—. Pero el dios es antiguo. Le han privado de su magia. Una terrible calamidad ha caído sobre él y no puedo hablar de esas cosas. Él ha elegido a su sucesor.

»Parecía asustado. Estaba contándome demasiado. Algo despertaba en él sus temores más profundos.

»—¿Y cómo sabes que él me querrá? ¿Tienes tal vez a sesenta candidatos más guardados en esta fortaleza?

»Mael sacudió la cabeza y, en un atisbo de inhabitual rudeza, dijo:

»—Marius, si no bebes la sangre, si no te conviertes en padre de una nueva raza de dioses, ¿qué será de nosotros?

»—Eso no es de mi incumbencia, amigo mío...—respondí.

»—¡Ah, calamidad! —exclamó él en un cuchicheo, al que siguió un prolongado y apenas murmurado comentario sobre el auge de Roma, las terribles invasiones de Julio César, el declive de un pueblo que había vivido en aquellos montes y bosques desde el principio de los tiempos, despreciando las ciudades de los griegos, etruscos y romanos, en favor de las honorables fortalezas de poderosos jefes tribales.

»—Las civilizaciones tienen su auge y su decadencia, amigo mío —insistí—. Los antiguos dioses dan paso a otros nuevos.

»—No lo entiendes, Marius. Nuestro dios no ha sido derrotado por vuestros ídolos y por quienes narran sus frívolas y lascivas historias. Nuestro dios era tan hermoso como si la propia Luna le hubiera adornado con su luz, y hablaba en una voz pura como la luz y nos conducía a esa gran unión con todas las cosas que es el único alivio para la desesperación y la soledad. Pero el dios ha sido víctima de una terrible calamidad y a lo largo de todo el país del norte otros dioses han perecido completamente. Ha sido la venganza del dios Sol sobre él, pero nadie, ni él ni nosotros, sabemos cómo pudo entrar el sol en su interior durante las horas de sueño y oscuridad. Tú eres nuestra salvación, Marius. Tú eres el Mortal Que Sabe, el Que Está Instruido y Puede Aprender, el Que Puede Descender a las Entrañas de Egipto.

»Di vueltas en la cabeza a sus palabras. Pensé en el antiguo culto de Isis y Osiris, en sus adoradores, que decían que ella era la Madre Tierra y él la espiga de trigo, y Tifón el asesino de Osiris, era el fuego del Sol.

»Y, ahora, aquel devoto en comunicación con el dios me estaba diciendo que el sol había encontrado a su dios de la noche y había causado una gran catástrofe.

»Finalmente, mi razón se dio por vencida.

»Eran demasiados días los que había pasado en el alcohol y la soledad.

»Me tendí en la oscuridad y canturreé para mí los himnos de la Gran Madre. Sin embargo, para mí no era una diosa. No era la Diana de Éfeso con sus flechas y sus hileras de pechos rebosantes de leche, ni la terrible Cibeles, ni tan siquiera la gentil Deméter, cuyo luto por Perséfone en la tierra de los muertos había inspirado los sagrados misterios de Eleusis. Era la buena tierra cuyo aroma me llegaba por las pequeñas ventanas con barrotes de mi prisión. Era el viento que traía el olor húmedo y dulzón del gran bosque verde. Era las flores de los prados y la hierba mecida por la brisa, el agua que de vez en cuando oía saltar como si manara a borbotones de un manantial entre peñas. Era todas las cosas que aún me quedaban en aquella rudimentaria habitación de madera donde me habían despojado de todo lo demás. Y sólo descubrí lo que todo el mundo sabe, que el ciclo del invierno y la primavera y todas las cosas que crecen posee en sí mismo una verdad sublime que se renueva sin necesidad de mitos ni idiomas.

»Contemplé las estrellas de lo alto a través de los barrotes y me pareció que estaba muriéndome de la manera más absurda y estúpida, entre gentes que no admiraba y costumbres que hubiera abolido. Y, al mismo tiempo, la aparente santidad de todo aquello me contagiaba. Me forzaba a dramatizar, a soñar y a rendirme, a verme como el centro de algo que poseía su propia y exaltada belleza.

»Una mañana me incorporé y me toqué el cabello, advirtiendo que lo tenía muy tupido y largo hasta los hombros.

»Y durante los días que siguieron, hubo en la fortaleza un estruendo y una agitación sin límites. De todas direcciones llegaban carromatos hasta sus puertas. Miles de pies pasaban a su interior. A todas horas se oía el rumor de gente avanzando, acudiendo al lugar.

»Finalmente, Mael y ocho de los druidas vinieron a verme. Sus túnicas blancas y limpias olían al agua de la fuente en la que habían sido lavadas y al sol bajo el que se habían secado. Sus cabelleras estaban cepilladas y lustrosas.

»Con gran cuidado, me afeitaron por completo la barba y el bigote. Me cortaron las uñas. Me peinaron y me vistieron con otra túnica blanca. Y luego, ocultándome por todas partes con unos velos blancos, me condujeron de la casa a un carromato cubierto, también blanco.

»Distinguí brevemente a otros hombres con túnicas que mantenían a distancia a una enorme multitud y, por primera vez, me di cuenta de que sólo un selecto grupo de druidas había tenido acceso a mí.

»Cuando Mael y yo estuvimos bajo la lona del carro, todos los faldones de ésta fueron bajados y quedamos completamente ocultos. Cuando el carro se puso en marcha, nos sentamos en unos bastos bancos y así viajamos varias horas, sin pronunciar palabra.

»De vez en cuando, un rayo de sol taladraba la blanca

—529—

lona de la cubierta y, cuando acercaba mi rostro a ella, podía ver el bosque, más cerrado y profundo de lo que recordaba. Y detrás de nosotros venía una caravana interminable de grandes carros con jaulas, llenos de hombres que asían los barrotes de madera y suplicaban que les dejaran libres, en una confusión de voces como un horrible coro.

»—¿Quiénes son? ¿Por qué gritan así? —pregunté por último, sin poder soportar por más tiempo la tensión.

»Mael reaccionó como si despertara de un sueño.

»—¡Ah! Son malhechores, ladrones, asesinos, todos ellos justamente condenados, y ahora perecerán en el sagrado sacrificio.

»—¡Qué repugnante! —musité.

»Pero ¿lo era? Nosotros, en Roma, condenábamos a nuestros criminales a morir en la cruz, a ser quemados en la hoguera, a sufrir crueldades de toda clase. ¿Nos hacía más civilizados el hecho de que no denomináramos aquello un "sacrificio religioso"? Tal vez los *keltoi* fueran más sabios que nosotros al no desperdiciar tales muertes.

»Pero todo aquello carecía de significado. Me sentí aturdido. El carro continuaba su lenta marcha. Escuché el ruido de los que nos adelantaban a pie y a caballo. Todos iban a la festividad del Samhain. Pronto iba a morir y no quería hacerlo en el fuego. Mael parecía pálido y asustado. Y el lamento de los hombres en los carromatos-prisiones me estaba poniendo al borde de la locura.

»¿Qué pensaría cuando prendieran el fuego? ¿Qué pensaría cuando notara que mi cuerpo empezaba a arder? Aquello era insoportable.

»—¿Qué vais a hacer conmigo? —exclamé de improviso.

»Tuve el impulso de estrangular a Mael. Éste alzó la vista y sus cejas se fruncieron levísimamente.

»—Y si el dios ha muerto ya... —musitó él.

»—¡Entonces, nos vamos a Roma, tú y yo, y nos emborrachamos de buen vino italiano! —repliqué en el mismo tono de voz.

»Caía ya la tarde cuando el carro se detuvo al fin. El bullicio parecía alzarse como el vapor a nuestro entorno.

»Cuando me asomé a mirar, Mael no me lo impidió. Vi que habíamos llegado a un inmenso claro rodeado, en todas direcciones, por aquellos robles gigantes. Todos los carromatos, incluido el nuestro, fueron retirados bajo los árboles y, en el centro del claro, cientos de brazos se entregaron a una tarea que tenía relación con innumerables fardos de leña, millas de cuerda y cientos de grandes troncos apenas desbastados.

»Cuatro troncos gruesos y altos como no los había visto en mi vida fueron izados hasta formar un par de gigantescas aspas.

»El bosque pululaba de espectadores. El claro no daba cabida a aquella multitud. Y, pese a ello, más y más carros se abrían paso entre la muchedumbre hasta encontrar un lugar en el lindero del bosque.

»Casi anochecía ya cuando Mael alzó una esquina de la cubierta del carro y me indicó que mirara. Horrorizado, vi dos enormes figuras de mimbre —un hombre y una mujer, a juzgar por la masa de hierbas y zarzas que pretendía sugerir el cabello y las ropas— construidas por entero a base de troncos, mimbres y cuerdas, y llenas de arriba abajo con los cuerpos amarrados de los condenados, que se debatían y lanzaban gritos de súplica.

»Me quedé mudo contemplando aquellos dos gigantes monstruosos. Era incontable el número de cuerpos humanos amarrados a ellos; las víctimas estaban encerradas en el interior hueco de las piernas enormes, en los torsos, en los brazos e incluso en sus manos; hasta en sus inmensas cabezas sin rostro y en forma de jaula, coronadas de flores y hojas de hiedra. Las dos figuras vibraban como si fueran a caerse en cualquier momento, pero yo sabía que estaban firmemente sostenidas por aquellas sólidas aspas. Parecían asomarse sobre el bosque lejano y, en torno a sus pies, se amontonaban los hatos de leña menuda y de grandes ramas empapadas en brea que pronto servirían para prenderles fuego.

»—¿Y quieres hacerme creer que todos esos que deben morir son culpables de algún delito grave? —pregunté a Mael, quien asintió con su habitual solemnidad.

»Aquello no le preocupaba.

»—Han esperado meses, algunos incluso años, a ser sacrificados —respondió casi con indiferencia—. Han llegado de toda la Tierra y no pueden cambiar su destino más que nosotros el nuestro. Y el suyo es perecer dentro de las formas de la Gran Madre y de su Amante.

»Mi desesperación crecía a cada momento. Tenía que hacer algo para escapar, pero, incluso entonces, una veintena de druidas rodeaba el carro y, tras ellos, había apostada una legión de guerreros. Y la multitud se extendía tan lejos bajo los árboles que no alcanzaba a ver dónde terminaba.

»La noche caía con rapidez y por todas partes empezaban a encenderse antorchas.

»Percibí el rugido de todas aquellas voces excitadas. Los gritos de los condenados se hicieron aún más desgarradores y suplicantes.

»Permanecí quieto, tratando de ahuyentar el pánico de mi mente. Si no podía escapar, al menos afrontaría aquellas extrañas ceremonias con cierto grado de calma, y, cuando quedara de manifiesto su falsedad, procedería a declarar con toda dignidad y claridad lo que pensaba del asunto, en voz lo bastante alta como para que mis palabras se oyeran. Aquél sería mi último acto, el acto del dios, y debería hacerlo con autoridad o, de lo contrario, no tendría ningún efecto en el desarrollo de las cosas.

»El carro empezó a avanzar. Se oyó un gran estruendo, un griterío; Mael se incorporó, me tomó del brazo y me sostuvo. Cuando la lona fue abierta, nos habíamos detenido en mitad del bosque a una buena distancia del claro. Volví la vista hacia la silueta espeluznante de las inmensas figuras a la luz de las antorchas, que se reflejaba en el hormigueo de patéticos movimientos de su interior. Aquellas figuras parecían animadas, como si en cualquier momento fueran a ponerse en movimiento aplastándonos a todos. El juego de luces y sombras sobre los encerrados en las enormes cabezas producía una falsa impresión de rostros espantosos.

»No conseguía apartar mi vista de aquello y de la multitud congregada alrededor, pero Mael me apretó el brazo con más fuerza mientras decía que ahora debíamos acudir al santuario del dios con los sacerdotes más escogidos.

»Nuestros acompañantes me rodearon, en un evidente intento de ocultarme a las miradas. Me di cuenta de que la multitud ignoraba lo que estaba sucediendo. Probablemente, sólo sabían que los sacrificios se iniciarían muy pronto y que los druidas transmitirían alguna manifestación del dios.

»Del grupo, sólo uno portaba una antorcha. Abrió la marcha y nos adentramos en la oscuridad nocturna del bosque. Mael iba a mi lado y las demás figuras de blancas túnicas avanzaban delante de nosotros, a los flancos y detrás.

»Humedad. Silencio. Y los árboles elevándose a tal vertiginosa altura contra el agonizante resplandor del cielo lejano que parecían crecer ante mi propia mirada.

»Podía echar a correr en aquel instante, me dije, pero, ¿cuánto tardaría toda aquella raza feroz en lanzarse a perseguirme?

»Por fin habíamos llegado a una arboleda y, a la débil luz de la llama, vi unos rostros espantosos tallados en la corteza de los árboles, y cráneos humanos sonriendo en las sombras desde lo alto de unas estacas. En unos troncos tallados había más calaveras, apiladas una sobre otra en hileras. El lugar era, de hecho, un osario, y el silencio que nos envolvía parecía dar vida a aquellas cosas horribles, parecía hacerlas hablar repentinamente.

»Traté de sacarme de encima aquella fantasía, aquella sensación de que las hileras de cráneos nos estaban observando.

»Allí no había nadie mirando, me dije; no existía ninguna conciencia continuada de nada.

»Pero nos habíamos detenido ante un nudoso roble de tan enormes dimensiones que dudé de mis propios sentidos. No lograba hacerme una idea de la edad que debía de tener aquel árbol para haber alcanzado semejante circunferencia. Pero cuando alcé la vista, comprobé que sus elevadas ramas aún estaban vivas, cubiertas de verde follaje, y que el muérdago lo adornaba por todas partes.

»Los druidas se habían apartado a derecha e izquierda. Sólo Mael permanecía cerca de mí. Y me quedé contemplando el roble, con Mael algo retirado a mi derecha, y vi los cientos de ramos de flores depositados al pie del árbol, cuyos pequeños capullos apenas tenían ya color alguno bajo las sombras.

»Mael había inclinado la cabeza. Tenía los ojos cerrados y me pareció ver que los demás estaban en idéntica actitud, con los cuerpos temblorosos. Noté la fresca brisa acariciando la hierba. Escuché a nuestro alrededor las hojas transportadas por la brisa en un sonoro y prolongado suspiro que murió como había surgido en el bosque.

»Y entonces, con toda claridad, escuché en la oscuridad unas palabras sin sonido.

»Procedían, sin la menor duda, del interior del propio árbol, y preguntaban si el que iba a beber la Sangre Divina aquella noche cumplía todos los requisitos.

»Por un instante, creí estar volviéndome loco. Me habían dado alguna pócima. ¡Pero no había bebido nada desde la mañana! Tenía la cabeza despejada, dolorosamente despejada, y volví a escuchar el pulso silencioso de aquel personaje que preguntaba ahora:

»*"¿Es un hombre instruido?"*

»La esbelta figura de Mael pareció brillar tenuemente mientras, sin duda, expresaba su respuesta. Y los rostros de los demás parecían extasiados, con los ojos fijos en el gran roble. El único movimiento era el parpadeo de la antorcha.

»*"¿Puede descender a las Entrañas?"*

»Vi asentir a Mael. Sus ojos se llenaron de lágrimas y su pálida nuez se movió como si tragara algo.

»*"Sí, mi fiel servidor, estoy vivo y te estoy hablando. Has obrado bien y voy a hacer el nuevo dios. Envíale a mí."*

»El asombro no me dejaba hablar, y tampoco tenía nada

que decir. *Todo había cambiado*. De repente, todas mis creencias, todas las cosas en las que confiaba, habían sido puestas en cuestión. No sentía el menor miedo, sólo una confusión que me tenía paralizado. Mael me tomó del brazo. Los demás druidas acudieron a ayudarle y fui conducido en torno al árbol, limpio de las flores amontonadas en sus raíces, hasta quedar en la parte posterior del tronco, frente a un gran montón de rocas apilado contra éste.

»La arboleda también mostraba por aquel lado sus imágenes talladas, sus colecciones de calaveras y las pálidas figuras de unos druidas a los que no había visto antes. Y fueron éstos, algunos de ellos con largas barbas blancas, quienes se adelantaron para poner sus manos sobre las piedras y empezar a apartarlas.

»Mael y los demás les ayudaron, levantando en silencio aquellas grandes rocas, algunas de ellas tan pesadas que eran precisos tres hombres para moverlas, y colocarlas a un lado.

»Y, finalmente, quedó al descubierto en la base del roble una recia puerta de hierro con unos enormes cerrojos. Mael sacó una llave de hierro y pronunció unas largas palabras en el idioma de los *keltoi*, a las cuales respondieron los demás. A Mael le temblaba la mano, pero no tardó en abrir la puerta. El portador de la antorcha encendió otra tea y me la puso en las manos mientras Mael decía:

»—Entra ahora, Marius.

»Bajo la luz vacilante de las llamas, nos miramos. El druida parecía una criatura desvalida, incapaz de mover los miembros, aunque su corazón rebosaba de alegría al contemplarme. Vislumbré en ese instante un levísimo atisbo del prodigio que le había acontecido e inflamado, y me sentí totalmente abrumado y confundido por sus orígenes.

»Pero del interior del árbol, de la oscuridad que se abría tras aquella puerta bastante tallada, surgió de nuevo la voz silenciosa:

»*"No temas, Marius. Te espero. Toma la luz y ven a mí."*

7

»Cuando hube cruzado la puerta, los druidas cerraron ésta. Advertí que me hallaba en lo alto de una larga escalera de piedra. Era una construcción que iba a ver una y otra vez a lo largo de los siglos siguientes, y que tú ya has visto dos veces y volverás a ver: son los peldaños que descienden a la Madre Tierra, a las cámaras donde siempre se ocultan los Bebedores de la Sangre.

»El interior del roble contenía una cámara de techo bajo, sin pulimentar, y la luz de la antorcha se reflejaba en las bastas marcas dejadas por los cinceles en la madera. Sin embargo, la cosa que me llamaba estaba en el fondo de la escalera. Y, de nuevo, me decía que no debía tener miedo.

»No estaba asustado. Me sentía estimulado como en mis sueños más turbulentos. No iba a morir tan sencillamente como había imaginado. Estaba descendiendo a un misterio que resultaba infinitamente más interesante de lo que había previsto.

»Pero cuando llegué al pie de los estrechos escalones y me encontré en la pequeña cámara de piedra, sentí terror ante lo que vi. Terror y repulsión. Una repugnancia y un miedo tan intuitivos que noté un nudo en la garganta que amenazaba con ahogarme o con hacerme vomitar incontrolablemente.

»Una criatura ocupaba un banco de piedra frente al pie de la escalera y, a la luz de la antorcha, vi que tenía los brazos y las piernas de un hombre. Su cuerpo estaba negro y quemado, horriblemente quemado todo él, reducido a la piel chamuscada y los huesos. En realidad, tenía el aspecto de un esqueleto de ojos amarillentos cubierto de brea. Únicamente su larga melena de cabellos blancos permanecía intacta. El ser abrió la boca para hablar y vi sus blancos dientes, sus colmillos, y así la antorcha con fuerza tratando de no ponerme a gritar como un loco.

»—No te acerques tanto a mí —dijo el ser—. Quédate

donde pueda verte, no como ellos te ven, sino como mis ojos pueden ver todavía.

»Tragué saliva e intenté respirar profundamente. Ningún ser humano podría quemarse de aquel modo y sobrevivir. Y, en cambio, aquel ser estaba vivo: desnudo, encogido y negro. Y su voz era grave y hermosa. Se incorporó de su asiento y cruzó la estancia con pasos lentos.

»Me apuntó con el dedo y sus ojos amarillos se abrieron ligeramente, revelando a la luz de la antorcha un leve tono rojo sangre.

»—¿Qué quieres de mí? —murmuré sin poder contenerme—. ¿Por qué he sido traído aquí?

»—La causa es esta calamidad —respondió con idéntica voz, embargada de auténtico pesar. No se parecía en nada al sonido quejumbroso que había esperado oír de una criatura así—. Te daré mi poder, Marius. Te haré un dios y serás inmortal. Pero tienes que salir de aquí cuando hayamos terminado. Tienes que encontrar el modo de escapar a tus fieles adoradores, y tienes que descender a las entrañas de Egipto para descubrir por qué me ha acontecido esta... esta desgracia...

»El ser parecía flotar en la oscuridad; su cabello era una mata de blanca paja en torno a la cabeza y, al hablar, sus mandíbulas extendían la piel coriácea y ennegrecida adherida a su cráneo.

»—Nosotros —continuó— somos enemigos de la luz, somos dioses de las tinieblas que servimos a la Madre Santa y vivimos y nos regimos únicamente por la luz de la Luna. Pero el Sol, nuestro enemigo, ha escapado de su curso natural y nos ha buscado en la oscuridad. Por todo el país del norte donde éramos adorados, en los bosques sagrados de las tierras de la nieve y el hielo, hasta este país de frutos abundantes y hasta el este, el sol ha encontrado el modo de penetrar en el santuario durante el día o en el mundo de la noche y ha quemado vivos a los dioses. Los más jóvenes de entre éstos han perecido sin remedio, algunos estallando como cometas delante de sus fieles. Otros han muerto presas de un calor tal que el árbol sagrado se ha convertido en una pira funeraria. Sólo los más viejos, los que han servido largo tiempo a la Gran Madre, han continuado moviéndose y hablando como yo, pero sumidos en dolores agónicos y atemorizando a sus fieles adoradores al aparecer ante ellos. Es preciso que haya un nuevo dios, Marius, fuerte y hermoso como era yo, el amante de la Gran Madre, pero sobre todo debe ser un dios lo bastante fuerte para escapar de sus adoradores, salir del roble por alguna vía, descender a las entrañas de Egipto en busca de los viejos dioses y descubrir por qué se ha producido esta calamidad. Tienes que ir a Egipto, Marius; debes viajar a Alejandría y a las viejas ciudades y debes invocar a los dioses con la voz silenciosa que tendrás cuando te haya creado. Y debes descubrir quién vive y camina todavía, y la razón de que haya sucedido esta desgracia.

»El ser cerró los ojos y permaneció donde estaba; su ligera figura vibraba incontroladamente como si estuviera hecha de papel negro; y de pronto, inexplicablemente, me asaltó un aluvión de imágenes violentas de aquellos dioses del bosque estallando en llamas. Escuché sus gritos. Mi mente, romana y racional, se resistió a aquellas imágenes. Traté de grabarlas en mi memoria y de mantenerlas a raya, en lugar de rendirme a ellas, pero el creador de tales imágenes, aquel ser, se mostró paciente y las escenas continuaron. Vi un país que sólo podía ser Egipto, con ese amarillo tostado de todas las cosas, la arena que lo cubre todo y lo empaña y lo vuelve del mismo color. Y vi más escaleras excavadas en la tierra, y santuarios...

»—Encuéntrales —insistió la voz—. Descubre cómo y por qué ha llegado a suceder esto. Ocúpate de que no vuelva a pasar nunca más. Utiliza tus poderes en las calles de Alejandría hasta que encuentres a los antiguos. Y ojalá los antiguos estén allí igual que yo estoy aquí todavía.

»Me sentí demasiado anonadado para responder, demasiado empequeñecido ante aquel misterio. Y tal vez incluso hubo un instante en que acepté mi destino, en que lo acepté por completo. Pero no estoy seguro de ello.

»—Lo sé —dijo entonces aquel ser—. No puedes ocultarme ningún secreto, Marius. Sé que no deseas ser el Dios del Bosque y que pretendes escapar, pero debes saber que esta catástrofe te alcanzará donde vayas, a menos que descubras su causa y el modo de prevenirla. Por eso sé que descenderás a las entrañas de Egipto, pues, de lo contrario, también tú acabarás quemado por ese sol sobrenatural, incluso al amparo de la noche o en el seno de la oscura tierra.

»Se me acercó un poco, arrastrando sus secos pies sobre el suelo de piedra.

»—Toma buena nota de lo que te digo: debes escapar esta misma noche. Diré a los devotos que tienes que viajar a las entrañas de Egipto por la salvación de todos nosotros, pero, al contar con un dios nuevo y poderoso, se mostrarán reacios a separarse de él. Con todo, es preciso que viajes allí. Y no debes permitir que te aprisionen en el roble después de la fiesta. Debes escapar y alejarte deprisa. Y antes del alba, sepultarte en la Madre Tierra para escapar a la luz. Ella te protegerá. Ahora, ven a mí. Te daré La Sangre. Ojalá me quede todavía la energía necesaria para transmitirte mi antigua fuerza. Será un proceso lento. Emplearemos mucho tiempo. Te tomaré y te daré varias veces, pero es preciso que lo haga, y es preciso que tú te conviertas en dios, y es preciso que hagas lo que te he dicho.

»Sin esperar a mi asentimiento, el ser se abalanzó de improviso sobre mí, atenazándome con sus dedos requemados. La antorcha me cayó de la mano y retrocedí un paso hacia la escalera, pero sus dientes ya se hundían en mi garganta.

»Tú sabes bien lo que sucedió entonces, Lestat; conoces bien qué se siente cuando te desangras, cuando empieza el mareo. Durante esos momentos, vi las tumbas y los templos de Egipto. Vi dos figuras resplandecientes sentadas una junto a otra como en un trono. Vi y oí otras voces que me hablaban en otros idiomas. Y, por debajo de todo aquello, me llegaba la misma orden; servir a la Madre, aceptar la sangre del sacrificio, presidir este culto que es el único, el culto eterno de los árboles.

»Yo me debatía como lo hace uno en sueños, incapaz de gritar y de escapar. Y cuando advertí que estaba libre y no aplastado contra el suelo, volví a ver al dios, igual de negro que antes pero ahora mucho más robusto, como si el fuego le hubiera tostado sólo por fuera y todavía conservara todo su vigor. Su rostro poseía nitidez, belleza incluso, con unas facciones bien formadas bajo la agrietada envoltura de cuero requemado que era su piel. Los ojos amarillos mostraban ahora en torno a las órbitas los pliegues naturales de piel y carne, que daban el aspecto de pórticos de un alma. No obstante, el ser aún seguía lisiado, abrumado de sufrimientos, casi incapaz de moverse.

»—Levántate, Marius —murmuró—. Tienes sed y voy a darte de beber. Levántate y ven a mí.

»Y ya conoces el éxtasis que sentí entonces, cuando su sangre pasó a mí, cuando se abrió camino por cada vaso, por cada órgano.

»Pero el terrible péndulo sólo había empezado a moverse.

»Pasé horas en el roble mientras él me sorbía la sangre y me la devolvía una y otra vez. Cuando me vaciaba, yo yacía en el suelo, y, sollozando, me miraba las manos, convertidas en puro hueso. Vacío, me marchitaba como él lo había estado. Y entonces el ser volvía a darme a beber la sangre y despertaba en mí un frenesí de deliciosas sensaciones, para privarme de ellas nuevamente poco después.

»Con cada intercambio me llegaban nuevas enseñanzas: que era inmortal, que sólo el sol y el fuego podían matarme, que debería pasar el día durmiendo bajo tierra y que nunca conocería la enfermedad ni la muerte natural. Que mi alma nunca transmigraría a otra forma, que era el servidor de la Madre y que la Luna me daría fuerza.

»Que me saciaría con la sangre de los malhechores e incluso de los inocentes sacrificados a la Madre, que debería permanecer en ayuno entre los sacrificios para que mi cuerpo quedara seco y vacío como el trigo muere sobre los campos en invierno, y que volvería a llenarme con la sangre del sacrificio y recobraría entonces la plenitud y la hermosura como las plantas brotan en primavera.

»En mi sufrimiento y mi éxtasis se reproduciría el ciclo de las estaciones. Y los poderes de mi mente, la capacidad de leer los pensamientos y las intenciones de los demás, los debería usar para hacer los juicios entre mis adoradores, para guiarles en su justicia y en sus leyes. Jamás debía beber otra sangre que la del sacrificio. Jamás debía tratar de emplear mis poderes en mi propio provecho.

»Todas estas cosas aprendí. Todo esto comprendí. Pero lo que realmente conocí durante esas horas fue lo que todos descubrimos en el momento de Beber la Sangre: que ya no era un hombre mortal; que había dejado atrás todo cuanto conocía y me había convertido en algo tan poderoso que las viejas enseñanzas apenas podían concebirlo o explicarlo; que mi destino, por utilizar las palabras de Mael, estaba más allá de los conocimientos que cualquiera —mortal o inmortal— pudiera poseer.

»Finalmente, el dios me preparó para salir del árbol. Me extrajo tanta sangre que apenas logré sostenerme en pie. Ahora, era un espectro. Lloraba de sed, veía y olía sangre y, de haber tenido las fuerzas necesarias, me habría lanzado sobre él, le habría inmovilizado y le habría sorbido hasta la última gota. Pero las fuerzas, por supuesto, las tenía él.

»—Estás vacío, como lo estarás siempre al inicio de la celebración —me dijo—, para que puedas saciarte con la sangre del sacrificio. Pero recuerda lo que te he dicho. Después de presidir la ceremonia, debes encontrar un modo de escapar. En cuanto a mí, trata de salvarme. Diles que debo ser mantenido a tu lado. Aunque, con toda probabilidad, mi tiempo ha llegado a su fin.

»—¿Cómo? ¿A qué te refieres? —inquirí.

»—Ya lo verás. Aquí basta con que haya un dios, un dios bueno —declaró—. Si pudiera ir contigo a Egipto, podría beber la sangre de los antiguos y me curaría. Tal como estoy, tardaría siglos en sanar y no se me concederá tanto tiempo. Pero recuerda, desciende a las entrañas de Egipto. Haz todo lo que te he dicho.

»El ser me dio la vuelta y me empujó hacia la escalera. La antorcha ardía aún en un rincón y, cuando la ascensión me llevó cerca de la puerta del tronco, capté el olor de la sangre de los druidas que me aguardaban y estuve a punto de romper a llorar.

»—Ellos te proporcionarán toda la sangre que puedas beber —dijo el ser detrás de mí—. Ponte en sus manos.

8

»—Puedes imaginar el aspecto que ofrecía cuando surgí del tronco del roble. Los druidas habían aguardado a que llamara a la puerta y, con mi voz silenciosa, les había dicho:

»*"Abrid. Soy el dios."*

»Mi muerte humana había terminado hacía mucho. Estaba famélico, y, con seguridad, mi rostro no era sino una calavera animada. Sin duda, los ojos me sobresalían de las órbitas y mostraba los dientes desnudos. La túnica blanca me colgaba como si tuviera debajo un esqueleto. No habría podido presentar una prueba más fehaciente de mi divinidad a aquellos druidas, que me contemplaron llenos de asombro y veneración mientras salía del tronco del árbol.

»Pero yo no sólo vi sus rostros, sino también sus corazones. Vi en Mael el alivio de comprobar que el dios del árbol aún había tenido fuerzas suficientes para crearme. Vi en su mente la confirmación de todas sus creencias.

»Y me di cuenta entonces de esa otra visión que nos ha sido dada y que nos permite observar el fondo del espíritu de cada hombre, enterrado profundamente en un crisol de carne y sangre calientes.

»La sed era una pura agonía, y, reuniendo todas mis nuevas fuerzas, dije:

»—Llevadme a los altares. La celebración del Samhain va a empezar.

»Los druidas emitieron unos gritos escalofriantes. Se pusieron a aullar en el bosque. Y a lo lejos, más allá de la arboleda sagrada, se alzó el rugido ensordecedor de la multitud que había estado aguardando aquel alarido.

»Avanzamos rápidamente en procesión hacia el claro, y un número cada vez mayor de aquellos sacerdotes de blancas túnicas salieron a recibirnos y me encontré bajo una lluvia de flores frescas y fragantes por todas partes, de capullos que aplastaba bajo mis pies mientras era saludado con himnos.

»No preciso decirte el aspecto que tenía el mundo para mí con la nueva visión, cómo veía cada matiz de color y cada superficie bajo el fino velo de la oscuridad, cómo asaltaban mis oídos aquellos himnos y cánticos.

»Marius, el hombre, estaba desintegrándose dentro de aquel nuevo ser.

»Las trompetas resonaron en el claro cuando subí los peldaños del altar de piedra y extendí la mirada sobre los miles de mortales reunidos allí sobre el mar de rostros expectantes, sobre las gigantescas figuras de madera con sus víctimas condenadas agitándose y gritando todavía en su interior.

»Ante el altar había dispuesto un gran caldero de plata con agua, y, bajo el cántico de los sacerdotes, una cuerda de presos era conducida hacia el caldero con los brazos atados a la espalda.

»Las voces cantaban a coro en torno a mí mientras los sacerdotes me echaban flores sobre el cabello y los hombros y a mis pies.

»—Hermoso y poderoso, dios de los bosques y los campos, bebe ahora los sacrificios que te ofrecemos para que, como tus miembros marchitos se llenan de vida, también la tierra se renueve. Bebe y perdónanos por segar la espiga que nos da la cosecha, y bendice la semilla que sembramos.

»Y vi ante mí a los escogidos para ser mis víctimas, tres hombres recios, atados como los demás pero limpios y vestidos también con túnicas blancas, y flores en el cabello y los hombros. Eran jóvenes, atractivos e inocentes, y aguardaban sobrecogidos de pavor a que se cumpliera la voluntad del dios.

»El sonido de las trompetas era ensordecedor. El rugido de la multitud era incesante.

»—¡Que empiecen los sacrificios! —exclamé.

»Y mientras el primero de los jóvenes era conducido hasta mí, mientras me disponía a beber por primera vez de esa copa en verdad divina que es la vida humana, mientras sostenía en mis manos la sangre cálida de mi víctima, la sangre dispuesta para mi boca abierta, vi prender las hogueras bajo los gigantes de mimbre y ramas, y vi a los dos primeros prisioneros sumergidos por la fuerza cabeza abajo en el agua del caldero de plata.

»Muerte por fuego, muerte por agua, muerte bajo los dientes penetrantes del hambriento dios.

»En un éxtasis ancestral, los himnos continuaron: dios de la luna creciente y menguante, dios de los bosques y campos, tú que eres la imagen misma de la muerte en tu ayuno, vuélvete fuerte con la sangre de las víctimas, vuélvete hermoso para que la Gran Madre te acoja con ella.

»No sé cuánto duró aquello. Una eternidad: las llamas de los gigantes de madera, el griterío de las víctimas, la larga procesión de los que iban a ser ahogados. Bebí y bebí, no sólo de los tres escogidos sino de una decena más, antes de que los introdujeran en el caldero o los arrojaran a la pira de los gigantes. Los sacerdotes decapitaban a los muertos con grandes espadas ensangrentadas, apilaban las cabezas en pirámides a ambos lados del altar y retiraban los cuerpos.

»Allí donde miraba, veía rostros sudorosos y extasiados; allí donde miraba, oía los cánticos y los gritos. Al fin, el frenesí empezó a decrecer. Los gigantes terminaron de caer en un montón de pavesas humeantes sobre las cuales los hombres arrojaron más brea y más leña menuda.

»Y llegó el momento de los juicios, de que los hombres se presentaran ante mí y expusieran sus intenciones de venganza contra otros, y de que yo viera en sus almas con mis nuevos ojos. La cabeza me daba vueltas. Había bebido demasiada sangre, pero sentía dentro de mí tal poder que podría haber cruzado de un salto el claro del bosque y perderme en su espesura. Me pareció que casi habría podido desplegar unas alas invisibles.

»No obstante, llevé a cabo mi "destino", como Mael lo había denominado. Encontré a uno justo, a otro errado, a éste inocente; a aquél, merecedor de la muerte.

»No sé cuánto tiempo se prolongó aquello, pues mi cuerpo ya no medía el tiempo en términos de cansancio. Pero finalmente terminó y me di cuenta de que había llegado el momento de la acción.

»De algún modo, tenía que hacer lo que el viejo dios me había ordenado, y que era escapar a la prisión del roble. Y tenía muy poco tiempo para hacerlo, apenas una hora antes de que amaneciera.

»Respecto a lo que me aguardara en Egipto, todavía no había tomado una decisión, pero sabía que, si dejaba que los druidas me volvieran a encerrar en el árbol sagrado, permanecería allí famélico hasta la pequeña ofrenda de la siguiente luna llena. Y todas mis noches hasta entonces serían de sed y de tortura y de lo que el viejo había llamado los sueños de los dioses, en los que aprendería los secretos del árbol y de las hierbas que crecían y de la silenciosa Madre.

»Pero tales secretos no eran para mí.

»Los druidas me rodearon entonces y nos dirigimos de nuevo al árbol sagrado. Los himnos se apagaron, convirtiéndose en una letanía que me conminaba a permanecer en el interior del roble para santificar el bosque, a ser su guardián y a contestar bondadosamente a través del árbol a los sacerdotes que, de vez en cuando, acudieran a pedirme guía y consejo.

»Me detuve antes de llegar al roble. En medio de la arboleda ardía una gran hoguera cuya luz espectral iluminaba los rostros tallados en la madera y los montones de cráneos humanos. El resto de los sacerdotes estaba en torno a la pira, esperando. Un escalofrío de terror me recorrió con toda la nueva intensidad que tienen para nosotros tales sensaciones.

»Empecé a hablar apresuradamente. Con voz autoritaria, les dije que quería que todos abandonaran la arboleda. Que me encerraría en el roble al alba con el viejo dios. Sin embargo, pude percatarme de que no daba resultado. Los druidas seguían observándome fríamente e intercambiaban miradas entre ellos, con los ojos inexpresivos como cuentas de cristal.

»—¡Mael! —insistí—. Haz lo que te ordeno. Di a los sacerdotes que abandonen la arboleda.

»De pronto, sin el menor aviso, la mitad de la asamblea de druidas corrió hacia el árbol mientras la otra mitad me sujetaba por los brazos.

»Grité a Mael, quien dirigía el asalto al árbol, que se detuviera. Traté de liberarme, pero una docena de sacerdotes me tenían sujeto ya por brazos y piernas.

»Si hubiera tenido idea de la magnitud de mi poder, me habría desembarazado de ellos sin dificultad. Pero desconocía mis fuerzas. Aún estaba casi ebrio tras el festín, y demasiado horrorizado por lo que sabía que iba a suceder a continuación. Mientras me debatía tratando de liberar los brazos y lanzando patadas a los que me agarraban, el viejo dios, aquel ser desnudo y negro, fue sacado del árbol y arrojado al fuego.

»Sólo alcancé a verle un instante, y lo único que percibí en él fue resignación. Ni una sola vez alzó los brazos para resistirse. Llevaba los ojos cerrados y no me miró, ni a mí ni a nadie, y en ese instante recordé lo que me había dicho acerca de su agonía, y me puse a llorar.

»Mientras le quemaban, yo fui presa de violentos temblores. Pero del centro mismo de las llamas me llegó su voz: *"Cumple lo que te he ordenado, Marius. Tú eres nuestra esperanza."* Y aquello significaba que debía salir de allí inmediatamente.

»Me hice pequeño y abatido bajo las manos de quienes me sujetaban. Sollocé y sollocé y me comporté como si fuera la triste víctima de toda aquella magia, el pobre dios bueno que debía llorar a su padre que acababa de desaparecer en las llamas. Y cuando noté que su presión se relajaba, cuando vi que todos y cada uno de ellos estaban mirando hacia la pira, giré sobre mí mismo con todas mis fuerzas, soltándome de sus manos, y eché a correr hacia los árboles lo más rápido que pude.

»En aquella carrera inicial, supe por primera vez qué eran mis poderes. Cubrí los cientos de metros en un instante, sin que mis pies rozaran apenas el suelo.

»Pero muy pronto se alzó el griterío: "EL DIOS HA HUIDO" y, en cuestión de segundos, la multitud del claro elevaba un rugido y miles y miles de mortales se lanzaron hacia los árboles.

»Me pregunté, mientras corría, cómo había podido suceder todo aquello. ¡De pronto, me había convertido en un dios, lleno de sangre humana, que huía de miles de bárbaros celtas a través de un bosque endemoniado!

»Ni siquiera me detuve a despojarme de la túnica blanca, sino que me la arranqué a pedazos sin dejar de correr, y luego salté a las ramas de los árboles y avancé aún más deprisa pasando de copa en copa de los robles.

»En cuestión de minutos, estaba tan lejos de mis perseguidores que ni siquiera me llegaban sus voces. Sin embargo, continué corriendo, saltando de rama en rama, hasta que no tuve nada que temer salvo el sol de la mañana.

»Y aprendí entonces lo que Gabrielle descubrió tan pronto en vuestras correrías: que podía sepultarme con facilidad bajo la tierra para protegerme de la luz.

»Cuando desperté, la intensidad de la sed me desconcertó. No podía imaginar cómo había hecho el viejo dios para soportar el ayuno ritual. Sólo podía pensar en sangre humana.

»Pero los druidas habían tenido el día para perseguirme. Tenía que avanzar con cautela.

»Y esa noche ayuné mientras corría por el bosque, sin calmar la sed hasta avanzada la madrugada, cuando topé con una banda de salteadores que me proporcionó la sangre de un malhechor y una buena indumentaria.

»En esas horas previas al alba, hice un repaso de la situación. Había aprendido mucho acerca de mis poderes, y descubriría mucho más. Y viajaría a las entrañas de Egipto, no por los dioses o por sus adoradores, sino para descubrir qué significaba todo aquello.

»Y así puedes ver, Lestat, que ya entonces, hace más de diecisiete siglos, nos hacíamos preguntas y rechazábamos las explicaciones que nos daban, que amábamos la magia y el poder por sí mismos.

»En la tercera noche de mi nueva vida, me introduje en mi vieja casa de Massilia y encontré allí mi biblioteca, la mesa de escribir y los libros. Y a mis fieles esclavos, felices de verme. ¿Qué sentido tenía todo aquello para mí? ¿Qué significaba que hubiera escrito aquella historia, que hubiese dormido en aquel lecho?

»Supe que no podía seguir siendo Marius, el romano. Pero aprovecharía lo que pudiera de él. Envié a mis amados esclavos de vuelta a casa. Escribí a mi padre diciéndole que una grave enfermedad me obligaba a pasar el resto de mis días en el clima caluroso y seco de Egipto. Envié el resto de mi historia a las personas de Roma que la leerían y publicarían y, finalmente, zarpé para Alejandría con oro en los bolsillos, mis viejos documentos de viaje y dos esclavos de aspecto torvo que nunca hacían comentarios sobre el hecho de que sólo apareciera de noche.

»Y un mes después de la gran festividad de Samhain en las Galias, estaba deambulando por las oscuras callejas serpenteantes de la noche de Alejandría, buscando a los viejos dioses con mi voz silenciosa.

»Estaba loco, pero sabía que la locura pasaría. Era preciso que encontrara a los viejos dioses. Y tú sabes por qué tenía que encontrarlos. No era sólo la amenaza de la calamidad, el sol buscándome en la oscuridad de mi sueño diurno, o visitándome con un fuego arrasador bajo la completa negrura de la noche.

»Tenía que encontrar a los viejos dioses porque no podía soportar mi vida solitaria entre los hombres. Todo el horror de mi vida me pesaba encima y, aunque sólo mataba al asesino, al malhechor, mi conciencia estaba demasiado despierta como para engañarse a sí misma. No podía soportar la idea de que yo, Marius, que había conocido y disfrutado de tanto amor en mi vida, fuera ahora el incansable portador de la muerte.

9

»Alejandría no era una ciudad muy antigua. Apenas tenía poco más de tres siglos de existencia, pero poseía un gran puerto y albergaba la biblioteca más grande del mundo romano, a la que acudían a investigar estudiosos de todo el Imperio. Yo mismo había sido uno de ellos en otra vida, y allí volvía a encontrarme ahora.

»Si el dios no me hubiera dicho que viajara a la ciudad, habría preferido adentrarme más en Egipto, descender a sus entrañas, por usar la frase de Mael, pues sospechaba que la respuesta a todos los acertijos se hallaba en los templos más antiguos.

»Pero una curiosa sensación me asaltó en Alejandría. *Supe* que los dioses estaban allí. Supe que ellos guiaban mis pasos cuando buscaba los callejones de las casas de prostitución y los tugurios de los ladrones, los lugares donde iban los hombres a perder sus almas.

»Por la noche, acostado en el lecho de mi casita romana, llamaba a los dioses. Luchaba con mi locura. Buscaba, como tú has buscado, una respuesta a los interrogantes sobre la fuerza, los poderes y las arrasadoras emociones que ahora poseía. Y una noche, poco antes de amanecer, cuando sólo la luz de una lámpara brillaba tras los finos velos del lecho, volví los ojos hacia la puerta del jardín y vi una figura negra y quieta bajo el dintel.

»Por un momento, me pareció un sueño, pues la figura no despedía ningún olor, no parecía respirar y no hacía el menor sonido. Entonces supe que era uno de los dioses. Pero ya se había desvanecido y permanecí sentado en el lecho, con la vista fija en la puerta, tratando de recordar lo que había visto: una figura negra y desnuda de cabeza calva y penetrantes ojos encarnados, un ser que parecía perdido en su propio silencio, extrañamente tímido, sólo concentrado en moverse en el último momento antes de quedar completamente al descubierto.

»La noche siguiente, en las callejuelas de la ciudad, escuché una voz que me invitaba a seguirla. Pero era una voz menos inteligible que la que había oído surgir del árbol, y se limitaba a indicarme que la puerta estaba cerca. Finalmente, llegó el momento en que, silencioso y tranquilo, me encontré ante la puerta.

»Fue un dios quien la abrió. Fue un dios quien me indicó que entrara.

»Sentí miedo mientras descendía la inevitable escalera y recorría un túnel en pronunciada pendiente. Prendí la vela que había llevado conmigo y advertí que estaba penetrando en un templo subterráneo, un lugar más antiguo que la ciudad de Alejandría, un santuario construido tal vez en tiempos de los antiguos faraones, con los muros cubiertos de pequeñas escenas coloreadas que describían la vida en el antiguo Egipto.

»Y vi entonces la escritura, los espléndidos jeroglíficos con sus pequeñas momias y aves y brazos sin cuerpo abrazando objetos, y serpientes enroscadas.

»Continué avanzando y llegué a un inmenso recinto de columnas cuadradas y techo altísimo. Hasta la última piedra de aquel lugar estaba decorada con imágenes idénticas a las anteriores.

»Entonces vi, por el rabillo del ojo, algo que al principio me pareció una estatua. Era una figura negra, de pie junto a una de las columnas, con la mano levantada y apoyada en la piedra. Pero supe que no era una estatua. Ningún dios egipcio hecho de diorita aparecía jamás en aquella postura ni llevaba una falda de tela auténtica cubriéndole las piernas.

»Me volví lentamente, preparándome para soportar la primera visión directa de aquel ser, y descubrí la misma carne quemada que ya conocía, el mismo cabello largo, aunque negro azabache, los mismos ojos amarillentos. Sus labios marchitos dejaban al descubierto los dientes y las encías, y el aliento que salía de su garganta estaba lleno de dolor.

»—¿Cómo y cuándo has venido? —me preguntó en griego.

»Me vi a mí mismo como él me percibía, fuerte y luminoso, con mis ojos azules como un circunstancial misterio más, y vi mi indumentaria romana, mi túnica de lino sujeta a los hombros con hebillas de oro y mi capa roja. Con la larga melena rubia, mi aspecto debía de ser el de un vagabundo de los bosques del norte, civilizado sólo en la superficie; y quizá tal cosa era cierta, ahora.

»Pero en aquel instante era él quien me interesaba. Le vi con más claridad, la carne lacerada, quemada en la caja torácica y enmohecida en las clavículas y los huesos que sobresalían de sus caderas. Aquel ser no estaba famélico, sino que había bebido sangre humana recientemente. Sin embargo, su agonía era como si despidiera calor, como si el fuego aún le estuviera cociendo por dentro, como si su figura fuera un infierno encerrado en sí mismo.

»—¿Cómo has escapado al fuego? —me preguntó—. ¿Qué te ha salvado? ¡Responde!

»—Nada me ha salvado —respondí, también en griego.

»Me acerqué a él y aparté la vela a un lado cuando advertí que el ser rehuía la pequeña llama. En su vida había sido enjuto, ancho de espaldas como los viejos faraones, y llevaba su largo cabello en un flequillo recto sobre la frente, al estilo antiguo.

»—Cuando sucedió esa calamidad, yo no había sido creado —le expliqué—. Fui hecho inmortal después, por el dios del bosque sagrado de las Galias.

»—¡Ah!, entonces no ha sido afectado, ese creador tuyo.

»—Al contrario. Estaba quemado como tú, pero aún conservaba las fuerzas suficientes para hacerlo. Una y otra vez me dio y me quitó la sangre. Me dijo que viniera a Egipto y descubriera por qué ha sucedido esta catástrofe. Me dijo que los dioses de los bosques habían estallado en llamas, unos mientras dormían y otros mientras estaban despiertos. Me dijo que así había sucedido por todo el norte.

»—Sí. —El ser movió la cabeza y emitió una carcajada seca y ronca que estremeció todo su cuerpo—. Y sólo el anciano tuvo las fuerzas suficientes para sobrevivir, para heredar la agonía que sólo la inmortalidad puede mantener. Y por eso sufrimos. Pero ahora tú has sido creado y has venido. Harás más como nosotros. Pero ¿es justo que los crees? ¿Acaso el Padre y la Madre habrían permitido que nos sucediera esto si no hubiera llegado la hora?

»—¿Quiénes son el Padre y la Madre? —quise saber, consciente de que no se refería a la Tierra cuando decía *Madre*.

»—Los primeros de nosotros —respondió el ser—. Aquellos de quienes descendemos todos nosotros.

»Intenté penetrar en sus pensamientos, hurgar en la veracidad de lo que me decía, pero él advirtió lo que estaba haciendo y su mente se cerró como una flor al atardecer.

»—Ven conmigo —dijo, y echó a andar con pasos pesados.

»Dejamos atrás el gran recinto y seguimos un largo corredor, decorado igual que la cámara.

»Aprecié que estábamos en un lugar aún más antiguo, construido con anterioridad al templo que acabábamos de dejar atrás. Ignoro cómo supe que así era. Allí no existía ese aire helado que has podido sentir en la escalera aquí, en la isla. En Egipto, uno no nota esas cosas. Nota otra. Uno nota la presencia de algo vivo en el propio aire.

»Con todo, al continuar caminando, aparecieron otras pruebas más tangibles de esa antigüedad. Las pinturas de aquellos muros eran más antiguas, los colores eran más apagados y, aquí y allá, había partes dañadas donde el estuco de color se había desprendido y había caído. El estilo de las imágenes había cambiado. El cabello negro de las figurillas era más largo y más abundante y el conjunto parecía más hermoso y encantador, más lleno de luz y de complejos dibujos.

»A lo lejos se oía el goteo del agua sobre la piedra. El sonido producía un eco melodioso en el corredor. Las paredes parecían haber captado la esencia de la vida en aquellas figuras delicadas y pintadas con amor; daba la impresión de que la magia invocada una y otra vez por los antiguos pintores religiosos emitía un leve efluvio de mortecino poder. Escuché susurros de vida donde no los había. Percibí la gran continuidad de la historia aunque no hubiera nadie que tuviese conciencia de ella.

»La figura oscura que avanzaba a mi lado se detuvo mientras yo contemplaba las paredes. Hizo un vago gesto de que le siguiera por una puerta y entramos en una larga cámara rectangular cubierta por entero con aquellos artísticos jeroglíficos. Era como estar encerrado en un manuscrito. Y vi allí dos sarcófagos egipcios, de la misma época que la sala, colocados cabeza con cabeza contra la pared.

»Eran dos piezas de piedra talladas con la forma de las momias para las que habían sido realizadas, y perfectamente modeladas y pintadas para representar a los difuntos, con los rostros de oro batido y los ojos de lapislázuli.

»Sostuve en alto la vela y, con gran esfuerzo, mi guía abrió la tapa de los sarcófagos y la retiró para que pudiera ver el interior.

»Descubrí lo que, a primera vista, me parecieron dos cuerpos. Sin embargo, al acercarme un poco más, comprobé que eran montones de cenizas con forma humana. No quedaba de ellos tejido alguno, salvo algún colmillo muy blanco y algún que otro fragmento de hueso.

»—Ahora ya no hay sangre que pueda devolverles la vida —murmuró mi guía—. No hay para ellos esperanza de resurrección. Los vasos sanguíneos han desaparecido. Los que han podido levantarse, lo han hecho. Y pasarán siglos antes de que curemos, de que conozcamos el final de nuestro dolor.

»Antes de cerrar los sarcófagos de las momias, vi que el interior estaba ennegrecido por el fuego que había inmolado a los dos seres. No lamenté que las tapas volvieran a su sitio.

»El guía dio media vuelta y se dirigió de nuevo hacia la puerta. Le seguí con la vela, pero hizo una pausa y echó otra mirada a los sarcófagos pintados.

»—Cuando las cenizas sean esparcidas —declaró—, sus almas serán libres.

»—Entonces, ¿por qué no las esparces? —dije yo, tratando de que mi voz no sonara tan desesperada, tan perturbada.

»—¿Debo hacerlo? —replicó, moviendo la piel quebradiza del contorno de sus ojos—. ¿Crees que debo hacerlo?

»—¡A mí qué me preguntas!

»El ser lanzó otra de sus secas risotadas y me condujo por el corredor hasta una estancia iluminada.

»Se trataba de una biblioteca en la que unas cuantas velas repartidas ponían a la vista las estanterías de madera en forma de rombo donde se amontonaban los rollos de papiro y de pergamino.

»Naturalmente, aquello me complació, pues una biblioteca era algo que me resultaba comprensible. Era el único lugar humano donde aún sentía cierto grado de mi vieja cordura.

»Pero me quedé desconcertado al ver a otro —a otro de nosotros—, sentado a uno de los lados tras un escritorio, con los ojos en el suelo.

»Aquel ser no tenía un solo cabello y, aunque completamente ennegrecida, su piel estaba tersa sobre unos músculos bien modelados, y relucía como si la hubiesen bañado en aceite. Los rasgos de su rostro eran hermosos, la mano que apoyaba en el regazo de su falda de tela blanca estaba entrecerrada en un delicado gesto y todos los músculos de su pecho desnudo se dibujaban con claridad.

»Se volvió y alzó los ojos hacia mí. Y, de inmediato, se produjo algo entre él y yo, algo más silencioso que el silencio, como puede suceder entre nosotros.

»—Éste es el Viejo —dijo el débil ser que me había conducido hasta allí—. Puedes ver por ti mismo que ha resistido al fuego. Pero no habla. Ni ha dicho nada desde que sucedió la calamidad. Sin embargo, sin duda sabe dónde están la Madre y el Padre, y por qué han permitido que esto pasara.

»El Viejo se limitó a mirar de nuevo, pero en su rostro apareció una curiosa expresión, algo sarcástica y levemente divertida, y con un matiz de desdén.

»—Ya antes de la catástrofe —añadió el otro ser—, el Viejo no nos hablaba a menudo. El fuego no le ha cambiado, no le ha hecho más receptivo. Permanece sentado en silencio, cada vez más como la Madre y el Padre. De vez en cuando lee. De vez en cuando deambula por el mundo de arriba. Bebe la Sangre y escucha los cánticos. En ocasiones baila. Habla con mortales por las calles de Alejandría, pero a nosotros no nos dirige la palabra. No habla con nosotros. Pero él conoce... conoce la razón que nos haya sucedido esto.

»—Déjame con él —le indiqué.

»Sentí lo mismo que cualquiera en una situación semejante. Yo haría hablar a aquel ser, le arrancaría alguna palabra. Lograría lo que nadie había sido capaz de hacer. Pero no era la mera vanidad lo que me impulsaba. Tenía la certeza de que aquél era el ser que había acudido al dormitorio de mi casa, el que me había contemplado desde el umbral.

»Y había percibido algo en su mirada. Fuera inteligencia, interés o reconocimiento de algún saber compartido, en ella había algo.

»En ese instante supe que llevaba dentro de mí la posibilidad de un mundo distinto, desconocido para el Dios del Bosque e incluso para aquel ser débil y herido que, a mi lado, contemplaba con desesperación al Viejo.

»El guía se retiró como le había pedido. Me acerqué al escritorio y miré al Viejo.

»—¿Qué debo hacer? —pregunté en griego.

»Él alzó la mirada bruscamente y pude apreciar en su rostro eso que llamo inteligencia.

»—¿Tiene algún objeto que siga haciéndote preguntas? —continué.

»Había escogido con cuidado mi tono de voz. No había en él nada ceremonioso, nada reverencial. Era el más familiar posible.

»—¿Qué es lo que quieres saber? —respondió él, hablándome de pronto en latín.

»Su voz era fría, las comisuras de sus labios estaban curvadas hacia abajo y su actitud era retadora y cargada de brusquedad.

»Para mí, fue un alivio poder expresarme en latín.

»—Ya has oído lo que le he contado al otro —proseguí en el mismo tono informal—, que fui creado por el Dios del Bosque en el país de los celtas y que me ha sido encomendado descubrir por qué los dioses han muerto entre las llamas.

»—¡Tú no vienes de parte de los Dioses del Bosque! —exclamó, tan sardónico como antes.

»No había levantado la cabeza, sino sólo la mirada. Lo cual hacía que sus ojos parecieran más retadores y cargados de desprecio.

»—Sí y no —expliqué—. Si podemos perecer de esta manera, me gustaría saber la razón. Lo que ha sucedido una vez, puede repetirse. Y me gustaría saber si de verdad somos dioses y, en caso afirmativo, cuáles son nuestras obligaciones para con el hombre. ¿Son el Padre y la Madre seres reales, o son un mito? ¿Cómo empezó todo? Sí, me gustaría mucho conocer todo esto.

»—Por accidente —murmuró él.

»—¿Por accidente?

»Me incliné hacia delante. Creí haber entendido mal.

»—Empezó por accidente —repitió con frialdad, ominosamente, con evidentes muestras de considerar absurda la pregunta—. Hace cuatro mil años, por accidente, y desde entonces ha estado envuelto en la magia y la religión.

»—Confío en que me estés diciendo la verdad.

»—¿Por qué no iba a hacerlo? ¿Por qué razón debería protegerte de la verdad? ¿Para qué molestarme en mentirte? Ni siquiera sé quién eres. Ni me importa.

»—Entonces, explícame a qué te refieres con eso de que sucedió por accidente —insistí.

»—No sé. Tal vez lo haga. Tal vez no. He hablado más en estos últimos minutos que en muchos años. La historia del accidente no sea quizá más verdad que las leyendas que tanto placen a los otros. Los otros siempre han escogido las leyendas. Eso es lo que buscas en realidad, ¿no es cierto? —Su voz se alzó, al tiempo que se incorporaba ligeramente en la silla, como si sus palabras irritadas le impulsaran a ponerse en pie—. Una historia de nuestra creación, análoga al Génesis de los hebreos, a las epopeyas de Homero, a los balbuceos de vuestros poetas romanos, Ovidio y Virgilio: una gran confusión de deslumbrantes símbolos de los cuales se supone que ha surgido la vida misma. —Estaba en pie y hablando a gritos, las venas le sobresalían en la negra frente y su mano era un puño sobre el escritorio—. Es el tipo de narración que llena los documentos de estas salas, que emerge en fragmentos de los himnos y de los encantamientos. ¿Quieres oírla? Es tan cierta como cualquier otra.

»—Cuéntame lo que quieras —respondí, tratando de mantener la calma.

»El volumen de su voz me lastimaba los oídos. Y escuché algo que se agitaba en las estancias cercanas. Otras criaturas como aquel ser enjuto y seco que me había conducido allí rondaban por las proximidades.

»—Y puedes empezar —añadí con acritud— confesándome por qué has acudido a mi casa aquí, en Alejandría. Has sido tú quien me ha traído aquí. ¿Por qué? ¿Para burlarte de mí? ¿Para insultarme por haberte preguntado cómo empezó esto?

»—Cálmate.

»—Lo mismo te digo.

»Me miró de arriba abajo parsimoniosamente y sonrió. Abrió las manos como en gesto de saludo o de ofrecimiento, y se encogió de hombros.

»—Quiero que me hables de la calamidad —insistí—. Te suplicaría que me lo contaras, si así pudiera conseguirlo. ¿Qué puedo hacer para convencerte?

»Su rostro experimentó varias transformaciones notables. Pude notar sus pensamientos, pero no oírlos. Noté un estado de ánimo muy exaltado y, cuando habló de nuevo, su voz sonó más espesa, como si estuviera conteniendo la pena. Como si ésta le estuviera estrangulando.

»—Escucha nuestra vieja historia —dijo—. En los tiempos remotos antes de la invención de la escritura, el buen dios Osiris, el primer faraón de Egipto, fue asesinado por hombres malvados. Y cuando Isis, su esposa, juntó de nuevo todas las partes de su cuerpo, Osiris se convirtió en inmortal y, desde ese instante, pasó a gobernar el reino de los muertos, el reino de la Luna y de la noche, y a recibir los sacrificios de sangre para la gran diosa, que él bebía. Pero los sacerdotes intentaron robarle el secreto de la inmortalidad y, por ello, su culto se hizo secreto y sus templos fueron conocidos sólo por aquellos de sus seguidores que le protegían del dios Sol, el cual podía en cualquier momento tratar de destruir a Osiris con sus rayos ardientes. Pero bajo esta leyenda puede adivinarse lo que sucedió en realidad. Ese antiguo rey descubrió algo (o, más bien, fue víctima de algún desagradable suceso) y se convirtió en un ser sobrenatural dotado de un poder que, en manos de quienes le rodeaban, podía ser utilizado para hacer un mal incalculable; por ello, el rey creó en torno a sí un culto con la intención de contener ese mal mediante las ceremonias y los mandamientos, de limitar La Poderosa Sangre a quienes la utilizaran únicamente para magia blanca. Y de ahí salimos.

»—¿Y la Madre y el Padre son Isis y Osiris?

»—Sí y no. La Madre y el Padre son los dos primeros. Isis y Osiris son los nombres que utilizaron en las leyendas que contaron, o que les dio ese viejo culto en el que se injertaron.

»—¿Cuál fue el accidente, entonces? ¿Cómo se descubrió eso?

»El ser me miró largo rato en silencio y se sentó de nuevo, volviendo el rostro a un lado. Su mirada se perdió en el vacío como antes.

»—¿Por qué debería contártelo? —exclamó; esta vez, sin embargo, puso un renovado énfasis en la pregunta, como si realmente se lo estuviera preguntando y tuviera que encontrar una respuesta—. ¿Por qué tendría que hacer nada? Si la Madre y el Padre no se levantan de las arenas para salvarse a sí mismos cuando el Sol asoma por el horizonte, ¿por qué debería yo moverme, o hablar, o continuar con esto?

»—¿Fue eso lo que sucedió, que la Madre y el Padre quedaron expuestos al sol?

»Mi interlocutor alzó de nuevo los ojos hacia mí.

»—Fueron dejados al sol, mi querido Marius —murmuró. El hecho de que conociera mi nombre me desconcertó—. Dejados al sol. La Madre y el Padre no se mueven por propia voluntad, salvo de vez en cuando para cuchichearse cosas entre ellos, para apartar de sí a aquellos de nosotros que acudimos a ellos en busca de su sangre curativa. Ellos podrían curar a todos los que hemos sido quemados, si nos permitieran beber su sangre redentora. El Padre y la Madre han existido durante cuatro mil años y nuestra sangre se hace más fuerte con cada estación que transcurre, con cada nueva víctima. Se hace más fuerte incluso con el ayuno, pues, cuando éste termina, gozamos de un nuevo vigor. Pero el Padre y la Madre no se preocupan por sus hijos. Y ahora parece que tampoco se preocupan por sí mismos. ¡Quizá, después de cuatro mil años de noches, deseaban simplemente ver el sol! Desde la llegada de los griegos a Egipto, desde la perversión del viejo arte, no han vuelto a dirigirnos la palabra. No nos han permitido ver ni un parpadeo de sus ojos. ¡Y qué es hoy Egipto, sino el granero de Roma! Cuando la Madre y el Padre nos golpean para apartarnos de las venas de sus cuellos, son como de hierro y pueden aplastarnos los huesos. Y si ellos ya no se preocupan de nada, ¿por qué debería hacerlo yo?

»Le estudié un largo instante y, por fin, pregunté:

»—¿Y dices que ha sido esto lo que ha causado las quemaduras de los demás? ¿El hecho de que el Padre y la Madre quedaran expuestos al sol?

»Él asintió.

»—Nuestra sangre viene de ellos —dijo—. Es la suya por transmisión directa, y lo que les sucede a ellos repercute en nosotros. Si ellos se queman, nosotros también.

»—¡Estamos vinculados a ellos! —susurré, asombrado.

»—Exacto, mi querido Marius —asintió, mirándome atentamente como si disfrutara con mi temor—. Por eso han permanecido guardados durante mil años; por eso les son ofrecidas víctimas en sacrificio; por eso son adorados. Lo que les sucede a ellos, nos sucede a nosotros.

»—¿Quién lo hizo? ¿Quién los puso al sol?

»El ser se echó a reír sin emitir sonido alguno.

»—El encargado de su custodia —dijo a continuación—. Su guardián, que no pudo soportarlo más, que llevaba demasiado tiempo en su solemne cargo, que no logró convencer a nadie más para que aceptara la carga y finalmente, entre sollozos y estremecimientos, los llevó a los dos a las arenas del desierto y los dejó allí como dos estatuas.

»—Y mi destino está vinculado a esto —murmuré.

»—Sí, pero no creo que el encargado de su custodia conservara su fe en ello. Para él, sólo debía de tratarse de una vieja leyenda. Al fin y al cabo, como te he dicho, la Madre y el Padre eran adorados, venerados por nosotros igual que nosotros lo somos por los mortales, y nadie había osado nunca hacerles daño. Nadie les había acercado una antorcha para comprobar si el resto de nosotros sentía dolor. No, el guardián no creía en eso. Los dejó en el desierto, y esa noche, cuando abrió los ojos en el sarcófago y se encontró convertido en un horror carbonizado e irreconocible, rompió a gritar inconteniblemente.

»—Y tú les volviste a llevar bajo tierra, ¿no es eso?

»—Sí.

»—Y están tan ennegrecidos como tú...

»—No —cortó la frase, moviendo la cabeza—. Su piel

adquirió sólo un tono dorado, bronceado, como la carne que da vueltas en el asador. Sólo eso. Y siguen tan hermosos como antes, como si la belleza se hubiera convertido en parte de su herencia, en parte esencial de lo que estamos destinados a ser. Sus miradas siguen fijas al frente como siempre, pero ya no inclinan sus cabezas hacia el otro, ya no emiten murmullos al ritmo de sus secretos diálogos, ya no nos permiten beber su sangre. Y tampoco dan cuenta de las víctimas que les traemos, salvo muy de vez en cuando, y siempre en la soledad de su intimidad. Nadie sabe cuándo van a beber y cuándo no.

»Moví la cabeza de un lado a otro. Me balanceé hacia delante y hacia atrás con la cabeza inclinada y la vela parpadeando en mi mano, sin saber qué decir a todo aquello. Necesitaba tiempo para asimilarlo.

»Él me indicó con un gesto que me acomodara en el sillón al otro lado del escritorio y, sin pensármelo dos veces, obedecí.

»—Pero ¿no estaba escrito que todo esto sucedería, romano? —dijo entonces—. ¿No estaba escrito que encontrarían la muerte en las arenas, silenciosos e inmóviles como estatuas abandonadas después del saqueo de una ciudad por el ejército conquistador? ¿No estaba escrito que todos nosotros muriéramos también? Fíjate en Egipto. ¿Qué es hoy, vuelvo a preguntarte, sino el granero de Roma? ¿No estaba escrito que los dos se quemaran allí día tras día mientras todos nosotros ardíamos como estrellas por todo el mundo?

»—¿Dónde están? —pregunté.

»—¿Por qué quieres saberlo? —replicó en tono de sorna—. ¿Por qué habría de revelarte el secreto? Ya no pueden ser rotos en pedazos; son demasiado fuertes para ello y los cuchillos podrían apenas arañarles la piel. No obstante, hazles un corte y nos cortarás a todos. Quémales y todos arderemos. Pero esas mismas sensaciones que nos causan, ellos las sienten muy amortiguadas, porque su edad les protege. ¡Y, con todo, basta con causarles una ligera molestia para que nos destruyan a todos! ¡Ni siquiera parecen ya necesitar la sangre! Quizá también sus mentes están unidas a las nuestras. Tal vez la pena que sentimos, la lástima y el horror ante el destino del propio mundo, proceden de sus mentes, de lo que sueñan encerrados en sus cámaras. No, no puedo decirte dónde están, ¿no te parece? Hasta que decida de una vez que soy indiferente, que es hora de que desaparezcamos.

»—¿Dónde los tienes? —repetí.

»—¿Por qué no habría de hundirlos en las profundidades del mar —insistió él—, hasta el día en que la tierra misma los levante hacia la luz del sol sobre la cresta de una gran ola?

»No respondí. Me quedé mirándole, asombrado ante su agitación, comprendiendo lo que sentía y, al propio tiempo, presa de un temor reverencial.

»—¿Por qué no habría de enterrarles en las profundidades de la Tierra, en sus entrañas más oscuras, más allá del menor asomo de vida, y dejarles reposar allí en silencio, no importa lo que ellos piensen o sientan?

»¿Qué podía responderle yo? Le observé y esperé a que se calmara un poco. Él me miró y su expresión se volvió apacible, casi confiada.

»—Dime cómo se convirtieron en la Madre y el Padre —insistí.

»—¿Por qué?

»—¡Sabes muy bien por qué! ¡Quiero saberlo! ¿Por qué acudiste a mi dormitorio si no tenías intención de contármelo?

»—¿Y qué si lo hice? —replicó él con acritud—. ¿Qué, si quise ver al romano con mis propios ojos? Nosotros moriremos, y tú con nosotros. Por eso quería ver nuestra magia en una nueva forma. ¿Quién nos adora hoy, al fin y al cabo? ¿Unos guerreros de cabellos rubios en los bosques del norte? ¿Unos antiquísimos egipcios en las criptas secretas bajo la arena? No vivimos en los templos de Grecia o Roma. Nunca lo hemos hecho. Y, sin embargo, en ambos lugares se rinde culto a nuestro mito, a ese único mito. Allí se invocan los nombres de la Madre y del Padre...

»—Nada de eso me importa —declaré—. Y tú lo sabes. Tú y yo somos iguales. ¡No tengo intención de volver a los bosques del norte y crear una raza de dioses para esa gente! ¡He venido aquí para saber y tú debes explicarme!

»—Está bien. Te lo contaré y así entenderás la futilidad de todo esto, así comprenderás el silencio de la Madre y del Padre. Pero ten presente lo que te digo: todavía puedo acabar con todos nosotros. ¡Todavía puedo hacer arder a la Madre y al Padre en el calor de un horno! Pero dejémonos de prolijos preámbulos y de palabras altisonantes. Suprimiremos los mitos que murieron en la arena el día en que el Sol brilló sobre la Madre y el Padre. Te contaré todo lo que revelan esos papiros dejados por el Padre y la Madre. Deja esa vela en la mesa y presta atención.

10

»—Lo que te dirían los papiros, si pudieras descifrarlos —declaró—, es que hubo dos seres humanos, Akasha y Enkil, que habían llegado a Egipto procedentes de otras tierras más antiguas. Esto sucedió mucho antes de la primera escritura, antes de la primera pirámide, cuando los egipcios aún eran caníbales que devoraban los cuerpos de los enemigos.

»"Akasha y Enkil apartaron a esas gentes de tales prácticas. Eran adoradores de la Buena Madre Tierra y enseñaron a los egipcios a sembrar las semillas en la Buena Madre y a domesticar animales para obtener de ellos carne, leche y pieles.

»"Con toda probabilidad, Akasha y Enkil no estaban solos en su tarea de enseñar a los primitivos egipcios, sino que eran más bien los jefes de un pueblo que había llegado con ellos desde otras ciudades aún más antiguas cuyos nombres se han perdido ya bajo las arenas del Líbano y cuyos monumentos han quedado reducidos a polvo.

»"Sea como sea, los dos eran gobernantes benevolentes para los cuales el principal valor era el bienestar de los demás; la Buena Madre era la Madre Nutriente que deseaba que todos los hombres vivieran en paz, y ambos decidían sobre todos los asuntos de administración de justicia en las tierras emergidas.

»"Tal vez habrían entrado en la mitología de una forma más benigna de no haber sido por un trastorno en la casa del mayordomo real, que se inició con las travesuras de un demonio que lanzaba los muebles y objetos de un lado a otro.

»"En realidad, no se trataba más que de un demonio vulgar, de esos cuyas tropelías oye uno comentar en cualquier época y lugar. Uno de esos que trastorna durante un tiempo a los que viven en determinado sitio, que a veces entra en el cuerpo de algún inocente y ruge por boca de éste con voz estentórea, y puede obligar a su víctima a mascullar procacidades y proposiciones carnales a quienes la rodean. ¿Sabes a qué me refiero?

»Asentí. Le dije que siempre se oyen historias así. Se decía que uno de tales demonios había poseído a una virgen vestal en Roma. Esa muchacha empezó a hacer proposiciones obscenas a todos los que la rodeaban, mientras su rostro se volvía morado debido al esfuerzo, y luego se desvaneció. Pero, al despertar, el demonio había desaparecido misteriosamente.

»—Yo pensé —le dije— que la muchacha estaba loca. Que, digámoslo así, no era la persona indicada para ser una virgen vestal...

»—¡Por supuesto! —exclamó mi interlocutor con una voz cargada de ironía—. Yo también lo habría pensado, y casi cualquier hombre inteligente que recorre las calles de Alejandría sobre nuestras cabezas. Pero tales historias surgen y desaparecen. Y, si por algo son notables, es porque no afectan al curso de los acontecimientos humanos. Esos demonios pueden perturbar una familia, alguna persona en concreto, pero luego caen en el olvido y volvemos a estar como al principio.

»—Exactamente.

»—Pero ahora entiende que te estoy hablando de un Egipto remotísimo. Eran tiempos en que el hombre se ocultaba del trueno o comía el cuerpo de los muertos para absorber su espíritu.

»—Entiendo —asentí.

»—Y este buen rey Enkil decidió dirigirse personalmente al demonio que había entrado en casa de su mayordomo. Aquel ser, anunció, estaba privado de armonía. Por supuesto, los magos reales le suplicaron que les permitiera ocuparse de la expulsión del demonio, pero éste era un rey que buscaba el bien para todos. Tenía el ideal de que todo lo existente se uniera en la bondad, de todas las fuerzas confluyendo en el mismo rumbo divino. Él le hablaría a aquel demonio, trataría de reconducir su poder, por así decirlo, para el bien de todos. Y únicamente si no lo conseguía, consentiría en que el demonio fuera expulsado.

»"Y así el rey entró en la casa de su siervo, donde los muebles volaban de una pared a otra, y las jarras se rompían y las puertas batían solas. Y empezó a hablar con aquel demonio y a invitarle a responder. Todos los demás huyeron del lugar.

»"Toda una noche pasó antes de que saliera de la casa embrujada y, cuando lo hizo, explicó cosas sorprendentes:

»"—Estos demonios son infantiles y estúpidos —explicó a sus magos—, pero he estudiado su conducta y he descubierto la razón de que demuestren esa rabia. Están furiosos por no tener cuerpo, por no tener sentidos como los nuestros. Obligan a la inocente víctima a gritar porquerías porque los ritos del amor y de la pasión son cosas que no tienen modo de conocer. Pueden hacer moverse las partes del cuerpo pero no habitan en ellas realmente, y por eso están obsesionados con la carne que no pueden invadir. Y usan sus débiles poderes para hacer volar objetos y para obligar a sus víctimas a retorcerse y dar saltos. Este anhelo de ser carnales es el origen de su furia, la demostración del sufrimiento que es su destino.

»"Y tras estas piadosas palabras, se dispuso a encerrarse de nuevo en la casa endemoniada para aprender más cosas. Pero esta vez su esposa se interpuso en su camino. No estaba dispuesta a permitir que volviera con los demonios. Le dijo al rey que se mirara en el espejo. En las escasas horas que había pasado a solas en la casa, había envejecido considerablemente. Y, cuando vio que no podría hacerle desistir, se encerró en la casa con él, y todos los que esperaban fuera escucharon el estruendo del interior temerosos de que, en cualquier momento, se oyera también a la pareja soltando alaridos o rugiendo como posesos. El ruido de las estancias interiores resultaba alarmante. Empezaron a aparecer grietas por las paredes.

»"Como la vez anterior, todos huyeron, salvo un reducido grupo de hombres interesados. Estos hombres habían sido enemigos del rey desde el principio del reino. Eran viejos guerreros que habían conducido las expediciones de Egipto en busca de carne humana y que ya estaban hartos de la bondad del rey, de la Buena Madre, de los cultivos y de todo lo demás. Estos hombres vieron en aquella aventura espiritista no sólo una muestra más de la vana necedad del rey, sino una situación que, pese a todo, les proporcionaba una buena oportunidad.

»"Al caer la noche, se introdujeron en la casa. Eran hombres intrépidos, como lo son los ladrones de tumbas que saquean las sepulturas de los faraones. Tenían fe, pero no la suficiente para poner coto a su codicia.

»"Y cuando vieron a Enkil y Akasha juntos en medio de la estancia por la que volaban los objetos, se les arrojaron encima y apuñalaron una y otra vez al rey como vuestros senadores romanos apuñalaron a César. Y también acuchillaron a la reina, la única testigo. Y el rey exclamó al verse herido:

»"—¡No! ¿No comprendéis lo que habéis hecho? ¡Habéis abierto a los espíritus un camino por el que entrar! ¿No lo entendéis?

»"Pero los hombres huyeron, seguros de la muerte del rey y de la reina, que yacía arrodillada y sostenía en sus manos la cabeza de su esposo. Ambos sangraban por más heridas de las que uno podría contar.

»"A continuación, los conspiradores incitaron al pueblo. Que todo el mundo supiera que el rey había sido muerto por los espíritus, anunciaron, añadiendo que hubiera debido dejar los demonios a sus magos, como habría hecho cualquier otro rey. Y, portando antorchas, todos acudieron a la casa endemoniada que, de pronto, había quedado en absoluta calma.

»"Los conspiradores urgieron a los magos a entrar, pero éstos tenían miedo.

»"—Entonces, entraremos nosotros y veremos qué ha sucedido —resolvieron los malvados, y abrieron las puertas.

»"Allí estaban el rey y la reina, contemplando tranquilamente a los conspiradores. Todas sus heridas estaban curadas, sus ojos despedían una luz espectral, su piel tenía un tenue resplandor blanquecino y su cabello poseía un brillo esplendoroso. La pareja salió de la casa mientras los conspiradores huían aterrados, despidió a la multitud y a los sacerdotes y regresó sin acompañantes al palacio.

»"Y, aunque no se lo confiaron a nadie, supieron qué les había sucedido. A través de las heridas, el demonio había penetrado en ellos en el instante en que la vida mortal iba a escapárseles. Pero fue la sangre lo que impregnó aquel demonio en el momento crepuscular en que el corazón casi se detenía. Tal vez era aquélla la sustancia que siempre había buscado en su rabia ciega, la sustancia que había intentado obtener de sus víctimas en sus arrebatos, pero que nunca había conseguido porque no lograba infligir suficientes heridas a su víctima sin que ésta muriese. Pero ahora estaba en la sangre, y ésta no era meramente el demonio, ni tampoco la sangre del rey y de la reina, sino una combinación de lo humano y lo demoníaco que constituía algo completamente distinto.

»"Y lo único que quedó del rey y de la reina fue lo que aquella sangre podía animar, lo que podía impregnar y reclamar para sí. Sus cuerpos estaban muertos a todo lo demás, pero la sangre fluía por sus cerebros y sus corazones y sus pieles y, gracias a ello, la inteligencia del rey y de la reina permaneció viva. Sus almas, si lo prefieres, sobrevivieron, pues las almas residen en esos órganos, aunque no sepamos la razón. Y, aunque la sangre del demonio no tenía voluntad propia, carácter propio que el rey y la reina pudieran percibir, el rojo líquido potenció sus mentes y sus voluntades, fluyendo por los órganos que crean el pensamiento. Y añadió a las voluntades sus propios poderes puramente espirituales, de modo que el rey y la reina podían escuchar los pensamientos de los mortales y percibir y comprender cosas que estaban vedadas a los mortales.

»"En suma, el demonio había dado y había tomado, y el rey y la reina eran Seres Nuevos. Ya no podían comer alimentos, ni crecer, ni morir, ni tener hijos, pero podían sentir con una intensidad que los aterró. Y el demonio obtuvo lo que buscaba: un cuerpo en el cual vivir, una vía para estar por fin en el mundo, un modo de *sentir*.

»"Pero después llegó otro descubrimiento aún más espantoso: que debía mantener animados aquellos cuerpos muertos, que la sangre debía recibir su alimento. Y lo único que podía asimilar para su uso era la misma sustancia de la que estaba hecha. De sangre. ¡Que penetrara más sangre! ¡Que más sangre recorriera cada rincón de aquellos cuerpos en los que disfrutar de tan maravillosas sensaciones! Su sed de sangre era insaciable.

»"El demonio les tenía sometidos. Los dos reyes eran Bebedores de la Sangre. Nunca sabremos si el demonio supo de ellos, pero el rey y la reina sí se dieron cuenta de que tenían el demonio dentro y no podían librarse de él y de que morirían si lo hacían, pues sus cuerpos estaban muertos. Y supieron al instante que aquellos cuerpos muertos, animados como estaban por aquel fluido demoníaco, no podían soportar el fuego ni la luz del sol. Por una parte, parecían frágiles flores blancas que el calor diurno del desierto podía marchitar y ennegrecer. Por otra, la sangre de su interior parecía ser tan volátil que herviría con el calor, destruyendo así las fibras por las que corría.

»"Se ha dicho que, en esos primeros tiempos, no podían soportar ninguna iluminación brillante, que incluso un fuego cercano podía hacer que su piel humeara.

»"En todo caso, representaban un nuevo orden de seres y sus pensamientos correspondían a su condición, y los reyes trataron de entender las cosas que veían, las situaciones que les afectaban en su nuevo estado.

»"No están registrados todos los acontecimientos. No existe nada en la tradición, tanto escrita como oral, acerca de cuándo escogieron por primera vez transmitir la sangre, o de cómo determinaron el modo en que debe realizarse: vaciando de sangre a la víctima casi hasta el momento crepuscular previo a la muerte, o de lo contrario la sangre demoníaca insuflada en él no podría adueñarse del cuerpo.

»"Sabemos, en cambio, por la tradición no escrita, que el rey y la reina trataron de mantener en secreto lo que les había sucedido, pero su ausencia durante el día despertó sospechas entre el pueblo pues les impedía asistir a las ceremonias religiosas en la tierra.

»"Y así sucedió que, antes de poder llegar a conclusiones más claras, tuvieron que conducir a las masas a un culto a la Buena Madre bajo la luz de la Luna.

»"Con todo, no pudieron protegerse de los conspiradores, que seguían sin entender su recuperación y trataron de deshacerse de ellos nuevamente. El ataque llegó pese a todas las precauciones y la fuerza de los reyes se demostró abrumadora para los conspiradores, en quienes sembró el pánico el hecho de que las heridas que lograban infligirles curaran milagrosamente al instante. Al rey le cercenaron un brazo y se lo volvió a poner en el hombro; el miembro revivió y los conspiradores huyeron.

»"Gracias a estos ataques, a estas batallas, entraron en posesión del secreto no sólo los enemigos del rey, sino también los sacerdotes.

»"Y ya nadie quiso destruir al rey y a la reina; al contrario, quisieron tomarles prisioneros y obtener de ellos el secreto de la inmortalidad. Trataron de tomar su sangre, pero sus primeros intentos fracasaron.

»"Los que bebieron no llegaron al borde de la muerte y por ello se convirtieron en criaturas híbridas, medio dioses y medio hombres, y murieron de terribles maneras. Pero algunos lo lograron. Quizá vaciaron sus venas primero. No hay registros al respecto. Pero en épocas posteriores, éste ha sido siempre un modo de conseguir la sangre.

»"Tal vez la Madre y el Padre decidieron tener compañía de su especie. Quizá por soledad y miedo, decidieron transmitir el secreto a los mortales de temple en quienes pudieran confiar. Tampoco de esto hay constancia. Sea como fuere, pasaron a existir otros Bebedores de la Sangre, y el método para crearlos acabó por conocerse.

»"Los papiros nos cuentan que la Madre y el Padre trataron de triunfar en su adversidad. Trataron de encontrar una razón a lo sucedido y se convencieron de que aquella intensificación de sus sentidos debía ponerse al servicio de algo bueno. Al fin y al cabo, la Buena Madre había permitido que todo aquello sucediera, ¿verdad?

»"Era preciso santificar y contener en el misterio lo sucedido o, de lo contrario, Egipto se convertiría en una raza de demonios Bebedores de Sangre que dividirían el mundo en los que beben la sangre y los que sólo son alimentados para entregarla, una tiranía que, una vez establecida, nunca más podría ser rota con la sola fuerza del hombre mortal.

»"Así, los buenos reyes escogieron el camino del ritual, del mito. Vieron en sí mismos la imagen de la luna creciente y la luna menguante, y en el acto de beber la sangre al dios encarnado que se toma a sí mismo en sacrificio, y utilizaron sus poderes superiores para adivinar, predecir y juzgar. Se vieron a sí mismos aceptando sinceramente la sangre ofrecida al dios, que de otro modo corría por el altar. Envolvieron en el símbolo y el misterio aquello cuya divulgación no podía permitirse y desaparecieron de la vista de los hombres en el interior de los templos, para ser adorados por aquellos que les podían proporcionar sangre. Reclamaron para sí los sacrificios más convenientes, los que se habían hecho siempre por el bien de la Tierra. Inocentes, intrusos, malhechores, bebieron la sangre por la Madre y por el Bien.

»"Dieron vida al mito de Osiris, basado en parte en sus propios y terribles sufrimientos: el ataque de los conspiradores, la recuperación, la necesidad de vivir en el reino de las sombras, el mundo más allá de la vida, la imposibilidad de volver a caminar a la luz del sol. E injertaron el mito en otras historias más antiguas de dioses que se agitan en su amor por la Buena Madre, que ya existían en la Tierra de la que habían llegado.

»"Y así nos llegaron sus historias, esos relatos que han traspasado los límites de los lugares secretos en los que eran adorados la Madre y el Padre, en los que moraban los que ellos habían creado con la sangre.

»"Ya eran viejos cuando el primer faraón construyó una pirámide y los primeros textos ya recogen su existencia de forma fragmentaria y extraña.

»"Un centenar de otros dioses gobernaban Egipto, como sucede en todas las tierras. Pero el culto a la Madre y al Padre se mantuvo secreto y poderoso. Un culto al que los devotos acudían para escuchar la voz silenciosa de los dioses, a compartir sus sueños.

»"No hay noticia de quiénes fueron los primeros a quienes transmitieron la sangre la Madre y el Padre. Sólo sabemos que difundieron la religión a las islas del gran mar y a las tierras de los dos ríos y a los bosques del norte. Que en santuarios de diversos lugares, el dios lunar gobernaba y bebía sus sacrificios de sangre y utilizaba sus poderes para mirar en los corazones de los hombres. Durante los períodos entre sacrificios, en los ayunos, la mente del dios podía abandonar su cuerpo; podía cruzar los cielos y aprender mil cosas. Y los mortales de más pureza de corazón podían acudir al santuario y escuchar la voz del dios, y éste la suya.

»"Pero ya antes de mi tiempo, hace mil años, todo aquello no era más que una leyenda vieja e incoherente. Los dioses de la Luna habían regido Egipto durante tal vez tres mil años. Y la religión había sido atacada muchas veces.

»"Cuando los sacerdotes egipcios se pasaron al dios Sol, Amón Ra, abrieron las criptas del dios de la Luna y dejaron que el Sol le redujera a cenizas. Y muchos de nuestra raza fueron destruidos. Lo mismo sucedió cuando los primeros guerreros bárbaros irrumpieron en Grecia y arrasaron los santuarios y mataron aquello que les resultaba incomprensible.

»"Ahora, el balbuceante oráculo de Delfos gobierna donde en otro tiempo lo hicimos nosotros, y otras estatuas se alzan donde estuvieron nuestros centros de culto. Nuestro último reducto de poder se extiende por los bosques del norte de los que saliste, entre los que todavía bañan nuestros altares con la sangre de los malhechores, y en los pequeños pueblos de Egipto, donde un par de sacerdotes atiende al dios de la cripta y permite a los fieles llevar ante su dios a algún delincuente, pues no pueden llevarse al inocente sin levantar sospechas y, de malhechores y forasteros, siempre hay alguno a disposición. Y en el corazón de las junglas de África, cerca de las ruinas de viejas ciudades que nadie recuerda, también allí somos obedecidos todavía.

»"Pero nuestra historia está salpicada de relatos de herejes: Bebedores de la Sangre que no buscan guía y consejo en la diosa y que siempre utilizan sus poderes como les viene en gana.

»"En Roma, en Atenas, en todas las ciudades del Imperio, viven quienes no acatan las leyes del bien y del mal y emplean sus poderes para sus propios fines.

»"Y también ellos han sufrido una muerte horrible en el calor y las llamas, igual que les ha sucedido a los dioses de los bosques y de los santuarios y, si alguno ha sobrevivido, probablemente no tiene la menor idea de que todos estábamos sometidos a la llama letal, de que la Madre y el Padre han sido expuestos al sol de esta manera.

»El Viejo suspendió su relato en este punto. Estaba estudiando mi reacción. La biblioteca se hallaba en silencio. Si los demás acechaban tras las paredes, no podía percibir su presencia.

»—¡No me creo una sola palabra de eso! —proclamé.

»El Viejo me miró unos instantes con muda estupefacción y luego se echó a reír inconteniblemente.

»En un acceso de rabia, abandoné la biblioteca, crucé las salas del templo y ascendí por el túnel hasta la calle.

11

»Aquello, abandonar un lugar a cajas destempladas, interrumpir bruscamente una conversación y marcharse, era un comportamiento muy inhabitual en mí. Jamás había hecho una cosa semejante cuando era un mortal, pero, como ya he dicho, me hallaba al borde de la locura, de la primera locura que padecemos muchos de nosotros, en especial aquellos que han sido transformados, por la fuerza, en lo que somos.

»Regresé a mi casita, cerca de la gran biblioteca de Alejandría, y me tumbé en el lecho como si realmente pudiera echarme a dormir y escapar de todo aquello.

»"Una estupidez sin sentido", murmuré para mí.

»Pero cuanto más pensaba en el relato del Viejo, más sentido le encontraba. Tenía sentido que algo contenido en mi sangre me impulsaba a beber más sangre. Tenía sentido que ese algo potenciaba todas mis sensaciones y que mantenía en funcionamiento mi cuerpo —una mera imitación, ahora, de un cuerpo humano—, cuando éste debería haberse colapsado. Y también tenía sentido que aquello carecía de inteligencia propia y, pese a ello, era un poder, una fuerza organizada con un deseo propio de vivir.

»Y, finalmente, tenía sentido que todos estuviésemos conectados con la Madre y el Padre, pues se trataba de algo espiritual y carecía de otros límites físicos que los del cuerpo individual del que se hubiese adueñado. Aquello, aquel "algo", era la vid y nosotros los racimos, diseminados a grandes distancias pero conectados entre sí por los finos sarmientos que se extendían a lo largo y ancho de todo el mundo.

»Ésta era la razón de que los dioses pudieran oírse tan bien entre ellos, de que yo conociera la presencia de los otros en Alejandría antes incluso de que me llamaran. Ésta era la razón de que hubieran podido acudir a mi encuentro en mi casa y de que me hubieran sabido conducir a la puerta secreta.

»Muy bien, tal vez fuera verdad. Y tal vez, como había dicho el viejo, aquella fusión de una fuerza inefable con un cuerpo y una mente humanos que había dado lugar a los Nuevos Seres había sido realmente un accidente.

»Aun así, no me gustó la idea.

»Me rebelé contra ella porque, si algo era yo, era un individuo, un ser único, con un profundo sentido de mis propios derechos y prerrogativas. No advertía que fuera huésped de un ente extraño. Seguía siendo Marius, no importaba lo que hubieran hecho conmigo.

»Finalmente, sólo me quedó un único pensamiento: si estaba vinculado con aquellos seres, con la Madre y el Padre, tenía que verlos y cerciorarme de que estaban a salvo. No podía vivir con la incertidumbre de saber que podía morir en cualquier momento por culpa de una alquimia que me resultaba incomprensible e imposible de controlar.

»Pero no regresé al templo subterráneo. Pasé las noches siguientes saciándome de sangre hasta que mis abatidos pensamientos quedaron ahogados en ella; luego, de madrugada, deambulaba por la gran biblioteca de Alejandría, devorando libros como siempre había hecho.

»Parte de mi locura se desvaneció. Dejé de sentir añoranza por mi familia mortal. Desapareció mi irritación contra aquel condenado ser del templo bajo tierra y pensé, más bien, en aquella nueva fuerza que poseía. Viviría siglos enteros y conocería la respuesta a interrogantes de todo tipo. ¡Sería la conciencia continua de las cosas con el paso del tiempo! Y, mientras sólo tomara mis presas entre los malhechores, podría soportar mi sed de sangre, deleitarme con ella, de hecho. Y cuando llegara el momento indicado, procedería a crear a mis compañeros, y los crearía bien.

»¿Qué quedaba, entonces? Regresar ante el Viejo y descubrir dónde había ocultado a la Madre y al Padre. Y ver a estos dos seres con mis propios ojos. Y hacer precisamente lo que el Viejo había amenazado con hacer, sepultarlos en la tierra a tal profundidad que ningún mortal pudiera encontrarlos y dejarlos expuestos a la luz.

»Era fácil pensar en ello; era sencillo imaginarles muriendo de aquella forma tan simple.

»Cinco noches después de la conversación con el Viejo, cuando todos estos pensamientos hubieron tenido tiempo de desarrollarse en mi mente, me acosté a descansar en mi alcoba, con las lámparas brillando tras las delicadas cortinas del lecho como aquella otra noche. Bajo una luz dorada y difusa, presté atención a los sonidos de la Alejandría dormida y me perdí en brumosas ensoñaciones. Disgustado conmigo mismo por no haber regresado a verle, me pregunté si el Viejo volvería a visitarme. Y, en el preciso instante en que tal pensamiento aparecía en mi mente, advertí que una silueta inmóvil ocupaba el umbral de la puerta.

»Alguien me estaba observando. Lo noté perfectamente. Para ver de quién se trataba, no tenía más que volver la cabeza. Entonces sería el momento de tomar la voz cantante frente al Viejo. Le diría: "Así que has salido de la soledad y el desencanto y ahora quieres seguir hablando conmigo, ¿no? ¿Por qué no vuelves allí y te sientas en silencio a herir a tus espectrales compañeros, a esa fraternidad de las cenizas?" Por supuesto, no iba a decirle tales cosas, pero no quise renunciar a pensarlas y a permitir al Viejo —si era él, efectivamente, quien estaba a la puerta de la alcoba— que las escuchara.

»La figura del umbral de la alcoba no se marchó.

»Lentamente, volví los ojos en dirección a la puerta y allí, de pie, descubrí a una mujer. Y no una mujer cualquiera, sino una espléndida egipcia de piel bronceada, ataviada con artísticas joyas y vestida como las antiguas reinas con telas vaporosas y plisadas, cuyo cabello negro le caía hasta los hombros, entretejido de hilos de oro. Emanaba de ella una fuerza inmensa, una invisible e impresionante sensación de su presencia, de su materialización en aquella estancia minúscula e insignificante.

»Me incorporé en el lecho y aparté las cortinas, al tiempo que las lámparas de la alcoba se apagaban. Vi el humo que se elevaba de sus mechas en la oscuridad, volutas grises como serpientes retorciéndose hacia el techo para al fin desaparecer. La mujer seguía allí; la escasa luz restante definió su rostro inexpresivo y sacó brillantes reflejos a las joyas que rodeaban su cuello y a sus grandes ojos almendrados. Y, en silencio, ella dijo:

Marius, sácanos de Egipto.

»Y, acto seguido, desapareció.

»El corazón se me aceleró incontrolablemente. Salí al jardín en su busca. Salté el muro y me encontré solo, escuchando con atención en mitad de la desierta calle sin asfaltar.

»Eché a correr hacia el barrio antiguo donde había encontrado la puerta. Me proponía entrar en el templo subterráneo y encontrar al Viejo para decirle que debía llevarme hasta ella, que la había visto, que se había movido y había hablado. ¡Que había acudido a mí! Estaba delirando de gozo, pero, cuando llegué a la puerta, supe que no debía bajar al templo. Supe que, si dejaba la ciudad y me adentraba en las arenas, la encontraría. Ella me estaba guiando ya hacia el lugar donde se hallaba.

»Durante la hora que siguió, pude evocar la fortaleza y la rapidez que ya había conocido en los bosques de la Galia y que no había vuelto a utilizar desde entonces. Salí de la ciudad al campo abierto, donde la única luz era la que proporcionaban las estrellas, y anduve hasta llegar a un templo en ruinas. Allí, empecé a cavar en la arena. A una banda de mortales le habría llevado varias horas descubrir la trampilla, pero yo lo hice con rapidez y también conseguí levantarla, cosa que no habrían podido hacer los mortales. Los tortuosos pasadizos y escaleras que recorrí no estaban iluminados. Me maldije por no haber llevado una vela, pues el sobresalto que había experimentado ante la visión de la mujer me había impulsado a salir corriendo tras ella como si estuviera enamorado.

»—Ayúdame, Akasha —musité.

»Coloqué las manos delante de mí y traté de no sentir un miedo mortal a aquella negrura en la que era tan ciego como cualquier hombre corriente.

»Mis manos tocaron algo duro. Me apoyé en ello. Recuperé el aliento y traté de recobrar el dominio de mí mismo. Después, las manos recorrieron el objeto y palparon lo que parecía el pecho de una estatua humana, los hombros, los brazos. Pero no se trataba de una estatua; aquello, aquella cosa, estaba hecho de algo más elástico que la piedra. Y cuando mi mano encontró el rostro, noté que los labios eran ligeramente más suaves que el resto y la retiré rápidamente.

»Pude oír los latidos de mi corazón y noté la punzante humillación de la cobardía. No me atreví a pronunciar el nombre de Akasha. Supe que el rostro que acababa de tocar era el de un hombre. El de Enkil.

»Cerré los ojos, tratando de pensar algo, de urdir algún plan de acción que no consistiera en dar media vuelta y echar a correr como un loco. Entonces escuché un sonido seco, un crujido, y advertí fuego tras mis párpados cerrados.

»Al abrir los ojos, vi el brillo de una antorcha en la pared, detrás de la figura; vi su oscuro perfil cerniéndose ante mí, sus ojos animados mirándome sin duda, sus negras pupilas bañadas en una luz grisácea y mortecina. El resto de él parecía sin vida, con las manos caídas a los costados. Iba ataviado con adornos como se me había aparecido ella, y vestía la gloriosa indumentaria de los faraones, con el cabello entretejido también de hilos de oro. Su piel era bronceada como la de ella; realzada, según las palabras del Viejo. En su inmovilidad, con la mirada fija en mí, era la encarnación de la amenaza.

»Ella estaba sentada en una grada de piedra de la cámara desnuda que se abría tras Enkil. Tenía la cabeza ladeada y los brazos fláccidos como si fuera un cuerpo sin vida arrojado allí. Su túnica estaba manchada de arena, igual que sus pies calzados con sandalias, y su mirada era vacía y ausente. La perfecta apariencia de la muerte.

»Y él, como un centinela de piedra de una tumba real, me impedía el paso.

»No pude captar ningún pensamiento de ellos, igual que tú tampoco los has captado cuando te he llevado a la cámara subterránea aquí, en la isla. Y te aseguro, Lestat, que creí morirme de miedo allí mismo. Pero había visto la arena de sus pies y de su túnica. ¡Ella había acudido a mí! ¡Lo había hecho!

»Advertí entonces que alguien había penetrado en el pasadizo tras mis pasos. Alguien avanzaba trabajosamente por el corredor y, al volver la cabeza, vi a uno de los quemados, casi un mero esqueleto que tenía al descubierto las negras encías y cuyos colmillos se hincaban en la piel brillante de su labio inferior, oscura y arrugada como la de una pasa.

»Reprimí un jadeo al verle, al observar sus miembros huesudos, sus pies dislocados, el bamboleo de sus brazos a cada paso. Venía hacia nosotros, pero no pareció reparar en mi presencia. Levantó las manos y empujó a Enkil.

»—¡No, no, vuelve a la cámara! —susurró en una voz baja y frágil—. ¡No, no!

»Y cada sílaba parecía llevarse todo lo que tenía. Sus brazos secos y arrugados empujaron de nuevo la figura, sin lograr moverla.

»—¡Ayúdame! —me dijo—. Se han movido. ¿Por qué? Hazles volver. Cuanto más se mueven, más difícil es devolverlos a su lugar.

»Miré a Enkil y sentí el mismo horror que tú has experimentado al ver esa estatua dotada de vida, aparentemente incapaz de moverse o reacia a hacerlo. Bajo mi mirada, el espectáculo se hizo aún más horrible porque aquella piltrafa ennegrecida se había puesto a gritar y a clavar sus uñas en

Enkil, impotente. Y la visión de aquel ser que debería estar muerto, consumiéndose de aquella manera, y de aquel otro ser de aspecto tan perfectamente divino y majestuoso, allí plantado, fue más de lo que podía soportar.

»—¡Ayúdame! —insistió la criatura—. Ayúdame a meterle en la cámara. Ayúdame a colocarles donde deben estar.

»¿Cómo pretendía que yo hiciera tal cosa? ¿Cómo iba a poner mis manos en aquel ser? ¿Cómo iba a osar llevarle a empujones donde él no quería ir?

»—Si me ayudas, no les sucederá nada —insistió la criatura requemada—. Estarán juntos y en paz. Empújale. ¡Hazlo! ¡Empuja! ¡Oh, mira a la mujer! ¿Qué le ha sucedido? ¡Mira!

»—¡Está bien, maldita sea! —masullé y, abrumado de vergüenza, lo intenté.

»Puse mis manos de nuevo en Enkil y le empujé, pero resultó imposible moverlo. Mi fuerza era insignificante ante él y los inútiles gritos y empellones de la criatura quemada me resultaban exasperantes.

»Pero, de improviso, la criatura soltó un jadeo y levantó sus brazos esqueléticos, retrocediendo con pasos tambaleantes.

»—¿Qué sucede? —pregunté, reprimiendo el impulso de echarme a gritar y a correr.

»Pero pronto vi de qué se trataba. Akasha había hecho acto de presencia detrás de Enkil. Estaba justo a su espalda y me miraba por encima del hombro de éste, y vi cómo las yemas de sus dedos se cerraban en torno a los musculosos brazos del hombre. Sus ojos seguían tan vacíos en su vidriosa belleza como lo habían estado antes. Pero estaba haciendo moverse a Enkil, y presencié entonces el espectáculo de aquellos dos seres caminando por su propia voluntad, él retrocediendo lentamente sin apenas levantar los pies del suelo y ella escudada tras él de modo que sólo veía sus manos y la parte superior de su cabeza hasta los ojos.

»Parpadeé, tratando de recobrar la calma. Los dos estaban sentados de nuevo en la grada, juntos, en la misma postura en que les has visto esta noche en la cámara de ahí abajo, en la isla.

»La criatura quemada estaba próxima al colapso. Había caído de rodillas y no fue necesario que me explicara la razón. Ya antes había encontrado a los dioses en diferentes posturas, pero nunca había sido testigo de sus movimientos. Y nunca la había visto a ella como había sido antes.

»Me sentí exaltante al comprender por qué había aparecido como era antes. Había acudido a mí. Pero llegó un punto en el que el orgullo y la exaltación que sentía dieron paso a otras emociones más acordes con la situación: un abrumador temor reverencial y, finalmente, aflicción. Rompí a llorar. Rompí a llorar incontrolablemente, como no lo hacía desde que estuviera con el viejo Dios del Bosque y se produjera mi muerte, y aquella maldición, aquella luminosa y poderosa y magnífica maldición, cayera sobre mí. Lloré como lo has hecho tú al verlos por primera vez. Lloré por su inmovilidad y su aislamiento, por aquel pequeño lugar donde permanecían con la mirada perdida o sentados en la oscuridad mientras Egipto moría sobre ellos.

»La diosa, la madre, el ser o lo que fuera, la despreocupada y silenciosa o impotente progenitora me estaba mirando. Con seguridad, no se trataba de una ilusión. Sus grandes ojos brillantes, con la negra orla de sus pestañas, estaban fijos en mí. Y entonces, volví a escuchar su voz, pero ésta no conservaba nada de su antiguo poder: era sencillamente el pensamiento, mucho más allá del lenguaje, dentro de mi cabeza.

»*Sácanos de Egipto, Marius. El Viejo intenta destruirnos. Protégenos, Marius, o pereceremos aquí.*

»—¿Quieren sangre? —gritó la criatura quemada—. ¿Se han movido porque quieren sacrificios? —preguntó en tono suplicante.

»—Tráeles un sacrificio —le dije.

»—Ahora, no puedo. No tengo la fuerza suficiente. Y ellos dos no quieren darme la sangre curativa. Si me permitieran probar aunque fuera unas gotas, mi carne quemada se recuperaría, la sangre de mi cuerpo recobraría su vigor y podría traerles gloriosos sacrificios...

»Pero en aquel breve diálogo había un elemento de falsedad, pues los dos dioses ya no deseaban recibir tales gloriosos sacrificios.

»—Prueba otra vez a beber su sangre —le propuse, en una muestra de terrible egoísmo por mi parte.

»Sólo quería ver qué sucedía. Pero, para humillación mía, la criatura se acercó efectivamente a ellos, se inclinó en una reverencia y, entre sollozos, les suplicó que le dieran su poderosa sangre, su vieja sangre, con la que sus quemaduras curarían antes. Le oí repetir que él era inocente, que no había sido él, sino el Viejo, quien los había puesto en la arena. Le oí rogar por favor, por favor, que le permitieran beber de la fuente original.

»Y, a continuación, le consumió un hambre voraz y, entre convulsiones, descubrió sus colmillos como haría una cobra y se lanzó hacia delante con sus chamuscadas manos abiertas como zarpas, buscando el cuello de Enkil.

»El brazo de éste se alzó, como había dicho el Viejo que haría, y arrojó a la criatura quemada al otro extremo de la cámara, donde cayó de espaldas. Luego el brazo volvió a su posición habitual.

»La criatura quemada estaba sollozando y yo me sentí aún más avergonzado. Aquella criatura estaba demasiado débil para cazar presas o traerlas allí. Y yo le había incitado a hacer aquello para verlo. La luz mortecina de aquel lugar, la arena crujiente del suelo, la desnudez de las paredes, el hedor de la antorcha y la visión repugnante de la criatura quemada retorciéndose y gimiendo... todo resultaba indeciblemente desalentador.

»—Entonces, bebe de mí —murmuré, estremeciéndome al verle con los colmillos descubiertos de nuevo y las manos alzadas hacia mí; era lo menos que podía hacer por él.

12

»Cuando hube terminado con aquella criatura, le ordené que no permitiera a nadie la entrada en la cripta. No pude imaginar cómo diablos iba a poder impedirlo, pero se lo dije con tremenda autoridad y me marché rápidamente.

»Volví a Alejandría, me colé en una tienda que vendía objetos antiguos y robé dos bellos ataúdes de momias, pintados y enchapados de oro. También conseguí una buena cantidad de tela para sudarios y regresé a la cripta del desierto.

»Mi valor y mi miedo alcanzaron su punto álgido.

»Como suele suceder cuando damos nuestra sangre a otro de nuestra raza, o cuando la tomamos de ellos, mientras la criatura quemada tenía sus dientes en mi cuello yo había tenido visiones, una especie de ensoñaciones. Y lo que había visto y soñado tenía relación con Egipto, con la edad de Egipto, con el hecho de que aquella tierra había conocido pocos cambios en el idioma, la religión y el arte, a lo largo de cuatro mil años. Por primera vez, todo ello me resultó comprensible y me hizo sentir una profunda simpatía por la Madre y el Padre como reliquias de aquel país, igual que reliquias eran las pirámides. Aquello incrementó mi curiosidad y la convirtió en algo más parecido a una devoción.

»Aunque, para ser sincero, habría robado igual a la Madre y al Padre por mi mera supervivencia.

»Esta nueva certeza, esta nueva obsesión, me inspiraba cuando me acerqué a Akasha y a Enkil para colocarles en las cajas de momias de madera, sabiendo perfectamente que Akasha me permitiría hacerlo y que Enkil, si quería, podía aplastarme el cráneo fácilmente.

»Pero Enkil cedió, igual que Akasha. Me permitieron envolverlos en tela, convertirlos en momias y colocarlos en los hermosos ataúdes de madera que llevaban pintados los rostros de otros, junto a las interminables instrucciones en jeroglíficos para los muertos, y llevarles conmigo a Alejandría, cosa que hice.

»Cuando me marché arrastrando un ataúd con cada mano, dejé a la criatura espectral en un terrible estado de agitación.

»Al llegar a la ciudad, considerando que debía ser discreto, contraté unos hombres para que condujeran los ataúdes a mi casa como era debido; después, enterré a la pareja en el jardín, sin dejar de explicarles a ambos, en voz alta, que su estancia bajo tierra no se prolongaría mucho.

»La noche siguiente, me aterró la idea de dejarles solos. Cacé y maté a pocos metros de la propia verja del jardín. Y luego envié a mis esclavos a comprar caballos y un carro y les mandé hacer los preparativos para un viaje por la costa hasta Antioquía, junto al río Orontes, ciudad que conocía y amaba, y en la que creía que estaría a salvo.

»Como me temía, el Viejo no tardó en aparecer. De hecho, yo le estaba esperando en la sombría alcoba, reclinado en el lecho al modo romano, con una lámpara a un lado y un viejo ejemplar de un poema latino en la mano. Me dije que tal vez el Viejo pudiera percibir el paradero de Akasha y Enkil y urdí deliberadamente una falsa pista: que les había encerrado en la gran pirámide.

»Aún soñaba con aquellas imágenes de Egipto que me habían llegado de la criatura quemada: una tierra en la que leyes y creencias habían permanecido sin cambios durante más tiempo del que podíamos imaginar, una tierra que había conocido la escritura jeroglífica y las pirámides y los mitos de Osiris e Isis cuando Grecia aún estaba en las tinieblas y Roma no existía. Vi el río Nilo desbordándose de su cauce y las montañas que creaban el valle a ambos lados. Vi el tiempo con un concepto completamente distinto. Y no era sólo el sueño del ser quemado; era todo lo que yo había visto y conocido en Egipto, la sensación de lugar de inicio de todas las cosas que había aprendido de los libros mucho antes de convertirme en hijo de la Madre y el Padre, a los que ahora me disponía a llevar conmigo.

»—¿Qué te hace pensar que te los confiaríamos? —dijo el Viejo tan pronto como apareció en la puerta.

»Cuando dio unos pasos por la estancia, ataviado únicamente con la falda corta de lino, me pareció inmenso. La luz de la lámpara brillaba en su cabeza calva, en su cara redonda, en sus ojos saltones.

»—¡Cómo te atreves a llevarte a la Madre y al Padre! ¿Qué has hecho de ellos?

»—Fuiste tú quien les puso al sol —repliqué—. Tú quien trató de destruirles. Eres tú ese que no creyó cierta la vieja leyenda, ese guardián de la Madre y del Padre del que me hablaste, y me mentiste. Tú has causado la muerte de nuestra raza de un extremo a otro del mundo. Has sido tú, y me has mentido.

»El Viejo quedó desconcertado. Me consideraba indeciblemente orgulloso e insoportable. Igual pensaba yo, pero, ¿qué más daba? Él tendría el poder de reducirme a cenizas, si conseguía dejar de nuevo al sol a la Madre y al Padre. ¡Y ella había acudido a mí! ¡A mí!

»—¡Yo no sabía lo que iba a suceder! —replicó a esto, con los puños apretados y las venas sobresaliéndole en la frente. Tenía el aspecto de un gran nubio calvo mientras trataba de intimidarme—. Te juro por lo más sagrado que no lo sabía. Y tú no puedes imaginar lo que significa guardarlos, ocuparse de ellos año tras año, década tras década, siglo tras siglo, y saber que pueden hablar, que pueden moverse, y no quieren hacerlo.

»No sentí la menor conmiseración por él ni por lo que decía. No era más que una figura enigmática en el centro de la pequeña estancia de Alejandría, lamentándose en mi presencia de unos sufrimientos inimaginables. ¿Qué compasión podía sentir por él?

»—Yo los recibí en herencia —declaró—. ¡Me fueron entregados! ¿Qué iba a hacer? Y hube de pugnar con su ominoso silencio, con su negativa a conducir a la tribu que habían soltado en el mundo. ¿Y por qué se produjo ese silencio? Por venganza, tenlo por seguro. Para vengarse de nosotros. Pero, ¿por qué? ¿Quién existe hoy que pueda acordarse de hace mil años? Nadie. ¿Quién entiende todas estas cosas? Los viejos dioses salen al sol, se arrojan al fuego o encuentran la extinción a través de la violencia, o se entierran en lo más profundo de la tierra para no volver a surgir nunca más. La Madre y el Padre, en cambio, permanecen siempre, y no hablan. ¿Por qué no se entierran donde no pueda alcanzarles ningún mal? ¿Por qué se limitan a mirar y escuchar y se niegan a hablar? Enkil sólo se mueve cuando alguien trata de apartar de su lado a Akasha: sólo entonces descarga golpes y aplasta a sus enemigos como un coloso de piedra que hubiese cobrado vida. ¡Te aseguro que, cuando los coloqué en la arena, no trataron de salvarse a sí mismos! ¡Se quedaron mirando el río mientras yo huía!

»—¡Lo hiciste para ver qué sucedía, para ver si eso les haría moverse!

»—¡Fue para liberarme! Para decir: "Ya no os seguiré guardando. Moveos, hablad." Para ver si era cierta la vieja historia y, en caso afirmativo, si las llamas nos consumían a todos.

»Con esto, el Viejo pareció quedar exhausto. Con voz débil, añadió finalmente:

»—No puedes llevarte a la Madre y al Padre. ¡Cómo has podido pensar que te permitiría hacerlo! A ti, que quizá no alcances el siglo, que has huido de las obligaciones del bosque. Tú ignoras en realidad quiénes son la Madre y el Padre. Has oído más de una mentira de mis labios.

»—Tengo que decirte una cosa —le interrumpí—. Ahora eres libre. Sabes que no somos dioses, y tampoco hombres. No servimos a la Madre Tierra porque no comemos sus frutos y no descendemos normalmente a su seno. No pertenecemos a ella. Y yo dejo Egipto sin ninguna otra consideración contigo, y los llevo conmigo porque es lo que me han pedido que hiciera y porque no consentiré que ni ellos ni yo seamos destruidos.

»De nuevo, pareció desconcertado. ¿Cómo me lo habían pedido? Sin embargo, no le salieron las palabras; de pronto, se mostró enfurecido, lleno de odio y de lóbregos secretos que yo no podía ni siquiera imaginar. El Viejo tenía una mente tan instruida como la mía, pero conocía cosas sobre nuestros poderes que yo no podía sospechar. En mi vida mortal no había matado nunca a nadie. No sabía cómo dar muerte a un ser vivo, salvo bajo el impulso de mi reciente y despiadada necesidad de sangre.

»Él, en cambio, sabía utilizar su fuerza sobrenatural. Cerró los ojos hasta que sólo fueron dos rendijas y su cuerpo se puso en tensión, irradiando una sensación de peligrosidad.

»Se acercó a mí y sus intenciones le precedieron; en un instante, me incorporé del lecho y me encontré tratando de protegerme de sus golpes. El Viejo me agarró por el cuello y me arrojó contra la pared de piedra, aplastándome los huesos del hombro y del brazo derecho. En un instante de exquisito dolor, supe que iba a estallarme la cabeza contra la piedra y a quebrarme todos los miembros, y que luego me vertería el aceite de la lámpara y me prendería fuego. Así lograría hacerme desaparecer de su eternidad privada, como si yo nunca hubiera conocido aquellos secretos ni me hubiera atrevido a entrometerme.

»Me defendí luchando como no lo había hecho nunca, pero mi brazo lesionado era un ascua de dolor y mis fuerzas eran tan inferiores a las del Viejo como las tuyas en comparación con las mías. Sin embargo, en lugar de agarrarme a sus manos mientras éstas se cerraban en torno a mi cuello, en lugar de seguir el impulso instintivo de intentar desasirme, lo que hice fue alzar las manos y hundirle los pulgares en los ojos. Aunque el brazo me ardía de dolor, puse todas mis fuerzas en hundirle los ojos contra el fondo de la órbita.

»El Viejo me soltó con un alarido. La sangre le corrió por el rostro. Me desembaracé de él y corrí hacia la puerta del jardín. Seguía sin poder respirar debido a la presión que había ejercido sobre mi garganta y, mientras me sujetaba el brazo inútil, vi por el rabillo del ojo algo que me dejó confuso: era un gran remolino de polvo y tierra que se elevaba del jardín, llenando el aire de una especie de humo. Tropecé con el dintel de la puerta, perdiendo el equilibrio, como si una ráfaga de viento me hubiese impulsado; cuando volví la cabeza, advertí que el Viejo venía tras de mí, con los ojos brillando todavía, aunque ahora lo hacían desde el fondo de sus cuencas. Me estaba maldiciendo en egipcio. Estaba amenazándome con llevarme al inframundo, en compañía de los demonios, sin que nadie me llorara.

»Pero, acto seguido, su rostro se convirtió en una helada máscara de miedo. Se detuvo instantáneamente y su expresión de alarma resultó casi cómica.

»Y entonces descubrí qué estaba viendo mi adversario. Era la figura de Akasha, que pasó junto a mí por mi derecha. El sudario de tela aparecía desgarrado en la parte de la cabeza y también había liberado los brazos, y estaba cubierta de la tierra arenosa del jardín. Sus ojos mantenían la misma mirada inexpresiva de siempre y Akasha los clavó lentamente en el Viejo, acercándosele aún más porque él no podía moverse para ponerse a salvo.

»El Viejo cayó de rodillas, balbuciendo algo en egipcio, primero en un tono de desconcierto y luego presa de un miedo incoherente. Y Akasha continuó avanzando, dejando tras de sí un reguero de arena y de retales de tela, pues, con cada lento paso que daba, el improvisado sudario se desgarraba. El viejo apartó la mirada y cayó de bruces; se apoyó en las manos y empezó a andar a gatas, como si la figura de la mujer le impidiera, mediante alguna fuerza invisible, volver a ponerse en pie. Sin duda, eso era precisamente lo que estaba haciendo Akasha, pues el Viejo terminó por yacer en el suelo boca abajo, con los codos apuntando hacia el techo e incapaz de moverse.

»Lenta y pausadamente, Akasha le pisó la parte posterior de la rodilla derecha, aplastándola bajo su poderoso pie hasta que la sangre asomó debajo de su talón. Y con el siguiente paso le aplastó la pelvis mientras él lanzaba un rugido como una fiera, y la sangre brotó a borbotones de la zona destrozada. El pie de Akasha descendió después sobre su hombro y, por último, sobre su cabeza, que estalló bajo su peso como si fuera una bellota. La sangre manó de lo que quedaba del Viejo, cuyos restos seguían retorciéndose.

»Akasha se volvió y no advertí en ella el menor cambio de expresión, como si no diera la menor importancia a lo que había hecho con él. Parecía indiferente incluso a aquel solitario y aterrado testigo de lo sucedido, encogido de miedo contra la pared. La vi caminar arriba y abajo sobre los restos del Viejo con el mismo paso lento y fácil aplastándolos hasta convertirlos en un absoluto amasijo.

»Lo que quedaba de él no era ni siquiera una forma humana, sino una mera masa sanguinolenta sobre el suelo, pero ésta seguía palpitando y burbujeando, seguía hinchándose y contrayéndose como si aún hubiera vida en ella.

»Me quedé petrificado al comprender que, efectivamente, aquellos restos aún seguían vivos y que era aquello lo que podía significar la inmortalidad.

»Pero Akasha había dejado de pisar los restos y se volvió hacia la izquierda con la misma lentitud con que lo haría una estatua sobre un torno. Levantó una mano y la lámpara que tenía junto al lecho se alzó, voló por los aires y cayó sobre la masa sanguinolenta. La llama prendió rápidamente el aceite en la caída.

»Los restos del Viejo se encendieron como si fueran grasa. Las llamas danzaban de un extremo a otro de la masa oscura, la sangre parecía alimentar el fuego, y el humo era acre, aunque sólo despedía el olor del aceite.

»Yo estaba de rodillas, con la cabeza contra el costado del umbral de la puerta, más cerca de perder el conocimiento de puro espanto que en ningún momento de mi vida. Contemplé cómo el Viejo ardía hasta quedar reducido a nada. Y vi a Akasha en pie, al otro lado de las llamas, sin mostrar en su rostro el más leve rastro de inteligencia, de triunfo o de voluntad.

»Contuve la respiración, esperando que sus ojos se volvieran hacia mí. Pero no lo hicieron. Y, mientras el momento se prolongaba y el fuego empezaba a morir, me di cuenta de que Akasha había dejado de moverse. Había regresado al estado de absoluto silencio y quietud que todos los demás habían considerado natural en ella.

»La estancia había quedado a oscuras. El fuego se había consumido. El olor del aceite quemado me produjo náuseas. Con el sudario desgarrado, Akasha parecía un fantasma egipcio, inmóvil ante las brasas resplandecientes. El mobiliario dorado que brillaba a la luz del cielo guardaba, pese a su aire romano, cierto parecido a los delicados objetos de una cámara mortuoria para reyes.

»Me puse en pie y noté el dolor lacerante en el hombro y el brazo. Me di cuenta de que la sangre corría ya a curar la herida, pero ésta era considerable. No supe cuánto tiempo tardaría en sanar.

»Sí sabía, en cambio, que, si bebía de ella, la curación sería mucho más rápida, casi instantánea, y podríamos emprender viaje y dejar Alejandría aquella misma noche. Yo me encargaría de llevarla muy lejos de Egipto.

»Entonces advertí que era ella quien me estaba diciendo tales cosas. Sus palabras, lejanísimas, llegaban hasta mí y yo las absorbía sensualmente.

»Y respondí a su propuesta: *He viajado por todo el mundo y te llevaré a lugares seguros.* Pero una vez más pensé que tal vez aquel diálogo era sólo producto de mi imaginación y que me estaba volviendo completamente loco, consciente de que aquella pesadilla no terminaría nunca jamás, si no era en fuegos como aquél, consciente de que ni la vejez ni la muerte natural acallarían nunca mis temores ni calmarían mis dolores, como un día había esperado que sucedería.

»Pero también eso dejó de importar. Lo importante era que estaba a solas con ella y que, en aquella oscuridad, Akasha hubiera podido ser una mujer mortal, una joven diosa humana llena de vitalidad y de deliciosas palabras, ideas y sueños.

»Me acerqué más a ella y me pareció entonces que era, en efecto, esa criatura dócil y complaciente. Y una voz interior me dijo que sabía algo de ella, algo que esperaba ser recordado, ser disfrutado. Pero tuve miedo. Akasha podía hacerme lo mismo que al Viejo. No: era absurdo. No lo haría. Ahora, yo era su guardián y ella jamás consentiría que nadie me hiciera daño. No. Debía tenerlo presente. Y me aproximé más y más, hasta que mis labios casi rozaron su cuello bronceado, y todo quedó decidido cuando noté la presión firme y fría de su mano en mi nuca.

13

»No intentaré describir el éxtasis que sentí, pues ya lo conoces. Lo experimentaste al tomar la sangre de Magnus. Y volviste a conocerlo cuando te di la sangre en El Cairo. Lo experimentas cada vez que matas, y entenderás a qué me refiero si te digo que era esa misma sensación, pero mil veces más intensa.

»No vi ni oí ni sentí nada salvo una felicidad completa, una satisfacción absoluta.

»Me encontré en otros lugares, en otros salones de hace mucho tiempo, y se oían voces y se estaban perdiendo batallas. Alguien lanzaba gritos agónicos. Alguien gritaba palabras que reconocí y no reconocí: *No comprendo. No comprendo.* Se abrió un gran pozo de oscuridad y llegó la invitación a caer y caer, y ella suspiró y dijo: *No puedo seguir luchando.*

»Entonces desperté, y me encontré acostado en el lecho. Akasha seguía en el centro de la alcoba, inmóvil como antes; la noche estaba ya avanzada, y la ciudad de Alejandría, dormida, murmuraba a nuestro alrededor.

»Y conocí multitud de cosas más.

»Conocí tantas cosas que, si me hubiesen sido confiadas en palabras mortales, habría necesitado horas, si no días, para escucharlas. Y no tenía la menor idea del tiempo que había transcurrido.

»Supe que miles de años antes había habido grandes disputas entre los Bebedores de la Sangre y que, desde su primera creación, muchos de ellos se habían convertido en crueles e irreverentes portadores de muerte. Al contrario que los benignos amantes de la Buena Madre que ayunaban y luego bebían los sacrificios destinados a ella, esos otros eran ángeles de la muerte que podían caer sobre cualquier víctima en cualquier momento, exultantes en el convencimiento de ser parte del ritmo de todas las cosas en el cual ninguna vida humana individual tiene importancia, en el cual la vida y la muerte son iguales... y de estar en su derecho de causar muertes y sufrimientos como les viniera en gana.

»Y esos dioses terribles contaban con sus devotos adoradores entre los hombres, con esclavos humanos que les proveían de víctimas y temblaban de pavor en el momento en que ellos mismos caían bajo el capricho del dios.

»Dioses de ese género habían reinado en la antigua Babilonia y en Asiria, y en ciudades olvidadas desde hacía mucho tiempo, y en la India remota y en países cuyos nombres no entendí.

»Y entonces, allí tendido en el lecho y desconcertado por las imágenes, comprendí que tales dioses habían entrado a formar parte de aquel mundo de Oriente que era ajeno al orbe romano en el que yo había nacido. Eran parte del mundo de los persas, cuyos hombres eran abyectos esclavos de su rey, en tanto que los griegos que les habían combatido eran hombres libres.

»Pese a todas las crueldades y excesos, incluso el campesino más humilde tenía un valor para los romanos. La vida tenía un valor entre nosotros. Y la muerte no era más que el fin de la vida, un hecho que debía afrontarse con valentía cuando el honor no dejaba otra opción. Para nosotros, no había grandeza en la muerte. De hecho, no creo que la muerte fuera nada especial para un romano. Desde luego, no era un estado preferible a la vida.

»Y aunque Akasha me había revelado la existencia de tales dioses en todo su esplendor y misterio, los encontré repulsivos. Ni entonces ni nunca podría aceptarlos y tuve la certeza de que las filosofías que procedían de ellos o les justificaban, jamás serían la excusa de las muertes que yo causara, ni me proporcionarían consuelo como Bebedor de la Sangre. Mortal o inmortal, yo pertenecía a Occidente y me gustaban las ideas de Occidente. Y debería sentirme siempre *culpable* de mis actos.

»Con todo, fui testigo del poder de esos dioses, de su incomparable atractivo. Gozaban de una libertad que yo no conocería nunca. Y vi su desprecio hacia todos los que les retaran. Y los vi llevar sus radiantes coronas en el panteón de otros países.

»Los vi acudir a Egipto para robar la sangre original y todopoderosa del Padre y de la Madre, y para cerciorarse de que el Padre y la Madre no se quemaban a sí mismos para poner fin al reinado de aquellos dioses oscuros y terribles cuyo objetivo era acabar con todos los dioses benéficos.

»Y vi a la Madre y al Padre hechos prisioneros, encerrados en una cripta subterránea, incrustados en unos bloques de diorita y granito comprimidos contra sus cuerpos que sólo dejaban al descubierto sus rostros y sus cuellos. De esta manera, los dioses siniestros pudieron introducir en la Madre y el Padre la sangre humana que éstos no podían soportar y, contra la voluntad de ambos, tomar de sus cuellos la poderosa sangre. Y todos los dioses oscuros del mundo acudieron a beber de aquélla, la más antigua de las fuentes.

»El Padre y la Madre lanzaban gritos de sufrimiento y suplicaban que les liberasen, pero nada de ello afectaba a los dioses oscuros, que se regocijaban ante aquella agonía y la disfrutaban como si bebieran sangre humana. Los dioses oscuros llevaban cráneos humanos colgados de la cintura, y sus ropas estaban teñidas de sangre humana. La Madre y el Padre rechazaron los sacrificios, pero eso sólo hizo que aumentara su impotencia. Se negaron a ingerir la misma sustancia que les habría proporcionado la fuerza suficiente para mover las piedras y para desplazar los objetos con el simple pensamiento.

»No obstante, pese a todo, su fuerza aumentó.

»Transcurrieron años y años de aquel tormento, de guerras entre los dioses, de combates entre sectas de adeptos a la vida y de partidarios de la muerte. Incontables años hasta que, finalmente, la Madre y el Padre cayeron en el silencio y no quedó nadie en la Tierra que recordara haberles visto suplicar, resistirse o hablar. Llegó un tiempo en que nadie guardaba ya recuerdo de quién había aprisionado a la Madre y al Padre, ni de la razón por la que la pareja no debía ser liberada jamás. Algunos no creían siquiera que la Madre y el Padre fueran los verdaderos, o que su inmolación pudiera perjudicar a nadie más. Eso era sólo una vieja leyenda.

»Y durante todo ese tiempo, Egipto fue Egipto, y su religión, preservada del contacto con otras, evolucionó finalmente hacia la fe en la conciencia y en el juicio después de la muerte de todos los seres, ricos y pobres, y en la existencia del bien en la Tierra y de la vida después de la muerte.

»Entonces, llegó la noche en que la Madre y el Padre fueron encontrados libres de su prisión, y sus cuidadores comprendieron que únicamente ellos habían podido mover las piedras. En silencio, la fuerza de ellos había aumentado por encima de cualquier medida. Sin embargo, permanecían como estatuas, abrazados en medio de la cámara sucia y oscura donde habían permanecido guardados durante siglos. Ambos estaban desnudos y envueltos en un leve resplandor, pues todas sus ropas se habían podrido hacía mucho tiempo.

»Cuando bebían —si lo hacían— la sangre de las víctimas ofrecidas, se movían con la pereza de un reptil en invierno, como si el tiempo hubiera cobrado un sentido absolutamente distinto y, para ellos, un año fuera una noche y un siglo fuera un año.

»Y la antigua religión, ajena tanto a Oriente como a Occidente, siguió tan firme como siempre. Los Bebedores de la Sangre continuaron siendo símbolos benéficos, la imagen luminosa de la vida en el otro mundo que incluso el alma egipcia más humilde podía llegar a disfrutar.

»En esos últimos tiempos, los únicos sacrificios debían ser de malhechores. De este modo, los dioses arrancaron el mal de las gentes y las protegieron, y la voz silenciosa del dios consolaba a los débiles y les contaba las verdades aprendidas por él durante su ayuno: que el mundo estaba lleno de una constante belleza y que ningún alma está realmente sola en él.

»La Madre y el Padre fueron guardados en el más bello de todos los santuarios, y los dioses acudieron a ellos y, con su consentimiento, tomaron de ellos unas gotas de su preciosa sangre.

»Pero, por esa época, empezó a suceder lo imposible. Egipto estaba llegando a su fin. Todo lo que se había creído inmutable estaba a punto de ser cambiado por completo. Alejandro Magno había llegado, los Ptolomeos eran los gobernantes, Julio César y Marco Antonio... Todos ellos fueron rudos y extraños protagonistas de aquel drama que era, sencillamente, El Final de Todo Aquello.

»Y, finalmente, llegó el siniestro y cínico Viejo, el inicuo, el frustrado, que había dejado al sol a la Madre y al Padre.

»Me incorporé del lecho y permanecí de pie en mitad de aquella alcoba de Alejandría contemplando la figura de Akasha, inmóvil y de mirada fija, y la tela manchada de tierra que la cubría me pareció un insulto. Y la cabeza me dio vueltas con la vieja poesía. Me sentí rebosante de amor.

»Ya no sentía en mi cuerpo ningún dolor tras la lucha con el Viejo. Los huesos se habían recuperado. Hinqué la rodilla y besé los dedos de la mano derecha de Akasha, que le colgaba al costado. Alcé la mirada y la vi observándome, con la cabeza ladeada, y en su rostro se formó por un instante la expresión más extraña; una expresión que parecía tan pura en su sufrimiento como la felicidad que yo acababa de experimentar. Luego, con gran lentitud, con inhumana lentitud, la cabeza recuperó su posición habitual, mirando al frente, y en aquel instante comprendí que había visto y conocido cosas que el Viejo no había descubierto jamás.

»Mientras envolvía en un nuevo sudario su cuerpo, me sentí en trance. Sentí más que nunca la obligación de cuidar de ella y de Enkil, y el horror de la muerte del Viejo siguió asaltando mi mente a cada instante, y la sangre que me había dado Akasha había acrecentado no sólo mi fuerza física, sino también mi euforia.

»Durante los preparativos para abandonar Alejandría, supongo que acaricié la idea de ver despertar a Enkil y Akasha, de que en los años futuros lograrían recobrar toda la vitalidad de la que fueron privados entonces y nos conoceríamos de forma tan íntima y pasmosa que todos aquellos sueños de conocimiento y experiencia que me proporcionaba la sangre palidecerían a su lado.

»Mis esclavos habían regresado hacía rato con los caballos y los carros para el viaje, los sarcófagos de piedra y las cadenas y candados que les había ordenado traer. Les hice aguardar fuera de la casa, coloqué en el interior de los sarcófagos de piedra los ataúdes con forma de momia que contenían a la Madre y al Padre, los subí al carro, uno junto a otro, y los cubrí con cadenas y candados y gruesas mantas. Después, emprendimos la marcha en dirección a la puerta del templo subterráneo de los dioses, camino de las puertas de la ciudad.

»Cuando llegamos al templo, dejé a mis esclavos con órdenes terminantes de dar la alarma a gritos si alguien se acercaba y, con un saco de cuero en la mano, me adentré en el templo hasta la biblioteca del Viejo. Una vez allí, metí en el saco todos los rollos de papiro que encontré. Cogí hasta el último fragmento de escrito transportable que contenía el lugar, deseando poder llevarme también los grabados de las paredes.

»Percibí la presencia de otros en las cámaras, pero estaban demasiado asustados para salir a la vista. Por supuesto, todos ellos sabían que había robado a la Madre y al Padre. Y, probablemente, conocían la muerte del Viejo.

»No me importaba. Iba a abandonar el viejo Egipto y llevaba conmigo la fuente de nuestro poder. Y era joven, alocado y ardiente.

»Cuando finalmente alcancé Antioquía, la gran y maravillosa ciudad a orillas del Orontes que rivalizaba con Roma en población y belleza, leí todos aquellos papiros y hablaban de todo aquello que Akasha me había revelado.

»Y ella y Enkil tuvieron el primero de los muchos santuarios que iba a construirles a lo largo de toda Asia y Europa, y ellos supieron que yo les cuidaría siempre, y yo supe que ellos no permitirían que me sucediera ningún mal.

»Muchos siglos más tarde, cuando el grupo de los Hijos de las Tinieblas me prendió fuego en Venecia, estaba demasiado lejos de Akasha para que me rescatara, o, de lo contrario, habría acudido en mi ayuda. Y cuando al fin llegué al santuario, conociendo perfectamente la agonía que habían padecido los dioses expuestos al sol, bebí de su sangre hasta que estuve curado.

»Pero, al término del primer siglo que pasé con ellos en Antioquía, ya desesperaba de que alguna vez "volvieran a la vida". Su inmovilidad y su silencio eran casi tan permanentes como lo son hoy. Sólo la piel cambió visiblemente con el paso de los años, desapareciendo de ella el daño producido por el sol hasta que recuperó su aspecto de alabastro.

»Pero, para cuando me di cuenta de todo esto, ya estaba profundamente dedicado a observar el acontecer de la ciudad y el cambio de los tiempos. Estaba locamente enamorado de una hermosa cortesana griega de cabellos castaños, llamada Pandora, que poseía los brazos más deliciosos que he visto nunca en un ser humano; ella supo qué era yo desde el momento en que puso sus ojos en mí y me dedicó su tiempo, seduciéndome y deslumbrándome hasta conseguir de mí que la incorporara a la magia, momento en el cual se le permitió beber la sangre de Akasha y convertirse en una de las criaturas sobrenaturales más poderosas que he conocido nunca. Doscientos años pasé con Pandora, amándonos y peleándonos. Pero ésta es otra historia.

»Tengo un millón de historias que podría contarte sobre los siglos que he vivido desde entonces, sobre mis viajes de Antioquía a Constantinopla, de vuelta a Alejandría y a la

India, y de allí otra vez a Italia, y de Venecia a las frías tierras altas de Escocia y luego a esta isla del Egeo donde estamos ahora.

»Podría hablarte de los ligeros cambios experimentados por Akasha y Enkil a lo largo de los años, de las cosas desconcertantes que hacen y de los misterios que dejan sin resolver.

»Tal vez una noche del remoto futuro, cuando vuelvas a mí, te hable de los otros inmortales que he conocido, de los que fueron hechos como yo por los últimos de los dioses que sobrevivieron en varias tierras, algunos de ellos servidores de la Madre y otros entre aquellos dioses terribles del Oriente.

»Te hablaré entonces de cómo Mael, mi pobre sacerdote druida, logró beber finalmente la sangre de un dios herido y en ese instante perdió toda su fe en la antigua religión, pasando a convertirse en un inmortal vagabundo, perdurable y peligroso, como cualquiera de nosotros. Te contaré cómo se difundieron por el mundo las leyendas de Los Que Deben Ser Guardados. Y de las veces que otros inmortales han tratado de quitármelos por orgullo o por puro afán de destrucción, en un intento por acabar con todos nosotros.

»Sabrás de mi soledad, de los otros que creé, y del fin que tuvieron. De cómo me refugié en el seno de la tierra con Los Que Deben Ser Guardados y resurgí de ella gracias a su sangre, para seguir viviendo durante varias existencias mortales antes de volver a enterrarme. Te hablaré de los otros verdaderamente eternos a los que sólo veo de vez en cuando, de la última vez que vi a Pandora en la ciudad de Dresde, en compañía de un poderoso y depravado vampiro de la India, y de cómo se pelearon y se separaron, y de cómo encontré demasiado tarde una carta suya en la que me rogaba que acudiera a verla en Moscú, un frágil pedazo de papel que había caído al fondo de una bolsa de viaje repleta de cosas. Demasiadas cosas, demasiadas historias, historias con moraleja y sin ella...

»Pero ya te he contado las más importantes: cómo entré en posesión de Los Que Deben Ser Guardados, y quiénes somos realmente.

»Y, ahora, lo fundamental es que comprendas bien esto:

»Cuando el Imperio Romano llegó a su fin, todos los viejos dioses del mundo pagano fueron considerados demonios por el Cristianismo dominante. Con el paso de los siglos, fue inútil decirles que su Cristo no era más que otro Dios de los Bosques, que moría y resucitaba igual que habían hecho Dioniso y Osiris antes que él, y que la Virgen María era, en realidad, una advocación más de la Buena Madre. La suya era una nueva era de fe y convicción y en ella nos convertimos en demonios, fuimos apartados de sus creencias igual que el antiguo conocimiento fue olvidado o mal interpretado.

»Pero así había de suceder. Los sacrificios humanos habían horrorizado a los griegos y romanos. Yo mismo, como te he contado, había considerado espantoso que los celtas quemaran sus malhechores al dios en los colosos de madera. Lo mismo pensaron los cristianos. Entonces, ¿cómo podíamos ser considerados buenos nosotros, dioses que nos alimentábamos de sangre humana?

»Pero la auténtica corrupción de nuestra naturaleza llegó cuando los Hijos de las Tinieblas se convencieron de que, efectivamente, servían a ese demonio cristiano y, al igual que los dioses terribles de Oriente, trataron de dar valor al mal, de creer en su poder en el desarrollo de las cosas, y quisieron concederle un lugar adecuado en el mundo.

»Atiende bien a lo que te digo: *Nunca ha existido un lugar adecuado para el mal en el mundo de Occidente.* Jamás ha existido una aceptación fácil de la muerte.

»Por violentos que hayan sido los siglos desde la caída de Roma, por terribles que hayan sido las guerras, las persecuciones y las injusticias, el valor otorgado a la vida humana no ha hecho sino aumentar.

»Incluso la Iglesia ha erigido estatuas y cuadros de su Cristo ensangrentado y de sus mártires torturados, manteniendo la creencia de que tales muertes, tan bien usadas por los fieles, sólo podían haber venido de manos de enemigos, y no de los propios sacerdotes divinos.

»Es la creencia en el valor de la vida humana lo que ha causado que la cámara de torturas y la hoguera y los métodos de ejecución más horrendos hayan sido abandonados en toda Europa en la época actual. Y es esa fe en el valor de la vida humana lo que arranca hoy al hombre de la monarquía para proclamar la república en América del Norte y en Francia.

»Y, así, estamos de nuevo en el punto álgido de una era atea, una era en que la fe cristiana está perdiendo su dominio, como el paganismo perdió un día el suyo, sólo para seguir desarrollando el viejo rito en una nueva forma. Quizá surja ahora una nueva religión. Tal vez el hombre, sin ella, se hunda en el cinismo y el egoísmo porque tiene verdadera necesidad de sus dioses.

»Pero tal vez suceda algo más maravilloso: que el mundo avance de verdad, que deje atrás todos los dioses y diosas, todos los ángeles y demonios. En un mundo así, Lestat, nos quedará menos sitio del que hemos tenido nunca.

»Todas las historias que te he contado son, finalmente, tan inútiles como ese antiguo conocimiento lo es para el hombre y para nosotros mismos. Sus imágenes y su poesía pueden ser hermosas. Puede causarnos escalofríos con la constancia de cosas que siempre habíamos sospechado o sentido. Puede remontarse a tiempos en que la Tierra era nueva para el hombre, y llena de prodigios. Pero siempre volvemos a cómo es la Tierra ahora.

»Y, en este mundo, el vampiro sólo es un Dios Oscuro. Es un Hijo de las Tinieblas. No puede ser otra cosa. Y si ejerce algún poder de seducción sobre la mente de los hombres, se debe sólo a que la imaginación humana es un lugar secreto de recuerdos primitivos y deseos inconfesados. La mente de cada hombre es un Jardín Salvaje, por usar tus palabras, en el que surge y desaparece todo tipo de criaturas, en el que se cantan himnos y se imaginan cosas que, finalmente, deben ser condenadas y reprobadas.

»Pero los hombres nos aman cuando llegan a conocernos. Nos aman incluso hoy. A las gentes parisienses les encanta lo que ven en el escenario del Teatro de los Vampiros. Y los que han visto tu figura caminando por las salas de bailes del mundo, el pálido y mortal señor de la capa de terciopelo, te han adorado a su manera.

»Se estremecen de emoción ante la posibilidad de la inmortalidad, ante la posibilidad de que un ser hermoso y espléndido pueda ser absolutamente perverso, pueda percibir y conocer todas las cosas y, pese a ello, escoger voluntariamente dar satisfacción a su oscuro apetito. Tal vez desean poder ser esa criatura exquisitamente maléfica. Qué sencillo parece todo. Y es esa sencillez lo que buscan.

»Pero concédeles el Don Oscuro y sólo uno entre una multitud no se sentirá tan desdichado como tú.

»¿Qué puedo decir, finalmente, que no confirme tus peores temores? He vivido más de dieciocho siglos y te aseguro que la vida no nos necesita. Nunca he tenido un verdadero objetivo. No existe ningún lugar para nosotros.

14

Marius hizo una pausa.

Apartó la vista de mí por primera vez y la volvió hacia el cielo, más allá de las ventanas, como si escuchara unas voces en la isla que yo no podía oír.

—Tengo algunas cosas más que decirte —anunció—, cosas importantes, aunque no son más que cuestiones prácticas... —Se distrajo unos momentos—. Y están las promesas que debo exigir... —añadió por último.

Tras esto, quedó en silencio, con una expresión en el rostro muy similar a la de Akasha y Enkil.

Había mil preguntas que quería hacerle. Pero, más importante tal vez, había mil frases pronunciadas por él que quería repetir, como si tuviera que decirlas en voz alta para entenderlas del todo. Si decía algo, seguro que serían incoherencias.

Apoyé la espalda en el frío brocado del sillón, con las manos juntas y los dedos apuntando hacia arriba, y fijé la vista delante de mí, como si su narración estuviera desplegada allí para permitirme releerla. Pensé en la veracidad de sus afirmaciones sobre el bien y el mal, y en lo que me habría horrorizado y disgustado que intentara convencerme de que la filosofía de aquellos dioses terribles de Oriente era legítima, de que podíamos, de algún modo, vanagloriarnos de lo que hacíamos.

Yo también era hijo de Occidente y toda mi breve existencia había luchado con la incapacidad occidental para aceptar el mal y la muerte.

Pero, por debajo de todas estas consideraciones, subsistía el hecho abrumador de que Marius podía aniquilarnos a todos destruyendo a Akasha y a Enkil. Marius podía quemar a todos y cada uno de los vampiros que existíamos si exponía al fuego a Akasha y a Enkil, y con ello libraría al mundo de una vieja, decrépita e inútil forma de maldad. O así parecía.

Y estaba el horror de los propios Akasha y Enkil... ¿Qué podía decir a esto, sino que también yo había notado el primer destello de aquello que una vez había sentido Marius: que podría despertarles, que podría hacerles hablar otra vez, que conseguiría hacerles moverse. O, más exactamente, al verles había tenido la sensación de que alguien debía y podía hacerlo. Alguien podía acabar con su sueño de ojos abiertos.

¿Y qué serían, si alguna vez volvían a caminar y a hablar? Una pareja de antiguos monstruos egipcios. ¿Qué harían?

—De pronto, vi seductoras ambas posibilidades: despertarlos o destruirlos. Ambas ideas eran tentadoras. Deseé penetrar y comunicarme con ellos, pero comprendí la irresistible locura de querer destruirlos. De salir con ellos a una luz cegadora que se llevara consigo a toda nuestra raza condenada.

Ambas opciones tenían que ver con el poder. Y con el triunfo sobre el paso del tiempo.

—¿No sientes nunca tentaciones de hacerlo? —pregunté, y en mi voz había dolor. Me pregunté si me escucharían desde su profunda cripta.

Marius volvió en sí de su atenta escucha, me miró y movió la cabeza. No.

—¿Aunque sepas mejor que nadie que no hay lugar para nosotros?

De nuevo, sacudió la cabeza. No.

—Soy inmortal —declaró—, *verdaderamente* inmortal. Para ser completamente sincero, si existe algo que pueda matarme ahora, no sé qué pueda ser. Pero no se trata de eso. Yo deseo continuar. Ni siquiera pienso en lo contrario. Soy una conciencia continuada en mí mismo, la inteligencia que añoré durante tantos años cuando era mortal, y sigo tan amante como siempre del gran progreso de la humanidad. Quiero ver qué sucede ahora que el mundo ha vuelto a cuestionarse sus dioses. ¡Bah!, no me dejaría convencer para cerrar los ojos en esta época por ninguna razón.

Asentí, comprensivo.

—Pero no sufro lo que tú —continuó—. Incluso en ese bosque de las Galias donde fui convertido en esto, yo no era joven. Desde entonces he estado solo, he conocido casi la locura, y una angustia indescriptible, pero jamás he sido inmortal y joven a un tiempo. He hecho una y otra vez lo que a ti aún te queda por hacer... lo que deberá apartarte de mí muy pronto.

—¿Apartarme? Pero yo no quiero...

—Tendrás que irte, Lestat —insistió él—. Y muy pronto, como he dicho. No estás preparado para quedarte aquí conmigo. Ésta es una de las cosas más importantes que me quedaban por decirte y tienes que prestarle la misma atención que cuando escuchabas el resto del relato.

—Marius, no puedo imaginar dejarte ahora. Ni siquiera...

De pronto, sentí cólera. ¿Por qué me había llevado allí, para echarme ahora? Recordé las advertencias de Armand, de que sólo encontrábamos comunión con los antiguos, no con los creados por nosotros. Y yo había encontrado a Marius. Pero esto eran meras palabras que no alcanzaban a tocar mis sentimientos más profundos, el súbito abatimiento y el temor a la separación.

—Escúchame —dijo él con suavidad—. Antes de que los galos me raptaran, yo había gozado de una buena vida, más larga que la de muchos hombres por aquellos tiempos. Y, después de llevarme de Egipto a Los Que Deben Ser Guardados, volví a llevar en Antioquía, durante muchos años, la existencia propia de un estudioso romano. Tuve una casa, esclavos y el amor de Pandora. Teníamos una vida en la ciudad y éramos espectadores de cuanto sucedía. Y, gracias a haber desarrollado esa vida, tuve la fuerza necesaria para vivir otras a continuación. Tuve las energías precisas para convertirme en parte del mundo veneciano, como bien sabes. Y para gobernar esta isla como lo hago. Tú, como tantos que terminan en el fuego o expuestos al sol en poco tiempo, has carecido de una auténtica vida en tus años de mortal.

»Como joven mortal, apenas saboreaste la vida real durante seis meses en París. Como vampiro has sido un merodeador, un intruso que hechizaba casas y otras vidas en tu vagar de sitio en sitio.

»Si quieres sobrevivir, es preciso que vivas una existencia completa lo antes posible. No hacerlo podría representar perderlo todo, caer en la desesperación, enterrarse de nuevo y no volver a salir nunca más. O, peor aún...

—Lo comprendo. Lo deseo —le interrumpí—. Y, sin embargo, en París me ofrecieron esa existencia, cuando me propusieron que me quedara en el teatro, no pude aceptarla.

—No era el lugar adecuado para ti. Además, el Teatro de los Vampiros es un aquelarre, una reunión de vampiros. No es el mundo real, como tampoco lo es esta isla donde me refugio. Además, allí te habían sucedido demasiados horrores.

»En cambio, en este desconocido Nuevo Mundo al que te diriges, en esa pequeña ciudad bárbara llamada Nueva Orleans, podrás incorporarte al mundo mejor que en ninguna parte. Podrás establecerte como un mortal, igual que tantas veces has intentado hacer en tus andanzas con Gabrielle.

Allí no habrá viejas asambleas que te molesten, ni vampiros clandestinos que traten de eliminarte por puro miedo. Y cuando crees a otros, cosa que harás, movido por tu soledad, créalos y consérvalos lo más humanos que puedas. Mantenlos cerca de ti como miembros de una familia, no como miembros de una de estas asambleas, y comprende la época en que vives, el transcurso de las décadas. Fíjate en el estilo de las prendas que adornen tu cuerpo, en la decoración de la morada donde pases tus horas de ocio, en el lugar donde buscas tus presas. ¡Ten siempre presente qué significa percibir el paso del tiempo!

—Sí, y sentir el dolor de ver morir las cosas... —añadí.

Era todo aquello contra lo que me había prevenido Armand.

—Desde luego. Estás hecho para triunfar sobre el tiempo, no para huir de él. Y sufrirás en tu corazón por tener que guardar el secreto de tu condición de monstruo y por tu obligación de dar muerte. Quizá trates de alimentarte sólo de malhechores para aplacar tu conciencia, y tal vez lo consigas, o tal vez no, pero puedes llegar muy cerca de la vida, a condición, solamente, de que mantengas el secreto de lo que eres. Estás creado para rondar cerca de los mortales, como tú mismo dijiste una vez a los miembros de la vieja asamblea de vampiros de París. Estás hecho a imitación del hombre.

—Lo deseo. Lo quiero de verdad...

—Entonces, sigue mis consejos. Y ten presente una cosa más: la eternidad no es otra cosa, en realidad, que el desarrollo de una vida humana detrás de otra. Por supuesto, puede haber largos períodos de retiro, períodos de adormecimiento o de mera contemplación. Pero una y otra vez nos lanzamos a la corriente y nadamos en ella todo el tiempo que podemos, hasta que el tiempo o la tragedia nos hunde como hace con los mortales.

—¿Volverás a hacerlo tú? ¿Dejarás algún día este retiro y te lanzarás a la corriente?

—Rotundamente, sí. Cuando se presente el momento oportuno. Cuando el mundo vuelva a ser tan interesante que me resulte irresistible. Entonces recorreré las calles de las ciudades. Tomaré un nombre. Haré cosas.

—¡Entonces, ven ahora, conmigo!

¡Ah!, el eco doloroso de las palabras de Armand. Y de la vana súplica de Gabrielle, diez años después.

—Es una invitación más tentadora de lo que supones —respondió Marius—, pero te causaría un gran perjuicio si te acompañara. Me interpondría entre el mundo y tú. No podría evitar hacerlo.

Moví la cabeza y aparté la vista, lleno de amargura.

—¿Quieres continuar adelante? —preguntó él entonces—. ¿O prefieres que se cumplan las predicciones de Gabrielle?

—Quiero continuar —declaré.

—Entonces, debes irte. Dentro de un siglo, tal vez menos, nos encontraremos de nuevo. Yo no estaré en esta isla. Me habré llevado a Los Que Deben Ser Guardados a otra parte, pero, dondequiera que estemos los dos, te encontraré. Y entonces seré yo quien no querrá alejarse de ti. Seré yo quien te suplique que te quedes. Me deleitará tu compañía, tu conversación, el simple hecho de verte, tu resistencia y tu arrojo, y tu ausencia de fe en nada... todas las cosas de ti que ya amo con demasiada intensidad.

Apenas pude escuchar todo aquello sin que mis emociones se desbordaran. Quise suplicarle que me permitiera quedarme.

—¿No puede ser ahora? ¿Es absolutamente imposible? —inquirí—. ¿No puedo prescindir de vivir esa existencia?

—No. Es totalmente imposible —respondió—. Podría contarte historias eternamente, pero no son un sustituto para la vida. Ya lo he intentado con otros, créeme, pero nunca lo he conseguido. No puedo enseñar lo que se aprende en una vida. No debería haber tomado a Armand siendo tan joven, y sus siglos de locura y sufrimiento son, aun hoy, una penitencia para mí. Le hiciste un favor enviándole al París de este siglo, pero me temo que ya sea demasiado tarde para él. Créeme, Lestat, cuando te digo que así han de ser las cosas.

Tienes que vivir esa existencia porque quienes se ven privados de ella dan vueltas sin encontrar satisfacción hasta que, finalmente, han de vivirla en cualquier parte o ser destruidos.

—¿Y Gabrielle?

—Gabrielle tuvo su vida; hasta tuvo su muerte, casi... Posee la fuerza suficiente para regresar al mundo cuando quiera, o para vivir indefinidamente al margen de él.

—¿Y tú crees que regresará alguna vez?

—Lo ignoro —contestó Marius—. Gabrielle desafía mi comprensión. No mi experiencia, pues es demasiado parecida a Pandora... Pero tampoco comprendí nunca a Pandora. Lo cierto es que la mayoría de las mujeres son débiles, sean mortales o inmortales. Pero cuando son fuertes, resultan absolutamente impredecibles.

Sacudí la cabeza y cerré los ojos un instante. No quería pensar en ella. Gabrielle se había ido, no importaba lo que habláramos allí.

Y, con todo, aún no podía aceptar la necesidad de irme. Aquello me parecía un Edén. Sin embargo, no insistí. Sabía que Marius había tomado una resolución y también sabía que no me obligaría por la fuerza. Me permitiría empezar preocupándome de mi padre mortal y acudir a él a decirle que debía marcharme. Me quedaban unas cuantas noches.

—Sí —respondió con suavidad—. Y aún hay algunas cosas que puedo decirte.

Abrí los ojos de nuevo. Marius me miraba, paciente y afectuoso. Noté el dolor del amor con la misma fuerza que lo había sentido por Gabrielle. Advertí las lágrimas inevitables e hice cuanto pude por contenerlas.

—Has aprendido mucho de Armand —dijo con voz serena, como para ayudarme en aquella pequeña lucha silenciosa—. Y has aprendido mucho más por ti mismo. Pero aún quedan algunas cosas que puedo enseñarte.

—Sí, por favor —dije.

—Bien, es cierto que tus poderes son extraordinarios, pero no esperes que los que tú crees en los próximos cincuenta años serán tan espléndidos como tú o como Gabrielle. Tu segunda criatura no posee la mitad de las fuerzas que Gabrielle, y los que vayas creando poseerán aún menos. La sangre que yo te he dado marcará cierta diferencia. Y si bebes... si bebes de Akasha y de Enkil, cosa que puedes decidir no hacer... eso también marcará cierta diferencia. Pero no importa, porque uno de nosotros puede sólo crear tal número de criaturas en un siglo. Y tu nueva descendencia será débil, aunque tal cosa no es necesariamente mala. La regla de las antiguas asambleas acertaba al proclamar que la fuerza llegaría con el tiempo. Y también es cierta esa otra vieja verdad: tanto puedes crear titanes como imbéciles, nadie sabe por qué ni cómo.

»Sucederá lo que deba suceder, pero escoge a tus compañeros con cuidado. Escógeles porque te guste mirarles, y oír el sonido de su voz, y porque posean profundos secretos que desees conocer. En otras palabras, escógeles porque les ames. De lo contrario, no podrás soportar su compañía durante mucho tiempo.

—Comprendido —dije—. Crearlos con amor.

—Exacto, crearlos con amor. Y asegurarse de que han vivido bastante tiempo, antes de crearlos; y nunca jamás crear a nadie tan joven como Armand. Éste es el peor crimen que he cometido nunca contra mi propia especie, la creación de ese joven Armand.

—¡Pero tú no sabías que los Hijos de las Tinieblas aparecerían cuando lo hicieron, y te separarían de él!

—Es cierto, pero, aun así, debería haber esperado. Fue la soledad lo que me impulsó a hacerlo. Y el desamparo de Armand, el hecho de que su vida mortal estuviera en mis manos de manera tan absoluta. Recuerda, guárdate de ese poder y del que tienes sobre los que están agonizando. La soledad que llevamos dentro, junto a esta sensación de poder, pueden ser tan fuertes como la sed de sangre. Si no hubiera un Enkil, no habría una Akasha; si no existiera una Akasha, no existiría un Enkil.

—Sí. Y, por lo que has contado, parece que Enkil envidia a Akasha. Que es Akasha quien, de vez en cuando...

—Sí, es cierto. —De repente, su expresión se hizo muy sombría y en sus ojos apareció un aire de confidencialidad como si estuviéramos hablándonos en susurros y temiéramos que alguien nos oyera. Marius esperó un momento como si buscara qué decir—. ¿Quién sabe qué podría hacer Akasha si no tuviera a Enkil para contenerla? —murmuró—. ¿Y por qué finjo creer que él no puede oír lo que digo desde el mismo instante en que lo pienso? ¿Por qué estoy hablando en susurros? Él puede destruirme en el momento en que lo desee. Tal vez Akasha es lo único que le reprime de hacerlo. Pero, al mismo tiempo, ¿qué sería de ellos si Enkil se deshiciera de mí?

—¿Por qué se dejaron quemar por el sol? —quise saber.

—¿Cómo podemos saberlo? Tal vez sabían que no les haría daño, que sólo dañaría a quienes les habían hecho aquello. Quizás, en el estado en que viven, tardan más tiempo en percibir lo que sucede fuera de ellos y no tuvieron tiempo de juntar fuerzas, de despertar de sus sueños y ponerse a salvo. Quizá sus movimientos después de lo sucedido, los movimientos de Akasha que yo presencié, sólo fueron posibles porque el sol les había despertado. Y ahora vuelven a dormir con los ojos abiertos. Y vuelven a soñar. Y ya no beben más.

—¿Qué has querido decir con eso de... de si *decido* beber su sangre? ¿Cómo podría escoger otra cosa?

—Es algo que debemos pensar más detenidamente, los dos juntos —me dijo—. Y siempre existe la posibilidad de que no te permitan beber de ellos.

Me estremecí al pensar en uno de aquellos brazos golpeándome y mandándome a diez metros de distancia en medio de la cripta, o incluso aplastándome contra el suelo de piedra.

—Ella ha pronunciado tu nombre, Lestat —continuó Marius—. Creo que te dejará beber. Pero si tomas su sangre, serás aún más fuerte de lo que eres ahora. Unas cuantas gotas te darán vigor, pero, si ella te da más que eso, si te da una medida entera, apenas habrá en la Tierra fuerza que pueda destruirte. Tienes que estar seguro de lo que quieres.

—¿Por qué no iba a quererla? —insistí.

—¿Quieres ser reducido a cenizas y seguir viviendo en perpetua agonía? ¿Quieres ser atravesado por mil cuchillos, recibir disparo tras disparo, y continuar viviendo como un pellejo hecho trizas que no puede valerse por sí mismo? Créeme, Lestat, puede ser algo terrible. Incluso puedes quedar expuesto al sol y seguir viviendo, quemado e irreconocible, deseando, como los antiguos dioses en Egipto, poder estar muerto.

—Pero, ¿no curaré más deprisa?

—No necesariamente. No sin otra infusión de la sangre de Akasha cuando te halles en ese estado. El tiempo con su constante medida de víctimas humanas, o la sangre de los antiguos: éstos son los únicos remedios. Pero puedes llegar a desear haber muerto. Piénsatelo con calma.

—¿Qué harías tú en mi lugar?

—Bebería de Los Que Deben Ser Guardados, por supuesto. Bebería para ser más fuerte, para estar más cerca de la inmortalidad. Suplicaría de rodillas a Akasha que me lo permitiera y luego me entregaría en sus brazos. Pero es fácil decir estas cosas. Ella nunca me ha rechazado. Nunca me lo ha prohibido, y yo estoy seguro de querer vivir para siempre. Soportaría el fuego otra vez. Soportaría el sol y cualquier clase de sufrimiento con tal de continuar existiendo. Acaso tú no estés tan seguro de desear realmente esa eternidad.

—La quiero —respondí—. Puedo aparentar que me lo pienso, puedo fingirme astuto y sabio mientras lo sopeso, pero ¡qué diablos!, no te iba a cngañar, ¿verdad? Hace mucho que sabes cuál sería mi respuesta.

Marius sonrió.

—Entonces, antes de irte, bajaremos a la cripta y allí se lo pediremos humildemente, y veremos qué responde.

—Y, de momento, ¿podrías responderme a algunas cosas más? —le pedí.

Con un gesto, me indicó que preguntara.

—He visto fantasmas —dije—. He visto esos demonios malignos que has descrito. Los he visto poseer mortales y edificios.

—No sé más que tú al respecto. La mayor parte de los fantasmas parecen ser meras apariciones sin conciencia de que están siendo observadas. Jamás le he hablado a un fantasma ni ninguno se ha dirigido a mí. En cuanto a los demonios malignos, no puedo añadir nada a las antiguas explicaciones de Enkil respecto a que están furiosos porque no tienen cuerpo. Pero existen otros inmortales que son más interesantes.

—¿Quiénes son?

—Existen al menos dos en Europa que no han bebido nunca sangre. Pueden caminar tanto de noche como a plena luz del día, tienen cuerpo y son muy fuertes. Tienen el aspecto exacto de los hombres. Hubo uno en el antiguo Egipto, conocido en la Corte como Ramsés el Maldito, aunque no era tan maldito, por lo que sé de él. Su nombre fue borrado de todos los monumentos reales cuando desapareció. Ya sabes que los egipcios solían hacer tales cosas, borrar el nombre igual que daban muerte a la persona. Y no sé qué fue de él. Los viejos papiros no lo dicen.

—Armand me habló de él —intervine—. Armand me dijo que, según las leyendas, Ramsés era un vampiro antiguo.

—No lo es. Pero yo no creí lo que había leído sobre él hasta que vi a los otros con mis propios ojos. Pero tampoco de estos seres conozco nada más. Sólo alcancé a verlos, y mi presencia les llenó de terror y huyeron de mí. Me dan miedo porque caminan bajo el sol. Son seres poderosos y carecen de sangre. ¿Quién sabe lo que pueden hacer? De todos modos, puedes vivir siglos sin encontrarte nunca con ellos.

—Pero, ¿qué edad tienen? ¿Cuánto tiempo llevan existiendo?

—Son muy viejos, probablemente tanto como yo, no sé precisarlo. Viven como hombres ricos y poderosos. Es posible que sean más; tal vez tengan un modo de propagarse, no estoy seguro. Una vez, Pandora dijo que también había una mujer; pero, en esa ocasión, Pandora y yo no conseguimos ponernos de acuerdo en nada acerca de ellos. Ella decía que esos seres habían sido como nosotros, que eran antiguos y habían dejado de beber igual que la Madre y el Padre. Yo no creo que fueran nunca como nosotros. Son otra cosa, sin sangre. No reflejan la luz como nosotros, sino que la absorben. Son un poco más oscuros que los mortales. Y son densos, y fuertes. Puede que nunca los veas, pero te advierto de su existencia. No debes permitir jamás que sepan dónde duermes. Pueden ser más peligrosos que los humanos.

—Pero, ¿realmente son peligrosos los humanos? Les he encontrado muy fáciles de engañar.

—¡Claro que son peligrosos! Los humanos podrían borrarnos de la faz de la Tierra si alguna vez nos conocieran de verdad. Podrían darnos caza de día. No subestimes nunca esa sola ventaja. También en esto, las leyes de la vieja asamblea tienen su razón. Nunca jamás hables de nosotros a los mortales. Nunca le digas a un mortal dónde duermes tú u otro vampiro. Es una auténtica insensatez pensar que puedes controlar a los mortales.

Asentí, aunque me resultaba muy difícil tener miedo a los mortales. Nunca lo había tenido.

—Ni siquiera el Teatro de los Vampiros de París —me advirtió— expone la menor verdad acerca de nosotros. Sólo juega con los estereotipos populares y el ilusionismo. El público queda completamente engañado.

Me di cuenta de que tenía razón y de que, incluso en las cartas que Eleni me escribía, siempre me obligaba a leer entre líneas y nunca utilizaba nuestros nombres completos.

Y, por alguna razón, aquel secretismo me causaba la misma opresión que siempre me había producido.

Pero me estaba estrujando el cerebro en un intento por descubrir si alguna vez había visto a aquellos seres sin sangre... Lo cierto era que, en tal caso, quizá los habría tomado por vampiros errabundos.

—Hay una cosa más que debo decirte acerca de los seres sobrenaturales —me indicó Marius.

—¿De qué se trata?

—No estoy seguro de ello, pero te diré lo que pienso. Sospecho que cuando nos consumimos, cuando quedamos totalmente destruidos, podemos regresar bajo otra forma. No me refiero ahora al hombre, a una reencarnación humana; no sé nada del destino de las almas humanas. En cambio, nosotros vivimos para siempre, y creo que regresamos.

—¿Qué te lleva a decir tal cosa?

No pude evitar el recuerdo de Nicolas.

—Lo mismo que lleva a los mortales a hablar de reencarnación. Hay algunos que afirman recordar otras vidas. Vienen a nosotros como mortales, afirmando saberlo todo de nuestra raza, haber sido uno de nosotros, y pidiendo recibir de nuevo el Don Oscuro. Pandora fue una de ellos. Sabía muchas cosas y no había explicación para sus conocimientos, salvo tal vez que los imaginaba o los extraía, sin darse cuenta, de mi propia mente. Es una posibilidad real, la de que existan simples mortales con un oído que les permita captar nuestros pensamientos no conscientes.

En cualquier caso, no existen muchos de ellos. Si fueron vampiros, sin duda son sólo algunos de los que han sido destruidos, de modo que los demás tal vez no tienen la fuerza necesaria para regresar, o deciden no hacerlo, ¿quién puede saberlo? Pandora estaba convencida de haber muerto cuando la Madre y el Padre fueron expuestos al sol.

—Dios santo, ¿renacen como mortales y *quieren* volver a ser vampiros?

—Eres joven, Lestat, y te contradices a ti mismo —replicó Marius con una sonrisa—. ¿Qué te parecería, *de verdad*, volver a ser un mortal? Piensa en ello cuando acudas a ver a tu padre mortal.

En silencio, reconocí que estaba en lo cierto. Aun así, no quise renunciar a la idea que me había hecho de la mortalidad en mi imaginación. Quise seguir lamentándome de mi mortalidad perdida. Y supe que mi amor a los mortales estaba ligado al hecho de que no me producían ningún miedo.

Marius apartó la vista, distraído una vez más. Repitió aquel patente gesto de estar escuchando algo. Después, su rostro volvió a concentrarse en mí.

—Lestat, no deben de quedarnos más de dos o tres noches —dijo con voz entristecida.

—¡Marius! —susurré yo, conteniendo las palabras que pugnaban por salir de mí.

Mi único consuelo fue la expresión de su rostro, que ahora daba la impresión de no haber parecido inhumano en ningún momento.

—No sabes cuánto deseo que te quedes junto a mí —dijo—, pero la vida está ahí fuera, no aquí. Cuando volvamos a encontrarnos te contaré más cosas, pero, de momento, ya sabes todo lo necesario. Tienes que ir a Luisiana y cuidar de tu padre hasta el final de su vida, y aprender de ello lo que puedas. Yo he visto envejecer y morir a una legión de mortales, y tú a ninguno. Pero créeme, mi joven amigo: deseo desesperadamente que te quedes conmigo. No sabes cuánto lo deseo. Te prometo que, cuando llegue el momento, te encontraré.

—Pero ¿por qué no puedo yo volver a ti? ¿Por qué tienes que dejar este lugar?

—Ya es tiempo de hacerlo —explicó Marius—. Ya he gobernado demasiado tiempo sobre estas gentes. Empiezo a despertar sospechas y, además, los europeos ya están rondando estas aguas. Antes de venir aquí me ocultaba en la ciudad sepultada de Pompeya, bajo el Vesubio, pero los mortales me echaron de allí cuando empezaron a husmear y excavar los restos. Ahora empieza a suceder lo mismo aquí. Tengo que buscar otro refugio, algo más remoto y con más posibilidades de seguir así. Y con franqueza, no te habría traído aquí si no tuviera pensando abandonar este lugar.

—¿Por qué no?

—Lo sabes muy bien. No puedo permitir que ni tú ni nadie conozca la ubicación de Los Que Deben Ser Guardados. Y eso nos lleva a algo muy importante: las promesas que debo exigirte.

—Las que quieras —asentí—. Pero no sé qué puedes querer de mí que yo pueda darte.

—Una cosa solamente: *Que jamás le cuentes a nadie las*

cosas que te he revelado. Que nunca menciones a Los Que Deben Ser Guardados. No cuentes nunca las leyendas de los viejos dioses. No digas nunca a nadie que me has visto.

Moví la cabeza en un gesto solemne de asentimiento. Ya había esperado algo parecido, pero supe, sin pensarlo siquiera, que iba a ser una promesa muy difícil de cumplir.

—Si cuentas aunque sea una parte —añadió Marius—, seguirá otra y, con cada nueva palabra sobre el secreto de Los Que Deben Ser Guardados, aumentarás el riesgo de que se descubra su emplazamiento.

—Es cierto —reconocí—. Pero las leyendas, nuestros orígenes... ¿Qué me dices de las criaturas que yo creé? ¿No puedo revelarles...?

—No. Como acabo de decirte, si cuentas una parte terminarás por contarlo todo. Además, si esas criaturas tuyas son hijas del dios cristiano, si están emponzoñadas con el concepto cristiano del pecado original, como sucede con Nicolas, estas antiguas leyendas no harán más que enfurecerlas y disgustarlas. Para ellas, la verdad sería un horror inaceptable. Accidentes, dioses paganos en los cuales no creen, costumbres que no pueden comprender... Uno ha de estar preparado para recibir tal conocimiento, por escaso que sea. Es preferible que escuches atentamente sus preguntas y les respondas lo que te parezca más conveniente para dejarlas satisfechas. Y si te encuentras en el caso de que no puedes engañarlas, no les digas nada en absoluto. Procura hacerlas tan fuertes como los hombres sin dios de esta época, pero no olvides mis palabras: las antiguas leyendas, jamás. Yo, y solamente yo, soy quien puede contarlas.

—¿Qué me harás si las difundo? —inquirí.

La pregunta le desconcertó. Perdió el aplomo durante un segundo completo y luego se echó a reír.

—Eres el ser más increíble, Lestat —murmuró—. Pues bien, si las revelas a alguien, puedo hacerte cualquier cosa. Estoy seguro de que lo sabes. Puedo aplastarte bajo mis pies como Akasha hizo con el Viejo. Puedo hacerte arder con el poder de mi mente. Pero no quiero proferir tales amenazas. Quiero que vuelvas a mí, pero no toleraré que estos secretos se conozcan. No quiero que vuelva a caer sobre mí un grupo de inmortales, como sucedió en Venecia. No quiero que nuestra raza me conozca. Nunca jamás, ni deliberada ni accidentalmente, debes enviar a nadie en busca de Los Que Deben Ser Guardados, ni de Marius. No debes mencionar mi nombre a nadie.

—Entendido —asentí.

—¿De veras lo has entendido? —insistió él—. ¿O tendré que amenazarte, después de todo? ¿Tendré que advertirte que mi venganza podría ser terrible y que alcanzaría, además de a ti, a todos los que conocieran esos secretos de tu boca? Ya he destruido a otros de nuestra raza que han venido a buscarme, Lestat. Les he destruido por el mero hecho de conocer las antiguas leyendas y el nombre de Marius, y porque jamás habrían cesado en su búsqueda.

—No puedo soportar lo que dices —murmuré—. Nunca lo revelaré a nadie, te lo juro. Pero tengo miedo de lo que otros puedan leer en mi mente, por supuesto. Tengo miedo de que descubran las imágenes de mi cerebro. Armand podía hacerlo. ¿Qué sucedería si...?

—Tú puedes ocultar esas imágenes. Ya sabes cómo se hace. Puedes pensar otras imágenes que les confundan. Puedes cerrar tu mente. Es una habilidad que ya dominas. Pero dejémonos de amenazas y admoniciones. Siento amor por ti.

Tardé un instante en responder. Mi mente desbocada imaginaba ya todo tipo de posibilidades prohibidas. Finalmente, expresé mis sentimientos en palabras:

—¿No sientes nunca el deseo de contárselo a todos, Marius? Me refiero a si no te tienta dar a conocer la historia a cuantos forman nuestra raza, y conseguir unirlos.

—¡Por Dios no, Lestat! ¿Por qué habría de desear tal cosa?

Marius pareció genuinamente desconcertado.

—Para que pudiéramos tener nuestras propias leyendas; para poder al menos meditar sobre los misterios de nuestra historia, como hacen los hombres. Para contarnos nuestras mutuas existencias y compartir nuestro poder...

—¿Y unirnos para utilizarlo contra el hombre, como han hecho los Hijos de las Tinieblas?

—No... Así, no...

—En la eternidad, Lestat, las asambleas, grupos y aquelarres son poco comunes. La mayoría de los vampiros son seres solitarios y desconfiados y no les gustan los demás. No tienen más que un par de escogidos compañeros de vez en cuando y protegen sus territorios de caza y su intimidad igual que yo la mía. No querrían unirse y, si lograran vencer la malignidad y la suspicacia que les divide, su encuentro terminaría en terribles luchas por la supremacía como las que, según me reveló Akasha, sucedieron hace miles de años. En esencia, somos seres maléficos. Somos asesinos. Es mejor que sean los mortales quienes se unan en la Tierra, y que lo hagan para obrar el bien.

Reconocí que tenía razón y me avergoncé de la excitación que sentía, de mi debilidad y de mi carácter impulsivo. Sin embargo, otro abanico de posibilidades empezaba ya a obsesionarme.

—¿Qué hay de los mortales, Marius? ¿No has deseado nunca manifestarte ante ellos y contarles toda la verdad?

De nuevo, pareció absolutamente anonadado ante tal pensamiento.

—¿No has querido alguna vez que el mundo nos conociera, para bien o para mal? ¿Siempre te ha parecido preferible vivir en el secreto? —insistí.

Marius bajó los ojos un momento y apoyó la barbilla contra el puño apretado. Por primera vez, percibí una comunicación en imágenes surgiendo de él y noté que me había permitido verlas porque no estaba seguro de la respuesta.

Marius estaba recordando, y sus evocaciones poseían tal intensidad que mis poderes parecían frágiles, en comparación. Los recuerdos eran de sus primeros días, de cuando Roma dominaba el mundo y él aún no había vivido más tiempo que el de una existencia humana mortal.

—Sé que recuerdas haber querido que se supiera —dije—. Que se hiciera público el monstruoso secreto.

—Tal vez, al principio —reconoció él—, sentí una cierta pasión desesperada por comunicarlo.

—Sí, comunicarlo —repetí, paladeando la palabra.

Y recordé aquella lejana noche en el escenario, cuando había causado el espanto del público parisiense.

—Pero eso fue en la confusión del principio —continuó Marius en voz baja, hablando para sí mismo. Sus ojos entrecerrados y ausentes parecían mirar a través de los siglos—. Sería una estupidez, una locura. Si la humanidad se convenciera realmente de nuestra existencia, nos destruiría. Y yo no quiero ser destruido. Esos peligros y calamidades no me interesan.

No respondí.

—Tú tampoco sientes la necesidad de revelar estas cosas —añadió en un tono casi tranquilizador.

«Sí que la siento», pensé. Noté sus dedos en el revés de mi mano. No le estaba viendo a él, sino que mis ojos repasaban mi breve pasado: el teatro, mis fantasías de cuentos de hadas. Me sentí paralizado de tristeza.

—Lo que notas es la soledad y la condición de monstruo —apuntó Marius—. Y eres impulsivo y desafiante.

—Tienes razón.

—Pero, dime: ¿de qué serviría revelarle esto a alguien? No hay nadie que pueda otorgar el perdón, la redención. Pensar lo contrario es una fantasía infantil. Date a conocer y serás destruido. ¿Qué conseguirás con ello? El Jardín Salvaje engullirá tus restos en silencio y con toda la fuerza de la vida. ¿Dónde quedan, entonces, la justicia o la comprensión?

Asentí con la cabeza.

Noté que su mano se cerraba sobre la mía. Se puso en pie lentamente y yo le imité, a regañadientes pero obediente.

—Es tarde —dijo con voz suave y los ojos llenos de compasión—. Ya hemos hablado bastante por ahora. Además, debo bajar a ver a mis gentes. Hay problemas en el pueblo cercano, como temía que sucedería. El asunto me llevará todo lo que queda hasta el alba, y parte de mañana por la noche. Es posible que no podamos continuar conversando hasta pasada la medianoche...

Una vez más, se distrajo y, bajando la cabeza, se concentró en la escucha.

—Sí, tengo que marcharme —dijo a continuación, y nos dimos un ligero y relajado abrazo.

Y aunque deseé acompañarle y ver qué sucedía en el pueblo, cómo llevaba a cabo sus asuntos allí, también tuve ganas de buscar mi habitación, contemplar un rato el mar y, finalmente, dormir.

—Cuando despiertes estarás hambriento —me dijo Marius—. Tendré una víctima para ti. Hasta que regrese, ten paciencia.

—Sí, desde luego...

—Y mañana, mientras me esperas, haz lo que tú quieras en la casa. Los viejos papiros están en las vitrinas de la biblioteca. Puedes consultarlos. Recorre las estancias. El único sitio al que no debes acercarte es el santuario de Los Que Deben Ser Guardados. No debes bajar a la cripta a solas.

Asentí.

Quise hacerle una pregunta más. ¿Cuándo cazaba? ¿Cuándo bebía? Su sangre me había mantenido durante dos noches, tal vez más, pero ¿cuál le mantenía a él? ¿Había hecho alguna víctima antes de ofrecerme su sangre? ¿Se propondría ahora ir de caza? Tuve la creciente sospecha de que Marius ya no necesitaba la sangre tanto como yo, de que había empezado, igual que Los Que Deben Ser Guardados, a beber cada vez menos el rojo líquido. Y deseé con desesperación saber si tal cosa era cierta.

Pero Marius se iba. La llamada de la gente del pueblo era imperiosa. Le vi salir a la terraza y, de pronto, desapareció. Por un momento pensé que se había desviado a la derecha o a la izquierda detrás de las puertas. Avancé hasta ellas y comprobé que la terraza estaba vacía. Llegué a la barandilla, miré hacia abajo y vi la mota de color de su levita entre las rocas, muy abajo.

«Así que esto es lo que nos espera —pensé—, dejar de sentir la necesidad de la sangre, que nuestros rostros pierdan gradualmente toda expresión humana, poder desplazar objetos con la fuerza de nuestra mente, ser casi capaces de volar. Terminar alguna noche, dentro de miles de años, sentados en absoluto silencio como lo están hoy Los Que Deben Ser Guardados.» ¿Cuántas veces, aquella noche, Marius había tenido el mismo aspecto que ellos? ¿Cuánto tiempo pasaría allí sentado, inmóvil, cuando nadie rondaba el refugio?

¿Y qué representaría para él medio siglo, el tiempo durante el cual me disponía a vivir esa existencia de mortal al otro lado del océano?

Di media vuelta, regresé al interior de la casa y acudí a la alcoba que me había indicado Marius. Me senté mirando al mar y al cielo hasta que empezó a llegar la luz. Cuando abrí el pequeño escondite del sarcófago, había en él flores recientes. Me puse el tocado y la máscara de oro, así como los guantes, y me introduje en el sepulcro... Cuando cerré los ojos, aún percibía el olor a flores.

El temible momento estaba llegando. La pérdida de conciencia. Y, al borde de un sueño, oí una risa de mujer. Una risa ligera y sostenida como si la mujer estuviera muy contenta y en mitad de una conversación. Y, justo antes de caer en la inconsciencia, la vi echando la cabeza hacia atrás y dejando al descubierto su blanquísima garganta.

15

Cuando abrí los ojos, tuve una idea. Me llegó de pronto e, inmediatamente, me obsesionó hasta el punto de que apenas me di cuenta de la sed, de la comezón que sentía en las venas.

«Vanidad», musité para mí. Pero la idea tenía una belleza seductora.

No; mejor olvidarlo. Marius había dicho que me mantuviera lejos del santuario y, además, volvería a medianoche y entonces podría plantearle la idea. ¿Y él, podría...? ¿Podría qué? Mover la cabeza con gesto de tristeza.

Salí de la cámara y, deambulando por la casa, vi que todo seguía como la noche anterior; velas encendidas y ventanas abiertas al suave espectáculo de la luz agonizante. Parecía imposible que pronto tuviera que irme de allí. Y que no fuera a volver nunca, que Marius pensara evacuar aquel lugar extraordinario.

Me sentí apesadumbrado y abatido. Y entonces me llegó la idea.

No hacerlo en presencia de Marius, sino en silencio y en secreto para no sentirme un estúpido. Bajar yo solo.

No. No debía hacerlo. Al fin y al cabo, no serviría de nada. No sucedería nada cuando lo hiciera.

Pero si así había de ser, ¿por qué no probarlo? ¿Por qué no hacerlo enseguida?

Hice una nueva ronda por la biblioteca y los pasadizos y la sala llena de aves y monos, para continuar luego por otras estancias que aún no había visto.

Pero la idea continuó rondándome la cabeza. Y la sed me irritó, volviéndome un poco más impulsivo, un poco más inquieto, un poco menos capaz de reflexionar sobre todas las cosas que Marius me había contado y lo que significarían con el transcurso del tiempo.

De una cosa estuve seguro: Marius no estaba en la casa. Al final, había husmeado en todas las habitaciones, aunque seguía siendo un secreto el lugar donde dormía. También comprendí que debía de haber varias puertas de entrada y salida a la casa que Marius conservaba en secreto.

No me costó volver a encontrar la puerta de la escalera que llevaba hasta Los Que Deben Ser Guardados. Y no estaba cerrada.

Volví al salón de paredes empapeladas y bello mobiliario. Consulté el reloj. Eran sólo las siete; quedaban cinco horas para la medianoche. Cinco horas con aquella sed ardiente. Y la idea... la idea...

En realidad, no tomé la decisión de hacerlo. Simplemente, volví la espalda al reloj y regresé a mi habitación. Sabía que otros cientos de seres debían de haber tenido la misma idea antes que yo. Y Marius había descrito perfectamente el orgullo que había sentido al pensar que él podría despertarlos. Que podría hacerles moverse.

«No —me dije—. Quiero hacerlo aunque no suceda nada, que es precisamente lo que sucederá. Quiero bajar ahí a solas y hacerlo. Tal vez tiene algo que ver con Nicolas, no lo sé. ¡No lo sé!»

Entré en mi cámara y, a la luz que se alzaba del mar, abrí la funda del violín y contemplé el Stradivarius.

Naturalmente, no sabía tocar el instrumento, pero los vampiros somos grandes imitadores. Como me había dicho Marius, poseemos una concentración y unas facultades superiores. Y yo había visto tocar a Nicolas muchas veces.

Tensé el arco y froté las cuerdas con un poco de resina, como le había visto hacer.

Sólo un par de noches antes, no habría soportado la idea de tocar aquel objeto. Oírlo habría sido un puro dolor.

Lo saqué de la funda y lo llevé por toda la casa igual que se lo había llevado a Nicolas entre los bastidores del Teatro de los Vampiros. Y, sin pensar siquiera en vanidades, corrí más y más deprisa hacia la puerta de la escalera secreta.

Era como si estuvieran atrayéndome hacia ellos, como si no tuviera voluntad propia. Ahora, Marius no importaba. Nada importaba gran cosa, salvo bajar los peldaños estrechos y húmedos lo más deprisa posible, dejando atrás las ventanas llenas de espuma marina y de luces crepusculares.

De hecho, mi estado de exaltación estaba alcanzando tal intensidad que me detuve de pronto, dudando de que su origen estuviera en mí mismo. Pero debía dejarme de tonterías. ¿Quién podría haberme puesto tal cosa en la cabeza? ¿Los Que Deben Ser Guardados? Esto sí que era auténtica vanidad y, además, ¿acaso sabían aquellas criaturas qué era aquel extraño y delicado instrumento de madera?

El violín emitió un sonido —fue el violín, ¿no?— que nadie en el mundo antiguo había oído; un sonido tan humano y lleno de tan profunda emoción que llevaba a los hombres a considerar aquel instrumento obra del diablo y acusar a sus mejores intérpretes de estar poseídos por él.

Me sentía ligeramente mareado, confuso.

¿Cómo había podido descender tantos peldaños sin recordar que la puerta inferior estaba cerrada por dentro. En quinientos años más, tal vez tendría las fuerzas necesarias para abrir la tranca, pero ahora...

Y, no obstante, continué bajando. Aquellos pensamientos estallaban y se desvanecían con la misma rapidez con que me asaltaban. Volví a estar ardiendo y la sed contribuía a empeorar las cosas, aunque la sed no tenía nada que ver con ello.

Y cuando doblé el último recodo, descubrí que las puertas de la capilla estaban abiertas de par en par. La luz de las lámparas se desparramaba por el hueco de la escalera. El aroma de las flores y del incienso se hizo súbitamente abrumador y noté un nudo en la garganta.

Me acerqué un poco más sosteniendo el violín contra el pecho con ambas manos, aunque no supe por qué. Y vi que las puertas del tabernáculo también estaban abiertas, y allí estaban sentados los dos.

Alguien les había traído flores y había colocado los panes de incienso sobre unos platillos dorados.

Penetré en la capilla, contemplé sus rostros y, como la otra vez, me pareció que me miraban directamente.

Blancos, tanto que no fui capaz de imaginármelos bronceados, y con aspecto de ser más duros que las piedras preciosas que lucían. Un brazalete en forma de serpiente en el brazo de la mujer. Varios collares superpuestos sobre su pecho. Un levísimo atisbo de carne en el pecho del hombre, rebosando sobre el borde de la limpia blusa de lino que llevaba puesta.

El rostro de ella era más fino que el del hombre, y su nariz era un poco más larga. Él tenía los ojos más grandes, y los pliegues de la piel los definían con un poco más de precisión. El cabello de ambos, largo y negro, era muy similar.

Yo estaba jadeando, inquieto. De pronto me sentí débil y dejé que el aroma de las flores y del incienso impregnara mis pulmones. La luz de las lámparas brillaba en un millar de reflejos dorados en los murales.

Bajé la vista al violín y traté de recordar mi idea; pasé los dedos por la madera y me pregunté qué les parecería el instrumento.

En un susurro, les expliqué qué era, les dije que quería que lo oyeran sonar, que en realidad no sabía tocarlo pero que iba a intentarlo. Hablaba en una voz tan baja que ni yo mismo podía oírme pero tenía la certeza de que ellos me entenderían, si decidían prestarme atención.

Y me llevé el violín al hombro, lo sujeté bajo la barbilla y levanté el arco. Cerré los ojos y recordé la música, aquella música de Nicolas, la manera en que su cuerpo se movía con ella y sus dedos pisaban las cuerdas con la fuerza de tenazas y el modo en que dejaba que el mensaje se transmitiera desde su alma hasta sus dedos.

Me sumergí en la interpretación; bajo mis yemas, la música subía hasta el aullido para volver a bajar y convertirse en un murmullo. Era una canción; sí, era capaz de crear una canción. Los tonos eran puros y exquisitos y se repetían en las paredes con un estruendo resonante hasta crcar ese lamento suplicante que sólo puede producir un violín. Continué tocando furiosamente, moviéndome adelante y atrás, olvidándome de Nicolas, olvidándolo todo menos la sensación de los dedos al caer sobre la caja armónica y la constatación de que era yo quien estaba haciendo aquello, de que estaba saliendo de mí, y que el sonido se alzaba y descendía y rebosaba, cada vez más intenso, mientras yo me volcaba sobre el instrumento con el frenético rasgueo del arco.

Y, al tiempo que tocaba, me descubrí cantando. Tarareando al principio, y luego cantando en voz alta, y todo el oro del pequeño tabernáculo se hizo una mancha confusa. De pronto, me pareció que mi voz se hacía más potente, inexplicablemente fina, y emitía una nota aguda purísima que, me di perfecta cuenta, mi garganta no podía alcanzar. Y, a pesar de ello, allí estaba aquella nota maravillosa, sostenida e inalterable y subiendo todavía más, hasta causarme dolor de oídos. Toqué más fuerte, más frenéticamente, y escuché mis propios jadeos y, de pronto, ¡supe que no era yo quien estaba emitiendo aquella extraña nota aguda!

Si la nota no cesaba, iba a salirme sangre por los oídos. ¡Y no era yo quien la daba! Sin detener la música, sin ceder al dolor que me estaba partiendo en dos la cabeza, miré hacia delante y vi que Akasha se había levantado y tenía los ojos muy abiertos y la boca en una O perfecta. El sonido procedía de ella, era obra suya, y la vi avanzar por los escalones del tabernáculo hacia mí, con los brazos extendidos y la nota lacerándome los tímpanos como una navaja acerada.

Se me nubló la visión. Oí que el violín caía al suelo de piedra. Noté las manos en los costados de la cabeza. Grité y grité, pero la nota apagaba mi voz.

—¡Basta! ¡Basta! —exclamaba rugiendo, pero toda la luz había vuelto y Akasha estaba delante de mí con los brazos extendidos al frente.

—¡Oh, Dios, Marius!

Di media vuelta y corrí hacia las puertas, pero éstas se cerraron al instante en mis narices, golpeándome la cabeza con tal fuerza que caí de rodillas. Me puse a sollozar bajo el agudísimo chillido continuo de aquella nota.

—¡Marius, Marius, Marius!

Y, cuando me volví para ver qué me esperaba, vi cómo el pie de Akasha caía sobre el violín, que reventó y se hizo astillas bajo su talón. Pero la nota que salía de ella iba apagándose. La nota se estaba desvaneciendo.

Y me quedé en silencio, ensordecido, incapaz de oír mis propios gritos a Marius, que continué lanzando sin cesar mientras me ponía en pie torpemente.

Fue un silencio retumbante, un silencio trémulo. Akasha estaba justo delante de mí y sus negras cejas se juntaron delicadamente, sin apenas formar arrugas en su blanquísima piel; sus ojos aparecían atormentados e inquisitivos y sus labios rosa pálido se abrieron para dejar entrever los colmillos.

«Ayúdame, ayúdame, Marius, ayúdame», murmuré sin alcanzar a escucharme más que en la pura abstracción mental de mis intenciones. Y, a continuación, Akasha me tomó entre sus brazos y me atrajo hacia ella, y noté su mano como Marius la había descrito, cogiéndome la cabeza delicadamente, con toda suavidad, hasta que noté mis dientes contra su cuello.

No vacilé. No pensé en los brazos que me estrechaban, que podían estrujarme y acabar conmigo en un instante. Noté los colmillos atravesando la piel como si rompiesen una corteza glacial y la sangre manó humeante a mi boca.

¡Oh, sí, sí...! ¡Oh, sí! Yo le había pasado el brazo por encima de su hombro izquierdo y me agarraba a ella, a mi estatua viviente, y no importaba que fuera más dura que el mármol: era así como debía ser, era perfecta, mi madre, mi amante, mi poderosa, y su sangre penetraba hasta la última partícula pulsante de mi cuerpo con los hilos de su ardiente telaraña. Pero sus labios ya estaban contra mi garganta. Akasha me estaba besando, besaba la arteria por la cual fluía con tal violencia su propia sangre. Sus labios se abrían sobre mi cuello y, mientras yo chupaba su sangre con todas mis fuerzas, mientras los borbotones de rojo líquido pasaban por mi boca antes de extenderse por todo mi ser, noté la inconfundible sensación de sus colmillos hincándose en mi cuello.

Y noté cómo, al mismo tiempo que su sangre pasaba a mí, la mía era aspirada súbitamente de mis venas palpitantes.

Visualicé aquel trémulo circuito y aún lo percibí más divinamente porque todo lo demás dejó de existir y sólo quedaron nuestras bocas apretadas contra la garganta del otro, y el mutuo trasvase de sangre con su inagotable latir. No hubo sueños ni visiones, sólo aquello, aquella sensación maravillosa, ensordecedora y cálida, y no importaba nada más, absolutamente nada más, salvo que aquello no terminara nunca. El mundo de las cosas que tenían peso, que ocupaban espacio y que interrumpían el paso de la luz, había desaparecido.

Y, con todo, un sonido horrible perturbó el éxtasis. Un

sonido desagradable, como el de una piedra al cuartearse, como el de una losa arrastrada por el suelo. Debía de ser Marius. No, Marius, no te acerques. Vuelve atrás, no nos toques. No nos separes. Pero aquel sonido terrible, aquella intrusión, aquella repentina perturbación, aquella mano que me agarraba del cabello y me arrancaba de la garganta de Akasha haciendo que la sangre se derramara de mis labios, no eran causados por Marius. Era Enkil. Y sus poderosísimas manos me apretaban con fuerza los costados de la cabeza.

La sangre me corría por el mentón. Miré a Akasha y vi su expresión afligida. Vi que alargaba el brazo hacia su compañero y que en sus ojos ardía una llamada de patente cólera. Sus brazos blancos y relucientes cobraron animación mientras asían las manos que podían estrujarme la cabeza. Oí surgir de ella una voz que era un grito, un chillido más estentóreo que la nota musical que había emitido antes, mientras un reguero de sangre escapaba por la comisura de sus labios.

El sonido no sólo ahogó cualquier otro ruido, sino también me nubló la vista. Cayó sobre mí un torbellino de oscuridad roto en millones de pequeñas notas brillantes. El cráneo iba a estallarme.

Enkil me estaba obligando a hincar la rodilla. Su gran figura se inclinaba sobre mí y, de pronto, vi su rostro con toda claridad y seguía tan impasible como siempre. La tensión de los músculos de sus brazos era la única evidencia de que era un ser vivo.

Y, aun bajo el sonido arrasador de aquel alarido, advertí que la puerta a mi espalda vibraba con los golpes de Marius, cuyos gritos eran casi tan potentes como el agudo chillido de Akasha.

Un chillido que ya me había hecho sangrar por los oídos. Y empecé a mover los labios.

La presa de piedra que me comprimía la cabeza cesó de hacer fuerza. Me descubrí caído en el suelo. Estaba tendido con los brazos y las piernas abiertos y noté la fría presión de su pie sobre mi pecho. Enkil iba a aplastarme el corazón en unos instantes, y Akasha, cuyos aullidos se hacían por momentos más potentes, más desgarradores, se había colocado detrás de él con el brazo cerrado en torno al cuello de su compañero. Vi sus cejas fruncidas y su negra cabellera suelta.

Pero fue la voz de Marius la que oí dirigiéndose a Enkil desde el otro lado de la puerta, penetrando en el blanco sonido de los chillidos de Akasha.

¡Mátale, Enkil, y te apartaré de ella para siempre! ¡Y ella me ayudará a hacerlo, te lo juro!

De repente, el silencio. De nuevo, la sordera. La cálida sensación de la sangre corriéndome por los costados del cuello.

Akasha se apartó a un lado, volvió la vista hacia las puertas y éstas se abrieron al instante, produciendo un chasquido al chocar con la pared del angosto pasadizo de piedra. En un abrir y cerrar de ojos, Marius estaba a mi lado con las manos en los hombros de Enkil, pero éste parecía inamovible.

El pie de la estatua viviente descendió ligeramente, rozándome el estómago, para retirarse a continuación. Y oí a Marius decir unas palabras que sólo me llegaron en forma de pensamientos. *Sal de aquí, Lestat. Huye.*

Me incorporé trabajosamente y le vi conducir a ambos hacia el tabernáculo con lentitud. Y advertí que los dos seres no tenían la mirada fija al frente, sino vuelta hacia él. Akasha asía a Enkil por el brazo y volví a ver sus rostros inexpresivos, pero, por primera vez, aquella inexpresividad parecía indiferente. No era ya la máscara de la curiosidad, sino la máscara de la muerte.

—¡Corre, Lestat! —repitió Marius sin volverse.

Y obedecí.

16

Cuando Marius apareció por fin en el salón iluminado, yo me hallaba en el extremo más alejado de la terraza. En mis venas sentía aún un calor que palpitaba como si tuviera vida propia. Distinguí, a lo lejos, la forma borrosa de varias islas y llegó a mis oídos el avance de una nave por una costa remota, pero lo único que me rondó la cabeza en esos instantes fue la idea de que, si Enkil venía de nuevo a por mí, podía escapar de él saltando la barandilla y lanzándome al agua para huir a nado. Aún notaba sus manos en los costados de la cabeza, su pie sobre mi pecho.

Permanecí junto a la baranda de piedra, tembloroso, con las manos aún manchadas de sangre procedente de los rasguños de mi rostro, que ya habían sanado totalmente.

—Lo siento, lamento lo que he hecho —dije a Marius tan pronto como éste apareció—. No sé por qué he obrado así. No debería haberlo hecho. Lo siento, te lo juro, lo siento mucho, Marius. Nunca más volveré a hacer nada que tú me digas que no haga.

Marius se detuvo a la puerta de la terraza con los brazos cruzados y me dirigió una mirada de furia.

—¿Qué te dije ayer, Lestat? —exclamó—. ¡Eres la criatura más extraordinaria!

—Perdóname, Marius. Por favor, perdóname. No creí que fuera a suceder nada. Estaba seguro de que no sucedería nada...

Con un gesto, me indicó que guardara silencio y que bajáramos juntos a las rocas. Tras esto, saltó la barandilla y abrió la marcha. Fui tras él vagamente complacido por lo fácil que resultaba el descenso, pero aún demasiado desconcertado por lo sucedido para preocuparme por detalles como aquél. La presencia de Akasha me envolvía como una fragancia, a pesar de que no había captado aroma alguno en ella, salvo el del incienso y de las flores que parecía haber impregnado su piel blanca y dura. ¡Qué extraña fragilidad me había parecido percibir en ella, pese a tanta dureza!

Bajamos por los peñascos resbaladizos hasta alcanzar la playa de arena blanca, y anduvimos por ella en silencio, contemplando la espuma, blanca como la nieve, que saltaba contra las rocas o se extendía hacia nosotros sobre la arena fina y compacta. El viento rugía en mis oídos y me asaltó la sensación de soledad que siempre despierta en mí ese sonido, ese rugido del viento que ahoga todos los demás sentidos, además del oído.

Y me fui sintiendo cada vez más tranquilo. Y, al mismo tiempo, cada vez más agitado y desdichado.

Marius me había pasado el brazo por la cintura como solía hacer Gabrielle y no presté atención a dónde me conducía. Por ello, me llevé una absoluta sorpresa al ver que habíamos llegado a una caleta donde había anclada una chalupa con un único par de remos.

Cuando nos detuvimos, proseguí con mis exclamaciones:

—¡Lamento mucho lo que he hecho, te lo juro! No creí que...

—No vuelvas a decirme que lo sientes —replicó Marius con voz calmada—. Ahora que estás a salvo, y no aplastado como una cáscara de huevo en el suelo de la capilla, sé que no lamentas en absoluto lo ocurrido, ni haber sido el causante de ello.

—¡Oh, pero no se trata de eso! —exclamé, rompiendo a llorar.

Saqué el pañuelo, gran aditamento en el vestir de un caballero de mi época, y me limpié del rostro las lágrimas de sangre. Volví a sentir el abrazo de Akasha, volví a sentir su sangre, sus manos. Comencé a revivir toda la escena. Si Marius no hubiera llegado a tiempo...

—¿Pero qué sucedió, Marius? ¿Qué has visto?

—Ojalá estuviéramos donde él no pudiera oírnos —comentó Marius con abatimiento—. Decir o tan siquiera pensar cualquier cosa que pudiera perturbarle aún más es una locura. Tengo que hacerle volver al estado de sopor.

Marius pareció verdaderamente furioso y me volvió la espalda.

Pero, ¿cómo podía yo no pensar en ello? Ojalá pudiera abrirme la cabeza y arrancar de ella los pensamientos. El recuerdo del momento me recorrería como una exhalación, igual que su sangre. El cuerpo de Akasha aún encerraba una mente, un apetito, un ardiente núcleo espiritual cuyo calor había corrido por mi interior como un rayo líquido. ¡Y, sin la menor duda, Enkil ejercía un dominio mortal sobre ella! Sentí odio hacia él. Deseé destruirle. Y en mi mente se disparó todo tipo de locas ideas, ¡imaginando que había algún modo de destruir a Enkil sin que nuestra raza corriera peligro, en tanto Akasha permaneciera ilesa!

Pero todo aquello no tenía mucho sentido. ¿No habían entrado, primero en él, aquellos demonios? Aunque, ¿y si no fuera así...?

—¡Basta, joven Lestat! —saltó Marius.

Me eché a llorar de nuevo. Me toqué el cuello donde se habían posado sus labios. Lamí los míos y paladeé de nuevo el sabor de su sangre. Contemplé las estrellas del cielo, e incluso aquellos objetos benignos y eternos me resultaron amenazadores e insensibles. Y noté un grito creciendo peligrosamente en mi garganta.

Los efectos de la sangre de Akasha empezaban ya a desvanecerse. La primera visión, tan clara, fue haciéndose borrosa. Los brazos y piernas volvieron a ser los míos. Quizá fueran más fuertes, sí, pero la magia estaba desvaneciéndose. La magia sólo me había dejado algo más fuerte que el recuerdo del circuito de la sangre a través de los dos.

—¿Qué sucedió, Marius? —exclamé, gritando al viento—. No te enfades conmigo, no apartes la cara de mí. No puedo...

—Calla, Lestat —me interrumpió. Se acercó de nuevo y me tomó por el brazo—. No te preocupes por mi enfado. No tiene importancia y no va dirigido contra ti. Dame un poco más de tiempo para recuperar el dominio de mí mismo.

—Pero ¿has visto lo que ha sucedido entre ella y yo?

Marius tenía la mirada fija en el mar. El agua parecía de un negro perfecto, y la espuma, de un blanco perfecto.

—Sí, lo he visto —asintió.

—Cogí el violín y quise tocar para ellos, pensando...

—Sí, claro, claro...

—... que la música tendría efecto sobre ellos, especialmente esa música extraña de sonidos innaturales; ya sabes que un violín...

—Sí...

—Marius, ella me dio... y... y tomó...

—Lo sé.

—¡Y él la retiene ahí! ¡La tiene prisionera!

—Lestat, te suplico...

En su rostro había una sonrisa triste, abatida.

¡Aprisiónale, Marius, como hicieron los sacerdotes, y libérala a ella!

—Estás soñando, hijo mío, estás soñando.

Marius dio media vuelta y se apartó de mí, invitándome con un gesto a dejarle en paz.

Bajó a la playa y dejó que el agua le mojara mientras deambulaba arriba y abajo. Traté de recuperar la calma. Me pareció irreal haber estado nunca en otro sitio que aquella isla, que el mundo de los mortales estuviera allí fuera y que la extraña tragedia y la amenaza de Los Que Deben Ser Guardados fueran desconocidas más allá de aquellos acantilados húmedos y relucientes.

Finalmente, Marius regresó junto a mí.

—Escúchame —dijo—. Al oeste de aquí hay una isla que no está bajo mi protección; en su extremo norte hay una vieja ciudad griega donde las tabernas de marineros permanecen abiertas toda la noche. Ve allí con la chalupa. Sal de caza y olvida lo ocurrido aquí. Estudia los nuevos poderes que puedas haber adquirido de Akasha, pero trata de no pensar en ella ni en Enkil. Por encima de todo, procura no urdir planes contra él. Antes de que amanezca, vuelve a la casa. No te será difícil. Encontrarás una decena de puertas y ventanas abiertas. Y ahora, haz lo que te digo. Hazlo por mí.

Incliné la cabeza en gesto de aceptación. Aquello era lo único en el mundo que podría distraerme, que podía borrar de mi cabeza cualquier pensamiento, noble o enervante: la sangre humana, y la lucha humana y la muerte humana. Sin la menor protesta, pues, di unos pasos chapoteando en el agua de la caleta hasta alcanzar la embarcación.

De madrugada, en una de las posadas del puerto, contemplé mi imagen reflejada en un fragmento de espejo metálico clavado en la pared de la sucia habitación de un marinero. Me vi con la casaca de brocado y encaje blanco y con el rostro acalorado tras la muerte. Y observé el cadáver del marinero caído sobre la mesa, sosteniendo todavía en la mano la navaja con la que había tratado de rebanarme el gaznate. Allí estaba también la botella de vino drogado de la cual me había negado a beber, con cómicas excusas, hasta que el hombre había perdido la calma y había probado el último recurso. Su compinche yacía en la cama, muerto.

Volví a contemplar al joven de aspecto libertino que me miraba desde el espejo.

—¡Vaya!, si es el vampiro Lestat... —musité.

Pero ni toda la sangre del mundo pudo evitar que me asaltara el horror cuando me dispuse a descansar.

No pude dejar de pensar en Akasha, de preguntarme si era su risa lo que había escuchado en mi sueño la noche anterior. Y me sorprendió que no me hubiera dicho nada en la sangre, hasta que cerré los ojos y, por supuesto, volvieron a surgir de improviso en mi mente cosas maravillosas, tan mágicas como incoherentes. Ella y yo íbamos caminando juntos por un pasillo —no allí sino en otro lugar que me resultó conocido; creo que era un palacio alemán donde Haydn había escrito sus obras— y me hablaba relajadamente, como lo había hecho mil veces. *Pero háblame de todo esto, en qué cree la gente, qué mueve los engranajes en su interior, qué son estos maravillosos inventos...* Llevaba un elegante sombrero negro con una gran pluma blanca en el ala ancha y una gasa blanca rodeando su parte superior y atada bajo la barbilla, y su rostro era simplemente primerizo, simplemente joven.

Cuando abrí los ojos, supe que Marius me estaba esperando. Salí de la cámara y le vi de pie junto a la funda vacía del Stradivarius, de espaldas a la ventana abierta sobre el mar.

—Tienes que irte ahora mismo, mi joven Lestat —me comunicó con pesar—. Esperaba que tuviéramos más tiempo, pero es imposible. El barco espera para emprender viaje.

—Es por lo que he hecho... —murmuré, abatido.

Así que me expulsaba de allí...

—Él ha destruido las cosas de la cripta —explicó Marius, pero su voz pedía tranquilidad. Me puso la mano en el hombro y se hizo cargo de la valija con la otra. Nos dirigimos a la puerta—. Quiero que te vayas enseguida, porque es lo único que le calmará, y quiero que recuerdes, no su cólera, sino todo lo que te he contado, y que tengas confianza en que volveremos a vernos, como te he dicho.

—¿Y tú? ¿No le tienes miedo, Marius?

—¡Oh, no! No te vayas con esa preocupación. Ya ha hecho cosas semejantes en otras ocasiones, de vez en cuando. Estoy convencido de que, en realidad, no sabe lo que hace. Sólo sabe que alguien se ha interpuesto entre él y Akasha. Sólo es preciso tiempo para que caiga de nuevo en el sopor.

Una vez más, aquella palabra: *sopor*.

—Y ella sigue sentada como si no se hubiera movido nunca, ¿verdad?

—Quiero que te vayas ahora mismo para no provocarle —insistió Marius, conduciéndome fuera de la casa hacia la escalera tallada en el acantilado mientras continuaba hablando—: La facultad que poseemos los de nuestra raza para mover objetos, prenderles fuego o causar daños físicos con la fuerza de la mente no se extiende, en cualquier caso, demasiado lejos del lugar físico donde nos encontramos. Por eso quiero que te vayas de aquí esta noche y emprendas viaje a América. Cuando él ya no esté agitado y ya no recuerde lo ocurrido, te mandaré llamar. Y yo no habré olvidado nada y estaré esperándote.

Vi la galera en el puerto, a mis pies, cuando llegamos al borde del acantilado. La escalera parecía imposible de bajar, pero no lo era. Lo imposible de verdad era que estaba dejando a Marius y aquella isla en aquel mismo instante.

—No es preciso que desciendas conmigo —dije, tomando la valija de su mano y haciendo un esfuerzo por no parecer abatido y amargado. Al fin y al cabo, yo había causado aquello—. Preferiría no llorar en presencia de nadie. Despidámonos aquí.

—Ojalá hubiéramos tenido unas noches más para estudiar con calma lo sucedido —murmuró él—. Pero mi amor va contigo. Y recuerda las cosas que te he dicho. Cuando volvamos a vernos, tendremos tanto de que hablar...

Marius dejó la frase en el aire.

—¿Qué sucede, Marius?

—Dime, con sinceridad —me preguntó—, ¿lamentas que acudiera a buscarte a El Cairo, que te trajera aquí?

—¿Cómo podría lamentarlo? —le repliqué—. Lo único que siento es tener que irme. ¿Qué sucederá si no puedo volver a encontrarte, o tú a mí?

—Cuando llegue el momento indicado, te encontraré —afirmó Marius—. Y recuerda siempre que tienes el poder de llamarme, como ya has hecho una vez. Cuando escucho esta llamada soy capaz de cubrir distancias que, por mí solo, no podría recorrer jamás. Si es el momento oportuno, responderé. Puedes estar seguro de ello.

Asentí. Había demasiadas cosas que decirse y no pronuncié una palabra.

Nos estrechamos en un largo abrazo; luego me volví e inicié lentamente el descenso, consciente de que Marius comprendería que no volviera la vista atrás.

17

No supe cuánto añoraba «el mundo» hasta que el barco remontó por fin el lóbrego Bayou St. Jean rumbo a la ciudad de Nueva Orleans y vi recortarse contra el cielo aún luminoso la línea negra y áspera de los pantanos.

El hecho de que ninguno de nuestra raza hubiera penetrado nunca en aquella espesura me produjo excitación y humildad al mismo tiempo.

Antes de que el sol se alzara la primera mañana, ya me había enamorado de aquellas tierras bajas y húmedas, igual que había amado el seco calor de Egipto. Con el paso del tiempo, llegaría a amar aquel rincón más que cualquier otro lugar del mundo.

Allí, los aromas eran tan intensos que despedían su fragancia las propias hojas, además de los capullos amarillos y rosas. Y el gran río marrón, que pasaba impetuoso junto al miserable rincón de la Place d'Armes con su pequeña catedral, eclipsaba a cualquier otro mítico río que hubiera visto nunca.

Inadvertido y sin competidores, exploré la pequeña colonia destartalada con sus calles embarradas y sus aceras de tablones y los sucios soldados españoles haraganeando en los alrededores de los calabozos. Me perdí por los peligrosos garitos del puerto, llenos de marineros de barcazas fluviales dados al juego y a la bronca, y de encantadoras caribeñas de piel morena; me dediqué a vagar de nuevo para contemplar el silencioso destello del relámpago, para escuchar el amortiguado rugido del trueno, para sentir el calor sedoso de la lluvia estival.

Los techos de aleros bajos de las pequeñas casas de campo brillaban bajo la luna. La luz producía destellos en las verjas de hierro de elegantes mansiones de tipo español de la ciudad y parpadeaba tras las cortinas de encaje legítimo que colgaban tras las puertas acristaladas recién limpiadas. Deambulé entre las casitas toscas que se extendían hasta los baluartes y, asomándome a las ventanas, vi muebles llenos de dorados y objetos lacados, retazos de riqueza y civilización que en aquel lugar bárbaro parecían despreciables, recargados y hasta tristes.

De vez en cuando, entre el fango surgía una visión: un auténtico caballero francés engalanado con una peluca blanca y una levita de gala, en compañía de su esposa con una cestita y de un esclavo negro sosteniendo en alto unos zapatos limpios para sus amos.

Comprendí que había llegado al puesto avanzado más recóndito de mi Jardín Salvaje, que aquélla era mi tierra y que me quedaría en Nueva Orleans, si Nueva Orleans conseguía arraigar allí. Fueran cuales fuesen mis sufrimientos, serían menos intensos en aquel lugar sin ley; cualquier cosa que desease, me daría placer una vez la tuviera en mi poder.

Y esa primera noche en aquel pequeño paraíso fétido, hubo momentos en que recé para que, a pesar de todo mi secreto poder, pudiera sentirme de algún modo igual a cualquier hombre mortal. Tal vez no fuera el exótico marginado que había imaginado ser, sino sólo una difusa magnificación de cualquier alma humana.

Viejas verdades y magias antiguas, revoluciones e inventos, todo conspira para distraernos de la pasión que, de un modo u otro, nos vence a todos.

Y, cansados por fin de esta complejidad, soñamos con el tiempo lejano en que nos sentábamos en el regazo de nuestra madre y cada beso era la consumación perfecta del deseo. ¿Qué podemos hacer sino extender las manos para el abrazo que ahora debe contener a la vez el cielo y el infierno: nuestro destino una y otra vez?

EPÍLOGO

CONFESIONES DE UN VAMPIRO

1

Así llego al final de *La educación juvenil y las aventuras del Vampiro Lestat*, la narración que me disponía a contaros. Ahora conocéis esta historia de magia y misterio del Viejo Mundo que he decidido revelar pese a todas las prohibiciones y requerimientos de silencio.

Pero mi relato no termina aquí, por muy reacio a proseguirlo que sea. Y debo hacer mención, aunque sea brevemente, de los dolorosos acontecimientos que me llevaron a tomar la decisión de desaparecer bajo tierra en 1929.

Eso fue ciento cuarenta años después de que dejara la isla de Marius. Y nunca volví a ver a éste. También Gabrielle permaneció absolutamente perdida para mí. Se había desvanecido aquella noche en El Cairo y nunca volví a tener noticia de ella por boca de nadie, mortal o inmortal.

Y cuando me enterré en el siglo XX, estaba solo, cansado y malherido de cuerpo y alma.

Había vivido «una existencia completa» como Marius me había aconsejado, pero no podía echarle a él la culpa de cómo la viví, de los terribles errores que cometí.

La fuerza de voluntad había modelado mi experiencia más que cualquier otra característica humana, Y, pese a todos los consejos y predicciones, me expuse a la tragedia y al desastre como siempre he hecho. Con todo, no puedo negarlo, tuve mis recompensas. Durante casi setenta años tuve a mis criaturas vampíricas, Louis y Claudia, dos de los inmortales más espléndidos que han caminado jamás sobre la Tierra, y me relacioné estrechamente con ellas.

Poco después de llegar a la colonia caí enamorado sin remedio de un joven burgués de cabello oscuro, Louis, un hacendado de hablar elegante y modales remilgados que, por su cinismo y afán autodestructivo, me pareció el hermano gemelo de Nicolas.

Tenía la misma torva intensidad de Nicolas, su rebeldía, su torturada capacidad para creer y no creer hasta caer, finalmente, en la desesperanza.

Sin embargo, Louis ejerció sobre mí un influjo mucho más poderoso que el de Nicolas. Incluso en sus momentos de mayor crueldad, Louis sabía tocar mi punto de ternura, sabía seducirme con su tambaleante dependencia, con su embeleso ante cada uno de mis gestos y mis palabras.

Y siempre me conquistaba su ingenuidad, su extraña fe burguesa en que Dios seguía siendo Dios aunque nos volviera la espalda, que la condenación y la salvación establecían los límites de un mundo reducido y desesperado.

Louis era un sufridor, un ser que amaba a los mortales aún más que yo. Y a veces me he preguntado si no escogería a Louis para castigarme por lo sucedido con Nicolas, si no le habría creado para ser mi conciencia y para seguir sufriendo año tras año la condena que creía merecer.

Pero yo amaba a Louis, simple y llanamente. Y fue la desesperación por retenerle, por tenerle más cerca de mí en los momentos más precarios de mi vida, lo que me llevó a cometer el acto más egoísta e impulsivo de toda mi existencia entre los muertos vivientes. El crimen que iba a significar mi ruina: la creación —con Louis y para Louis— de Claudia, una niña vampiro de asombrosa belleza.

Su cuerpo no tenía más de seis años cuando lo tomé y, aunque la niña habría muerto si no lo hubiera hecho (igual que habría muerto Louis de no haberle tomado también), mi acción fue un desafío a los dioses por el que tanto yo como Claudia habríamos de pagar.

Pero ésa es la historia que Louis ya contó en *Entrevista*

con el vampiro, que, pese a todas sus contradicciones y terribles malentendidos, consigue captar la atmósfera en la que Claudia, Louis y yo nos reunimos y permanecimos juntos durante sesenta y cinco años.

En el transcurso de ese tiempo, no hubo quien se nos pareciera entre nuestra raza: un trío de mortíferos cazadores vestidos de seda y terciopelo, exaltados en nuestro secreto y medrando en la próspera ciudad de Nueva Orleans, que nos acogía entre lujos y nos suministraba una fuente inagotable de nuevas víctimas.

Y, aunque Louis lo ignoraba cuando escribió su crónica, sesenta y cinco años son un período de tiempo excepcionalmente largo para mantener un vínculo en nuestro mundo.

En cuanto a las mentiras que cuenta, a los errores y falsedades que comete, debo perdonarle su exceso de imaginación, su amargura y su vanidad que, al fin y al cabo, nunca fue muy grande. Jamás le di a conocer ni la mitad de mis poderes, y con razón, pues él rehuía usar incluso la mitad de los suyos, por un sentimiento de culpa y de aversión hacia sí mismo.

Incluso su hermosura fuera de lo común y su infalible encanto fueron una especie de secreto para él. Cuando leáis su afirmación de que le convertí en vampiro porque codiciaba su plantación y su casa, supongo que podéis atribuir sus palabras a la modestia, más que a la estupidez.

En cuanto a su creencia de que yo era un campesino, su actitud resulta comprensible. Al fin y al cabo, él era un muchacho de clase media lleno de inhibiciones y prejuicios que aspiraba, como todos los plantadores coloniales, a ser un auténtico aristócrata sin haber conocido jamás ninguno, mientras que yo procedía de una larga línea de señores feudales que se chupaban los dedos y arrojaban los huesos a los perros durante las comidas.

Cuando dice que yo jugaba con inocentes desconocidos, trabando amistad con ellos para luego matarlos, ¿cómo iba él a saber que escogía mis víctimas casi exclusivamente entre los tahúres, ladrones y asesinos, que acabaría por ser más fiel de lo que nunca había pensado a mi tácito juramento de sólo hacer mis presas entre los malhechores? (El joven Freniere, por ejemplo, un plantador al que Louis idealiza de forma indecible en su texto, era en realidad un asesino perverso y un tramposo con las cartas, y estaba a punto de firmar un pagaré sobre la plantación familiar por deudas de juego cuando acabé con él. Las prostitutas con las que sacié mi sed delante de Louis en cierta ocasión, para fastidiarle, habían drogado y robado a muchos marineros de los que no había vuelto a tenerse noticia.)

Pero tales menudencias no importaban, en realidad, pues Louis explicó su versión tal como creía que habían sucedido las cosas.

Y, claramente, Louis fue siempre la suma de sus imperfecciones, el espectro más engañosamente humano que he conocido nunca. Ni siquiera Marius habría podido imaginar una criatura tan compasiva y contemplativa, siempre caballeroso y refinado, hasta el punto de enseñar a Claudia a utilizar correctamente los cubiertos cuando ella, bendito sea su negro corazoncito, no tenía la menor necesidad de tocar siquiera un cuchillo o un tenedor.

Su ceguera a los motivos o padecimientos de los demás era tan parte de su encanto como su suave cabello negro descuidado o la expresión eternamente preocupada de sus ojos verdes.

¿Por qué habría de molestarme en hablar de todas esas ocasiones en que acudía a mí, presa de la congoja, suplicándome que no le dejara nunca, o de las veces en que paseamos y charlamos juntos, de cuando representábamos a Shakespeare a dúo para diversión de Claudia o de cuando, codo con codo, salíamos de caza por las tabernas del puerto o íbamos a bailar con las bellezas de piel oscura de los celebrados bailes de mulatos?

Leed entre líneas.

Le traicioné cuando le creí, eso es lo importante. Igual que traicioné a Claudia. Y le perdono las tonterías que escribió, porque dijo la verdad sobre la monstruosa satisfacción que él, Claudia y yo compartimos, sin tener derecho a hacerlo, durante esas largas décadas del siglo XIX en las que desaparecieron los colores deslumbrantes del *ancien régime* y la música deliciosa de Mozart y Haydn dio paso al tono ampuloso de Beethoven, que a veces podía sonar demasiado parecido al tañido de mis imaginarias Campanas del Infierno.

Así tuve lo que quería, lo que siempre había querido. Los tuve a ellos y, desde entonces, pude olvidar de vez en cuando a Gabrielle y a Nicolas, e incluso a Marius. Y pude dejar de pensar en el rostro pétreo e inexpresivo de Akasha, en el tacto helado de su mano y en el calor de su sangre.

Pero yo siempre había deseado muchas cosas. ¿Qué explicación tenía la duración de la vida que describía en *Entrevista con el vampiro*? ¿Por qué nuestra existencia era tan duradera?

A lo largo del siglo XIX, los vampiros fueron «descubiertos» por los escritores europeos. Lord Ruthven, la creación del doctor Polidori, dio paso a sir Francis Varney y a sus novelas baratas de crímenes; luego llegó la espléndida y sensual condesa Carmilla Karnstein, de Sheridan Le Fanu, y, finalmente, el más famoso de los vampiros de la literatura, el hirsuto conde Drácula eslavo que, pese a ser capaz de convertirse en murciélago o desmaterializarse a voluntad, desciende los muros de su castillo reptando por las piedras como un lagarto (por pura diversión, al parecer). Todas estas creaciones, junto a muchas otras similares, alimentaron el apetito insaciable de las gentes por las «narraciones fantásticas y de terror».

Y nosotros fuimos la esencia de esa personificación del vampiro propia del siglo: aristocráticamente distantes, siempre elegantes, invariablemente despiadados y unidos entre nosotros en una tierra abonada para otros de nuestra raza, aunque ninguno más la habitaba.

Quizás habíamos encontrado el momento perfecto de la historia, el equilibrio perfecto entre lo monstruoso y lo humano, la época en que aquel «romanticismo vampírico», nacido en mi imaginación entre los vistosos brocados del antiguo régimen, debía encontrar su mayor realce en la holgada capa negra, la chistera negra y los rizos luminosos de la pequeña desparramándose desde el lazo violeta hasta las mangas abombadas de su diáfano vestido de seda.

Con todo, nunca dejé de pensar en lo que le había hecho a Claudia y en cuándo llegaría el momento en que tendría que pagar por ello. ¿Cuánto tiempo debió contentarse ella con ser el misterio que nos unía con tanta intensidad a Louis y a mí, con ser la musa de nuestras horas a la luz de la luna, el único objeto de devoción común a los dos?

¿Fue inevitable que ella, que nunca llegaría a poseer formas de mujer, se alzara contra el padre demonio que la había condenado a tener eternamente el cuerpo de una muñequita de porcelana?

Debería haber prestado atención a las advertencias de Marius. Debería haberme detenido un momento a reflexionar sobre sus palabras, antes de llevar adelante aquel magnífico y embriagador experimento de convertir en vampiro a «los más jóvenes de los mortales». Sí, debería habérmelo pensado mejor.

Pero en ese momento me sentí como cuando estaba tocando el violín para Akasha, ¿comprendéis? *Deseaba* hacerlo. Quería ver qué sucedía con una hermosa chiquilla como aquélla.

¡Ah, Lestat, te mereces todo lo que te ha sucedido! Será mejor que no mueras nunca, o irás de cabeza al infierno.

¿Cómo pudo ser que, por unas razones puramente egoístas, no hiciera caso de algunos de los consejos que había recibido? ¿Por qué no aprendí de ellos: de Gabrielle, de Armand, de Marius...? Aunque lo cierto es que jamás he hecho caso de nadie. Por una u otra causa, jamás he podido.

Y ni siquiera hoy puedo afirmar que me arrepienta de haber creado a Claudia, que desee no haberla visto nunca, no haberla tenido en mis brazos, no haberle cuchicheado secretos al oído ni haber escuchado el eco de sus risas por las lóbregas estancias de la casa, absolutamente humana, en la que nos movíamos como haría un grupo de mortales, entre los muebles lacados, las lámparas de gas, los oscuros cuadros al óleo y los maceteros de cobre. Claudia era mi hija de las tinieblas, mi amor, el mal de mi maldad. Claudia me rompía el corazón.

Hasta que, una noche calurosa y húmeda de la primavera de 1860, la pequeña se sintió con fuerzas para ajustar cuentas. Me engatusó, me hizo caer en su trampa y hundió el puñal una y otra vez en mi cuerpo drogado y emponzoñado; y así perdí casi hasta la última gota de mi sangre vampírica antes de que transcurrieran los escasos y preciosos segundos que tardaron en curar las heridas.

No la culpo. Fue el tipo de acción que yo mismo habría intentado.

Jamás olvidaré esos momentos delirantes, jamás los relegaré a algún compartimiento inexplorado de mi mente. Fueron su astucia y su decisión, tanto como la hoja que me cercenó la garganta y me partió el corazón, lo que acabó conmigo. Continuaré pensando en esos momentos cada noche mientras exista, y recordaré el abismo que se abrió bajo mis pies, la caída hacia la *muerte mortal* que casi fue mía. Claudia me proporcionó esa experiencia.

Pero, mientras la sangre manaba de mí llevándose con ella todas mis fuerzas, dejándome sin visión, sin audición y, finalmente, sin capacidad para moverme, mis pensamientos retrocedieron más y más en el tiempo, mucho más allá de la creación de aquella familia vampírica predestinada a la destrucción que habitaba en su paraíso de papel pintado y cortinas de encaje, hasta arboledas apenas entrevistas de las tierras míticas donde el antiguo dios dionisíaco de los bosques había visto cómo su sangre era derramada y su carne era desgarrada una y otra vez.

Si no había un sentido último de las cosas, al menos existía el fulgor de la congruencia, la sorprendente repetición de aquel *mismo viejo tema*.

Y el dios muere. Y el dios resucita. Pero, esta vez, nadie es redimido.

Gracias a la sangre de Akasha, me había dicho Marius, sobrevivirás a desastres que destruirían a otros de tu raza.

Más tarde, abandonado en el hedor y la oscuridad de los pantanos, fue la sed lo que definió mis dimensiones, fue la sed lo que me impulsó, y noté mis mandíbulas abiertas en las aguas hediondas y mis colmillos buscaron los animales de sangre caliente a los que pude echar mano en el largo camino de vuelta a la vida.

Y tres noches más tarde, cuando volví a ser derrotado y mis criaturas me abandonaron definitivamente en el infierno flameante de nuestra mansión, fue la sangre de los antiguos, de Magnus y de Marius y de Akasha, lo que me sostuvo mientras huía arrastrándome de las voraces llamas.

Pero sin una nueva dosis de aquella sangre curativa, sin una nueva infusión, quedé a merced de que el tiempo terminara por curar mis heridas.

Pero hay algo que Louis no pudo describir en su historia, y es lo que me sucedió a partir de entonces, cómo aceché a mis víctimas durante años, marginado de la sociedad humana, convertido en un monstruo horrible y lisiado que sólo era capaz de atacar a los muy jóvenes o a los enfermos. Corriendo un peligro constante ante mis víctimas, pasé a ser la antítesis misma del demonio romántico, más provocador de espanto que de asombro. Mi aspecto no era mejor que el de los miembros de la vieja asamblea bajo Les Innocents, con sus harapos y su suciedad.

Las heridas que había sufrido afectaron a mi propio espíritu, a mi capacidad de razonar. Y lo que vi en el espejo cada vez que me atreví a mirar no hizo sino encoger aún más mi ánimo.

Pero, a pesar de todo, ni una sola vez en todo este tiempo llamé a Marius ni traté de ponerme en contacto con él a través de la distancia. No podía suplicarle que me diera su sangre regeneradora. Prefería un siglo de sufrimientos en el purgatorio a la condena de Marius. Prefería padecer la soledad más espantosa, la angustia más terrible, a descubrir que él sabía todo cuanto yo había hecho y que me había vuelto la espalda hacía mucho tiempo.

En cuanto a Gabrielle, que me lo habría perdonado todo

y cuya sangre era, al menos, lo bastante poderosa como para acelerar mi recuperación, no supe ni por dónde empezar a buscarla.

Cuando me hube recuperado lo suficiente para efectuar la larga travesía a Europa, volví en busca del único al que podía recurrir: Armand. Armand, que aún vivía en la tierra que yo le había dado, en la misma torre donde Magnus me había creado; Armand, que seguía dirigiendo la floreciente asamblea del Teatro de los Vampiros, todavía de mi propiedad, en el Boulevard du Temple. A fin de cuentas, no le debía a Armand ninguna explicación. ¿Y acaso no era él quien tenía una deuda conmigo?

Cuando acudió a atender la llamada a su puerta, me sorprendí al verle. Llevaba cortados todos sus rizos renacentistas y, ataviado con su levita negra, tétrica aunque elegante, tenía el aspecto de un muchacho salido de las novelas de Dickens. Su rostro eternamente juvenil llevaba estampada la inocencia de un David Copperfield y el orgullo de un Steerforth; cualquier cosa, menos la verdadera naturaleza del espíritu que lo animaba.

Por un segundo, una luz brillante apareció en sus ojos al mirarme. Luego se fijó detenidamente en las cicatrices que cubrían mi rostro y mis manos y, con voz suave y casi compasiva, murmuró:

—Entra, Lestat.

Me tomó de la mano y recorrimos juntos la casa que había construido al pie de la torre de Magnus, un lugar lúgubre y horrible muy adecuado para los horrores, propios de un Byron, de aquella época extraña.

—¿Sabes?, corría el rumor de que habías encontrado el fin en Egipto, o en el Lejano Oriente —me dijo rápidamente en francés coloquial, con una animación que no había visto nunca en él. Armand había adquirido mucha práctica en hacerse pasar por un humano mortal—. Desapareciste con el siglo y nadie había vuelto a oír hablar de ti.

—¿Y Gabrielle? —le pregunté inmediatamente, asombrándome de no haberlo hecho a la puerta misma de la casa.

—Nadie la ha visto ni ha tenido noticias de ella desde que os fuisteis de París —me informó.

De nuevo, sus ojos me repasaron como una caricia y noté en él una excitación apenas contenida, una fiebre que podía percibir como el calor del fuego cercano. Comprendí que estaba tratando de leer mis pensamientos.

—¿Qué fue de ti? —inquirió.

Mis cicatrices le tenían desconcertado. Eran demasiado numerosas, demasiado intrincadas, consecuencia de un ataque que debería haberme producido la muerte. De pronto, sentí pánico de que mi estado de confusión me llevara a revelárselo todo, a descubrirle las cosas que, tanto tiempo atrás, Marius me había prohibido contar. Pero fue la historia de Louis y Claudia lo que surgió de mí, entre balbuceos y medias verdades, salvo un hecho destacable: que Claudia no era más que una niña...

Le hablé brevemente de los años en Louisiana, de cómo mis criaturas se habían alzado finalmente contra mí, tal como él había predicho que sucedería. Lo reconocí todo ante él, sin engaños ni orgullo. Y le expliqué que era su sangre lo que necesitaba ahora. Dolor, dolor y dolor, estar en sus manos, notar cómo pensaba su respuesta. Decir sí, sí, tenías razón: no todo es así, pero, en lo fundamental, tenías razón.

¿Fue tristeza lo que vi entonces en su rostro? Desde luego, no era una expresión de triunfo. Con discreción, observó mis manos temblorosas mientras gesticulaba. Cuando tartamudeé, cuando me faltaron las palabras, Armand esperó pacientemente.

Una pequeña dosis de su sangre aceleraría mi curación, le susurré. Una pequeña infusión me despejaría la cabeza. Procuré no parecer altivo o prepotente cuando le recordé que yo le había entregado aquella torre y el oro que había empleado en la construcción de la casa, que aún era el dueño del Teatro de los Vampiros y que, sin duda, podría corresponderme ahora con aquel pequeño favor, aquel íntimo favor. Confuso como estaba, débil y sediento y atemorizado, las palabras que le dirigía resultaban repulsivas en su ingenuidad. El resplandor del fuego me ponía inquieto. La luz hacía aparecer y desaparecer rostros imaginarios en la fibra rugosa y oscura de la madera que forraba las recargadas habitaciones.

—No quiero quedarme en París —continué—. No quiero molestarte a ti ni a la asamblea del teatro. Sólo te pido este pequeño favor. Sólo te pido...

Me había quedado sin valor y sin palabras. Transcurrió un largo instante.

—Háblame de ese Louis —dijo al fin.

Los ojos se me llenaron de lágrimas de vergüenza. Repetí unas frases estúpidas acerca de la indestructible humanidad de Louis, de cómo entendía cosas que otros inmortales no podían concebir. Descuidadamente, murmuré cosas con el corazón. No era Louis quien me había atacado, sino la mujer, Claudia...

Vi despertarse algo en Armand. Un leve rubor tiñó sus mejillas.

—Les han visto a los dos aquí, en París —dijo sin alzar la voz—. Y esa criatura tuya no es una mujer. Es una niña vampiro.

No recuerdo bien qué sucedió a continuación. Quizás intenté explicar el gran error que había cometido. Quizás acepté de inmediato que no había excusa para lo que había hecho. Quizás insistí de nuevo en el propósito de mi visita, en lo que necesitaba, en lo que era preciso que me diera. Lo que recuerdo es la absoluta humillación que sentí cuando él me condujo fuera de la casa, me hizo subir al carruaje que esperaba y me dijo que debía acompañarle al Teatro de los Vampiros.

—No lo entiendes —protesté—. No puedo ir allí. No permitiré que los demás me vean así. Tienes que detener el carruaje. Tienes que hacer lo que te digo.

—No. Más bien todo lo contrario... —respondió con su voz más tierna.

Estábamos ya en las abigarradas calles de París, pero no reconocí la ciudad que recordaba. Aquélla era una metrópoli de pesadilla, de rugientes trenes de vapor y gigantescos bulevares de cemento. En ninguna parte me habían parecido tan horribles el humo y la suciedad de la era industrial como allí, en la Ciudad Luz.

Apenas recuerdo cuando me obligó a descender del carruaje y avanzar dando tumbos por las amplias aceras hacia la entrada del teatro. ¿Qué era aquel lugar, aquel edificio enorme? ¿Era esto el Boulevard du Temple? Y, luego, el descenso al horrible sótano repleto de feas copias de los cuadros más crudos de Goya, Brueghel y el Bosco.

Y, finalmente, el ayuno, tirado en el suelo de una celda de muros de ladrillo, incapaz hasta de lanzarle imprecaciones, en una oscuridad llena de las vibraciones de los tranvías tirados por caballos, atravesado una y otra vez por el chirrido distante de las ruedas de acero.

En un momento dado, descubrí en la oscuridad una víctima mortal, pero estaba muerta. Sangre fría, nauseabunda. La peor clase de alimento, allí tendido sobre el cadáver húmedo y frío, chupando lo que quedaba.

Y, luego, allí estaba Armand, inmóvil en las sombras, inmaculado en su lino blanco y su lana negra. En un murmullo, dijo algo acerca de Louis y Claudia, que se celebraría un juicio o algo parecido. Vino a hincar la rodilla a mi lado, olvidando por un momento comportarse como un humano; era el joven caballero arrodillado en aquel rincón húmedo y sucio.

—Declararás ante los demás que fue ella quien lo hizo —me dijo.

Y los demás, los nuevos, se asomaron por la puerta uno tras otro para verme.

—Traedle ropas —ordenó Armand, con la mano posada en mi hombro—. Nuestro señor perdido tiene que ofrecer un aspecto presentable —añadió—. Ésta fue siempre su norma.

Los demás se echaron a reír cuando les supliqué que hablaran con Eleni, con Félix o con Laurent. No conocían a nadie con tales nombres. ¿Gabrielle...? No significaba nada para ellos.

¿Y dónde estaba Marius? ¿Cuántos países, ríos y montañas se extendían entre nosotros? ¿Podía él ver y oír lo que estaba sucediendo?

Encima de nosotros, en el teatro, un público de mortales, conducido como ovejas al redil, producía un ruido atronador al pisar las escaleras y los suelos de madera.

Soñé que escapaba de allí, que volvía a Louisiana y dejaba que el tiempo hiciera su trabajo inevitable. Soñé de nuevo con la tierra, con sus frías entrañas que había conocido tan brevemente en El Cairo. Soñé con Louis y Claudia y que estábamos juntos. Claudia se había convertido milagrosamente en una hermosa mujer y me decía entre risas: «Ya ves, esto es lo que he venido a descubrir a Europa, ¡cómo conseguir esto!»

Y tuve miedo de que no me dejaran salir de allí nunca más, de estar enclaustrado como aquellos famélicos seres enterrados bajo Les Innocents. Temí haber cometido un error fatal. Me puse a tartamudear y a llorar y traté de hablar con Armand. Y entonces me di cuenta de que Armand ni siquiera estaba allí. Si había llegado a estar, se había ido con la misma rapidez con que se había presentado. Estaba delirando.

Y la víctima, la víctima caliente... «¡Dámela, te lo suplico!» Y la voz de Armand: «Les dirás lo que te he ordenado decir.»

Era un tribunal de monstruos, una turba de demonios pálidos lanzando acusaciones a gritos, Louis suplicando desesperadamente, Claudia mirándome en silencio y yo diciendo «sí, sí, fue ella quien lo hizo, sí», y luego lanzando maldiciones a Armand mientras él me empujaba de nuevo a las sombras, con una expresión más radiante que nunca en su rostro inocente.

«Pero lo has hecho bien, Lestat. Lo has hecho bien.»

Pero, ¿qué había hecho? ¿Atestiguar contra ellos que

habían quebrantado las viejas normas? ¿Que se habían levantado contra el amo de la asamblea? ¿Qué sabían ellos de las antiguas normas? Me vi gritando por Louis. Y luego me vi bebiendo sangre en la oscuridad, carne viva de otra víctima, pero no era la sangre curativa, sino sólo sangre corriente.

Volvíamos a estar en el carruaje y estaba lloviendo. Avanzábamos por el campo. Y luego subimos y subimos por la vieja torre hasta la azotea. Yo tenía en las manos el vestido amarillo de Claudia, ensangrentado. Había visto a la niña en un lugar estrecho y húmedo donde el sol la había quemado. «Esparcid las cenizas», había dicho. Pero nadie se había movido para hacerlo. El vestido amarillo, rasgado y ensangrentado, estaba tirado en el suelo del sótano. Y ahora lo tenía en las manos.

—Esparcirán sus cenizas, ¿verdad? —pregunté.

—¿No querías justicia? —preguntó Armand con la capa negra de lana ceñida en torno a sí contra el viento y una expresión sombría con la fuerza de una muerte reciente.

¿Qué tenía que ver aquello con la justicia? ¿Por qué tenía en las manos aquello, aquel pequeño vestido?

Miré desde las almenas de Magnus y vi que la ciudad había venido a cogerme. Había extendido sus largos brazos para envolver la torre y el aire hedía a humo de fábrica.

Armand permaneció inmóvil junto a la baranda de piedra, observándome. De pronto, me pareció tan joven como había sido Claudia. *Y asegúrate de que hayan vivido algún tiempo antes de crearlos: y nunca jamás crees a nadie tan joven como Armand*. Al morir, ella no había dicho nada. Sólo había mirado a quienes la rodeaban como si fueran gigantes farfullando en una lengua extraña.

Armand tenía los ojos encarnados.

—¿Y Louis... dónde está? —quise saber—. No le han matado. Le vi salir bajo la lluvia y...

—Han ido tras él —me respondió—. Ya está destruido.

Pura falsedad, bajo el rostro de un niño del coro.

—¡Detenles! ¡Tienes que hacerlo! Si aún queda tiempo...

Armand movió la cabeza en gesto de negativa.

—¿Por qué no puedes detenerles? ¿Por qué hiciste el juicio y todo eso? ¿Qué te importa a ti lo que me hicieron?

—Ya está destruido.

Bajo el ulular del viento se oyó el grito de un silbato de vapor. Estaba perdiendo el hilo de mis pensamientos. Estaba perdiendo... Y no querían volver. ¡Louis, regresa!

—Y tú no tienes intención de ayudarme, ¿verdad?

Desesperación.

Él se inclinó hacia delante y su rostro se transformó como lo había hecho tantos años atrás, como si la rabia estuviera desvaneciéndose de su interior.

—Tú, que nos destruiste a todos, que te lo llevaste todo. ¿Qué te hizo pensar que te ayudaría? —Se acercó más a mí. Su rostro casi se hundió en sí mismo—. ¡Tú, que nos colocaste en los extravagantes carteles del Boulevard du Temple, que nos convertiste en tema de novelas baratas y charlas de salón!

—Pero no es cierto. Sabes que yo... Te juro que... ¡No fui yo!

—¡Tú, que sacaste nuestros secretos a la luz de los focos, el tipo elegante, el marqués con sus guantes blancos, el espectro de la capa de terciopelo!

—Estás loco si me echas toda la culpa a mí. No tienes derecho —insistí, pero la voz me temblaba tanto que no podía entender mis propias palabras.

Y la voz surgió de él como la lengua de una serpiente.

—Teníamos nuestro Edén bajo aquel antiguo cementerio —dijo en un siseo—. Teníamos nuestra fe y nuestro objetivo, y fuiste tú quien nos expulsó de él con una espada flameante. ¿Qué tenemos ahora? Respóndeme. Nada, salvo el amor que nos profesamos, ¿y qué puede significar eso para criaturas como nosotros?

—No, no es cierto. Todo eso estaba sucediendo ya. No has entendido nada. Nunca has entendido nada.

Pero Armand no me escuchaba. Y tampoco importaba si lo hacía o no.

Se acercaba a mí y, en un destello oscuro, sus manos me empujaron y mi cabeza cayó hacia atrás y vi del revés el cielo y la ciudad de París.

Estaba cayendo por los aires.

Y seguí cayendo ante las ventanas de la torre hasta que el sendero de piedra se alzó para cogerme y hasta el último hueso de mi cuerpo se rompió dentro de su envoltura de piel preternatural.

2

Pasaron dos años hasta sentirme lo bastante recuperado como para abordar un barco con destino a Louisiana. Aún estaba terriblemente tullido y lleno de cicatrices, pero tenía que abandonar Europa, donde no me había llegado la menor noticia sobre mi perdida Gabrielle ni sobre el grande y poderoso Marius, quien seguramente había emitido su juicio sobre mí.

Tenía que volver a casa. Y la casa era Nueva Orleans, donde había calor, donde las flores no dejaban de florecer, donde todavía poseía —gracias a mi suministro inagotable de «moneda del reino»— una decena de viejas mansiones vacías de blancas columnas echadas a perder y porches hundidos por las que aún podía vagar.

Así pasé los últimos años del siglo XIX en completo retiro en el viejo Garden District, a una calle del cementerio Lafayette, en la mejor de mis casas, dormitando bajo los robles inmensos.

A la luz de las velas o de las lámparas de aceite, leí cuantos libros pude procurarme. Podría haber sido la propia Gabrielle atrapada en su alcoba del castillo, salvo que aquí no había mobiliario, y la pila de libros alcanzó el techo de una habitación tras otra conforme fui leyéndolos. De vez en cuando, reunía la fuerza y el valor suficientes para irrumpir en una biblioteca o en una vieja librería para adquirir nuevos volúmenes pero cada vez salía menos. Dejé de interesarme por las publicaciones periódicas y me dediqué a acumular velas, botellas y latas de aceite.

No recuerdo cuándo llegó el siglo XX: sólo sé que todo era más feo y oscuro, y que la belleza que había conocido en mis tiempos dieciochescos parecía, más que nunca, una idea fantasiosa. La burguesía gobernaba ahora el mundo siguiendo principios rígidos y con una marcada desconfianza hacia la sensualidad y los excesos que tanto había apreciado el antiguo régimen.

Pero mi visión y mis pensamientos se iban haciendo cada vez más confusos. Ya no cazaba víctimas humanas y los vampiros no pueden prosperar sin la sangre humana, sin la muerte humana. Sobrevivía acechando a los animales domésticos del viejo barrio, perros y gatos bien alimentados. Y cuando resultaba difícil dar con ellos, bien, siempre quedaba esa plaga de las ratas de cloaca, gordas y de largas colas, a las que podía atraer como si fuera un flautista de Hamelin.

Una noche, me obligué a emprender la larga travesía por las calles tranquilas hasta un desvencijado teatrillo llamado La Hora Feliz, cerca de los barrios pobres de la zona del puerto. Quería ver aquella novedad del cinematógrafo. Acudí envuelto en un gabán y una bufanda que ocultaba mis facciones demacradas. También llevaba guantes para esconder mis manos esqueléticas. La mera visión del cielo diurno en aquella película muda bastó para aterrorizarme, pero aun así, los tonos tristes del blanco y negro resultaban perfectos para una época desprovista de color.

No volví a pensar en otros inmortales, pero, de vez en cuando, aparecía ante mí algún vampiro: algún joven desvalido y huérfano que tropezaba por casualidad con mi guarida o algún vagabundo llegado en busca del legendario Lestat para suplicarme que le concediera poder o le revelara secretos. Y todas esas intrusiones me resultaban terribles.

Incluso el timbre de las voces sobrenaturales me destrozaba los nervios y me llevaba a acurrucarme en el rincón más apartado. Sin embargo, por grande que fuera mi dolor, no dejaba de escuchar cada nueva mente que llegaba, para ver si sabía algo de Gabrielle. Nunca descubrí nada. Y, una vez sondeados sus pensamientos, no me quedaba sino hacer caso omiso de las pobres víctimas humanas que el espectro de turno me traía con la vana esperanza de contribuir a mi recuperación.

No obstante, tales encuentros resultaban bastante breves. Atemorizado, ofendido y gritando maldiciones, el intruso no tardaba en marcharse dejándome en mi bendito silencio.

Refugiado allí, en la oscuridad, me fui apartando de las cosas cada vez más.

Ni siquiera leía mucho, ya. Y cuando lo hacía, eran las páginas de la revista *Black Mask*. Leía los relatos de aquellos terribles hombres del siglo XX cargados de nihilismo —los estafadores vestidos de gris, los asaltantes de bancos y los detectives— y trataba de recordar cosas. Pero me sentía muy débil, muy cansado.

Y entonces, una tarde, cuando apenas acababa de anochecer, se presentó Armand.

Al principio pensé que era una alucinación. Le vi en el salón, de pie e inmóvil, con un aspecto más juvenil que nunca. Llevaba su cabello castaño rojizo muy corto, siguiendo la moda del siglo XX, y vestía un traje corto entallado de un tejido oscuro.

Tenía que ser una ilusión de mi mente, aquella figura aparecida en el salón que me contemplaba mientras yo seguía tendido de espaldas en el suelo junto a la puerta corredera atascada, leyendo las aventuras de Sam Spade a la luz de la luna. Sí, tenía que ser una alucinación, salvo por un detalle: si mi mente hubiera querido invocar a un visitante imaginario, desde luego no habría escogido a Armand.

Le miré y me embargó una vaga vergüenza de que me viera tan horrible, de no ser más que un esqueleto de ojos saltones yaciendo en un rincón. Después, volví la vista de nuevo a las páginas de *El halcón maltés* y seguí los diálogos de Sam Spade moviendo los labios.

Cuando alcé de nuevo los ojos, Armand seguía allí. Para mí, tanto podía ser esa misma noche como la siguiente.

Y Armand me estaba hablando de Louis. Llevaba haciéndolo un rato al parecer.

Y comprendí que me había mentido acerca de Louis en nuestro último encuentro en París. Louis había permanecido con Armand todos aquellos años. Y me había estado buscando. Louis había recorrido el centro de la ciudad vieja, buscándome cerca de la casa donde los dos habíamos vivido tanto tiempo, hasta que, finalmente, había dado con mi guarida. Incluso me había visto a través de las ventanas.

Traté de imaginármelo. Louis, vivo. Louis allí, muy cerca, y sin yo saberlo.

Creo que solté una breve risilla. No lograba hacerme a la idea de que Louis no hubiera sido quemado. Sin embargo, que continuara vivo era una noticia realmente espléndida. Era maravilloso que aún existiera aquel rostro agraciado, aquella expresión llena de intensidad, aquella voz tierna y algo implorante. Mi hermoso Louis aún existía, en lugar de estar muerto y desaparecido como Claudia y Nicolas.

Pero, en realidad, aún era posible que hubiera sido destruido. ¿Por qué había de dar por buenas las palabras de Armand? Me sumí de nuevo en la lectura a la luz de la luna, deseando que las plantas del jardín no estuvieran tan crecidas. Ya que era tan fuerte, dije a Armand, un favor que podía hacerme era salir allí y arrancar parte de aquellas zarzas y enredaderas. Los dondiegos y las enredaderas de glicinas rebosaban de los porches del piso superior e impedían el paso de la luz de la luna, y también estaban los viejos robles americanos que ya estaban allí cuando la zona no era más que un pantano.

No, no creo que le dijera tal cosa a Armand.

Y sólo tengo un recuerdo muy vago de que Armand me dijera que Louis le iba a abandonar y que él, Armand, no quería seguir existiendo. Su voz era hueca. Seca. Sin embargo, la luz de la luna brillaba en él mientras me hablaba. Y su voz aún conservaba aquella vieja resonancia, aquel matiz de puro dolor.

Pobre Armand. ¡Y tú me dijiste que Louis estaba muerto! ¡Ve a hacerte un sitio en la tierra bajo el cementerio Lafayette! Está ahí mismo, calle arriba.

No pronuncié una palabra. No emití ninguna risa audible; sólo experimenté el secreto placer de la risa en mi interior. Recuerdo una imagen clara de Armand, solo y desamparado en mitad de la estancia sucia y vacía, contemplando las paredes forradas de pilas de libros. La lluvia se había filtrado gota a gota por las grietas del tejado hasta convertir los volúmenes en una especie de ladrillos compactos de cartón piedra. Y me percaté claramente de ello cuando le vi allí plantado, delante de aquel telón de fondo. Y recordé que todas las estancias de la casa estaban forradas de libros como aquélla. No había reparado en ello hasta el momento en que Armand había empezado a fijarse. Llevaba años sin entrar en las demás habitaciones.

Parece que acudió a verme varias veces más, después de aquélla. No llegué a verle, pero le oí deambular por el jardín de la casa, buscándome con su mente como si ésta fuera un haz de luz.

Louis se había marchado al oeste.

En una ocasión, mientras yo me acurrucaba en la grava bajo los cimientos del edificio, Armand llegó hasta el emparrado y se asomó al interior, aunque no llegué a verle. Y, con una voz siseante, me llamó cazarratas.

Te has vuelto loco. ¡Tú, el que todo lo sabía, el que se burlaba de nosotros! Ahora estás loco y te alimentas de las ratas. ¿Sabes cómo os llamaban a vosotros, los nobles rurales, en la Francia de los viejos tiempos? Os llamaban cazaconejos, porque ibais tras los conejos y las liebres para no agonizar de sed. ¡Mírate tú ahora, encerrado en esta casa y convertido en su espectro harapiento, en un cazador de ratas! ¡Estás más loco que esos viejos que sólo hablan incoherencias y lanzan sus balbuceos al viento! Ya ves, ahora vuelves a la caza de ratas como te corresponde por nacimiento.

Solté una nueva carcajada. Reí y reí sin cesar. Me acordé de los lobos y continué riendo.

—Siempre me has producido risa —le dije—. Me habría reído de ti bajo ese cementerio de París, pero me pareció que no debía hacerlo. Incluso cuando me lanzaste tu maldición y me echaste la culpa de todas las historias que corrían sobre nosotros, el asunto me resultó muy gracioso. Si no hubiera sido porque te disponías a arrojarme de lo alto de la torre, me habría puesto a reír. Siempre me has causado hilaridad.

El odio entre nosotros resultaba delicioso, o así me pareció. Era una excitación muy extraña, tenerle allí para ridiculizarle y mostrarle mi desprecio.

Pero, de pronto, la escena empezó a cambiar a mi alrededor. Ya no estaba tendido en la grava. Estaba caminando por mi casa. Y no llevaba los sucios harapos con que me había cubierto durante años, sino un elegante frac negro y una capa forrada de satén. Y la casa... la casa estaba magnífica, y todos los libros estaban convenientemente ordenados en los estantes. El suelo de parquet brillaba a la luz del candelabro y una música deliciosa se escuchaba por todas partes, el sonido de un vals vienés con su rica armonía de violines. Con cada paso me volvía a sentir poderoso y ligero, maravillosamente ligero. Habría podido subir los peldaños de la escalera de dos en dos con facilidad. Habría podido lanzarme a volar a través de la oscuridad, con la capa abierta como un par de alas negras.

Y luego me encontré subiendo entre las sombras, y Armand y yo estábamos juntos en la azotea de la casa. Armand estaba radiante con la misma ropa de gala pasada de moda y los dos contemplamos el lejano meandro plateado del río, más allá de la jungla de oscuro follaje susurrante, y el firmamento donde las estrellas brillaban a través de las finas nubes de tono gris perla.

Me descubrí llorando por el mero hecho de contemplar aquella vista, por el mero contacto del viento húmedo contra mi rostro. Y Armand permaneció a mi lado, con el brazo en torno a mi cintura. Me hablaba de la pena y el perdón, de la sabiduría y de las cosas que le había enseñado el dolor.

—Te quiero, mi tenebroso hermano —susurró.

Y las palabras fluyeron por mi interior como la propia sangre.

—Yo no buscaba vengarme —continuó con expresión afligida y el corazón desgarrado—. ¡Pero tú acudiste a mí para curarte y me dijiste que no me querías! ¡Llevaba esperándote más de un siglo, y dijiste que no me querías!

Supe entonces, como ya había sabido de algún modo desde el principio, que mi recuperación era un espejismo, que seguía siendo el mismo esqueleto harapiento y que la casa seguía en ruinas. Y aquel ser sobrenatural que me sostenía tenía el poder para devolverme el cielo y el viento.

—Ámame y mi sangre es tuya —le oí decir—. Mi sangre, que jamás he dado a otros.

Noté sus labios rozándome el rostro.

—No puedo engañarte —respondí a su proposición—. No puedo amarte. ¿Qué eres para mí que me obligue a amarte? ¿Un ser muerto que anhela el poder y la pasión que otros poseen? ¿La sed misma, personificada?

Y, en un instante de incalculable energía, fui yo quien le golpeé y le hice retroceder y le empujé al vacío desde lo alto de la azotea. Su figura, disolviéndose en la noche gris, pareció absolutamente ingrávida.

Pero, ¿quién fue el vencido? ¿Quién fue el que cayó y cayó de nuevo entre las blandas ramas de los árboles hasta la tierra a la que pertenecía? ¿Quién volvió a los harapos y a la suciedad debajo de la vieja casa? ¿Quién quedó finalmente yaciendo sobre la grava, con las manos y el rostro contra el frío suelo?

Con todo, la memoria juega malas pasadas. Tal vez todo aquello, la postrera invitación de Armand y la angustia que siguió, habían sido imaginaciones mías. El llanto. Sé que, durante los meses siguientes, volvió a merodear por allí. De vez en cuando, le oí mientras recorría aquellas viejas calles del Garden District. Y quise llamarle, explicarle que era mentira lo que había dicho, que le amaba. Que le amaba.

Pero había llegado el momento de quedar en paz con

todas las cosas. Era el momento de llegar al ayuno total y descender por fin al seno de la Tierra y, tal vez, compartir los sueños de los dioses. ¿Y cómo podía hablarle a Armand de los sueños de los dioses?

Ya no quedaban velas, ni aceite para las lámparas. En alguna parte había una caja fuerte llena de dinero y joyas y de cartas a mis abogados y banqueros, que continuarían administrando permanentemente las propiedades que aún conservaba, gracias a las sumas que había puesto en sus manos. Entonces, ¿por qué no enterrarme ya bajo el suelo, sabiendo que nunca sería perturbado en aquella vieja ciudad con sus desvencijadas réplicas de otros siglos? En adelante, todo seguiría y seguiría indefinidamente. Bajo la única luz del firmamento nocturno, continué leyendo el relato de Sam Spade y aquel Halcón Maltés. Miré la fecha de la revista y supe que estaba en 1929 y pensé: «Oh, es imposible, ¿no?» Y bebí de las ratas hasta tener las fuerzas necesarias para cavar un túnel muy hondo.

La tierra me acogía. Criaturas vivas se abrían paso entre sus grumos compactos y húmedos y rozaban mis carnes secas. Pensé que si alguna vez resucitaba, si alguna vez volvía a ver el menor fragmento de cielo tachonado de estrellas, nunca jamás cometería actos terribles. Nunca más mataría a un inocente. Aunque tuviera que cazar a los débiles, sólo tomaría a los desahuciados. Me juré que así sería. Y nunca, nunca más, realizaría el Rito Oscuro. Sólo... sólo sería, ¿sabéis?, la «conciencia continuada» sin ningún objetivo, sin el menor propósito.

La sed. El dolor, diáfano como la luz.

Vi a Marius. Le vi tan vívidamente que pensé: «¡No puede ser un sueño!», y el corazón se me aceleró dolorosamente. Qué espléndido aspecto tenía Marius. Llevaba un traje moderno, ajustado y corriente aunque confeccionado con terciopelo negro, y el cabello canoso bastante corto y peinado hacia atrás, dejando su rostro despejado.

Un especial encanto, una gracia de movimientos que sus ropajes antiguos habían ocultado, envolvían a aquel moderno Marius.

Y le vi haciendo las cosas más sorprendentes. Tenía ante él una cámara negra sobre un trípode como patas de arañas y, dándole vueltas a la manivela con la mano derecha, tomaba películas de mortales en un estudio lleno de luz incandescente. Cómo me saltaba el corazón mientras miraba aquello, su manera de hablar con aquellos seres mortales, de decirles cómo debían abrazarse, moverse y bailar. Y un decorado pintado detrás de ellos, sí. Y al otro lado de las ventanas del estudio había altos edificios de ladrillo y el ruido de los vehículos a motor por las calles.

No, no es un sueño, me dije. Está sucediendo de verdad. Él está en ese lugar. Y si pruebo a ver la ciudad más allá de la ventana, sabré dónde está. Si me esfuerzo, entenderé el idioma en el que habla a los jóvenes actores. «¡Marius!», exclamé, pero la tierra que me envolvía engulló mi voz.

La escena cambió.

Marius bajaba a un sótano en la gran caja de un ascensor. Unas puertas metálicas resonaron con un chirrido y su figura penetró en el enorme salón privado de Los Que Deben Ser Guardados. Todo estaba muy cambiado. No había imágenes egipcias, ni perfumes de flores, ni brillo de oro.

Las altas paredes estaban cubiertas con los colores moteados de los impresionistas, que componían en mil y un fragmentos un vibrante mundo del siglo XX. Aviones volando sobre ciudades soleadas, torres que se alzaban tras el arco de un puente de acero, naves de casco metálico surcando mares de plata. Era un universo entero que disolvía las paredes en las que estaba expuesto, envolviendo las figuras inmóviles e inalteradas de Akasha y Enkil.

Marius avanzaba por la capilla. Dejó atrás oscuras esculturas enmarañadas, aparatos telefónicos y máquinas de escribir sobre pedestales de madera, y depositó ante Los Que Deben Ser Guardados un gramófono voluminoso e imponente. Con delicadeza, colocó la fina aguja en el surco del disco. Un agudo y crepitante vals vienés surgió del altavoz metálico.

Me reí al ver aquello, aquel agradable invento, colocado ante la pareja como una ofrenda. ¿Sería el vals una suerte de incienso que impregnaba el aire?

Pero Marius no había terminado su tarea. Había desenrollado una pantalla blanca en la pared, y ahora, desde una tarima elevada situada detrás de los dioses, proyectaba sobre el lienzo imágenes en movimiento de diversos mortales. Los Que Deben Ser Guardados contemplaron las imágenes vacilantes en silencio. Como estatuas en un museo, la luz eléctrica resplandeciendo en su blanca piel.

Y entonces sucedió la cosa más maravillosa. Las figurillas nerviosas de la película se pusieron a hablar. Por encima del agudo sonido del vals en el gramófono, escuché sus voces.

Y mientras miraba, paralizado de excitación, paralizado de alegría ante lo que veía, me invadió de pronto una abrumadora tristeza al comprender la verdad. Todo aquello no era más que un sueño. Porque la realidad era que las figurillas de la película no podían estar hablando.

La cámara y todas sus pequeñas maravillas perdieron consistencia, se volvieron borrosas. ¡Ah, aquella horrible imperfección, aquel odioso pequeño detalle que había traicionado toda la trama! A pesar de todos los fragmentos de realidad, de las películas mudas que había visto en el teatrillo La Hora Feliz, de los gramófonos cuyo sonido había escuchado un centenar de veces desde las sombras, surgiendo de las casas.

Y el vals vienés, ¡ah!, tomado del hechizo que Armand había obrado sobre mí, demasiado desgarrador para recordarlo.

¿Por qué no había sido un poco mas hábil en el intento de

engañarme a mí mismo? ¿Por qué no había mantenido la película muda, como debía ser, para poder así seguir creyendo que la visión era auténtica, después de todo? Pero allí estaba la demostración de mi invención de aquel audaz y fantasioso autoengaño: ¡Akasha, mi amada, me estaba hablando!

Akasha estaba a la puerta de la cámara con la mirada puesta en el largo pasadizo subterráneo que conducía al ascensor por el cual Marius había regresado al mundo superior. El cabello negro le colgaba, tupido y pesado, sobre los blancos hombros. Levantó su mano blanca y fría llamándome hacia ella. Tenía la boca roja.

«¡Lestat!», dijo en un susurro. «Ven.»

Los pensamientos fluían de ella sin sonido con las palabras que la vieja reina vampiro me había dirigido tantos años atrás, bajo el cementerio de Les Innocents:

Desde mi lecho de piedra, he tenido sueños sobre el mundo mortal de ahí arriba. He oído sus voces, sus nuevas músicas como canciones de cuna acompañándome en mi tumba. He imaginado sus fantásticos descubrimientos y he conocido su valentía en lo más recóndito de mi mente. Y, aunque ese mundo me excluye con sus formas deslumbrantes, añoro la existencia de alguien con la fuerza suficiente para deambular por él sin miedo, para recorrer la Senda del Diablo en su propio seno.

«¡Lestat! —volvió a susurrar, con una expresión trágica en su rostro de mármol—. ¡Ven!»

—¡Ah, amada mía! —exclamé, notando el sabor amargo de la tierra entre mis labios—. ¡Si pudiera...!

*Lestat de Lioncourt
En el año de su Resurrección 1984*

DIONISO EN SAN FRANCISCO

1985

1

La semana antes de que nuestro disco saliera a la venta, *ellos* trataron por primera vez de amenazarnos por vía telefónica.

El secreto impuesto en torno al grupo de rock llamado El Vampiro Lestat había resultado caro pero casi impenetrable. Incluso los editores literarios de mi autobiografía habían colaborado plenamente y, durante los largos meses de grabaciones y filmaciones, no había visto a uno solo de ellos en Nueva Orleans, ni había oído a ninguno merodeando cerca.

Pero, por algún medio, habían conseguido el número reservado y habían grabado sus advertencias en el contestador automático.

«Proscrito. Sabemos lo que estás haciendo. Te ordenamos que lo dejes.» «Sal donde podamos verte. Te desafiamos a salir.»

Tenía a la banda escondida en la vieja mansión de una plantación, un rincón delicioso al norte de Nueva Orleans, provistos de Dom Perignon y de buen hachís para fumar, todos nosotros cansados de expectación y de los preparativos, ansiosos de presentarnos ante nuestro primer público en directo en San Francisco, de paladear por primera vez el sabor del éxito.

Después, Christine, la abogada, me reexpidió los primeros mensajes telefónicos —era extraño cómo el equipo electrónico captaba el timbre de las voces espectrales— y, en plena noche, llevé a mis músicos al aeropuerto y volamos hacia el oeste.

Desde entonces, ni Christine supo dónde nos escondíamos. Los propios músicos no estaban muy seguros. En un lujoso rancho de Carmel Valley, escuchando nuestra música en la radio por primera vez. Y nos pusimos a bailar cuando nuestro primer videoclip apareció a escala nacional en la televisión por cable.

Y, cada noche, acudía en solitario a la ciudad de Monterrey a recoger los recados de Christine. Luego, seguía hacia el norte, de caza.

Al volante de mi elegante Porsche negro, seguía la ruta hasta San Francisco tomando las curvas cerradas de la carretera de la costa a una velocidad embriagadora. Y, bajo el inmaculado resplandor amarillento de los barrios bajos de la gran ciudad, acechaba a mis presas con un poco más de crueldad y lentitud que antes.

La tensión se estaba haciendo insoportable.

Y, sin embargo, no vi a ninguno de *ellos*. No escuché sus pensamientos. Lo único que tenía eran aquellos mensajes telefónicos de unos inmortales que no había conocido nunca:

«Te lo advertimos, no continúes con esta locura. Estás iniciando un juego más peligroso de lo que piensas.»

Y luego el susurro registrado que ningún oído mortal podía captar:

«Traidor.» «Proscrito.» «¡Muéstrate, Lestat!»

Si andaban cazando por San Francisco, no los vi. Pero San Francisco es una ciudad densa y poblada. Y yo seguía tan furtivo y silencioso como siempre.

Finalmente, empezaron a llegar los telegramas al apartado de correos de Monterrey. Lo habíamos conseguido. Las ventas de nuestro álbum estaban batiendo récords en Estados Unidos y Europa. Después de San Francisco, podíamos actuar en la ciudad que quisiéramos. Mi autobiografía estaba en todas las librerías de costa a costa. El Vampiro Lestat estaba en el número uno de las listas.

Y, después de la cacería nocturna en San Francisco, me dedicaba a recorrer la interminable Divisadero Street. Dejaba que la carrocería negra del Porsche paseara lentamente ante las casonas victorianas en ruinas, preguntándome en cuál de ellas, acaso, Louis había contado la historia de *Entrevista con el vampiro* al muchacho mortal. Tenía constantemente en mis pensamientos a Louis y Gabrielle. También pensaba en Armand. Y en Marius... Marius, a quien había traicionado contando toda la historia.

¿Estaría El Vampiro Lestat extendiendo sus tentáculos electrónicos lo suficiente para alcanzarles? ¿Habrían visto aquellos vídeos: *El legado de Magnus, Los Hijos de las Tinieblas, Los Que Deben Ser Guardados*? Pensaba en los otros antiguos cuyos nombres había revelado, Mael, Pandora, Ramsés el Maldito.

Lo cierto era que Marius podría haberme encontrado pese a todos mis secretos y precauciones. Sus poderes habrían sido capaces de alcanzar incluso la vasta lejanía de América. Si me estuviera viendo, si me estuviera escuchando...

Volvió a mí el viejo sueño de Marius dándole a la manivela de la cámara de cine, de aquellas imágenes oscilantes en las paredes del santuario de Los Que Deben Ser Guardados. Incluso evocada en mi mente, las imágenes parecían poseer una nitidez imposible que me produjo un vuelco del corazón.

Luego, gradualmente, fui descubriendo que poseía un nuevo concepto de la soledad, un nuevo método de medir un silencio que se extendía hasta el fin del mundo. Y lo único de que disponía para interrumpirlo eran aquellas amenazadoras voces sobrenaturales grabadas en la cinta, que no ofrecían imagen alguna en su creciente virulencia:

«No te atrevas a aparecer en el escenario en San Francisco, te lo advertimos. Tu desafío es demasiado vulgar, demasiado desdeñoso. Correremos cualquier riesgo, incluso el de un escándalo público, con tal de castigarte.»

Me burlé de aquella combinación incongruente de lenguaje arcaico y el inconfundible acento norteamericano. ¿Cómo eran aquellos vampiros modernos? ¿Aparentaban buena cuna y escogida educación cuando deambulaban con los no muertos? ¿Adoptaban un estilo determinado? ¿Vivían en asambleas o iban de un lado a otro sobre grandes motocicletas, como me gustaba hacer a mí?

La excitación crecía dentro de mí, incontenible. Y mientras conducía en plena noche con nuestra música a todo volumen en la radio, me sentía embargado por un entusiasmo absolutamente humano.

Deseaba salir a tocar tanto como mis músicos mortales, la Dama Dura, Alex y Larry. Después del agotador esfuerzo de las grabaciones y filmaciones, ardía en deseos de levantar nuestras voces a coro ante la multitud entusiasta. Y, en algunos momentos, recordaba con toda nitidez esas lejanas noches en el teatrillo de Renaud. Volvían entonces a mi recuerdo los detalles más sorprendentes: el tacto del maquillaje blanco sobre el rostro, el olor de los polvos cosméticos, el instante de hacer la entrada ante las luces del proscenio.

Sí, todas la piezas volvían a juntarse y, si con ellas llegaba la cólera de Marius... bien, me la tendría merecida, ¿no?

San Francisco me encantó, me subyugó casi. No era difícil imaginar a mi Louis en aquel lugar. Un paisaje casi veneciano, el de aquellas mansiones multicolores en sombras, de aquellos edificios de pisos alzándose pared con pared sobre las estrechas calles oscuras. Las luces irresistibles tachonando las colinas y el valle y la jungla dura y brillante de los rascacielos del centro levantándose como un bosque encantado en un océano de niebla. Cada noche, de regreso a Carmel Valley, recogía las sacas de correo de admiradores reexpedidas a Monterrey desde Nueva Orleans y las inspeccionaba buscando una caligrafía de vampiro: unas letras escritas con cierto exceso de laboriosidad, ligeramente anticuadas, o tal vez una muestra más patente de talento sobrenatural en una carta escrita de puño y letra imitando los caracteres góticos. Sin embargo, en la correspondencia no había otra cosa que la fervorosa devoción de los mortales:

Querido Lestat, mi amiga Sheryl y yo te amamos, pero no hemos conseguido entradas para el concierto de San Francisco, aunque nos pasamos seis horas en la cola. Por favor, mándanos dos entradas. Seremos tus víctimas. Podrás beber nuestra sangre.

Eran las tres de la madrugada de la noche previa al concierto.

El fresco paraíso verde de Carmel Valley estaba dormido. Yo descansaba en el enorme salón, frente al tabique de cristal orientado hacia las montañas. A ratos, dormitaba y soñaba con Marius. En mi sueño, Marius decía:

«¿Por qué te arriesgas a mi venganza?»

Y yo respondía: «Tú me volviste la espalda.»

«No es ésa la razón», decía él. «Obedeces a un impulso. Pretendes arrojar todas las piezas al aire.»

«¡Quiero mover las cosas, hacer que suceda algo!» En el sueño, me puse a gritar; entonces, de pronto, noté de nuevo la presencia de la casa de Carmel Valley a mi alrededor. Era sólo un sueño, un simple sueño mortal.

Pero había algo, algo más... una súbita «transmisión» como una onda de radio errática interfiriendo en la frecuencia indebida, una voz diciendo *Peligro. Peligro para todos nosotros.*

Durante una fracción de segundo, la visión de la nieve, del hielo, el aullido del viento. Algo haciéndose pedazos en el suelo de piedra. Cristales rotos. *¡Lestat! ¡Peligro!*

Desperté.

Ya no estaba recostado en el sofá. Me hallaba en pie, mirando hacia las puertas acristaladas. No oí nada, ni vi otra cosa que el vago perfil de las colinas y la silueta negra del helicóptero posado sobre su pista de cemento como una mosca gigantesca.

Continué escuchando con toda atención, con tal intensidad que me encontré sudando. Sin embargo, no había rastro de la «transmisión». Ninguna imagen.

Y, luego, la conciencia gradual de que había una criatura

allí fuera, en la oscuridad, y de que estaba captando leves sonidos físicos.

Alguien caminando con todo sigilo allí fuera. Ni rastro de olor a mortal.

Uno de *ellos* estaba allí. Uno de *ellos* había penetrado en el secreto y se aproximaba tras la lejana silueta esquelética del helicóptero, cruzando el campo abierto de hierba alta.

Volví a escuchar. No, ni un atisbo que confirmara el mensaje de peligro. De hecho, la mente del ser estaba cerrada a mí y sólo podía captar las señales inevitables de un cuerpo desplazándose.

La casa, de forma irregular y techo bajo, seguía dormitando a mi alrededor; parecía un acuario gigante con sus blancas paredes desnudas y la luz azul parpadeante del aparato de televisión, conectado sin sonido. La chica y Alex dormían abrazados en la alfombra ante una chimenea vacía. Larry estaba en el dormitorio, parecido a una celda, con una *groupie* que se hacía llamar Salamandra, infatigable en la cama, a la que habían recogido en Nueva Orleans antes de venir al oeste. Los guardaespaldas descansaban en las otras habitaciones modernas de techo bajo y en el barracón situado al otro lado de la gran piscina azul en forma de concha de ostra.

Y allí fuera, bajo el firmamento negro y despejado, estaba aquella criatura, avanzando desde la autopista, a pie. Aquel ser, cuya presencia percibía, estaba completamente solo. El latido de un corazón sobrenatural en la diáfana oscuridad. Sí, ahora lo oía con toda claridad. Las colinas eran fantasmas en la distancia y los capullos amarillos de las acacias brillaban blancos a la luz de las estrellas.

El ser no parecía temeroso de nada. Simplemente, se acercaba. Y sus pensamientos eran absolutamente impenetrables. Esto significaba que podía tratarse de uno de los antiguos, de los dotados de grandes poderes, pero ninguno de ellos aplastaría de aquel modo la hierba bajo sus pies. Aquella criatura se movía casi como un humano. Aquel vampiro había sido creado por mí.

El corazón me latía aceleradamente. Dirigí la mirada a las luces del panel de alarma medio oculto tras la cortina recogida en un rincón. Era una barrera de timbre y sirenas si alguien, mortal o inmortal, trataba de penetrar en la casa.

El ser apareció al borde de la blanca pista de cemento. Una figura alta y delgada, de cabello corto y negro. Y la figura se detuvo entonces como si pudiera verme tras el velo del cristal, bañado por la difusa luz eléctrica azulada.

Sí, me había visto. Entonces continuó su avance hacia mí, hacia la luz. Muy ágil, desplazándose con una ligereza un poco excesiva para un mortal. El cabello negro, los ojos verdes y unos miembros que se movían con suavidad bajo unas ropas descuidadas: un suéter negro deshilachado colgando de sus hombros, un pantalón también negro de perneras como largos radios de una rueda.

Noté que me venía un vómito a la boca. Estaba temblando. Traté de recordar, incluso en aquel momento, lo que era más importante: debía seguir vigilando la noche en busca de otros intrusos. Debía ser cauto. *Peligro*. Pero nada de todo eso importaba ahora. Me di cuenta de ello y cerré los ojos un instante, pero no sirvió de nada, no hizo más fáciles las cosas.

A continuación, alargué la mano a los botones de alarma y los desconecté. Abrí las enormes puertas acristaladas, y el aire fresco de la noche penetró en la habitación.

El intruso había dejado atrás el helicóptero y, con la cabeza vuelta hacia el aparato, se apartó unos pasos de él con la gracia de un bailarín para contemplarlo, la cabeza alta y los pulgares hundidos en los bolsillos traseros de sus tejanos negros en un gesto despreocupado. Cuando miró de nuevo hacia mí, distinguí su rostro con claridad. Y vi que me sonreía.

Incluso nuestros recuerdos pueden traicionarnos. Él era una prueba de ello, delicado y cegador como un láser al acercarse, borradas de un plumazo todas las viejas imágenes como si fueran polvo.

Conecté otra vez el sistema de alarma, cerré las puertas

en torno a mis mortales y di vueltas a la llave en la cerradura. Por un segundo, pensé que no podía soportar aquello. «Y no es más que el principio», me dije. «Y si él está aquí, apenas a unos pasos de mí, sin duda vendrán otros tras él. Vendrán todos.»

Di media vuelta, avancé hacia él y, durante unos silenciosos segundos, lo estudié bajo la luz azulada que se filtraba a través del cristal. Cuando hablé, mi tono de voz era tenso:

—¿Dónde está la capa negra y el traje negro de buen corte y la corbata de seda y todas esas necedades? —le pregunté. Nuestras miradas se encontraron.

Y él sonrió sin hacer el menor sonido. Pero continuó estudiándome con una expresión extasiada que me produjo una secreta alegría. Y, con el atrevimiento de un niño, extendió el brazo y me pasó los dedos por la solapa del abrigo de terciopelo gris.

—Bueno, no se puede ser siempre la leyenda viviente —murmuró.

Su voz era un susurro que no era tal. Capté con toda nitidez su acento francés, aunque yo no había sido nunca capaz de apreciar el mío.

Me resultó casi insoportable el sonido de las sílabas, la absoluta familiaridad con ellas.

Y dejé a un lado todas las palabras ásperas y tensas que tenía pensado decirle y me limité a estrecharle en mis brazos.

Nos abrazamos como no habíamos hecho nunca en el pasado. Nos apretamos el uno contra el otro como tantas veces había hecho con Gabrielle. Y luego le pasé las manos por el cabello y el rostro, como para cerciorarme de que realmente le tenía allí, como si me perteneciera. Y él hizo lo mismo. Parecía que estábamos hablando sin pronunciar sonido alguno. Auténticos mensajes silenciosos que carecían de palabras. Leves gestos de asentimiento. Y le noté rebosante de afecto y de una febril satisfacción que parecía casi tan intensa como la mía.

Pero, de pronto, él se quedó muy quieto y su expresión se contrajo un poco.

—Pensaba que estabas muerto y acabado, ¿sabes? —me dijo en voz apenas audible.

—¿Cómo me has encontrado aquí? —quise saber.

—Tú querías que lo hiciera —respondió.

Un destello de inocente confusión. Por respuesta, un lento encogimiento de hombros.

Todo cuanto él hacía despertaba en mí la misma atracción magnética que un siglo atrás. Unos dedos muy largos y delicados, pero unas manos muy fuertes.

—Te has dejado ver y me has dejado seguirte —continuó—. Te has paseado por Divisadero Street arriba y abajo, buscándome.

—¿Y aún seguías allí?

—Es el lugar más seguro del mundo, para mí. No lo he dejado nunca. Vinieron a buscarme, no me encontraron y se volvieron a marchar. Ahora me muevo entre ellos siempre que quiero y no me reconocen. En realidad nunca han sabido qué aspecto tengo.

—Y si lo supieran, intentarían destruirte —añadí.

—Sí —reconoció él—. Pero llevan intentándolo desde el Teatro de los Vampiros y lo que allí sucedió. Por supuesto, *Entrevista con el vampiro* les dio nuevos motivos. Aunque no necesitaban motivos para sus pequeños juegos. Lo que necesitan es el impulso, la excitación. Se alimentan de ellos como de la sangre.

Por un segundo, su voz pareció forzada. Tomó aire profundamente. Le costaba hablar de todo aquello. Quise pasarle los brazos alrededor otra vez, pero me contuve.

—Pero ahora pienso que es a ti a quien quieren destruir. Y tu aspecto sí que lo conocen —añadió con una leve sonrisa—. Todo el mundo sabe qué cara tienes, monsieur Astro del Rock.

La sonrisa se ensanchó, pero su voz se mantuvo educada y suave como siempre. Y la emoción afluyó a su rostro. Pero siguió sin producirle el menor cambio en él. Tal vez nunca se produciría.

Le pasé el brazo por los hombros y nos alejamos juntos

de las luces de la casa. Dejamos atrás la mole gris del helicóptero y cruzamos los campos secos agostados por el sol en dirección a las colinas.

Creo que sentirse tan feliz es abyecto, que sentir tanta satisfacción es consumirse.

—¿Vas a seguir adelante con eso? —me preguntó—. ¿Vas a dar ese concierto mañana?

Peligro para todos nosotros. ¿Qué había sido aquello, una advertencia o una amenaza?

—Sí, desde luego —declaré—. ¿Qué diablos podría impedírmelo ahora?

—Yo querría hacerlo —respondió él—. Habría venido antes, de haber podido. Hace una semana te vi, pero luego te perdí la pista.

—¿Y por qué quieres detenerme?

—Ya sabes por qué. Quiero hablar contigo.

Unas palabras muy simples, pero cargadas de significado.

—Ya habrá tiempo después —respondí—. «Mañana y mañana y mañana...» No va a suceder nada, ya lo verás. —Continué mirándole y apartando la vista de él alternativamente, como si sus ojos verdes me hicieran daño. En palabras modernas, era un auténtico rayo láser. Su aspecto era delicado y letal. Sus víctimas le habían amado siempre.

Y también yo le había amado siempre, ¿no era así?, incluso con todo lo sucedido: y qué fuerte podía ser el amor cuando se tenía la eternidad para alimentarlo y bastaba con aquellos instantes para renovar su intensidad, su calor.

—¿Cómo puedes estar tan seguro de ello, Lestat? —preguntó él.

Muy íntimo, mi nombre en sus labios. Yo no me había atrevido a decir «Louis» con tanta naturalidad.

Caminábamos lentamente, sin rumbo, y su brazo me rodeaba relajadamente, como el mío a él.

—Tengo un batallón de mortales protegiéndonos —le informé—. Habrá guardaespaldas en el helicóptero y en la limusina acompañando a mis músicos mortales. Yo viajaré sólo desde el aeropuerto en el Porsche para poder defenderme mejor, pero habrá una auténtica caravana motorizada. En cualquier caso, ¿qué puede hacerme un puñado de rencorosos vampiros del siglo XX? Esas criaturas idiotas utilizan el teléfono para sus amenazas.

—Son más de un puñado —replicó él—. ¿Y qué me dices de Marius? Tus enemigos de ahí fuera están debatiendo si la historia de Marius es cierta, si Los Que Deben Ser Guardados existen o no...

—Por supuesto. ¿Y tú? ¿Crees que es verdad?

—Sí. Me convencí nada más leerla —declaró. Se produjo entonces un instante de silencio durante el cual tal vez los dos recordamos al indagador inmortal de otra era que me había preguntado una y otra vez dónde había empezado aquello.

Demasiado dolor para evocarlo. Era como descubrir unos cuadros en el desván y, al limpiarles el polvo, encontrar los colores vibrantes todavía. Y los cuadros deberían haber sido retratos de nuestros difuntos antepasados y, en cambio, eran imágenes de nosotros mismos.

Hice algún gesto nervioso propio de mortales, me aparté el cabello de la frente y traté de notar el frío de la brisa.

—¿Qué te hace estar tan seguro de que Marius no pondrá fin a este experimento en el momento en que pongas el pie en el escenario mañana por la noche?

—¿Crees que alguno de los antiguos haría tal cosa? —repliqué a su pregunta.

Reflexionó un instante, sumergiéndose en sus pensamientos como solía hacer tiempo atrás, tan profundamente que fue como si se olvidara de mi presencia. Y dio la impresión de que a su alrededor tomaban forma aquellas viejas estancias, que la luz de gas ofrecía su inestable iluminación, que surgían los sonidos y olores de las calles de otra época lejana. Los dos estábamos en aquel salón de Nueva Orleans, con el fuego de carbón en el hogar, bajo la repisa de mármol de la chimenea. Y todo envejeciendo allí, salvo nosotros.

Y ahora, allí estaba: un chico moderno con la camiseta

torcida y los pantalones gastados, mirando hacia las colinas desiertas. Desaliñado, los ojos ardiendo con un fuego interior, el cabello desgreñado. Le vi despertar de su estado lentamente, como si volviera a la vida.

—No —dijo al fin—. Creo que si a los ancianos les preocupa de algún modo todo esto, estarán demasiado interesados para hacerlo.

—¿Y tú? ¿Sientes interés?

—Sí, sabes que sí —respondió.

Y su rostro adquirió un leve rubor. Se hizo todavía más humano. De hecho, su aspecto era el más parecido al de un mortal de entre todos los de nuestra raza que recordara.

—Estoy aquí, ¿no? —añadió.

Y noté en él un dolor que le recorría todo el ser como una veta de mineral, una veta que podía llevar la emoción hasta las profundidades más frías. Asentí.

Respiré profundamente y aparté la mirada de él deseando poder decir lo que realmente quería. Decir que le amaba. Pero no podía hacerlo. El sentimiento era demasiado fuerte.

—Suceda lo que suceda, merecerá la pena —murmuré—. Quiero decir que merecerá la pena si tú y yo y Gabrielle y Armand... y Marius estamos juntos, aunque sea por un breve espacio de tiempo. Y Mael. Y sólo Dios sabe cuántos más. ¿Y si se presentan todos los ancianos? Merecerá la pena, Louis. Todo lo demás no me importa.

—¡No! ¡Sí que te importa! —exclamó él con una sonrisa. Estaba intensamente fascinado—. Sólo confías en que va a ser emocionante y que, sea cual sea la batalla, vencerás.

Bajé la cabeza y me reí. Metí las manos en los bolsillos de los pantalones como hacen los mortales de esta época y continué caminando por la hierba. El campo olía aún a sol, incluso en la fresca noche californiana. No hablé a Louis de la parte mortal, de la vanidad de querer actuar, de la extraña locura que me había embargado al verme en la pantalla del televisor, al ver mi rostro en la tapa del disco, pegado en el escaparate de la tienda de North Beach.

Él continuó a mi lado.

—Si los antiguos quisieran de verdad destruirme —le dije—, ¿no crees que ya lo habrían hecho?

—No. Yo te vi y te he seguido, pero, hasta entonces, no pude dar contigo, aunque lo intenté desde el momento en que supe que habías aparecido.

—¿Cómo te has enterado?

—En todas las grandes ciudades hay lugares donde se reúnen los vampiros —me explicó—. Seguro que ya lo sabes, a estas alturas.

—No, lo ignoraba. Cuéntame.

—Hay unos bares a los que llamamos la *Conexión Vampiro* —dijo con una sonrisa irónica—. Son frecuentados por mortales, naturalmente, y los conocemos por el nombre. Está el Doctor Polidori en Londres y el Lamia en París. Tenemos el Bela Lugosi en el centro de Los Ángeles y el Carmilla y el Lord Ruthven en Nueva York. Aquí, en San Francisco, está el más hermoso de todos ellos, probablemente: el cabaret llamado La Hija de Drácula, en Castro Street.

Me eché a reír. No pude evitarlo y vi que también él estaba a punto de hacerlo.

—¿Y dónde están los nombres de *Entrevista con el vampiro*? —inquirí con fingida indignación.

—*Verboten* —respondió, enarcando ligeramente las cejas—. Ésos no son ficticios, sino reales. Pero te diré que en Castro Street ponen tus videoclips. Los clientes mortales lo piden. Brindan por ti con sus *bloody mary* de vodka. «La danza de Les Innocents» retumba a través de las paredes.

Decididamente, estaba a punto de soltar una carcajada. Traté de contenerla y moví la cabeza.

—Pero también has producido una especie de revolución en el lenguaje en la trastienda —continuó él con la misma fingida sobriedad, incapaz de mantener el rostro absolutamente inexpresivo.

—¿A qué te refieres?

—Rito Oscuro, Don Oscuro, Senda del Diablo... Todo el mundo anda tomándose a broma estas palabras, incluso los novicios más recientes que aún ni han empezado a saber qué

es un vampiro. Imitan el libro pese a condenarlo absolutamente. Van cargados de joyería egipcia. El terciopelo negro
vuelve a ser de rigor.

—Excelente —le dije—. Pero esos lugares... ¿Cómo son?

—Están saturados de objetos relacionados con vampiros. Carteles de las películas del género adornan las paredes,
y los filmes se proyectan continuamente en unas pantallas
elevadas. Los mortales que vienen son una verdadera feria de
tipos teatrales: jóvenes punk, artistas, algunos envueltos en
capas negras y luciendo largos colmillos de plástico. Apenas
se enteran de nuestra presencia. Muchas veces, en comparación con ellos, resultamos vulgares. Y, con las luces bajas, nos
hacemos casi invisibles pese al terciopelo, a las joyas egipcias
y a todo lo demás. Por supuesto, nadie se sacia con esos clientes mortales. Acudimos a los locales para tener información.
El bar de los vampiros es, de hecho, el lugar más seguro de
toda la cristiandad para un mortal. En el local de los vampiros no se puede matar.

—Me pregunto cómo nadie había pensado algo así hasta
hoy —comenté.

—Ya lo hicieron —dijo Louis—. En París estaba el Teatro de los Vampiros.

—Es cierto —reconocí.

—Hace un mes —prosiguió— llegó a la *Conexión Vampiro* noticia de que habías vuelto. Y, para entonces, la noticia
ya era vieja. Se decía que estabas cazando en Nueva Orleans
y por fin se supo lo que te proponías. Muchos compraron
ejemplares de tu autobiografía cuando apareció. Y hubo comentarios inagotables acerca de tus videoclips.

—¿Cómo fue, entonces, que no les vi en Nueva Orleans?

—Porque Nueva Orleans es territorio de Armand desde hace medio siglo. Ningún vampiro se atreve a cazar en la
ciudad. Se enteraron a través de los medios de comunicación
de los mortales, por noticias procedentes de Los Ángeles y
Nueva York.

—Tampoco vi a Armand en Nueva Orleans.

—Lo sé —respondió él. Por un instante, me pareció confuso, preocupado. Noté un pequeño nudo en el pecho—. Nadie sabe dónde está Armand —añadió con cierto desánimo—. Pero cuando apareció en Nueva Orleans, mató a todos los jóvenes, y los vampiros le dejaron la ciudad. Dicen que muchos de los antiguos se comportan del mismo modo, dando muerte a los jóvenes y novicios. También lo dicen de mí, pero no es cierto. Yo recorro San Francisco como un fantasma, sin molestar a nadie salvo a mis desdichadas víctimas mortales.

Nada de todo aquello me sorprendió demasiado.

—Nuestro número es excesivo —continuó Louis—, como siempre ha sucedido. Hay muchos enfrentamientos y las asambleas que se forman en las ciudades son sólo un medio por el que tres o más vampiros poderosos acuerdan no destruirse entre ellos y compartir el territorio según las normas.

—Las normas, siempre las normas —murmuré.

—Ahora son distintas y más estrictas. No debe dejarse el menor rastro de la muerte. No debe dejarse un solo cadáver que los mortales puedan investigar.

—Lógico.

—Y debe evitarse cualquier exposición a fotografías en primer plano, filmaciones con teleobjetivo o imágenes de vídeo que puedan congelarse para identificarnos. No debemos correr el menor riesgo de ser capturados, encarcelados o examinados científicamente por el mundo mortal.

Asentí, pero tenía el pulso acelerado. Me encantaba ser el proscrito, el que siempre se había saltado todas las leyes. Así que estaban imitando mi libro, ¿no era eso? ¡Ah!, la cosa ya se había puesto en marcha. Los engranajes empezaban a moverse.

—Lestat, crees que lo entiendes, pero ¿es así? —preguntó él en tono paciente—. Si permitimos que el mundo mortal ponga bajo sus microscopios el menor fragmento de nuestros tejidos, terminarán las discusiones acerca de si sólo somos una leyenda, una superstición. Tendrán la prueba tangible de nuestra existencia.

—No estoy de acuerdo contigo —repliqué—. El asunto no es tan simple.

—Tienen los medios para identificarnos y clasificarnos. Para galvanizar a la raza humana en contra nuestra.

—No, Louis. Los científicos de hoy día son brujos en guerra permanente, que se pelean por las cuestiones más banales. Podrías distribuir ese tejido sobrenatural a todos los microscopios del mundo y ni siquiera entonces la gente creería una sola palabra.

Louis reflexionó un instante sobre mis palabras.

—Un prisionero, entonces —insistió—. Un espécimen vivo en sus manos.

—Ni siquiera así lo aceptarían —repliqué—. Además, ¿cómo iban a poder capturarme?

Sin embargo, la perspectiva era de lo más deliciosa: la persecución, la intriga, la posible captura y la fuga posterior. La idea le encantó.

Louis mostraba ahora una extraña sonrisa, llena de desaprobación y de placer.

—Estás más loco que nunca —dijo en un susurro—. Más loco que cuando te dedicabas a recorrer Nueva Orleans asustando a propósito a la gente.

Me reí largamente, pero, al fin, quedé en silencio. No disponíamos de mucho tiempo hasta el alba y podría haber seguido riéndome hasta la noche siguiente en San Francisco.

—He estudiado el asunto desde todos los ángulos, Louis. Iniciar una verdadera guerra con los mortales será más difícil de lo que piensas...

—... Pero estás absolutamente dispuesto a empezarla, ¿no es cierto? Quieres que todos, mortales o inmortales, vengan en tu busca.

—¿Por qué no? —repliqué—. Provoquemos esa lucha. Hagamos que los mortales intenten destruirnos como han hecho con todos sus otros demonios. Que prueben a barrernos de la faz de la Tierra.

Louis me miraba con aquella expresión de asombro, temor e incredulidad que había visto mil veces en su rostro. Una expresión por la que yo sentía debilidad.

Pero el cielo empezaba ya a aclarar y las estrellas se iban

apagando. Sólo nos quedaban unos preciosos instantes de compañía antes del amanecer primaveral.

—Así pues, te propones de verdad provocar eso —murmuró él con voz grave, aunque en un tono más suave que antes.

—Lo que quiero, Louis, es que suceda algo, que se mueva todo. ¡Lo que quiero es que cambie todo lo que hemos sido! ¿Qué somos ahora sino sanguijuelas: repulsivos, clandestinos, sin justificación? El viejo romanticismo ha desaparecido. Cobremos, pues, un nuevo sentido. Anhelo los focos brillantes tanto como ansío la sangre. Deseo la visibilidad divina. Deseo la guerra.

—La nueva maldad, por usar tus viejas palabras. Y esta vez es la maldad del siglo XX.

—Precisamente —asentí, pero pensé de nuevo en el impulso puramente mortal, el impulso de la vanidad, de la fama mundial, del reconocimiento.

Noté un leve azoramiento de vergüenza. Todo aquello iba a ser un placer tan grande...

—¿Pero por qué, Lestat? —preguntó Louis con cierta suspicacia—. ¿Por qué el peligro, el riesgo? Al fin y al cabo, lo has conseguido. Has regresado y eres más fuerte que nunca. Vuelves a tener el viejo fuego como si nunca lo hubieras perdido y sabes lo importante, lo preciosa que es esa mera voluntad de continuar existiendo. ¿Por qué arriesgarlo todo inmediatamente? ¿Has olvidado cómo eran las cosas cuando teníamos el mundo a nuestro alrededor y nadie podía causarnos daño salvo nosotros mismos?

—¿Es una proposición, Louis? ¿Finalmente has vuelto a mí, como dicen los amantes?

Sus ojos se apagaron y apartó la mirada de mí.

—No me burlo de ti, Louis —le aseguré.

—Eres tú quien ha vuelto a mí, Lestat —contestó con voz tranquila mientras alzaba de nuevo la vista—. Cuando escuché los primeros cuchicheos acerca de ti en La Hija de Drácula, sentí algo que creía perdido para siempre...

Hizo una pausa, pero yo sabía a qué se refería. No hacía

falta que dijera más. Y ya lo había entendido siglos antes al percibir la desesperación de Armand tras la disolución de la vieja asamblea. La excitación, el deseo de continuar existiendo, eran cosas inapreciables para nosotros. Mayor razón aún para el concierto de rock, para lo que había de seguir, para la propia guerra.

—Lestat, no subas al escenario mañana. Deja que las filmaciones y el libro hagan su trabajo, pero protégete tú mismo. Reunámonos y hablemos. Tengámonos los unos a los otros en este siglo como nunca nos hemos tenido en el pasado. Y me refiero a todos nosotros.

—Eres muy tentador, hermoso mío —contesté a su propuesta—. En el siglo pasado hubo veces en que habría dado casi cualquier cosa por escuchar estas palabras. Y nos reuniremos y hablaremos, todos nosotros, y nos tendremos los unos a los otros. Será magnífico. Pero voy a subir a ese escenario. Voy a ser Lelio de nuevo, como nunca lo fui en París. Seré el vampiro Lestat a la vista de todos. Un símbolo, un proscrito, un fenómeno de la naturaleza: algo que despierte amores y desprecios, todo eso. Te aseguro que no puedo volverme atrás. No puedo detenerme. Y con toda franqueza, no tengo el menor miedo.

Me dispuse a resistir la oleada de frialdad o de tristeza que pensé que le embargaría y odié la proximidad del sol como nunca en el pasado. Louis me volvió la espalda. La luminosidad del cielo empezaba a hacerle daño. Pero en su rostro había la misma cálida expresión de siempre.

—Muy bien, pues —dijo—. Entonces, me gustaría ir a San Francisco contigo. Me gustaría mucho. ¿Querrás llevarme?

No pude contestar inmediatamente. De nuevo, la intensidad de mi excitación resultaba un tormento y el amor que sentía por él era una pura humillación para mí.

—Claro que te llevaré conmigo —asentí.

Nos miramos durante un tenso momento. Louis tenía que dejarme. La mañana llegaba ya para él.

—Una cosa, Louis...

—¿Sí?

—Esa ropa. Imposible. Quiero decir que mañana por la noche, como dicen los jóvenes en este siglo veinte, tendrás que *pasar* de esa camiseta y esos pantalones.

Cuando Louis se hubo ido, la madrugada quedó demasiado vacía. Me quedé un rato donde estaba, pensando en aquel mensaje: *Peligro*. Recorrí con la mirada las montañas lejanas, los campos interminables. Amenaza, advertencia... ¿qué importaba? Los jóvenes usaban los teléfonos. Los antiguos alzaban sus voces sobrenaturales. ¿Tan extraño era?

En aquel momento, lo único que ocupaba mis pensamientos era Louis, el hecho de tenerlo conmigo. Y la expectación de cómo serían las cosas cuando acudieran los demás.

2

Los amplios aparcamientos de Cow Palace de San Francisco estaban rebosantes de frenéticos mortales cuando nuestra caravana cruzó la verja, con mis músicos en la limusina que abría la marcha y Louis a mi lado en el Porsche tapizado en cuero. Fresco y radiante con la indumentaria del conjunto y la capa negra, parecía salido de las páginas de su propio relato, con una ligera expresión de temor en sus ojos verdes al observar a los jóvenes que gritaban a nuestro alrededor y a los guardias que, en moto, nos abrían paso entre ellos.

Las entradas al concierto estaban agotadas desde hacía un mes y los decepcionados *fans* querían que la música se pudiera escuchar también en el exterior. El suelo estaba cubierto de latas de cerveza. Los adolescentes estaban sentados en el techo de los coches, o de pie sobre los maleteros y capós, con las radios emitiendo la música de El Vampiro Lestat a un volumen atronador.

El organizador del concierto corría a pie junto a mi ventanilla, explicándome que se instalarían los altavoces y las pantallas de vídeo en el exterior del local. La policía de San Francisco había concedido el permiso en prevención de alborotos.

Noté el creciente nerviosismo de Louis. Un grupo de jóvenes rompió el cordón policial y se apretujó contra su ventanilla, al tiempo que la caravana motorizada daba una curva cerrada y se encaminaba hacia el local, un edificio alargado y feo, en forma de tubo.

Me sentía realmente cautivado ante lo que estaba sucediendo. Y mi desconcierto era cada vez mayor. Los admiradores no dejaban de rodear el coche antes de poder ser controlados y empecé a comprender hasta qué punto había subestimado toda aquella experiencia.

Los conciertos filmados que había visto no me habían preparado para la pura electricidad que ya empezaba a recorrerme, para la música que ya atronaba en mi cabeza, para el modo en que mi vanidad mortal se evaporaba.

Entrar en el local fue una locura. Entre un amasijo de guardias, con la muchacha agarrada a mí y Alex empujando a Larry delante de nosotros, corrimos todos hasta la zona de camerinos, fuertemente protegida. Los *fans* nos tiraban del cabello, de las capas. Extendí el brazo hacia atrás y protegí a Louis bajo mi ala y le hice pasar las puertas con los demás.

Y entonces, en los camerinos engalanados, escuché por primera vez el rugido bestial de la multitud. Quince mil almas cantando y gritando en un recinto cubierto.

No, de ningún modo tenía bajo control aquello, aquel coro feroz que me estremecía de pies a cabeza. ¿Cuándo, en toda mi existencia, había experimentado aquella sensación, aquella casi hilaridad?

Me abrí paso entre las bambalinas y observé al auditorio por una mirilla. Los mortales llenaban ambos lados del largo recinto oval, hasta las mismas vigas del techo. Y en el vasto centro abierto, una muchedumbre de miles de jóvenes bailando, acariciándose, levantando puños en la atmósfera cargada de humo, pugnando por acercarse al escenario. El olor a hachís, cerveza y sangre humana se mezclaba en las corrientes de la ventilación.

Los ingenieros de sonido gritaban que ya estaban preparados. El maquillaje había sido retocado; las capas de terciopelo azul, cepilladas; los lazos negros, enderezados. No era preciso hacer esperar un momento más a aquella multitud impaciente.

Se dio la orden de apagar las luces generales. Y un enorme grito inhumano surgió de la oscuridad, alzándose hasta el techo. Noté el suelo vibrando bajo mis pies. Y el grito creció cuando un potente zumbido electrónico anunció la conexión de «el equipo».

La vibración me atravesó las sienes. Estaba desprendiéndose una capa de piel. Tomé por el brazo a Louis, le di un largo beso y luego le vi separándose de mí.

Al otro lado del telón, por todas partes, el público encendió sus mecheros hasta que miles de llamitas temblorosas tachonaron la penumbra. Surgieron unas palmadas rítmicas, se apagaron, y el rugido general empezó a alzarse a oleadas, rotas por algunos gritos aislados. Mi cabeza estaba a rebosar.

Y, pese a ello, evoqué el lejano recuerdo del teatro de Renaud. Lo vi claramente. Pero este local de San Francisco... ¡era como el Coliseo romano! Y la producción de las cintas, de las filmaciones... todo había sido tan controlado, tan frío. No me había ofrecido ningún indicio de cómo sería esto.

El ingeniero de sonido dio la señal y salimos de detrás del telón, mis músicos mortales tropezando en la oscuridad mientras yo me movía sin ningún problema entre cables y micrófonos.

Me situé en el borde del escenario. Justo encima de las cabezas de aquella masa que se movía y gritaba. Alex estaba a la batería. La chica tenía en las manos su guitarra eléctrica plana y brillante, Larry ocupaba su lugar en el centro del enorme teclado circular del sintetizador.

Me volví y eché un vistazo a las pantallas gigantes de vídeo que ampliarían nuestros rostros poniéndolos a la vista de todos los presentes en el recinto. Después, contemplé de nuevo el mar de jóvenes entusiasmados.

Oleadas y oleadas de ruido nos inundaron desde la oscuridad. Capté el olor a calor y a sangre.

Entonces, la inmensa batería de focos verticales se iluminó. Violentos rayos plateados, azules y rojos se entrecruzaron bañándonos en su luz, y el griterío alcanzó un grado increíble. Todo el local estaba en pie.

Noté la luz arrastrándose sobre mi blanca piel estallando en mi cabello amarillo. Miré a los lados para ver a mis mortales exaltados y frenéticos ya en sus posiciones, entre los infinitos cables y el andamiaje plateado.

El sudor me perlaba el rostro cuando vi levantados los puños por todas partes en gesto de saludo. Y allí, repartidos entre el público por todo el local, había jóvenes con ropas de vampiro de carnaval, rostros brillantes de sangre ficticia, algunos batiendo unas alas amarillas, otros con círculos violáceos en torno a los ojos que les daban un aspecto muy espectral e inocente. Silbidos y gritos destacaban sobre el clamor general.

No, aquello no era como en las filmaciones de los videoclips. No se parecía en absoluto a las cámaras refrigeradas y aisladas del ruido del estudio de grabación. Aquello era una experiencia humana hecha vampírica, igual que la propia música era vampírica, igual que las imágenes de vídeo eran las del éxtasis de la sangre.

Me estremecí de pura alegría mientras el sudor teñido de rojo me corría por la cara.

Los focos barrieron el auditorio, dejándonos bañados por una penumbra mercurial, y allí donde enfocaba la luz, la multitud redoblaba sus gritos mientras se revolvía en convulsiones.

¿Qué representaba todo aquel estruendo? Representaba al hombre convertido en una masa: eran las turbas en torno a la guillotina, los antiguos romanos clamando por la sangre cristiana. Y eran los celtas reunidos en el bosque a la espera de Marius, el dios. Volví a ver el bosque como lo había visto cuando Marius me explicaba su historia; ¿acaso sus antorchas no eran tan espeluznantes como estos rayos coloreados? ¿Acaso los horribles gigantes de maderos y mimbre no eran tan grandes como estos andamios de acero que sostenían las columnas de sonido y los focos incandescentes a ambos lados del escenario?

Pero aquí no había violencia, no había muerte; sólo la exuberancia infantil surgiendo de unas bocas y unos cuerpos jóvenes, una energía concentrada y contenida con la misma naturalidad que se desataba.

Otra vaharada de hachís desde las primeras filas. Motoristas de largas melenas vestidos de cuero con brazaletes adornados con tachuelas batían palmas por encima de la cabeza; parecían fantasmas de los celtas, con sus mechones bárbaros cayéndoles hasta los hombros. Y, desde todos los rincones de aquel recinto largo, hueco y lleno de humo, me llegó una oleada desinhibida de algo parecido a amor.

Las luces se encendían y apagaban haciendo que el movimiento de la multitud pareciera fragmentado, realizado a base de impulsos cortos y bruscos.

Todos cantaban ahora al unísono y el volumen del griterío crecía y crecía. ¿Qué era lo que decían? LESTAT, LESTAT, LESTAT.

«¡Ah!, esto es demasiado divino.» ¿Qué mortal podría soportar este fervor, esta adoración? Alcé las puntas de mi capa negra, que era la señal convenida. Me eché el cabello hacia atrás con energía. Mis gestos levantaron una corriente de renovado griterío hasta el mismo fondo del recinto.

Las luces convergieron en el escenario. Abrí la capa a ambos lados del cuerpo, como las alas de un murciélago.

Los gritos se fundieron en un gran rugido monolítico.

—¡SOY EL VAMPIRO LESTAT! —grité a pleno pulmón apartándome del micrófono, y el sonido se hizo casi visible trazando un arco a lo largo del teatro oval, y el vocerío de la multitud se hizo aún más sonoro, aún más agudo, como si quisiera devorar mi grito.

—¡VAMOS, QUIERO OÍROS! ¡VOSOTROS ME AMÁIS! —grité de pronto, sin pensármelo.

Por todas partes, el público pataleaba. No sólo sobre el suelo de cemento, sino también en los asientos de madera.

—¿CUÁNTOS DE VOSOTROS QUERÉIS SER VAMPIROS?

El rugido se hizo atronador. Varios espectadores trataban de encaramarse al escenario mientras los guardaespaldas pugnaban por impedírselo. Uno de los motoristas de larga melena, un tipo moreno y corpulento, saltaba arriba y abajo sin moverse del sitio, con una lata de cerveza en cada mano.

Las luces se hicieron más brillantes, como el resplandor de una explosión. Y se alzó de los altavoces situados detrás de mí el motor a pleno funcionamiento de una locomotora con un volumen enloquecedor, como si el tren fuera a aparecer a toda marcha en el escenario.

Todos los demás ruidos del auditorio quedaron engullidos por él. En el estridente silencio, la multitud bailaba y se movía delante de mí. Entonces entró la furia desgarradora, vibrante, de la guitarra eléctrica. La batería estalló en una cadencia de marcha y el torturador sonido de la locomotora en el sintetizador alcanzó el punto álgido y se rompió a continuación en un caldero burbujeante de ruido acompasado con la marcha.

Era el momento de iniciar la estrofa en tono menor, con su letra pueril saltando sobre el acompañamiento:

> *Soy el vampiro Lestat*
> *Y estáis aquí para el gran aquelarre,*
> *pero compadezco vuestra suerte.*

Arranqué el micrófono del soporte y corrí a un lado del escenario y luego al otro, con la capa ondeando a mi espalda.

> *No podéis resistir a los Señores de la Noche.*
> *Ellos no tienen piedad de vuestro sufrimiento.*
> *Encuentran placer en vuestro miedo.*

Trataban de agarrarme los tobillos con sus manos, me arrojaban besos; las chicas se montaban a hombros de sus compañeros para rozar mi capa ondeando sobre sus cabezas.

Pero os tomaremos con amor,
os desgarraremos con pasión
y os liberaremos con la muerte.
Nadie podrá decir
que no estaba advertido.

Dama Dura, con un furioso rasgueo, bailaba a mi lado dando vueltas con furia, y la música subía en un agudo *glissando* entre el estallido de timbales y platillos, mientras el caldero burbujeante del sintetizador se sumaba de nuevo. Sentí que la música me calaba los huesos. Ni siquiera en el viejo aquelarre romano me había afectado tanto. Me lancé también a la danza con un elástico balanceo de caderas para luego contonearlas adelante y atrás mientras, acompañado de la muchacha, avanzaba hacia el borde del escenario. Estábamos realizando las contorsiones libres y eróticas de Polichinela y Arlequín y los personajes de la vieja comedia, improvisando como ellos habían hecho; los instrumentos se separaban de la leve melodía para reencontrarla después, y todos nos animábamos mutuamente con nuestra danza, nada ensayado, todo acorde con el personaje, todo completamente nuevo.

Los guardias empujaban con rudeza a la gente que trataba de alcanzarnos para bailar con nosotros, pero continuamos danzando al borde del estrado como si nos burláramos de ella, agitando los cabellos sobre sus rostros, dándole la espalda para vernos allá arriba, en las pantallas gigantes, como una alucinación imposible. El sonido viajó a través de mi cuerpo al volverme hacia la muchedumbre. Viajó como una bola de acero que encontrara una tronera tras otra en mis caderas y en mis hombros, hasta que advertí que estaba alzándome del suelo en un gran salto muy lento, y luego descendía de nuevo en silencio; haciendo ondear la capa negra y con la boca abierta para dejar al descubierto los colmillos.

Euforia. Aplausos ensordecedores.

Y vi en el público multitud de pálidas gargantas mortales desnudas, muchachos y muchachas que descubrían sus cuellos y los extendían hacia mí. Y me hacían gestos de que fuera a tomarlos, me invitaban y suplicaban, y algunas de las muchachas lloraban.

El aroma a sangre era tan intenso como el humo que llenaba el local. Carne y carne y carne. Y, pese a todo, por todas partes, la sutil inocencia, la completa certeza de estar en una representación, de que aquello no era más que teatro. Nadie saldría herido. Aquella espléndida histeria no tenía riesgos.

Cuando gritaba, pensaban que era el sistema de sonido. Cuando salté, creyeron que era un truco. ¿Y por qué no, cuando la magia les envolvía por todas partes y podían prescindir de nuestra figura de carne y hueso para admirar los grandes gigantes resplandecientes de las pantallas que teníamos encima?

¡Marius, ojalá pudieras contemplar esto! Gabrielle, ¿dónde estás?

Entró la estrofa, cantada de nuevo por toda la banda al unísono. La deliciosa voz de soprano de la muchacha se alzó sobre las demás hasta que empezó a girar y girar la cabeza en círculos, rozando con su cabello desmelenado el escenario delante de sus pies, y a mover lascivamente la guitarra como un falo gigante. Los miles de espectadores batían palmas a la vez.

—¡OS DIGO QUE SOY UN VAMPIRO! —grité de pronto.

Éxtasis, delirio.

—¡SOY EL MAL! ¡EL MAL!

—¡Sí. Sí, *Sí, Sí*, sí, sí, sí!

Mis brazos extendidos hacia delante. Mis manos curvadas boca arriba.

—¡QUIERO BEBER VUESTRA ALMA!

El corpulento motorista de melena lanuda y chaqueta de cuero negro retrocedió un paso arrollando a los que estaban detrás de él, y saltó al escenario junto a mí, con los puños en la cabeza. Los guardaespaldas acudieron a reducirle, pero yo ya le tenía cogido, apretado contra mi pecho y levantado del suelo con un solo brazo. ¡Y mi boca se cerraba sobre su cuello, con los dientes rozándolo, acariciando sólo aquel géiser de sangre dispuesta para saltar hacia lo alto!

Pero los hombres de seguridad ya se lo llevaban, arrojándole abajo como un pez al mar. Dama Dura estaba a mi lado, la luz resbalando por sus pantalones ajustados de satén negro y la capa en un amplio vuelo; con el brazo extendido me sostuvo, al tiempo que yo intentaba rechazar su ayuda.

Comprendí en ese instante lo que no explicaban las páginas que había leído acerca de los cantantes de rock; entendí aquel desquiciado matrimonio de lo primitivo y lo científico, aquel frenesí religioso. Seguíamos estando en el antiguo bosque. Seguíamos estando todos con los dioses.

Y se extinguieron los sones de la primera canción. Y comenzamos la siguiente, aumentando el volumen, a la vez que la multitud cogía el ritmo y cantaba la letra que conocía por el disco y los videoclips. La muchacha y yo cantamos a dúo, marcando el ritmo con los pies:

> *Hijos de las Tinieblas,*
> *enfrentaos a los hijos de la luz.*
> *Hijos del Hombre,*
> *combatid a los Hijos de la Noche*

De nuevo, todos gritaron y chillaron y nos vitorearon, sin prestar atención a las palabras. ¿Acaso los celtas se habrían entregado a alaridos más enérgicos y exaltados en los prolegómenos de la matanza?

Pero, de nuevo, no hubo matanza, no hubo ofrendas arrojadas al fuego.

La pasión se dirigía a las imágenes del mal, no al mal. La pasión abrazaba la imagen de la muerte, no la muerte. Lo noté como la abrasadora iluminación sobre los poros de mi piel, en las raíces de mis cabellos, en el grito amplificado de Dama Dura cantando la siguiente estrofa; mis ojos recorrieron todos los rincones del recinto mientras el anfiteatro se convertía en una gran alma gimiente.

Libradme de esto, libradme de amarlo. Salvadme de olvidar todo lo demás y de sacrificar a ello todos mis propósitos, todos mis proyectos. Os amo, pequeños míos. Quiero vuestra sangre, vuestra sangre inocente. Deseo vuestra adoración en el momento de clavaros los dientes. Sí, ésta es la tentación más irresistible.

Pero en aquel instante de preciosa calma y vergüenza, vi por primera vez entre el público a los otros, a los de verdad. Sus finas caras lívidas meneándose de un lado a otro como máscaras entre la masa de rostros mortales sin forma, tan destacadas e inconfundibles como me había resultado la de Magnus en el teatrillo del bulevar, tanto tiempo atrás. Y supe que detrás del telón de fondo, entre bastidores, Louis también los había visto. Pero lo único que descubrí en ellos, lo único que percibí que emanaba de ellos, era una sensación de asombro y de espanto.

—VOSOTROS, TODOS LOS AUTÉNTICOS VAMPIROS PRESENTES, ¡MANIFESTAOS! —grité.

Pero las criaturas inmortales se mantuvieron impertérritas, mientras los mortales pintados y disfrazados se volvían locos a su alrededor.

Durante tres horas completas, bailamos y cantamos y exprimimos al máximo nuestros instrumentos metálicos, con el whisky corriendo de mano en mano entre mis músicos mortales y con la multitud abalanzándose una y otra vez hacia nosotros hasta que fue preciso redoblar la falange del servicio de seguridad y se encendieron las luces del recinto. En las últimas filas de las esquinas del auditorio había gente rompiendo los asientos de madera. Por el suelo de cemento rodaban las latas de bebida. Los vampiros de verdad no se aventuraron a acercarse un paso más. Algunos desaparecieron. Así sucedió.

Un griterío ininterrumpido, como quince mil borrachos en la ciudad, hasta el último número, que era la balada de nuestro último videoclip, «La era de la inocencia».

Y la música se suavizó. La batería apagó su redoble, la guitarra languideció y el sintetizador lanzó las deliciosas notas translúcidas de un clavicordio eléctrico, unas notas tan ligeras y, a la vez, tan profusas que fue como si del aire cayera una lluvia de oro.

Un foco no muy potente iluminó el lugar que yo ocupaba, mis ropas manchadas de sudor ensangrentado, mis cabellos empapados con él y enredados, la capa colgada al hombro.

Con la boca abierta en un gran bostezo de éxtasis y de ebria concentración, alcé la voz pronunciando claramente cada frase:

> *Ésta es la era de la inocencia,*
> *de la auténtica inocencia.*
> *Todos tus demonios son visibles,*
> *todos tus demonios son materiales.*
>
> *Llámales Dolor.*
> *Llámales Hambre.*
> *Llámales Guerra.*
> *Ya no necesitas al diablo imaginario.*
>
> *Expulsa a los vampiros y demonios.*
> *Con los dioses que ya no adoras.*
>
> *Recuerda: el Hombre de los colmillos lleva capa.*
> *Lo que pasa por encanto*
> *es un encantamiento.*
>
> *¡Entiende bien lo que ves*
> *cuando me ves!*
>
> *Matadnos, hermanos y hermanas,*
> *la guerra continúa.*
>
> *Entiende bien lo que ves*
> *cuando me ves.*

Cerré los ojos ante el creciente muro de aplausos. ¿Qué estaban aplaudiendo, en realidad? ¿Qué estaban celebrando?

En el gigantesco auditorio se hizo el día eléctrico. Los auténticos inmortales estaban desapareciendo entre la multitud en movimiento. La policía de uniforme había saltado al escenario para formar una sólida barrera delante de nosotros. Alex tiró de mí cuando dejamos atrás el telón.

—Tío, tenemos que escapar de aquí. Han rodeado la maldita limusina. Y tú no podrás llegar a tu coche.

Le dije que no, que tenían que seguir adelante, subir a la limusina y salir enseguida.

Y vi a mi izquierda el rostro lívido y severo de uno de los inmortales verdaderos que se abría paso entre la gente. Llevaba el mono de cuero negro de los motoristas y su sedoso cabello sobrenatural era una reluciente melena azabache.

El telón estaba siendo arrancado de su barra superior y las luces del local inundaron la zona detrás del escenario. Louis estaba a mi lado. Vi a otro inmortal a mi derecha, un hombre delgado y sonriente de ojillos oscuros.

Al irrumpir en el aparcamiento, nos recibió una oleada de aire fresco y un pandemonio de mortales revolviéndose y empujando. La policía pedía orden a gritos mientras Dama Dura, Alex y Larry eran introducidos en la limusina, que se mecía como una barca. Uno de los guardaespaldas había puesto en marcha el motor de mi Porsche y esperaba mi llegada, pero los jóvenes estaban golpeando el techo y el capó como si el coche fuera un gran timbal.

Detrás del vampiro de cabello negro apareció otro demonio, una mujer, y la pareja se acercó inexorablemente. ¿Qué diablos se proponían hacer allí?

El enorme motor de la limusina rugía como un león frente a los jóvenes, que no le abrían paso, y los guardias motorizados pusieron en marcha sus monturas, escupiendo humos y ruido sobre la masa.

El trío de vampiros no tardó en rodear el Porsche. El hombre alto, con el rostro en una desagradable mueca de rabia, empujó con su poderoso brazo el lateral del coche, alzándolo del suelo pese a los jóvenes que se agarraban a la carrocería. Estaba a punto de volcarlo. De pronto, noté un brazo en torno al cuello. Y noté cómo el cuerpo de Louis se revolvía, y oí el sonido de su puño al golpear la piel y el hueso sobrenaturales detrás de mí, acompañado de una maldición apenas susurrada.

Súbitamente, la multitud se había puesto a chillar. Por un altavoz, un policía exhortó a los jóvenes a despejar la zona.

Corrí adelante, apartando a golpes a varios jóvenes, y estabilicé el Porsche un segundo antes de que cayera como un escarabajo patas arriba. Mientras pugnaba por abrir la portezuela, sentí la multitud estrujándose contra mí. En cualquier momento, aquello se convertiría en una escena de pánico y habría una estampida.

Silbidos, gritos, sirenas. Cuerpos apretándonos a Louis y a mí el uno contra el otro, y, a continuación, el vampiro vestido de cuero, alzándose al otro lado del coche con un destello de la luz de los reflectores en la gran guadaña plateada que hacía girar sobre la cabeza. Escuché el grito de advertencia de Louis. Por el rabillo del ojo vi el brillo de una segunda guadaña.

Pero un chirrido sobrenatural hendió el tumulto, al tiempo que el vampiro motorista se encendía en llamas con un destello cegador. Otra tea de forma humana prendió junto a mí. La guadaña cayó al asfalto con un tintineo. Y, a unos metros de la escena, una tercera figura vampírica estalló en una explosión chisporroteante.

La multitud, presa del más absoluto pánico, retrocedió hacia el auditorio, invadió el aparcamiento y echó a correr en todas direcciones buscando cualquier lugar donde escapar de aquellas figuras tambaleantes que se consumían en sus propios infiernos privados, de aquellas manos fundidas por el calor hasta el puro hueso. Y vi a otros inmortales escapando a toda prisa, inadvertidos entre la lenta marea humana.

Louis se volvió hacia mí, desconcertado, y la expresión de asombro de mi rostro no hizo, seguramente, otra cosa que desconcertarle aún más. ¡Ninguno de nosotros había hecho aquello! ¡Ninguno de los dos tenía tal poder! Yo sólo conocía a un inmortal que lo tuviera.

Pero, de pronto, la portezuela del coche me golpeó al abrirse, y una mano pequeña, blanca y delicada, surgió del interior y tiró de mí.

—¡Vamos, deprisa! ¡Los dos! —exclamó de improviso una voz femenina, en francés—. ¿A qué esperáis, a que la Iglesia lo proclame un milagro?

Y, antes de que me diera cuenta de lo que estaba sucediendo, me vi arrastrado al asiento bajo de cuero; Louis cayó encima de mí y tuvo que gatear sobre el respaldo del asiento para ocupar el posterior.

El Porsche se lanzó adelante apartando a los mortales que huían delante de los faros. Contemplé la esbelta figura de la conductora que tenía al lado, vi su cabellera rubia cayéndole sobre los hombros y su sucio sombrero de fieltro hundido hasta los ojos.

Quise rodearla con mis brazos, estrujarla a besos, apretar mi corazón contra el suyo y olvidarme por completo de todo lo demás. Al diablo con aquellos novicios idiotas. Sin embargo, el Porsche estuvo a punto de volcar otra vez cuando ella lo forzó a una curva cerrada para pasar la verja y salir a la calle.

—¡Detente, Gabrielle! —grité, cerrando la mano en torno a su brazo—. ¡No has sido tú quien lo ha hecho, quien los ha hecho arder de esa manera...!

—Claro que no —replicó ella, aún en perfecto francés, sin apenas dirigirme la mirada. Tenía un aspecto irresistible mientras, con dos dedos, hacía girar de nuevo el volante violentamente en otra curva de noventa grados. Nos dirigimos hacia la autopista.

—¡Entonces, nos estás llevando lejos de Marius! —exclamé—. ¡Detente!

—¡Primero deja que él reviente esa furgoneta que viene siguiéndonos! —replicó ella con otro grito—. ¡Entonces me detendré!

Pisó a fondo el pedal del acelerador y clavó los ojos en la carretera que tenía ante ella, con las manos asidas con fuerza al volante forrado en piel.

Me volví a mirar y vi la furgoneta por encima del hombro de Louis. Era un vehículo monstruoso que se nos echaba encima con sorprendente rapidez; tenía el aspecto de un enorme coche fúnebre, negro y voluminoso, con una boca de dientes cromados en la roma parrilla frontal y cuatro de los vampiros novicios sonriéndonos con aire burlón desde detrás del cristal sombreado del parabrisas.

—¡No podemos librarnos de este trafico para dejarles atrás! —dije—. Da la vuelta. Regresemos al auditorio. ¡Da la vuelta, Gabrielle!

Pero ella continuó adelante, sorteando osadamente los vehículos y mandando algunos de ellos a la cuneta por puro pánico.

La furgoneta se nos acercaba más y más.

—¡Es una máquina de guerra, eso es lo que es! —gritó Louis—. Le han montado un parachoques de hierro. ¡Esos pequeños monstruos se proponen embestirnos!

¡Ah, me había equivocado totalmente en esto! Lo había subestimado todo. Había sabido ver mis recursos en esta época moderna, pero no los de ellos.

Y ahora nos alejábamos cada vez más de aquel inmortal, el único que podía mandarlos al otro mundo. Muy bien, pues. Tendría mucho gusto en ocuparme de ellos, entonces. Para empezar, haría pedazos el parabrisas; luego, les arrancaría la cabeza uno a uno.

Abrí la ventanilla, saqué medio cuerpo fuera del coche, con el viento agitando mis cabellos, y me volví hacia ellos lanzando una mirada cargada de odio a sus rostros horriblemente lívidos tras el cristal.

Cuando tomamos la rampa de acceso a la autopista, la furgoneta casi se nos echó encima. Bien. Un poco más cerca y saltaría. Sin embargo nuestro coche estaba reduciendo la marcha en ese instante. Gabrielle no encontraba un hueco entre el tráfico por donde colarse.

—¡Agárrate, que ahí viene! —gritó.

—¡Puedes jurarlo! —asentí.

Un instante más y habría saltado del coche y me habría lanzado sobre ellos como un ariete rompedor.

Pero no tuve ese instante. La furgoneta nos golpeó de lleno y mi cuerpo voló sobre el asfalto, cayendo por la cuneta de la autopista mientras el Porsche salía despedido por los aires delante de mí.

Vi a Gabrielle saltando por la portezuela antes de que el coche tocara el suelo, y los dos rodamos por la pendiente cubierta de hierba mientras el coche quedaba volcado y estallaba con un rugido ensordecedor.

—¡Louis! —exclamé.

Avancé hacia las llamas. Habría penetrado en ellas para rescatarle, pero el cristal del parabrisas trasero saltó en pedazos y le vi aparecer por él. Alcanzó el terraplén, al tiempo que yo llegaba hasta él. Con la capa, apagué sus ropas humeantes mientras que Gabrielle se arrancaba de encima la chaqueta para imitarme.

La furgoneta se había detenido en el arcén de la autopista, encima de nosotros. Los vampiros que la ocupaban empezaban a saltar el pretil como grandes insectos blancos, aterrizando de pie en la pendiente.

Me apresté a hacerles frente.

Pero, de nuevo, cuando el primero de ellos se deslizó hacia nosotros con la guadaña preparada, se escuchó aquel horripilante grito sobrenatural y se produjo la cegadora combustión. El rostro de la criatura se hizo una máscara negra en un estallido de llamas anaranjadas, y su cuerpo se convulsionó en una danza horrenda.

Los demás vampiros dieron media vuelta y echaron a correr bajo la autopista.

Quise ir tras ellos, pero Gabrielle me sujetó entre sus brazos y me lo impidió. Su fuerza me encolerizó y me sorprendió.

—¡Quieto, maldita sea! —exclamó ella—. ¡Louis, ayúdame!

—¡Suéltame! —le repliqué, furioso—. Quiero a uno de ellos, sólo a uno. ¡Atraparé al más retrasado del grupo!

Pero ella no me soltaba y no estaba dispuesto a pelearme con ella, y Louis se le había sumado en su ardiente y desesperada petición.

—¡Está bien! —asentí al fin, cediendo a regañadientes. Además, ya era demasiado tarde. El quemado había expirado entre el humo y las llamas chisporroteantes, y los otros habían desaparecido en la oscuridad sin dejar el menor rastro.

A nuestro alrededor, la noche se había quedado repentinamente vacía, salvo el tronar del tráfico en la autopista, encima de nosotros. Y allí estábamos los tres, juntos, bajo el espeluznante resplandor del coche ardiendo.

Louis se limpió el hollín de la frente con gesto cansado; llevaba manchada la almidonada pechera de la camisa y su larga capa de terciopelo estaba quemada y rasgada.

Y allí estaba Gabrielle, con el mismo aspecto extraviado de siempre; era aquel mismo muchacho sucio de polvo y harapiento, con la raída indumentaria de safari caqui y el flexible sombrero de fieltro marrón ladeado sobre su deliciosa cabeza.

Entre la cacofonía de ruidos de la ciudad, escuchamos el leve ulular de las sirenas acercándose.

Sin embargo, los tres permanecimos inmóviles, esperando, mirándonos unos a otros. Y supe que todos estábamos buscando a Marius. Sin duda, era Marius. Tenía que serlo. Y estaba de nuestro lado, no contra nosotros. Y ahora nos respondería.

Pronuncié lentamente su nombre en voz alta. Miré hacia la zona en sombras bajo la autopista y hacia el ejército interminable de casitas que poblaba las colinas próximas.

Pero lo único que pude oír fue el sonido cada vez más fuerte de las sirenas y el murmullo de voces humanas cuando los mortales empezaron la larga ascensión desde el paseo inferior.

Vi miedo en el rostro de Gabrielle. Le tendí la mano, di

un paso para acercarme a ella a pesar de toda aquella horrible confusión mientras los mortales se aproximaban cada vez más y los vehículos se detenían en la autopista.

Su brazo fue inesperado, cálido. Pero enseguida me hizo un gesto para que me diera prisa.

—¡Estamos en peligro! Todos nosotros —cuchicheó—. En un peligro terrible. ¡Vamos!

3

Eran las cinco de la madrugada y estaba completamente a solas ante la cristalera del rancho de Carmel Valley. Gabrielle y Louis habían partido juntos a las colinas para buscar sus respectivos lugares de descanso.

Una llamada telefónica me había informado de que mis músicos mortales estaban a salvo en el nuevo escondite de Sonoma, celebrando una desaforada fiesta tras verjas y cercas electrificadas. En cuanto a la policía y la prensa, con sus inevitables preguntas, tendrían que esperar.

Y allí estaba ahora, esperando las primeras luces de la mañana, como siempre había hecho, preguntándome por qué Marius no se había mostrado, por qué nos había salvado para desvanecerse de inmediato, sin una palabra.

—Supón que no ha sido Marius —había dicho más tarde Gabrielle, paseando nerviosamente por la sala—. Te aseguro que he notado una abrumadora sensación de amenaza. He percibido peligro para nosotros, y no sólo para esas criaturas. Lo he percibido a la salida del auditorio, cuando marchábamos con el coche. He vuelto a notarlo cuando estábamos junto al coche en llamas. Había algo allí. Y no era Marius, estoy convencida...

—Había algo casi bárbaro en ello —había añadido Louis—. Casi, aunque no del todo...

—Sí, casi salvaje —había insistido ella, dirigiéndole una mirada de asentimiento—. Y, aunque fuera Marius, ¿qué te hace pensar que no te ha salvado para poder servirse mejor su venganza particular?

—No —había respondido yo con una ligera risa—. Marius no quiere venganza, o, de lo contrario, ya la habría llevado a cabo. De eso estoy seguro.

Pero yo me había sentido demasiado emocionado sólo de contemplar a Gabrielle, de ver una vez más sus andares, sus gestos. Y, ¡ah!, la indumentaria de safari deshilachada. Después de doscientos años, seguía siendo la misma exploradora intrépida. Al tomar asiento, lo había hecho a horcajadas, apoyando el mentón sobre las manos y éstas en el respaldo de la silla.

Teníamos tanto que hablar, tanto que decirnos, que me sentía demasiado feliz para tener miedo.

Además, sentir miedo en este momento era demasiado terrible, pues ahora sabía que había cometido otro grave error de cálculo. Me había dado cuenta de ello por primera vez al incendiarse el Porsche cuando Louis todavía estaba en el interior. Aquella guerra privada mía ponía en peligro a todos los que amaba. Qué estúpido había sido al pensar que atraería el rencor únicamente sobre mí.

Teníamos que hablar las cosas. Teníamos que ser astutos. Teníamos que ser muy cautos.

Pero, de momento, estábamos a salvo. Así se lo había dicho a Gabrielle, tranquilizándola. Ni ella ni Louis percibían la sensación de amenaza en aquel lugar; no nos había seguido al valle. Yo no la había notado en ningún momento. Y nuestros jóvenes y estúpidos enemigos inmortales se habían dispersado creyendo que poseíamos el poder para incinerarles a voluntad.

—Mil veces, ¿sabes?, mil veces había imaginado nuestro reencuentro —había dicho Gabrielle—. Pero nunca pensé que sería así.

—¡A mí me parece que ha sido espléndido! —había respondido yo—. Y no supongas ni por un momento que no habría sido capaz de solucionar todo eso. Ya estaba a punto de estrangular al de la guadaña y arrojarle por encima del auditorio. Y vi acercarse al otro. Le habría partido por la mitad. Te aseguro que una de las cosas más frustrantes de todo este asunto es no haber tenido la ocasión de...

—¡Ah, monsieur, eres un verdadero demonio! ¡Eres imposible! —había exclamado Gabrielle—. Eres... ¿cómo te llamó Marius...? ¡Eres el ser más detestable! Estoy plenamente de acuerdo.

Me reí, complacido. Qué dulce halago. Y qué encantador su francés anticuado.

Y Louis se había mostrado muy prendado de ella, sentado en las sombras observándola, reticente, perdido en sus cavilaciones. Louis volvía a lucir ropas inmaculadamente limpias, como si tuviera a su disposición toda su indumentaria, y su aspecto era el mismo que si acabáramos de salir del último acto de *La Traviata* para pasear un poco y ver a los mortales bebiendo champán en las mesas de mármol de los cafés mientras los carruajes elegantes pasaban con su estruendo.

Me invadió la sensación de la nueva asamblea formada, de una espléndida energía, de la negación de la realidad humana, de nosotros tres contra cualquier tribu, contra cualquier mundo. Y una profunda sensación de seguridad, de impulso incontenible... ¿cómo explicárselo a ellos dos?

—Deja de preocuparte, madre —le había dicho yo finalmente, esperando clarificarlo todo, crear un momento de pura ecuanimidad—. No tiene objeto. Un ser lo bastante poderoso para hacer arder a sus enemigos puede encontrarnos en el momento en que lo desee. Puede hacer exactamente lo que le parezca.

—¿Y por ese motivo he de dejar de preocuparme? —había replicado ella.

Y yo había visto a Louis sacudiendo la cabeza.

—Yo no tengo vuestros poderes —había intervenido éste a continuación, modestamente—, pero también he captado esa sensación. Y os aseguro que era extraña, absolutamente ajena a la civilización, a falta de un término mejor.

—¡Ah!, has vuelto a dar en la diana —había exclamado Gabrielle—. Resultaba completamente extraña. Como si procediera de un ser muy remoto...

—Y tu Marius es demasiado civilizado —había insistido Louis—, demasiado cargado de filosofía. Por eso sabes que no busca venganza.

—¿Extraña? ¿Ajena a la civilización? —había replicado yo pasando la mirada de uno a otro—. ¿Por qué no he percibido yo esa amenaza?

—*Mon Dieu*, podría ser cualquier cosa —había declarado Gabrielle, finalmente—. Esa música tuya podría despertar a los muertos.

Había meditado sobre el enigmático mensaje de la noche anterior: *¡Lestat! ¡Peligro!* Pero el amanecer estaba ya demasiado cerca para preocuparles con aquello. Además, tampoco explicaba nada. Era sólo una pieza más del rompecabezas; un fragmento que, tal vez, no encajaba allí en absoluto.

Y ahora, los dos se habían marchado juntos y yo estaba a solas ante las cristaleras contemplando el fulgor de la luz que se hacía cada vez más intenso sobre las montañas de Santa Lucía.

«¿Dónde estás, Marius? ¿Por qué no te muestras de una vez?», pensé. Al fin y al cabo, todo lo que había dicho Gabrielle podía ser verdad. «¿Es una estratagema tuya?»

Pero ¿no era acaso una estratagema mía la de no invocarle de verdad? Me refiero a alzar con toda su potencia mi voz secreta como él me había dicho, dos siglos atrás, que podría hacer.

A través de todas mis dificultades, no llamarle se había convertido en una cuestión de orgullo para mí, pero, ¿qué importaba ya eso?

Tal vez era la llamada lo que me exigía Marius. Tal vez era lo que requería de mí. Y la añeja amargura y la terquedad habían desaparecido. ¿Por qué no hacer aquel esfuerzo, al menos?

Y, cerrando los ojos, hice lo que había repetido desde aquellas noches dieciochescas en que había gritado su nombre por las calles de Roma y El Cairo. En silencio, le llamé. Y noté el grito sin voz surgiendo de mí y viajando al olvido. Casi pude percibir cómo atravesaba el mundo de dimensiones visibles, cómo se hacía más y más débil, cómo se consumía.

Y entonces vi de nuevo, durante una fracción de segundo, el mismo lugar remoto e irreconocible que había entrevisto la noche anterior. Nieve, nieve inacabable y un edificio de piedra, con las ventanas cubiertas de hielo. Y, en un promontorio elevado, un curioso aparato moderno, un gran plato metálico gris girando sobre un eje para captar las ondas invisibles que cruzan los cielos terrestres.

¡Una antena de televisión! ¡Eso era el objeto! Una antena alzándose de aquel desierto helado hacia el satélite. Y el cristal roto del suelo era la pantalla de un televisor. Lo vi. El banco de piedra... Una pantalla de televisor hecha añicos. Ruido.

Desvaneciéndose.

¡MARIUS!

Peligro, Lestat. Todos nosotros en peligro. Ella ha... No puedo... Hielo. Enterrado en el hielo. Destellos de fragmentos de cristal en un suelo de piedra, el banco vacío, el estruendo y la vibración de El Vampiro Lestat sonando en los altavoces... *Ella ha... ¡Ayúdame, Lestat! Todos nosotros... Peligro. Ella ha...*

Silencio. La conexión, rota.

¡MARIUS!

Algo más, pero demasiado débil. ¡Pese a toda su intensidad, simplemente demasiado débil!

¡MARIUS!

Me encontraba apoyado contra el ventanal, con la mirada fija en la luz matinal cada vez más intensa; los ojos me lloraban y las yemas de los dedos casi me ardían al contacto con el cristal caliente.

Respóndeme: ¿Es Akasha? ¿Estás diciéndome que es Akasha, que se trata de ella? ¿Que ha sido ella quien...?

Pero el sol asomaba ya sobre las montañas. Los rayos letales se derramaban por las laderas avanzando hacia el fondo del valle.

Salí corriendo de la casa y crucé los campos en dirección a las colinas, escudándome los ojos del sol con los brazos.

En cuestión de segundos, alcancé mi oculta cripta subterránea, retiré la losa y descendí los angostos peldaños toscamente tallados. Una vuelta más, y luego otra, y de nuevo estuve en la fría y segura oscuridad, envuelto en el aroma de la tierra. Me tendí en el suelo de barro de la pequeña cámara con el corazón desbocado y temblando de pies a cabeza. ¡Akasha! *Esa música tuya puede despertar a los muertos.* ¡Un televisor en el santuario! ¡Naturalmente! Marius les había instalado el aparato, y la conexión directa con el satélite. ¡Habían visto los videoclips! ¡Lo supe! ¡Lo supe con la misma certidumbre que si Marius lo hubiera dicho con su propia voz! Había llevado la televisión a la cámara de Los Que Deben Ser Guardados, igual que les había llevado el proyector de películas años y años atrás.

Y ella había despertado, se había levantado. *Esa música tuya puede despertar a los muertos.* Había vuelto a conseguirlo.

¡Ah!, si pudiera mantener los ojos abiertos, seguir pensando siquiera... si no estuviera levantándose el sol...

Ella había estado allí, en San Francisco, había estado así de cerca de nosotros, haciendo arder a nuestros enemigos. *Extraña, absolutamente extraña, sí.*

Pero ajena a la civilización, no. Salvaje no. Ella no era tal cosa. Mi diosa acababa sólo de redespertar, de alzarse como una esplendorosa mariposa surgiendo de la crisálida. ¿Qué era el mundo para ella? ¿Cómo había llegado hasta nosotros? ¿Cuál era el estado de su mente? *Peligro para todos nosotros.* ¡No acepté tal cosa! Ella había matado a nuestros enemigos. Había acudido a nosotros.

Pero no pude seguir resistiéndome a la somnolencia y a la pesadez. La pura sensación estaba sofocando cualquier asombro o excitación. Mi cuerpo fue quedando fláccido e impotentemente quieto contra la tierra.

Y entonces sentí una mano cerrándose súbitamente sobre la mía.

Una mano fría como el mármol, e igual de dura.

Mis ojos se abrieron de par en par en la oscuridad. La mano aumentó su presión. Una gran mata de cabello sedoso me rozó el rostro. Un brazo helado me cruzó el pecho.

¡Oh, por favor, querida mía, hermosa mía, por favor! Deseé decirlo, pero los ojos se me cerraban de nuevo. Mis labios no se movían. Estaba perdiendo la conciencia. Fuera, el sol había salido.

Índice

OTROS TÍTULOS DE LA COLECCIÓN

CRÓNICAS VAMPÍRICAS I
Entrevista con el vampiro

ANNE RICE

«—Pero ¿cuánta cinta tienes? —preguntó el vampiro y se dio la vuelta para que el muchacho pudiera verle el perfil—. ¿Suficiente para la historia de una vida?

—Desde luego, si es una buena vida. A veces entrevisto hasta tres o cuatro personas en una noche si tengo suerte. Pero tiene que ser una buena historia. Eso es justo, ¿no le parece?

—Sumamente justo —contestó el vampiro—. Me gustaría contarte la historia de mi vida. Me gustaría mucho.»

CRÓNICAS VAMPÍRICAS III
La reina de los condenados

ANNE RICE

«¡Es tan doloroso retirarse de nuevo a las sombras!... Lestat, el impecable e innombrable gángster chupador de sangre, de nuevo al acecho de indefensos mortales que no saben nada de los seres como yo. ¡Es tan hiriente ser de nuevo el intruso, siempre al margen, luchando contra el bien y el mal en el antiquísimo infierno particular del cuerpo y del alma!»

CRÓNICAS VAMPÍRICAS IV
El ladrón de cuerpos

ANNE RICE

«Leed este relato y, conforme vayáis pasando las hojas, os proporcionaré todo cuanto preciséis saber sobre nosotros. Y, por cierto, ¡no son pocas las cosas que suceden en estas páginas! Como ya he dicho, soy un hombre de acción —el James Bond de los vampiros, si queréis— al que diversos inmortales han llamado el Príncipe Malvado, el Ser Más Condenado y "tú, monstruo".»

CRÓNICAS VAMPÍRICAS V
Memnoch el diablo

ANNE RICE

«Poseo una fuerza monstruosa. Soy capaz de volar y de captar una conversación en el otro extremo de la ciudad, e incluso del globo. Adivino el pensamiento; puedo hechizar a la gente. Soy inmortal. Desde 1789, no tengo edad. ¿Un ser único? Ni mucho menos. Que yo sepa, existen unos veinte vampiros en el mundo. A la mitad de ellos los conozco íntimamente, y a las mitad de éstos los amo.»